二月河
长篇历史小说
典藏版

二月河/著

长江出版传媒
长江文艺出版社

图书在版编目（CIP）数据

雍正皇帝. 2, 雕弓天狼 / 二月河著. -- 武汉 : 长江文艺出版社, 2024. 12. -- (二月河长篇历史小说 : 典藏版). -- ISBN 978-7-5702-3687-9

Ⅰ. I247.5

中国国家版本馆CIP数据核字第2024T2B986号

雍正皇帝. 2, 雕弓天狼

YONGZHENG HUANGDI. 2, DIAOGONGTIANLANG

责任编辑：黄雪菁　王乃竹　杨　阳　　　责任校对：程华清

封面设计：璞茜设计　　　责任印制：邱　莉　胡丽平

出版：長江出版傳媒 | 长江文艺出版社

地址：武汉市雄楚大街268号　　　邮编：430070

发行：长江文艺出版社

http://www.cjlap.com

印刷：湖北新华印务有限公司

开本：710毫米×1000毫米　1/16　　　印张：92.875

版次：2024年12月第1版　　　2024年12月第1次印刷

字数：1427千字

定价：188.00元（全三册）

目　录

第一回　太行道雪阻娘子关　山神庙邂逅救贫女

康熙六十一年的冬天阴寒潮湿，自立冬过后，大雪几乎就没停过。以京师直隶为中心，东起奉天，北至热河，由山东河南连绵向西，直至山西甘陕等地，时而羽花淆乱，时而轻罗摇粉，或片片飘坠，或崩腾而降，白皑皑、迷茫茫，没头没脑只是个下。远村近廓，长林冻河上下，飚风卷起万丈雪尘，在苍暗微绛的云层下疯狂地旋舞着，把个世界搅得缤缤纷纷，浑浑旺旺，把所有的沟、渠、塘、坎一鼓荡平，连井口都被封得严严实实。偶尔雪住，惨淡苍白的太阳像一粒冰丸子在冻云中缓慢地移动，天色透光，似乎要放晴了，但不过半日，大块厚重铅暗的云层又压过来，一切便又复旧观，仍是混沌沌的雪世界。

天晚时分，一行三十余骑在山西娘子关一个风雪弥漫的山神庙前驻马。这三十多个人服色不一，十个王府侍卫都是四品武官穿戴，白色明琉璃顶子，八蟒五爪雪雁补服外头披着白狐风毛羔皮大氅。另有两个六品笔帖式，却是内务府打扮，带着二十个亲兵护卫在队后。为首的却是一个三十岁上下的青年，穿着玫瑰紫挂面玄狐巴图鲁背心，外套猞猁猴皮斗篷，清秀的瓜子脸上两道浓重的剑眉微微扬起，紧绷着的双唇旁嘴角微微下吊，仿佛随时向人表示自己的高傲和轻蔑。见前头马队停下来，这青年勒住了马，用手按了一下冰冷的剑柄，一声不言语睨视了一下旁边的侍卫，用漠然的目光仰视着昏暗的天穹，长长吁了一口气。一个侍卫忙道："大约是要打尖儿吧，奴才过去看看。"话音刚落，庙门口的侍卫已经大踏步过来，在青年公子马前雪地里打千儿禀道："十四爷，这是个破山神庙，早没了香火。这大的雪，前头五六十里连个驿站也没有，请爷示下，今晚要不就歇在这儿吧？"

"唔。"青年微微颔首，转过头来对两个笔帖式道，"钱蕴斗，蔡怀玺，你们是雍正皇上派来押我回京的，你们出个章程，我胤禵悉听尊便！”

那个叫钱蕴斗的笔帖式被他威压的眼神迫得头也不敢抬，忙赔了笑脸，打个千儿跪下说道：“王爷这话奴才怎么当得起？没了折尽了奴才的草料！爷说行，咱们就走；爷说住，咱们就停。万岁爷只说叫奴才们好生侍候十四爷，安妥进京奔先帝爷的丧，并没有限日子。奴才遵十四爷的命！”胤禵冷笑一声点点头。早有一个侍卫伏身跪下，胤禵踩着他的背下来，活动了一下腿脚，搓着冻得通红的手说道：“皇上是我四哥，又是一母同胞。论起亲情，我们是手足，论起名分，我们却是君臣。你们奉圣命而来，我岂敢不敬礼有加？这一路要走要停，规矩是住驿馆，都是你们说了算的。今儿住这里，也是你们说了算，我不希罕你们装好人！这个地方儿前不巴村后不巴店，我要在这谋反，或者跑了，都是你们的干系。”钱蕴斗和蔡怀玺只是赔笑听着连连答应。直等胤禵发作完，钱蕴斗才道：“爷圣明，奴才们只是奉差办事，我们两个都是笔帖式，上头有司、府、都监、领侍卫内大臣，离皇上还隔着十八层天地呢！好歹爷体恤着点奴才，平安到京，奴才们往后侍候爷，沾爷的光的时候有着呢！”

“这还是句人话。”胤禵哼了一声掉转脸来，吩咐道，“把阳泉县令送的鹿肉取出来，今晚我犒劳兄弟们！”说着，鹿皮油靴踩得吱吱咯咯响着，带着众人进了山神庙。

这是一座废弃不久的庙宇，空落落的大院覆盖了尺余深的雪，依着山势，正殿两边庑廊齐整排着两溜厢屋，檐下垂着二三尺长的冰溜。半旧的房舍门大敞着，窗纸都没有破；楹柱上的朱红漆皮也没有剥落，微旧而已；只有当院一个人高的大铁鼎上头厚厚地裹了一层雪，冰冷阴沉地矗在雪地里，仿佛向人们诉说着什么。这一群人闯进正殿，只听“唿”的一声，扑棱棱惊起一大群在殿中避雪的石鸡、乌鸦、山鸡，还有一只狍子冲门逃出，猝不及防间，钱蕴斗吓得一屁股坐到雪地里。倒是蔡怀玺眼疾手快，一手擒了一个，看时却是两只野鸡，笑嘻嘻说道：“十四爷好口福。”

“嗯。”胤禵眼中闪过一丝笑容，随即又敛了，大踏步上阶，一边跺着脚上的雪，吩咐道，“把院子里的雪清一清，廊庑下的栏杆拆下来生火。两位笔帖式和我住正殿，我的侍卫住西配殿，善扑营的兄弟们住东配殿。”说罢，解了斗篷递给从人独自走进正殿，向着神龛中被烟熏得乌黑的山神打了一躬，口中喃喃念叨了几句什么，回头对钱蕴斗道："这不像个破败了的庙，怎么没了香火，敢怕是道士和庙祝卷了庙产逃走了？"钱蕴斗笑道："是，奴才也觉得蹊跷。"蔡怀玺在旁点着火，说道："爷不知道，山西去年大旱，寸草不生，这里几十里都不见人烟，并不为天冷怕出门，这里有的是煤。人们都饿跑了，庙里的人自然养不住，哪里还会有香火？"胤禵尚未答话，猛听院里"妈"的一声大叫，接着便是一片嚷嚷声：

"把这个臭尸弄出去！"

"找门板来！"

"啐，晦气！"

胤禵这才知道是亲兵们清理房间发现了冻殍。因房中火刚生着，烟雾大，他不介意地踱出殿外，果见东配殿一群人连说带议论地正在搬运尸体，便道："你们嚷嚷什么？"一个亲兵忙过来禀道："东房里有个尸体，已经冻僵了，是个女的……"胤禵没吱声背着手来到东配殿，果见一年轻女子，大约十四五岁上下，头发披散着，穿一身蓝线的青土布布衫，赤着两只小脚，用裹脚布把两只鞋贴前后心捆着，两手拊心靠墙角坐着，脸色黢青，像燃尽了的香灰一样难看。几个善扑营的兵士啐着骂着，大约是怕晦气嫌脏，却没人动手搬尸。胤禵冷冷说道："你们也算八旗子弟？我为大将军王，在西大通带兵打阿拉布坦，一仗下来尸积如山血流成河！你们不配给我的兵提鞋！——来，我的护卫呢？"

"在！"

"把她拖出庙门外！"

"喳！"

一个侍卫答应一声，双手捉定那女子腋下不管三七二十一拖了就走，刚到门口，忽然站住了，说道："十四爷，她腋下还是温的！"

"咹？"胤禵怔了一下，上前扶起那女孩子手臂，扶着脉沉吟良久，说道："她没有绝气。快！弄到神殿火堆旁暖一暖，兴许还能活！"

于是众人七手八脚，把这个女尸抬到大殿火堆旁，又忙烧了热黄酒，撬开紧咬的牙关灌了下去，再摸脉搏，已觉缓缓悠悠，似紧似慢地跳动，鼻翼一张一翕，脸色也渐渐回转来，只是极苍白，气若游丝地躺在火堆旁的马褡垫子上昏迷不醒。

神殿上的火噼啪作响，铁架子上吊锅中煮的鹿肉散发出令人馋涎欲滴的浓香。胤禵满腹心事，怅怅地望着外头漆黑的夜，听着大雪落地的沙沙声，久久才叹息一声，对守在一旁的钱蕴斗道："我一点也不饿，你和蔡怀玺吃吧。要嫌这里拘束，你听两厢他们吃酒多热闹，只管乐去，还怕我跑了？我也不会自杀！"

"十四爷别太难过，"钱蕴斗勉强笑道，"先帝爷在位六十一年，望七十的人，我们寻常人家瞧着，这算喜丧。十四爷是金枝玉叶，好歹自家得保重，人死如灯灭，您再难过也无益。"胤禵叹道："你们不要怪十四爷脾气不好，这一路我仔细看了，你和蔡怀玺都是好人。一则我心里难过，先帝爷康熙五十七年叫我当这个大将军王，出兵青海，临别时在乾清门拉着我的手，说：'阿玛老了，身子骨儿也不好，朕知道你不愿出远门，但皇子阿哥里头，就只你还能带兵，你不替朕分忧，谁能尽这个孝？'当时皇阿玛老泪纵横，依依惜别，谁曾想我这一去竟成永诀？"说着已是潸然泪下。蔡怀玺忙劝道："当今主子给先帝爷办后事十分隆重，在遵化修的陵，奴才还去瞻仰过，不但壮观，风水也十分好。万岁爷就是怕十四爷悲恸过甚，所以才叫奴才们星夜兼程去西大通接爷回京。回去丧礼上的事多着呢，爷金尊玉贵之体，不要过于伤心，身子骨儿比什么都要紧的。"

胤禵用木棍将火拨了一下，看了看睡在旁边的女孩子，说道："四哥原自就是伶俐人，他做皇帝有什么说的？我要说的第二条就是这个。今儿这个地方上不沾天，下不着地，我有几句心里话想问你们。你们要想着你们是正黄旗下的奴才，我就问；要寻思着是皇差，奉旨押送我这倒运王爷回京的，就当我没说，从此我就是哑巴！"钱蕴斗瞟了蔡怀玺一眼，赔笑道："爷疑到哪去了！皇上要疑心王爷有别的心思，怎么能只派二十个亲兵护送王爷？爷有什么话只管问，凡是奴才知道的，断断不敢欺隐的。"胤禵听了略一怔，突然仰天大笑，倒把钱、蔡二人吓得一颤。却见胤禵丢了手中火棍，起身说道："你们是装傻还是糊涂？既然当今皇帝那么'信任'我，为什么第一道圣旨先传给甘陕总督年羹尧，命令甘陕二省戒严？又命令四川巡抚蔡珽集结二万人马至老河口待命？"

"这事奴才知道，"钱蕴斗愕然注视着咄咄逼人的胤禵，说道，"先帝爷驾崩，事出仓猝，恐生变故，下令天下兵马一律戒严。不单是甘陕四川，连直隶也是一样，北京九城都封了！”胤禵格格一笑：“就算是如此，我再问你，陕西布政使李卫，就是先前四哥书房侍候笔墨的那个小兔崽子，专管供应西路大军粮秣的，原先按季供应军粮，为什么突然改为按日供应？”

“这……”钱蕴斗顿时语塞，正寻思如何对答，蔡怀玺在旁说道：“兴许连日下雪，粮秣一时供不上也是有的。”

胤禵冷笑道：“蔡怀玺，你甭给我来这一套。我乃圣祖大行皇帝的亲生儿子，天潢贵胄！奉旨奔丧，只许带十名侍卫，比不上一个知府的仪仗！你们这点子把戏，只好演给三岁小儿——以为我不知道？你们三十个人跟着我左右，后三十里就跟着三千绿营兵尾随监视，一站一站驿传‘平安’送我回京——你怔什么？以为我蒙在鼓里？今晚宿在这里，前头驿站的人保准要急得热锅蚂蚁似的！瞧吧，天明就会有人来‘迎接’我了！我——”胤禵越说越激动，脸涨得血红，困兽似的来回踱着；突然扑到窗棂旁狂躁地一把撕去窗纸，炯炯的目光仿佛要穿透外面无边的暗夜。良久，他转过身来，已是满面泪光，喃喃说道：“老天爷……你怎么这样安排？八哥九哥十哥……还有那个该杀的鄂伦岱，你们在北京……都是做什么吃的？你们这些酒囊……这些饭桶！”他颓然坐回了火堆旁，殷红的火苗映着他英俊的面孔，久久不再说话。

胤禵在康熙皇帝的二十四个儿子中排行第十四，因此人称“十四爷”，轻财好施，仁侠仗义；知兵好武，是熙朝出了名的“侠王”。康熙晚年，政务废弛，法度宽纵，太子胤礽昏庸无能，于四十七年和五十一年两度被废，启动了儿子们觊觎皇位的野心，因此各立门户结党拉派，闹得乌烟瘴气。第一次废黜太子，皇长子与三阿哥诚亲王胤祉争夺帝位。胤禔揭出“诚王不诚”，派门人孟光祖在外周游各省，结交封疆大吏，希图非分之福的丑事。胤祉则举发了胤禔在埋设“乾坤地狱图”魇镇太子，致使胤礽昏乱失德的隐秘恶行。康熙勃然大怒，当即囚禁胤禔，申斥胤祉，下诏令文武百官推举太子。按康熙的想法，太子失德，秽乱宫闱，既然是大阿哥做的手脚，现在真相大白，做了三十年太子的胤礽，理应昭雪，重登嫡位。不料推举结果大出意外，六部九卿，十八行省督抚提镇众口一词，推举的竟是从来没有单独办理过政务的“八爷”胤禩。细查之下才发觉八阿哥是个了不得的人物，早已暗结人心，联络九阿哥胤禟、十阿哥胤䄉，不但在朝廷臣工中一呼百应，就是大阿哥胤禔、十四阿哥胤禵也是同党，际会风云，文武兼备，在朝阳门外的八爷府跺一脚，九城震撼！立胤禩为太子，康熙也曾有过这个念头，但转念一想，胤禩一个毫无实权的王爷，竟能左右朝局，呼风来风，唤雨雨至，把太子折腾得七死八活。太子党里的四阿哥胤禛和十三阿哥清理官员积欠库银，整顿刑部冤狱这些至关紧要的国政，都因为“八贤王”从中打横炮，弄得不了了之。要真的立胤禩为太子，不但其余的儿子难免骨肉之变，就是康熙自己，也保不定有被逼退位之虞。百般无奈中，康熙只好重新封胤礽为太子，并命四阿哥为雍亲王佐理朝政。为安抚胤禩一干人，晋封胤禩为廉亲王，胤禟、胤䄉升为贝勒。没有想到事情愈演愈烈，复位后的胤礽一来怕康熙再度变心，二来深忌八阿哥势大难制，竟背着四阿哥胤禛，密谋发动兵变，妄图逼康熙退居太上皇，一网打尽“八爷党”！事机不密，被精明绝伦的康熙再度察觉，连下诏旨，永远禁锢胤礽，囚禁了太子亲信十三阿哥胤祥，并诏告天下，皇帝在位一日，决不再立太子。康熙五十七年，准噶尔部阿拉布坦蠢动，擅自派兵侵入青藏，康熙决意兴兵讨伐，命十万精兵出关西征，胤祥和胤禵因在皇子中知兵好武，号称“双雄”，胤祥既然被执囹圄，胤禵顺理成章地被封为大将军王带兵出京。

胤禵烤着火，陷入深深的思索。受命为大将军王的前夜，他曾和胤禩有过一夕长谈。那是怎样的情景？病骨支离的胤禩头上缠着黑帕，幽幽闪动的烛影下越发显得憔悴不堪，拉着胤禵的手满眼是泪，喘着说道：“好兄弟，你，要远行了。我一则是惧，一则是喜……我不知前生造了什么孽，生在皇家，大祸不招而至，不但失爱于皇阿玛，连兄弟也不能容我！我本来只想做个贤王，扶危济弱，做了一生好事，想不到因为人缘好，推举我当太子，反落得天地不容！我……种的是花，得的却是刺……如今病得这样，什么也是不想了，就怕你这一去，你我手足天各一方，再无见面之期！反过来想，北京如今是虎狼穴、是非窝。实话实说，阿玛老了，太子未定，兄弟们谁没一把算盘？四哥不是当皇帝的料，只一味刻薄行事，急征暴敛邀买万岁的心，我看他也未必没有异样的心思。三哥瞧准了阿玛爱读书人的心，巧讨好儿，看似每日带着陈梦雷一干人著书立说，其实也是走捷径的登龙术！就是你九哥十哥，人都说是铁杆儿‘八爷党’，我瞧也不见得！

昔日晋国闹家务，申生太子在内而危，公子重耳在外而安，所以心里虽舍不得，你去带兵我心里宽慰！你只管放心保重，我的奶公雅布齐就在西大通，有他侍候着你，就跟我在跟前一样的。一旦朝局有变，你带十万八旗子弟兵临城下，我在里头维持，这个皇帝位你不坐谁坐?”胤禵被他说得失声痛哭，一边哽咽一边说：“八哥说得都是，唯独做皇帝，兄弟我没有想也不敢想……我只会带兵，只爱习武，没那个胸襟度量，也没那个德行人望。据我看，皇上是爱你爱得深，所以磨练你。不然，为什么说你谋逆，反而晋封你亲王？四哥办了多少差，出了多少力，也才和你一样嘛……八哥宽心养病，我在外头，京里有什么变故，好歹早点带信给我……我拥兵在外，缓急都是八哥用得着的……”

劈柴在火中“啵”地爆了一声，胤禵眼中波光一闪，清醒过来，才意识到自己处身何地何情。世间想不到的事太多了，冥冥造化之数恰不如人意。胤禩胤禵两人虽然流泪眼对流泪眼，伤情人对伤情人，说的话语重心长，但各自都是一把如意算盘。胤禵一到西边就收买了胤禩安在自己身边的钉子一等侍卫鄂伦岱，命他回京“帮着四爷，看着八爷”，雅布齐收买不动，行军法杀掉了。满想着既然皇帝不立太子，一听到康熙死讯，立即带兵回京争位，想不到鄂伦岱一进京便如泥牛入海，连个信儿也没有，更想不到皇帝竟有遗诏，“不是皇帝料儿”的四阿哥粉墨登场，堂而皇之地做了九五之尊！威权赫赫的八阿哥竟然俯首称臣，自己受年羹尧岳钟麒掣肘，非但不能“将十万大军入关”，反而被二十个御林军士两个笔帖式半押半护地送往京师……他瞟了一眼正在吃鹿肉喝酒的钱蕴斗蔡怀玺，无声叹了一口气，愤懑、疑思、焦虑、惆怅，还有一丝莫名的恐怖骤然袭上心头，“嘣”的一声他扯断了项前套扣，想站起来，又咬着牙关坐稳了。

“十四爷，”钱蕴斗满嘴是油，转脸诧异地盯着胤禵，“您老有什么吩咐?”胤禵恶狠狠道：“热！爷解解扣子！”蔡怀玺忙道：“这火烧得太旺了；奴才把柴抽几根吧?”胤禵狂躁地拨了拨火，咬牙道：“我还嫌它不旺！要有一把火烧掉这混账世界，把我烧成灰我也是欢喜的！”蔡怀玺和钱蕴斗这才明白，胤禵是被心里的怒火烧得坐不住，想说什么又都咽了回去。正在此时，那个冻僵的女子身上抽搐了一下，呻吟道：“水……水……”

第二回　结巴驿丞顺口道情　倒运王爷递解回京

胤禵一怔，低转头看了看那女子，冲外喊道：“我的侍卫呢？”胤禵的两名侍卫就守在门口，听见招呼，忙进来叉手而立。胤禵皱眉道：“能弄点热水来么？”钱蕴斗笑道：“十四爷，她这是昏迷谵语，不是真渴。小人粗通医道，现成的鹿肉汤灌一碗，补住元神，敢怕就好了。”见胤禵无话，蔡怀玺忙过来扶那女子仰着，钱蕴斗用银匙，一小口一小口喂了一大碗热腾腾香喷喷的肉汤。胤禵也不理会，只满腹心思来回踱着，时而低首沉吟，时而望眼欲穿地盯视院外，谁也不知道他想些什么。

“天爷……”那位死里逃生的女子终于醒了过来，趣青的脸上泛起红晕，一双水汪汪的杏仁眼慢慢闪开，在一张张陌生的男子面孔上扫过，讷讷说道，“我这是在阴曹地府，还是活着？你们是人还是……”

胤禵默默注视着她，相貌五官也还端正清秀，只是蓬头垢面，赤着冻得流黄水的双脚，稚气的眼神中带着疑虑和惊惧。良久，胤禵方淡淡一笑：“我们不是鬼，不过人和鬼比起来，还是人可怕些，也难怪你惊慌。你到鬼门关走这一遭，回来了。你叫什么名字，怎么一个人冻倒在这孤庙里？”

“俺是代县的，”那女孩子赤着脚当着这么多男人面，害臊地把脚缩进马褡子下头，“乔家寨人，是庄户人家，叫引娣。去年县里派下来官银，俺家摊了七吊半钱……可怜去年秋里没收成，哪去弄这么多的钱？家里只有俺爹俺妈，还有一个不到六岁的弟弟，是叫天不应叫地不灵。村里来了个蛮子，一口苏州话，说要买二十个女孩子去苏州给皇上织贡品、绣花，管吃管住一年还有一两工钱，三年期满，愿意回来给路费，想留的一年给六两银子。为还债，也为了一家活命，爹妈卖了我……”

她一头哭一头说，胤禵蹙额沉思着，苏州给朝廷每年的例贡他是知道的，都由苏州织造李煦掌管，却没有到北方买人的例。李煦是个谨慎得树叶落下来都要躲闪的人，竟敢私买私卖人口？想着，问道：“既然两厢情愿，你怎么又回来了？”引娣呜咽道：“爷哪里知道？他是个人贩子！到苏州就把俺卖到了春香阁，俺看师傅教的不是针线，每日领着唱曲儿、弹琴，还教下棋、画画儿，心里犯疑，去问教习妈妈，教习妈妈说这也是学本事。倒是春香院一个大姐好心，跟我说了底细——满十五岁就叫我们去接客——大爷，俺是好人家的闺女，咋能做这事？趁他们不防，俺逃了出来，连正经路也不敢走，一路从安徽山东河北讨饭回来。到娘子关又遇上大雪，想进庙避避，不知道这里因为遭灾，庙里的住持都饿跑了，我冻倒了……”

“你这故事倒编得叫人泪下肠断，”胤禵目光炯炯，冷笑道，“我救了你的命，你还跟我来这一套？去年山西荒旱，秋粮没收上来是实情。康熙万岁爷曾有明诏颁布天下，免去山西甘肃全年钱粮，还派了钦差大臣，会同山西巡抚诺敏赈济灾民。怎么会反而有催科的事？说实话吧，你是谁家的逃奴？有我担待，保你平安，我既救人，自然要救到底的。”引娣睁着大大的眼睛伫望了胤禵片刻，叹了口气道：“爷不信我也没办法，这事我也说不明白，反正听说是诺大人还有我们府老爷县太爷……好像欠着什么库的银子，不但赈济银子没见一文，还要我们百姓把欠的银子补出来——通省百姓都一样，俺怎么骗得了大爷您？您找个乡里人问问就知道了……”

她话没说完，胤禵心中已是雪亮，引娣没有说假话，这正是今日的当今皇上，昔日的雍亲王造的孽！自康熙四十六年胤禛主管户部，清理官员积欠国库银两，多少命官都逼得投井上吊，这个诺敏倒另辟蹊径，朝廷逼他还债，他叫百姓替还！胤禵望着篝火，咕哝了一句“坏蛋”，转脸问钱蕴斗，“这个诺敏，是正黄旗下牛录出身，好像是雍和宫的门下？”钱蕴斗一点也不想惹是生非，只想着把这个招惹不起的王爷送到北京完事，嗫嚅了一下，没有答话。蔡怀玺在旁说道：“不是万岁爷龙潜时的门下，他是镶白旗的都统，原先和年制台是换帖兄弟。”

“一丘之貉！”胤禵咬着牙一笑，“这么着保纱帽，不怕激起民变？上梁不正下梁歪，我看——”他突然意识到自己的处境，名为“大将军王”，其实是个囚在笼中的虎，这种闲事压根轮不到自己去管，而且北京城里如今是什么情势，一点也不知道，自己前途吉凶也难说。想着，胤禵喟然一叹，勉强笑道：“引娣，你大难不死，必有后福。你是愿意跟我到北京，侍候我，还是愿意回去呢？”

引娣眼中一泡儿泪水，她原以为这干人个个佩刀带剑，不是响马就是刀客，这会子回过神来，已经觉察到胤禵不是坏人，可也不像平常人。想着，用袖子擦着眼泪道：“俺……家里有爹娘、弟弟，爹老了，娘有病，弟弟还小，得有人照应……”胤禵笑道：“难为你还有这份孝心，比我们兄弟们强！既如此，明儿我资助你点盘缠，回代县去吧。”说罢吩咐侍卫，“她在这里歇息不便，东厢我看还有一间耳房，带她到那屋里，有现成吃的送过去一点。”

侍卫们带着引娣出去了。胤禵掏出怀表看看，已是亥正时分，外头兀自丢絮扯棉般地落着大雪，看看两个笔帖式，正襟危坐毕恭毕敬地望着自己，既不能赶走他们，又实在无话可谈。听着凄风掠过峰峦的呼啸声，胤禵心中更转惆怅。他解下佩剑，斜靠在马鞍上，拣着吊锅里的鹿筋略用几口，又吃了一大碗黄酒，便觉醺醺的，在暖融融的火堆旁沉思着，渐渐闭上了眼。

“十四爷，十四爷！”

蒙眬睡着的胤禵一下子睁开眼，却见是钱蕴斗在轻声呼唤自己，他抖了抖盖在身上的斗篷坐直了身子，问道：“什么事？大呼小叫的！”

“井陉驿站派人来接您了！”

“好嘛，记得我昨晚说的么？”

“……”

“叫他们为头的进来！”

“喳！”

井陉驿丞像个雪人，呼着白气进了山神庙，在檐下轻轻跺了跺脚，摘了大帽子抖抖，抹了一把满是雪水的脸，结结巴巴报道：“井井井陉，驿驿……驿丞孟孟孟……”一肚皮愁绪的胤禵被他逗得“扑哧”一笑，说道：“别难为了，就是孟驿丞吧——进来。”那驿丞又矮又胖，皮球似的滚进来，就地打了个千儿，说道：“奴奴……奴才孟……宪佑给爷请请……请安！”不知是屋里热，还是这个八品驿丞头一次见地位这么高的天潢贵胄，孟宪佑头上冒汗，两手比划着说了半日，胤禵也听不明白他都说些什么。原想好好问问，雍正皇帝到底怎样“关注”自己进京的，对着这块料，不禁又好气又好笑："罢了吧。小心累着了你！你这一口晋北话，又结巴得这样，我竟什么也听不明白！你花了多少钱捐这个官？莫不成见你们上司也这样儿回话？"

"回回……王爷，"孟宪佑叩头道，"奴……才是正正……正儿八经的进进进士……就为这个毛毛毛……毛病，才混混……成个八品、品官！日日日……日子久了，都都不……不计较了。王王王爷，您叫奴奴……才唱道情，就不结结结……结巴了……"

胤禵仰天大笑，说道："好，有趣，你唱！谁叫你接我的？"那孟宪佑红着脸磕了个头，果真梗着脖子唱起道情，却是字正腔圆，一点也不结巴。两庑侍卫亲兵跟着这位倒霉王爷，多日旅途寂寥，见正殿有人唱道情，不禁都凑过来听热闹，却听孟宪佑唱道：

开言千岁请细听，
奴才为你唱道情。
不敢造次接王驾，
都只为保定府里传来了宪命。
接到了十四爷还则罢，
接不到十四爷，八品官儿也做不成！

歌词虽俗，却是清楚明白，胤禵想不到他唱得如此流畅，忍着笑说道："我才走到娘子关，保定府好长的耳朵！"孟宪佑将手一揖又慢声唱道：

里头的委曲，奴才弄不清。
昨日晚有个官儿来到井陉，
工部员外郎，名叫田文镜，
奉圣命去陕西慰劳军营，
顺路儿带来这一道令，
命奴才带着暖轿接爷回井陉。
四十五里山路跑得奴才头发蒙——呀
吱也幺哥！

唱到这里收板子，一嗓子“呀吱也幺哥”唱得殿里殿外人人控背躬腰，跌脚捶胸哄然大笑。胤禵也掌不住一口茶“扑”地喷了一袖子，但他很快就明白，自己在受着何等严密的控制。他渐渐变了脸色，站起身来冷冷说道：“难为了山西直隶两省巡抚了。这大的雪，比本王走路的竟辛苦了十倍！既然你带了暖轿，也算你一份虔心，本王可要坐轿走了。”说罢便起身来，孟宪佑忙叩头起身出去招呼轿马，胤禵的亲随和钱蕴斗等人便忙不迭地备行李。

“十四爷，”一个王府侍卫见胤禵结着扣子出来，忙上前禀道，“那个女的怎么办？是送她回代县，还是带着她走？”说着将大氅递了过来。

“她身子骨怎么样？”

“挺好的，昨晚暖了一夜，已经过来了。”

胤禵抿着嘴看了看天，雪已经下得不大了，稀稀落落的雪片有气无力地随风荡摇着缓缓坠落。他沉吟着，一眼见引娣从东耳房出来，便道：“你不要紧吧？”引娣穿着一身又重又厚的棉袍，一夜饱暖，精神已完全恢复。她见胤禵一干人手忙脚乱地收拾东西，行色匆匆，先是隔窗痴痴地望，听胤禵问自己，忙几步过来，双膝跪地，就雪中磕了三个头，已是呜呜咽咽放了声儿：“恩人……您这就要走？叫俺怎么报答您？……俺们是寒门小户，恩人是贵人，只盼恩人步步高升，公侯万代……”胤禵苦笑了一下，摸了摸怀间，里头并没有银子，却有一把金瓜子儿——是年羹尧为自己设酒送行，席前猜枚儿耍子赢的。便都掏了出来，说道：“你这感恩的话我当不起。按平常年月，我带你去京城，能帮你图个一家温饱，如今不成了。带上这点钱回去吧……”说罢神色黯然。

引娣一下子抬起头来，泪光闪闪诧异地望着胤禵。刹那间，胤禵才发现她长得十分俊美：韶秀的面孔用雪水洗过，泛着粉嫩的红晕；嘴角下还有两个似隐似现的笑靥；一头乌发多少有点散乱，却黑得乌鸦翅膀似的在风中翩翩飘动；黑得深不见底的瞳仁带着稚气，也带着与年龄不相称的机敏和成熟。胤禵叹道：“我北京王府里，身边八个丫头都不及你，带你去侍候福晋也必是好的。可惜……我身在不测之中，顾不到这些了。你这样走路不成，我劝你改换男装，走大路慢慢还乡吧。”说罢便要下阶。

“恩公!”

“唔?”

“求恩公赐下姓名，俺回去给您立长生牌位!”

胤禵恬淡一笑，徐步下阶，一边走，头也不回地说道：“自古哪有长生的？我不短命就是天照应！先帝在世，群臣日日喊万岁，到底也只在位六十一年。造化无常……”不知哪句话触动心思，胤禵眼中突然涌满了泪水，一阵疾步出庙，哈腰钻进暖轿，脚一蹬命道：“起轿!”

百余人簇拥着那乘杏黄毡套四人抬软轿，高一脚低一脚踏着拥满积雪的山道迤逦东去。引娣站在庙门口呆望着，一直目送到他们消失在迷漫风雪里才回庙来……

一行人在风雪中又跋涉数日，待到北京京郊的潞河驿，已是十一月二十六日傍晚，前头自有人飞马进京报知。过永定河，早见大学士尹泰、礼部员外郎高其倬、理藩院司官阿尔松阿、苏奴等人接了过来，见胤禵哈腰下轿，一齐请下安去。胤禵看了看，阿尔松阿是原工部尚书阿灵阿的儿子，苏奴是八阿哥廉亲王胤禩的门下，在京时无话不谈的，但此时人杂，又在帝辇之下，一句多的话也不敢说，只吩咐叫起，便跟着众人进了驿站。国丧期间，不便大张筵宴，尹泰只命人预备了一桌素席，权为胤禵接风。既不能叫歌伎奏乐助兴，也不能猜拳，射覆哑谜，众人都是重重心事。因此，略吃几口，见胤禵放了箸，便都起身，到驿站正房，重新见礼说话。

“竹韵公,”胤禵坐了主位，看了一眼对面的尹泰，说道，“皇阿玛的梓宫设在哪里？我今晚要去守灵!”

尹泰是文华殿大学士，已故上书房大臣熊赐履的头号门生，出了名的道学老古板。康熙晚年，因跟着大学士王掞保奏废太子，罚俸罢职，置闲多年，望七十的人，须发都已皓然，仍是精神矍铄，正襟危坐在胤禵侧旁，清癯的面庞一脸庄敬之色。他听胤禵问话，在椅上欠身一躬，说道：“大行皇帝已经定了庙号为‘圣祖’，请十四爷留意。圣祖十三日崩驾，是在畅春园，当日雍正万岁爷柩前即位，即奉大行皇帝移梓乾清宫。臣奉旨接大将军王，今夜在潞河驿安歇，明日自有圣命召十四爷进去。”

面对这些人，胤禵突然有一种遥远和陌生的感觉，想起自己当年千乘万骑耀武扬威地出兵放马，正是今日高坐九重君临天下的皇帝代天子恭送自己到这里，在驿前不远的青芦棚下设筵洒泪而别。今日回来，已经分了君臣名分，嫡亲的手足，说不许进城，就得乖乖地在城外待着！真是景物依旧，人事全非。离此不远的紫禁城中，冷冰冰的乾清宫中静静躺着的老阿玛，再也不能把着手教自己运笔写字，再也不能一边吃酒，一边看自己舞剑……胤禵不禁泪水涔涔，却不愿在尹泰这样的人面前失态，忙偷拭了，说道："尹泰，既然不能进去，我自然遵旨。你是出了名的理学大师，请指教，我该先见雍正皇帝，还是该先去谒圣祖的灵位呢？"

"忠孝节义虽为一理，却有序。"尹泰不疾不徐，款款说道："忠在守位，今日君臣之分已定，圣天子在上，自当先觐见当今万岁。不过万岁也在乾清宫昼夜守灵，一同参见也未尝不可。"尹泰胸有成竹，说得十分笃定。他素日并不结交阿哥，对爽直豪气的胤禵其实颇有好感。于平常人家，先见谁后见谁是不值一提的小事，但当今雍正是个刻薄成性的，劝胤禵先行君臣大礼，再谒康熙梓宫，原是满心保全的好意，只是道学面孔僵板硬直，叫人听得心里不受用。阿尔松阿是随从尹泰来的，见尹泰这样待胤禵，横了尹泰一眼，心里骂道："老棺材瓤子，"口中却道："忠孝原为一体，尹老大人说得极是。孝为忠之本，不孝即是不忠，非孝子不能为忠臣。既然万岁爷也在梓宫，临时请旨定夺也可以嘛。"尹泰明知他是驳自己，也不辩白，脸上毫无表情，转脸又对胤禵说道："有一件事，臣要回明十四爷。万岁登极之后，诸阿哥一律避讳。因此，所有阿哥的'胤'一律改为'允'字。胤允音近，口头称呼不易分别，若十四爷有条陈奏议，请留心更正过来。"

这是题中应有之意，胤禵也听出了尹泰的好心，不禁点头道："多承关照，自今而后，小王叫允禵就是了。"

"十四爷，"阿尔松阿见允禵正眼也不看自己一眼，知道他有误会。来接允禵之前，八阿哥府太监何柱儿专程见他，叮嘱他务必要独自见见允禵，详告北京城内形势。眼见主官是尹泰，莫名其妙的一个糟老头子，其余的人都是个个心怀鬼胎，戒备警惕，哪里去讨机会？阿尔松阿坐在旁边沉思良久，单独见允禵断然不可，但不说话、装哑巴，在八阿哥那头交代不了，因轻咳一声，说道："奴才来前，三爷、五爷、八爷、九爷、十三爷都见了。各位爷们都说，本该亲来接风的，但爷们都重孝在身，叫奴才转告爷好自保重。”这等于给允禵报了一个平安信，允禵顿时松了口气，缓过脸色说道：“劳哥子们关照了。彼此热孝在身，这些礼就不必讲了。”苏奴看了看尹泰和高其倬，接着阿尔松阿的话口说道：“倒也不全为守孝。万岁爷新登极，凡百事务都要料理，夜里守灵，奏章都带到乾清宫处置的，三爷、十三爷、八爷如今都进了南书房，和隆科多、马齐共管国家丧期朝务。为防奸党内外勾结，乘丧起乱，九城封闭已经十四天了。”

这等于又一个信息，而且更加要紧。所谓“奸党”云云，允禵心里雪亮，指的是新君雍正一生“三憾”——八阿哥允禩、九阿哥允禟和十阿哥允䄉——当然，自己就是“内外”的“外”了。允禵心中不禁一阵紧张，同时又有点宽慰轻松：这再明白不过，八阿哥没有被扳倒，雍正的帝位并不稳当！危险和机会同时存在着，当然事尚可为——允禵被这几句话撩得五内翻涌，心头突突乱跳，目光霍地一闪，还想问点什么，又压住了，转脸问高其倬：“你叫什么名字？以前没见过啊！”

“回十四爷，”高其倬忙欠身赔笑道，“臣原任四川成都署理知府，一直在外头，是前几日才调到礼部的，因此没缘分荣见十四爷。”此人干巴精瘦，一双黑豆眼炯炯有神，只一脸麻子有点破相，伶伶俐俐的，一望而知是个浑身消息一按就动的角色。允禵歪着头想了想，说道：“我想起来了，你看得好风水。你写的那本《堪舆家言》很有意思。”陡地想到高其倬是年羹尧帐前督粮总办李卫一手提拔的人，便又缄了口。但高其倬却被他搔到了痒处，口中滔滔不绝说道：“风水一说起于汉兴于唐，以地理应天文，有人神不测之玄妙。先帝爷在时，曾命臣陪同钦天监圆明去奉天看过太祖爷的福陵，后来到遵化，圆明看中了一块地：那地自卧雁山起龙头，一个鼓一个包一个鼓一个包下来，形如龟背曲似长蛇，绵绵延延直下东南，正与世祖景陵相接。他说这地好，我说这地是将相之地，不是君王之地，不信你往下挖，八尺之下必定有水。叫人一刨，果不其然！连圆明也服了，叫臣陪着一垄一垄地挨着看，后来才选中了大行皇帝的景陵！大学士张廷玉相爷的祖陵也请我看过，我说好，不过恐妨令公子，于令弟也有不利，这就是美中不足的。如今张相二公子果然命促，相爷的三弟廷璐公前年也贬了官。今日我就撂一句话，尹老相爷的祖茔我也看过，令公子已经考中举人，不在今科在来科，若不在前三名里，请剜了我这双眸子去！”他口中喋喋，手势翩翩，怎样瞧山向，侦地气，看来龙、察地脉，说得唾沫四溅，听得众人只发怔。阿尔松阿在旁不冷不热说道：“想不到老兄如此通阴阳之理，天造化，老兄必定能给当今万岁选一块更好的寝陵。”

有时候一句话像一道闸，能堵住潮水一样的话题。本来历代帝王，即位便选陵墓，并不是一件忌讳的事，但康熙尸骨未寒尚未安葬，京师危机四伏，雍正的帝位坐得稳坐不稳都难说，就言及给他选坟的事，人人都觉得他别有用心语带双关，虽然挑不出毛病，顿时心里咯噔一声。高其倬也自觉失态，涨红了脸，低头吃茶，再也不说什么土味的“甘酸苦涩”了。

“我也乏了，”允禩起身伸欠了一下，“今儿就按旨意，先安歇一夜吧。高其倬既精于堪舆，万岁召他进来也未必没有深意。其倬先生有闲工夫，将来给我也看一块地，不求世世富贵，但求代代平安，好歹请留意。”说罢将手一让，众人忙都躬身辞出去。

第三回 探虚实闯宫大哭表 乌雅氏柩前正位号

在潞河驿胡乱歇息一夜，果然第二日拂晓便有旨意下来："着大将军王允禵即至乾清宫圣祖梓宫灵前见驾。"允禵一肚皮的火，也不设香案，也不跪接，竟站着接读圣旨。读罢一语不发，愣着出了半日神，径自出了门上马赶进北京城，弄得赍诏太监和尹泰一干人又是担心又是尴尬，说不敢说，劝不敢劝，只好怀着鬼胎，打马随行入城。

天上的雪已经小得多了，银雨也似霏霏而落，云层黄中透白，眼见这场数十年罕见的大雪已是强弩之末，没有多少后劲了。允禵呆着脸骑在马上，一街两行家家户户都有人扫雪清道，见他前呼后拥地过来，纷纷丢了扫帚木锨家什，垂手鞠躬侍立。人们脸上没有什么表情，仿佛还没有从老皇帝的死这一噩耗中惊醒过来，更没意识到这位当今皇帝的政敌，一母同胞的大将军王突然回京意味着什么。但允禵心中却另有一番滋味，往年的西直门内，像这个日子，正是要过冬至的日子，那热闹得还了得，什么肉肆行、富粉行、成衣行、玉石珠宝行、绸缎铺、纸行、海味鲜鱼行、汤店、药肆、仵作行、浆洗店……纵比不上正阳门外棋盘街大廊庙，也是车水马龙人潮如涌。如今却是家家关门，店店封户，冷冷清清没几个人，只偶尔有几声卖水车的铎铃响和拉煤土的沿街叫卖声，打破这冰雪世界的岑寂。允禵不禁微微叹息，轻声吟道："亲戚或余悲，他人亦已歌。死去何所道？托体同山阿——帝王也是一样啊……"

"十四爷，"紧跟左侧的尹泰问道，"您说什么？"允禵低垂了头，良久才叹道："我想起了皇阿玛，英雄一世，如今躺在冰冷的乾清宫。人生斯世，到底有何意趣？你看这大街，平日何其红火，现在却是悲风回雪，遍布缟素。你我还沉湎在终天之悲中，人家砧板都在响，照样儿过冬至，照样儿拜冬，做冬至团，买乳酪，熬饧糖。"尹泰听了反觉无言可对，思量着说道："十四爷想得多了。这街两边店铺多，举人们都赶着进京入闱，趁着冬至赚这些措大们几个是有的。大雪下了这么多日子，寻常人家连菜也吃不上，哪能同往年比呢？"

允禵左颊上的肌肉不易觉察地一颤，转脸问道："今年还要开春闱？不到时候吧？"尹泰斟酌着道："十四爷，您难过得糊涂了。新皇登极，自然要开恩科的。听说礼部原定我当主考，我赶紧去说，我的三儿子尹继善今年也要考，按例我得回避。大丧过后，我想恩旨就要下来了。"允禵还要问话，前头侍卫在马上用手一指，说道："王爷，西华门到了。"

允禵身上一震，猛地意识到此地是紫禁城入口处，巍巍天阙之内，便是总领天下政务的机枢重地。他收了戚容，款款下马，解下腰中宝剑递给从人，便见乾清宫一等御前侍卫德楞泰迈着凝重的步履下阶，站在石狮子旁等候自己，他便踱了过去。德楞泰是蒙古勇士中选来给康熙皇帝当侍卫的，迭次护驾有功，已经晋封二等伯爵。他敦实高大的身材像一尊铁塔，透出一身剽悍之气，黑红的脸膛看不出什么表情，只两只眼睛哭得有点浮肿。他稳稳站在阶前，见允禵走近，低沉地说了句："有旨。"见允禵毫无下跪的意思，接着说道："着允禵乾清宫西暖阁见驾！"允禵回顾尹泰，见尹泰吓得脸色惨白，因冷冷说道："四哥太劳心了，已经有过旨意了嘛！"

"给十四爷请安！"德楞泰上前打个千儿，遂即起身，一躬说道，"万岁爷的意思是，先请见一见，随同万岁一齐去大行皇帝梓宫行礼。"

允禵哼了一声，拔脚便走，马刺踩在扫得溜光的临清砖上发出叽叮叽叮的声音，越走越快。尹泰情知这位性情刚烈的王爷今日有意惹事，和愣在当地的德楞泰交换了一下眼神，急匆匆跟了进去。允禵大步流星进西华门，却不循常例由武英殿隆宗门入内，径由熙和门入内，过金水桥登太和门，直奔太和殿，从保和殿后疾步下阶，过了乾清门，沿甬道挺身直入。弄得专门在隆宗门迎接他的上书房大臣隆科多飞跑回来，喘吁吁地跟着，口里说着"请安"，那允禵只是走，哪里行得下礼去？连钉子似的守在甬道旁的侍卫们都看得目瞪口呆！允禵远远见乾清宫前灵幡旌旄白汪汪的一大片，心中已是一片迷惘混沌，只觉得天地宫殿浑浑茫茫，在旋转，在倒涌。直到殿前，两个人搀架住了他，才清醒了一点。他定睛看时，一个是八阿哥廉亲王允禩，一个是十三阿哥允祥，亲人相扶万感交集，仇人相见又分外眼红，他不禁傻子一样怔住了，直盯盯地望望“正大光明”匾额下的白幔素帏，左望望允禩，右看看允祥。一阵哨风卷地而过，吹得灵幡哗哗直响，殿檐罘罳下铁马叮当一声，允禵浑身剧烈地抖动一下，突然扑身倒地号啕大哭，匍匐着直爬到康熙灵前，已是声断气咽：“皇阿玛、皇阿玛！你……你这是怎么了？你怎么在这里头？你醒一醒儿……你的不孝的老十四回来……看你……嗬嗬……临走时，你不是说过，必定要临终前见儿子一面的么？是天不允还是地不许？我的皇阿玛，我的皇阿玛啊……这不公道啊……嗬嗬……”此刻大殿中东边一溜跪着三阿哥允祉、五阿哥允祺、七阿哥允祐、九阿哥允禟、十阿哥允䄉以下至十七阿哥允礼，最小的阿哥允祁刚满十岁，缌麻孝袍伏地哀泣；西边一溜是康熙留下的宫嫔，却是从宜妃郭络罗氏为首，德妃乌雅氏、惠妃纳兰氏、荣妃马佳氏、温贵妃钮祜禄氏、成妃戴佳氏、良妃卫氏、定妃万琉哈氏、敬敏贵妃章佳氏、顺懿密妃王氏、纯裕勤妃陈氏……还有一大堆的嫔、御、答应、常在各类各色的女人足有五十人，都一齐放了声儿。但这些人每日前来跪灵已近半月，又累又别扭又担心又都各怀着心事，早就过了新丧之哀，再也鼓不起哭兴来。男人们低垂着头，有的偷看允禵拍棺大恸，有的互相交换眼色，有的装着哀痛已极伏地假寐，有的边“哭”边抠砖缝儿，抹眼睛丢鼻涕，流出涎水凑数儿。女人们天生会哭，白绢子捂着嘴呼天抢地，唱歌儿似的念叨着什么，但眼泪是再也挤不出来了。

“老十四乱了章法，”允禩看了看默默出神的允祥，说道，“祥弟，你看这事怎么调度？”他是个温文尔雅的人；微胖的圆脸多少有点苍白，看去很清秀，一双又大又黑的瞳仁几乎不见眼白，说出话来又清又亮，一副弱不禁风的样子，即使皱着眉，嘴角也带着一副可亲可敬的温柔敦厚，和虎目炯炯英武爽俊的十三阿哥允祥恰成对照。允祥自允禵闯宫，已经知道今日之事难以善后。十四阿哥敢于冒险一试，其实就是要蹚蹚新君雍正到底有多深的“水”，看一看对面这位“八贤王”还有没有胆量保自己——这一闹是早就想到了的，只不料这个下马威来得如此之快！半晌，允祥方拿定了主意，长叹一声，含意不明地说道：“难为他……这片孝心，就依着八哥吧。皇上昨晚失眠，到四更天才睡下，原想见见老十四，兄弟君臣先聊聊再来哭灵——你看看这起子人，哪里是哭？都是直着脖子在嚎叫，成什么体统——我去见见皇上，八哥你去劝劝老十四。我直人说直话，只怕他还听你的些……”说着便向西暖阁走去。

允禩猝不及防接了这个烫手的红炭团儿，连回话的余地都没有，眼看着允祥晃着四方步去远，心里又气又恨，无奈只得进殿来，一眼看见德妃乌雅氏跪在西边第二位，允禩突然有了主意，徐步走了过去。此时允禵越发大放悲声，撕心裂肺地嚎啕哭得殿中人人心里起栗。他扭曲着身子，用头死命撞着金漆楠木棺材，双手剧烈地抖动着，两条腿狂躁地蹬着大哭大叫：“把棺材打开！把棺材打开！我……我要看看皇阿玛！我要看看他老人家……我要知道他真死了没有……呜……嗬嗬……您怎么会死？您是怎么死的呀……”

“列位皇太妃……”允禩装着喉头哽咽了一下，走到郭络罗氏和德妃乌雅氏中间，团团一揖说道：“十四弟这个哭法不成，既伤身子又不成礼法，太妃们是长辈，求你们出面维持一下，成全他的孝心。”

郭络罗氏左右顾盼一下，这才醒悟过来，自己昏昏沉沉只顾哭，竟跪在了后妃的首位。这几位贵妃都明白，跪在第二位的乌雅氏正位皇太后只是几日里头的事，知趣地杂跪在下首，自己怎么连这份机伶也没了？她陡地打个寒战，转脸低眉说道：“德妹妹，实在有僭了；我不是有意儿的。今儿这事，还得你来拿主意。”说罢，挪动着发木的双腿后跪了半步。德妃乌雅氏怔怔地看着躄踊大哭的允禵点了点头，其实连郭络罗氏后头的话也没听清楚。“母以子贵”，她养的儿子当了皇帝，当皇太后是题中应有之意。本来大好一件事，偏生两个亲生儿子是两“党”，闹家务闹得天翻地覆。胤禛人称冷面王，出了名的狠辣猜忌刻薄寡情，不知康熙吃了什么药，居然把这万几宸翰九五尊位传给了他。如今做了天子，叫他给弟弟让步是万万做不到的。但她心里雪亮，这个允禵也是个犟种，撞死在南墙上也不会走弯路，今日大闹灵堂，骨子里就是不肯臣服胤禛，自己一个女人，能有什么法子制住两个斗红了眼睛的公鸡？想着，乌雅氏抽咽一声，眼睛里突然涌满了泪，艰难地站起身来，走到哭得昏天黑地的允禵身前，用冰冷的手抚了一下允禵的发辫，说道：“儿子，你刚从外头进来，呵着冷风，这么着哭，要伤了身子的……”

“体之发肤受之父母……”允禵头也不回，一头哭一头说，“……我的身子是父皇给的……父皇不在了，我还要身子做什么？我的阿玛呀……”乌雅氏咽了一口气，说道：“……也是娘身上掉下来的肉……替你阿玛想，替我想，你都不能这样。好儿子，你……你要多想想……”允禵听着，突然停了哭声，转过满面泪光的脸，仿佛不认识似的望着乌雅氏，盯视良久方问道：“你是谁？凭什么管教我？”

“孩子……你哭昏了头……我是你的亲娘！”

“你穿的是皇妃服色。你不是太后，也不是娘娘，国家有制度，你管不了大将军王！”

众人早已停了哭声，殿上只听德妃的温言细语和允禵疯子一样的咆哮：“皇家丧礼是国家重典，不同庶民！世祖爷在位宫中铁牌定制‘后妃不得干政’！”此刻殿中一百余人都听得呆若木鸡，人人色变股栗，只有东首跪着的九阿哥允禟看了看平静如恒的允禩，又用眼角扫视挨身的十阿哥允䄉，恰遇允䄉的目光也扫过来，一会神便都闪开来。乌雅氏一眼看见新即位的雍正皇帝一手扶着侍卫张五哥，一手扶着太监李德全，后头跟着允祥、隆科多和鄂伦岱一干侍卫，脚步杂沓衣裳窸窣逶迤沿甬道踏上乾清宫丹陛，心里一急，断喝一声：“你胡说八道！来人，架起他来！”

“……喳……”

站在灵前的几个小侍卫早已看得目眩头晕，见一向温和安详的乌雅氏突然勃然变色，惶恐地左右盼顾一下，参差不齐地答应一声。见允禵兀自红头涨脸，脖子上的筋鼓起老高，一副天不惧地不怕的横样儿，向前一步又迟疑地退回来，谁也没敢动手。顷刻间殿内一片死寂。

“怎么？”乌雅氏眼一横说道，“我是天子之母！祖宗家法都不要了？”她脖子一扬，点着名儿叫雍正身边的侍卫：“鄂伦岱！你给我架起他来，先给皇帝行礼！”

允禵恶狠狠看着一脸惶惑之色渐渐走近的鄂伦岱，想想自己大老远专门派他入京打探消息，居然杳如黄鹤，居然腼颜来搀自己，气得浑身乱颤，却不言声，待鄂伦岱下腰刚架住胳膊，突然回身一掌“啪”的一声掴将去，打得鄂伦岱倒退几步才站稳！

“你是什么东西，敢来动我？”允禵直着脖子吼道，“这个地方是大行皇帝停柩圣地，我是天潢贵胄金枝玉叶！你不过猪一头、狗一条，施什么威风？四哥——”他突然转脸向雍正皇帝，“如今是你为主，你给我治治这个没上没下的奴才！”

雍正皇帝穿一身黄绊丝面儿白狐青白肷朝袍，外面没套褂子，腰间系一条玄色麻带，黑狐皮缎台冠上的东珠和红结是摘掉了，沿帽勒着一条雪白的缎带。虽在丧中，浑身上下修饰得毫不拖泥带水。看样子，他是正接见外省大臣，被这边的吵闹哭叫惊动了才过来的。苍白的脸上带着倦容，发暗的眼圈周围还带着泪痕，两只黑得深不见底的瞳仁静静地注视着这个桀骜不驯的允禵，一声也不言语。他一出现，偌大的乾清宫正殿中立即充满了一种冷峻、威压的气氛，所有的人都深深叩下头去，只有允禵硬着脖子，用挑衅的目光盯着雍正。

“鄂伦岱，你回避一下。”良久，雍正才开口说道，“你十四爷千里奔丧，乍逢大变，悲痛伤心过度了。你去传理藩院主事图里琛，叫他到南书房等候接见。”待鄂伦岱退出去，雍正方慢慢踱过来，一手扶着康熙的灵柩，一手拉着允禵的手，叹息一声道：“好兄弟，和这种人生哪门子气？有气、有苦、有泪，当着哥哥，你好好痛哭一场！国家遭此大变，凡百事务都还要倚重兄弟。兄弟远道回京，照常理，朕是该去接一接的，只是上头停着灵，下头还有几十个官员急着奏事，大行皇帝病中积下的奏牍，有些急务也不敢延误，清江河督那边再不拨银子，桃花汛一来黄河就要决溃，漕运局面也就糜烂了……兄弟，咱们是天家，不比寻常百姓，家国一体啊！”说罢，泪如雨下。

他说得如此动情，既有堂堂皇皇的天理，又有谆谆恳恳手足之情，又像责备允禵的非礼，又像自责无能。允禵准备今日灵前把乾清宫搅得稀烂，一举弄混北京政局，倒被这番话堵得无话可说。他用眼偷睨了一下兄弟们，一个个俯首帖耳毫无动静，又见胤禛抚棺哀恸，一片真情，不由暗自叹息一声，掩面颤声泣道：“四——皇上这话，臣弟领命了……只可恨我怎么这样没福，怎么就最后一眼也不得见皇阿玛一面呢？我的好阿玛……阿玛好……好……狠的心啊……嗬嗬……”他仍旧用头砰砰地碰那坚如铁石的楠木棺椁，但那样歇斯底里的疯狂劲头却没了。站在允祥身后的隆科多是领侍卫内大臣，掌管着紫禁城宿卫关防，方才路上已悄悄请示过十三贝勒允祥，一旦诸王一哄而起闹事，只消允祥一个手势，立即着手一体擒拿。他紧张得两手全是又冷又湿的汗。见雍正轻柔温馨的几句话，立即将局面稳住，不禁暗自松了一口气，低着头，敬佩地向雍正投去一瞥。雍正拭了眼泪，看了看哭得泪人儿似的母亲德妃，一闪眼见郭络罗氏居然跪在德妃前头，目光一跳，闪过一丝不快，却没有说话，在殿中轻轻踱了两步，突然走到西暖阁门口，搬起一张椅子，唬得几个太监忙不迭地上前要接，却被雍正阴冷的目光逼得退了回去。几个皇阿哥原都在假抽泣想心思，此刻都一下子抬起头来，莫不成要给老十四搬椅子，卖个大人情？连允禩也住了哭，瞪大了眼睛。

“母后！”雍正轻轻趋步，直至德妃身前，小心翼翼把椅子安放好，双膝一软长跪在地，泣道：“儿不孝通天，祸延皇考，但自古人死不能复生，娘要哭坏了身子，更增儿子罪戾，何以对天下苍生？”允祥、隆科多并一干侍卫太监见雍正跪了，忙都一齐跪下叩头。乌雅氏泪眼模糊地转过身来，见是皇帝跪在自己面前，惊怔得身上一颤，翕动着嘴唇，半晌才道：“皇帝，你这是怎么了？娘怎么当得起这个礼？”雍正连连叩头，泣道：“当然当得起！您的皇太后封号，大行皇帝宾天那日上书房已经议定了的，原说待父皇断七之日，连同大赦天下诏谕明发各省。母亲身子本来就单弱，又有痰涌之疾，见您这样，儿子心里实在难过！您不能再跪了，自古孝以心行，礼仪可以从权，自今日今时，您就是皇太后！您得成全儿子这片诚孝之心！”

“这……这是国家大事，这如何使得？”

“您要是不答应，儿子就跪死在这里！”

乌雅氏泪眼张皇，尚自嗫嚅，跪在殿门口的允祥朗声说道：“母从子贵千古通例！这是朝廷早已拟定了的。皇上以孝治天下格天体物，一片至诚，请皇太后不必再辞，安坐受礼！”说罢，瞋目对跪着发愣的哥哥弟弟们断声喝道：“拜！即行皇太后参礼！”

“皇——太后千岁，千千岁！”

乌雅氏左看看雍正，右看看允禩，身子一软坐了下去，放声大哭道：“先帝爷呀……”

第四回　新君天牢释旧臣　宿敌聆旨恶作剧

二十七日国丧终于在悲怆、不安和紧张中悄悄过去，腊月初十，诸皇子皇孙在雍正率领下，在康熙皇帝的梓宫前行了叩灵礼，由雍正牵灵，将棺椁移至寿皇殿奉安停柩。因未满一月，诸王、公、贝勒、贝子及文武官员帽上的簪缨尚不能戴，但乾清宫前的灵棚已经移去，挂在宫中千门万户前的白纱灯也由六宫都太监李德全会同内务府礼丧司的官员们都摘去了，换上了黄纱宫灯。宫中重新布置一番，原来那种凄凉、肃杀、哀恸的气氛顿时去了一大半。自十月中旬康熙病重，二十二个皇阿哥衣不解带，日夜奉侍，先是畅春园，后又到紫禁城，足足“泡”了一个多月，既不能沐浴更衣，又不许剃头刮脸，饶是强筋骨壮，也都一个个熬得蓬头垢面、脸色发青、霜打过的草似的提不起精神。众人各怀着重重心事，脚步杂沓随在雍正銮舆后头，眼巴巴瞧着雍正御驾进了日精门，都暗自舒了一口气，满心想着回府，怎样洗澡换衣，如何拥炉品茶，再好生睡个囫囵觉，但皇帝没有旨意，也只好等着。十阿哥允䄉是个一刻也不安生的，搓手跺脚取着暖儿，吸溜着鼻子看天，一会儿和这个阿哥搭讪一句，一会儿又跑到太监群里问：“有手炉没有？”半晌又转到允禵面前，半笑不笑地问道：“喂，我说大将军王，这个地方冷，还是西大通冷？”

“都冷。”允禵望着宫门，怅怅地说道，“我大营里中军帐，是双层牛皮夹毡，地下串着火龙，暖和得很。要论外头，这里差得远。一口唾沫不落地就结冰，摔得稀碎——像兄这样，穿着猞猁猴皮袍，还冻得乱窜，一辈子也别去西边。”

“都冷——不错！”允䄉嘻地一笑，说道，“不过里头也有个分别。譬如皇上，这会子和老十三、隆科多、张廷玉都在暖烘烘的上书房吃香茶喝参汤。咱们呢，就得乖乖在这冰天雪地里喝西北风儿。一个爹生下来的，命就不一样！”允禵品嚼着他话中的意思，淡然一笑说道：“君臣分际咫尺天涯，份所当然嘛。”允䄉哼了一声，说道：“那自然那自然！昔日孙皓投降晋帝，席间唱歌：‘昔与汝为邻，今与汝为臣。敬汝一杯酒，贺汝万年春！’你清清嗓子，再过二十天，就是大年初一，皇上必定在太和殿受贺赐筵，你好好亮一嗓门儿，准保封你个亲王！”说罢也不等允禵答话，缩头跺脚又跳到了别处。

众人或三五聚话，或窃窃私议，正等得没兴头，允䄉拍手儿道：“雅静！恩旨可来了！立马叫咱们回府，剃头洗脚，搂着福晋美美儿睡个大头觉！”立在宫墙跟沉吟不语的允禩抬头一看，却是养心殿太监邢年带着一群苏拉太监过来，在日精门当门立定。

“列位爷，”邢年见众人满不情愿地要下跪，忙道，“万岁爷吩咐免礼。主子知道爷们劳乏了，不过还有些要紧话，想和爷们谈谈心。请爷们到养心殿候驾。主子正在见人，要不了一个时辰就下来，请爷们忍耐一时，午膳主子和爷们一块儿进。”几句话说得众人无不泄气，只得拖着灌了铅似的步履，迤逦出永巷、过天街，再由西永巷过月华门至养心殿等着。

邢年传过旨踅回来，在月华门这边看着阿哥们无精打采进了养心殿垂花门，这才去缴旨，早见隆科多、张廷玉、马齐、王掞还有十几个官员都鹤立在檐前。邢年打心里叹息一声：“真是一朝天子一朝臣。先帝在时，决不会让这些臣子们立在外头挨冻的……”想着，便走到马齐和王掞面前，打了个千儿道：“给二位大人请安！二位老大人囚在狱神庙已经一年了，看上去气色还好！这回新主子一登极，就说遵先帝爷的遗命，放列位大人出来。贵人遭磨，后福无穷，小的也替大人们欢喜！”又看了看后头十几位，虽不相熟，却知道都是被康熙囚禁了，雍正刚刚赦出来的，邢年也都团团一揖作礼，笑道：“大人们纳福！”

“外头是邢年么？”上书房里传出雍正的声气，“你进来。”邢年忙答应一声，挑起厚重的棉帘进来，一股暖烘烘的热流立即扑面而来。定睛看时，雍正依案而坐，穿一件绛色红绸面染狐膁袍，套着貂皮黄面褂，腰间束一条黄绉褡包，正在啜茶沉吟。下头跪着两个人，却都认得，是内务府的两个笔帖式钱蕴斗和蔡怀玺，当日派他们去接允禵，还是自己传的旨。因不知雍正召他们说什么事，邢年一句多的话也不敢说，替雍正斟了一杯热奶子便躬身退到了一旁。却听蔡怀玺道："十四爷这一路都很安分的。奴才们万万没想到，进了北京，十四爷会忽拉巴儿变了性，惹出这么大麻烦。这都是奴才们办事不周，求万岁爷责罚！"

雍正站起身子，踱了几步，端起奶子呷了一口，笑道："朕不过白问问，并没有别的意思。他肯奉诏，平平安安来京，你们的差使就算办得好。你十四爷性气本来就高，恰又遇上皇阿玛龙驭上宾，心里发急，说话做事不免过头儿。朕召见你们，就是告诉你们，十四爷路上说的，无论是好话坏话，不能往外传。"他倏地收了笑容，眼中闪着幽幽的光，咬着细白的牙齿道："说出去，就是挑唆我天家骨肉不和，这个罪名儿你们吃罪不起——回京后有人问起过你们这些事没有？"蔡怀玺忙叩头道："奴才回来就奉了宪命，去礼部帮着办今年的恩科，忙得昏天黑地，并没人来打听闲话。就是打听，奴才是知规矩的人，也不敢胡唚。"钱蕴斗也道："奴才也不敢胡说。"雍正一笑，说道，"那好。邢年告诉内务府，两个各加一级，赏一年的钱粮。"待钱、蔡二人却身退出，雍正方问邢年："他们都过去了？"

"是！"邢年忙赔笑道："奴才亲眼瞧着爷们进养心殿，才过来给主子回话的。"雍正点点头说道："不能叫他们等久了，你这就随朕过去！"邢年忙道："奴才方才进来，廊下站着好多官员呢！主子不见见再过去？"

"哦！"雍正似乎有点诧异，站起身来隔玻璃向外望望，对邢年说道："你叫隆科多进来！"

隆科多进来了，这是个五十多岁的精壮汉子，穿一身九蟒五爪袍子，珊瑚顶子下一张黑里透红的脸，五短身材仿佛蕴着使不完的劲，一进门就甩了马蹄袖，跪地叩头道："奴才隆科多叩见万岁爷！"

"舅舅，别这样，你起来，以后见朕免了这'奴才'二字。"

"臣不敢！"

"有什么不敢的？"雍正笑道，"朕既然这样称你，你就当得起。"见隆科多起身来，雍正又道："朕可要说舅舅几句了。廷玉是个汉臣，凡事小心，也还罢了。你现在是上书房领班大臣，又是九门提督，朕的至亲至信大臣，凡事要替朕多想着点，多担待着点。"

隆科多目光炯炯看了雍正一眼，忙又低头道："请皇上明示，臣好遵旨承办！"雍正指着窗外说道："马齐是先皇老臣，偶然记了过，交部议处不过是应景儿。王掞是出了名的忠臣，又是教过朕读书的师傅。这十几个人有的是遭冤下狱，有的不过是公事罣误，例常处罚。朕以仁孝治天下，当然要恩赦他们出来。你们怎么能按寻常犯官起复待他们？上书房这边朕占着说话见人，那边批本房，誊缮房有的是地方，就不能腾出点地方来，让他们进去歇着？这么冷的天，就站在檐下风地里！”隆科多赔笑道：“皇上，他们刚从狱里出来，原是到上书房报到领差。奴才和廷玉倒是劝他们在御驾起居注档案房暂候着，他们听说皇上在这，没一个人去取暖，都在外头等，想见您一面……”邢年这才明白，雍正并不知道外头有这么多人冻着候见，忙过来替雍正披了大氅，和隆科多一道随着雍正出了上书房，廊下一排溜站着的十几个大臣见雍正出来，“忽”地一齐跪下，叩头高呼：

“万岁！”

雍正似乎很感动，苍白的面孔泛起潮红，只向跪在前头的张廷玉略一点头，紧走几步，一手扶了马齐，一手搀了王掞，吩咐众人免礼起身，又道：“王师傅，你这是何必？就是天子拜师，朕还该对你行二跪六叩的大礼呢！你们都是先帝倚重的人，先帝在时就曾说过，给朕留着一批人才，不在六部，不在九卿，在大理寺和刑部，朕当时不明白，后来想想，指的就是你们。朕遵先帝遗命，赦你们出来。朕要刷新政治，澄清吏治，还要多多依仗你们这些老人——这样，你们先和隆科多舅舅和廷玉谈谈，放一个月的假料理一下私务，就有旨意给你们的。”

在场这些人里，马齐原是康熙的上书房大臣，领侍卫内大臣，因曾保奏八阿哥允禩为东宫太子被黜，王掞则是保奏四阿哥雍正皇帝的，也莫名其妙地丢官下狱。其余如张廷璐、徐元梦、王鸿绪、鄂尔泰等人，或为部院大臣，或为司堂部吏，都是熙朝能吏干员，人人心里窝着一份委屈，要见新皇帝诉诉。听说先帝有此遗命，一个个感动得涕泪横流，伏地碰头有声。王掞头一个撑不住，竟自放声号啕！

“列位大人，”廷玉极有心计的人，知道雍正还有要紧事，忙道，“皇上还要去养心殿看折子议事，先请进上书房我们聊聊，然后请旨，我带众位去寿皇殿先帝爷灵前谒见圣祖梓宫如何？”

“不必再请旨了，”雍正点头叹息一声，“就照廷玉说的办。隆科多一会儿着人把新铸的雍正钱送养心殿，还有礼部奏请开恩科的折子，一并交朕御览。”说罢便带了德楞泰、张五哥一干侍卫出月华门，早见十三阿哥允祥已等在垂花门前，雍正微笑道，“兄弟们都等急了罢？”

允祥皱着眉头，一脸心事正呆呆地出神，乍听雍正问话，抬头看时，已到了自己面前，慌得连忙跪下，说道：“皇上万几宸翰，昼夜忙碌，为臣子的等一会儿，哪有急的道理？臣弟在这儿等皇上，是因为户部主事孙嘉淦和尚书葛达浑为铸钱的事大吵大闹一通，两个大臣竟不顾体面，扭结着直到隆宗门，围了几十上百的官员看热闹儿。事情不大，太不成体统，因此臣等在这里，这事不能不奏明皇上。”

“人呢？”雍正颊上肌肉不易察觉地跳了一下，问道。允祥咽了一口唾沫，说道：“臣喝止了他们。叫葛达浑写折子递上书房参奏姓孙的，叫孙嘉淦暂押在侍卫房，听候上书房发落。”雍正冷冷一笑，抬脚便进垂花门，说道，“可笑！一个六品主事，就敢闹到大内——把他官服先剥了，听勘！”

“喳！”允祥忙答应着起身，交代门前侍卫去传旨，自己紧跟几步随雍正进了养心殿大殿。

因院外雪光刺眼，雍正进殿只觉一片昏暗，好一阵才看清，三哥允祉为首，允祺、允祐、允禩、允禟、允䄉、允禌、允祹、允禵跪在前排，允禑、允禄、允礼直至允祕十个年幼弟弟跪在后排，都在须弥座西面，一齐叩下头去，参差不齐地呼了一声：“万岁……”

“都起来，起来吧。”雍正心里提了一口气，口气变得异常和蔼，满面笑容双手虚抬了一下，“这些日子三哥和弟弟们都劳乏了，朕一头守灵，一头办事，也累得七死八活。今儿这里一个外人没有，我们兄弟谈谈心，一拘君臣大礼，有多少心里话也都憋了回去——李德全，摆上木杌子给各位爷坐，摆茶儿上些点心，带上宫人太监都在东配殿侍候！”

太监们一阵忙乱，摆了杌子茶儿，上了茶食，悄悄退了出去。偌大的养心殿正殿沉寂下来，二十一个阿哥正襟危坐，目不转睛地看着这位昔日的冷面王，今日的九五之尊，不知他要说些什么，昔日的恩恩怨怨，随着殿角那座金自鸣钟单调而又枯燥的“咔咔”声，又像在聚，又像在散。

“朕已经做了一个月的皇帝了。”雍正望着外头似阴似晴的天，房顶上尺余厚的积雪和院中觅食的麻雀，怔怔的，仿佛在倾诉，又像自言自语，深深舒了一口气，“再过二十天，就要改元‘雍正’。恩科已在筹备之中，大赦文书的诏谕也已草好。新钱样子今日就呈送进来，明年就要流通天下了……”

一番“谈心”竟从这里开头，阿哥们不禁都瞪大了眼。允禵忍不住偏过头看看允禩，忙又转过脸来。允禩是雍正政敌的首脑人物，见识自然高出众人一头，脸上虽不动声色，心却往下一沉，雍正随便说这几句话，其实就是宣告，政局已经稳定，再来争这个皇位，不但大逆不道，而且也是徒劳！

“当皇帝的苦，朕早已看到了的。”雍正看也不看众人，款款说道，“朕在藩邸四十五年，亲眼目睹大行皇帝手创大业的艰难。当时私下里还作过一首诗——嗯……”一边回忆，苦笑着吟道：

懒问沉浮事，间娱花柳朝。
吴儿调凤曲，越女按鸾箫。
道许山僧访，棋将野叟招。
漆园非所慕，适志即逍遥。

吟罢略一顿，叹道：“所以朕的志向，从来没有打过帝位的主意。万万没有想到，皇考会将这万里江山托付给朕！朕在藩邸几十年，托先帝福，富贵荣耀不减今日，而安逸舒适不及当时千百倍。一个月来每念及此，不禁黯然泪下！朕这一生一世，再也休想适志逍遥的了！”说着，不知哪句话牵动情肠，雍正竟真的落下泪来。

在场的人，除了允禵都是目睹了康熙驾崩那日惊心骇目场面的。一个月前的今日，九门提督隆科多当众宣诏，遗命皇四子胤禛入继大统，雍亲王府倾巢出动护驾，大世子弘时和四世子弘历冒雪到西山稳住汉军绿营军和健锐营不得妄动，十三阿哥允祥和十七阿哥带着金牌令箭亲赴丰台大营，悍然杀掉了八阿哥亲信门人，带兵提督成文运，提兵直趋畅春园保雍正登极……这些场面至今历历在目，而雍正居然侃侃而言，“要逍遥不要做皇帝”！允禩听着这些虚情假意的话，比吃了苍蝇还腻味，睨一眼挨身的允禟，也是目中火光闪烁，但此时身在矮檐下，也只好忍下这一肚皮的无名火。

“朕的这些肝膈肺腑之语，就是说煞，也有人不信。但朕的心，天知道！”雍正皱了一下眉头，徐徐说道：“兄弟们相处几十年，有什么不知道的？无论德才学识朕远不及圣祖，惟有办事认真，不负心，这一条可以自信。既然天授大任于我，少不得拼了性命去做。朕这个皇帝，比不得前代继统之君，父子先后之间，各立其政，各成其功。比如禹汤之后而有桀纣，天下后世，不能因为子孙不善，掩没了禹汤的功德——朕于圣祖，是非得失，实为一体。朕事情做得好，那么皇考就托付对了，朕做得不好，那么皇考也就托付错了——像圣祖这样的千古伟人，把事业江山交给朕，朕岂敢苟且怠荒，甘于自弃，使后世人共议圣祖付托之误？兄弟们啊……我们都是圣祖皇帝一脉骨血，你们要仰体他老人家的心，大位已定，就该遵天无二日、民无二主之义，尽忠尽责，襄赞朕躬呀！”

他脸色苍白，感情激越，用期待的目光略带茫然地挨次扫视着兄弟们。这些阿哥们都是久经沧海难为水的，哪里凭这几句话就打动了？只允祥、允礼和允禑几个小皇子盯视着雍正，仿佛受了感动。允祉和允禩几个人面面相觑，好一阵才觉得这么硬坐着听训很不相宜，纷纷离席，五阿哥允祺是最老实朴讷的，率先跪下去，叩头泣道：“皇上布达腹心，坦诚相见，臣弟感激无地！皇上但有传令，臣弟肝脑涂地在所不辞！”

“很好，兄弟同心，其利断金！”雍正失望地看了看一言不发的允禩，喟然说道：“五弟这话，朕不敢当。朕也没有使令，指使兄弟们‘肝脑涂地’。朕只是想，朕比不了皇考他老人家，要靠兄弟帮衬。于朕所不能的，你们辅之助之；朕有错误，你们规之谏之；朕就有失，你们谅之隐之。同心匡佐，让朕一个‘是’字，使朕能成为一代令主，成全了圣祖一片拳拳托付之心。你们既是忠臣，又是孝子，当然也就是朕的好兄弟了！”雍正说着，见允䄉跪在地上摇头攒眉，夹腿拧身地跪不安宁，便问：“允䄉，你哪里不受用吗？”允䄉吭了一声，叩头抬起身来，挤眉弄眼一脸怪物相，哭丧着脸说道：“万岁爷苦口婆心，若是听不进心里去，那还是个人么？臣弟实在是内逼上来，拧绳绞劲儿不自在，求皇上恩准，臣要出恭！”说着，竟放出一串屁来。允䄉一个忍不住“扑哧”笑出声来，忙咳嗽几声掩了过去。雍正唇焦舌燥滔滔不绝说了半日，自谓就是石头人也该动心，不料却是这么一个结果，顿时气得手脚冰凉。他铁青着面孔沉吟良久，正要发作，给这个不安分的铁头猢狲一个下马威，猛抬头看见康熙皇帝赐给自己的条幅，一笔楷书端正写着四个字：

戒急用忍

雍正宽容地一笑，轻轻地说道：“正经话说完了。兄弟们跪安吧——赐筵！”

第五回　孙嘉淦公廨挥老拳　十三王金殿邀殊宠

众阿哥陪着雍正共进午膳，除了三阿哥允祉、五阿哥允祺、八阿哥允禩矜持自重，不肯放肆，其余的人全无礼法，当着雍正的面大嚼大啖，一个个吃得浑身冒汗——早晨只在灵前吃了点素点心，这干人也实在早已饥肠辘辘的了——雍正是个极讲究礼的，打心里厌恶这群龌龊鬼，一边笑着劝众人“放量用”，自已挟了几箸豆腐皮拌粉丝吃了，便洗手漱口，微笑着看众人吃饱，起身道：“道乏了，兄弟们有事随时递牌子进来！”

于是众人纷纷起身，擦嘴剔牙，乱嘈着跪了谢恩，一哄而散。允祥因兼着上书房行走的差使，负责紫禁城防务的领侍卫内大臣，有着这层身份，便有护卫皇帝安全之责，因此不肯入筵，只站在雍正身后侍候。筵散之后，允祥又代雍正把阿哥们送到丹墀下，一转眼见隆科多站在东配殿前，便笑道：“老隆，你早过来了？怎么不进来？”隆科多正要搭话，一眼瞧见雍正踱出殿外，忙上前打个千儿道：“臣给万岁爷送新钱样子来了。”说着，举了一下手中的黄纸包呈上。

“唔。”雍正神情多少有点恍惚，没有去接钱，却朝东配殿喊道：“李德全！”

“奴才在！”李德全早已隔玻璃瞧见雍正出来，听见传呼，急趋而出，顺手打下千儿，“主子有什么旨意？”雍正一摆手说道：“叫张廷玉和马齐过来。”李德全答应一声，刚刚起身，隆科多赔笑道：“回主子的话，马齐已经退朝，张廷玉正在接见进京引见的州县官，说话就进来见主子。”

雍正这才接过那个沉甸甸的钱包，点了点头，说道：“也好。这次引见的州县官，共是几名？”隆科多忙道：“共是二十七名，廷玉正给他们讲引见仪注，不过应景儿的事，估摸这会子已经说完了。”雍正淡然一笑，盯着隆科多道：“哦？应景儿的事，你这么看？”

隆科多一脸茫然，看着允祥没敢回话，州县官引见皇帝，本来就是一磕头就完的事，真不知这个鸡蛋里挑骨头的皇帝为什么还要吹毛求疵？正发怔间，张廷玉带着一个小太监，抱着一沓奏折进来，雍正见他要行礼，一摆手道："不用了，进来吧。"便回步进殿，众人只得跟着进来。雍正径至西书房炕上盘膝端坐了，亲手整理了张廷玉送来的奏折，吩咐"多调些朱砂，朕要熬通宵"。这才对隆科多笑道："你是贵胄，又是武功出身，说错了朕不怪你。州县官虽小，却是亲民的官，庙堂旨意要他向百姓布达实施，百姓疾苦要他向朝廷奏闻。天听自我民听，天视自我民视，他们既要办差，又要当朝廷的耳目，这一层官是最要紧的。因此引见不能像往常，一大群进来，磕头听训走路。朕要一个一个地见，一个一个地考成。"说着便打开黄纸包看钱。

"万岁，"张廷玉躬身说道，"臣以为勤政固然要紧，但十八行省，天下之大，各省实缺州县都在百员以上，加上候补的，待选的，实在繁累，一个一个地接见，考成……""你不必再说了。"雍正头也不抬，看着桌上摆的铜钱，说道，"那就一次见三个——我们先看看这钱吧。怎么瞧着这三种钱的成色似乎不一样？"

众人这才留心看那钱，一大包里分三个小包，每包九枚样钱，共是二十七枚，刚刚铸出来的"雍正"铜哥儿黄澄澄亮晶晶分三排摆着，端详半日，看不出什么异样来。雍正指了指第一排，又指着第三排，问道："这第三排的钱，字画没有第一排的清晰！"

"哦！"隆科多松了一口气，笑道，"皇上，这里头有个分别，其实再细端详，第二排也是不及第一排的。三排铜钱用的不是一个模范。第一排叫'祖'钱，是铸来存御档的；用祖钱压印模范，出来第二排，叫'母'钱，再用母钱模范大量铸印，出来第三排'子钱'，就是通用天下的钱了。因反复两次，子钱字画自然不及祖钱。"雍正笑道："处处留心皆学问。想不到你这个丘八舅舅倒通钱法！"说笑着若有所思地起身来，在地下踱了两步，忽然问道："那个孙嘉淦，为什么和户部尚书闹起来？也是因字画不清？"

允祥和隆科多都不知道这事首尾，对视一眼没敢回话，说道："奴才方才叫人问过。不是为字画不清，因为铸钱用铜铅，孙嘉淦是户部云贵司主事，上了一个条陈要户部尚书代呈御览。葛达浑说他多事，他不服，两个人在户部大堂顶嘴，葛达浑那性子万岁也知道，掌了他一嘴，事情就闹大了。”

“两个人都是混账!”雍正打了个呵欠，又看了看案上的钱，突然改变了主意，问张廷玉：“这个姓孙的发落没有?”

“没有。”

“传他来见朕。”

张廷玉惊讶地看看雍正，忙答应一声出去传旨。雍正笑着看了看自鸣钟，说道：“已经未牌时分了，允祥饿坏了吧? 邢年，给你十三爷取两碟子点心来!”说着便坐下来看奏折，张廷玉和隆科多小心翼翼侍立在旁，大气也不敢出。雍正翻了几份折子看看，压在下边，又拿起一份审视良久，一闪眼见一个二十多岁的青年官员进来，也不理会，由着他参礼，却转脸问隆科多：“这个史贻直写了一份参折，说山西省巡抚诺敏隐瞒亏空，这事情你们知道不知道?”

“回皇上，”隆科多忙躬身道，“山西亏空康熙五十六年就已经补齐了的，当时是皇上坐镇户部亲自查清的，岂有舛错? 但史贻直秉性刚正，实在是个清官，他是监察御史，允许风闻奏事，即便不实，也是为公，似也不为大错。请皇上圣鉴!”话虽说得两全，其实在场人都明白，诺敏和史贻直是陕甘总督年羹尧荐举的，年羹尧又是当今皇上最信任的藩邸门人，允祥在旁边小几上慢慢嚼着点心，心里却道：“油滑——这条老泥鳅!”

雍正这才正眼打量跪在炕前的年轻官员，八蟒五爪的袍子外头的补服已被剥掉，大帽子上没有红缨，砗磲顶子也摘掉了，领子上一个纽扣掉了，大约是和葛达浑厮扭时拽脱的，一双金鱼眼，冬瓜一样的脸上长着一个不讨人喜欢的鹰钩鼻子。雍正一眼望去，顿生厌恶之感，吃着茶盯视移时，才开口问道：“你叫孙嘉淦? 几时调户部的? 朕怎么没见过你?”

“回万岁的话。”孙嘉淦重重地在金砖地下碰了三个头，朗声说道：“臣是康熙六十年进士，在礼部候选三个月被分往户部。当时户部已经停止清理官员亏空，万岁爷龙潜藩邸，所以没福得识圣颜。”雍正冷笑道：“没见过朕未必是祸，识得朕也未必是福。康熙六十年进士，除了分到翰林院做编修的，无论外官京官哪有做到六品的? 你不知怎样钻刺打点，走了谁的门路，升得这么快了，还不安分?”孙嘉淦道：“回万岁，臣自束发受教，谨遵圣人之训，于家事私事，尚不敢稍存苟且，何况国事社稷事？殿试时臣实为传胪（第四名），带缺分发翰林院庶吉士，只因相貌丑陋，掌院学士说‘圣祖六十年大庆，你这模样站在清秘队里是什么观瞻’？咨会吏部降调户部主事……万岁尚说臣是钻刺打点，臣不知以何言回奏！”说罢，泪水已走珠儿般滚落。

原来是这样！雍正脸色一沉，他有些动容了。旋即一笑，说道：“以貌屈才，古有钟馗，今有孙嘉淦，良可叹息。但君子知命，读书养性，你中在一甲第四名，学问必是过得去了，为什么如此孟浪，咆哮官廨，与大臣扭打争论，直闹到西华门——你撒野得太过分了！”

“万岁，”孙嘉淦仰首问道，“不知新铸雍正钱万岁见到没有？”

“见到了，很好啊！”

“万岁可知道，如今市面，一两足纹能兑换多少康熙制钱？”孙嘉淦直盯盯地望着雍正，语气斩钉截铁，“万岁铸钱，是为便民流通，还是为了粉饰太平？”

听着这一连串质问，满殿侍卫太监人人股栗变色，雍正在藩邸自号“铁汉”，以刻薄猜忌、心狠手辣著称，从没见人敢这样当着大庭广众横眉顶撞的，何况这么一个小小的六品堂官！张廷玉和隆科多看着雍正愈来愈阴沉的脸色，对视一眼，正要设法缓解他立时就要发作的雷霆大怒，允祥却在旁断喝一声：“孙嘉淦，你这是和万岁说话？来人——叉出他去！”

“慢。”雍正却已回过颜色，沉思着道，“朕不怪罪他这点子秉性。嗯，按官价一两银子可兑两千文——这与你的事有什么相干？”

孙嘉淦也意识到了自己失仪，忙叩头道：“臣秉性浮躁，万岁恕臣，臣感激无地。方才万岁说的是官价。但如今实情并非如此。一两台州足纹，市面上其实只能换七百五十文！”

这话别人听了，都觉得是平常事，张廷玉多年宰辅，深知其中利弊，竟如雷轰电掣一般，头“嗡”的一声涨得老大！雍正笑道：“钱贵银贱，古已有之，这有什么打紧的？值得你大惊小怪！你是云贵司的，下札子叫云南多开铜铅，多铸钱，不就平准了？”隆科多皱眉说道：“多开矿固然是法子，不过矿工多了，聚在一起容易生事，也令人头疼。”允祥却问道：“孙嘉淦，据你看，为什么银子和钱价不能平准？”

“回十三爷的话，”孙嘉淦道，“康熙钱铜铅比例不对，半铜半铅，所以奸民收了钱，熔化重炼，造了铜器去卖。一翻手就是几十倍利息。所以国家开矿再多，也填不满这个无底洞。明代亡国，银钱不平也是一大弊政。主上改元登极，刷新政治，澄清吏治，岂可重蹈覆辙？”

这件事和政局吏治居然关联！雍正却不明白其中道理，顿时陷入沉思。张廷玉见孙嘉淦说得不清楚，在旁一躬身赔笑道：“万岁，这里头的弊端万岁一听就明白了。朝廷出钱开矿铸钱，铜商收钱铸物，民间流通不便，只好以物易物；所以钱价贵了于百姓不便。这还是其次，更要紧的，国库收税，收的是银子，按每两银子二千文计价。乡间百姓手里哪有银子？只好按官价缴铜钱，污吏们用两千文又可兑到二两多银子，却只向库中缴纳一两……”

原来如此！张廷玉没有说完，雍正心里已是雪亮：每年朝廷征赋，竟有一多半落入外官私囊！想到这些污吏如此巧取豪夺，还要加火耗盘剥，仍是贪心不足，还要挪借库银，久拖不还，弄得户部库银，账面上五千万两，实存八百万……雍正顿时气得脸色铁青，他看了一眼二十七个锃明耀眼的新钱，恨得很想一把抓了摔出门外，寻思良久，忽然问孙嘉淦：“那你以为这钱该怎样个铸法？”

“铜四铅六。”孙嘉淦道，“成色虽然差了，也只是字画稍微模糊了些，却杜绝了钱法一大弊政，于国于民有益无害，何乐而不为？求皇上圣鉴！”

雍正眼里熠然闪了一下光，随即黯淡下来。刚刚接见阿哥，自己还振振有词，圣祖和自己“是非得失实为一体”，眨眼工夫就改变了圣祖铸钱铜铅比例，谁知这群满怀妒意的兄弟们会造作出什么谣言来？按古礼“父丧，子不改道三年”之义，三年里头，康熙的规矩不许有丝毫变更，若为铸钱这件事，引起朝野冬烘道学先生议论，八阿哥引风吹火一哄而起，这布满干柴的朝局就会变成一片火海。雍正深知，自己德行并不能服众，只是因康熙赐予的权柄威压着众人，勉强维持到眼下这个局面，已经很不容易。一事不慎，朝野庞大的“八爷党”势力和他们管领下的五旗贵胄联合攻讦，他这个“皇帝”就会化为齑粉！想着，雍正已经拿定了主意，格格一笑道：“朕还以为你真的有经天纬地之才呢！原来不过如此！圣祖皇帝在位六十一年，年年铸钱，都用的是铜铅对半，熙朝盛世照样儿造就出来了！你一个蕞尔小吏，辄敢妄议朝廷大政，非礼犯上咆哮公廨，敢说无罪？念你年轻，孟浪无知，又是为公事与上宪争论，故而朕不重罚。免去你户部云贵司主事职衔，回去待选，罚俸半年——真是可笑，朕那边多少军国重务等着办理，却听了你半日不三不四的议论！”眼见孙嘉淦还要答辩，雍正断喝一声：“下去！好生读几本书再来朕跟前唠叨！”

眼见孙嘉淦踽踽退出殿外拂袖扬长而去，殿中众人都无声松了一口气。允祥眨巴着眼，很想替孙嘉淦说句公道话，看着雍正脸色没敢张口。张廷玉老谋深算，已经若明若暗地看到雍正题外的深意，但他谨守“万言万当，不如一默”的箴言，一句话也不肯多口。隆科多却深觉孙嘉淦言之成理，在旁赔笑道：“孙某虽然放肆，臣以为他并无私意，倒是一心为朝廷着想，所议钱法也不无道理，愿圣上弃其非而取其是，把他的奏议下到六部，集思广益，似乎更妥当些。”

“朕乏透了，今儿不再议这事。我们满口铜臭，言不及义，这不合孟子义利之道。”雍正蹙额说道，“当下最要紧的，大将军王允禵回京。甘陕大营主将出缺，得赶紧选一个能员替补。山东去年秋季大旱，前日他们省布政使递来奏折，说眼下已有三百多人冻饿而死，一开春连种子粮都要吃光，这怎么了得？你和廷玉到上书房，商量一个赈济办法，派一个妥当人去放粮，看看其余省份有没有类似情形，一并写个条陈——嗯，现在是——”他看了一眼自鸣钟，“现在是申末时牌，给你们半个时辰用餐，晚间亥时正，用黄匣子叫太监递到养心殿，你们就可散朝回家去了。”待二人退下，雍正笑道：“允祥，好久没有单独一处说话了——我们兄弟要点酒菜，一边进膳，共弈一局如何？”

雍正皇帝是个冷人儿，不吃酒不贪色，玩乐吃喝上没有多大嗜好，只偶尔喜欢围棋，也是糟透了的屎棋。允祥却是阿哥里的棋王，国手黄文治也只能饶他两子，允祥抢了黑子，一边煞费苦心地设法下和棋，看着雍正的脸色道：“皇上，臣一直在想张廷玉的话。朝廷一多半的赋税，从银钱兑换差价里叫那些黑心官儿掏走，这……这终究不是事儿呀！”

“不下了！总是和棋，没意思。”雍正将手中棋子丢进盒里，站起身来，盯了一眼允祥没有言声。允祥答应一声“是”忙也站起身来。雍正默然踱着步子，良久，倏然说道：“允祥，你是不是瞧不起朕？”

允祥吓了一跳，扑通一声长跪在地，惶惑地说道："臣焉敢，君臣分际，下不僭上。臣是以理而行。"

"屁！"雍正夹脸啐了允祥一口，"朕越看你越不像从前的胤祥了！敢说敢为敢怒敢笑——圣祖亲自赐号'拼命十三郎'！"允祥忙叩头谢罪，说道："彼一时此一时，情势不同——"话未说完，雍正"砰"地一拳击在棋盘上，黑子白子，棋盒儿、棋盘四周摆的果子杯盏酒器却都跳得老高，"朕仍要昔日的拼命十三郎！朕要你做朕的十三太保！"养心殿的太监宫女们已经侍候了这个新主子一个月，还从来不曾见过他大发雷霆。眼见雍正两眼喷着怒火，一脸的蛮横刁恶神气怒视着允祥，一个个吓得呆若木鸡。李德全邢年一干人过去逢到康熙发脾气，都要赶紧过上书房请宰辅们过来解围，但雍正是什么性格，他们不托底，也不敢造次照老规矩办。

允祥黑瞋瞋的瞳仁中光亮一闪，随即垂下眼睑，略一思索，平静地说道："皇上，您知道，咱们宗室骨肉，自康熙四十五年八月十五，十哥他们大闹御花园，整整折腾了十四年！为了这把龙椅，为了拔去我这根眼中钉，有人几次摆圈套害我，有人派人用毒药杀我，您都是知道的。我这十四年如履薄冰，步步小心，还是着了人家的道儿，被父皇圈禁在活棺材里闷了八年……"他的声音已变得哽咽不能自制，"……皇上……我是荆棘丛里爬出来，油锅里滚出来，地狱里逃出来的人呐！您看我这头发，一多半都白了！您想过没有，我今年才三十七岁！您怎么能指望那个死了的拼命十三郎再还阳呢？……"

"十三弟……"雍正被他这番如诉如泣的话语深深打动，走上前双手挽起允祥，他的声音也变得有点嘶哑，"是四哥想错了。"他拍了拍允祥肩头，背着手绕室彷徨，长叹一声说道："贤弟太伤感，朕这阵子心事太多，没有顾及你的心境，朕是想叫你振作一点……"允祥忙拭泪躬身，说道："臣明白……""你不全明白。"雍正叹道，"你若是真明白，就该打起精神来！你要知道，朕现在是在火炉上烤，你也仍在荆棘丛中！"

允祥一下子抬起头来，愕然注视着雍正，说道："请皇上明训！"

"这些日子守灵，朕想得很多。"雍正看了看院外，天色已经暗了下来，冷风掠过，吹得罘罳旁的铁马叮当作响，他的眼似乎要穿透千层万叠的宫墙，凝神向外注目着，口中缓缓说道："青海的罗布藏丹增和准噶尔的阿拉布坦已经秘密地会见三次，辞去朝廷封的亲王爵位，自封为汗，其实是已经反了。这里的事，用兵兴军在所难免。但在西边打仗，其实打的是钱粮，‘战场’在后方！可我们国库，仅有存银不足一千万，这够做什么使的？钱，都给那起子赃官借空了，先帝爷在位，咱们两个就是专心办这差使，催追各省亏空，结果如何？朕被撤了差使，你被圈禁！”允祥忍不住问道：“既如此，皇上为什么还要斥责孙嘉淦？”雍正回转脸来，一字一板说道：“因为他的条陈上得太早，朕不能一登极就授人以柄，给心怀叵测的人以可乘之机！至于孙嘉淦，是个御史材料儿，过几个月就给他旨意。”

允祥一听就明白，“有人”指的就是八阿哥九阿哥十阿哥和十四阿哥这些权倾朝野的人，不由得暗自佩服雍正心计之工，遂道：“万岁圣明烛照，深谋远虑，臣心领而神受！”“坐，坐！”雍正指着杌子吩咐允祥坐了，自己也盘膝坐了炕上，款款说道：“如今天下积弊如山，朕有什么不晓得的？吏治败坏，无官不贪，官员结党成风朋比为奸，皇阿玛在时早已对此痛心疾首，但他晚年龙体欠佳勤躯已倦。这些事朕不做，大清江山何以为国？朕做事，你不帮谁来帮？所以你不能急流勇退，朕帮手太少，掣肘的太多，就是为你自己的身家性命，你也要打起精神来！”允祥听到这里，浑身的血逆涌而上，又感动又自愧，霍地起身道：“自今而始，臣一身一命，惟皇上是从！臣即请缨前敌，愿往青海与罗布藏丹增兵车相会，一场大捷下来，百邪全避！那时辰万岁就能腾出手来大加清理吏治了！”

“嗯！朕要的就是你这份心雄万夫的壮志！”雍正也站起身来，目光炯炯盯着允祥，“但青海你不能去，一是朕身边没有护驾的不成，二是你去，有人就会说‘为什么不让十四爷去？’必引起朝议纷争。你就留下，多替朕操点心。朕已令人传诏，命原上书房布衣宰辅方苞进京，再加上廷玉他们，事情就好办多了！”因见张廷玉抱着奏折进来，雍正待他将文牍放好，不及行礼，便道：“衡臣，你草两份诏旨！”

张廷玉没料到允祥还没退出，见他兄弟谈得兴头，正懊悔自己来得太早，听雍正吩咐，忙答应一声，至案前援笔濡墨，等着雍正发话。

“着原大将军王允禵实晋郡王位，赏亲王俸。”雍正说道，“所遗大将军缺，即着甘陕总督年羹尧实领，进京陛见后就职。”

这是很简单一份诏书，张廷玉一挥而就，双手呈过旨稿。雍正一边看着旨稿，又道："允祥在先皇手里办过不少差，都做得漂亮，先帝多次对朕说'胤祥乃吾家千里驹'，朕也早就深知道他，如今又在上书房参赞机枢，朕看给个亲王，赏个三眼花翎，还是该当的——允祥你不要辞——廷玉，就照这个意思润色!"说罢也不归座，就站在案前立等。张廷玉文思极敏，皇帝说着，已在打腹稿，待雍正说完，略一属思文不加点，走笔疾如风雨，顷刻而成，双手呈了上来，雍正接过看时，旨稿写道：

> 奉天承运皇帝诏曰：原十三贝勒允祥，公忠廉能，勤劳王事，屡办要差，卓有劳勋于朝廷，皇考在世时每向朕言及，"胤祥乃吾家千里驹"，朕在藩邸亦深悉其能。今即着允祥晋封怡亲王，赏三眼花翎，以示朝廷褒忠奖良之圣意。钦此!

雍正看后满意地点点头，说道："就这样，今晚朕用玺，明天就发出去，允祥的允禩的明发，年羹尧的廷寄。"

"衡臣，"允祥的目光在烛下灼然生光，"上次我们议过，国丧期间暂停追查亏空，所以原拟六部十九名官员查抄财产停下了。丧一过，事情照旧办，明天下朝，你知会顺天府，步军统领衙门，叫他们堂官到我府，我向他们交代差使。"

张廷玉吃惊地看了一眼多日来一直萎靡不振的允祥，不知为什么突然如此精神焕发，忙打千儿道："遵怡亲王宪令，臣即照办!"

"这都是些国蠹，不必心慈手软。"雍正在旁插话道，"这阵子没清抄，只怕有些财物已经转移，要狠狠追，只防着他们自杀，不怕他倾家荡产!"

"喳!"

"你们跪安吧!"

"喳!"

雍正亲自送他二人出殿，站在丹陛上深深吸了一口清冽的冷气，像一尊铁铸的人似的，站了许久许久。

第六回 伯伦楼才子行雅令 买考题试官暗留心

孙嘉淦浑身是理，在雍正面前却碰了个硬钉子，从养心殿拂袖而出，只气得头晕身软，脚步像灌了铅似的，踽踽出了永巷。太监们耳报神是最快的，听说一个六品主事和尚书议事不和，扭结厮打到隆宗门，闹到皇上亲自处置，这是开国来都没有的稀罕事，谁不要瞧瞧这人物儿？有事没事的都在天街①转悠。眼见孙嘉淦补服也没穿，领扣散着，摘了顶的大帽子下一张冬瓜脸上满是泪痕，嘴歪眼斜踉踉跄跄出来，宫女们用手帕子捂着嘴格儿格儿笑得前仰后合，太监们压着公鸭嗓指指戳戳，时而窃窃私语，时而呵呵大笑。

出了永巷，看热闹的人更多了，但这里是有规矩的地方，人们不敢聚拢，只远远地站着都把目光扫向他，像是看一个怪物。孙嘉淦站住了脚，脸色苍白得一丝血色也没，一个念头突然涌向心头：以今日之辱，不能苟活人世！就在这里尸谏，一了百了！他睨了一眼乾清门前八口硕大无朋的镏金大铜缸，略一沉吟便昂首走了过去。

“年兄！”一个年轻官员正在乾清门前等候上书房接见，眼见孙嘉淦直趋金缸，知道他要轻生，疾步迎过来，双手一揖说道，“孙梦竹，别来无恙？”孙嘉淦瘟头瘟脑，端详了半日才认出来，是自己的乡举同年杨名时，当年在京候选时相与得最好的。因见杨名时穿着九蟒五爪袍，套着孔雀补服，蓝宝石顶子晶莹生光，雪白的马蹄袖翻着，齐整修洁风度翩翩，雪光下看去越发风雅飘逸。孙嘉淦心中真是百味俱全，恍恍惚惚道：“啊……是松韵呐……今日一见即是永别，倒也好……托你一件事，若肯办我心领神知，若不肯，我也不怪你……可肯？我家中堂上——”

① 三大殿与乾清门之间的广场，俗谓之“天街”。

杨名时不等他说完，一把拖了他低声道："你这人我知道，你的事我也知道，我做藩台，管着湖广财政，不清楚你有理没理？皇上虽刻薄些，并不傻，你不能等等瞧瞧？这里不是说话地方，下晚你在家等我，我们作彻夜长谈。你万万不可轻生，你看看这起子混账，他们巴不得你死呢！"说着，便见十几个太监僚属，还有孙嘉淦的死对头葛达浑簇拥着八阿哥廉亲王允禩，一头说笑一头从乾清门徐步出来，杨名时便松了手，含笑迎上去向允禩打千儿行礼，彬彬有礼地说道："臣杨名时给王爷请安！"

"是松韵啊！"允禩满脸是笑，不经意地瞥一眼仰首望天的孙嘉淦，几步上前，双手扶起杨名时，亲切地说道，"几时进京的？见着皇上了？"杨名时一躬身，不紧不慢说道："臣前日进京，皇上忙得抽不出身来，旨意叫臣今儿先和隆科多大人见见，明儿递牌子请见。"允禩含笑点头，说道："我知道，大约是开恩科。张廷玉的弟弟廷璐是正主考，你为副，见了皇上就知道了——那位是谁？你们谈得好亲热！"

杨名时回头望了一眼孙嘉淦，未及招呼，孙嘉淦哼了一声，已经扬着脸径自走了。八王府太监头儿何柱儿赔笑凑趣儿，说道："王爷，他就是和葛大人犯混的孙嘉淦，圣人蛋二五眼，最不识趣的，奴才原来想着是个孙行者，谁晓得长得像个猪八戒——"他夹七夹八说得正得意，不防允禩扬手"啪"的一声，赏了他一记清脆的耳光！

"你混账！"允禩登时勃然大怒，"士可杀而不可辱，你懂么?！孙嘉淦乃是朝廷命官，是是非非自有朝廷公断，轮到你这下三滥奴才说三道四？"何柱儿满心思讨好允禩和葛达浑，不防结结实实挨了一巴掌，顿时吓得面如土色，缩了几步退到后头，一声儿再不敢言语。允禩这才转脸，笑道："小人心性真是愚不可及，要为他们，天天生气都生不过来——松韵，道乏罢，京里薪桂米珠，你又清得一汪水似的，要缺什么，到我府去。"

杨名时淡淡一笑，又是一个躬身抬起头来不软不硬地说道："王爷，名时不敢忘朝廷功令！"他抬脸看着允禩笑容可掬的脸，没有半点畏缩羞惧之态，嘴角微微上翘，似乎总在笑，又似乎带着讥讽，葛达浑直到此时，才看出此人风骨挺硬，是个比孙嘉淦还要难打发的角色。

"是啊，文武官员不得结交阿哥，这是祖宗家法。"允禩赞赏地看着杨名时，"不过时下没几个记得的了。本王从不屈人之志，随你吧！"说着便带着众人一径去了。葛达浑边走边道："此人气度不俗。"允禩脸上毫无表情，只说两个字："国士"。

孙嘉淦经这么一搅和，寻死的心是没了，但心情依然郁郁难畅。离开西华门，他叫了一乘暖轿，赶回户部云贵司，自己动手将文卷整理齐整，把云贵司的官印和预备送呈的铸钱模子压在上头，脱掉了零乱的袍服搭在椅背上，沉思着望着窗外坚冰封冻的大地。属员们见堂官这个样子，都垂手侍立着啜泣，没人言声。半晌，孙嘉淦方自失地一笑，说道："你们都看见了，想必也都猜到了，我的事到此为止，该交代的公事都放在桌上，先由马笔帖式暂时掌管。谁来接印，你们就交给谁，有不明白的，只管到我府问去。"

"孙主政，"马笔帖式两眼噙着泪花，一躬身说道："大人……大人……就这么去……去了？"

"嗯。"孙嘉淦静静说道，"谁叫爹娘没有生一个貌若子都潘安的孙嘉淦呢？这个地方在户部是头一份肥缺，我是两袖清风来，一杯清水去——平素待你们太严，误了你们发财，很觉过意不去。来，杯水当酒，我与诸君相别！"说着，从茶吊子里倒了几杯水，每人递了一杯，又道，"目下我只摘了顶子，不是官了，还没有别的处分。天威不测，再加上有些小人恨得我牙痒痒的，后头的事谁料的定？葛达浑又是咱们的'大司徒'，你们更犯不着得罪他。所以，你们谁也不要去看我。"说罢，仰起头将那杯水一吸而尽，因见众人都喝了，孙嘉淦将杯一掷，"当"的一声掼得稀碎——束了束腰间绛红腰带大步跨出了户部云贵司，在院中立定，突然仰天大笑道："大丈夫上书北阙，拂袖南山，此亦人生一大快事！"说罢头也不回去了，西北风飕溜溜的，吹得他灰布棉袍前后摆撩起老高。

孙嘉淦在京城没有家眷，只在皇城西北隅贡院街一个小胡同里租了三间民宅。他的俸银每年仅八十两银子，因是低品京官，外官孝敬京官的"冰炭敬"银子没有他的份，平日自视清高，又从不为捐官同乡出具"印结"，一点多余的收项也没，连个佣人也雇不起，只好叫了家乡一个远房侄子——只十四五岁的孩子——同处一室，照料茶饭洗涮的事。现在既然罢了官，用不着摆"官体"，也图省钱，孙嘉淦索性步行回到下处。踅过胡同早见侄儿孙金贵已等在门首，见他回来，孙金贵远远便叫："五叔，有客来拜!”孙嘉淦不禁一怔，这个时候来的哪门子客？一边快步走来，口中说道：“是哪位仁兄？”

“不是‘仁兄’，是‘贤弟’。”杨名时笑着挑帘出来，将手一让，请孙嘉淦进来，一边说道：“我等你有一顿饭时辰了，你再不回来，我还以为你又在户部出事了呢!”孙嘉淦勉强笑道：“你也忒小瞧我了，我是得了理才不肯让人的。葛达浑不先动手，我才懒得和他闹呢——你怎么下来得这么快？”杨名时笑嘻嘻的，十分轻松活跃，一边坐了炭火盆前，说道：“这都是例行公事，有多少话说的？隆科多问了几句地方上的事，就端茶送客了。倒是出来见了张衡臣（张廷玉），拉着手说了几句话，他还问你住在哪里，看样子皇上并不真的恼你。”

孙嘉淦用火筷子漫不经心地拨着炭，冷笑道：“你才不知道这些宰相呢，明儿杀你的头，今儿仍拉着你手嘘寒问暖——我不承他这份情。还有什么消息？”杨名时也冷静下来半晌一笑道：“别的我也没听说，明儿递牌子见了皇上我自有道理。哦，去陕西给年羹尧传旨的田文镜你认识不？”孙嘉淦抬头盯一眼杨名时，说道：“有过一面之交。他在户部跟着十三爷清理过官员积分公款的差使。姜宸英一个老名士，状元出身，因借二两公银，姓田的硬是把他写进参本，最是刻薄，分斤掰两的一个人，你问他做什么？”

“他传旨回程，和你一样，在太原和山西巡抚诺敏也大闹一场。”杨名时看着孙嘉淦笑道：“万岁传旨，叫田某暂不必回京，革去顶戴候旨——你这次总算有个伴儿，不是单丝孤掌了。”说着孙金贵掌上灯来，一边安置灯台，一边说道：“五叔，要不要打点酒来？”

“什么饭？”

“老样子，白米饭，腌萝卜丝儿。”

杨名时大笑起来，说道：“空相和尚请苏东坡吃‘皛’饭，苏东坡欣然前往，原来是白米白萝卜用白盐腌，巧煞了叫我也碰上。穷酸，走吧，一道儿出去，我请客!”孙嘉淦也觉得用这“皛”饭待客太过寒酸，杨名时富豪世宦之家，虽清，却不穷，遂也笑着起身道：“还有下半截呢，苏东坡请空相吃‘毳’饭，空相兴头赶来，却是饭也没（毛），菜也没（毛），酒也没（毛）。你可不能跟我来这一套!”

两人相跟而出，已是酉正时牌。冬日昼短，天色已经完全暗下来，胡同口外贡院街上从东到西，摆满了小吃担子，馄饨、水饺、烧卖油饼、水煎包子、锅盔……一盏盏羊角灯“气死风”布满沿街两行，连绵蜿蜒足有半里地长。街衢上熙熙攘攘人流穿行，热气腾腾的小吃摊上油烟白雾缭绕，散发出诱人的葱姜香味，夹着小贩们尖着嗓门，一个赛一个的高声叫卖声，主顾讨价还价声，煞是嘈杂。杨名时笑道：“上次我是白天来，很冷清的，没想到这里是夜市，竟这么热闹！”孙嘉淦似乎仍是心事重重，皱眉说道：“这还不是冲你来的？恩科快开了嘛，这里的店铺早就住满了外省孝廉——图的就是离贡院近——松韵兄，方才忘了问你，田文镜是革职待勘，还是留在山西听候部议？”杨名时站住了脚，诧异地问道：“这事关你什么疼痒？听说皇上派一个叫图什么的去太原，会同诺敏，查实库存无缺，再处分田文镜。”

“我倒不是和田文镜‘同病相怜’，此人有市侩气，我素来不同他交往。”孙嘉淦沉吟道，“但田文镜也有一条长处，很有心计，办事极认真，也不可一概抹倒……我是想，他一个小小四品京官，无缘无故怎么敢招惹诺敏这样炙手可热的封疆大吏？诺敏可不是等闲之辈啊！”杨名时怔了一下没有吱声，诺敏是何等样人，他当然十分清楚。原在安庆府任知府时，诺敏奉旨到金陵，曾经接待路过的诺敏，极随和的一个人，不知怎么去了山西，下车半年，竟将山西官员亏欠国库二百三十万两银子一举清毕；而且将原任官与现任官分别处理，既不饶过贪官污吏，又不累及现任无辜官员——这一份精明强干，这一份雷厉风行也实在叫人瞠目。但孙嘉淦问这个做什么呢？思量半晌，杨名时一笑道：“你的心思我明白了，明儿见了皇上我相机行事吧！你如今自己的事还未必撕掳得开呢，国家事，且往后放放——急什么？皇上清明，迟早会水落石出；皇上不清明，说也没用。你可真算是身在江湖，心悬魏阙了！”一席话说得孙嘉淦也笑了，“可不是，我也糊涂了，以为自己还在户部呢，我们枵腹论政，真是笑话。走，吃饭去！”

两个人鼓起兴头，挨擦着人群又往前走了半箭之地，见一座酒肆高高矗立在街北，下头朱楹青阶一排儿六间门面，上头是歇山式顶子，出檐木廊临着街面，挂着四盏红纱西瓜灯，泥金黑匾上写着四个字：

“刘伶到此要醉死。”杨名时笑道，“这老板好大口气，只这笔字风骨不俗，倒像是哪里见过似的。”孙嘉淦道：“这是去年才开张的，穷京官无力问津，我从没来过，只听说老板也姓刘，叫刘叔伦，倒难为他思量这名字。今儿跟了你这阔东儿，我可要大快朵颐了。”两个人一头说一头拾级上阶，里头跑堂的已经迎了出来，一手甩了一下毛巾搭在肩上，一手挑帘，唱歌似的高声吆喝：“来两位，里头请——要雅座？”

杨名时看时，楼下散坐着几十个人，三五成群，都是举人打扮，有的吆五喝六拇战正酣，有的醉眼迷离仰首望天出神，有的摇头晃脑吟诗作词，还有的吃醉了，强拉着别人听自己的八股时艺，乱哄哄的热闹不堪，他自己占着副主考的身份，更不便与应试举人攀话。看了看楼下用纱屏隔起的雅座，杨名时道：“我想清静，楼上有好地方儿么？”伙计打量一眼杨名时，见他穿一身酱色湖绸灰鼠棉袍，上面套一件玫瑰紫猞猁猴风毛坎肩，簇新的六合一统毡帽上打着绛红绒结，一望可知是个应试的贵介子弟。孙嘉淦其貌不扬，却也干净利索气度轩昂，略一迟疑，笑道：“爷台是头一回来吧？上去瞧瞧就知道了，新装的红松木雅座单间，大玻璃隔栅，走遍京华，咱们伯伦楼是头一份儿！”杨名时点头一笑和孙嘉淦拾级登楼上来，果见靠北一溜儿六间雅座，都是蛤色油漆一新，南边却是打通了的，看样子是专作包席堂会所用，桐油地板擦得锃明净光纤尘不染，西南角还设着一个大卷案，笔墨纸砚一应俱全，墙上专供题写诗词的水牌旁边，还有一座当时民间极为罕见的镀金自鸣钟。杨名时见西边的雅座空着，一边推开玻璃栅门进去，笑道：“这里甚好！”

“小的怎么敢诓爷！”跑堂的随着进来擦桌抹椅赔笑道，“既然这地方入爷的法眼，回头多赏小的几个就有了！——请问爷，用什么酒菜？”

“菜随便，两个荤的两个素的。”杨名时适意地坐了，将一根油光水滑的大辫子向椅后一甩，“不知你们有什么酒？”

“回爷的话，要什么酒有什么酒！”

杨名时见他如此吹牛，成心要难一难他，取出五两一锭银子往桌上一放，说道：“我要——玉泉露春！”玉泉露春是用京西玉泉水所酿，因玉泉水专供大内使用，所以民间极其难得用来酿酒，不料话刚出口，伙计便答道：“有！不知爷的口味有多重？要单煞、双煞，还是三煞、四煞？”孙嘉淦也吃一惊，他是在户部为大内设筵，随部陪宴，才尝过一次四煞的玉泉露春。正要张口问，杨名时笑道：“玉泉酒虽好，是这几年才酿，太暴，有没有入贡的陈年茅台？”

“有。”伙计略迟疑了一下，说道，“不瞒二位说，入贡的酒是从老公儿①们那儿弄来的。货真是地道货，只您老明鉴，偷来的锣鼓打不得。爷不传言，就是体恤小的这份草料了。”杨名时心下吃惊，越发不知这家老板来头，看了一眼孙嘉淦，说道：“这个自然。打一斤半来吧！”

跑堂的退下去了，这种场合杨名时和孙嘉淦都不便说话，兀坐在雅室里呆呆出神，隔板房间壁七八个举人正在用酒筹行令，两个人倒渐渐听住了。

“轮到在下抽了，”一个人说道：“孔圣人在天之灵保佑，抽一支好的，每人罚你们一杯！”说着便听掣签声，那人抽出签来，念道：

我悄悄问你，你便低声应。

“耳语者各一杯！”那人嚷道：“方才沈起元唐继祖两位仁兄交头接耳，大家都瞧见了的。马维伦，老兄给他们斟上！”

接着便听淅淅沥沥的倒酒声，大约是马维伦，一边倒酒一边说：“给你们满上！”一个声音道：“我和继祖量最浅，别倒了！你看，都洒出来了！”唐继祖笑道：“有一还必有一报，我来抽一支！”说着提手掣签，大声念道：

影儿似不离身——同伴来者饮！

众人立时大哗，倒酒声、啜吸声、笑声不绝于耳，原来这些人都是同时来的，因此每人都饮一大杯。孙嘉淦见菜酒上来，却是一盘凉拌海蜇、

---

① 老公：即太监。

一盘青芹石花，还有两个荤的却是宫爆鹿肚和黄焖辣鸡，遂用箸点着菜道：“就我们两个，热闹不起来，只好享享口福了。”杨名时微笑道：“隔壁行的确是雅令，用的是《西厢》集句——我们酌酒听令，不亦乐乎？”说罢举杯一饮，说道：“果然是陈年贡的老茅台！这家店铺真不含糊！”正说着，隔壁又传来哄笑声，原来有人抽的签儿是“先吓破胆——惧内者饮”，一群人都纷纷替自家辩护，怎样道学，怎样不怕老婆，吵嚷半日，公推一个叫余甸的强灌了。余甸大约不善饮，呵着酒气抽了一根签，舌头打着结读道：

对别人花言巧语，背地里泪眼愁眉。

“——怕人说自家惧内者饮！好！真真好签——方才你们都表白不怕老婆，请君入瓮！”

于是众人又复哄堂大笑，各自饮了。却听一个油腔滑调的声音道：“凤箫象板，锦瑟鸾笙——善丝竹者饮……倒霉！”只听“哓”的一声那人将酒筹撂在一边，便听桌椅一片乱响，几个人过来，七嘴八舌说道：“论起诗词曲赋，谁能比得起你刘墨林？喝！不要看他乔装，提耳灌酒！”

“罢罢，我实在不能了，各位贤弟饶命！”刘墨林讨饶道：“我说个笑话给大家解酒可好？”众人大约也知道他量浅，便住了手。孙嘉淦和杨名时酌了酒，侧耳听刘墨林道：“我中举人，房师是浙江布政使李卫大人。赴过鹿鸣筵我去拜谒他，他正在吃茶。我们师生正说话，他困倦上来，叫人取鼻烟壶来。

“那个长随听了，迟疑半晌才答应着出去，过了半晌，怀里揣着个鼓鼓囊囊的物件来了。

“李大人那脾气天下通都晓得的，最是暴躁的，见他来得迟，就骂‘你这狗日的，怎么就去了这么大工夫？’

“‘回方伯爷的话，’那奴才苦着脸道：‘早就拿来了，只这物件当着客人怎么用呢？’说着双手从怀里捧了出来。我当时笑得岔了气——原来这狗才以为李大人要‘便壶’，竟揣着个夜壶来了！”

隔壁立时一片鼓掌大笑，杨名时素来矜持，只莞尔一笑，孙嘉淦禁不住“扑”地一口酒全喷在地下。却听那群人吵嚷道：“不好不好！我们吃酒，他说便壶撒尿，着了他骂了！罚他另换一个！”

“嗯……”刘墨林沉吟片刻，说道，“我今儿街上走，被一个绺贼抓走了帽子，以这为题，套《黄鹤楼》作一首诗，为诸仁兄佐酒，如何？”说罢，怪腔怪调吟道：

昔人已偷帽儿去，此地空余戴帽头。
帽儿一去不复返，此头千载空悠悠。

诗未吟完，众人已笑倒了。杨名时也掌不住扶着椅背前仰后合，孙嘉淦揉着肚子，笑得眼中噙着泪花。半晌，回过神来，杨名时笑着对孙嘉淦道：“我就是要请你出来，排排心中郁结之气。怎么样，不虚此行吧？来，再饮两杯！”说话间，一个中年男子推开玻璃栅门进来，穿一身红绸棉袍，套着黑缎子马褂，脚下千层底布鞋，头上戴着黑缎瓜皮帽，白净面皮上微有几颗麻子，鼻下两绺浓浓的八字髭须，手里举着一张太极八卦图，斯斯文文举手一揖道：“二位先生是应试的吧？可要相一面？”

“不要不要！”孙嘉淦正听得兴头，摆手说道：“你到别处去吧！”

那人格格一笑，说道：“到这楼上吃酒的客人，哪个没有经在下算过？你们既吃入贡酒，难道不要考个贡生？我送功名给二位足下呀！”

“敢问贵姓，台甫？”杨名时心中一动，问道：“这恩科是朝廷抡才大典，生死有命富贵在天，你怎么就敢夸海口‘送功名’？”那人一哂，说道：“成事在天，谋事在人！我若没有实学，焉敢在这个地方卖弄？我的姓名足下不必问，这无关紧要，但足下要取功名，经我一相，十拿九稳！”杨名时一笑，从袖中取出二钱重一个银角子，正色道：“请吧！”

那人看了，突然拊掌而笑：“你们是头一次入闱吧？二钱银要买两个贡生？不才一把铁算盘算尽天下才士，从来没碰到过这么结实的铁公鸡！”孙嘉淦却知道：专有一等江湖术士，开恩科前以算命卜相作幌子，指着京师官场纷乱繁杂的头绪，出卖考题诈财，因急着还想听那边有什么新笑话，便道：“指山卖柴，这种事我见得多了，到别处诓人去吧！”那人也不分辩，回身便走，喟叹一声道：“痴！痴！不知此地是何处啊！”

“慢着！”杨名时突然道：“你是卖考题的？我买！多少银子？”

“七十两!”那人看了看孙嘉淦，“你们是两个人，本该卖一百两。我说的是实价，童叟无欺!”正说着，那酒保端着个瓷盘子进来，盘子里没有菜，端正地放着两份大红帖子，只看了那人一眼，不言声退了下去。那人笑道：“这就是考题。若出的题不符，凭帖子到这店取回原银。至于考上考不上，可就是方才先生讲的——生死有命，富贵在天了。”

杨名时是副主考，连他自己也不知道皇帝出什么考题，原来不过是好奇，见此人卖考题卖得如此笃定，而且居然有这么大产业作保，心下愈觉诧异。他点了点头，从靴页子里抽出几张银票，拣了一张就案推给那人，说道：“若没有这铺子作保，我岂肯信你？这是一百两龙头银票，果真考得就是这题，我还有‘赏’!”说罢取过题帖子，拈了一份递给孙嘉淦，打开看时，上面端正写着：

利者，义之和也

日月得天而能久照

帝乙归妹，其君之袂，不如其娣之袂良

下头端楷小书“伯伦举酒恭祝京报连登黄甲”。孙嘉淦不禁问道：“这都是《易经》上的，难道出三道题不成？”那人卷起幌子，笑道：“客人明鉴，三场考试各取其一嘛！我这也是揣摩出来的，难道只出一题？次序我不敢保，我也怕顺天府的人来拿我呀!”

“好，就是这样!”杨名时收起帖子，立起身来对孙嘉淦道：“好晚的了，咱们也该去了。”于是二人前后出店，孙嘉淦直送杨名时出了贡院街口，看着他上轿远去，才蹒跚着回到自己宅里。不料刚进屋里便大吃一惊：内阁大学士、上书房大臣、领侍卫内大臣，汉臣首辅张廷玉竟在自己房中啜茶坐等！孙嘉淦酒也醒了一半，愕然说道：

“张中堂，是来拿卑职的么？”

第七回　吃皛饭宰辅访国士　诉肺腑君相互赠联

张廷玉只穿了件宝蓝色天马皮袍，腰间束着玄色缎带，帽子摘了放在桌旁，正跷足坐在书案前椅子上就着烛光看书。见孙嘉淦醉眼迷离地进来，吃惊地望着自己，张廷玉放下书，微笑着起身道："不速之客候你多时了。你官虽小，如今已是名震京华的人物，我来串串门，瞧瞧你这强项令。怎么，你有慢客之意？我可是已经吃过了你的萝卜白米饭了呀！"

"既如此，您是我的客人，请坐，献茶！"孙嘉淦心下掂掇着张廷玉的来意，将手一让，笑道："我还以为您来抄家拿人呢！可我这六品小主事，也犯不着来这么大个人物啊！"说着便也坐了。孙嘉淦知道，就在此刻，不知张廷玉府邸门房里，有多少显官要员正焦急地等着他接见，不奉圣命，这个首辅宰相断然不会有到自己这里"串门"的闲情逸致，一边思量，一边睨了一眼张廷玉，没再言声。

张廷玉的眼睛在灯下幽幽闪着微芒，他确是奉了雍正的旨意，特地会见孙嘉淦的，但雍正没有说让他奉旨谈话，所以只能以私人身份拜访孙嘉淦。见孙嘉淦默不言声，许久，张廷玉才缓缓说道："你猜得不错。"

"什么？"

"我说你猜得不错，我一天只能睡三个时辰。我弟弟张廷璐想和我聊聊，也得半个月等。"张廷玉道，"我来想说两件事，头一件你就想不到。皇上已经调离葛达浑的户部尚书去理藩院主持院务，接替他的是马齐。你的铜四铅六铸钱办法，皇上已经密谕马齐照此办理。"

这确是一语石破天惊，孙嘉淦泪水夺眶而出，一把擦去了，说道："皇上圣明！我真高兴——这真是天下苍生之福，三年之内，新钱流通海内，国家财源顺畅，墨吏们也只好干瞪眼了！"

"还有第二条，你听了就未必高兴了。"张廷玉啜了一口茶，"你虽然有理，但咆哮公廨，侮辱堂官，大失官体，所以要给你处分，要降职罚俸。因为没有交部议处，我来问问你。愿意回翰林院，就当修撰；愿意当外官，保定府同知出缺，你来补——我来和你商议一下，这事我就能做主。”孙嘉淦扫了张廷玉一眼，突然放声大笑！张廷玉是个稳沉持重的宰相，多少一二品大员在他面前都有几分局促，见孙嘉淦如此狂放，脸上掠过一丝不快。但他毕竟城府甚深，端杯斜坐，不动声色地问道：“这有何可笑？”孙嘉淦身子一倾，正容说道：“衡臣大人，我笑你小瞧了我。就是这么一个小小京官，苦苦巴巴熬资格，到老至不济也能混个三品顶戴！孙某若想吃这份安生衣食，又何必和葛达浑大司徒翻脸，几乎身陷不测之地？你知道，皇上准了我的条陈，得益的是亿兆生民，受损的是墨吏赃官，就为这一条，孙某死且不惧，还怕这么一点小小处分？张大人，翰林院修撰、什么同知，我都不要做。给我一个县，三年之内不能大治，我挂冠归隐让贤！”

张廷玉脸色一沉，些微闪过的不快已经寂然消失。他每天侍候了皇帝朝会诏诰一类事，回到府里接见外官，满耳都是奉迎话，满眼都是谀笑，没有一个人敢于和自己平头而坐，侃侃言政，转来转去都为了“升迁”两个字。惟独孙嘉淦，正六品谪了从六品，竟诚恳地愿意再降为正七品，实实地为百姓做点事！想着，张廷玉站起身来，叹息一声：“皇上最焦心的就是吏治。天下官，都像你这样就好了……”他拍拍孙嘉淦的肩头，再没说什么，一径踱了出去。

四更天，张廷玉就被值夜的长班叫起来了。这一夜他没有睡好，但张廷玉是每天必须进大内侍驾的首辅，“四更叫起”是他自己定的死规矩。由人服侍着穿了朝服，挂了朝珠，胡乱洗漱了，忙忙用青盐擦了牙，略用了两口点心便打轿直趋西华门，下轿看时，尚自满天星斗。张廷玉递了牌子，没有急着进去，在冻得结结实实的地上跺了两步，伸欠着呼吸一口清冽的空气，心里清爽了许多，正要进去，却见门里四盏玻璃宫灯映着，迤逦近前而来，细瞧时，却是自己的堂弟张廷璐由太监导引着出来。张廷玉不禁一怔，这么早天，廷璐进大内做什么？这有干例禁呀！正要问，才瞧见张廷璐身边还有一个人，张廷玉不禁吃了一惊，急跨两步说道：“三爷，您早！廷玉给您请安了！”说着打下千儿去。

所谓“三爷”就是当今新主雍正皇帝的三阿哥弘时。雍正在康熙年间一共生了八个儿子，长子弘晖生于康熙三十三年，已经封了贝子，十岁上出花儿一命呜呼。还有一个儿子弘盼两岁得了无名热也死了，连叙齿都没来得及。真正的“二爷”叫弘昀，也是十岁上死了。康熙五十九年六十年相继出生的两个儿子也都没养住，这个“三爷”其实就是雍正身边最年长的阿哥，今年刚满二十岁，出落得一表人才，冠玉一样的脸庞上端正长着一双杏仁眼，黑得墨染似的弯月眉梢微微上挑，带着一股英气，只颧骨旁的两颊微微下陷发暗，略带一点破相。见张廷玉给自己行礼，弘时忙上前双手扶起，笑吟吟说道：“你是两朝老臣，紫禁城骑马，金殿剑履不解的人，我怎么承当得起?”拉着手嘘寒问暖，显得异常亲热。张廷玉一边敷衍着，回头笑问：“廷璐，你怎么也进来了？还和三爷并肩走路?”

“廷玉，你别怪他，是我请他来的。”弘时忙笑道，“昨个皇上去毓庆宫查看功课，说我的字写得别扭。还说大臣里头，就只廷璐的字看得过眼。你也知道他老人家的脾气，下次再看不顺，我就得罚跪了，所以请廷璐进来，给我校校笔锋，留个仿子我好描。”张廷璐也含笑说道：“就知道遇见六哥要挨碰，忙着写了两张出来，可可儿就遇上了!”

张廷玉点头道：“既是三爷叫，也不为大错。三爷是金枝玉叶，毓德春华，正是做学问的时候儿。四爷十三岁五爷十二岁，都还小，都看着三爷呢!”这个话从字面上听，无论哪一句都是夸奖，合起来却句句是劝弘时，要他守规矩作榜样，张廷璐也不能不佩服哥哥这一套相臣权谋。弘时笑道：“你的意思我听懂了，你兼着太子太傅的衔，也是我的师傅！去吧，万岁爷怕已经等着你啦!”张廷玉连忙答应着，又叮嘱张廷璐好生办差，不要生事。“这阵子我忙，没得空说话，赶你进贡院龙门，我一定送你。”这才匆匆进来。因见八盏明黄宫灯导引着一队人由月华门进来，迤逦往乾清宫，张廷玉加忙脚步，赶到丹陛前跪下。

“衡臣，”雍正下了八人乘舆，望了望启明星，舒展了一下身子，笑谓张廷玉道，“朕昨夜没睡好，今儿索性早起了些，想不到你还是赶在前头了。论忠，也不全在这上头。往后你天明了再来，朕不怪罪你——起来吧，有几份折子还要和你参酌一下呢!”张廷玉忙磕头起身笑道：“是。这是皇上体恤奴才，做奴才的更该勤勉谨慎。再说，圣祖爷在位时，天天都这样的，奴才也惯了。倒是皇上身子骨儿要紧。”雍正含笑点头，进了东阁，盘膝坐了炕上，不无感慨地说道：“圣祖英明一世，尚自昼夜勤政。朕事事不如他老人家，焉敢怠忽政务？也只好以勤补拙罢了——只累了你了。隆科多允祥他们还能偷个闲儿，你跟朕草诏拟文，一刻儿也是离不得的。”说罢抿嘴一笑，吩咐李德全：“你给张相弄一碗参汤来。”

一碗滚热的参汤喝下去，张廷玉顿时觉得眼目爽明精神振作，谢恩归座，邢年已抱着尺余厚的一叠文书，一份一份扇面似的铺在他面前的茶几上。他瞟了雍正一眼，见雍正手握朱笔，一手翻书，似乎正在写一篇文章，看也不看这边，连忙低头看那些折子。前头六七份，都是顺天府报称查抄欠逋官员家产的提奏，一色的血红朱砂草书：

> 揆叙岂有仅存一万家产之理？不知顺天府尹与伊是何瓜葛亲？少瞻顾些，仔细尔之首级！
>
> ……金玉泽朕深知之人。尔不闻京师谚语？“武库武库，又闲又富”，即朕所知，去岁兵部铸司，即有七万银尚无着落。命伊据实招供、隐匿何处！
>
> ……此等魍魉之使，难逃朕之洞鉴！你将心放下，此人寿限长着呢！不要怕他自杀……

一律都是这样的话头，血淋淋的，十分刺眼，想起不久前康熙熟悉的用语：“缓些儿，他是老臣，朕不忍心他去饿饭……”“亏欠银两，你着实要快些赔补，朕死，你可怎么了？”张廷玉真有恍若隔世之感。接着又看下头的，却是湖广巡抚葛森保奏刘世明的本章，刘世明是张廷玉康熙四十二年科考中取的进士，文章好，官做得很清。因是自己门生，张廷玉特地加了留心，看那批语，却是：

> 刘世明乃汝同年，朕知之甚稔。尔以“科甲”二字耿耿于中，善柔沽譽病不除，则诸事朕疑而难信也。近见刘世明一切行为，惟于得名处加以周旋，遇有关科甲之事，备觉勇往，大有学慕虑誉光景，凡人一务名则诚不足，以不诚之心承上接下，焉有是当之理？

再加以善柔自处，好施小惠，取媚属吏，则诸务更不可问矣。

张廷玉吓了一跳，以为这朱批是冲自己来的，再看下头几份，有的批：“陶正中于其珣乃王掞门生，恐蹈科甲积习，当留心试用。”“人臣朋党之弊最害人心，乱国政，第一涤除科甲袒护之习为要！”“赵国麟一片忠诚，人品端正，但恐不免科甲向来习气，留心细看着，或可大用。”赵国麟也是张廷玉门生，张廷玉至此才松了一口气，知道雍正是对着科甲出身官员朋党习气而言的。

“廷玉，”正在挥笔疾书的雍正停了手，站起身来，吩咐太监们撤掉殿中灯火，橐橐踱了两步，脸像石板似的毫无表情，说道，“看完了么？朕处置得如何？”

正在沉思遐想的张廷玉怔了一下，忙起身笑道：“主上，臣以为所加朱批都十分精当。臣是在想，这一叠奏折足有七万余字，都一一加了朱批，有些地方万岁还掐了指印。圣躬勤政原是好的，但也不可过于琐细，劳心过度有伤龙体……”雍正摆手制止了张廷玉的劝说，说道：“一张一弛，文武之道。打从先帝年高勤倦，已经弛了多少年了，现在是‘张’的时候。朕问的是，你看这些折子的朱批有何感想？”张廷玉忙道：“臣以为并无不当之处。”

“苛了一些。”

“万岁……”

“是朕自己说苛了一些。”雍正脸上泛出一丝冷峻的微笑，“当今天下贪风炽盛，朋结党援小大官员不为利就图名，朕就是冲这两个字痛下针砭。矫枉不能不过正，你见过扁担没有？用弯了，你把它压直，松开手，它仍旧弯！你把它扳过来弯，弯些时候再松手，它就直了。”

张廷玉忙躬身答道：“圣虑深远，臣不能及。”

“你在朕身边做事，少说这些话。”雍正似笑不笑地说道，“早就听说官场有个口号：‘雍亲王、雍亲王，刻薄寡恩赛阎王。’这话说对了一半，朕刻薄挑剔，眼里不揉沙子这是真的，但并不寡恩。若论朕的心地，送你两句话，你真按着做，朕一生一世都不会屈待你。”张廷玉听到这里，已觉得站着不恭，忙跪了叩头道：“恭请圣训。”雍正莞尔一笑，说道：“你起来。

就算是阎王，朕也认了。昔人有游地狱的，五阎罗殿前楹联，写着：‘有心为善，虽善不赏；无心为恶，虽恶不罚。’就是这两句，送给你。”

张廷玉打心底里打了个寒战，深深叩下头去，说道：“恭聆圣训！但臣实也有言，久蓄在心，因皇上登位未久，诸事见忙，未及陈奏。”

“唔？”

张廷玉的心平静下来，抬头望着雍正，款款说道：“皇上天禀聪明，睿智果决为圣祖朝诸王之冠，朝野百姓皆知。当年圣祖在位，曾几番对臣说过，‘朕心选一个坚刚不可夺志的主子留给你们’。当时臣已知圣心默定皇上入继大统。但臣以为皇上与圣祖初即位有三不可比。”

“唔，唔？！”

张廷玉顿首叩头，说道：“圣祖继位，西北有噶尔丹之叛，东北有罗刹国扰边，台湾尚未皈伏，三藩盘据南方，中原有圈地之患，南方有河道漕运之虞，满汉不和，权奸当朝，四方不靖，百务纷繁……因此圣祖实为理乱天子。而今皇上承继大统，无权臣挟主干政，无兵甲之事扰乱中原，府库有盈年钱粮可资取用，而吏治不饬，官员朋党，讼诉不平，捐赋不均，皆都是盛世‘隐忧’。所以皇上乃是治平天子。”张廷玉说着，雍正已在殿中徐步踱着，一眼瞧见邢年进来，便问：“什么事？”

“回万岁。”邢年忙躬身答道，“杨名时和张廷璐进来了，请……”“忙什么？等一会听旨进来。”雍正说道，“往后上书房大臣奏事，不许旁听，不许奏事——衡臣，说，说下去！”他摆了摆手归座，一边听一边出神。

“理乱易，治平难。”张廷玉受到鼓励，叩头接着说道，“难就难在理乱可以快刀斩乱麻，治平只能慢慢来，如抽丝，如剥茧，一根根抽，一层层剥，用的是‘忍’字诀。”

雍正端着奶子，直盯盯望着大殿门外照壁上的阳光，深邃的目光闪烁着，说道：“这是二不可比，还有三呢？”张廷玉却嗫嚅了，思量半晌才道：“圣祖即位尚在冲龄，今皇上春秋鼎盛，圣寿已过不惑……”“这算什么比？”雍正莞尔一笑，正要反驳，已是恍然大悟，轻轻放下手中杯子，叹息一声，说道：“你有你的难处，其实就这个话，已经难为你了。自古无百岁天子，圣祖在位六十一年，朕也是不能比的。圣祖无兄弟阋墙之乱，朕这些年长兄弟一个个都不是省油灯，朕也是比不了的……唉！这是造化之数所定，非人力可为啊……”

“惟以一人治天下，不以天下奉一人。”张廷玉连连顿首，“皇上方才赐臣一联，臣当永铭在心，臣回奉皇上一联，愿皇上默察臣心！”

“好！”雍正站起身来，疾步趋至案前，援笔将联语记下，回头笑道：“一联换一联，朕就不赏你什么了。这个明儿有工夫，朕细细写出来，就描金张挂在乾清宫御座之后！那三不可比，你也都说得透彻。朕还要好好思量一下，‘戒急用忍’是圣祖爷吩咐过朕的话，但朕以为，孝子承父之命，以承志为先，承言为后。今日天下吏治拆烂污到这地步，一味抽丝剥茧慢慢来，恐怕也不是上策。”说罢对殿外大声吩咐，“叫张廷璐杨名时进吧！”

张廷璐杨名时被挡驾在乾清门外，听到太监传呼，两个人一前一后疾步趋入，只见雍正高坐在须弥座上，头也不抬地正在批阅奏章，张廷玉躬身侍立在旁，空落的大殿静得一根针落地也听得见，两个人对视一眼，报了职名一齐跪下叩头行礼。

“顺天大主考来了？领试题的吧？”雍正头也不抬，沙沙挥动着朱笔，批定一份奏章，招手叫过张廷玉，点着手里的一叠奏章说道：“这一份六百里加紧廷寄贵州，苗民叛乱，叫贵州巡抚去办，用兵狠剿，不能手软，不要招安！这一份盐政奏议，用明发，叫他们缮清送进来朕看后再说。田文镜在山西太不成话，一个过路奉旨办差的，擅自干预地方财政，出去办差的都学他，外头官员还怎么做事？把田文镜的驳下去，把表彰诺敏的这一份廷寄山西巡抚衙门！”

他一头说，张廷玉一头答应，又问：“山西这两份要不要快递？”

“不要，这又不是军事。总用六百里加紧，用来用去就分不出紧慢了。”雍正说完，才把目光转向张廷璐，笑道：“你叫张廷璐，那他必是杨名时了？你是衡臣的弟弟吧？”

张廷璐瞥了一眼正在忙着分发奏章的张廷玉，叩头说道：“是，臣张廷璐。张廷玉是臣的哥哥，同为一个太祖公。”

“嗯。”雍正略一沉吟，转脸对杨名时道：“你官声不错。在浙江盐道，离任时只带了一船书。当地百姓还给你立了一座生祠——有这事吧？”

杨名时激动得脸色绯红，连连叩头道：“臣不敢谬承圣奖，这都是百姓父老的错爱。”

"官做得清，百姓自然要爱你。"雍正呷一口茶，慢慢嚼着一片茶叶，良久才道，"你们来领试题，原没有多的话。但这是朕的头一场科试，少不得叮咛你们几句。你两个，一个世宦门第，一个清要世家，对你们人品不放心，朕断不肯放这个要差，抡才大典要公平取士，不在心怀偏私。你们明白吗？"

"臣——明白！"

"你们未必明白。"雍正冷笑一声道，"为国家取士，讲究一个'公'字，并不见得不纳贿、不收钱就算完差。有一等人，不看文章好歹，只管拣着贫寒的取，那受恩的自然感恩就深，恨不得扒出心来报效老师，收名于当前，取利于尔后，这也叫'偏私'。朕怕就怕你们犯这个毛病儿。"

杨名时心里托地一跳：久闻四王爷鸡蛋里挑骨头秉性儿，今日一见果不其然！正胡思乱想，却见雍正将杯子向案上一墩，又道："至于科场收受纳贿，那是犯了条律，和朕上头说的是另一码事。朕与圣祖一心一德承前启后，圣祖以仁育人，朕以义正人，形迹不同其心则一。康熙三十三年南京科考，数百举人扛财神拥入贡院，你们在北京，要给朕弄出这类不体面来，朕就是要容你们，奈何还有国法天理？"他含蓄地笑着，每一个字似乎都是从齿缝里迸发出来，带着丝丝金属颤音，张廷璐和杨名时头也不敢抬，伏在地下静听。

雍正却不再说下去了。自下了御座，径至殿角一个金漆大柜前，取出一串钥匙开了柜，拣出一个封得严严实实的烤漆小筒，脚步橐橐踱过来，粗重地喘了一口气，说道："你们抬起头来。"

"喳！"

"这是今年恩科试题，"雍正冷冰冰说道，"你们拿去，拆看不拆看都由你们。自康熙四十二年之后，科场考题屡屡泄漏，真真不可思议。今年的题，是朕亲自手书，亲自密封，亲手交给你们的。只要记住朕方才的话，这一科必定能取几个像样的人才。朕的话从来只吩咐一遍，没听清，现在问还不迟，日后休说朕不教而诛！"

"喳——奴才明白！"

"好，君臣无戏语。"雍正将漆筒放在张廷璐手上，摆手令他们跪安，转身走向张廷玉。

张廷玉握管挥毫手不停挥正在披阅转部文书，连他们君臣方才的话也没有理会，听见雍正脚步声，忙站起身笑道："主子已见过人了？"雍正点点头，转过案前，偏着脸看看张廷玉正批的一份文书，笑道："这件事礼部已经上了奏议，国丧期间几处演戏的要严办！这份文书你先不要批下去，朕还要下一道旨意。不但国丧，就是平日，各省文武官员和京师各有司衙门职官，一概不许养戏班子，一概不许唱堂会！"张廷玉愣了一下，说道："文恬武嬉固然助长颓风，但官员平日家中喜庆婚筵，一并禁止演戏，似乎……"

"不看戏女人就不生孩子了？"雍正笑道，"朕就从来不演堂会。什么时候你张廷玉见朕看戏了，再跟朕说这些个话。"几句话说得似庄似谐，很随便又不容商议，张廷玉站不是跪不是，忙一躬身道："是！"雍正却转了话题，问道："见着孙嘉淦了？"

张廷玉赔笑道："见过了。昨儿还在他那里扰了一顿'皛'饭……"便将见孙嘉淦的情形备细说了，又道："此人历练一下，奴才瞧着可以大用的！"

"什么叫历练？"雍正敛了笑容，背着手在殿中徘徊着，似乎不胜感慨，"都把棱角磨掉了，变老成了，就叫'历练'？朕看不必——"他站住了脚，款款说道："着孙嘉淦实补都察院监察御史①！"

---

① 监察御史为正五品官员，雍正此举实际上晋升了孙嘉淦。

第八回　能吏潦倒误用“忌讳”　官场隐士拯难约法

雍正皇帝表彰山西巡抚诺敏，申斥田文镜的朱批谕旨刚刚发出，诺敏便接到了京函。当时各省督抚大吏都在京设有公馆，名义上是安排子弟族人在京读书待选，其实真正的用处是向“家”里及时报送信息。因此诺敏早已心中有数，见田文镜昏头昏脑地还在查看各个藩库，一丝不苟地核对账目，心里冷笑，面上却不理会。是时国丧除服，新君御极，既是改元大庆又逢元宵佳节，诺敏按捺不住心头欢喜，因传出宪命：太原城自正月十三至十七金吾不禁军民观灯五日！被国丧大礼拘得发急的人们顿时如囚鸟出笼，开锁猴儿般不知怎么兴头才好了。自总督衙门告示贴出，晋祠至介子推庙连绵数十里彩灯高照，画坊高结，芦棚通衢连巷，灯市星罗棋布，入夜时城厢内擎灯出售的密如繁星，勾心斗角镂金错彩各呈花样。周围上百里的乡居小民哪个不要看这富贵风流景象？纷纷涌进城来，把个太原七十二条街挤得万头攒动，什么壁灯、写生、书画、灯谜棚、走马灯、盘龙舞凤、走百戏、打莽式、踩高跷、打社火、女红男绿走百病的，扮作各式各样故事街头演戏的、卖艺的卖小吃的，浑浑噩噩、茫茫杂杂把太原城装点得一片火树银花，成了不夜之城。

田文镜却没有观灯这份好心绪。他有差使原本只是向驻节陕西的大将军年羹尧宣读诏谕，命年羹尧进京述职，没来由途经山西回京，在阳泉遇到那位被允禵救了的女子乔引娣。因为乔引娣孤身一人，被几个守桥兵士缠住，又搜出了几十枚金瓜子，要没收抵充阳泉县亏空。当时田文镜的官轿刚好路过，便喝令拿下这群兵士，至阳泉县库中查实，果然亏空三万。田文镜心想，山西省亏空全数补完，是早已申奏朝廷，明令嘉奖了的，怎么小小一个阳泉县居然还有三万两银子没有充库？因此便以传旨钦差身份带着引娣和阳泉县令趱返太原，和诺敏闹起这场轩然大波。

如今查实了，山西藩库银两盈箱积柜，确实一两不少，连阳泉县的亏空，诺敏都出具债券，说由曲沃县代偿，银子早已交到了布政使藩库，山西省货真价实的无亏空省！

……但自己又该怎么办呢？且不说朝廷新立，正讨厌京官在外惹是生非，也不说诺敏的靠山抚远大将军年羹尧，单就自己一个小小的四品官，硬碰硬地跟一位封疆大吏过不去，日后就祸不可测！从藩库查完最后一笔账，田文镜面如纸白，在衙役们不三不四的讥讽和哄笑中踉踉跄跄出来，连驿馆也不想回，独自在茫茫人海灿灿灯流中听天由命地晃着、挤着……好半日才回过神来，挨到一家刀削面的小铺里，要了一盘牛肉、一盘花生米独酌独饮。外头震天聒耳的锣鼓乐器声，令人目乱神迷的龙灯狮舞，田文镜竟是听而不闻，视而不见。

"来啦！"

随着一声吆呼，一个堂倌条盘上托一大碗热气腾腾的刀削面，轻轻放在田文镜面前。田文镜看那面时，果然削得好，一色儿形似柳叶，薄如蝉翼白中透亮。筷子一挑，每片都在八寸左右，配着满碗黄澄澄的牛肉丁，红殷殷的椒油炸酱，葱姜蒜末扑鼻的香，引人馋涎欲滴。田文镜叹一口气，正要举箸，听隔座有人大叫"来点忌讳"。他虽不知"忌讳"为何物，却正触了此刻心事，见伙计连连答应着去取，便点着碗大声道："我也要忌讳！多多的来些？"

"唉——！"伙计高应一声，执一把大磁壶，满头热汗过来，不问三七二十一，咕嘟嘟倾进田文镜碗里，顿时一股酸味冲鼻而入，呛得田文镜嘴角鼻子都耸到一处——这才知道，"忌讳"原来是山西老陈醋①，好端端一碗牛肉刀削面，顿时酸涩不可下咽。

田文镜想想好笑，端起碗来看了看，一横心闭住气，竟把半碗酸汤先喝了下去，才慢慢挑着吃削面，酸辣二味入心，额前鼻夹已浸出汗来，心里顿觉清爽。正胡天胡地吃酒，听隔壁雅座中传来鼓掌大笑声，一阵低弦回挑，便听一个女子曼声唱道：

---

① "忌讳"即醋，商家开店忌讳酸，因改称忌讳。

因恨成痴，转思作想，日日为情颠倒。海棠带醉，杨柳伤春，同是一般怀抱。甚得新愁旧愁，铲尽还生，犹似原上青草。自别离，只在奈何天里，度将昏夜拂晓。今日个蹙损春山，望穿秋水，道弃已拼弃了。芳衾妒梦，玉漏惊魂，要睡何能睡好？漫说长宵似年，侬视一年比更还少——过三更已是三年，更有何人不老？

“妙！”田文镜已有七成酒意，“啪”地一击案高声赞道：“不过忒颓唐些，我有几句续上！”说罢脸一仰，高声诵道：

只此寸心，无端忧天，云遮白日不照。携琴佩剑，登楼凭轩，却是烟水渺渺。不如归去，品尽壶中三味，任他衣裳颠倒！醋是“忌讳”，“忌讳”是醋，谁识此中奥妙……

吟罢放声大笑，眼泪却无声迸出。外头坐客见他醉了，眼饧口滞喃喃而言，也都不来理会。正乱间，雅座门帘一响，一个半大不大丫头含笑出来，径至田文镜面前蹲身福了一福，说道：“先生，家主静聆清言，不胜仰慕，敬请先生移趾，里头坐地攀话。”

“家主？”田文镜眯着眼闪了一下，问道：“你家家主是谁？他……他怎么不自己来？”

丫头抿嘴儿一笑说道：“我家主姓邬，讳思道，也是北京来的，腿脚有些不便，所以不能亲来。”

田文镜站起身来，一阵冷风从店外扑进，顿时酒醒了许多，因蹒跚着步子跟那丫头进了雅座。打量那家主时，只见邬思道有四十五六岁年纪，穿一件天青哆嗦呢珍珠毛长袍，外头套一件小山羊风毛坎肩，盘膝稳坐在中间，略嫌清癯的脸上泛着红光，两道弯月眉压在黑得深不见底的眼睛上，显得十分深沉，手里把玩着一把折扇正在沉吟。旁边两个女的，也都体格风骚容貌姣好，满头珠玉，遍身罗绮，晃一晃，翠摇玉响。田文镜因举手一揖，笑道：“邬先生，有扰了！”

“请坐。”邬思道声音不高，听去却十分清晰。他也在打量田文镜，两道直横而出的扫帚眉，三角眼中精光闪烁，略为鼓出的上唇留着八字髭须，下唇却微微翘起，嘴角微微上倾，显着要强、刻薄又多才多智——相书所谓“鹰鸷容”这是百试不爽的证据。良久，邬思道淡然一笑，指着两个女的道：“没有外人，这两个都是在下山荆——凤姑、兰草。这位先生是雅人，为他上寿！请问先生尊姓、台甫？”

田文镜将辫子向椅后一撩，稳稳地坐了下来，接过两个夫人的酒，一手一杯“咽”地饮了，抹了一把嘴，笑道：“不才田文镜。先生好艳福啊！两位妻子，岂不是一乾二坤？以先生富豪，总该有十几个小妾了？”

“我不娶妾。”邬思道叹息一声道，“娥皇女英，也没听说谁妻谁妾，何必分那个上下名分？哦……田文镜……好像是去西路年大将军处传旨的信使罢？”

田文镜不禁一阵不快，自己和此地巡抚已经闹得天翻地覆，通天下皆知，怎么这人竟似毫无所闻？而且邬思道的口气也使他甚不舒服，因笑道：“适才在外间静听大雅之音，想必是先生手笔？不知在哪里恭禧呀？”

“我乃此地巡抚衙门幕客。”

“我乃户部郎官！”田文镜翻翻眼皮傲然说道。

见田文镜动了意气，邬思道一怔，“啧”地一笑，说道：“你忘了说——还是钦差天使！”

“本来就是！”

“唔……”邬思道揶揄地一笑，“怪不得今晚外间白光紫雾流闪不定，这间雅室辉煌明亮，失敬得很，原来是天使到了。”满屋的人都被他逗得格格儿笑。

听他如此轻慢无礼，田文镜顿时气得浑身乱颤，扶着椅背站起身来，恶狠狠盯着邬思道，咬着牙狞笑道：“我再不济，也是士大夫，似乎比寄人篱下乞食幕客要略强些儿。足下不闻‘地角天涯峰回路转’？也许冰山倒了，你带着你的‘娥皇女英’学齐人乞食于墓道中呢！”

“田大人安坐，”邬思道用扇柄遥遥点了点椅子，改容笑道，“美我疢疾，恶我药石，连这几句调侃的话都受不了么？倒是你说的‘冰山’二字，切中邬某下怀。仆少怀不羁之才，游于江淮，学于终南，以屠龙之术寄食于公衙廨宇数十年，带着这身残疾，早已断了出将入相的想头。愿意伏处你大人门下，佐你为凌烟阁名臣，你可肯接纳？”田文镜愕然注目邬思道，见邬思道一脸庄重肃穆之容，不像是讥讽挖苦，这一身雍容华贵气度，确实又有别于一般清客幕宾寒俭阿谀的奴相，不禁缓缓坐下，说道："我如今处境你可知道？你在诺敏中丞那里，不比跟着我这个小小部院堂官强得多？"邬思道笑道："你如今处境我有什么不知道的？山西亏空你奏而不实，查而不明，正是进退维谷捉襟见肘之时，我不趁此离了这座冰山，来栖你这棵梧桐树，一定要等这里树倒猢狲散时才就食于你么？"

田文镜听他这番话，怔了半日，深叹一声道："无论是真是假我都感你这份情。只我眼前就过不去这座'火焰山'，谈得上什么'梧桐树'！诺敏——"他低下了头，"是一堵硬墙，恐怕碰破头也过不去了……"

"诺敏此人好大喜功，务虚邀宠，其实读书无作文胆，磨剑无破敌胆，你是被他的虚张声势吓住了——告诉你，山西亏空天下第一。只是你田文镜查的不得其法而已！"邬思道斟了两杯酒，一左一右递给两个夫人让她们饮了，莞尔一笑道："其实他玩弄权术，欺得了一时，欺不得永久；欺得了小民，欺不得士绅；当今天子聪察乾断，以诺敏之智，岂能终邀恩宠？"田文镜愈听愈惊，这些话都是埋在自己心里的话，显而易见的弄虚作假，偏自己就查不出来！这个邬思道既在诺敏衙门当清客，或者知道其中情弊？他又为什么要弃大就小，弃荣就辱，投靠自己这个倒霉的小吏呢？寻思着，又怕今晚遇邬思道，也是诺敏设下的圈套，因道："先生的话很中听，只是有几分可信呢？诺敏大人天子信臣，你何以断言他是'冰山'呢？"

邬思道冷冷说道："你瞧得见，我是个瘫子。其实你还不晓得，是李卫荐我投诺敏门下的，年羹尧和我也不陌生！实言相告，我这个人既做不了官，又好酒喜色，又有点才，不肯轻易自弃，自然想找个扎实一点的靠山。天地间'礼义廉耻、酒色财气'八个字，恰如武乡侯八阵图。廉为生门，财为死门，诺敏从死门入，焉能从生门出？"

如此心地识见，田文镜不能不买账了，他举杯一饮，起身一揖说道："但库中存银账目核对三遍，确无差错。情弊手脚怎么做的，愿先生教我，没齿不忘你的大恩！"

"不要说'没齿'的话嘛。"邬思道笑道，"只我前半生历尽坎坷，后半世想酒色自娱。我和你约定一下，你外放知府，每年供我三千两杖头之资；升迁道司，每年五千；开府封疆，每年八千。答应这个数儿，我替你打赢眼前这场官司!”

田文镜死死盯着邬思道，足有移时，说道：

“成!”

“君子一言?”

“驷马难追!”

“好!”邬思道顾盼凤姑和兰草儿，笑道，“咱们似乎还有点后福——田大人，你查看过藩库没有?”

田文镜一怔，说道：“这还用问?我头一件事就是清点库银！共存现银三百零五万四千二百一十一两，与账目一毫不差。”

“都用桑皮纸包裹?”

“我都拆开看过。”

“是京锭还是台州锭?”

“都不是，是杂银。约有三十万两是五十两一锭的台州足纹。”

邬思道狡黠地眨了眨眼，把手中扇子展开了又合住，半晌才格格笑道：“明白了么?”田文镜尚在懵懂，邬思道又道：“既然火耗银子已向户部申报，藩库里就不该有杂银！这就是说——”他话没说完，田文镜已悚然而悟，兴奋得站起身来：“说得极是！我怎么就没想到这一层！这就是说库中实存银两仅三十万，其余都是临时凑出来对付朝廷的!”“阿弥陀佛!”邬思道双手合十，说道：“足下此刻总算酒醒了!”

就在田文镜与邬思道在灯市小饭馆计较山西亏空清查办法时，新任乾清门二等侍卫图里琛赍诏来到坐落小东关内的巡抚衙门。图里琛是原抚远大将军图海的孙子，以祖父功勋恩荫车骑校尉。在黑龙江将军张玉祥麾下当差，当时罗刹国哥萨克骑兵时有扰边事件，图里琛曾乘夜带十八骑士攻袭盘据木城的贼营，擒斩罗刹国玛哈罗夫将军，被雍正称誉为“铁胆英雄”，刚二十出头，已是身经十余战，几次死里逃生的人了。虽说这些晋封二等侍卫，职务仅是平调，但一见皇上，立赐黄马褂，赏双眼花翎，掌管了乾清门听政处关防。谁都明白，此人晋升一等侍卫，只是早晚间的事了。图里琛在巡抚照壁前蹬着下马石下来，随行的二十几个少年护卫也一齐滚鞍下马，巡抚衙门前的戈什哈见这阵仗，知道来头不小，早有一个司阍堂官疾趋而出，直到图里琛面前，打千儿赔笑道："大人万福金安！敢问大人尊姓、台甫、在哪个衙门恭禧？"

图里琛傲然抬起头没有答话，巡抚衙门口一溜八盏灯，十六盆烟火盒子、地老鼠、起火烟花放出五颜六色的光，照在他清秀冷峻的面孔上，像一尊石像一样漠然不动声色。一个随行护卫闪过来代答道："这是我们图军门。刚从北京来，要见诺敏传旨。"

"喳!"那门官胆怯地看了看图里琛，叩头说道："没有接到滚单，不知钦差大人驾到，请图军门暂候，卑职这就去禀报诺中丞。"

"不用了。"图里琛点点头说道："我不爱那个虚礼，所以一路都不用滚单勘合。你也不用禀报，我自己进去就是。"说罢转脸将马鞭子扔给一个随从。那门官这才看到，图里琛从左耳到颏下，有一道四寸多长的刀痕，在焰火光下闪着可怕的殷红的光。他还想请示什么，看了看图里琛倨傲得目中无人的神情，嗫嚅了一下往后退去。

图里琛不再说什么，雪亮的马刺在石板道上发出叽叮叽叮的金属撞击声，迤逦来到仪门前，就着灯看时，楹联上写着：

> 简命驻并州，感频年捍患御灾，创者立、废者兴、教者深、养者厚，寝食弗遑，纯以济民尽臣职；
> 使君统晋省，听百姓歌功颂德，良已安、顽已化、劫已转、岁已登，贤劳备至，力能造福契天心。

不知怎的，图里琛嘴角闪过一丝难以觉察的微笑，回顾左右说道："诺敏大人当得起这两副联语，这志向不俗!"说罢便旁若无人地进来。

巡抚衙门内衙正在元宵消夜，西花厅前一片空场上，几十个清客相公，一大群师爷，众星捧月般将诺敏簇拥在中间席上，觥筹交错人声嘈杂，一个个吃酒吃得红光满面。两厢笙篁齐奏，十二女伶一色罗襦绣裙，舒广袖，移莲步翩翩起舞，歌喉裂石穿云：

> 淡妆多态，更滴滴，频回盼睐。便认得琴心先许，欲绾合欢双带。记画堂风月相迎，轻颦浅笑娇无奈。待翡翠屏开，芙蓉帐掩，羞

> 把香罗暗解。自过了烧灯后，都不见踏青挑菜、几回凭双燕，丁宁深意，往来却恨重帘碍。约何时再？正春浓酒困，人闲昼永无聊赖，厌厌睡起，犹有花梢日在……

图里琛混在家人里看时，诺敏斜坐中间，一条油光水滑的大辫子甩在椅后，冠玉一样白皙的面孔上一双不大的三角眼，唇上漆黑的髭须恰似隶书的一个“一”字，穿着玫瑰紫猞猁猴皮袍，上罩黑缎珊瑚套扣巴图鲁背心，跷足而坐，双手随乐打着节拍。图里琛不禁皱了皱眉头，他是奉旨先私下看看诺敏这个人，然后再传旨的。见眼前这个诺敏，他实在想不出平日坐衙办差是个什么风范，居然在半年之内就把积欠了几十年的山西藩库处置得瓜清水白！正想着，见一个师爷凑到诺敏耳旁低语几句。诺敏坐直了身子，格格一笑说道：“这个邬思道，我不过瞧着年大将军和李卫的面子收留了他，月俸是头一份，又是个残疾，一点差使也不办，怎么倒吃里扒外？——田文镜私通的那个婊子拿到没有？”

“拿到了！”那师爷一脸谀笑，凑趣儿道：“真真是个人间尤物——抚台要不要叫她……”

“不要。”诺敏摇头道，“先囚到签押房后耳房，等处分田文镜的旨意到了，一并连人证解往北京！”

图里琛觉得已经完成了雍正的“先看人后传旨”的差使，嘴一努，一个戈什哈立刻闯到席前，大声说道：“御前带刀侍卫图里琛前来宣谕！闲杂人员一概回避，着诺敏跪接！”几个女伶冷不丁的被他这一嗓子吓了一跳，慌忙闪了开去。诺敏一惊之下站起身来，却见图里琛双手捧着黄绫袱盖着的诏谕庄重地走到席前，忙笑道：“天使到了，我竟一点也不知道，有罪有罪。请大人稍候，我更衣就来——设香案！”图里琛微微点了点头，将敕书交随从捧着，也套上了皇帝赐的黄马褂，弹了弹前摆，走到香案上首南面而立，早见诺敏朝珠袍服疾趋而出，伏地叩头说道：“臣诺敏恭请圣安！”

“圣躬安！”图里琛朗声答道，“诺敏听旨！”说罢展读圣旨：

> 奉朱批：诺敏前奏甚明晰，甚为可嘉。山西之清理亏空可为天下一鉴。着发各省，会同督抚商酌效法。山西通省亏空二百余万，

> 诸务废弛，今诺敏到任半年，料理清楚，钱粮分厘皆有着落，且将前任之愆，累及现任无辜尔各省封疆大吏，若肯如诺敏之实心办事，天下事何有不办之理？诺敏实可为天下抚臣中之第一者也！他省督抚当愧而效之。今着诺敏加尚书衔，赏单眼花翎以资奖励，钦此！

诺敏听了忙连连叩头，说道："请图大人代奏，臣诺敏何德何能，受主上不次深恩，惟当以国为家，忠于厥职，定将三晋治理得道不拾遗、夜不闭户，方副主上托付之重！"

这是早已和幕客们商量好的答词，雍正是个求实的人，拍马说不定拍到蹄子上，"肝脑涂地万死不辞"的套话也未必愿意听，不如实打实从自己差使上说，反而更惬圣意。

果然图里琛脸上泛起一丝笑容，双手扶起诺敏，说道："圣上宵旰焦劳，一心求治。诺大人体贴圣心，果然是位能臣。主上夸你，不枉了圣祖栽培之恩，也难为年大将军举荐！"说着又问，"田文镜呢？"

"回钦差的话，"诺敏一脸庄敬之容，"田大人近日一直在藩库清点银账。今日已经清理完毕，听说上街看灯去了。"

"你看来并不介意田文镜挑剔山西省务？"

"同为一朝臣子，同事一朝天子。"诺敏恬然答道，"本来嘛，半年清完数十年积欠，难免有人疑惑。田大人办事认真，肯实地考察，为我辨清真假，我感激还来不及呢！哪里会介意？不过……"

诺敏说着目视左右，叹息一声道："文镜不该在清查亏空时，弄一个歌妓养在驿馆。弄得省城议论纷纷，这实在有辱官箴。我虽不计较，下头人却咽不下这口气，已经将那个女子拿到府中。这件事也要请图大人示下，怎么样周全了各方体面，又不至于使田大人有所误会。"图里琛绷得紧紧的面孔突然松弛地一笑，只有这一霎，才看得出他刚毅凛寒性格的另一面，竟带着一丝天真无邪的孩子气。在诺敏的导引下，图里琛也慢步向上席走，一边回答："这是你巡抚职份里头的事嘛！我管你这些事做什么？你和田文镜为了亏空一事打钦命官司，已经朝野皆知。这点子风流罪过也只算锦上添花罢了。"诺敏一边陪着坐了，寻思着这个少年新贵这番似实若虚闪烁不定的话，说道："我和文镜兄并无私怨，是文镜硬要挑剔，不肯放过。幸亏圣聪高远明察秋毫，不然，这'冒功邀宠'四个字，诺敏如何当得起呢?"说着便笑，一边吩咐继续开筵。便见门上司阍的戈什哈进来报说：

"田文镜大人特地前来拜会钦差大人!"

第九回　图里琛奉旨巡并州　元宵反诮语讥忠直

听这一声，花厅前几十名翎顶辉煌的官员，从布政使、按察使到各司道，及一大群刑名、钱粮师爷还有省城十几个缙绅耆宿一齐扫兴，面面相觑着停了箸站起身来，不知这个粘胶腻牙的过路钦差又要来寻什么晦气。诺敏向着首席稳坐的图里琛略点头致意，忙着起身离席，也是一脸张皇。图里琛这才领略到，田文镜在太原着实犯了众恶。他不动声色，端着酒杯沉吟，只见田文镜穿着鹭鸶补服，戴着白色涅玻璃顶子脚步匆匆进来。

"听说钦差图大人到了？"田文镜和诺敏相对一揖，二人目光一碰都闪了开去。田文镜扫视着众人问道："在此地么？容下官叩请圣安！"图里琛这才看出，田文镜眼睛原来近视，自己身着黄马褂居中而坐他都看不清，莞尔一笑起身道："我就是图里琛。"田文镜这才转过身来，跨前一步甩了马蹄袖双膝跪下，亢声说道："钦差西路宣旨使臣田文镜叩接钦差山西宣旨使图里琛！臣田文镜恭请圣安！"

钦差叩接钦差！这本来是实情，但确实是一句多余的话。众人见田文镜一副天不管地不收的强项模样，想笑又都不敢。一时偌大筵宴上寂无人声，只听远处衙外开锅稀粥似的爆竹声隐隐传来——是时漏下三更，已到正月十五子正时分了。图里琛也被田文镜弄得一愣，但他此时口含天宪手握重权，哪里将田文镜放在眼里？略一顿，冷冷说道："圣躬安！钦差图里琛愧领你的大礼了——你别忙起来，有奉旨问你的话！"

"臣恭聆圣谕！"

"奉旨问田文镜，"图里琛道，"田文镜乃京师蕞尔小吏，奉旨往西大营年羹尧处传旨。原系专差，并未奉有沿途采风，干预地方政务旨意，何故无事生非，妄奏山西巡抚诺敏贪功邀宠，取媚当今？朕原是可欺之主么？"说罢便盯视田文镜。田文镜从容不迫，叩了头答道："臣奉旨西行原是专差，但原在户部已屡蒙严旨，限期清理山西、直隶、山东、河南诸省财政，旨意已记档缴皇史宬收存。是以臣过问山西亏空一案，并非以钦差身份横加干预，乃是以户部司官身份查看山西藩库。臣与诺敏位份悬殊且无宿怨，正因主上非可欺之主，不敢渎职轻纵，乞圣上洞鉴烛照！”

这个话大出人们预料，连诺敏也不禁愕然，顿时脸涨得通红，很想插一句问“你怎么不早说你是以户部司员身分查看的”？但现在图里琛是代天子问话，无论何人插口都是欺君，只好干咽了一口唾沫，下死眼盯着这个无端来山西搅闹的刺头儿官，心里的火一拱一拱往上蹿。图里琛也大感意外，但此时也只能遵旨问话，因道：“今山西通省亏空弥补齐全，尔既查清，银账可相符？”

“分文不差！”

“既然分文不差，”图里琛背诵着雍正的原话，“尔无端污人名节，是诚何理？是诚何心？足证朕心许诺敏为天下第一抚臣鉴人不谬。若诺敏有一丝一微欺隐，朕亦无颜对天下抚臣矣！问尔田文镜，还有何言对朕？”诵罢目光咄咄，逼视着田文镜不语。

田文镜舔了舔嘴唇，雍正的这些话刁钻凶狠到如此地步，是他和邬思道都没有想到的，而袒护诺敏到这个份上，更使人始料所不及，如若再继续哓哓置辩，那就不是与诺敏质对，而是直接扫雍正的脸了。田文镜沉吟半晌，叩头答道：“臣愚昧。诺敏确系‘天下第一抚臣’，万岁问至此，臣还有何言可对？伏惟圣裁！”

“来！”图里琛目光灼灼，断喝一声，“革掉田文镜顶戴！”

“喳！”

两个亲兵答应一声，走上前去。田文镜却将手一摆，煞白着脸双手抖着拧下涅玻璃顶子上的旋钮，递了过去。

“田大人，”图里琛微微一笑，亲自上前双手搀起田文镜，“不要这么懊丧嘛。办砸了差使革职去顶子的论千论万，宦海沉浮平常事，挂冠可作伴梅人。来，且吃酒，我为大人压惊！”诺敏便忙着让人斟酒，双手捧来敬给田文镜，笑道：“文镜，到晋一月有余，殊失主人之道啊！想一想，不过噩梦一场，恍若昨日之事。这里图大人可作证，兄今遭圣上严旨切责并非兄弟进谗……料想文镜回京，朝廷必定还有恩旨的。”田文镜听着诺敏这些虚情假意的慰劝，也不言声，端过酒杯，一饮而尽，向众人亮了杯底。径自扬长走到上首桌前跷足而坐，一脸满不在乎的神气，图里琛见他如此胆气，刹那间心一动，闪过一个念头："此人豪杰!"诺敏却高兴得醉了似的，背着手兜圈子，只是想笑又怕失态，众人都以为他在搜索枯肠作诗，却见他手一摆，说道："把大爆竹放起来！放焰火!"

随着爆竹"砰砰"闷雷般一声接一声响起，十二箱焰火喷花吐霞泼雾流光，映得席面五彩缤纷。一轮浑圆的月亮，将银辉纱幕似的铺向大地，霭霭瑞光中坐着这群心思不一的官绅举觞劝饮，倒也别有一番情趣。

须臾酒酣耳热，人们的话渐渐多起来。开始时议论古董、商彝周鼎、秦砖汉瓦胡扯乱谈，接着便有人说起音律，什么一气二体三类四物五声六律七音八风九歌，说得唾沫四溅。倒是首席一桌诺敏、田文镜和图里琛，一个无话谈，一个不想谈，一个不愿谈，各自把杯对月出神。

"三位大人怎么闷坐着?"一个喝得醉醺醺的县令趔趄着步儿上来，乜着眼一一给三人斟酒，一头说："大高兴的日子……两位钦差——呃！怎么吃枯酒？我……我给你们讲个笑……笑话!"说着便盯田文镜。田文镜看时，是柏山县令潘桂，这次清理亏空，头一个就清到他头上，心知他必定是来挖苦嘲弄，一笑说道："人都说攀高结贵，你倒两个字'潘桂'(攀贵)就占全了。不过我如今已经不'贵'了，有什么笑话只当闲听罢了。"潘桂借酒装疯，说道："大人，我说……说的是个真事儿！嗯……我发科是康熙五十七年，从濮阳过，错过了宿头，前不巴村后不巴店的，只好在一个土岗上胡乱睡下，不想就遇了鬼!"

说到这里，潘桂已经口齿伶俐不再结巴。满座的人听见这个老虎压班县令说鬼，都停了议论。只听潘桂说道："当时七月十五，夜里已经凉上了，后半夜冻醒了我，我扯扯被子正要再睡，听见那边有几个人在朗诵诗文……

"我想，这般时辰了，还有人用功？仰脸看时，桥西沙滩上坐着四个人，一个老的约五十上下，一个四十多岁，还有两个都在十八九之间，都是满脸酸腐气。那个老的说：'昨儿大风雨败兴，今夕大好月色，咱们几个拈题作文，一试高低!'那三个人说'成'！于是老者从靴页子里取出几枚纸团，分送三人，四个人闭目攒眉，摇头搔耳思量破题。这时一阵风吹过来，我打了个哆嗦，心里知道他们必非人类，倒也想听听他们的时文破题，说不定场上用得着。

“约莫过了一顿饭光景，才听老者叹息说：‘今儿文机钝塞，只想出一个佳破，奈何？’几个鬼也都随声附和，‘真的，今晚不知怎的，只想出一个破题，再也做不下去了。’

“我想，这必定是鬼神点化我考场题目，我留了心，瞥眼见老者接过中年人的卷子，念‘嗯，好！——“视所以而观所由，察所安而人焉庾！”——妙哉！’

“这个时文破题有何妙可言？我心里倒犯了猜疑，正惶惑间老者又评说，‘首句算得上英雄所见略同，只次句看来尚欠包括，你们听我的——“视所以而观所由，察所安而焉瘦瘦”——如何？’

“群鬼立时大哗，鼓掌叹服。老者拈须微笑说，‘作文这事，差之毫厘，谬以千里，你之所以活着时长居五等，而我俨然附在四等末，实在因我作文题无剩义耳。’听他这两联狗屁不通的破题，还洋洋自得，我捂着被子暗笑。又听老者问那两个年轻鬼，‘你们正在英年，才思敏捷，怎么倒曳白卷？’一个年轻鬼说，‘我怎么能和老师比？你是三赴考场的人，虽然不是正经取功名，到底也弄了个顶子戴，我恶生乐死为的就怕考试，驽钝之才只好往钱堆里钻罢了，还顾得作文？’

“说着，两个年轻鬼从沙地里用手扒出一大堆金灿灿明晃晃的钱，说，‘有本事弄钱才是好鬼，如今这世道，谁论文章？’

“听到这里，我实在忍不住了，脖子一伸站起来大叫一声‘学政来了，无论是人是鬼，一律以文章定命！’……喊过我就后悔了，万一这四个鬼拖我下水，我怎么应付？想不到他们四个一听说无论人鬼，一律文章定命，竟吓得僵立在地，面若死灰，身子抖着化为一团黑雾奄然而灭——我还以为他们从藩库中弄出银子了，走到跟前一看，嘻嘻，扫兴得很——都他娘的是些纸钱！”

潘桂说到这里，红着脸盯着田文镜，嘻地一笑道：“田大人，我讲的这个鬼故事可中听？”田文镜在晋省折腾了一月有余，履历早为人所知，潘桂的话里夹着骨头，明指了田文镜“三赴考场”名落孙山，靠纳捐做官，又借纸钱的事讥刺他“从藩库”里弄银子，无孔不入地搜刮钱财的事。这个故事虽然编得并不出奇，但却合了众人的心。于是大家随声附和：

“潘令不愧真命进士，驱鬼有术！”

“以文章论命，好！”

“这鬼撵走了，你老潘没有在河边打打他的醋炭①？”

众人一头说笑，都用眼觑着革了顶子尚未罢官的田文镜。田文镜的眼睛正眼也不瞧潘桂一眼，幽幽望着渐渐熄灭的焰火盒子，半晌才粗重地喘了一口气，说道：“你是柏山县令，柏山上依坡循势适有十八地狱泥塑。在你看来，那些不过都是土木偶人，不足挂齿的，但我去看了却感触良多。那许多的善男信女带了香烟果品前去顶礼膜拜，他们图个什么？无非平日淫恶贪财，心有暗室之亏，弄这些虚头香火蒙哄鬼神，免遭蹈火炮烙之灾罢了。”他的声音并不高，但句句铮然有金石之音。大家都是有心病的，顿时都钳口无言，只望着哔哔剥剥燃烧着的棒槌火②出神。

诺敏原本心里极高兴的，新皇登极，群臣百官都还不熟悉，自己就得了“天下第一抚臣”这样的赞语，这是何等荣耀体面的风光事？但不知怎的，面对两个钦差，渐渐的心绪有点不安起来。田文镜受责不服，是情理中的事，图里琛这个年轻人何至于就心高气傲到这地步，筵宴上一语不发，只顾左一杯右一杯自酌自饮？想着，起身笑道：“怎么吃起枯酒了？谁有笑话儿，讲一个给图大人解颐！”

“笑话儿是没有的，”坐在第二桌的一位官员起身来到图里琛桌前，捧杯为三人奉饮，说道，“卑职是太原县令沙本纪。田大人查藩库，开初就是卑职陪同的。不是我酒盖住脸作践大人。当初您要查账，我怎样劝您来着？诺中丞上任，头一件事就是清理藩库，连参二十三名亏空万两银子以上官员，圣祖爷在位时都曾嘉许过的！大人，我乘醉劝您一句，己所不欲，勿施于人，何况您已不正，又如何正人？”

图里琛除了宣旨，原奉有雍正“观察晋省吏风”的密谕，明旨和暗旨

---

① 相传以烧红的炭蘸醋，有驱邪避鬼之效。旧时旅店中死了人，即用此法对房间消毒。

② 山西产煤，正月十五常用上好煤炭在庭院、街衢搭起煤制火炉，高如人许，形似棒槌，可取暖，可观赏，名曰“棒槌火”。

宗旨略有不同，他自己也摸不清雍正的意图，因而除了宣旨不肯多说话，现在见众人借酒发作，窘辱田文镜，拍诺敏的马屁，很觉看不上眼，便慢慢放下酒杯，问道："沙令，你这话我不明白。己所不欲勿施于人还可说得过。'己不正不能正人'是什么意思?"

"图大人，"田文镜双手一拱说道，"这样愚鲁无知之辈，不必和他计较。他不过见我倒运，过来打什么人顺风旗。墙倒众人推，原是人之常情。"他哼了一声冷笑道，"想着我田某人那么好整治的?告诉你姓沙的，美梦易醒，黄粱难熟！不理清这里的亏空案子，我绝不过汾河！"

"我怎么是愚鲁无知之人!?"

"你诨名'杀不尽'，做事曲阿上司，敲剥小民，名实相符，所以愚鲁无知！"田文镜腾地涨红了脸，轻轻将案一拍，"初时查库，你狗癫尾巴似的跟着我跑，现在又这副面孔，我还要加上一句，你顽钝无耻！告诉你们诸位，我已经用我的钦差关防，封了你们的藩库！"

田文镜和沙本纪二人当众反目唇枪舌剑，已经惊得众人目瞪口呆，继而出语"封藩库"更是骇人听闻。几十个官员面面相觑，又都把目光盯向田文镜，不知他犯了什么病，敢于如此大胆。

"姓田的，"诺敏不禁勃然变色，一按桌子站起身来，"查封藩库，是要请圣命的！我身为山西巡抚，本人也没这个权！你一个小小部曹，搅我山西政务，瞧着你是皇差，给你留了多少面子?你辄敢如此疯狂！——你是已经革去顶子的官员，来！撤他的座！"

几个戈什哈"喳"地答应一声，气势汹汹地走了过来，田文镜"刷"地立起身来，阴沉着脸"砰"地一把推倒了自己坐的椅子，斩钉截铁般说道："我已派人六百里加急向皇上递了奏章。不要性命，不要做官，非解开山西清理亏空一案不可！"

"你狂妄！"诺敏咆哮道，"皇上昨日寄来廷谕，命我从藩库中提银十万，赈济雁门关春荒。你封了库，山西饿死一人，我定然先斩后奏，拿你抵命。"

图里琛也早已站起身来，徐步绕着棒槌火踱步，紧张思索着。封藩库是至大的事，等于是停了通省财政，设如封错了，田文镜确实只有死路一条。但田文镜明知如此，为什么悍然不顾后果?他知道，此刻自己也套上了干系，在诺敏和田文镜中间不能没有个明朗态度了，想着，走至田文镜面前问道：“为什么？”听着图里琛带着巨大压力暗哑的嗓音，连诺敏都禁不住打了个寒战。

“回图大人的话，”田文镜微微一躬身道，“诺敏的人擅闯我钦差行在驿馆，提拿我手中人证乔引娣。因此我疑他库银不实，先查封了再说。士可杀不可辱，诺敏辱我太甚，何况我是钦差，诺敏辱皇上更甚。我就是不能容他！”

图里琛转脸问道：“诺敏大人，有这样的事？”诺敏点点头，说道：“就是我方才说的那个婊子了。这事是太原城门领衙门办的。我以为并没有办错。田文镜原本就不是钦差大臣，只是个钦差宣旨专员，所以驿馆也就不是钦差大臣行辕。圣祖皇帝早有明发诏谕，文武百官不得嫖娼宿妓。田文镜既说这个乔引娣是我山西亏空库银一案的人证，据理就该送她到臬司衙门收留候审，为什么要养在驿馆里？再说，藩库中银账两清，田文镜自己已经承认，连田文镜也应反坐诬告罪名。乔引娣以民告官，本已有罪，所告不实，难道不该把她捉拿归案？”

诺敏曾在刑部做过二年笔帖式，熟知《大清律》，老官熟牍，说得振振有词，不防田文镜突然冷冰冰插了一句：“诺大人，你有何证据说我嫖娼宿妓？今日邸报，万岁爷严旨重申各地督抚，须得凛遵万岁柩前即位诏谕，为圣祖爷心丧三年，这太原城大放焰火，又为了什么？你说说看，我学生不明白！你要知道，先帝梓宫尚在大内，驾崩未满三月，敢问你贺的什么？实言相告，我不但封了藩库，而且已经贴出告示：凡缙绅商贾与藩库有银账来往，三日之内结清。三日之后，山西库银即移运南京重铸。我想诺大人听见这个消息，未必欢喜得起吧？”

仿佛一声炸雷凭空而起，筵席上先是一片死寂，荒山古庙般鸦雀无声，接着缙绅席上一片嗡嗡嘤嘤之声，却不知议论些什么。

“什么？”诺敏头上蓦地冒出汗来，期期艾艾问道，“三百万两……全数解送南京？”“对了。”田文镜傲慢地扬起脸来，从怀中取出水烟壶，就烛光燃了火媒子，点了烟，喷云吐雾说道，“全数解走。”诺敏脸上青红不定，心头突突乱跳，两手又湿又粘攥着冷汗，半日方回过神来，咬着牙仇恨地盯视一眼咕噜噜抽水烟的田文镜，格格一笑道，“太原铸银场所铸‘水系’

银，与京锭同式同样，通行天下三百余年，成色可达九七八①，你为什么要送南京冶铸？”

“因为我信你山西官员不过！”田文镜头也不抬笑道，“通省二百九十七名官员，上下其手，左右联络欺蒙朝廷，你们犯下了欺君大罪！你们碰到了硬头钉子！”

图里琛也呆了。他历涉地方行政还是头一回，不懂得外省官员在银钱作弊上的魍魉技巧。他只知道，不请旨擅自封存藩库是大事，却不明白这张告示的威力！想着，图里琛转脸对诺敏道：“这件事叨登得大了。诺公，你有什么章程？”

“我的章程就是立即拆封！”诺敏突然失态地大吼一声，“立即拆掉这个告示！”

田文镜“扑”地一口吹熄了火媒子，轻蔑地扫视众人一眼，徐步走到图里琛面前，微一躬身道：“图大人！”

“唔。”

“我想借你一点东西。”

“什么？”

“借你一袋烟时辰，”田文镜干咳一声，将手一让，“花厅间壁里少一叙话，可否？”

图里琛也确想知道田文镜的葫芦里卖的什么药，遂一点头。刚刚转身，诺敏大声道：“有什么不可告人的话？当着众人说！”图里琛好像没听见，眼风一扫便跟着田文镜走进花厅，他手下的戈什哈立刻过来，把守住了花厅檐下的大门。

① 九七八即纯度可达97.8%。

第十回 愚巡抚掩过触国宪 智部曹巧取滥赃证

“图大人，”田文镜一进花厅，便在隔扇前站住了脚，“我今番闯祸不小，是么?”图里琛也站住了，凝视着田文镜古铜色的面孔上刀刻似的皱纹，良久，方叹道：“你何必如此?诺敏政绩先帝在时就首肯过的，今上又颁旨，称他‘天下第一抚臣’，你深知万岁爷的脾气的。”田文镜无声一笑，说道：“正为如此，我才敢闯这个祸。”他抬头瞟了一眼图里琛，“我请你单独谈，是想请你帮我一把。因为去岁李绂从奉天进京述职，曾言及将军，说你虽年轻，却是无双国士。”

李绂，图里琛是认识的，康熙四十二年进士，分发黑龙江省七台河县令，转授嫩江知府，不但为政清廉，且极善聚财。当年图里琛进驻木城，军饷供应不上，李绂指囷赠粮一万石，救了图里琛燃眉之急。二人成了忘年莫逆之交，只想不到和眼前这个纳捐出身的户部司曹田文镜还有渊源。田文镜见图里琛诧异，淡淡一笑道：“我和李绂是同科举人，换帖兄弟……我请你来，不为说私情，说的是公义。这一番我田文镜和山西一省贪官污吏做了对头，请将军助我一臂之力。”

“田大人，”图里琛皱眉道，“诺敏历来官声很好，而且刚刚蒙恩表彰。你也承认，藩库银账相符，为什么要封库呢?”田文镜冷笑道：“诺敏冒功邀宠，先帝爷春秋已高，不能觉察，今上则是急于收回各省亏欠银两，要立个榜样，所以来不及细察。图将军，亏空案是熙朝一大弊政，当年太子二阿哥会同当今皇上雍亲王、十三阿哥怡亲王爷，坐镇户部严旨清理，折腾了近二十年，结果太子被废，十三爷高墙圈禁，亏空仍旧亏空！诺敏有何本领，半年之内就清理妥当?而且不冤枉前任官，不牵累现任官，假报功劳，太过分了!”图里琛咬着嘴唇沉吟道：“你说这话，我来山西一路也仔细想来着。但现在证据确凿，也无奈其何。”

田文镜阴沉沉一笑，说道："诺敏若无过人之处，也不至于十年进士就打熬出封疆大吏的地步。我封藩库，贴告示，移藩银，为的就是打草惊蛇，把证据取到手！"

"我不大明白……"

"这有什么不明白的？"田文镜狞笑着说道，"库中实存银两仅三十余万，其余的都是借的！"

图里琛身上一颤："借来的！这么大数目，从哪里出？"田文镜道："别忘了这是山西。没听说'山西老抠能聚财'这个俗语？山西商贾财雄天下，这些主儿有的是钱！巡抚张口借，又有藩库抵押，坐抽利息银子，还怕筹不到二百多万银子？我封了藩库、告示清理账目，逾期银子全部运江南——你瞧着这一手！今儿打蒙了诺敏，明儿一早拿借据去藩库提银子的准挤破头！借据到手之日，就是这个'天下第一抚臣'的死期！"图里琛这才恍然大悟，上下打量着田文镜道："你真是个角色！这个计谋釜底抽薪，也算狠到家了。这已经算无遗策，我能帮点什么忙呢？"

"要知道这是太原。"田文镜目光在灯下烁灼生光，紧紧咬着牙道，"我这一举，得罪的绝非诺敏一人。我断言，山西境内无好官！明日巡抚衙门一道密谕传出去，臬司衙门、太原城门领衙门、太原府县一齐出空，堵截讨债商人。三天之内我抓不到证据，诺敏就敢请王命旗牌斩我于辕门之外，田文镜焉得不惊？"

图里琛点头道："我省得了。余下的事我帮忙。不过，我只给你一天时间，你取不到证据，诺敏杀你我不救。"说罢，也不等田文镜答话便转身出了花厅。见诺敏兀自在席面上坐等，便踱过来，一撩袍摆坐下，却不言声，只是出神。

"图大人，田文镜……"

诺敏探过身来刚问一句，图里琛将手一摆轻声道："夜深了，请各位大人先生安置，然后本钦差有话和诺中丞相商。"诺敏会意，起身团团一揖，朗声说道："今夕何夕，良宵不再。但千里长棚，无不散的筵席——请各位安置，道乏罢！嗯，元宵佳节，省城观光民众不下五十余万，万一闹出事端，我诺敏岂不又增一罪？所以少不得劳烦按察使衙门和太原府县诸位老兄，这个节就不要过了，昼夜在衙中坐镇。有差使，兄弟会及时知会诸位的。”说罢又一揖，众人遂纷纷起身告退。田文镜也自出来长揖而去。

“诺大人请!”图里琛将诺敏让进花厅，两个人分宾主坐在炭火炉旁暖烘烘的地龙上。图里琛年轻英俊的面孔凝视着火盆烘旺的火焰，良久才道：“我实言相告，今夜的事我到现在没有弄明白。圣上从奉天调我回京。当日就召见我，问我愿意放外任，还是想留在京做官。我说，论起忠字，皇上叫做什么，我只能不会也学着做。若论起‘心’字，我是独臂将军张玉祥带出的兵，宁可在战场上一刀一枪当个厮杀汉，对手明明白白，功勋也明明白白，我不想往文官堆里钻，那是是非窝！因此，皇上点了我侍卫。没想到办了个传旨的差使，就弄得糊里糊涂!”说罢，拍着前额深深叹息一声，又道：“还是黑龙江好啊……树高林密，熊虎獐兔狍子黄羊，想怎样玩就怎样玩……这算什么事呢?”

诺敏原想三言两语，问明田文镜和图里琛说些什么，早早打发这个毛头小子安歇，然后布置堵截商人讨债的事，见图里琛摆出一副长谈的架势，不由得心里发急，只得按捺着性子安慰道：“这正是皇上爱你！像你这么年轻就当到二等侍卫，只有先帝爷在时魏东亭魏军门和苏州织造李煦、江宁织造曹寅三位，将来前途决非我诺敏能望项背的。田文镜今晚如此放肆，不但不把我放在眼里，连将军也不放在心上……”“不说他了，我一见他就腻味!”图里琛心里暗笑，一摆手截断了诺敏的话，“方才我以为他有什么大不了的要紧事呢，要私自见，见了又吞吞吐吐，好似怕我抢了他什么功劳！我没好话给他，我说，‘你要想说，痛痛快快的，要不想说，我本就不耐烦听。你这点子“功劳”原本我也瞧不上!’他见我发怒，才说，怕诺中丞阻拦拿借据讨债的商人。我听了好笑，‘诺中丞是天上的月亮，明明白白堂堂正正一个人，怎么会做这种事？你忒煞地刁钻刻薄，以小人之心度君子之腹!’——你说是不是?”说罢便盯视诺敏。诺敏被这个青年将军咄咄逼人的目光盯得心里发虚，只好连连点头，说道：“这是当然，他就是小人儿心性嘛!”耳听院外“托托托托——当”的一阵乱响，已知是四更天，诺敏心里又是一沉，一边听图里琛滔滔不绝吹嘘战功，暗自拿着主意要单独出去一遭。正无奈间，签押房一个书办进来，看了看图里琛，嗫嚅着说道：“中丞，臬司胡大人还有沙大人来拜!”

“好，我这就来。”诺敏起身笑道，“将军英武神威，令人钦佩！这样，你先坐着，我去去就来。”

图里琛呷了一口茶，笑着问书办：“这早晚天气，他们来有什么事？”书办忙一躬身回道：“小人没敢问。听两位大人说，因为人挤，城西观音庙灯棚失火，烧了几家店铺，店铺的人恼了，打死了两个买灯的，围着看的有几千人，怕出事，来请中丞宪令。”

“这还了得？”诺敏故作惊慌地说道，“去年灯节四川成都挤死两个人，蔡珽差点摘掉了顶子——不为死了两个人，要有奸民乘机作乱，如何处置？——你先叫门上戈什哈去签押房取了我的令箭，去观音庙驱散围观民众。我这就去见胡沙二位！”说着一跺脚便走。图里琛眼风一扫，两个亲随立时仗剑跟了过去。诺敏走了两步，回身笑问：“图大人，这——？”

图里琛身子一仰，蹙额说道：“我已答应田某人，今晚明日寸步不离诺敏，不能言而无信。”

“你要拘押我吗？！”

“岂敢！大人愿到何处，愿意处置什么公务，都听便。只是须得有我的人随从左右！”

“你那么相信田文镜？”

图里琛吁了一口气，坐直了身子摆头笑道：“不——我怎会相信那王八蛋？但我也不敢全信大人。季布一诺千金不易，我答应了田文镜的。”“你要知道，这不是你家！”诺敏强耐着性子格格一笑，“这是山西府！我乃开府大吏，你可以擅自监督？我要是不肯呢？”图里琛满不在乎地说道：“知道，你还是‘天下第一抚臣’！不过我也有个绰号叫‘玉面无常’。任你是铜墙铁壁，任你王子公孙，都挡不住的。”

“来！”诺敏暴跳如雷冲外大喝一声，几十名巡抚衙门的戈什哈“叭”地扣下马蹄袖，雷轰般应一声：

“在！”

“封了这座花厅！”

“喳！”

“慢！”

图里琛手一摆站起身来，他的十几名护卫一拥而入，叉手站在靠南窗棂静听号令。刹那间花厅内外对峙双方叩剑怒目相向，空气紧张得一触即发。图里琛用手点着自己的护卫道:“把上衣统统剥掉!”护卫们听令,一声不发,各自拽着衣襟“嗤啦——”一声将上衣撕开,打着赤膊挺身而立。

“诺大人,你来看他们身上。”图里琛指点着护卫们黑油发光的前胸,只见上头斑驳陆离,有刀划疤、箭疤、枪疤、火烧疤……每人前胸都有二十几处,在摇摇的烛火下闪着暗红的光,像在诉说着主人不寻常的经历。诺敏正发怔,图里琛悠闲地说道:“这里一共十三个人,每一个人身上的伤痕就是一部书。你来读读看!”

一阵冷风袭进来,诺敏身上机伶地打了个寒战。

“这都是些百战之余,”图里琛脸上毫无表情,款款说道,“皇上命我从万马军中挑出来,充实宫掖宿卫,又称‘粘竿处’卫士。统归皇上领侍卫内大臣管带。我这个钦差若不秉公办差,不是在你面前如何如何的事,在他们面前也是交代不了的!”

这些内情,诺敏都是不知道的。但他早就听说过当今皇帝在藩邸曾设过“粘竿处”做自己的护卫。听着图里琛充满威压的声音,他偷偷看了看院里,只见微曦中薄雾渐起,再不行动,真的要来不及了。因乍着胆子亢声道:“你在这里胡言乱语,我要弹劾你!圣祖爷即位之初,曾三次下诏,痛陈明末厂卫祸国,下令撤裁暗地监察百官的十三衙门,你这个‘粘竿处’难道不是十三衙门的变种?敲山震虎,虚声恫吓,别人怕你,来我山西讹诈,怕是此路不通!你钢刀虽快,难杀我无罪之人!”

“我原也以为你是清白的。”图里琛铁青着脸道,“但现在看来,未必如此。我也有句话告你,既怕人知,当初莫为,我刀快不怕脖子粗!至于‘粘竿处’是否和东厂西厂为一类机关,我不知道,你和皇上说去。我并不是以‘粘竿处’身份干预晋省公务。我是以山西宣旨钦差的身份,要查明山西到底有没有亏空。如果有亏空,为何不据实申奏朝廷,如果没有亏空,也要查清你的政绩,请旨表彰,为其余各省办差做模范。”说着,将手一揖又道:“圣明天子乃不可欺之主,你诺敏大人可要想明白了!”

图里琛扬着脸,长篇大论地讲述雍正建密折制度以广耳目、申明“粘竿处”组织如何不同于前明厂卫特务,皇帝登极以来怎样勤政,宵旰劳顿种种德政……足足讲了半个时辰。臬司胡道蕴和沙本纪,在外头等得心里焦躁,赶来看时,图里琛兀自滔滔不绝唾星四溅地说话,也只好立在檐下拧眉攒目地听。

众人正没做理会处，忽闻远处雄鸡一声声报晓，天色已经苍亮，田文镜一手攥着一大把借据，双手舞动着冲进花厅，狂声叫道："证据有了！证据有了！这一回我可掏出了你山西贪官污吏的牛黄狗宝！"看诺敏时，早已面如死灰，一声不言语跌坐在椅中。

图里琛参劾山西巡抚诺敏的奏章三天之后便递进了上书房。这时元宵刚过，各地督抚藩臬封疆方面大吏的请安折子尚在源源送来。因雍正吩咐，各处送的请安的折子属不急之务，待过节后有暇余时才看，尽着外任官的条陈、奏论、弹劾本章先看。本来，康熙朝已有明旨规定，除请安折子可用黄绫封面，其余奏章一概用素纸呈递。然而外省官员守定了"礼多人不怪"的宗旨，无论向皇帝报告何事，一色都是黄绫包面。张廷玉、马齐和隆科多只好一本一本拆看甄别。三个上书房大臣年资不同，性格各异。张廷玉寡言罕语，时常一整天也不说一句话。隆科多是个武将出身，虽然抱定了主意要学宰相气度，无奈"气质"二字绝非朝夕可改，他没有坐功，一会一趟出去，有时说要见部里人说事情，一会儿有屎尿要入厕，一会儿索性在阔朗的上书房客厅散步。马齐资历最深，刚从狱神庙天牢里放出来，乍入国家最高机枢之地，多少还有点不习惯，显得有点无所适从，但是他头一个见到图里琛的参本，已经半苍的扫帚眉立刻拧到了一处。

"衡臣，图里琛这人原来在哪里办差？这个人我不认识啊！"

正在埋头写节略的张廷玉放下笔，摆着酸困的手腕，转过脸说道："我也不熟。原在奉天将军张玉祥手下当参将，刚调进京不久。"说罢低头吃茶不语。正在踱步的隆科多凑过来看了看马齐手中的折子，立刻倒抽了一口冷气，说道："这个图里琛真是个二百五的班头，惹是生非的领袖！你去山西宣旨，宣旨就是了，干预地方政务做什么？"

"老弟没看清楚。"马齐瞥一眼隆科多，不知怎的，他心里有些瞧不起这位掌握着九城内外宿卫大权的皇舅，"他是代田文镜转奏的本章！"

张廷玉听见"田文镜"三个字，目中波光不易觉察地闪了一下，起身过来要过马齐手中的折子，口里说着，"这一份要紧，不誊缮节略了，原折呈进。""原折呈进没说的。"隆科多笑道，"我们自己也要有个主张。诺敏是刚刚恩蒙表彰的模范巡抚，这一棍子扫来，变成'冒功取媚，贪贿不法'

的墨吏，皇上脸上下来下不来？还有，折子里告山西通省官员‘上下其手，表里为奸’，竟是洪洞县中无好人。邸报发出去，其余各省官场会不会引起震动？这些事不想好，皇上问起来，我们没个主见还成？”

“多承关照了。”马齐跷足而坐，呷了一口茶，“隆大人这话确是老成谋国之见。不过，上书房不同各部，历来名为皇上顾问咨询，并没有我们议决了共同奏本的例啊！”

这两个人，一个以首席大臣自居，要领袖上书房。一个不买账，要各自对皇帝负责。张廷玉何等精明深沉的人？自然一听就明白了，却不肯插话。只拿着稿本俯首皱眉沉思。隆科多还要说话，见廉亲王允禩带着太监何柱儿进来，便改口道：“八爷，刚从养心殿下来？”

“嗯”，允禩含笑点头，立在厅中间说道，“三位，万岁有旨叫你们过去。年羹尧从陕西进京述职，万岁想议一下西边军事。”说罢，走至张廷玉跟前，拍拍张廷玉肩头道：“衡臣，当心身子骨儿，几百个密折奏事匣子已经够你累了。皇上方才还说，廷玉这三天没睡足五个时辰，今儿未必能来当值，不想你还是照样进来了。”说罢，喟叹一声，极潇洒地将手一让，四个人先后离座出了上书房，迤逦赶往养心殿。

雍正皇帝盘膝端坐在养心殿东暖阁的大炕上，正在接见抚远大将军年羹尧。御炉里香烟袅袅，硕大的熏笼和鎏金珐琅鼎中炭火熊熊，把大殿烤得暖融融的。四个人一进来，立时觉得身上寒气一驱尽净。见他们进来行礼，雍正只略一点头，说道：“年羹尧正奏西边军事。你们几个当家人也一处听听——你接着讲。”

“是。”年羹尧坐在雕花瓷墩上微一躬身，侃侃说道“：罗布藏丹增之所以敢于蔑视朝廷，自号亲王，占据西藏并吞青海，并不指着当年圣祖爷时平定藏乱的功劳情分。今日他所倚仗的，恰是他当年的宿敌阿拉布坦。仅就去年，阿拉布坦就赠送罗布藏丹增五万两沙金，四百支火枪。近来他又密函阿拉布坦，要在察罕托罗海会见，预备恢复大汗称号，丢弃天朝赐爵。阿拉布坦由西而东，罗布藏丹增自南而北，合击察罕丹津亲王、额尔德尼郡王部落，大有不得青海誓不甘休的情势。所以皇上决策对罗布藏丹增用兵实实是上应天意，下合民心……”

刚进来的四个人中，隆科多还是头一次见年羹尧。以前雍正皇帝龙潜藩邸，只晓得雍亲王有个门人年羹尧在外做提督，生性最是残暴凶狠，而且骄横跋扈，康熙四十七年进京谒见，路过江夏，说是奉令剿匪，其实将江夏镇无分男女老幼杀得鸡犬不留。当时，隆科多在都察院是监察御史，还曾经和鄂尔泰联章弹劾过年羹尧一本，因为年身后有雍亲王这座靠山，一根汗毛也没有动了他，想不到十五年后各自变换身份，竟在这里见了面。隆科多暗自慨叹着，不由得仔细打量这个浑身英拔之气的年大将军。

年羹尧穿着九蟒五爪袍，外套仙鹤补服，黑红的国字脸上一双虎目炯炯有神，两道浓黑的卧蚕眉梢微微上挑，带着一股粗豪的野气。已经望五十的人了，梳得油光水滑的发辫一根杂色不见，从脑后几乎垂到地面，雪白的马蹄袖翻起，塔一样的身躯稳稳坐在雍正面前口说手比，十分干净利落。隆科多不禁暗想，这样一个人会像人传说的，是个“凶神”？他还记不记得当年那点芥蒂呢？正自胡思乱想，却听雍正说道：“亮工，你手头实有多少兵？朕有些信不及兵部说的数目。如今哪个大营都吃空额，天下老鸹一般黑，朕顾不上理会这事。但朕用兵决心已定，打仗的事来不得半点虚假，朕要知道实情。”

“回主子话，”年羹尧微一躬身，朗声答道，“奴才节制的兵马实有九万四千七十三名，与兵部实报数额相符。奴才是主子亲手调理出来的人，从不敢在外胡为，更不吃空额，请主子放心！”

雍正漆黑的瞳仁盯了年羹尧足有移时，点头道：“朕信得及你。但罗布藏丹增号称十万铁骑，在西北纵横征战多年无人能敌，这些蒙古汉子骑术劈刺都很精，剽悍难制，所以你不可轻敌！”

“是，主子圣训，奴才当悉心凛遵！”

“要给你增兵。”雍正大约盘膝坐得太久，挪动了一下身子，蹬了青缎凉里皂靴下炕，背着手橐橐踱步，良久，才转脸对隆科多道，“你发文，山西陕西四川云南四省驻营兵马一律归年羹尧节制。”隆科多忙躬身答道：“是！”“还有，”雍正低头想了想，慢吞吞又道，“驻节榆林的平逆将军延信，手下有五万人马，叫他自带军饷移防甘肃，听年羹尧调遣使用。这样，年羹尧实有兵力有二十三四万，差不多够用的了。”

雍正说一句，隆科多躬身答应一声，又道：“各省兵马节制历来要用兵部勘合。国家用兵之时，外将应该有专阃之权，是否降旨兵部，暂停对四省兵员调动，以免军令不一，相互掣肘？”

“唔”，雍正点了点头，“就依着你意见。年羹尧，这里没有你的事了，千叮咛万嘱咐，只有一句话，康熙五十七年西部用兵，我们吃了大亏，六万山东弟子无一生还。朝廷实在是赢得起输不起了，你好歹给主子争回这个脸来！”

“喳！”

年羹尧离座起身长跪在地，仰着脸听完，干净利索地叩了三个响头，大声答应道：“奴才必在西方立功给主子瞧！”

“你跪安吧。你十三爷在府里设了水酒给你饯行。他也深谙兵法，你们谈谈，去吧！”雍正说着，摆了摆手。待年羹尧躬身退出，雍正方转脸笑道：“累你们白站了半日，这些事不是你们料理得清的，但你们听听有好处——怎么样？这样处置还算妥当吧？”

允禩听了默然不语。他一腔心思，想让允禵回去带这支兵，至此打消妄想，但又于心不甘，沉思良久，方笑道：“万岁圣心默运，已经千妥万当。不过据臣弟看来，年某虽然是能员，到底资望不足。大军兴起，粮饷要从东南各省出，年羹尧恐怕难以指挥如意。是否请万岁下旨，在京由十四弟坐镇筹饷，源源输往大营，就不至于隔断粮道了。先帝爷在时，多次言及，西北打仗，打的是粮是钱，这是最要紧的，求万岁明鉴！”雍正心里雪亮，知道允禩的用意，但听听又觉十分有理，便笑道：“这一层朕早就想过了。十三弟十四弟都有将才，叫他兄弟商酌着办这个差吧。你说得很是，西北打仗打的是钱粮，要都像山西巡抚诺敏，藩库充实，朕还有什么忧愁？”

张廷玉三个人听了不禁对望一眼。允禩却不知道图里琛的奏折，赔笑回道：“就是主子这话，依着臣弟的想头，先从山西藩库提一百万两银子送年羹尧大营劳军，朝廷通令嘉奖，借这个势，压着各地从速填补国库亏空！

“好！”雍正眼睛一亮，转脸对张廷玉道，“你这就拟旨！”

三个大臣你看看我，我看看你，都没有说话，好半日张廷玉才跪下，低声道：“万岁……”

第十一回　雷霆作色雍正惩贪　细雨和风勉慰外臣

张廷玉压着嗓音，尽量用镇定平缓的语调娓娓奏陈了田文镜清查山西亏空的详情。他知道，雍正皇帝平日的庄重冷峻都是自己耐着性子做出的样子。其实心里大喜大怒，大爱大恨时有表露，那才是他的真性。这件事既关乎他的脸面，又关乎朝局稳定。并不像孙嘉淦大闹户部那样简单，万一措置失中，引起其余各省督抚震骇，夹着北京阿哥们之间的钩心斗角，不定闹出多大的乱子。自己身处宰辅，该怎么收拾？因此，将图里琛的奏议讲完，张廷玉一边双手捧呈雍正，又加了一句："万岁，西边兴军才是急务。山西的事虽大，奴才以为可以从容处置，求万岁圣鉴烛照！"

"唔。"雍正神情惝恍，似乎听了又似乎没有留心，细白的牙关紧咬着，凝望着前方，略带迟疑地接过那份奏章，不知怎的，他的手有些发抖，"奏完了？诺……诺敏有没有辩奏折子？"张廷玉回头看了看隆科多和马齐，见二人都摇头，便道："奴才们没见诺敏的折子，大约一二日之内也就递进来了。只是田文镜手里拿着省城商户四百七十张银两借据，加着山西藩司衙门的印信。算得上铁证如山。诺敏奏辩，也只能在失察下属舞弊上做文章，这一条奴才是料得定的。"雍正听了，咽了口唾沫，转脸问允禩："老八，你有什么主见？"

允禩此刻千称心万如愿：刚刚表彰过诺敏"天下第一抚臣"，你就自打耳光！何况诺敏是年羹尧举荐的，其中有什么瓜葛很难说清，说不定像当年户部清库查账，查来查去最后查到皇帝头上也未可知……允禩巴不得雍正大为光火，但他毕竟城府深沉，因不显山不显水地赔笑道："臣弟以为张衡臣说得极是，这确是天下第一案。无论诺敏如何辩奏，难逃'辜恩溺职'四个字。更可虑的，年羹尧进剿青海叛贼，粮饷是头等大事。山西巨案若轻轻放过，恐怕懈了各省清查亏空的差事，将来粮饷更是难以为继。所以，大事和急事看似无关，其实是一回事。”隆科多因助雍正皇帝登极，早已与“八爷党”生分了，但他更不愿年羹尧在西边立功，将来有资格与自己争宠。听允禩这话，满篇都是严办诺敏的意思，却连一个字都不曾提及，真是好心计好口才，隆科多不由佩服地看了允禩一眼，恰允禩的目光也扫过来，四目一对旋即闪开。

“奴才以为应以急事为先。”马齐却不留心别人的心思，沉吟着说道，“还是廷玉说的是正理。这事穷追，山西断然没有一个好官，诺敏百计刁难田文镜，也绝非‘失察’二字能掩其罪的。几百万两银子，说声失察就能了事？然奴才仍以为，眼前不能大办这个案子，引起东南各省官场震动，人心自危，谁还有心思操办支应大军的事？”

雍正听了几个臣子议论，心神似乎稍定了些，回身取茶呷了一口，又坐回位上，方笑道：“你们几个都没说，朕心里明白，这里头还碍着朕的脸面。刚刚儿下旨夸奖他诺敏是‘第一抚臣’嘛，闹了个倒数第一！”他突地收了笑脸，眼睛中放出铁灰色的暗光，“照你们的意见，要么办诺敏一个‘失察’的轻罪，严办下边官员蒙蔽上宪，邀功倖进，贪墨不法的罪；要么朝廷装糊涂，等西边战事完了再办。是不是这样？”

“是！”四个人见雍正神色庄重，口气严厉，不敢再站着回话，因一齐跪下叩头道，“请万岁圣训！”

“二者皆不可取！”雍正冷笑着，盯着大玻璃窗阴狠地说道，“谁扫了朕的体面，朕就不能容他！诺敏这人，朕万万不料竟敢如此妄为，这不是‘溺职’，这是欺君！杀人可恕，情理难容！当初年羹尧荐他，原是见他在江西粮道上办差尚属努力。圣祖爷曾对朕说，此人徒有其表，不可重用。朕一力推荐，他做到封疆大吏，他做这事，上负圣祖，中负朕身，下负年羹尧，欺祖欺君欺友——”说着，他呛了一口气，猛烈地咳嗽两声，突然“砰”地一击案，已是涨红了脸，勃然作色道：“这样的混账东西，难道可以轻纵？轻纵了他，别的督抚对朕照此办理，朕如何处置？”

四个大臣还是头一次见雍正发作，没想到他暴怒起来面目如此狰狞，都不自禁打个寒战，一撩袍摆齐跪在地连连叩头。允禩原料雍正必定存自己体面，给年羹尧一个顺水人情，轻办诺敏，重查山西其余官吏，想不到雍正如此不顾情面。但这一来，恰恰和自己方才的意见吻合了，传扬出去，反而是皇帝采纳了自己的意见，这要得罪多少人？……他干咽了一下，竟不知该怎么说才好了。正寻思如何回话，隆科多一顿首道：“主上说得极是！若不是从巡抚到藩司臬司及通省官员上下其手，串连欺君，田文镜怎么会一查再查毫无成效？万岁高居九重，洞悉万里秋毫，隐微毕见，奴才佩服钦敬五体投地！既如此，奴才以为当下诏将山西县令以上正缺吏员一体锁拿进京，交刑部勘问！”张廷玉紧蹙着眉头沉思道：“这恐怕过了些。有些官员只是胁从。再说，晋北去秋大旱，赈济灾民的事还要靠他们办。拿人太多，也容易引起其余各省官员惶恐，牵动大局就不好了。”允禩却是惟愿乱子越大越好，因在旁冷冷说道：“这正是整顿吏治的时机，与皇上‘雍正改元，吏治刷新’的宗旨恰好相符。用贪官赈济灾民能有好结果？”他叩了一个头，直起身子正容对雍正说道：“万岁不必愁有缺无官补——昔日天后杀贪官如割草，天下无缺官之郡，臣弟以为隆科多奏的是。在京现有候选官、捐班杂佐一千余人，尽可补山西官缺。皇上恩科在即，新登科的二三甲进士恰好赶上赴任出差。臣弟以为非如此大振天威，不足以肃清山西吏治。”当下三人意见不一，你一言我一语各说各的道理，虽然没有动意气，却谁也不肯相让。

“马齐，”雍正听着，忽然转脸问道，“你为什么不说话？”马齐忙叩头答道：“奴才实不敢欺蒙主上，奴才听他们说的都有理，一时难以分辨，也不敢附。”听他如此回答，允禩不禁喷地一笑，说道：“马齐坐班房有心得，你是油滑还是干练了？”

马齐看了允禩一眼，说道：“皇上问话，臣子应该心里怎样想，怎样回答。这与‘油滑’‘干练’是两回子事。”说罢又叩一头，奏道，“十三爷没来，他也是上书房行走的王爷，皇上何不听听十三爷怎么说？”

“这事朕已有了决断。”雍正微微笑道，“山西通省官员大抵是好的，罪在诺敏一身。他做巡抚，在山西就是土皇上，想着山高皇帝远，做出这种无法无天的欺君之事。山西官员的过错，是因诺敏为先帝一手简拔，又深受朕恩，存定了一个‘大树底下好乘凉’的心思，没有人敢出头跟他打钦命官司，论起来只能说‘不争气’三个字。朕也恨他们不争气，但你们平心想想，如今天下官，除了李卫、李绂、徐文元、陆陇其少数几个，到底有多少‘争气’的？所以恨归恨，不能严办。官越大越办，州县就不必难为他们了。”

这番议论纯从诸臣辩论空隙中另辟蹊径，说得有理有据，众人不禁听得怔了。张廷玉觉得雍正皇帝有些过于姑息，张了张口正要说话，雍正却先开口道：“衡臣。”

“臣在!”

“你起来拟旨。”

“喳!”

雍正用碗盖小心地拨弄着茶叶，用不容置疑的口吻道：“六百里加紧发山西宣旨钦差图里琛：诺敏身受先帝及朕躬不次深恩，本应濯心涤肝，精白其志以图报效朝廷。乃行为卑污，辜恩奉迎，既溺职于前，复欺君于后，嫁祸于百姓，坑陷于直臣。事发至今，且无引罪认咎之意，以颟顸顽钝，无耻之尤，实出朕之意料！且朕方表彰，直欲置朕于无地自容之地。此等罪，朕不知如何发落才好！就是朕想宽容，即便国法容得你这畜生，奈何还有人情天理——上天怎么给你披了一张人皮!?”他说着说着愈来愈激动，端着杯子的手捏得紧紧地微微发抖，脸色也变得异常苍白。张廷玉奏吏行文草诏文不加点，这道诏谕却难为了他——前文言后白话，怎么润色？他濡了濡墨，见雍正虽端坐着，却气得五官错位，因不敢说话，只实录了雍正的话，心想这样也好，叫下头见识见识新皇上的风骨！正想着，雍正提高了嗓门：“即着图里琛就地摘其印信，剥其黄马褂，革去顶戴职衔，锁拿进京交大理寺勘问！朕知外省混账风俗，凡官员革职，因怕他将来复职，有醴酒送行，仪程相赠的，以求异日地步。可告知这班混账行子，有东西你们只管填还诺敏，诺敏断无起复之日，能否保九族也在可知不可知之间——谁敢作此丑态，朕必追究，山西亏空即由你这‘富官’追此缴还!”他一口气说完，啜了一口茶盯着张廷玉。张廷玉一听，仍旧是文白混杂，仍旧只好咬着牙硬录下来。允禩听着想笑，嘴角一动又收了回去。

“万岁!”马齐在旁说道，“诺敏虽犯罪，到底是朝廷大吏，可否使其稍存体面，免得其余督抚寒心？”“士可杀而不可辱，是么？”雍正转头一哂，“马齐你不懂，像诺敏这样的，能称之为‘士’么？他只能算条狗！他的案子人证物证都调到北京，谳实了，朕还要重重地辱他——因为是他先辱了朕！主忧臣辱，主辱臣死，这是纲常所在，天之所终地之所义。诺敏岂但犯法，且犯情犯理，犯法犹可恕，犯情犯理，他就难逃朕之诛戮！”

杀人不过头落地，雍正却要连人格一齐作践，作践而后杀。众人早就知道雍正生性刻薄，今日才算真正见识到了，都无可奈何地咽了一口唾液，谁也不愿驳回自讨没脸。

“这事别人可恕，山西布政使罗经难辞其咎。”雍正徐徐说道，“着罗经革去职衔，与诺敏同戴黄枷进京勘问，如何处分待部议后再定。其余按察使以下，降两级原任出差，各罚俸两年。各道司衙门主官降一级，罚俸一年；各府知府由吏部训诫记过，县令以下不问。”张廷玉写完，问道：“这样办，山西巡抚和藩司衙门都出缺了，请旨，由哪里派官接印？”雍正一笑道：“这还用问？自然是田文镜接印，暂时署理山西巡抚衙门，待案子清白后另行叙议。”

谁也没有言声，但不言声也是一种态度。雍正似乎也感到了这种沉默中的压力，便也住了口。奇怪的是，他一住口，众人立时感到一种寒彻骨髓的压力袭来，人们的心立时冻缩成一团。然而雍正这样破格的提拔毕竟太过分，在座大臣没有一个赞同的，又不甘就此屈服，又不敢出头抗争，只好默然对坐。一时间养心殿寂静得一根针落地都听得见，惟闻殿角罘罳旁的铁马偶尔被风吹得叮当作响。

“没有话说就罢了。”雍正淡淡说道，“你们跪安吧！”

“臣有话说！”

张廷玉忽然想到上次与雍正单独对晤时的交心之言，昂然顿首说道：“臣以为田文镜不宜晋升过速！”雍正听了，用阴郁的眼神盯了张廷玉半晌，冷冷问道：“为什么？”马齐也鼓起勇气，说道：“万岁新登大宝，不宜开官员倖进之门。”

“倖进？”雍正立刻反唇相讥，“人人不图倖进，四平八稳熬资格做官，可以治国平天下？”

张廷玉抓住雍正话中空隙，立刻顶上一句：“国朝大臣如明珠、高士奇，都是一言奉君合意，骤居高位，乱政害国，前车之鉴不远，请万岁明鉴！”

“你不原来也是中书君，三月之内也迁官位，入上书房为宰辅之臣？还有名臣郭琇、名将周培公，不都是先帝爷拔识于泥涂之中，才得明珠夜光?”雍正紧盯着张廷玉，似笑不笑地说着，口气却愈来愈凌厉：“你这样说话，置你自己于何地?”

张廷玉被这话噎得一怔，他自己的履历确也可算得“倖进”，但他还是认为雍正的话不好，忙叩头道：“臣子倖进，是先帝错爱。万岁细想，朝廷官员奉旨出去宣旨的每年都有数十上百起，此例一开，人人都可随意过问干预地方军务民政乃至财赋，外面的官还怎么好办事?田文镜路过山西发觉诺敏之奸，原应具文申奏朝廷，由朝廷派员专程前往清理。该员竟擅自用钦差关防，越权行事！此举原本有罪，万岁前旨申饬并无错误——念其忠悃为国，疑之有理，察之有据，原其罪彰其功即可，骤升大位，众人群起而效，善后何其之难!”

这说得就很在情理了。升田文镜，往后出京的宣旨官员一窝蜂都学起来，满天满地都是钦差大员，还叫外任官办事不办了?雍正顿时犯了踌躇。张廷玉见雍正沉吟不语，知道他赏识田文镜，一心想升他的官，便从容又说道：“田文镜做事认真，一心为朝廷分忧，且为朝廷除一巨蠹，臣亦十分赏识，国家官吏如今肯这样办差的，实在是太少了。万岁想让他晋升快一些，尽可一步一步速提。况田某多年只是京官部郎，不曾历练过州府实务，一省政务骤然压在肩头，他承当得承当不得?”马齐隆科多也都叩头请“万岁嘉纳张廷玉之言”，允禩却觉得一阵扫兴，只好附和道：“衡臣说得是，请皇上慎量。”

“朕乏了。”雍正一连几天忙着布置安排各地耳目，批阅他们送进来的第一批密折，其实比张廷玉睡得还少，此时听众人一片声谏劝自己，知道这事自己想得左了，因偏身挪下炕来，双手后挺舒展了一下身子，笑道：“这不是什么大事，朕想想再说吧！怡亲王这会子正和年羹尧说事情。明儿年羹尧就要回营带兵打仗，这是朝廷大政，出兵放马的事，得图个吉庆。老八告诉三哥，约上十四弟，还有你几个设酒给他壮壮行色——明儿代朕郊送潞河驿！道乏吧!”

马齐是管着礼部的，忙道：“明儿走似乎匆忙了些；臣以为应由钦天监择个吉日，拟出书仪，礼送出京。”“这一去志在必胜，斩头沥血的，择个吉日可以。”雍正低着头想了想，“告诉年羹尧，出京百官不送他，也不大张礼仪。打胜这一仗，朕亲自郊迎他入京。他要辱国丧师，也不用请罪，也不用想谥号，叫岳钟麒带着他的头来京就是了！”张廷玉玲珑剔透的心思，已看出雍正不想大事张扬出师青海，以免将来战事不利难堪，因道：“万岁这主意极是。出兵诏书早已明发出去，年某不过是回京述职，听主上面授机宜，百官郊送不但虚糜帑币，也不合体例。只后头辱国丧师的话似乎不说为好，此刻应以鼓舞其气为主，不知万岁以为如何？”

“就依你的话，叫他好生办差，不要有后顾之忧。”雍正含笑点了点头，走了几步，至殿口又回身道：“朕想好了，田文镜补重庆府尹，索性成全你的体面，都允了你！”说罢方缓缓迈着方步出了养心殿。

李德全邢年一干太监都守在养心殿正殿东廊下侍候，见雍正踱出来，大冷的天，只穿了件蓝色绸面大毛羊皮袍，外头套了一件青色绸面中毛羊皮褂，忙上前打千儿请安。李德全道：“主子，今个儿天冷得邪乎，风飕溜溜儿的，房檐底的冰溜都不滴水，给主子加件大氅罢？”

“不用。”雍正简捷地答应一声，掏出怀表看看，仰着脸望着灰沉沉似云似雾漫遮起来的天空，他想伸个懒腰，臂已张开又松垂下来，一头走一头说道：“朕想散几步，不要叫乘舆，也不要这么多人跟着，就你两个就成。”

李德全忙答应一声挥退了众人，自和邢年侍在雍正身后一左一右地跟着，垂花门口的侍卫张五哥见他出来，“叭”地叩了个头道：“主子想随意走走？奴才跟着！”雍正笑道：“不用了吧？哪里在宫里就出事的呢？”

“主子，不是这一说。”张五哥起身禀道，“主子前头有旨意，大内里头善扑营御林军归隆科多调遣，侍卫归马齐张廷玉节制。二位中堂三令五申，主子无论到哪里，张五哥、索伦、德楞泰和刘铁成四大侍卫必得跟一个。奴才也是奉令行事。”

雍正盯了张五哥一眼没再言语，出垂花门径往北去。

是时正是午牌时分，各宫太监都忙着侍候各自主子，永巷中静悄悄的阒无人声，昏暗的薄云后掩着一轮浑圆的毫无光彩的太阳。砖地上抹下宫墙模糊的阴影，偶尔一群乌鸦啄食着地下的什么，见他们四个过来，“嗯”地飞起，在天上翩翩盘旋直落不定，给这寂静的深宫略添了一点生气。雍正头也不回，迈着步子稳稳走着，良久，方漫不经心地望着天空说道：

“张五哥——噢，你是康熙四十六年选进的侍卫？”

“回万岁，奴才是康熙四十六年替人顶罪，在西菜市开刀问斩，先帝爷从杀场上救下来的……”张五哥想起老主子康熙，声音不禁变得嘶哑哽咽了，“四十七年从善扑营补进大内当卫士，当年万岁巡幸热河，晋升奴才三等虾……”

雍正晃了晃身子，笑道：“你这人好有艳福！”

“主子……”

“有人参你一本，说你蹲班房，在大狱里头还养了个卖唱的？”

张五哥顿时腾地红了脸，大声说道：“求主子指实砸黑砖的，是汉子一起在主子跟前折辩，奴才当年吃冤枉官司，是有个女的跟了奴才，就是奴才如今正配女人。她原是个卖唱的，爹妈病死，身插草标卖身葬父，是我爹资助她，成全了她的孝心。奴才替人死罪，她听说了，千里迢迢进京，打点银两入狱跟了我，说我张家这样积德，不该断后……要给我生个儿！”

“你不要急。”雍正突然站住了脚，转脸笑道，“谁告状，朕不能给你说，这是规矩。这事我问过你十三爷，你俩说的一样。这个告状人是个没意思人，或者有点什么别的心思，想挑唆朕自拆关城！朕早就把折子压下了——你这一说，朕更明白了。你一门慈孝忠烈俱全，朕还要表彰呢！你如今是几品呐？”说着，又向前踱去。张五哥忙答道：“奴才是一等侍卫，官品是正三品。”雍正笑着回看邢年一眼，“你回头传旨给隆科多，张五哥也是十几年的老侍卫了，进入二品！”

邢年忙答道：“是！”不等五哥谢恩，雍正又笑道：“你妻子晋封夫人——夫贵妻荣嘛！一说就是‘我女人’多难听啦？也不雅训！”五哥这才得话缝儿，因雍正还在走，不便谢恩，只泣道：“主子……您这心田……唉……叫奴才拿什么报答呢？人都说——”他突然觉得失口，便掩住了。

“人都说朕刻薄，是吧？”雍正心绪极好，漫步踱着，似乎自言自语地说道，“这个名声不好听，朕有什么不知道的？有些人百伶百俐，参不透今日天下事，原是宽纵得过了。朕贵为天子，富有四海，想施恩那还不容易？但《左传》你们读过没有？里头有句话说‘小惠未徧，民弗从也’。你宽纵诺敏这样的，就是刻薄百姓，老百姓——那么好得罪的？我德如风，民用如草。朕开了枉法徇情的例，上行下效，要不了几年，国库中都只是存些烂账簿子陈年借据，一旦有水旱灾，或者兵戈之事，怎么办？”说罢愀然叹息一声。

张五哥和李邢两个太监随在雍正身后亦步亦趋，静静地听雍正娓娓而言。从雍正晋封郡王，他们几乎日日见他，都是一副冷峻淡漠的面孔，令人敬畏，想不到这个威严肃杀的帝王，还有这番温馨心境，都觉得心中暖融融的。四个人沿永巷直北散了步，从御花园西过崇敬殿，又踅向南，过长春宫、体元殿、太极殿穿堂入室而出，沿一条偏窄的小巷出来，不禁眼前霍然一亮——已是到了隆宗门外，这里是外官入京等候上书房召见的地方，十几个官员散站在门外，都拿着手本履历，交头接耳地谈话，一个眼尖的一眼见雍正徐步从巷中踱出来，惊喜得高叫一声："万岁，万岁爷来了！"于是众人"唿"地齐跪下去叩头请安。

"你叫鄂尔泰，前年去云南当布政使，是不是？"雍正含笑看了看众人，走到一个白净面皮四十多岁的中年人面前，说道，"前儿读云南总督的折子，说你病了。朕已有旨，叫你迟些，等天暖和些再来，他没有给你传旨么？你得的什么病？"鄂尔泰是康熙六十年由兵部员外郎转迁云南布政使的，新皇登极还是头一次见雍正，他在兵部掌管武库，雍正有一次差人为儿子选弓箭，本来极小的事，鄂尔泰却坚持要宗人府的凭信牌，弄得扫兴而回。有这么一点小芥蒂，因知雍正睚眦必报，这次进京原是心里惴惴然，不想雍正头一个便和自己说话，忙叩头道："臣是二十天前起身的，陈世倌大约没来得及向臣宣旨。臣患的疟疾，已经粗愈，犬马之疾劳圣虑如此，臣感激无比！"

雍正哈哈大笑，说道："'圣虑'不'圣虑'当不得药吃！回头叫李德全带你到御药房，取些金鸡纳霜。"李德全忙答应道，雍正又指着鄂尔泰道："你们认识此人吧？他叫鄂尔泰！当年朕在藩邸，为一件小事碰过他的壁！一个部郎小吏，敢于抗皇亲国戚，这副骨头还算硬挺——你们要学他！"他话未说完，鄂尔泰泪水已夺眶而出，正要回奏些仰谢天恩的话，雍正已踱至另一个官员旁边问道："你叫什么名字？"

"回万岁，臣叫黄立本。"

"黄立本。"雍正仰脸想了想，"你是分发台湾府的？"

"是！"

雍正略一沉吟，说道："台湾福建隔着重洋大海，民风不纯，又原是郑家旧地，且易与红毛国及海匪勾连，素来难治，这差使你办得来?”黄立本应声答道：“臣惟竭忠尽智而已!”“嗯，好!”雍正夸赞道，“这是句志气话。不过有什么难处么?”

“臣一切顾虑全无，”黄立本迟疑了一下，瞟一眼雍正，嗫嚅道，“只是老母远在河南，家中无人照应……”雍正笑道：“你不必说了，难为你还是个孝子！不过台湾府朝廷例有定则，不允官员携带家眷。这不是信得过信不过的事，这是规矩。这样，朕发旨给福建总督常赉，叫他接你的老母亲在福州养起来，你进省述职，可以略尽孝道——好生做，三年任满，你在台湾开出十万亩生荒，朕就册封你的老母亲诰命!”黄立本没想到雍正如此宽仁大度，脸顿时涨得通红，连连叩头道：“臣拼死拼活也要把台湾治好，开十万亩生荒给主子瞧！三年之内，臣一定叫台湾粮食自给有余!”

“那好，一言为定!”雍正含笑环顾一眼众人，见大家眼巴巴瞧着自己想说话，便笑道：“横竖都要见，都要说话的。朕每拨只见三个人，比这里还方便。只是一条，都要说真话，有什么难处也不必隐讳——朕还要去慈宁宫给太后请安，你们先见上书房大臣吧!”说罢一摆手，便带着张五哥等三个人向西踅去。

第十二回　十七皇姑关说遭拒　母子相疑隐情难言

从隆宗门至慈宁宫只有一箭之地，守门太监早已瞭见雍正过来，于是有的飞奔进去给太后乌雅氏报信，余下的便都跪下接驾。雍正看也不看众人一眼，命李德全和邢年在宫门等候，自带了五哥进了五楹倒厦大门，沿东边超手游廊迤逦进来。迎面远远见一个一品命妇刚从后殿辞出来，料是哪家大臣内眷入宫给太后请安的，雍正也不理会，径自走了过去。那命妇大约是听见说皇帝来了，刚回避出来，不料正与雍正走个对头对面，忙不迭趋退到游廊外，匍匐在地，等雍正走近，重重地磕了三个头，说道：

“臣妾尹刘氏恭叩万岁金安！”

“唔，尹刘氏？”雍正站住了脚，“我朝姓尹的大臣只有尹泰一人，你是他的夫人？”

“是！”尹刘氏抬起头来，“万岁爷好记性！”雍正看时，尹刘氏五十岁上下，端正一张鹅蛋脸，细细的眉梢弯弯地向上微挑，除了下唇多少有点翘起，显着有点蛮野，实在看不出有什么出奇之处，只不知尹泰为什么落了个“怕老婆”的名声？雍正想着，笑道：“这有什么记性好歹的？尹泰也是朕的师傅顾八代先生的门生。朕在藩邸里就认熟了他！当年朕为皇子，常在一处下棋的。”尹刘氏一笑说道：“万岁爷如今不是当年了，忙得没下棋工夫了。老头子——臣妾老爷倒常念叨着万岁呢！”

雍正没想她如此能顺竿儿爬，呆了一下，似笑不笑地道：“你说的倒也是实情，朕如今真的忙得什么也顾不上了。尹泰就在翰林院掌院，见面容易，不过下不得棋了——你来给太后请安么？”说着就要走，尹刘氏忙叩头道：“请安是一件，只太后忙着四格格的婚事，搅着十七额驸的儿子从军出征的事，臣妾就有事，也只好咽下去。既见着万岁爷，就是臣妾的福分，想撞个木钟儿可行？”雍正笑道：“是你家三公子尹继善的事么？尹泰已经请过旨，他在南闱主持，尹继善自然要回避，就在张廷璐这边入考就是了。”

“臣妾不是说这事，”尹刘氏忙道，“继善的二哥继英也四十多岁了，考了多少次也不中用，想求个恩荫！”

雍正想了半日才想起，尹继善不是嫡子，继英才是这位一品诰命的亲生儿子，她是为自己儿子乞恩来了。雍正心里由不得泛起一阵反感，却又碍着当年与尹泰剪烛论文围炉共谈的情分，只好笑道：“这也是情理中的事。你跪安吧，回头叫尹泰见朕再说。”说着便稳步向后殿太后宴息之地走去，众太监宫女见他过来，忙挑帘请他进殿，满殿的人忙都跪了下去。

“太后吉祥！”雍正瞥了一眼，见十七姐和自己的四公主，旁边允祥也跪着，只一点头，又打下千儿去道，“儿子今儿请安略迟了些儿，外头事太多。夜来传太医问过，母亲的喘嗽仍不大好。儿子已经传旨，叫青海罗藏扎布喇嘛进京给母亲祈福。过春天暖，就不相干了。母亲只管放心，这点病不要紧的。”说着，接过宫女递过煎好了的药呷了一口，双手捧着送到乌雅氏大炕上的矮几上。

乌雅氏原本歪在大迎枕上，见他进来，早已挣扎着坐起来，勉强笑道：“皇帝起来吧。难为你这片孝心。我这是十几年的老病了，一时好一时不好，我也惯了。你是最虑心我佛的，佛在灵山，灵山在心，我心里知道，佛要召我去了，什么喇嘛也是不用的，今儿见我的儿已坐稳了朝廷，我撒手去见先帝爷，心里熨帖着呢！”说着又嗽了两声，雍正忙上前轻轻给她捶背，允祥便忙端过痰盂来。

“母亲这话叫人伤心。”雍正替她轻轻捶着背，低声温柔地抚慰道，“邬先生您知道吧？就是在雍和宫西花园住过十几年的那个邬思道，精通‘易经’象数，去年他赐金归隐，十三弟请他给母亲卜过一卦，母亲是一百零六岁寿终正寝！邬先生不是凡品，他也不会诓我，所以您得安心，再听那个红衣喇嘛来给您祈福，这点子病不愁不好！”允祥忙赔笑道：“皇上说的句句是实。姓邬的现在就在山西，太后不信，我请他进京，叫他当面给您演光天神数！”

一句话提醒了雍正，他轻轻扶母亲躺下，问道：“诺敏的奏辩折子到了没有？”“到了，不过臣弟还没看，我这边忙着送年羹尧，是三哥告诉我的。”允祥皱眉沉吟道，“诺敏给自己列了十七大罪，都说的是受了下头欺蒙，似乎也是头头是道。又自请交部议处，请朝廷另行委员扎实查清山西亏空一案。说到底，他只认个‘廉而不明’的罪名儿。这个人要算滑头到了极处了。如今如果不查，问他的罪，别的巡抚恐怕不服。设如认真去查，就得一窝儿兜，没有只办诺敏一个人的理，所以臣心中也十分为难……”“他就是吃准了朝廷不愿大动干戈这一条，才敢如此嚣张！”雍正咬着牙冷笑一声，“就凭他这居心，朕就办定了他！这件事上书房不用管了，你到都察院，把诺敏的谢罪折子发给他们，叫御史们给他定罪，定什么罪，办什么罪！——年羹尧那头怎么样？”

“回万岁的话，”允祥看了一眼斜躺在大迎枕上的太后，见太后静静地盯着雍正，似乎并无倦怠之色，因回道，“年羹尧席间说了许多感谢天恩的话，又请臣代奏皇上，申饬户部兵部赶紧把春日应更换的军衣，还有行军锅灶一应军需运往大营。他这一回去就预备移动大营，从甘州到西宁，兵分两路，一路固守里塘、巴塘、黄胜关，截断叛军入藏通路；调岳钟麒驻守永昌和布隆基河，防着罗布藏丹增进入甘肃。他率中军进袭罗布藏丹增。”雍正却不懂军事，默默听完，突然笑道：“兄弟里头，你是最通兵法的，你觉得他这布置如何？”允祥自忖，二十多个贝勒贝子中，真正带过兵打过仗的是十四阿哥允禵。所谓“最通兵法”的话，其实是说给太后听的。明知这一层，允祥却不敢说破，更不敢逊让，想着，笑道：“臣以为年羹尧曲划还算妥当。不过，西北地域广袤无垠，比不得东南有大海阻隔。年羹尧这一措置好是好，就怕逼急了罗布藏丹增，西逃准噶尔，与阿拉布坦合兵一处。眼前虽无大害，却留下了隐患，将来酿成大祸。臣弟以为可以调靖逆将军富宁安这支军队先行西进，进驻吐鲁番和噶斯口，隔绝敌军与喀尔喀蒙古来往通道，即成关门打狗势态，罗布藏丹增军心自然不战而乱。因为富宁安不归年羹尧节制，所以这事得万岁做主。”

“关门打狗，好！”雍正兴奋得双掌一合，目中熠熠闪光，说道，“就是这样。这也不用再和年羹尧商议，你这就去上书房传旨，叫户部速调两万石精米，送两千头猪到富宁安军中，令富宁安不必来京陛见，立即提本部营兵轻装行军去吐鲁番和噶斯口——从伊克昭到吐鲁番要多少日子？”允祥忙道：“伊克昭现在还是冰天雪地，草原都盖着雪，粮草供给都难。就是春天雪化草肥，也要一月才得到吐鲁番，可否——”雍正不等他说完便道：“朕看这事最关紧！给他四十天限期抵达吐鲁番。粮草叫甘陕二省巡抚督办，马不一定要吃草原上的草才肥，叫甘陕还有山西，运谷草到军中，违期依军法处置！”

草原行军从内地运草喂马，这是闻所未闻的办法，况且开春之后，甘陕春耕马吃驴嚼，烧灶用草又要从中原调入，吃力又不讨好，允祥听他如此武断，刚想说“年羹尧今秋才能大举进军，调富宁安是大事却不是急事”随的一个念头涌上来，憬然而悟，这是皇帝要显示自己的“军事才干”，千万不能触这个霉头，更不能揭破这张纸，想着，忙打下千儿道：“臣愚昧！兵贵神速料敌机先，皇上圣聪高远非臣所及！臣这就去上书房，知会廷玉一声再传旨！”说着起身便要退出。

“慢着。”雍正托着下巴略一沉思，说道，“这是朕登极以来办的第一件大事。圣祖爷都没有办下来，朕焉敢轻忽？这件事京里得有专人办理，军事旁午，羽书如雪，上书房说到底只是‘书房’，是处置文事的。你老十三还有张廷玉、隆科多两个，再兼一个名义，嗯……就叫军机大臣！养心殿外天街上西侍卫房拨给你三人，昼夜十二个时辰要有人处置军务，给个‘军机处’的名义，有权咨会六部九卿，专责军务。你看怎样？”

允祥乍听他这一番议论，觉得有点匪夷所思，仔细想想，其实雍正是借这个故儿，一头抓了军事指挥权，一头新造了一个不叫上书房的小上书房，轻而易举地把三阿哥允祉、八阿哥允禩排出了权力中心，又不露半点痕迹。这举一反三玲珑剔透的心计也真亏了他片刻就想出来。呆着愣了半晌，允祥才想到应该告退，忙答应一声，声音大得连自己也吓了一跳。

“哦，”雍正待允祥退出，良久方自失地一笑，躬身说道，“太后，只顾了和老十三聊，没问您老人家乏不乏，这会子身上可受用？”乌雅氏两眼盯着殿顶的藻井，良久，从心底里发出一声深长的叹息，像是对雍正，又像对自己喃喃说道：“阿秀没出家时，在宫里和我最说得上话的……当年我怀你十四弟，阿秀到我宫里交线打卦，得了个二龙盘索的象，她就断我是怀的男胎。后来真的应了，先帝爷一高兴，给你十四弟起个名字叫胤祯，和你的名字胤禛只有半笔之差，只为音太近，才改了‘禵’字儿——和老十三真是性格儿模样儿都相似……唉……”雍正这才知道，母亲是思念允禵，因赔笑道："十四弟现在就在北京。他原在西大营带兵，这次出兵放马，本想还叫他回去的。但母亲你身子骨儿欠安，怕他两头悬念。带兵的事刀兵相见斩头沥血，我也不忍他吃这份苦——连十三弟我还不肯放出去呢！母亲既是想念十四弟，我叫他进来侍候就是了。"

乌雅氏目光霍地一闪，随即又黯淡下来。没有人比她更熟悉眼前这个皇帝的了，此刻让允禵进来，只能给这个犟种儿子种下更大的祸根，更招雍正皇帝的忌。自己活着一日，皇帝自然碍着面子上不肯难为允禵，但昨日私下切实问过太医院的蔚明正，从这位能断人生死的儒医闪烁的语言中，她知道自己已不久于人世，既如此，又何必拖累这个心爱的小儿子？想着，乌雅氏无声透了一口气，苍白的面孔上渐渐泛上潮红，半晌方道："你们兄弟二十四个都是先帝爷的骨血。你如今与他们有君臣之分，看他们一视同仁，我也是一样的——皇帝是我养的，我养了皇帝才做了太后，其余二十三个都是我的儿子，怎么能有薄有厚？往后他不必单独请安，他三哥带着阿哥们进来，他就进来。他好生办差，你自然也不亏待了他，是么？"说罢便目视雍正，眼神中那期待恳求和担心是任何人都一望可知的。饶是雍正以铁石心肠自许，此刻也被母亲企盼的目光揪得一阵隐隐作疼，遂笑道："母后这么圣明，倒叫儿子惭愧了。请您老只管宽心荣养，兄弟们我自然要照应，哪里就能让弟弟们作七步诗了呢？"一句话说得旁边的十七皇姑也是一笑，正要趁着话缝儿说自己的事，却见雍正转脸笑道："十七姐，慢客了，什么风吹得你进宫来了？"

"什么风？西北风！"十七皇姑拍膝笑道，"我已经进来给老佛爷请过几次安了，总想见皇上一面。老是错过时辰儿！今儿倒凑巧，正赶上四格格跟老佛爷做事儿，伤心得了不得，就留下解劝几句——说归一，皇弟如今是皇上，一句话地动山摇，姐姐的事儿你管是不管？"康熙皇帝身后留下三十五个公主，大抵都短命而夭，十七皇姑是雍正唯一的姐姐了。虽然她是密妃王氏所生，和十五阿哥允禑是同胞姊妹，但自幼就和雍正一处收养在孝懿仁皇后宫里共处五年，一处捉苍蝇喂蚂蚁捕萤火虫儿，斗蟋蟀养蝈蝈，输了刮鼻子拧耳朵……有这段童趣，雍正从不当她一般皇姑，她也没怎样当雍正是皇帝。

当下听了这个心直口快爽朗可亲的皇姑的话，雍正不禁呵呵一笑，说道："十七姐，你还没说什么事，怎么就知道不管？十七姐的事朕不管谁管？"说罢，便坐了绣龙黄袱面的磁墩上含笑看看这位孤孀皇姊，一手轻轻捶着太后的腿。

"有你这句话，姐姐就放心了。"十七皇姑又笑又叹，"你知道，十七额驸那个老死鬼是死在西路的。康熙五十七年他和我的大儿子讷苏里二儿子讷苏和被围在阿尔泰山，外无援兵内无粮草。六万人哪！叫阿拉布坦围了四个月，一个活着回来的也没有！……因没见着他爷们尸骨，我到底不放心，叫我的包衣奴才带了两万两银子，买通了阿拉布坦一个牙将，才得到战场上去寻尸……可怜他爷们，老爷子是胸上三刀，哥哥是拦腰斩成两截，弟弟是……自己抹了脖子……"说着，她已是哽咽不能成声。满殿太监宫女见她说得凄惨伤情，也都低头唏嘘，雍正也听得神色黯然，良久，长叹一声道："这事当年在上书房议过，虽然他们战死不屈，到底背着个丧师辱国的名儿。恤典是薄了些儿……姐姐你别难过，明儿叫礼部再议一下，准有好信儿给你。"十七皇姑拭泪叹道："人死如灯灭，恤典不恤典的，姐姐并不放心上，只是一桩，我膝下只剩这么一条根讷苏云，在岳钟麒下头当游击。听说又要调西大营打仗了。皇上……"说着嗓音又带出了呜咽。

雍正双眉压得低低地，木着脸半晌才道："十七姐，你的意思我明白了。这件事朝廷有制度，奉命前敌之军将，无论什么缘故，不得擅调后方。他只是个游击，我下旨调离，乱了军心怎么办？""圣祖爷说过，讷苏家这个香烟后代得保住。"十七皇姑似笑不笑地看了看雍正，说道，"就算你不可怜我这老寡妇，圣祖爷的遗旨总该算数儿吧？"雍正皱眉沉吟半晌，说道："十七姐，这事容朕想个万全之策。人，是不能调的，讷苏云也要他平安回来，您如今别难为我，成么？"

人在前线，又保他平安，谁都知道这是句不靠实的空话，一时间，几个人都沉默了。但十七皇姑究竟是个直率爽气的人，低着头想了一阵，已经释然，因笑道："君无戏言，你老姐姐等着你的万全之策。我丑话说到前头，云儿有个三长两短，你也不用假惺惺又是'恤典'又是致祭——赏你姐姐一碗毒酒，算你够兄弟情分！如今不说这事了。且说四格格的事。"雍正这才注意到自己的四女儿洁明，转脸问道："你是什么事情，这么愁眉苦脸的？"

爱新觉罗·洁明怯生生看了父亲一眼，目光中满是幽怨，嚅动了一下嘴唇，却没言语，太后抬了一下头，喉头哽了一下，说道："他十七姑，你给皇上讲，她是个女孩儿家，我心里堵得慌，说话不便利……"十七皇姑忙答应一声"是"，又指着洁明道："去年皇上给他指了那个武探花哈庆生，竟不是个东西——听我女婿说，姓哈的这王八蛋先在福建当守备，就养了三四个童子小厮，啐！他原来是个兔子！我听见吓一跳，细打听，他爹，他弟弟——竟他娘一窝兔子！四格格平日多精干伶俐的个人儿，你看看愁成什么模样儿了？咱们天家尊贵，堂堂金枝玉叶，怎么好嫁到梁武帝的兔儿园中？"她只顾说得痛快，口没遮拦，洁明羞得满脸通红，早用手帕子捂着嘴抽抽噎噎放了声儿。

雍正听了没言声，怔怔地看着自己的女儿，只额头的青筋微微凸起，显得出他内心极为愤怒，哈庆生是满洲镶黄旗佐领哈什礼的儿子，开得五石弓，相貌堂堂一表人才，想不到下头行为如此卑污！但如今哈庆生就在西大营年羹尧麾下带兵，选额驸又是年羹尧的保山，刚刚掀起诺敏的案子，安抚年羹尧还来不及，再罢掉这门亲事，这个专阃在外的大将军会怎样想？思量半晌，雍正转脸问母亲道："太后，这事情干碍着年羹尧的面子，他在外头做大将军，得给他留脸。不过这是家事，还该由母亲做主的。"

"你说这话不像个皇帝！"捂着脸哭泣的四公主突然仰起带泪的脸，大胆地盯着雍正道，"皇上是我的父亲，女子三从四德，头一条就是'在家从父'——这种事做不了主，还要问太后，阿玛已经说了要给姓年的脸，所以要推女儿去牢坑里，还要太后说什么？"雍正惊讶地望着女儿，这个平素极温柔恬静的格格，在自己十几个公主中并不出奇，没想到这么有刚性！他目中波光一闪，说道："我们满人没有'三从四德'这一说。朕不像个皇帝，朕看你更不像个公主！精奇嬷嬷就是这样教你和朕说话的么？"突然间，他的脸色阴沉下来，用手指着殿门道："你给朕出去！你移居贞顺门内东偏宫——三年不许出宫一步！"话未说完，四格格已是失声痛哭，连头也不磕掩面夺门而出，远远还听她哭叫："我一辈子也不出宫一步儿……"

太后早已坐直了身子，望着四格格踉踉跄跄的身影，略带浮肿的眼泡儿中满含着泪水，猛地把脸转向雍正，厉声说道："你！你也出去！"

"太后！"雍正仿佛被电击了一下，惊慌地站起身来，脸像被一下子抽干了血，变得又青又黄，半晌，才迟钝地跪了下去，声音变得又浊又重，说道，“太后息怒，听儿子说……您老在病中，儿子有不是处只管责罚。千万别气着了身子骨儿……”他深深伏下身去，只觉得胸口憋闷，堵得气也上不来，头也嗡嗡直响。殿里十几个宫人见他跪了，也都连忙趴跪在地下。

乌雅氏原有满腹心思想说，她想劝雍正与允禵重归于好，她想痛痛快快和自己的两个儿子说说母子家常话，劝雍正容让一点弟弟，劝允禵敬重一点雍正，甚至想劝雍正不要为逼债弄得下头鸡飞狗跳，不要随便改动先帝的章法……但这些话她都说不出口，因为下头跪着的这个儿子不同允禵，能母子之间无拘束地说几句体己话儿。雍正天生的乖戾性子，即便是亲生母亲，一开口就是道理，一开口就是规矩，明知不是心里话，却挑剔不出毛病来，刀枪不入的冷性子隔开了母子之情。十七皇姑和四格格的话，她虽没有多插言，但在枕上听着，却是越想越气，冷不丁地发作出来，是连她自己也没想到的。此刻，见皇帝跪了下去，乌雅氏深悔自己说错了话，一口痰涌上来，她的脸涨得绯红，吭吭地咳了两声，只说不出话来。

“太后!”雍正和十七皇姑同时惊呼一声，一跃而起抚着面色气弱的乌雅氏起来，半伏在炕前。十七皇姑替乌雅氏揉胸，雍正捶背，好半日乌雅氏才吐出痰，瘫软地倒卧下去，轻轻喘息两声，低声道：“皇帝，你坐到我跟前……”雍正答应一声，恭谨地坐到母亲对面，问道：“母亲有什么吩咐?”“十七皇姑的云儿，你得保全，这是先帝爷说过的，不能有闪失。四格格的事我做主，这是内事。她不能嫁到那个姓哈的家里!”太后平静了一些，款款说道，“你才登位不久，不晓得万几宸翰，威权不可轻用，祖宗成法不可擅变。得多和你那些兄弟们商议着办。我瞧着咱们天家骨肉和睦平安，心里才熨帖。我是快见佛祖的人了，你得叫我体体面面见圣祖爷……”说罢又嗽了两声。

雍正听母亲这样说，似乎不但对十七皇姑和四格格的事不满，连对八阿哥他们也很有袒护的意思。母子相疑到这田地，他心里也是一寒，想着，说道：“母亲训诲的是。儿子一定依着祖宗成法做事，既不因公废私，也不以私害公，唉……如今天下事，只缺一个‘公’字啊……”

乌雅氏见他仍旧满口官话，无可奈何地叹息一声，对偎坐在身旁的十七皇姑道：“你还记得先帝爷跟前的贴身侍女苏麻喇姑吗？她死的时候就想家。我如今也体味到了，我也想家……我小时候在科尔沁草原，能骑马会射箭，跟着卓索图王爷围猎，看摔跤赛马，听马头琴……就跟昨日一样，总在眼前闪……”乌雅氏干涸的眼睛无望地睁着，“那草原上的春天，嫩嫩的茸草，白白的云彩，毯子一样的绿地上那些花儿，真香啊！还有那马，那羊……唉！不说了。你们也乏了，皇帝外头不知有多少事等着办。道乏吧……”

雍正带着满腹的委屈和怨情离开了慈宁宫，脚步灌了铅似的沉重，心里说不出是个什么滋味。待回储秀宫皇后处时，恰钟敲四响，已到申正时牌。皇后那拉氏见他脸色阴郁一言不发，一边吩咐人传膳，一边笑着说：“皇上脸上又阴了天，别是又遇上什么不顺心的事了吧？”

“没有。”雍正松弛了一下，回过颜色勉强一笑，“太后的病朕瞧着不甚好，心里烦闷。”那拉氏命人把自己的参汤进给雍正，抚慰道：“不妨事的。青海请的那位活佛开春也要到了。听说法力大得很！给太后祷一下料就痊好了。”雍正啜着滚热的参汤又问：“你这边都谁进来请安了？”

那拉氏笑道：“内务府说要选秀女，还说想从苏州选些会唱的进来。我说，选秀女是朝廷制度，该办就办。老爷子不喜欢戏，宫里有畅音阁供俸逢年过节演一演，尽够使的了，不要另招戏班子。”雍正满意地点点头又问：“还有什么人来？”那拉氏道：“没别的人了。皇上指的那个哈庆生，从福州弄了九篓福橘，李德全叫人送进来，都垛在那边廊下。我叫他们挑些好的送养心殿，皇上好赏人。”

“不用。”雍正一听“哈庆生”三字便气不打一处来，起身踱了两步，盯了一眼垛在东廊下的橘篓子，用手一指说道：“这些物件，全给朕扔进金水河！”

第十三回　惊舞弊自逐出棘城　逢旧交谈笑封贡院

三月朔日是钦天监为顺天府恩科会试主考官张廷璐和杨名时择定的入闱吉日。杨名时因在京没有私宅，又要避嫌，只在城东一个僻静角落租赁了一处小院。因明日就要入棘主考，当夜杨名时也没睡，向炉上焚了一炷香，盘膝默坐静候吉时。他每次遇到大事这是必有功课，以示虔诚忠敬之心，家下人都知道他这秉性，也都不敢睡，各守差使在房中侍候。直到子正时牌，远处拱辰台隐隐传来三声闷哑的午炮声，杨名时瞿然开目，款款起身，正了朝珠冠带，用热毛巾擦了一把脸说道："给我备轿！"

顺天府贡院坐落北京西南隅，自前明以来历为朝廷抡才大典最要之地，迭经修葺，其规制比之六部衙门还要壮观宏伟。径深一百六十丈，外边一道墙高足丈四，堞雉上栽满了密密的酸枣树，名为"棘城"。沿正道而入，左中右三座牌坊，左坊石匾上写"虞门"，右边叫"周俊"，中间一座大坊，龙凤石雕围边儿的大匾上书斗大四个水金沥粉字，却是"天下文明"。杨名时的八人绿呢大官轿就在此稳稳落下。他哈着腰出来看时，只见尚自寒星满天斗柄倒旋，知道刚过四更天，料是张廷璐还没有到，便徐步向龙门走去。

阳春三月，白天很暖的了，这样的凌晨仍旧气寒潦凛，星光下棘城上的围棘密密丛丛，好似在古城上边镶了一层微褐色的雾。墙下那片桃林也失去白日明艳娇媚的风姿，昏昏暗暗地在微风中摇动着枝桠，传过一阵浓烈的清香，在这凌晨给人一种恬适和清冽的感觉。踅过石坊，便见甬道两边各设着一座三楹小厅，杨名时是过来人，知道这就是所谓的"议察厅"，名儿虽说尚算雅，但所有应试举人都必须在这厅里解衣宽带，敞怀露腚地让贡院衙役检查，以防夹带赃私——最是叫孝廉们扫尽颜面的一个去处。杨名时不禁皱了皱眉头，因见厅前都悬着西瓜灯，窗纸光明，想是已经有人起来办差，刚要过去，便听有人喝道：

“应试举人到墉城外头等着！”

“是我。”杨名时不紧不慢说道，一边说一边往前走。

“凭你是谁，不能过来，前头就是龙门！”那个差役不耐烦地说着走过来，刚要呵斥，看清了杨名时，忙打千儿道：“是杨大人，您早！小的还当是举子们等不得，自己闯进来了呢！”杨名时一边向议察厅走，笑道：“我早，你们也早么！这早晚议察厅就到差了？那屋里都在做什么？”差役笑得两眼眯成一条缝，回道：“东屋是张大主考来了，张中堂在那屋设酒送廷璐大人进闱，西屋是我们兄弟们扎纸人儿，图个清静。”

杨名时站住了脚想了想，张氏兄弟说话，自己搅进去不好，便踅过西厅，果见几个衙役在灯下扎纸人儿——一青一红两个鬼装打扮的纸人，里头揎草，外头糊纸，纸上写着斗大一“恩”一“怨”两字。杨名时不禁笑道：“我人闱时就听说考场设有‘恩怨’二鬼，原想不过虚说浮言，想不到真的扎有原身！我过去怎么没见过呀？”几个衙役不防他进来，忙丢下手中活计，一齐过来打下千儿。一个老衙役笑道：“这是科科考场都有的，供在西望楼上，并不叫举子们见，只传告他们知道，也是劝他们平日多行善事的意思。”杨名时含笑点头，掇一把椅子坐下，一边看他们扎鬼，一边询问些考场旧规旧例，耳中听着鸡叫三遍，估着张廷玉已经离去，方起身出厅来，恰见张廷璐送张廷玉出来，便不言声站在灯影下。

“为兄该进大内见皇上了，”张廷玉一边下阶，口中说道，“千叮咛万嘱咐，只是一句话，要秉公。圣上如今刷新吏治，最看重这个，正想抓个出尖儿的舞弊贪墨官员作法。咱们家风讲究一个廉字，你少惹是非，于老爷子脸上体面有光，我在里头说话办事也踏实——哟！这不是杨松韵么？你几时来的？”说着便嗔下人，“怎么不禀我知道！你们这办的什么差使？”杨名时忙抢上前去，双手一揖说道：“不干他们的事。中堂两兄弟说话，晚生自当回避的。”

张廷玉微一点头，说道：“那边举子们已等不得，都要过龙门这边了。这是你们贡院重地，一拜过孔子，连下官也来不得，各自珍重吧！”说着将手一招，暗地里飞快抬出一乘竹丝软轿，张廷玉举手一揖，忙忙上轿去了。张廷璐刚吃了酒，灯影下看去似乎有点神情恍惚，使劲晃了一下头，笑道：

"松韵大人，咱们进去吧。"这时后头已一片灯笼，举人们人手一盏，煌煌游动着拥向议察厅。杨名时在龙门口回头望时，头一个报名验检的却认识，叫曹文治，第二个就是在贡院街伯伦楼上吃酒说笑的刘墨林，不禁莞尔一笑。他触手袖中，却摸到了自己买的考题，心中又是一动。眼见张廷璐已进了贡院龙门，忙跟了上来，早见先已入内等候的十八房考官，还有礼部从各衙抽来办差的监试厅笔帖式、弥封、受卷、供给、对读、誊录五所长官和吏员足有二百余人都鹄立在至公堂侧。众人见两位主考联袂而入，"嗯"地黑鸦跪下一片齐声道："给张太老师、杨太老师请安！"

"劳乏众位了。"张廷璐看看东方的启明星，清晨的凉风习习吹来，他觉得心里爽快了不少，含笑说道，"请起吧！"

于是众人纷纷起身。张廷璐与杨名时两人注目会意，一前一后走向至公堂，向"大成至圣先师孔子"牌位恭行三跪九叩大礼，下头人众依位份高低排班随礼。张廷璐进香盟誓，"为国家社稷秉公取士，不徇私情，不受请托，不纳贿赂——有负此心，神明共殛"——这都是几百年一成不变的老套了，人人耳熟能详，也不足为奇。两位主考退下，接着便是贡院执事人役忙活，祭文昌帝君、拜奎里、请关圣帝君……各色甚杂也不及细述。张廷璐是做过两任这差事的了，司空见惯，杨名时却见不得这些杂七杂八的捣鬼弄神，看得满心都是不自在，因叫过燕喜堂执事官问道："这里是庙会么？这乱纷纷都是神祇，是做什么的？是孔圣人大，还是他们大？"

"杨大人！"燕喜堂官见他脸色不善，忙跪了道，"这都是上辈看贡院的传下来的规矩。历来考场最怕传瘟疫，这些个神祇是专门请来祐护贡院圣地的……"杨名时听了一哂，说道："这里现供着文宣王牌位，又是国家敕封禁地，用得着这些个？听我发落——来！"

"在！"

"把那个'恩怨'二鬼给我拖上来！"

"喳……"

几个衙役张皇地对望一眼，颤着声答应一声，仰脸看着这个秀气刚毅的年轻副主考，见他一脸不容置疑的神气，只好下去拖"鬼"。张廷璐对这些事一向无可无不可，他一门心思想着三阿哥弘时特意请他关照的几个人，又怕被这个愣头青副主考察觉，正忡怔间，杨名时突然来这么一套，不禁一愣，看十八房考官时，也都面面相觑。众人正没做理会处，几个衙役已将那两个纸扎草人——一个富态温柔满面笑容，一个青面獠牙狞恶可怖——即“恩怨”二鬼架到至公堂上。杨名时“啪”地一拍响木，顿时勃然作色，步下公案，绕着二鬼踱了两步，眼风却扫向十八房考官。那些考官哪个是心里没“鬼”的？见这寒凛凛带着煞气的目光扫过来，人人心头突突直跳，却听杨名时冷笑一声道：“这样的魑魅魍魉居然也能在此作耗！‘恩’，谁不曾受过？‘怨’何人不曾有过？迟不报早不报，偏偏要此时报？在哪件事上报不得，偏偏要在国家抡才大典上逞施淫威？本人自束发受教即读圣贤之书，怪力乱神子所不语，六合之外存而不论，大道之所在，岂容邪鬼猖獗？”他轻蔑地盯了一眼两个纸鬼，冷冷吩咐道：“拖下去打碎了！”

几个衙役慌乱地答应一声，拖着纸鬼就往下走。贡院常驻的执事却最信这个，忙上来打千儿道：“大人……这使不得，要……要……”他看着杨名时阴冷的面孔，下头的话竟没说出来。

“要什么？”

“要……报应！”

杨名时突然仰天大笑，“焉有此情，岂有此理？敲碎它，当堂一火焚之！我看我是怎样个报应？要为此而传瘟疫，我一身当之！”于是众人不再犹豫，须臾之间已将那二鬼打成一堆碎纸乱草，焰腾腾燃着了。张廷璐心里也是有鬼的，三阿哥密传了考题，叫他照应四个人，他自己也夹带了五六个，为此收银七千余两，被这个杨名时折腾得心里七上八下。此刻回过神来，张廷璐又觉得杨名时这人盛气凌人，在至公堂做作这么一番，连个商量都没有，全不把自己这个正主考放在眼里。思量着“恩怨鬼”已成灰烬。张廷璐突然大声吩咐：“开龙门！”

“开龙门啰！”

燕喜堂官一声高呼，盘龙华表中间两扇朱漆铜钉大门呀呀洞开，举人们按喝名次序一手提篮一手秉烛鱼贯而入，由七十区号板棚监考胥吏导引对号入棚，肃然端坐等着发卷。但见几十排瓦顶板房、每人一间，每间三尺余阔，沿门各有一桌，上设笔架，研墨用水等物，此时真如群蜂入巢，孔孔露头伸足，却是鸦雀无声，一派紧张肃穆。这边张廷璐将手一让，二人至铜盆里盥洗了手，同时向金盘中供着的御封试题深深一躬，张廷璐亲手拆了，略一看便递给杨名时，杨名时接过一看，上头头场试题赫然端正写着：

利者，义之和也。

杨名时身上陡地寒毛一炸，心立刻狂跳不止，眼睛上下审量张廷璐，移时方回过神来。待承题吏员捧着题出去，杨名时强耐着心头的激愤，轻声道："张大人！"

"唔？"

"那两场试题呢？"

"嗯，不忙，考一场拆一题。"张廷璐仰在椅上，长长透了一口气，说道，"你不知道贡院这些人，油锅里也要捞钱的，这时候一取出来就走漏出去了。"

杨名时也松了一口气，看样子考题泄露与这位大主考不相干了，也许只是碰巧被卖考题的猜中一题，贸然声张，乱了考场倒是自己有罪了。想着，杨名时便笑道："你是正主考，只管在这坐纛儿，监临各房试官和考场事务的差使是我的，我出去看看。"说毕便辞出来，一路思量，只是犯狐疑。

但是，接踵而来的事实，无情地证明，杨名时买到的考题确是货真价实——除第二场题目与第三场题目次序调换一下之外，无一字虚设，无一字舛谬！第二天傍晚，杨名时满头紧张得沁出密密的细汗，在至公堂看张廷璐拆第三场考题，当张廷璐小心翼翼拆开火漆封头，徐徐展开看时，杨名时几乎呼吸都停止了。张廷璐因关切地问道："松韵，你脸色很不好，是哪里不舒服？"

"没有。"杨名时心头"怦怦"冲跳，颤声问道，"皇上出的什么题？"

"嗯——《易经》里的：'日月得天而能久照'！"

"张大人，这题有毛病！"

"唔？！"

"我不是说题目有毛病。"杨名时脸色苍白得毫无血色，"我说的是题目早有泄漏！”

张廷璐吓得手一抖，黄绢裱面的御书从手上滑落在地下，见承题吏员在至公堂口探了一下头，忙摆手道：“你们别进来——你怎么知道考题已经泄漏？这件事干系多少人身家性命，妄言不得的！”杨名时弯腰捡起考题，又从自己袖中取出伯伦楼买的考题对着看了看，双手递给张廷璐，说道：“大人——请看！”张廷璐神色茫然地接过来，只瞥了一眼便一目了然。他的脸颊急速地抽动了两下，心里“轰”的一声，头涨得老大——“东窗事发”四个字闪电般掠过脑海，顿时心乱如麻。

“张大人，”杨名时却没有理会张廷璐的神色，自顾沉吟着分析，“这试题从何泄露的呢？出自御笔、封在金匮、经上书房直送贡院，鱼胶火漆密缄。而居然全部泄露在市井之上，公然买卖于酒肆之楼！真真不可思议！大人，你有什么高见呢？”

“啊！啊！”张廷璐这才从惊怔中唤醒回来，便觉得背上又湿又凉，已是汗透内衣。思量着，他瞥了一眼杨名时，欲言又止，此事揭露出来，一定是三阿哥弘时的手脚。连带着就要引起弘时、弘历、弘昼三兄弟之间争位太子的大事。三阿哥素来与隆科多交往过从诡秘，隆科多似乎正在向八爷允禩靠拢，丝萝藤缠连绵不断涉及的都是天字第一号的人物，随便哪一个抬起脚来也比自己人高……想想无计可施，不论如何，先掩住再说；因咽了一口气叹道：“我是对天可表的！但这事兜出来绝非小可之事，恐怕株连到许多天潢贵胄龙子凤孙也未可知。松韵公，天下奇能之士多得很，也许有人料机在先，猜中了题目；天下偶然相合之事也难胜数，也许是瞎猜猜中了的。孤证不立，我们这里掀出去，立时震惊朝野，牵动全局，不可不慎呐！再说，出示考题在前，举发舞弊在后，头一条，我们两个就担着血海般干系，还有十八房考官的身家性命都在里头，不宜贸然举发的。”

杨名时惊觉地闪了张廷璐一眼。张廷璐所有的见解都有道理的，唯独“我们两个担干系”说得超出情理，主考举发场外买卖考题，天经地义的事，担什么“干系”？再说又是什么“出示考题在前，举发舞弊在后”竟似埋下伏笔要诬陷自己！这就狠得有些蹊跷了，蓦地又想起张廷玉，现为首辅相臣，焉知不是他们兄弟二人作弊？这个外表温存深沉，内心极为自傲的青年副主考立时有一种被侮辱的感觉，他的脸顿时涨得通红，格格干笑一声说道："进贡院那天我们两个对天盟过誓的。这事不能想人情，要想天理，获罪于天，无所祷也！我要立刻拜章奏请皇上，暂停恩科考试，或者立刻换题重考。这件事不能从'也许'上头做文章。也许皇上身边有奸邪小人呢！也许我们这科考试中有纳贿收受，要钱不要命的神奸巨蠹呢！"张廷璐听着这些话，句句都是含沙射影，字字都是诛心利刃，恼羞成怒之余横了心，觉得与其支吾遮掩，不如以攻为守，因也板起了脸，哼了一声说道："我倒为你好，你反而步步不饶人，似乎是我张某人心怀鬼胎！你拜章只管拜，我也要递奏折，头一个就参你！"杨名时勃然大怒，霍地起身道："你？你参我？"

"对！参你！"

"我有何过错？"

"此时我懒得和你扯淡，你等着读我的奏折！"

二人声音愈来愈高，早惊动了外头侍候的人。承题官早等得不耐烦，听里头两个主考大吵起来，忙一步跨进去，刚打下千儿，便听杨名时厉声道："现在立即停考！贡院的人役全都出动，包围搜拿贡院街的伯伦楼，一体擒拿了那里的人送顺天府听审！"

"这里的主考是我，张廷璐！"张廷璐咆哮道，"你跋扈犯上不是一天了，还有点规矩没有？听我吩咐：第三场考题即刻下发照常考试，派人知会顺天府锁拿伯伦楼卖题之人候审！"他说着，亲自挽袖磨墨，盯着杨名时冷冰冰说道："几时你当了正主考再来发号施令——年轻人你还差着火候呢！"杨名时这才猛醒：自己的两条指令一条也不占理。正主考是张廷璐，自己无权决定"立即停考"；贡院不是法司衙门，更不能越过顺天府，径自查封伯伦楼拿人——杨名时不禁深悔自己冒撞，不但给这个老奸巨猾的张廷璐留了"擅权"的把柄，而且这一来走漏消息，伯伦楼的人还不走个精光？正在发急，东考区监场书吏拿着豆腐干大一个小本子进来，向张廷璐禀道："地字十二号贵阳孝廉郭光森挟带四书一本，卑职查出来了，请大人发落！"张廷璐一边文不加点地写自己参劾杨名时的折子，头也不抬冷冷说道："你是办老了事的，这事由他房官处置！这是我主考官的该管差使？"

书吏赔笑说道："这是十一房官张枫岚大人该管，原本该照逐出考场。听说这一科出了泄露考题的事，张大人——""没有的事。"张廷璐盯了一眼沉思不语的杨名时，恨不得过去一脚踢死他，口中却道："不要听信谣传。一切按规矩办，逐出那个姓郭的举子，贴了他卷子，将犯由发文贵州府，罚他停考三年就是了！""举人受罚，尚且能出考场，我为什么不能？"一个念头飞快闪过，杨名时顿时得了主意，待书吏出去，杨名时也不言声，至案前将自己的文房四宝收拾了，叫过从人便道："你去给我备轿！"正在写奏折的张廷璐抬头看了看，冷笑道："这是什么地方？你想来就来，想去就去？"

"贴了卷的举子能走，我自然也能！"杨名时生怕走了伯伦楼的证据，心急如焚，一句话也不想多说，一边硬顶张廷璐一句，又厉声吩咐从人："你愣什么？快去备轿！"说着拔脚便走。

"慢！"

张廷璐深知他心意，不由也急了，忙叫一声，见杨名时站住，又放缓了声音道："他是逐出考场的！"

"我是自逐，这地方脏，我一刻也不想待！"

"你是官身！有差使的人！"

"我不要这官身，我辞掉这差使！"

杨名时头也不回纵声大笑，将头上蓝宝石顶子摘下来，"咣"地往地上一掼，眨眼工夫便消失在暗夜之中。张廷璐眼睁睁看他大摇大摆出去，竟自束手无策；回案前接着写那份奏章时，但觉文思蹇涩，手颤心摇，一个不当心，铜钱大一滴墨水滴在奏章上……越发觉着不吉利，只索性坐在椅上，抚着剃得发青的前额打着主意。

杨名时盛气拂袖出了贡院，天已起更。站在黑魆魆的棘城外边，他倒犯了踌躇：此刻宫门早已下钥，递牌子请见雍正是不用想的了。六部早已散了衙。去顺天府，手里既无部文也无关防，顺天府依旧要请示上书房，谁知道张廷玉会怎样处置这事！想来想去，事情闹到这一步，想清白，只有去西华门击登闻鼓、撞景阳钟逼请雍正夤夜召见。但这一来自己已经先有罪，即使所告是实，也要流徙三千里，军前效力。十年寒窗，七场文战挣来这辉煌簪缨、少年得意，还有日后建功社稷名垂青史这些想头一概付之东流！想着饶是杨名时一片刚肠，也觉灰心。杨名时在轿中正自神思颠倒莫知奈何，忽见前面棋盘街驿馆前一溜六盏栲栳大的朱红西瓜灯吊在檐前，上头一色写着“钦奉两江布政使李”八个大字，门前六个戈什哈俱是彪形大汉，腰牌佩剑威风凛凛地守在门口。

“李卫进京来了！”杨名时突然一阵兴奋：此时遇到此人，真是天意！李卫字又玠，据说前明洪武年间祖上以军功起家，当过锦衣卫。其实这是天知道的履历，人人皆知他是讨饭出身，因生性泼皮机伶，被出省办差的雍亲王收养在四贝勒府，最是当今皇帝得用的一个人，诨名“鬼难缠”，天不怕地不怕最喜搅事，刚直不阿。昔年李卫任云南驿盐道，曾和杨名时有数日之交，谈得极是投机。如今有事，找上这位好事喜功的少年新进，他断无不管之理。杨名时用脚蹬了蹬轿，那轿当即落了下来……哈着腰出来，看了看门上钉子似侍立的戈什哈，便走上前去，掏出名刺递了。

戈什哈看了名刺，倒也不敢轻慢，忙打了个千儿，却笑道：“我们大人这会子正忙着批公文，今晚写奏折，明儿一早递牌子请见。吩咐了，所有来拜大人请回步，大人见过皇上，登门谢罪。”杨名时笑道：“我和他一样品级，说不上来‘拜’。我有要紧事，一定要见他！”戈什哈摇头道：“大人写折子最烦人搅。通天下都知道他老人家脾气的，杨大人务必鉴谅！”

“李卫会写折子？斗大的字他识得一升？”杨名时大怒，后退一步高声叫道：“姓李的！杨名时来了，你见是不见？”

话音刚落，便见李卫赤脚趿鞋快步出了驿馆正厅，抢步出来，笑嘻嘻道：“别搭理这些狗，他们识得什么？我上回折子错白字三百七十一，占了一半还多，皇上夸我用心办事，又骂我文理狗屁不通。所以这一回格外费心，你来得正好——去，把皇上赏我的那坛子酒弄过来——操你妈的，连我的杨老师也不认得？”一头说拖起杨名时就往里走。杨名时挣脱了他的手，就院里站着把贡院里发生的事粗略说了，又道：“这事见不得上书房，报不得顺天府，皇上那儿又通不过信儿，我急成这样，哪有工夫陪你吃酒写文章？”说着便将买来的考题递了过去。

“有这样的事？”李卫接过纸条，颠倒看了看，有一半不认得，便递给杨名时。杨名时原以为他必定要沉吟一会再商量的，不料这“鬼难缠”把纸条塞给杨名时，嘻嘻笑着对身边一个师爷道：“你带人去，把贡院街给我封了，一个耗子也不许走出去！”

“是！不过顺天府的人要问，怎么对答？”

“带我的名刺给他，明儿我去见这些狗日的。”李卫笑容可掬，没事人似的吩咐了一声，拍着目瞪口呆的杨名时肩头道，“怎么样，够义气够味儿吧？先说好，查出大案，功劳分我一半——走，吃酒去！”

谈笑挥手间，李卫的一百多名亲兵已经集齐上马，也不再来请示，一阵急骤的马蹄声，已经无影无踪。杨名时看了看驿馆正厅外挂着几十件各色杂衣，知道是李卫随时化装破案之用，不禁伸出拇指赞道：“君真命世豪杰！书生自愧不如！”

第十四回　三法司会谳两巨案　托孤臣受逼上贼船

雍正即位不到五个月，由铸钱案起头，接踵而来便是山西亏空案，两波未平，科场舞弊案又大波涌起，朝野震惊天下瞩目。李卫封锁贡院的第二日，山西巡抚诺敏被铁锁锒铛押进刑部大狱。朝旨即下，锁拿张廷璐为首的顺天府恩科十八房考官至狱神庙待勘，连原告杨名时也着令停差等候对质。人们正看得五神迷乱，圣旨又下，由大理寺正卿、刑部满汉尚书、都察院御史组成班底、三法司主官合议会审山西、科场两案，从重谳狱。接着邸报即出，廷寄诏谕命直隶学使李绂为主考，改换考题重新考试应试孝廉。便有消息，上书房领侍卫内大臣，军机大臣张廷玉因患疟疾请旨调养，已奉旨恩准在府疗治云云——人人皆知，他是因张廷璐一案引嫌回避了。严旨迭下，京师官场真个人心惶惶一日三惊。

李绂接到圣旨，去吏部交卸了差使，一刻也不停，打轿赶往朝阳门外廉亲王府听训。他自康熙五十六年入京待选，在京师五年有余，一直住在西城闭门读书，极少进城的，更不用说东城门外。自大将军王允禵奉旨带兵出征，康熙的二十几个儿子窝里炮闹家务，争夺帝位愈演愈烈，稍知养晦之道的谁敢沾惹这种破家灭门的是非？何况李绂以读书养气自矜，廉隅持重谨修崖岸，更是不肯与这干子斗红了眼的王爷贝勒交结。然而廉亲王允禩毕竟是雍正皇帝的亲弟弟，如今又是上书房首席王大臣，兼管礼、吏、户、工四部。现既然点了顺天府主考学差，是礼部头号要差，不来见廉亲王请训，无论如何是说不过去的。李绂坐着簇新的八人抬绿呢大官轿，前呼后拥出了老齐化门，隔玻璃远远看见王府巍峨矗立的殿宇、汉白玉八层石阶上的倒厦三楹朱红大门，便用脚轻轻蹬轿命停。哈腰出来，弹弹袍角正要上前通报，远远便见一个太监过来问道：

“哪个衙门的？”

“工部的，我是……”

“手本呢?”

“噢，”李绂自失地一笑，看看这位一脸公事公办神气的年轻太监，说道，“我的话没说完，我是工部侍郎，五十六年停职待选，才起复出来，点了顺天府学差，要见八爷请训。”这个年轻太监大约净身不久，刚分到廉亲王府，人事不熟，听说是京官，知道没多大油水可榨，板着脸听完，点点头说道：“您家改日再来。我们王爷今儿约了九爷、十三爷、十四爷，这会子正议年大将军的营务。吩咐下来，文武百官一概不见!”李绂忍着气听完，格格一笑道：“你大约没弄明白，我是新点的学政!”

按理说，太监就是木头做的，也该掂出“学政”两个字的分量了。无奈他不懂，见李绂拿不出包银，一发的不耐烦，说道：“靴正帽正都一样，反正不是雍正！请回驾，明儿个再来!”

“啪!”太监话未说完，左颊上早着了李绂一记耳光。李绂顿时大怒：“你既不识国体，也不懂皇宪，就敢如此狂妄！万岁爷的帝号都敢如此亵渎?！你滚进去，禀告廉亲王，说钦差大臣，顺天府主考李绂来过了，叫你赶走了！我明日要进棘城，顾不得再来领训!”说罢哼了一声回头命道，“转轿回城!”

那太监冷不防挨了一记耳光，愣怔在当地。他一时还弄不明白，这个一脸谦恭笑容的儒冠穷京官，怎么刹那间就变得如此倨傲强横？李绂冷冰冰回头望了一眼，正要上轿，早见仪门那边喘吁吁跑过来一个中年太监，一头跑一头喊：“是李大人么？请留步!”赶着几步近前，一个千儿打下去，赔笑道：“奴才何柱儿，给钦差大人磕头了!”起身又是一躬，回头骂那年轻太监：“你纯是吃屎吃昏了头！回头我再和你这王八蛋算账！还不赶紧照应李大人这些随从纲纪——过庭耳房酒早预备好了!”那太监这才晓得今儿轧错了苗头，忙着自掌两嘴巴，答应着何柱儿的话还要过来谢罪，李绂早已移步了，缓缓踱着问：“王爷晓得我要来?”何柱儿侧着身子，又像带路又像侍陪，未及回话，却见允祥允禩兄弟二人从二门穿堂联袂而出，两个人忙都止步侧身而立。

“好，新任大主考来了!”允祥远远便拍手笑道，“今早我去见皇上，马齐说：‘历来顺天府试都是两个主考，现只委李绂一人，恐怕不合体例。’

皇上说：‘要贪墨，十个主考也照样——朕这次就专用李绂一个！此人未及第时朕就知道，是个正派读书人，文章人品都是好的。’你听听皇上这话！好生做，升发在此一举！”

李绂听得心里一热，忙把持定了，肃然一揖，又撩袍跪了向两个王爷叩头，起身庄容说道：“李绂何敢辜负圣上谆谆厚望？谨为克己修身，持重谨慎，为国选拔真才！”他这么一正经，倒弄得允祥不自在，怔了一下才笑道：“好好！我等着看你选出来的状元！”允禵性情本与允祥极相似的，只这老皇晏驾，新皇登极一场急风暴雨，允祥变得练达机敏，允禵却变得沉郁淡泊了些。本来雍正还有一句“李绂若有胆子再敢以身试法，也难逃朕之诛戮”，听允祥隐去了这一句，允禵只恬然一笑，说道：“你去吧。我和十三爷要去兵部。”说罢，二人自去了。

李绂这才随何柱儿踅过月洞门进西花厅。这里原是八王允禩平素宴息之地，装修十分精致。二人徐步而入，但见绣阁参差，文窗窈窕，循廊曲折，一路珠箔湘帘、瑑钩斜卷直达书房，来往插红戴绿的丫头足有四五十人，绰约俱是妙龄绝色。见他二人过来，各自垂手侧立让路。何柱儿这才有工夫回李绂的话，低声说道：“李老爷，昨个下晚礼部票拟就来了，王爷原说要亲自过去看望来着，偏十四爷和十三爷过来，议西边筹饷的事，又夹着李卫大人也奉了旨，主持两大案子会审，也来请训。八爷因惦记着您，特意叫我出来关照一下，不想就碰上那个杀才正跟大人过不去——请这边走，这就到了——圣人说过‘惟女子小人难养’，你大人大量，别跟这种人生气——请，八爷在这屋里！”李绂抬头瞧时，已到超手游廊尽头，外厢朱漆柱间都用紫檀木雕花隔了，廊下挂了五六只鸟笼子，迎面门额上白底素绢裱着“逸志轩”三个字，却是年羹尧父亲年遐龄手书篆字，虽不十分上好，腾蛇钩曲也有一番情致。湘竹帘后隐隐可见一架水晶屏，满书房四周卧地到顶都用大玻璃嵌了，隔玻璃望去，方知这屋子是压水榭亭改建，从窗内挑竿即可垂钓。李绂不禁暗自嗟呀，穷措大十年寒窗，三场文战七篇文章芥拾青紫，什么堂呼阶诺起居八座，到这般琼宇富贵龙种之家，顿叫人意消兴灭。方沉吟间，便听里头八阿哥允禩的声气：

“是巨来先生么？不要报名，请进来说话！”

“臣李绂！”李绂隔帘躬身忙应一声，趋步进来行礼，果见九阿哥允禟也坐在允禩身边的雕花搭袱太师椅上。下头杌子上端坐一人，李绂却认识是李卫，只屋角靠书架一侧春凳上四脚拉叉斜歪一人，穿着雨过天青实地纱夹袍，套着件古铜巴图鲁背心，双手抱着一本《琅环琐记》看得入神，一副旁若无人的架势，却不认识。允禩见李绂迟疑，含笑说道："哦，这是十爷。你不用多礼，你且坐，和又玠说完谳狱之事接着就谈你的差事。迟了你就在这里留饭就是。"因转脸对李卫道："方才已经讲了，本来不打算留你在京的。但诺敏一案，牵到山西通省官吏；科场一案，明面上是十九员官，但里头积弊极多，连张衡臣都引嫌回避了。算起来，开国七十九年，还没有这么大的案子。怕马齐一人忙不过来，一个图里琛，一个你，帮办完了仍旧各归各差。你不要推托，谁不知你李又玠，除奸安绥发幽摘隐，是第一谳案能吏！"

"这个差事昨儿我面见皇上，已经力辞了的。"李卫黑红的脸膛上眉棱骨微微一颤，似笑不笑地说道，"王爷知道，山东那块地方事情更难办。这十几年没了于成龙，几乎成了强盗世界，响马乾坤。东平湖、微山湖、抱犊崮一带饥民造反，趁着如今各自占山为王，要早下手剿灭。听说有个铁冠道人，联络江湖武林高手甘凤池吕四娘一干人，明面上在山东打擂比武，其实是交会各路人马，安的什么心思很难说。'坑灰未冷山东乱'——这里自古是个不安分地方儿——京师这案子再缠手，总能从容去办的。昨儿和皇上说得好好的，怎么今儿就变了？我想递牌子见见皇上，心里有话总得说出来才痛快嘛。"

允禩听了一笑，说道："又玠，你不要窝火，留你在京不是我的主意。是马齐觉得人手不够，请旨留下你的。你要递牌子，我无权阻拦，但你若肯听我一句忠告，大可不必多此一举。山东的差事我心里有数，已经叫蔡珽先去挡一阵，你手下的吴瞎子不也去了么？你是个玲珑剔透的，响鼓不用重槌，难道真不知道马齐为什么留你么？有些纸捅破了不好，你说是吧！"说罢，用碗盖拨着茶叶不言语，嘴角兀自带着微笑。李绂原也懵懂：合刑部、大理寺、都察院三部人马，外加顺天府，步军统领衙门，马齐为主，上头有允禩坐纛儿，还问不下这两个案子？经这么一提醒才想起，诺敏是马齐的门生，杨名时是刑部尚书赵申乔的门生，马齐和张廷玉是多年同事，张廷璐偏又是张廷玉的弟弟，十八房考官与承审官非同年即故交，公案相对，生死瞬息，更何况还搅缠着隆科多与马齐张廷玉多年恩怨，上溯至康熙四十七年隆科多一家与十三阿哥允祥的宿仇……都要在这两案中调停周到，谁不要多一分靠山，谁不愿多拉一个垫背的呢？

“王爷说到这个地步，我不能再说什么了。”李绂正在胡思乱想，听李卫低头叹息一声说道：“我到差就是。不过我这里也撂一句话给王爷。这件事既到我手，能周全的我尽力周全，不能周全的我就不周全，无分贤愚贵贱，不论出身门第，我都秉法处置，办得不合王爷的心你别怪，体谅到这一步，我就心满意足了。”正在看书的允禵忽然坐直了身子，笑骂道：“不愧绰号‘鬼难缠’！还怕八爷坑你不成？你说这些个话浑似天书，我他娘的就听屎不懂——你打的什么狐哨谜儿？”

李卫似乎和允禵十分随便，嘻地一笑也变了口腔味道，揶揄着反唇相嘲，“十爷这个大头鬼要缠我么？我望风而逃！十爷心里镜子似的倒装糊涂，这两个案子弄不好，案犯审了主审官都是有的呢！一根蜡烛两头点，怎么周全得了？拔我屎毛栽旁人胡子，十爷打的是不是这个主意？”一席话说得众人哄堂大笑，允禵仰着身子在春凳上笑得浑身直抖，用扇柄指着李卫道：“你这猢狲，快滚蛋吧，卵子要笑脱了！”李卫笑着起身端茶一饮，竟过来拍拍正襟危坐的李绂的后脑勺，说道：“喂，一个宗的，该你了！”

“什么一个‘宗’的？”李绂素以道学儒宗自居，名门正出的进士，很瞧不上李卫时而装正经，时而流里流气的脾性，见他如此非礼，心里早上了火，却只难以发作，挺挺身子说道：“我是江西李，你是江南李，怎么会是‘一个宗’的？”李卫却满不在乎，越发嬉皮笑脸道：“你的下巴没胡子，确乎该栽几根，江西江南一个李，没读过张献忠祭张飞庙么？‘咱老子姓李，你也姓李，咱两个联了宗吧！’你以为李卫光会当叫化子么？”说罢大笑一揖，径自去了。

允禵望着李卫背影笑骂了一句什么，又倒下看书，允禩却转脸对李绂微笑道：“巨来先生见不惯又玠这种狂放，是么？”李绂压根没想到这个位高权重仅次于皇上的头号王爷一开口就问这个，不禁怔了一下，就座中躬身答道：“回王爷话，李卫与二位王爷尊卑有序，君臣之义列在三纲。这不叫狂放，这叫非礼轻佻！”正半躺着的允禵听见这话，坐直了身子，这个出了名的“荒唐王爷”脸色显得十分庄重，盯视着李绂，半晌才叹息一声：

"礼崩乐坏之日，还有什么三纲五常?"

"老十，不谈这些个。"允禩睃了允䄉一眼，又对李绂道："李卫原是皇上龙潜藩邸时的家奴，倒真是乞丐出身，不读书聪明出自天性。自幼各王府走动惯了，熟不拘礼。当年他恶作剧还卖掉我的门前照壁墙呢!"他目视窗外，款款而言，追忆着往事似乎不胜感慨。良久又笑道："不谈他了——你明日就进贡院么?"

李绂微一欠身，说道："是。臣已叫家人把行李送往龙门，今晚就不回府了，就在那里打尖，明早独自进贡院主持考政。特来请王爷训!"

"说不上什么'训'。"允禩点头道，"有人说大清如今无清官，我看也不尽然，你李绂就算得一位——听说你从不到印结局领银子，连外官送进来的冰敬炭敬也都一概不收?"李绂想不到八王对自己如此熟知，心里一阵感动，忙笑道："那是有的。有时自己想来，也怕别人说我矫情，我家书香出身，不算富豪，但也算不上穷，又吃着侍郎的俸，我又不结交朋友，疏食淡泊养身而已，使不着那几个钱。""如今还有几个这样的?"允禩叹道，"我早年有幸见过于成龙、郭琇、陆陇其这些名臣风采，如今一概'无可奈何花落去'了。你不爱钱，这就是头等难得，万岁爷独独选中了你来主持贡试，可见圣心烛照，倒不用本王多嘱咐了。"

允禩这些话娓娓言来，又似训诫又似嘱咐，又好像良友剪烛共相勉励，李绂心中崇敬之情油然而生，不禁暗想，"人说廉亲王是'八贤王'，果然有识见、有风采!"转又想到雍正对允禩处处设防，疑忌丛生，心里又是一寒。想着，起身揖道："八爷，若没有别的王命，臣就告辞了!"

"你不肯在我这里用饭么?"允禩也站起身凝视着李绂，说道："也好，就是这样吧！还有一条，这些孝廉们入场已经五天，如今又要重新考试，原来带进去的食物恐怕不够。今早何柱儿去礼部，听说已经有断粮饿晕了的。朝廷当初选错了主考，这个责任当然要朝廷担起来。我已发了牌子给户部，由藩库供银，每个举子每日供十八两白米、一斤青菜、四钱油、三两肉的食膳，巨来叫人逐日清点收纳、不要叫贡院那起子龌龊黑心种子们克扣了——道乏罢!"

允䄉见李绂辞了出去，丢了手中的书站起身来，说道："我觉得此人才学好，良心也不坏，八哥你怎么尽打官话?"话音刚落，十四阿哥允禵已挑帘进来，见允禟斜倚在窗前，允禩和允䄉在这边说话，因问道："这早晚才散了？方才我见李绂出去了——这个人如何？"一直没言语的允禟手中拽着一根线，小心翼翼地抽着，手伸到窗外猛地一提，一条二尺多长的青鲢鱼被钓进了书房，鲜活欢快地蹦了几下，鼓着腮在青砖地下延息。

"李绂不是我这池中之物。"允禩盯视着窗外荡漾的碧波，对岸一片桃林映在水中摇动着，像是地中燃着粉红的云火。允禩眼中也是波光幽幽，良久方徐徐说道，"外形于强，中必有不足。你们留心没有？这书房中摆着这么多的珠玉古董，李卫进来看了这件看那件，啧啧称羡，却又漫不经心地放下。李绂却是目不斜视，从头到尾正襟危坐——看着是不为物欲所诱，其实用的是克制功夫。这种假道学，我收过来能派什么用场？"说罢深长叹息一声，"论起用人，毕竟我们逊了老四一筹——你看看李卫就知道了，一个地道的叫化子，硬是调教得成了伟器！我们昔日笼在袖中当成宝贝的人，如今倒戈的倒戈，避难的避难，真正指望得上的有几个人？还得现物色！"允禟指着地下的鱼叫进一个太监，说道："这鱼给爷整治了下酒——八哥，今儿好彩头，我给你请了尊神，大有用场！算得一条大鱼呢！"

允䄉眼一亮，忙问："谁？"

"猜猜看，猜中有奖！"

允禩精神一振，问道："莫不成是隆科多？"允禟也不搭话，双手对搓着颔首一笑。允䄉惊呼一声："天公祖师如来我佛！隆科多会来投靠我们？——在哪里？我去见见！"

"忙什么？"允禟手一摆，格格一笑说道，"刚刚上钩。我们慢摇橹船捉醉鱼，你和八哥今儿都不宜见，先由我和老十四与他讲谈！"允禩看着满面笑容的十四阿哥允禵道："好，有你的！这么快就挂上了线？——给皇上选秀女的事办得怎么样了？"

允䄉在旁笑嘻嘻说道，"你们当我如今还是个二百五？我也久经沧海难为水了！选秀女的事十三弟交我办了，我办得经心着呐——我糊弄了老四耳目，你们做大事，如今有了眉目，得先犒劳我！"

"成！"允禩兴致勃勃地说道，"为兄送贤弟十把镶金鸟铳——隆科多既已来我府，我不见见不好吧？"

允禟阴笑着摇摇头，说道："他刚刚入港，你这么猴急？我们不能掉了身价，也防着一下子吓醒这条醉鱼——还是我和老十四先见见他去。命该为我所有，他就在劫难逃！”允禩紧束了一下腰带，将辫子一甩，笑道：“九哥，走，会会这个‘托孤’重臣！”

兄弟二人绕过书房，沿池塘旁边一路垂杨柳迤逦向北，越过一带蔷薇花洞，便听得允禩平素见客书房“卧云居”中遥遥传来清脆的琵琶声：时而哀音清冷如水滴寒泉，时而急管繁弦犹爆豆珠盘。一个女子声气不疾不徐伴着琵琶唱道：

> 群芳竞华，五色凌素，竟是妒。琴尚在，御而新声代故……锦水有鸳，汉宫有木。彼木而亲，嗟世之人兮，瞀于淫而不悟！朱弦韧、明镜缺、朝露晞、芳声歇、白头吟、伤离别——努力加餐，毋念妾！锦水汤汤，与君长诀……

允禩一脚踏进书房，当门鼓掌大笑：“好一个‘新声代故’！好一个‘瞀于淫而不悟’！老隆，听得入神了罢？”

隆科多端坐椅中正在想心事，那女子唱的什么全然没有入耳，猛听允禩这一声，吓得身上一抖，抬头见是两位阿哥——允禟手把折扇沉吟不语，允禩满面笑容神清气朗——忙跳起身来向前一步打下千儿道：“给二位爷请安了！”

“哎哟不敢当！”允禩忙双手搀起，嘻嘻笑道，“名牌正宗的皇舅，托孤重臣，见天子尚且剑履不解，何况我们——我们算什么名牌的，敢受舅舅的礼？快起来，快坐着！”允禩说着，允禟早已大咧咧坐了首位，看也不看隆科多一眼，摆手吩咐两厢：“你们下去！”

两厢侍候的歌妓忙都立起身来，抱琴携笙悄然退下。这边书房不比“逸志轩”有那么多古玩摆设，除了西山墙北角那座大自鸣钟外，环房四周都是几案桌椅，人一旦都退出去，偌大书房立时显得空荡荡的，气氛显得寂寞和枯燥起来。隆科多眼见九阿哥不阴不阳，对自己带理不理，十四阿哥也敛笑归座，越发摸不着头脑，自己欠身入座，搭讪着说道：“八爷呢？见人还没下来么？”

……

两个阿哥都没有答话，听着墙角自鸣钟的“咔咔”响声，十四阿哥衣裳窸窣，漫不经心地跷足而坐，呷了一口茶又轻轻放下，目光陡地一变，刀子一样盯着隆科多问道：“舅舅，知道是谁请你来，又为什么请么？”

“知道。”隆科多早已觉得气味不对，听允禵阴森森这么一问，手微微一抖，茶水几乎泼洒出来，但他毕竟涉世极深，很快镇定下来，身子一仰说道，“是九爷府里的太监传臣到八爷府议事，八爷想问问选秀女的事。”“内务府如今是十三爷管着，八爷根本懒得管这些琐事。”允禵脸上像挂了霜，语气也变得像枯柴一样干巴，“是九爷和我，借八爷这块宝地，要与你老隆握手言和！”隆科多头“嗡”的一声涨得老大，怔了半日才回过神来，突然间，发出枭鸟一样刺耳的笑声，“十四爷真能开玩笑！佟家一门历来与八爷、九爷、十爷、十四爷过从甚密，远日无仇，近日无怨，既无仇怨之情，何来‘言和’二字？”说罢站起身来一揖，又道，“若没有别的事，臣去了。”

允禵刚刚单刀直入问了一句话，见这老奸巨猾的隆科多要溜号，忙要拦时，允禟在旁格格笑道：“十四弟，天要下雨娘要嫁人，舅舅走你甭拦！舅舅不就是要去见图里琛打点科场官司么？你叫他去！”

隆科多刚跨出一步便被这话牢牢钉在当地，竟不自禁打了个寒战。

“舅舅和张廷璐做的什么交易？”允禟“叭”地打着了火媒子，却不抽烟，“扑”地又吹灭了，“一甲十名里头你就包揽了三名！”隆科多这才知道，这些阿哥神通广大，不知怎的弄到了自己与张廷璐通同收受贿赂的实证，要借此拉自己下水了。想着，隆科多已汗湿重衣。许久，他才意识到，蹚进廉亲王这汪浑水更是了不得，强自摄定心神，又回座中，打火点烟，深深吸了一口，喷云吐雾地缓缓说道：“九爷说得不错，但九爷别忘了，三个一甲进士，一个是十爷说的，一个是八爷府何柱儿说的，一个是年羹尧说的。我代人受过有分寸——爷体谅，有些事我成全不了！”

允禟冷笑着听完，半晌才道：“呀——舅舅原来这么干净？年羹尧那奴才不去说他，八爷十爷龙子凤孙，会干那个勾当，谁信呢？我们的奴才亲信要做官，用得着舅舅来帮忙？舅舅说这些又有什么凭据？舅舅既然两袖清风，又何必怕图里琛这个兔崽子？拿猪头去清真寺，你拜错庙门了！”他霍地跳起身来，踱着走近了隆科多，喑哑的声调中透着巨大的威压，“我也知道，单凭区区几个贿中进士扳不倒你这个‘托孤’重臣。今天我想说的不是科场的事。我想问你，佟国维是怎样死的，谁下的毒手，又为什么下毒手？嗯?!”仿佛一声焦雷晴空中无端爆响，隆科多立时面无人色，汗透重衣，他“扑通”一声跌坐椅中，喃喃说道：“六叔怎么死的，我怎么知道？他是我的堂叔，我为什么要害他？……”话未说完已知失口，他惊恐地张大了嘴，又深深把头埋下。

“是呀，是你的堂叔，为什么要害他？”允禟紧紧盯着隆科多，丝毫不给他喘息的余地，“大约你与你堂叔密订有什么约法——比如说，佟国维帮八爷，你隆科多帮四爷，夺这个花花江山。无论谁胜谁负，反正你佟氏一门左右逢源……嗯，再比如说，恰好你隆科多这一宝押对了，可字据落在那个‘六叔’手里，这就不大妥当，这样‘六叔’就得‘病’，就得吃药……事情就这么简便——于是‘六叔’就身如五鼓衔山月，命似三更灯油尽——你不要这样看着我，怪瘆人的——剩下的事就好办了，只消寻到那张契约，你就能心安理得地当这个白帝城里的托孤臣了……

“你没有想到，‘六叔’的宅子赏了三爷弘时，于是你又投靠弘时，求他把宅子转赠了你。他当然不能白赠给你，你得‘上船’，因为弘时又要和弘历争这个统继大权了，你是用得着的人嘛——多少日子我看你在你‘六叔’宅子里挖地三尺寻‘宝’，我心里一直好笑，你太痴了，你也太小看了那个‘老棺材瓤子’——他什么都不如你，就这忠于事主，你八辈子赶不上他！他一得病就知道有人暗算他，把这个交给了我——你瞧这张宣纸，唔，要单买这巴掌大的纸，一个雍正哥儿也不值——偏是这头有字，有画押凭据！它大约就值一个上书房大臣、太子太保、领侍卫内大臣、军机大臣、京师御林军总管、九门提督一颗血淋淋的人头！”

允禟连讥讽带嘲弄，得意洋洋举起那张纸，只一晃，递给听得五神迷乱的允禵：“十四弟，你在外带兵，杀得蒙古人人仰马翻，可知道京师中不动刀不动枪，也是烛影斧声匣剑帷灯！我们这位舅舅算得上个主角呢！”

“别说了！”隆科多突然抬起头，他的目光游移着扫了一眼那张契约，发出铁灰色黝暗的光，良久，又伏下头去，“你……你们叫我做什么？”

允禟看了一眼完全被击垮的“舅舅”，没有言声，不动声色拍了三下巴掌，两行女伶自侧门移步而入，个个风鬟露鬓浅黛低颦，一路弹筝吹箫、鼓竽挥弦，曼声歌唱：

一弯眉月映虚廊，
碧汉红墙两杳茫。
怅望美人隔秋水，
重拈艳句寄冬郎……

“眼下先行乐，什么也不要舅舅做。”允禟看了一眼允禵，“放心一条，八哥从来不肯叫人落空的——舅舅说是不是，十四弟，大将军王？”

“妙极。”允禵拊掌而笑，说道。

隆科多目光如醉，白痴似的望着这群美人，心里一片空白，连自己也不知道在想些什么。

第十五回　全大局诺敏拟腰斩　求贤能名儒入机枢

四月初二，山西亏空和科场舞弊两案审结。三法司已拟定各人罪名及应得处分，因大大小小牵连的人极多，怕引起官场震动，李卫和图里琛二人计议，暂不拜章，只把各案情节细细分类写成密折，黄匣子递进养心殿，由雍正亲自裁夺之后再颁发明诏。两个人先去朝阳门外见了允禩，允禩因忙着恩科春闱出榜的事，接见李绂和各房帘官，只站着说了几句，又道："一会儿还要和十四爷商定入选秀女名单，后晌才得腾出工夫进去请安。这些天你们每日都来回报案子，情节我都知道，并无不妥当的去处。我就不和你们一齐见皇上了，左右皇上还要召见我的——你们先进去吧。"二人只好答应着退出来，在东华门递牌子。不一时，太监就出来传旨："着李卫、图里琛养心殿面圣！"

待至养心殿垂花门外，早又有太监邢年接着。听说雍正正进早膳，二人又忙止步。邢年笑道："爷们二位都是侍卫，自己人。皇上旨意不要那么多的礼数，皇上一边进膳，一边说话。"两个人忙躬身答应："是。"随邢年进来，果见雍正在东暖阁炕上盘膝而坐，面前摆着御膳。李卫出任外官有年，雍正当了皇帝还是头一回吃饭时见面。因见雍正膳案上放着一盘烧豆筋，一盘芹菜爆里脊，一盘清蒸素丸子，一盘清炒豆芽，饭只是一碗糙米，已经吃残了。李卫一边行礼，笑道："奴才以为主子已是皇上，就是节俭，先帝爷那御膳奴才已领赐过的。皇上位居九五，君临天下，万几宸翰间作养龙体，就不讲皇家规模体统，自己万金之躯要紧的——如今外任官，别说奴才这么大的官，就是州县官，正餐也不至于这么寒碜的。"

"朕富有四海贵为天子，何物不可求？何膳不可进？由俭入奢易，由奢返俭难嘛！"雍正慢慢嚼着米饭，将剩下的豆芽菜连汤倒进碗里，命人冲了开水涮得干干净净吃了，指着那盘一筷未动的芹菜里脊肉吩咐："这菜午膳回锅热热，朕再用——不说这事了，说你们的差使吧。"

图里琛看了一眼李卫，见李卫点头，便忙着打开一份长长的奏章节略本子，他已摸准了雍正的脾胃，也不读原文，只拣着要紧的一一详奏，说了足有半顿饭光景，总算将两案审讯情形说了个大概。

雍正盘膝端坐，默默地听着，直到图里琛回奏完方轻轻叹息一声，蹬了靴子下炕来，踱着步只是低头沉思。李卫和图里琛长跪在地，目不转睛地看着雍正。许久，李卫方问道："主子，这两个案子牵连到一百八十三名官员。部议处分，诺敏、张廷璐以下十九员一律枭首示众，奴才以为国家有议亲议贵之制，诺敏是皇亲，张廷璐是恩袭子爵，这样一杀，轰动天下，似乎是重了一点……"雍正脸色很难看，双眉微蹙着，徐徐说道："王子犯法与庶民同罪。只要该杀，就是一千八百名官，朕不怜恤！只是据朕看来，科场一案尚未明白，这样结案，会有人不服，有人肚里暗笑的。"

这说的是另一码事情，直接关系到李卫和图里琛两个承审官的官箴，两个人顿时头上冒出了细细的汗珠。雍正睨了二人一眼，缓缓说道："你们不要怕，你们差使有难处，又不便说。这其中枝枝节节，朕虽不在大理寺，大约也瞒不过朕。试题，是朕亲拟，又是朕亲手封存在金柜之中，张廷璐杨名时也是临场拆看。那么——试题从何泄露？头一个偷看试题的是哪一个？宫女？太监？亲王？阿哥？"这些疑问，李卫和图里琛一受命承审就反复计议了的，也正是他们最盼雍正葫芦掩过的。不想，雍正一开口便点了出来，而且毫无遮饰回避的余地。李卫重重地在地下磕了三下头，舔了舔嘴唇嗫嚅道："奴才们的心思难逃圣鉴。但下边的事已经震惊朝野，奴才已经觉得难于措置。宫掖里的事关乎天家名声，万万是不宜抖搂的。据奴才的小见识，张廷玉称病，有引嫌回避的意味，一大半倒是为万岁方才这番话，为的远引避祸……"

"你说得很是。"雍正长长透了一口气，目视窗外款款又道，"正为图里琛是朕的心腹，你是朕一手从火坑里拉出来的，朕才讲这些个话。宫掖里的事别说你们，就是朕亲自处置，也颇觉棘手。要知道，年羹尧还在西边打仗，捐赋要靠官员们去收，军饷要靠各省督办。朝廷里有人瞪着眼盼他打个大败仗，盼朝局来个乱哄哄……所以无论如何朕不能上这个当，更不用说兄弟父子大折腾着闹家务了！但这些话朕若不说，又无人敢说，倒像是朕连这一层也瞧不透似的，朕就枉为了四十年的雍亲王了！”

原来皇帝发牢骚，只为发泄心中块垒，自诉心曲！二人不禁同时舒了一口气。图里琛叩头道：“既如此，请圣上早发谕旨，果断处置，宫中的事暧昧不明，徐图清理就是了。”

“杀人太多毕竟不是好事，”雍正吐了吐心中的积郁，气色好看了些，点头道，“为首的，像诺敏、张廷璐，罔视朝廷法纪、败坏朕的名声，说不得什么议亲议贵，诺敏一个远支外戚，算哪门子‘亲’？张廷璐一个小小子爵，也不为‘贵’。‘刑不上大夫’他们自己也要配这‘大夫’二字！见了钱，见了名利，天地君亲师一概抛了脑后，这样的混账行子，一定要显戮，一定要从重！”雍正因要稳定朝局，不能大开杀戒，但他生性挑剔刻毒，不想饶的不得已饶了，一股怨气便都冲了诺敏和张廷璐。他脸色青白，咬着细碎的白牙，阴冷地一笑，说道：“朕意，诺敏和张廷璐定为腰斩，你们以为如何？”

“腰斩”是仅次于凌迟的惨刑。按常例部议斩立决已经从重，指望着“恩出自上”，把减刑的人情做给皇帝，不承想雍正反而又加一等，这就连李卫、图里琛也面上无光。但雍正素性言出如山，绝无违拗余地，二人只好连连叩头承旨，心中都泛起一阵寒意。却听雍正又道：“朕深知，此二人素来沽名钓誉。说起来，在官场上人缘甚好，如今的混账规矩，逢这类事，亲朋好友，门生故吏免不了要给他们饯别，祭一祭刑场，收一收尸——好得很，谁想这么着，朕不阻挡。不过，你们传旨京师各衙门并顺天府，凡四品以上官，一概都去西市‘观瞻’，大家给这两个墨吏送送行！”两个人听着雍正咬牙切齿，说得杀气腾腾，又要撵了百官都去西市上看法场，都觉得太不给官员面子了。李卫叩了一下头，正想谏劝几句，雍正闪眼瞧见小太监高无庸进来，因问“有什么事？”高无庸忙赔笑回道：“方苞在西华门递牌子，请见万岁爷！”

“方灵皋来了？几时到京的？”雍正眉头舒展了一下，旋又皱了起来，“自朕以下，文武官员一概称灵皋‘先生’！先帝爷在世尚且称先生而不名的——去，先把先生安顿军机处，告诉他，待会儿朕亲自去接他。”待高无庸“诺诺”连声退出，雍正接着又道：“李卫你不要说，大约你想说什么朕也知道。杀贪官，只叫百姓看效用不大。杀官要叫官看，才晓得王法是怎么回事。看得他们筋软骨酥，心惊肉跳梦魂不安，再做事办差，黑眼珠盯着白银子时就懂得掂量，想退步留后路——告诉你们吧，见见这血，比读一百部《论语》《孟子》还管用呢！”

李卫只得叩头，说道：“万岁圣明！宰鸡就是要猴子看！请旨，其余应处决官员是否一并处刑，这样似乎震慑大些。还有山西通省官员如何处置，伏请圣裁，奴才等回去就可票拟实施。”雍正沉吟良久，说道：“你们回去再商计一下，按你们原来的想头只管票拟，呈进来朕再斟酌——就是这样，你们跪安吧！”待二人辞身退出，雍正掏出怀中金表看了看，恰是午末未初时牌，略一思忖便命更衣——换一身蓝棉纱袍，外头套了件石青江绸夹褂，将一条金镶古钱线纽带仔细束在腰间，足蹬青缎凉里皂靴，戴了顶绒草面儿线缨冠，回头吩咐邢年：“走吧。”

其时四月孟夏，天已渐热，融融艳阳带着炎气将白亮的光洒向紫禁城，已不似前些时那样温馨和煦。禁城内因关防贼盗刺客，例不栽树，晴空万里的骄阳照射在黄瓦红墙、铜龟铜鹤、炉鼎丹陛上，焕焕漾漾，一片金碧辉煌。雍正未出养心殿垂花门便后悔穿得太厚，已觉背上微汗潮润。然而他是极修边幅的人，决不肯苟且，只命人取了一把湘妃竹扇带在身边便踱了出来，却见六宫都太监李德全已迎在宫门口，便止步问道：“你不在太后宫里侍候，到这里什么事？”

“回主子话。”李德全已是须眉皆白的六旬老人，精神倒还矍铄，忙打千儿，起身赔笑道，“内务府选进的秀女共二百七十名，早起天不明就进来了，都在坤宁宫前候旨。佛爷叫奴才来瞧瞧，万岁爷几时过去？”雍正无所谓地一哂，说道：“这算什么要紧事？巴巴儿跑来奏朕！朕这还要见人办事，等一会再说吧！”李德全忙道：“奴才有几个胆子敢扰万岁爷的事？天儿已经热了，这些孩子都没吃饭，跪得晕倒好几个。内务府老赵禀了佛爷，奉懿旨来见主子的。”

雍正已经举步，听“奉懿旨”，忙又站住，想了想问道：“太后选了没有？”

“回主子话，佛爷说她身边人尽够使的，不选了。”

“各位王爷呢？朕不是说过，三爷、五爷、八爷、十爷、十三爷、十七爷府里都缺使唤人，有的入府多年，该配出去了，叫他们每人选二十名去——还有二爷，囚在咸安宫，送给他几个也是该当的。”

听了雍正这番话，李德全不禁一怔：你做皇帝的不先选，别人谁敢占先？想着，斟酌道：“奴才方才过来，十爷十三爷十四爷，还有十七爷都在里头请佛爷的安。主子既有这旨意，奴才这就传给各位王爷，请王爷们先选就是了。”他啰里啰嗦还要往下说，雍正早已一摆手去了。

方苞早已等在隆宗门内永巷西侧的军机处了。这是个五十五六岁的老年人，长着一张干黄瘪瘦的长脸，留着两绺老鼠髭须，一身洗得透白的蓝布截衫套在瘦弱的身子上，显得又宽又大，只一双小眼睛闪着贼亮的光，透出精明强干来——单凭相貌，谁也不会想到，他就是文名震天下的桐城派文坛座首领袖，著作等身的当今硕儒，布衣入上书房为“青衫宰相”，参赞康熙晚年机枢重务“称先生而不名”的方望溪！他自康熙六十年赐金还山已经两年，原已绝意仕途宦海，在南京、苏杭修了别墅，决意远离尘嚣，要长伴梅花，悠哉游哉于山水之间安度晚年的了。想不到新君登极，第一道密诏就是召他回京，重入上书房参与军国机枢重务。密诏下达，安徽、江苏、浙江三省巡抚、两江总督都赶到桐城方府，说是拜会，其实是坐地催行，弄得这个老名士欲辞不敢，欲辞不能，拖延了几个月，无奈只好登车北上，重进北京这个是非窝。方苞在熙朝因是布衣入上书房，而且主要职责是顾问机密，备皇帝咨询方略，不管部务也不见官员，因此尽管声震朝野，除了马齐张廷玉和诸王阿哥少数几个人熟识之外，大多数京官是“只闻其名，未谋其面”，因此他被太监高无庸引进军机处，在这里等候召见的一群官员也都只诧异地看他的装束，弄不明白这么一个潦倒肮脏的糟老头子怎么居然也到了这里。

方苞跷足而坐，神色自若地吃着茶，心里却折腾得厉害。他因《南山集》文字一案被捕入狱，蒙赦流落江湖，又遇到南巡的康熙皇帝，君臣际会一拍即合，竟以白衣书生身分跻身帝侧，爬到令人目眩的高位。康熙皇帝洋洋数万言的遗诏，就是由他一字一句润色出来的。第二次废黜太子胤礽，也是由他参赞谋划。允禔允礽允祉胤禛允禩允禟允䄉允祥允禵九个阿哥王爷围绕“嫡位”各展才智各辟蹊径，同室操戈刀剑齐鸣，萁豆相燃互不容情的一重重黑幕，一层层丝萝藤缠错综复杂的关系，他甚至比张廷玉还要知道得更多、更深。康熙决策这四阿哥胤禛的传位诏书，也是由他亲手封缄，藏在乾清宫“正大光明”匾额后头的。一个人，知道的秘密越多，常常意味着离死亡越近。饶是方苞想尽了法子韬晦，闭门读书不妄交一人，不妄见一官，想不到雍正一登极，头一个还是想到了自己！这个阴鸷狠辣，恩怨心极重的皇帝，是要报自己的举荐之恩呢，还是要用自己这块石头去砸允禩这干政敌呢？方苞想得头发涨，一时也难理出个头绪。隔着不远的几个官员却不理会他的心思。一个龇着黄板牙的道台喷云吐雾，说得唾沫四溅：“刘墨林是我乡举同年。我是康熙五十二年入闱中了进士，他这个才子却命运不佳，连着三场，头一场做到策论，他泄起肚子，说‘功名事小，性命事大’，擅自逃出考场。二场文章、诗、策论都做得花团锦簇似的，偏生交卷头一夜弄翻了油灯，把卷子污得包油条纸似的，只好名落孙山；第三场鼓足了劲，要夺头三名，临进场接了家书，老爷子病故！得，报了忧吧，一晃又三年。这次我见他又来了，问他闱卷可得意？他倒洒脱，手一摊说：又完了！旁人策论里都写‘元首明，股肱’的马屁——你瞧瞧万岁爷的这个‘股肱’们，有的是哼哈二将，有的是神荼郁垒，有的是天主刑切……活似七十二洞妖精，你不入他这一洞，他肯收留你？”黄板牙说着哈哈一笑，又叹了一口气道：“可惜了的，刘墨林一个活东方朔，生不逢时，竟成了个秋风钝秀才！”

“维钧，”旁边一个三十岁上下的年轻官员插话道，“功名有定数，这作不得准的，万岁爷如今要破除门户朋党，刘墨林这一篇纯以君恩为重，说不定正对了圣意呢！”方苞在旁低头一想，才忆起来这个“维钧”姓李，原做过湖广按察使，最是风骨刚烈的，只没想到如此健谈，这样其貌不扬。正寻思间，李维钧冷笑一声道：“胡期恒，你是真呆还是卖呆？房官不荐，连主考都不得见卷子，万岁爷打哪儿知道刘墨林？说点高兴的吧！昨个我约了刘墨林、尹继善一同游了西山，回来在鹿园茶肆，你们猜遇到谁了？”

他洋洋自得地甩了一下辫子，“名妓苏舜卿！”众人听了都是一怔。苏舜卿是京师八大名妓里的头号神女，只卖艺不卖身，琴棋书画四手绝活，等闲王府堂会也不肯轻赴，与这三个人邂逅相逢，也算难得了。胡期恒咽了一口唾沫笑道：“简亲王府堂会，我见过这妞儿，实在色艺双绝——你们好有艳福！”“有个屁！”李维钧笑啐一口道，“倒是听她唱了几个曲儿。刘墨林醉醺醺地入了邪，问：‘你知道我们今日来意否？’说着丢过一锭大银子。那妞儿银子也受了，蹲三个万福说：‘三位相公今日来意，不过觅“森”字树旁，坐“磊”字石畔，望友人相伴，骑“骉”字马以徜徉；下船之后，也不过泛舟于“淼”字潭前。今者趁“晶”字良辰，结众而来，只好饮些“品”字茶，“畾”字酒——若要作“姦”字想，断断不能！’——你听听她这篇文章！”

众人不禁哄堂，有笑的，有骂的，有赞的，有打趣的，把个堂皇朝廷枢要之地，翻做歌楼酒肆一般。正乱着，外头一声喊：“圣驾到！”众人兀自愣怔，雍正皇帝手握折扇已跨步入室，一阵桌椅乱响，唬得众人一齐起身，竟忘了行礼。方苞方款款起身，弹弹袍角从容跪下，行大礼参拜：“臣方苞奉旨觐见龙颜，叩皇上万岁金安！”

“先生请起。”雍正庄重地站着受礼毕，躬身双手搀起方苞，含笑说道，“暌隔二年有余了罢？着实惦记着你呢！你今年是五十六岁了吧？身子骨满结实，气色也好，朕很羡你啊！”李维钧一干人这才知道，这个其貌不扬的干老头子居然是方苞，此时醒过神来，也都忙向雍正行礼。雍正环视众人一眼，已是敛了笑容：“这里是军机处，顾名思义，是处置军国机务的枢要重地。你们在此谈笑喧哗已经不敬，还说什么粉头妓女，成什么体统？——谁让你们到这里来的？”

众人听了不禁面面相觑，因这里头李维钧官最大，便叩头道：“臣等是奉了吏部的委札，赴任前陛辞的。不知这里军机处的规矩，想不过是几间空房，因暂进来歇息笑谈，求万岁恕罪！”雍正这才打量了一下自己设的这个“军机处”，空荡荡的几间矮房，除了几张桌椅别无长物，连个存档的柜子都没有，房外也没有关防，过往的官员一伸头就能从窗外看见屋里情景。他不易觉察地皱了皱眉头，冷冷说道：“朕没有说你们军机处的不是。宋代亡于文恬武嬉，殷鉴不远。你叫李维钧吧？读饱了书的翰林，不知道这个？官要像个官的样子，不能言不及义，朕下旨命天下官员不得观剧，就是这个意思。你们倒在这里大讲青楼红粉，嫖娼取彩的话头都说到这个地方儿了，这成什么话？你们不是说要‘陛辞’么？好，这就算辞了。回去好生想想朕这些话，写一封自劾折子奏进来朕看——去吧！”待众人捏着一把汗却步退出，雍正叫过高无庸道：“你传旨内务府，在这门口树一块铁牌子，无论王公大臣，贵胄勋戚，不奉旨不得窥望、入内。还有，从乾清门侍卫里调出一拨人专门守护这里，再传旨吏部，遴选六名四品官员为军机章京，昼夜在这里当值承旨！”

雍正说一句，高无庸答应一声，诺诺连声退下去，雍正方转脸笑谓方苞：“原想在这里和先生叙阔，没想到如此寒俭，还到养心殿去吧——邢年，你去传膳，叫厨子们用心巴结——回头再去禀太后一声，朕陪过方先生就过去请安。方先生，乘朕的銮舆一同去吧！”方苞此刻愈宠愈惊，哪里肯和皇帝同舆而行？忙赔笑道：“臣乃是白丁布衣，岂敢亵万乘之君？这是万万不敢当的。臣随銮步行就是，没的折了臣的阳寿？”

雍正哈哈大笑道：“先生是儒学大宗，孔门弟子，还信这些个？也好，朕与先生安步当车一同进去！”

“是，臣当得陪侍圣驾……”

方苞咽了一口唾沫，无可奈何地说道。他本来不想在这紫禁城显山露水出风头，想不到雍正这番措置，弄得更加显眼。雍正的秉性又难以违拗，只好横了心跟着雍正从容出来。此刻，天街上等候召见和进上书房回事的官员足有上百，听说皇帝礼贤下士，亲自来迎方苞，谁不要一睹风采？眼见雍正方苞联袂而行，边走边谈，都齐刷刷跪了一片，恭送他们君臣入内不提。

第十六回　吏情堪嗟公忠难能　纤纤弱女面斥帝君

雍正带着方苞进了养心殿，便自升炕盘膝而坐，命人搬了绣龙磁墩在炕前，请方苞坐了。方苞见他如此礼仪隆重相待，越发跼蹐不安，逊谢良久，才斜签着身子坐在侧面，闪着两只贼亮的小眼睛打量雍正。他深知雍正脾性，不用问，雍正自己就会开口的。

“灵皋先生，”果然，过了一会，雍正开口说道，“你知道朕为什么一登极就召你进来？”

“臣不知道。”

“你知道。”雍正黑瞋瞋的瞳仁逼视着方苞，缓缓说道，“如果你不知道，就不至于拖延着不肯启程了。”方苞目光一跳，躬身刚要答话，雍正摆手止住了，又道：“其中缘故，目下只能心照不宣，所以朕不怪罪你，也不要你谢罪。朕想说的头一条，先帝爷怎么待你，朕也会怎么待。你不要心里存个‘伴君如伴虎’的念头，那就失了朕的望了！”

方苞仿佛被电击了，浑身震颤了一下，离席跪了下去，叩头说道：“臣焉能？臣焉敢？方苞囚狱待死之人，先帝简拔在侧不次重用，言必听，计必从，恩遇古今无对——士大夫答君恩当以身许国，岂敢以利害祸福避趋之！况万岁在藩邸龙潜之时，臣已深知宽典仁厚、善恶泾渭，感佩服膺铭于心中。臣何人，身受两世国恩，敢以非礼之心事君？！”

“方先生起来。”雍正淡淡一笑，说道，“朕要的就是这个心，这个话！朕召你进京，为的是借你才力，佐朕成功，朕为一代令主，你为千古名儒——并不为酬你的功，你可明白？”方苞惊愕地望了望雍正，又低下了头，说道：“圣上请明训，臣并无尺寸之功于圣上！”雍正一笑，说道：“这也心照了，但不能不宣。当初先帝立传位遗诏，征询意见，在朕与十四弟之间犹疑不决，先生你是怎么说的？”说罢含笑不语。

方苞一下子愣怔了，他怎么也弄不明白，他和康熙两个人的对话，法不传六耳的机密，怎会传入雍正耳中！雍正见这个学贯古今的硕儒被自己摆弄得如此惶恐，满意地微笑了一下，从案头匣子里取出一本黄绫面册子，翻到一页展开，看了看，一边递过来，口中笑道："先帝爷天资聪明，精细之处人所难及啊！你看看，这是老人家的御笔札记！"方苞抖着手接过来，不知怎的，他的心扑扑直跳，目光也有点迟钝，定住神看时，果见册子三百又八页上几行字写着：

> 今日征问方苞："诸子皆佳，出类拔萃者似为四阿哥与十四阿哥。然天下惟有一主，谁可当者？"方苞答奏："唯有一法为皇上决疑！"问："何法？"答曰："观圣孙！佳子佳孙，可保大清三代昌盛！"朕拊掌称善："大哉斯言！"六十年正月谷旦记。

字迹一笔一画俱都十分认真，却略显歪斜，显然是重病中的康熙勉力记载的。方苞看着这熟悉的字迹，想起当年康熙对自己推食解衣，同窗剪烛论文，共室密议朝政种种恩意情分，心里忽地涌上一种似血似气、又酸又热的苦涩。他的喉头哽了一下，两行老泪夺眶而出。

"为君难呐！"雍正挪身下炕，脚步橐橐地踱着，似乎不胜感慨，倏然间回身说道，"你虽没有明说，先帝爷已经明白，朕有先帝爷一个'好圣孙'——说直了，就是如今的'四爷'宝亲王弘历！方先生，你已经把朕推到火炉上烤，又想把朕的儿子也推上火炉！以私而言，朕满心想做个逍遥王爷，不愿做这天下第一苦事，朕心甚是不满于你。以公而言，你为大清奠定三代鸿基，功在社稷，朕又感激于你。于私于公，朕都要你负责始终，你要好生思忖！"方苞一边听一边想，雍正的话有真有假——其实公私两边，雍正都是梦寐求之想当皇帝的——但他如今要撇清，也是题中应有之义。思量再三，方苞起身肃立，说道："皇上如此推诚相见，臣虽驽钝之材，敢不尽心竭力以效绵薄？但臣已年近耳顺，黄花昨日已去，夕阳昏月将至，恐怕误了皇上孜孜求治之心啊——记得圣上藩邸颇多人才，何不简拔帝侧，帮着上书房办些差使？"

这说的是邬思道，雍正心里雪亮。但他以为，邬思道在协助自己夺嫡登位时，已是累得心力交瘁的人；再者，邬思道名声不显，又是藩府旧人，骤然大用必定引起臣下腹诽；也觉此人掌握自己“机密”实在太多，不杀他已是宽典厚恩，用上来反而更加掣肘……但这些理由没有一条能拿到桌面上来的，雍正只好顾左右而言他，说道：“藩邸的人用得太多不好，已经不少了。年羹尧是大将军，李卫也做到布政使，戴铎也当了福建按察使……天下为公，朕一味选身边人出将入相，后世人怎么看朕？有些人，比如邬思道，身子骨儿不行，用得小了屈才，用得大了有碍物议。朕有朕的难处，方先生要体谅朕心。”因见太监们抬着御膳桌进来，便笑道：“我们边用膳边谈吧！”

这桌御膳因奉特旨制作，比起雍正素常用餐丰盛得多。方苞坐了雍正侧旁看时，又宽又长的填漆花膳桌中间摆着红白鸭子炖杂烩火锅，咕嘟嘟沸着腾起热气，鲜香扑鼻，四周攒着四砂锅热菜：炒鸡炒肉炖酸菜、燕窝鸡糕酒炖鸭、烧狍肉和鹿筋锅烧鸭子，绕桌边摆放着火腿咸肉、羊耳西点、野鸡爪……并饽饽点心及一应细巧宫点，品类固然比不上大筵，却也琳琅满目色味诱人。雍正用筷子点着菜笑道：“方先生请用！不要拘束嘛！说起来，咱们君臣也难得一处进膳。请随便用。”方苞忙起身答应了，拿捏着坐了小心用餐。他尽自从前在康熙身边恩宠无比，但历来赐筵都是单独一席，从没有和皇帝挨身坐着的，何况是今日新君，昔日那位说变脸就变脸的‘冷面王’！雍正素来节食，且嫌那菜油荤，因见方苞用不畅快，略吃了几口清淡的便起身要漱口茶。方苞忙要起身谢恩时，雍正一笑说道：“别哄朕，先帝爷说过，‘方苞体不宽而心宽’，是放开肚皮吃饭，立定脚跟做人的人。这些膳不合朕的胃口，你能吃就多吃些，没的糟蹋了也是暴殄天物。朕到暖阁里看折子，你吃饱了过来说话。”说罢踱了去。

他一去，方苞如释重负，匆匆扒了个多半饱便过来谢恩。雍正一手端着奶子杯，一手握管疾书，头也不抬“嗯”了一声，略一顿接着又写了几行，揉着发酸的右手笑道：“坐，坐么！”方苞含笑谢座，正要开口说话，便见邢年进来，躬身说道：“马齐、隆科多，还有李卫、田文镜已经进来，主子见不见？”雍正敛了笑容，吩咐把炕桌撤掉，淡淡说道：“叫进吧，方先生只管坐着。”

一时四人鱼贯而入，齐排儿在东暖阁炕前跪下行礼。马齐和方苞是老朋友了，见方苞坐在帝侧，不便寒暄，只目光一扫点头会意，算是打了招呼，其余三人只看了方苞一眼便转脸静听雍正发话。

“都起来吧，马齐和舅舅赐座！”雍正心绪似乎变得很好，从容下炕舒展了一下身子，笑对李卫道：“还缺一个孙嘉淦、杨名时，他们来了没有？”邢年忙道：“都在垂花门外头跪着呢！主子要见，奴才这就传他们进来。”见雍正点头无话，邢年便退了出去。早见二人一前一后跨进大殿趋跄行礼。

方苞在邸报上早已知道三大案的事，见传孙、杨二人，便知雍正要结案，自己处在这种地位，自然是要拾遗补阙的，但雍正事前并无商量，到时候该怎么说话呢？正自胡思乱想，雍正笑道：“好嘛！三路诸侯都进了养心殿，今日算是个小孟津会了！李卫，你是掌总的，你先说说。”

“喳！”

李卫答应一声，从靴页子里抽出一份折子展开了。他不甚识字，上头有的地方画个人，有的地方画个瓜，曲曲连连地勾着几根藤，显得杂乱无章。但他记性极好，就这么一张鬼画符似的折子，用眼瞄着，嘴说手比，讲了少半个时辰，把诺敏亏空案和科场案说得一丝不爽。雍正听着，一句话也不插，低着头只是踱步，直到李卫说完，方皱眉问道：“完了？”

“是，完了！”

“诺敏是什么处分？”

“回万岁话，腰斩！”

“张廷璐呢？”

“遵万岁旨意，奴才和图里琛合议了一下，定为凌迟！”

雍正仰着脸半晌没吱声，回身盯着方苞问道：“先生，你看呢？”

“臣以为都定得重了。”方苞拿定了主意，欠身答道，“诺敏一案，显而易见是山西通省官员勾连作弊，诺敏身为主官，欺蒙君上袒护属下是有的。现既然不追究下属官员，诺敏量刑似应稍稍从轻。既为山西官员，也为朝廷少存体面，臣以为赐自尽为宜。张廷璐一案，臣以为并未审明。朝廷为整饬吏治杀一儆百，从速处置，这个想法是好的。然而纳贿并非十恶大罪，与谋逆犯上究是有别，定为凌迟，给子孙开了这个例，真要有称兵造反的，又该如何加刑？所以至多定为腰斩也就够了。”

方苞话不多，却有画龙点睛的功效。“少存体面”明指雍正刚刚表彰过诺敏“天下第一抚臣”，不能让皇帝太下不了台；张廷璐一案更是背景重重，说这个“并未审明”也真是一矢中的。李卫心里雪亮，雍正心中也有数，见他开口便曲画明晰，不禁暗自服气。隆科多听着谋逆造反这些词，竟像是专为自己而设，不禁心头突突乱跳。马齐也约略知道两案“戏中有戏”，他迭经坎坷的人了，便不肯轻易开口。只孙嘉淦叩了个头，梗着脖子道：“万岁，方先生的书臣自幼读过的了，‘想见其人’定是个伟丈夫，今日一见大失所望！案子既然‘并未审明’，就该查个水落石出，然后分等次依律办理，怎么葫芦未提就结案杀人？”方苞凝视着孙嘉淦，半晌方笑道：“后生小子，情、法、理有经有权，有轻有重，有缓有急。天地之大，道藏之深，岂能用一把尺子来量？圣上取你的钱法，又贬你的官职，你为什么不寻思一下其中道理？”

“诺敏和张廷璐都是朕素日亲近的大臣。”雍正见孙嘉淦瞪着金鱼眼还要反驳，生恐他问出更难回答的，便摆手制止了他，叹道，“先帝晚年常讲清水池塘不养鱼，要和光同尘。朕那时也不明其理，如今处身其间，才真的体味了。老实说，佛心无处不慈悲，日头底下，朕连别人的头影都避开不踩，怎么会轻易杀人？天下事到今日地步，不开杀戒不行了，杀戒开得过大，像这样的巨案，二三百人头落地，后世视朕为何主？孙嘉淦，天给你一颗人心，按这颗心好生思忖去！”雍正不动声色款款说完，又踱向田文镜，半晌方笑道：“老相识了！记得当年你进京应试，黑风黄水店邂逅相逢的往事么？”

田文镜憋足了劲，想痛陈山西吏治，扳倒山西通省官员，出出胸中恶气，料想雍正必定垂询自己意见的，谁知雍正却说起当年在高家堰何李镇同住贼店的往事，不禁一怔。这件事当时雍正有话，“永不外泄”。因而田文镜和同住一店遇雍正的李绂多年来守口如瓶，连方苞张廷玉这样的人也都一字不晓，怎么忽拉巴儿提起这件事来？田文镜思量半晌不得要领，忙叩头道：“臣焉敢须臾忘怀？万岁爷龙潜藩邸即于臣有生死骨肉之深恩！若非托皇上洪福，二十年前臣已化为灰烬了！但臣谨记万岁当年钧谕，深藏于心，徐图答报，未敢在人前卖弄。”

“君臣际遇难啊！”雍正也似乎无限感慨，“唯其难，所以不敢轻言际遇。朕当年并未料到有今日，也并不指望你和李绂报朕这个恩。君子爱人以德，朕用人行政出于公心，不指望这些小巧小智笼络人。但朕今日旧话重提，实实看你是个有良心的，晓得忘身报恩不计利害，只这一条，你照着做下去，你就受用不尽!”

李绂是雍正亲自点名授了顺天府大主考的，田文镜则是雍正一登极就派赴年羹尧军中宣旨的。这两个人，李绂是正牌子科甲出身，田文镜则是纳捐除授的杂佐官，两案中不动声色都成了名震朝野的人物，原来与雍正有这么深的背景！殿中人不禁面面相觑暗自吃惊。田文镜却叩头辞谢道：“臣身受两朝国恩，并不为黑风黄水店一事报效君上。在熙朝，臣唯知忠爱先帝；在当今，臣则唯知忠爱圣上。士大夫不以物喜不以己悲，唯此耿耿一心而已，忘身报恩一语，臣不敢当。”方苞听着，此人语中多少有点投人所好，历成练达却也无懈可击，不禁点头微笑，插言道：“公、忠、能三者兼备，难得这个田文镜!”

“确乎如此!”雍正被这两个人连连搔着痒处，高兴得脸上放光，“不枉了朕一片苦心！想世上有多少事多少人，凭朕一人一心用格物致知功夫，终难体察完备。诺敏是朕亲信大臣，在山西在京城都是要风有风，要雨有雨的人物，你田文镜孤身入境，周遭皆敌，偏能从不能入手处入手，不能进步处进步，昭揭情弊大白天下，这番捏沙成团手段，称个‘能’字当之无愧！方先生概括得好，公、忠、能三字，可为任用天下官员的三字真诀!”马齐顺着雍正的话意笑道：“圣上这话极是！大凡一个人受了朝廷厚恩，多少有点天良，都能讲究体贴圣心，公与忠并不难得，难就难在既公且忠又能，三者兼备，天下百废待举，这样的能员越多越不嫌多!”雍正点头叹道：“是嘛！像李卫，多少事不请旨说做就做了，因为他是成全自己，真的想为朝廷百姓效力，朕为什么不肯成全他？成全了他也就成全了朕自己嘛！孙嘉淦，你知道么？朕为什么不立即提拔你，先挫辱你才升你的官？就为朕看你这人身带科甲习气，心里存了个‘名’字，一有这个，未免就不能全公全忠全能了!”

孙嘉淦却不甚服气，一边叩头称是，又道：“盼万岁指示详明!”雍正盯了他足有移时，见他毫无怯色，“扑哧”一笑说道：“那日赶你出养心殿，你想在乾清门自尽，有的没的？”

“……有的!”

“儿子受父母责罚，于是便自杀，陷父母于不慈，算是尽人子之道？”

“不是。”

“臣子受君上窘辱，于是便轻生，陷君上于不仁，算是尽臣子之道么？”

“不是。”

“当此之时，一心要做尸谏忠臣，名标千古，竹帛荣身——那么，养心殿里坐着的朕呢？天下后世将观朕何等面目？”

话说到这份上，真有醍醐灌顶之效，孙嘉淦红着脸咽了一口唾沫，深深伏下头去，说道：“臣已知过了！”雍正得意大笑道：“不要这样！朕自己就是个孤臣出身的，不喜欢脓包势，但也不要匹夫之勇之辈！朕为帝，现就要公、忠、能！”

“是！”众人一齐伏身叩头，“臣等凛遵圣命！”

雍正还要说下去，却听殿角大自鸣钟沙沙一阵响，接连撞了十二下，已是午正时牌，猛地想起还要进去给太后请安，选的秀女也要过过目，因余兴未尽地笑道：“今儿个就这样吧。方先生且不要回去，他们把恩科贡士的墨卷已经誊清送进来了，你把一二甲的卷子选出三十份，朕回头再看。贵州巡抚出缺，吏部送了票拟，朕意杨名时就好，其余的人等吏部议过再叙。杨名时，你觉得这差使如何？”

杨名时今日心事很重，一直没有说话，早几天，吏部同年已经悄悄告诉了遴选自己为黔抚的信息。贵州有名的穷地方，“天无三日晴，地无三尺平，人无三分银”，苗瑶杂居，土司割据，称霸一方，历来朝廷头疼，号称“第一难治”。自己这么年轻，上头又压着云贵总督蔡珽，蔡珽又最爱干预地方民政，这个官十分难做。他一直转着心思该怎么委婉辞掉这差使，不想雍正先说了出来，忙叩头道：“臣不愿往！”

“唔？”雍正似乎不相信自己的耳朵，原本要走的，又站定了，已是沉下了脸，“朕没听清，你再奏一遍！”

所有的人都把目光射向杨名时，方苞也是大吃一惊，脸色苍白，一时寻不出话来调停这件事，但听杨名时略一顿，便重复说道：“臣不愿往！”

“咹！？为什么？”

“贵州巡抚一职非臣所能！”杨名时连连顿首，“臣宁可仍回湖广任藩台，不愿升迁！”

雍正脸颊上肌肉抽搐一下，他倒不急于走了，要一杯热茶抄在手中，呷一口，狞笑道："湖广也未必就是好地方。上有天堂，下有苏杭，朕委你杭州布政使，你去么？"杨名时抬起头来盯着雍正说道："万岁误解了臣的意思。自康熙五十九年到如今，不到四年，巡抚已换了七任，除了一个丁忧的，难道人人皆不称职？上头坐了一个蔡上将，是国家柱石，臣招惹不起。去年参革回京，毫无建树，恐违了圣上委臣去黔抚绥地方的初衷。国家封疆大吏如此频繁更换，亦形同儿戏。万岁疑臣挑肥拣瘦，臣宁可往乌里雅苏台军前效力，誓不皱眉！"杨名时毫不示弱，侃侃而言掷地有声，又句句都是实言，所有的人无不动容，方苞心里一块石头也落了地。

"蔡珽这个人刚愎自用不能容人，确是他的短处。"雍正怔了良久，心里已是雪亮，"但他能带兵，那个地方没有他这样的老将镇着，也是要出事的——你既这么说，先去吧，不是连续了七任巡抚么？你这个第八任，朕与你约定，七年之内，朕不调你的巡抚，如何？"杨名时略一思忖，叩头道："臣勉力为之，但臣还要请旨！"雍正一笑，说道："哦？你还要怎样？"

杨名时从容说道："臣为巡抚，自不干预蔡珽军务，请万岁下旨蔡珽，不得动辄以苗瑶民变为由出兵征剿。臣与蔡珽，井水不犯河水，这个巡抚就好当了。"

"派你个差使，你就和朕打这么大个擂台！"雍正大笑，把茶杯放在案上，踱至杨名时面前，一句一顿说："好！冲你这份勇气，朕答应你。但朕也与你有约，自明年春起，朝廷不再拨你贵州一两银饷，一斤粮食，贵州钱粮自足自筹，如何？你敢应么？"

"臣有何不敢？"杨名时亢声答道。

雍正皇帝命诸人跪安，径乘明黄亮轿至慈宁宫而来。他的心头仍旧不轻松，年羹尧出兵青海，至今一仗未打，仅是行军，已经耗银四百万两，全靠着清查亏空去填这无底洞。主持清查的允禩，面儿上轰轰烈烈，却并不出实力。允祥上月下了札子，令已被革取查封的官员所在省份速将亏欠库银解往北京入库，但接密奏折子，原湖广布政使张圣弼、粮储道许大完、湖安按察使张世安、广西按察使李继谟、直隶巡道宋师曾、江苏巡抚吴存礼、布政使李世仁、江安粮道李玉堂……一大批官员亏欠银总计四百五十余万两，竟然经允禩大笔一挥，由雍正元年秋赋火耗中冲销！纳罕的是，允禩居丧期间小心得怕树叶砸头，明知自己断不能容此事，何以忽然这样大胆？更奇的是，南赣总兵黄起宪、四川按察使刘世奇、鸿胪寺少卿葛继孔都是已经抄过家的，精穷的闲置官，居然有钱纳还国库十七万两欠银，由吏部循例题本起复原官——这都是出了名的八爷党，远在万里之外的年羹尧，军事旁午羽书四出，匆忙中还写密折保奏这三个人！雍正闭目坐在亮轿上，竭力想把这些乱如牛毛的政事联想到一处，仍旧是百思不得其解，正沉吟间，听见前面一阵吵嚷，夹着内务府官员的呵斥声，拖拉推打声，乱成一片，一个女子尖亮着嗓子大叫：

“皇上？皇上怎么着？你们不要这么拉拉扯扯的——我就是要见皇上，有问着他的话！”

雍正心中一动：竟有这么泼辣放肆的女人！见我什么事？倾轿下来，见已到慈宁宫门口，便问：“这是太后老佛爷宴息之地，谁在大呼小叫？”这里跪着的二百多秀女见御驾到了，个个惊得脸色苍白，齐刷刷伏地磕头。内务府的几十个衙役退至两旁，只堂官急得一头热汗，断喝一声：“这个贱蹄子死不识抬举！万岁爷来了还站得拴驴橛子似的！把她按着跪下！”几个衙役忙答应一声扑了过去。雍正把手一摆，说道：“叫她过来，不要这个样子嘛！”众人只好诺诺连声退下。雍正看那女子时，不过十四五岁年纪，穿一身玫瑰紫宫装旗袍、梅花绣边葱绿撒花裤，脚下蹬了一双“花盆底”，星眸柳眉，圆胖脸满面怒气，却还带着几分稚气娇憨，这姑娘方才与几个太监衙役厮打过一阵，已是鬓乱钗横，上衣纽子也扯掉了一个，一只手掩了领口，直盯着雍正，却不肯跪下。雍正抬了一下下颏皱眉问道：“这是谁家的孩子？”

“回万岁的话，是正蓝旗牛录福阿广家的。”内务府堂官钱经急闪出来禀道，“已经派人叫她父亲去了——都是奴才办事不谨，求万岁……”

“不说这些，你退下。”雍正远远见允祥过来，略一点头，问那女孩子：“你叫什么名字？”

“福阿广·明秀！”

“唔，明秀。家里几口人？你排行第几？”

“五口。爷爷、奶奶、父亲、娘还有我。”

“父亲有差使么?”

“没有。”

雍正沉思了一下，又问:“你在禁苑喧哗，又提及朕，你见朕什么事?这样放肆，是什么规矩?”明秀掠了一下鬓发，毫无怯色地看一眼雍正，说道:“我想问问万岁爷，您知不知道饿肚子的滋味?”见雍正不解地望着自己，明秀指着那群秀女道:“我们家虽穷，哪个不是父母生养的?如今是新朝，万岁您左一道圣旨‘刷新吏治’，右一道诏谕‘与民休息’，我们都信万岁的，可万岁登极才几个月就忙着选秀女，充后宫!山东闹灾荒，山西亏钱粮，西大通还在用兵，我想请问，万岁干嘛这个时候忙着招女人选美人?”雍正紧咬着牙，下死眼盯了明秀一眼，突然间，脸色变得有些阴郁，不紧不慢说道:“内廷这多宫眷，总要有人照料!”不料话音刚落，明秀立刻顶了回来，“朝廷制度也是朝廷定的，方才我就见了几个宫女，头发都白了!选进来的宫女，有几个有福分做后做妃?万岁只图后宫眷属有人照料，我的爷爷、奶奶、娘老子交给谁去?”

“放肆!”

允祥突然断喝一声。他是管着内务府的，刚刚送走了允禩一干人带着各自选的秀女离去，这边就出了这么大的娄子，不由又惊又怒，厉声斥道:“没调教的野丫头!没看这是什么地方，贱人在对谁说话?”

“你不是十三爷么?”明秀瞟了一眼允祥，啐道，“人都说十三爷是英雄，我看未必!没见识没度量，顺着皇上巴结头儿，太没意思!”

允祥从没受过人这般奚落，腾地脸红到耳根，想说什么，嚅动了一下嘴唇没说出来。雍正偏过头问钱经:“她父亲来了没有?”福阿广早已被带进来，他已被女儿吓得呆若木鸡，浑身木了半边，原站在旁边傻子一样呆看，乍听雍正问自己，犹如五雷轰顶，脸色灰白连滚带爬地出来，捣蒜般磕头，语不成声地道:“奴奴奴……奴才福阿广……”

“你这么块料，竟养出这么个女儿!”雍正又看一眼明秀，眼中满是赞赏神气，“好!有骨气、有身份、有见识!朕就喜爱这样儿的!可惜朕大臣里没几个这样的，称得上女中巾帼!”

谁也没料到雍正会说出这番话来，都惊讶得张大了口，连那群秀女也把目光都扫向雍正。明秀也吃了一惊，呆呆看着雍正，目光已变得柔和。

福阿广低声道："还不赶紧跪下谢恩？"明秀这才跪了下来。雍正低头喟叹一声，说道："允祥，方才各位王爷带走了多少秀女？"允祥躬身答应道："亲王各带十六名，郡王十名，贝勒贝子各八名，是臣拨发的，没叫他们亲选。"雍正点头道："这是朕有失检点处。宫女久幽禁中有伤天地太和之气，明秀责的是。叫邢年传旨各王府，还有这里的，全数放回各家。今年不选了。"邢年忙答道："是！"

"内务府查一查，"雍正又柔声说道，"在宫中服侍十年以上的，年过二十五岁的，一概放出宫去。除太后之外，各宫分等缩减使唤宫女！"

"万岁！"

几百名秀女泪流满面，齐叩下头去，已是一片呜咽声。

"明秀，跟你父亲回去吧。"雍正似乎也被自己的善行感动，声音变得有点喑哑，"你这一谏，功德无量！朕不是好色之人，虽然你有些错怪了朕，举其大而不究其细，朕不计较你。回去好好孝敬老人，待你破瓜年纪，朕亲为你择一佳婿！"

雍正说完，回身向允祥微微一笑道："大英雄今儿栽了筋斗啊！走，随朕去给太后请安！"

第十七回　众门生设酒送房师　失意人得趣羁旅店

因科场舞弊案发，皇榜展期拖延到四月二十七日，内廷才传出旨意，“明日在天安门张榜”。本来科举选士为朝廷头等大事，不但天下读书人切心关注，就是京都小民，山野樵夫，哪个不盼着瞻仰状元、榜眼和探花的“三元风采”？偏生是接着又有旨，“内阁大学士张廷璐为雍朝恩科顺天主考，不思君恩国法，通同墨吏收受贿赂，败坏国家抡才大典，即处腰斩，示警天下，即于张榜之日处刑，着京师各衙门主官率各有司僚属观刑”！这一声“钦此”，犹如万斤巨石投入湖中，波涛涟漪惊心动魄，当晚京师便满城风雨。顺天府新任主考李绂选过贡生，又至中和殿参与廷试下来，便接到吏部传谕，湖广巡抚丁忧出缺，谋夺情不许，即行开革，着李绂署湖广巡抚印。李绂接旨，按捺着兴奋的心情，与新任贵州巡抚杨名时同进养心殿晋见雍正。雍正似乎心中有事，这次接见没有多的话，只叫“到任勤写折子奏朕，不要怕麻烦，不要怕琐碎，不要怕得罪人”，吩咐了几句便叫下来。出西华门，又有几位同年扯住要他请客，直闹到天黑才回府中。

李绂书香门第，父辈上已破落下来，家境并不阔绰，本自清高得人不能近，礼部员外郎这类清职一年也只一百四十两俸银，在薪桂米珠的北京城过得甚是拮据。一套二进四合院坐落在烂面胡同西北，斑驳陆离，已是百年老屋，平素来客极少，又地处偏僻，看去极不起眼。但今晚这里却热闹非凡。李绂坐的是四人抬官轿，因天热，去了帷子，远远便见自己宅中灯烛煌煌人影憧憧，心下不免诧异，一下轿便问迎上来的长随李森：“这是怎么了？都来了些什么人？”

“中丞爷回来了！”李森见李绂回来，满面堆下笑来，亮着嗓子报了一声李绂的巡抚官号给院里人听，自己来打千儿道：“里头都是老爷新取的门生，今儿见邸报，老爷荣升中丞，哪个不要来贺？来了几拨子，奴才都打发去了，这几个卷子是老爷亲自选的，说什么也要等着老爷回来……”他话未说完，一干子贡生已齐涌出来，足有十多个，都戴着三枝九叶镂花金座顶子，一色的贡生服色，见了李绂不由分说纳头便拜，请安的，问好的，道喜的，“中丞”“抚军”“部院”“抚宪”，一片聒噪声。

李绂心里暗笑，口中却道：“这是怎么说！榜还没有下，你们就来拜座师，再说兄弟只是代署巡抚，也不敢僭越受礼，快起来，进屋说话！”于是众人一齐起身，毕恭毕敬跟在李绂身后进了后院北屋中堂。众人看时，屋顶连承尘都没有，草檐苇苫已经破朽，中间一张八仙桌，几张条凳一张椅子，靠墙角放了一架书。书多架破，力不胜重地支撑着，似乎一碰就要倒下。桌上放着瓦砚笔墨并一套茶具，只一令宋纸质色地道，几锭徽墨齐整摆在卷案上，是这房中最贵重的物件，上头却盖着黄绫袱子，一望可知是皇帝所赐。众人见李绂如此寒素，都不禁肃然起敬，告了座，竟一时寻不出话来。李绂就着灯影看时，果都是自己亲选的贡生。除了尹继善、王文韶、曹文治几个部院大臣子弟，多一半都不认识。因一边让茶，笑道：“我记得还有一个叫刘墨林的，玄字号那位叫林浩然的不是，我共选了十二名，他两个没来？”坐右边的曹文治见李绂看自己，忙笑道：“林浩然老家来了人，方才说了，改日再来拜见老师。刘墨林嘛……今儿说正阳门关帝庙来了个博弈国手叫梦觉和尚，在那里和京师名手对弈。刘墨林是个棋迷，观战去了。”李绂一笑道：“我幼年也爱下几手围棋，终究也没成器。王爷里头十三爷一手好棋。不过博弈一是要有闲，二是要有钱。二者哪能兼得？我又忙又穷，这些事是再不敢想的了。”

“老师果真清寒。”尹继善世家子弟出身，潇洒大方，摇着一把素纸扇子不疾不徐说道：“其实京官取一点冰炭敬，同乡印结费，都是常事。朝廷待士有养廉之道，像老师崖岸如此高峻的，也就为数不多。”曹文治是个爱说笑的，在家当少爷时常见李绂到府会见父亲，两人并无形迹，如今是师生，也只好立起规矩来。因接着尹继善的话笑道：“不过今日既为师生，何妨改弦更张？学生我倒给老师带了一份礼呢！”

话未说完，便听院里一个人接口道：“老师这府第好难寻！进这烂面胡同犹如进了武侯八阵图，入具茨之山七圣皆迷，今儿难为学生我也！”众人便知是刘墨林到了，曹文治笑道：“琉璃蛋儿来了！今儿到哪里混饭吃去了，哪里寻你不见！约好了来拜老师的嘛——你来迟了，好酒好菜已经吃光，筵宴都撤了，你也有赶背集的时辰！”李绂平素不苟言笑，但今晚实在欢喜，见门生们都来见，更高兴得无可无不可，含笑坐着受了刘墨林的礼，说道：“坐着吧，别信曹世兄的话。我是个穷京官，一世也没想过发财，清茶一杯招呼门生不亦乐乎？”

“今儿学生倒发了一笔小财，我请客！”刘墨林说道。他热得满头是汗，从肩上卸下一个小包，轻轻放桌上，里头微微有金属撞击声，众人便知是黄金之物，不禁诧异：这个穷措大哪里一下子弄这许多钱？李绂沉了脸，正要发话，刘墨林笑嘻嘻道：“老师别生气，您脸拉这么长，怪怕人的——这钱共是二百两银子。那个秃驴手面大，一注一百两。我看这钱看得心痒痒，又想取不伤廉，对付着赢了他两局。拿十两给同年们办一桌！”说着，掏出十两银子，叫过尹继善的小厮，说道：“去弄点酒菜来！”

众人于是起哄道：“你平日白吃了我们多少，只勒啃着拿十两？不行不行，今儿老师好日子，你少说也得出五十两！”曹文治便忙着过来解那银包儿，刘墨林捂了包，笑道：“留下的我还有用。一百六十两送老师盘缠上任，留下我的饭钱，再买半部《论语》，还要买一部诗韵送小尹——这次只能出十两，等我寻见那秃驴再胜两局，我大请客！”王文韶笑道：“《论语》从没听说拆开卖的，你买半部做什么？”

“没读过《宋史》？”刘墨林狡黠地眨眼笑道，“赵普谓太祖‘臣以半部《论语》助陛下平天下，以半部辅陛下治天下’。我学生生不逢时，没赶上世祖圣祖平天下之时，只好买半部细细儿读了，好助雍正爷治天下啊！”众人不禁又哄堂大笑，本来那种矜持中带着平淡的气氛给这个活宝搅得一干二净。尹继善用扇柄指着刘墨林又问：“你买诗韵送我做什么？难道没这书我就做不出诗来？”

“文韶兄前儿跟我说，尹兄一旦榜发就成亲，有这事么？”

“有的。”

“送你诗韵一部，洞房中用。”

众人虽知他是调侃，却也莫名其妙。王文韶尽自是京华才子，一时也寻思不来，问道：“洞房用诗韵，莫非要他们夫妻对诗？”

“不——是！”

“莫非考校新娘子才品？”

“哪里——不是！”

王文韶皱眉沉吟，说道：“不知新娘是哪家名门闺秀，是不是要他们学苏小妹三难新郎？”

“噢——”刘墨林啜一口茶，仿佛憬然而悟却又摇头跷足，说道：“不——是！”因见众人都猜不出，刘墨林喷地一笑，说道：“诗韵里头有什么？无非四声罢了。我就不信，尹兄洞房花烛之夜，不要‘平上去入’？”

一句话说得大家哗然大笑。尹继善红了脸，一只手指着刘墨林只说“坏……坏……”曹文治捧了肚子两脚打跌，王文韶素来端庄，扶着椅背咳嗽不止，几个贡生都在凳子上坐不住，弯腰躬背捶胸顿足大笑不止。饶是李绂要端座师身份，到底掌不住一口茶喷得满衣襟都是。半晌才止住了，李绂方笑道：“罢了罢了，你们都是儒生，饮食言笑要有节。今晚已经很尽兴了，我也不要你的盘缠。你就拿二十两银子，借我这地方儿索性一乐，明儿还有正经事呢！”尹继善的小厮取了银子飞也似的走了。

“其实大家等殿试榜等得心里发闷，也该乐一乐了，今儿高兴一场，明儿我就名落孙山，也甘愿了的。”刘墨林正容说道，“方才大家说十两银子少。其实我吃过十个铜子儿一席筵，还含着一首唐诗。文韶兄，你不是看中了我的鼻烟壶了么？你要能猜出怎么个吃法，我送你了。”王文韶怔着想了半日，到底也没想出来。见王文韶摇头，刘墨林笑道：“这么吃——一文钱豆腐渣，一文钱韭菜，下余八文买两个鸡子儿。几片韭叶配两个煮蛋黄，这叫‘两个黄鹂鸣翠柳’，蛋白儿另捞出，一溜平摊，叫‘一行白鹭上青天’。豆腐渣堆在韭菜叶摆的方框里，叫‘窗含西岭千秋雪’……”王文韶问道：“那‘门泊东吴万里船’呢？”刘墨林笑道：“还有两个鸡蛋壳，弄一碗水漂起来，这就叫‘门泊东吴万里船’了！”

众人又复大笑，一时酒菜来了，就堂中布了两桌，都是一色的中八珍席面，鱼翅、银耳、广肚、果子狸、哈什蚂、鱼唇、裙边、驼峰，收拾得精致齐楚。王文韶惊讶道：“尹兄家政好能耐，仓猝间竟办来如此丰盛酒筵！就是会春楼，办一桌中八珍也得半日工夫吧？”李绂见这群门生或温文尔雅，或徇徇儒风，有的恺悌端庄，有的诙谐多智，心下暗自也觉欢喜。不禁掂掇，怪不得一般冷曹官削尖了脑袋争着出学差，就这群人里头将来出将入相，有谁料得定呢？一头坐了，爽朗一笑道：“我本来最厌应酬的，今儿倒被这个刘墨林提起了兴头，来来，都坐下！”

当下众人揖让安座，轮流把盏劝酒，继而划拳拇战吆五喝六，直到四更天方各自散去。

刘墨林回到西下洼子客栈倒头便睡，一觉醒来已是日上三竿，“哎哟”一声翻身起来，就着案上壶嘴咕咚咕咚灌了几口，弹弹衣角正待出门，却见店老板端着点心进来。细瞧时，一盘子糕，一盘子粽，还有一盘子蒸元鱼。刘墨林不禁诧异，问道：“这做什么？”

“这是规矩。”老板笑得两眼眯成一缝，“今儿廷试放榜，给爷图个吉利。‘高中鳌头’！是小的一点心意，孝敬老爷呐！”刘墨林一眼瞧见昨晚自己带的银包儿，心下顿时明白，因笑道：“你这老王八，不是说我‘一世也选不出的野贡生’么？几时变过性的？你肚子里那点牛黄狗宝掏尽了也就那么一堆——八成是看我包里又有银子赚了罢？”老板尴尬笑道：“小的娘胎里带来的狗眼，哪里识得金镶玉呢？老爷就要做状元的人，御街跨马娘娘簪花，出门就是八抬大轿！何必计较我们这些撅屁股朝天有眼无珠的人呢？”

几句话说得刘墨林高兴起来，就叉子挑起粽子咬了一口，又吃一口甲鱼肉，笑道：“好！赏你十两银子，连你饭钱共三十两，够了吧？”说着解开银包，把十五封白花花的银子都放在桌上，取出三封撂给了老板。老板接过看时，一色的台州九八纹银饼①，一根到心的银筋，蜂窝炉茬还带着银霜，顿时笑得鼻子眼都挤到一处，抱着银子一个千儿打下去，说道：“老爷必定公侯万代！”刘墨林见他要走，笑道：“别忙。我还央你一件事——嘉兴楼的苏舜卿，你听说过没？”

“看爷问的！京师行院头号雏儿嘛，说、唱、念、做四手绝活！那手琵琶弹起，爆豆价的；那手筝，弹起叮咚的；那手箫吹得呜呜的，不伤心也落泪……”老板手舞足蹈，说得唾沫四溅，忽地一顿，问道，“爷要见见？小的带你去！小的干妈的结拜姊妹，是苏大姐儿的梳头娘姨！”

---

① 即含银98%的银饼。

一句话说得刘墨林忍俊不禁扑哧一笑："别跟我扯淡了！我跟这个苏大姐儿有夙缘，想叫过来给我唱个曲儿!"老板原笑着听，至此脸上变了色，双手摇着道："难难难！爷也别生这个妄想！方才小的一句假话也没，就因为熟，才知道底细。上回徐大公子出五十两银子叫堂会，大姐儿还不肯，后来还是小的干姨好说歹说，得买徐乾学大学士个面子，再说，里头还夹着揆叙大人也看堂会，这么大的官势加了银子，苏大姐儿才满不情愿去了……"

"别说了。"刘墨林转着眼珠儿沉吟道，"我出七十两银子。"说着，向桌边援笔濡墨写了几行字交给老板，又道："你好歹生方设法给我请来。我还有谢银——把这诗交给她，真不愿来，也不怪你。我这会子看榜，三两个时辰就回来。你告诉她，我姓刘的定要会会她!"那老板几曾见过这种阔主儿？直着眼怔了半晌，诺诺连声一溜烟去了。

刘墨林雇了一乘二人抬赶到天安门时，已过巳牌时分，黄榜早已张过。乱哄哄几百贡生，有的眉开眼笑，有的庄重矜持，有的故作沉思，有的一脸阴沉从金水东桥过来，夹着一群一伙看热闹的闲人，有说有笑地议论着什么。刘墨林紧张得心嘣嘣直往腔子里跳，别人说什么一句也没听见，只逆着人流挤着过了金水桥。果见东仪门侧长长一道明黄榜文，密密麻麻缀着廷试中式人名单。自分了一甲、二甲、三甲三档，前头还有公布榜文诏告，朱砂笔写就八分正楷，阳光下显得异常鲜亮。刘墨林喘着气挤到榜前，从后往前看，挑着姓刘的，再看名字，却是没有。他舒了一口气，看二甲名单，统共四十三名，姓刘的也有四五位，偏下头却不是"墨林"二字!急看一甲时，只有六名，尹继善的名字赫然在上，偏生仍旧没有他刘墨林!刘墨林心里轰然一声，蓦地一阵头晕目眩，冷汗立刻浸了出来，脸颊上，耳根后，脖子上涔涔溜下，刺痒痒的难受。他略定定神，又从头向后看，刘雨林、刘善钦、刘继祖、刘承漠……直到最后一名……确确切切，刘墨林榜上无名!

"完了!"刘墨林脑海里电光石火般一闪，两腿软了一下，几乎坐倒在榜下，脸色苍白得一丝血色也没。他迟钝地从人群中蹭出来，但觉天地变色，景物徜徉，一切都恍恍惚惚荡荡悠悠，一切都在飘浮游动，口中喃喃道："既知今日，何必当初？入国子监为祭酒门生，坐热板凳，吃冷胙肉，了此……残生？嘻……名利人之贼，安逸道之贼，聪明诗之贼，爽快文之贼……吾知之乎？吾知之矣！……”

他踉踉跄跄回到西下洼子，看天时尚不过午牌，客栈中人都去西市看杀人去了，满庭阴树艳绿欲流，骄阳如炽榴花似火，只“吃杯茶”鸟儿在枝间跳着唧啾有声，刘墨林连饮了两碗冷茶，才使自己的情绪镇定下来，踽踽走向案头，缓缓援笔濡墨，沉吟良久，一咬牙写道：

> 君是人间情种，我乃情爱屠夫。殷殷且问君家，云岭曹溪何处？人死为鬼，鬼死为魙，不知魙死复为何物？拄刀立待，上苍告吾！胆不摇，气难沮，锷已残，心未足。从生已斩至死，自死再杀至无！——以我之功德，胜造几级浮屠？以我之罪愆，炼狱几层发付？

写罢拿起来吟诵一遍，自觉心无挂碍，铺床找枕正要睡觉，却见老板笑吟吟赶回来，因问道：“见着苏舜卿了？”

“这一趟子不近，小人的腿都溜直了！”老板却不留心刘墨林神色，揉着腿吸溜着嘴笑道，“苏大姐儿那头倒没费什么唇舌，有我干姨帮着，几句话的事儿。就是徐大公子那头，近日缠着苏大姐儿缠得忒紧，说是要禀了徐相爷，要给姐儿赎身做三房姨太太。徐府里专门派人坐门看守，不许姐儿接客上堂会……”刘墨林不耐烦地问道：“是徐乾学的儿子？他叫什么名字？徐乾学熙朝奸相，举朝皆知，罢官几十年了，还是这么势炎熏天？”老板笑道：“徐大公子叫徐骏。您老明鉴，虎死不倒架，百足虫儿死不僵！徐相置闲在京，虽说没了官位，人情照旧大着呢！上年徐相七十大寿，张相爷、马相爷都去送礼，九王爷亲自与筵。就是方苞方先生，先帝爷跟前一等一的红人儿，还写了字儿差人送去添寿——那势派，那排场……嗐，花的那银子——”他瞪大了眼，仿佛眼前矗着一座银山：“海着啦！”刘墨林见他满口柴胡，说得前言不照后语，想笑，猛可地想起自己榜上无名，心头又是一抽。半晌才道，“照这么说来，苏舜卿是来不了了？”“干姨叫我回来等着，”老板眼盯着银包儿，撮着牙花子道，“就徐府那两个奴才，打发开了苏姐儿才得出来。叫我回爷一声，申牌要还不来，爷就省下银子自己使吧！话是这么说，我瞧苏姐儿的意思，竟是要来的呢！”刘墨林无所谓地一笑，从怀中取出一块小银，掂了掂约莫一两半的样子丢了过去，说道：“难为你跑这一遭，这个拿去。她来了还有赏银，她不来我也不叫你跑冤枉腿！”那老板接了银子，千恩万谢去了。刘墨林无情无绪，张了张外头日影，离申时还有个把时辰，便和衣倒在竹榻上，摇着扇子，不一时便鼾鼾睡去。

正睡得沉，刘墨林忽地觉得鼻中一阵刺痒，“啊——嚏！”一个喷嚏猛醒过来，睁开惺忪的眼瞧时，西照日头已经斜下，从窗间照进来，满室辉光灿烂炫目。日影里一个女子亭亭玉立，上身葱黄比甲，左襟绣着一枝红梅，下身一溜月白百褶长裙掩到脚面，瓜子脸、笼烟眉、水杏一样的眼中波光流闪，手里拿着一根丝绦正冲着刘墨林微笑。刘墨林眼睛一亮，正是京师头号歌伎、王孙公子趋之若鹜的苏舜卿！刘墨林一拍床，大笑起身道：“记得西山一晤否？像你这样的雅人，竟肯屈尊我这蜗居，毕竟钱能通神！”说罢踱了两步，端起凉茶一饮而尽，因见老板过来侍候，便道：“去办桌席面来——苏大姐儿你大约不知我刘墨林，如今说起是‘盖压天下才子’的钱塘刘，早年才识之无，就分不清‘母’与‘毋’，人哪，都是一步一步过来的，是么？”

“那是当然，”苏舜卿眨了眨眼，她见过的人太多了，已经记不得西山那次邂逅。一边细细打量着眼前这位毫不起眼的“钱塘刘”，微笑道，“你的诗写得是不坏，我就冲这个来看看先生。先生够得上探花才情——不过先生的话我还不甚明白。”

刘墨林嬉笑道：“这有甚的不明白？我说女人天生占尽便宜。《礼记》开篇就讲‘临财母狗（毋苟）得，临难母狗免’嘛！”苏舜卿这才明白他兜着圈子诮骂自己，一啐笑道：“凭先生给几两阿堵物我用哪只眼瞧先生呢？南来的客人常说起卖字为生的‘钱塘刘’，果然名不虚传！方才说你探花委实小瞧了先生，先生有公侯之才！小女子是‘母狗’，君为‘公猴’不亦乐乎？”刘墨林不禁哈哈大笑，笑到中间却又戛然而止，叹息一声：“唉……可惜文章憎命，公侯无份。我今破产邀君一见，可为我歌一曲，也算得人生极乐之境——过此一宿，明日买舟南下，仍往钱塘江畔卖字去也！”

“君何至于此？”苏舜卿妩然一笑，蹲了个万福，款款移步至案前，随手翻了翻堆着的文稿，说道："小女子是孤身一人到这里，连件乐器也没带就这么干唱？"刘墨林向墙上摘下一个锦囊，小心地抽出一架琴来。苏舜卿笑道："哪里寻这么一段劈柴，先生就拿来做琴！别说钟子期，就是小女子这'母狗'也笑掉牙了——"话音未落，便见刘墨林左手漫抹，右手轻轻一挑，"铮"的一声如激泉流瀑，满室俱是绕梁余音。苏舜卿顿时敛了笑容，凝神听时，琴音愈加激越，却声声浑沉浊哑，似有洞箫从中相和，原是刘墨林在弹奏《平沙落雁》。只见时而如疾沙流风，时而似雁翔漠空，她一生不知听过多少次这一古曲，自己也算此中好手，却不料这个潦倒贡生竟有此手段，她顿时怔了。移时曲终，良久，刘墨林才轻轻收回手来，笑问："听得过去吧？"

苏舜卿上前，轻轻用手抚了一下那琴，讷讷说道："荆山之玉，灵蛇之珠，是上好物件未必有好皮相——这是什么木头？"

"雷击木。"

刘墨林淡淡说来，苏舜卿竟不自禁打了个寒战。刘墨林道："既然尚可入耳，我为姑娘奏《长河落日》，姑娘就唱我赠姑娘的长短句儿。"苏舜卿原不过是出于好奇心，来访这个肯出七十两银子见自己一面的穷贡生，至此，她已完全被他的才华和魅力折服倾倒。她听着他奏琴，望着那张狡黠中带着漠然的面孔，不知怎的心一动，竟自面红耳热，急敛心神，随琴音唱道：

竹树苍郁我婆娑，
为觅陈迹君婀娜。
故知回眸来相问，
摇首嗟吁今生错。
曾言幽径映碧落，
关山处，星云漠！

苏舜卿歌音甫落，刘墨林抬起头抚琴一笑，说道："你这唱的是我么？只见过一面，算不得'故知'吧！或许你另有所爱，在这里借题发挥，恐怕我消受不了。"

“逢场作戏嘛，”苏舜卿握着手帕子，瞥一眼刘墨林，“青楼伎俩惹你见笑了。这个你不爱听，你叫我唱什么呢？”刘墨林直盯盯看着苏舜卿，半晌，嘴角泛上一丝苦笑，说道：“人都说我洒脱，其实要看什么时候，对什么人。比方这会子，独你独我斯情斯景魂不守舍，还怎么洒脱？”苏舜卿怔了一下，突然格格一笑，啐道：“你这样儿的哪个男人不会？别跟我做这象生儿！既然魂不守舍，我来给你招魂！”

刘墨林莞尔一笑，说道：“看你这样子，扬起手帕子要喊魂么？可惜了你这资质，竟而不能免俗——我有《自招魂吟》你可愿听？”说罢，也不看苏舜卿，低头抚弦轻轻勾挑着，曼声吟道：

> 琼冰高宇非子之所居耶？尔何降诸斯世？雪肌玉骨非子之躯耶？尔何爱吾浊泥尘夫？霞蔚云蒸非子之容色耶？尔何令露申辛夷之妒闭？予以匆匆行世羁旅之客，蒙霰雾之濯面，游潦水之无际，攀幽谷之青藤，望星河而泪穷！无既寄予从无尚之皎性兮，何复惩之以九原之苦酿！挽辔驻车俯仰而哀兮，叹云端之渺茫。告造化布世之神祇兮，知吾生之永伤！已泪竭于汝南兮，对残照之西风陵岗……尔乃明珰宝璐，佩环摇坠姗姗而来，立汤水之阴，倚殷王之旧城，行白河之渚，回明月之眸，睹我迷惘之客身，舒皓玉之腕，嫣然笑而招之曰：魂兮归来，其无往兮。寒星孤心，待汝久些。河江且回，吾不汝厌。归来归来！魂兮归来！

吟至此，刘墨林住琴凝视苏舜卿，眼中满是企盼和渴望。苏舜卿已是痴了，讷讷说道：“楚骚风调，招魂翻新……是先生手笔？我不信……”刘墨林不语，起身向桌前援笔濡墨略一思忖，在宣纸上述笔疾书。苏舜卿款步踱过来瞧时，却是方才《自招魂吟》续编：

> 予以惭悟昂藏，旦归于高远，则告诉“不信”不许。由是泉涌枯涸之涧，江泛息壤，将戆之魂出九幽之域，已白之骨返六阳之躯！乃执旌旌之辉煌，与子乘矫龙回云之车，共游七重之天，食玉瑛之圃田，饮杜康之甘泉……

刘墨林一边写，偏过头问道："信不信？许不许？要不要接着写？"苏舜卿轻轻揭起那张纸，看着刘墨林一笔怀素狂草体，如龙蛇游舞鬼魅相斗，她的眼中熠熠放出光来，叹道："也真难为了先生。不过，后头结句，既是骚体，还该有个'乱'才齐楚了……"刘墨林无声一笑，挨近了她，问道："卿说的什么'骚'？怎么个'乱'法？说给我听。"

苏舜卿低了头，掠了掠鬓，良久才道："你们男人，坏死了……"

刘墨林见她这样，早已半身酥倒，一把拽过纸丢了地下，紧紧抱着苏舜卿便做了个嘴儿，苏舜卿浑身立时软绵绵的，骨头散了架似的由刘墨林搓弄着。两个人滚翻在床上，苏舜卿口中梦呓般喃喃道："不要……不要……我还是处子，不任风狂……""那正好，我是童男，这才是珠联璧合呢！"刘墨林气喘吁吁，手忙脚乱地解着苏舜卿小衣，从温玉般的鸡头小乳慢慢搓弄着向下，用手轻抚着说道："此处温柔乡真个销魂，宝盖峰尖豆蔻含葩妙不可言！舜卿……干吗闭着眼？多美的眼啊……睁开吧，瞧着我……"他翻身压了上去……

第十八回　尴尬客忽成青云士　进贺表骨牌惊状元

刘墨林苏舜卿二人如鱼得水，温柔乡中几度春风方寸心满意，正欲起身，忽听院外脚步杂沓，像是一群人拥了进来。一个老婆子的声气叫喊着："李二家的！眼错不见，你把我的苏姐儿就拐弄走了，遍地里寻不着！"接着便听老板笑嘻嘻地下气儿说道："好我的干姨？那是您老的摇钱树子，我就是坟头上冒八丈青气，敢拐弄么？苏姐儿就在北房，方才还听她唱来着，敢怕这阵子正和刘爷坐地说话儿罢。小人糊涂油蒙了心，只想落几个牵马钱，干姨你胳膊上走马的人，在乎这点子意思？"一头说，一头带着那老鸨婆子进来。刘墨林正发怔，苏舜卿已是唬得面白如纸，一把推刘墨林起身，说："快穿衣裳！"一边撑起身来，扯了小衣胡乱穿上，便系腰带。正自慌乱，那门"豁啷"一声已被打开。

"老天爷！"那婆子一见二人情景，双腿一软几乎坐在地下，打个摆儿双膝一拍便扑了上来，口中骂道："你这天杀的卖屄浪蹄子！这些天来浪东浪西，我就知道你发了骚——老纳兰家三千两银子给你赎身，徐公子三百银子给你开脸，你装病弄呆，说'舍不得妈妈'！这可倒好——"她又哭又骂，一把抓了舜卿头发扯下床来拽在地下，手指刘墨林道："这是个什么东西？破烂流丢一口钟的功名，叫化子不像叫化子，卖唱的不像卖唱的，论人物不配给徐大公子提鞋——"她轻蔑地看一眼怔在当地的刘墨林，"——哪块地里长不出这么个歪南瓜，你就跟他睡？你这杀千刀没天良的贱妮子！"店主李二见店外有人往里张望，忙赔笑道，"好我的老干姨，姨祖宗，你老醒醒神儿罢！这破了身子的事儿，自己不张扬谁知道？一床锦被遮着些，刘先生再破费几个，大家圆场儿不好？这么着鸡飞狗跳墙的，有什么好处嘛！"话未说完，老鸨子已照脸一啐，骂道："就你能！你爹出了名的'不够数'，问问你妈，成婚头夜她蒙混过了没有？"

一句话骂得众人捂着嘴笑。刘墨林情知是坏了这婆子的摇钱树，见苏舜卿委顿在地满面泪光只是啜泣，心下掂掇一阵，说道："老妈妈你别发威。生米做了熟饭，你一头撞死也没用！嗯……舜卿多少赎身银子，我填还你，舜卿是我的人了！"老婆子抹了一把眼泪鼻涕，扫视了一下房间，又下死眼盯了盯刘墨林，一撇嘴冷笑道："凭你？好，老娘索性做个赔本买卖，头面首饰银子不要你的，本银三千，只要你两千五百。一手交银，一手交人——拿来！"说着把手一伸。

"两千五就是两千五。"刘墨林淡淡一笑，"你生就的母王八眼，我不和你计较——我家里并不穷，这就写信，叫浙江银号兑过来，可成？人嘛，就留在我这里……"鸨婆子拍手打掌笑道："你们众人听听！这个饿不死的野学生，说大话不怕胀死牛！告诉你，像你这号儿的穷学生老娘见得多了，只怕比永定河里的王八还贱些，你就想蒙我！你哄了我的闺女，我还没顾上跟你算账呢！你小看我这母王八，我家里现就坐着两个相爷公子！你这就跟我去，好吃好喝供着你，半个月银子不到，一个条子送你顺天府，扒了你这身官皮，你只配在我院里当个大茶壶王八崽儿！"刘墨林登时紫涨了脸，气得浑身乱颤，也不分说，抢上一步"啪啪"便是两记耳光。把那婆子打了个满脸花，戟指骂道："你是什么东西？我乃江南名宦！贡生也是我秀才举人一步一步考出来，朝廷给我的功名！你这老母狗，到底仗了谁的势，敢这么大着眼眶子欺负人！"苏舜卿深知老鸨子底细，急急说道："刘……刘先生，使不得的！"

说话间一个三十多岁的中年男子跨脚进了房，乜着眼盯视刘墨林移时，轻轻摇着一把泥金湘妃竹扇，说道："她就仗了我的势力！你一个穷酸学生，我用哪只眼瞧你呢？你是贡生，可知道大清律的规矩：天子门生宿妓嫖娼，辱没圣门清规，丧德败俭无视朝廷功令！"他转脸对鸨母道："老乞婆，和这种人争什么口？送他国子监去，我一个条子就送了他忤逆！"刘墨林仔细打量来人，见他穿着酱色湖绸四开气团花袍，脚下黑冲泥千层底鞋，上半身套一件青缎乌云镶边儿巴图鲁背心，汉玉坠子槟榔荷包系在玄色卧龙袋上一晃一晃，黑缎瓜皮帽上结着红绒顶子，四方脸上两道浓眉拧成一团，厚厚的嘴唇两角下吊，一脸旁若无人的骄横气，却不知是个什么来头。正要问，老鸨子已是满脸堆笑冲那人福了下去，说道："哟！是徐爷！您老亲自来了！我这正请我们苏姐儿过去侍候您会文呢，可巧儿就碰上这个野杂种正调戏她！爷要不来，还真不知道该怎么发落他呢！爷说送他国子监，可使得的？”刘墨林这才知道，此人便是休致大学士徐乾学的“相府公子”徐骏。闻说徐骏诗词歌赋琴棋书画均非俗手，京华有名的才子，怎么会有这副嘴脸？刘墨林正要说话，徐骏嘴一努，站在门口的几个行院王八早如狼似虎地扑了上来，架起刘墨林便走。

“原以为你是儒冠中人，”刘墨林挣扎着，偏过头大喊，“原来是衣冠禽兽，风流恶霸！”

徐骏一头顺阶而下，盯着刘墨林，活像一只逮住老鼠的刁猫，口中哂笑道：“风流恶霸？妙哉斯言，闻所未闻！我看你更像花柳冤魂——等国子监祭酒剥掉你这身官皮，再来与恶霸理论——走！”

一群人连推带搡，撮弄着刘墨林刚出二门，便听门外一片声筛锣响，几个街混混儿大叫大笑：“刘墨林老爷就住这里？领赏哪！恭喜刘老爷探花及第！”众人不禁大吃一惊，架着刘墨林的两个行院乌龟早松开了手，一群人木雕泥塑似的钉在了二门口，连徐骏也愣了神儿。刘墨林好半日才回过神来，犹恐是耳朵幻听，觑着眼瞧时，见两个笔帖式举着大红报帖，由一群讨喜钱的街痞子簇拥着从大门口一窝蜂进来——抢着几步仔细看那喜帖，红底金粉煞是鲜亮。

恭叩刘老爷讳墨林高中殿试一甲第三名进士

刘墨林眼一晕，觉得双腿发软，几乎瘫倒下去，待把持定了，问道：“哪位是礼部来的堂官？”两个笔帖式忙闪出来笑嘻嘻打千儿请安，说道：

“您老就是新贵人了？给您老请安！”

“一甲头名是谁？”

“回爷的话。状元是王文韶老爷，榜眼是尹继善老爷。王老爷尹老爷先得的报，已经会齐了来拜望您，这会子都在门外候着呢！”

“这还了得，怎么不早说？”刘墨林吃了一惊，撇开众人三步两步迎出大门，早见王文韶尹继善二人立在下马石旁轿前攀谈，四周围了上千的人，嗡嗡嘤嘤挨挨压压，踮脚伸脖子地瞧“三元相公”。刘墨林在众目睽睽下步出大门向二人躬身一揖，笑道："王年兄尹年兄久候，兄弟给二位叩喜了！"

王文韶和尹继善哪里知道里头方才那场公案：刘墨林褂子没穿，袍角扣子错了位，前襟高后襟低，双梁起明检鞋露着白脚，袜子也没穿，头发也显得散乱蓬松，二人不禁相视一笑，抱拳一拱上了台阶，外头爆竹起花早响得乌烟瘴气。尹继善悄悄拉拉刘墨林底袖，低声笑道："你是探'花'还是'探瓜'？瞧这身行头，刚刚遭了贼劫么？"刘墨林此时才惊醒过来，用眼风扫时，徐骏一干人早走得无影无踪。老鸨婆子大约自知有罪，悄没声低头跪在东偏房拐角处不言语——他忙整了衣襟，一边将二人往上房让，一边叫过房主："我枕头边还有一百多两银子，二位笔帖式每人十六两，余下的你换成铜钱代我打发了报喜的人，我还要和二位年兄说话，回头再赏你！"那老板早已屁滚尿流，一迭连声答应着去了。

"二位年兄，"三人落座献茶，刘墨林拭汗道，"不瞒你们，到现在我心中还在迷惘。我去看榜，明明没有我的名字嘛！这是怎么一回事呢？"尹继善看一眼王文韶，笑道："我原也诧异，恰报喜的到府，家父也下朝回来，说一甲前三名刚刚钦定下来，里头有一卷是落卷里万岁亲自拣出来的。年兄你好好想想，你的策论有毛病儿没有？"刘墨林歪着头思量一阵，只觉心里浑浊一片，自己做的策论一个字也想不起，只好笑道："只听说有倒填五魁的，没想到今岁恩科圣心独裁，'倒填三元'。我原也不曾巴望这个探花，能中个二甲进士就心满意足了，居然侥幸了，真正是皇恩浩荡！——不知兄弟的策论哪个地方出了纰漏？既是落卷，为什么偏又中了圣意？"

王文韶笑道："万岁倒也不是要'倒填三元'。其实出榜时三元还没定出来。我还在二甲里头呢！也是万岁独自简拔出来的。年兄卷子里有'范圣胤德'一句，犯了圣讳，原本今科无望了。不想万岁要亲阅全部落卷，据家父说，看刘年兄卷时见这几个字只是一笑，顺手用朱笔将'胤'更为'引'字，说：'君相为造命之主，朕就要救度一个秋风钝秀才！'因此年兄便取中了。"尹继善点头道："刘兄是真命进士啊！这正是异数！万岁亲改策论，年兄的策论自然取在第一，只年兄的字不尽规范，便取了探花。"

刘墨林这才知道，是雍正亲笔改了自己的笔误才得取中，又为此而迟定了前三名，没有将状元榜眼探花"三元"名次列到殿试榜头。他呷了一口茶，想笑，不知怎的却笑不出来，连一句诙谐调侃的话也说不出，只觉得五内沸腾，一股又酸又热如血似气的东西搅动着直往上顶，良久方笑道："圣心高远，圣明莫测。'秋风钝秀才'惟有一死报之——李二！给爷们摆……"王文韶笑着起身道："我们两个来拜你，这是规矩。见了你，现在是我居首了。现在不是吃酒的时候，我们三人立刻得去礼部报到，明儿进保和殿胪传面圣，我还要去谒见前科状元，还要写谢恩表。一应观见礼仪都要请示礼部，这是半点不能差池的。晚间吧，晚间到我府小酌，咱们脱帽论文，玩叶子牌赌酒吃，如何？"刘墨林见他二人端茶起身，已是带了官派，不禁一笑，因起身说道："请二位先走一步，我更衣随后就到，误不了事。"

于是王、尹二人辞出来，刘墨林直送出大门，看着他们升轿而去，踅回来忙忙换了礼服。李二已带着合店伙计侍候着，团团乱着帮他穿换，扯襟弹灰扣纽系带便殷勤到十分，口中不住说："爷好福相，这一去准点翰林，保不定还要做国子监祭酒呢！不瞒爷说，您一来住店，小人就觉得我这店带了贵气，不然，您欠那么多房钱，几时见小人催过？昨晚上我屋里那个灯花儿，嘣的一个喜爆，嘣的一个喜爆……没想着今儿爷这么大的喜，就应上了！前街方家那店，上一科出了个二甲十七名，方二麻子就眼睛长在额头上。这一回小人也得要风光风光了！"刘墨林扎煞着手由他们服侍，口里"嗯"着，末了道："你这人良心不坏，明儿我亲笔给你写个新招牌！"说着便出来，在滴水檐下舒适地跺了跺脚，踱至老鸨婆子跟前哼了一声问道：

"舜卿呢？"

那老虔婆跪了半日，已是筋软骨酥，见新贵人来问，也不敢就答应，先直了腰，左右开弓便打了自己十几嘴巴，自骂道："老不死的贱母狗，一辈子吃屎不长眼的混蛋王八！今儿算老天爷罚着丢人现眼……您老爷天上文曲星下凡，生就的贵相贵人，只可怜见婆子老了，权当听见狗叫唤了……"刘墨林不耐烦地说道："和你计较，你配么？我问的是舜卿！叫姓徐的带走了？"老鸨子磕头不止，说道："徐大爷闹了没意思，早趁乱走了。苏姐儿方才叫那起子贼王八揉搓得犯了心口疼的病儿，我叫人用小轿送她回去将息——爷放心，一根汗毛也短不了您的！就是一条爷得体谅，徐大爷也是跺跺脚四城乱颤的人物儿，我们在这缝里混这碗饭也是个不易……

徐爷相府公子，朋友多，手面大，又是恩荫进士，现做着都察院观察老爷，我们也招惹不起，苏姐儿归谁倒没甚的，只求贵人老爷体谅我们这点子难处，和徐爷说合停当，一乘轿婆子亲送姐儿到府上……”老婆子说着，不知哪句话触动情肠，已是涕泗滂沱。

“徐骏有什么了不起？”刘墨林冷笑一声拔脚便走，口中道，“连他家老爷子徐乾学我也知道，并不是什么好东西！你好生侍候着舜卿，我自有主意！”说罢一径出来，雇了轿赶往礼部。

次日凌晨五鼓，由礼部司官引领，王文韶居首，次第跟着尹继善、刘墨林等三百六十名殿试一二三甲进士，从午门右掖门进大内朝观。此时寒星满天，晓月如钩，满宫里庑廊檐角吊着一盏盏玻璃宫灯，一地里临清砖路都镀着淡淡的银灰色。这群人按发榜顺序脚步杂沓过了金水桥，登太和门而入，便见远处巍峨的三大殿高矗星空之下，通道品级山旁御林军士一个个挺胸凹肚腰悬佩刀，钉子似的站着。五更时分的风扫着太和殿基前广场上的浮土扑面而来，袭得这群新进的“贵人”们都是一噤，连脚步都放轻了。人们紧张中带着亢奋和肃穆，还没有登上三大殿月台，便已感受到九重天阙制度的庄严和皇家风范的森肃。礼部司官将进士们带到保和殿前便示意停止——这都是昨日反复交代过的，所以一句话也不用说，一个手势众人便都停了下来。进士们一言不发，盯着灯烛辉煌的保和殿，想象着即将到来的恩遇和荣宠，感念自己寒窗孤灯十年辛苦终于有了个结果，心里都是扑扑直跳，品不出个滋味。须臾便见礼部侍郎尤明堂小心翼翼却身退出保和殿，走至众人面前南向立定，朗声说道：

“奉圣谕！”

“万岁！”

进士们将手一甩，马蹄袖打得一片山响，黑鸦鸦一地跪了，偌大空场上静得一声咳痰不闻。尤明堂款款说道：“着由第四名进士曹文治唱名胪传，觐见圣颜！”

“喳！”曹文治从刘墨林身后爬跪出来，望保和殿叩了头，双手接过尤明堂捧递过来的名单，起身又向大殿一躬，这才转身高声唱名，“王文韶、尹继善、刘墨林……”他的声音有些发颤，但读过二十几个人姓名后，也就自然了。

这就是殿前胪传，王文韶头一个，带着榜眼探花躬身趋步鱼贯而入，低着头在邢年指定的地方肃然跪了，好半日才算妥当。人们屏息等着，已是脊背手心都出了汗，猛听殿上静鞭三声，接着鼓乐声细细而起，大太监李德全高声道："万岁爷驾临了！"人们这才知道，雍正皇帝压根就不在宝座上。

雍正皇帝在乐声中徐步进来了，大约昨夜没有睡好，他的眼圈有点发暗，但精神看去还好，黯瞋瞋的瞳仁在烛下灼然生光。他在殿门口略停了一下步，扫视一眼新科进士，又回头看一眼跟在身后亦步亦趋的允祥、允禩、马齐、隆科多和张廷玉，没言声径自上了设在殿中的须弥座。司礼的是廉亲王允禩，见雍正目视自己，忙一躬身，至御座前高声道："雍正元年恩科进士胪唱已毕。各新进士人跪聆万岁爷圣谕！"

"万岁！"

"你们都是读书人，响鼓不用重槌。"雍正呷一口奶子，清了清嗓子，安详地说道，"朕昨夜详按了你们的履历，三百六十名进士，出身寒素的占了一百九十四名，士绅乡宦的七十四名，恩荫贡生殿试取中的是十七名，余下的六十五名是各省司道和六部九卿子弟。这个数儿朕看了，李绂取士尚属公道。"他端起杯子，双手捧着，却不就喝，又款款说道，"国家取士，三年一比，为的什么？为的就是用你们这些人，或辅佐朕协理政务，或代朕抚绥地方，治理民事，调理民情。子曰'学而优则仕'，你们一步步到了这里，已是'学而优'了，这个'仕'做得好坏，要看你们自个！前头你们由童生而秀才，由秀才而举人，而进士，凭的是文章，是学识，今后你们凭什么做官？朕送你们两个字。"

所有的人都把头低伏了一下。大殿中静极了，连殿外太监们蹑手蹑脚的走动声都听得见。

"天良。"雍正咬着细碎的白牙，微笑着从齿缝里迸出两个字，"天是'天理'，良是'良知'。不悖人情即循天理，循道不谬即有良知。守着这两个字，荣华也由得你，富贵也由得你，封妻荫子也由得你——因为你既公且忠又明，该取的荣贵是天赐你的，益国益民益自己，朕也乐得给你。你不讲这二字，杀头也由得，坐牢也由得，抄家流放也由得——咎由自取，朕也乐得送你!”

张廷玉身在中央机枢办差二十余年，康熙晚岁廷试召见，不过一声“照例”，顶多吩咐一声“好生体念朕恩”，见雍正连篇累牍辞色俱厉一番训诫，本来极喜极热闹的一场大典，弄得人人心情紧张，不由得心一沉，皱起眉头，他已经习惯于“站在局外”替皇帝着想了。思量着，他转脸看了看皇帝两侧，怡亲王允祥泰然自若，廉亲王允禩则面无表情，陡地想起张廷璐，心里又是一寒。正自胡思乱想，却听雍正接着道：“朕在藩邸为四十年王位，多次办差屡屡出京体察民情，不是那种不辨稻粱，不明人情的昏王，没有什么事能瞒过朕的耳目的。时下有一等混账风气，科举选士，本是朝廷抡才盛典，而考官从中取出一种‘师生’情分，门生以为中选是考官恩义。取中了，只记得我是某科进士，某某是恩师，某某是同年。从这个‘私’字上去寻恩，于是便结朋党，便徇私情，不徇纲常，不谙大理，不念君恩，什么无礼非法的勾当都做出来了。若按着这个私意去做官，记住，你难逃朕之洞鉴，难逃国家法度!”说到这里，雍正轻松地一笑，又道：“今个儿是你们喜庆日子，不要怪朕说这些个。一咒十年旺，朕还是为你们好——你们看，这里站着一个张廷玉，当年和你们一样，也曾听过先帝爷胪传圣训，如今又是朕的股肱心腹之臣！廷玉，你数十年兢兢业业，勤公忠廉，不容易！朕今儿就给他们立个楷模，记档——张廷玉着晋一等侯爵，赐紫禁城骑马，由其选子孙一名恩荫贡生，随皇子宗室陪读待选。”

“万岁!”张廷玉万万不料雍正突然说及自己，更想不到一下子给予这么高的赞誉封赏，头“嗡”的一声涨得老大，忙提袍角跪了下去，叩头说道：“万岁如此荣宠，臣何以克当——”

雍正手一摆叫起道：“你无非又想说张廷璐，朕已深悉，没你的事，功过分明才是明君嘛——就是这样定了。”说罢便含笑喝茶。允禩跨前高声道：“状元率诸进士上表谢恩!”

“臣——王文韶!”

王文韶颤声答应一声，起身向御座行三步，舞拜三跪九叩大礼，小心翼翼从袖中取出黄绫封面的谢恩折子，乍着胆子展读道：

赐进士及第第一甲第一名臣王文韶等，诚惶诚恐稽首顿首上言：

伏以风云通黼座，太平当利见之期；日月丽亨衢，多士协汇征之吉。书思亮采，群瞻圣治日新，拜手飏言，共睹文明丕焕。龙章特锡，人知稽古之荣，燕赉频颁世仰右文之盛。阊阖开而丝纶式沛，冠裳集而环珮交辉。橐笔有怀，联镳志庆。窃惟直言射策，金门优特诏之科；孝秀明经，蘂榜重南宫之选。罗簪缨于阙下，欣看入彀储英；宣风诏于边，争识阛门吁俊……

他朗朗而读，越来越是流畅顺口，但张廷玉却全无心思捉摸这些奢华粉饰到极处了的状元文章。昨日处决张廷璐那血淋淋的刑场，昨晚九阿哥允禟亲来府中探望时那闪烁的言语，探询的目光，方才雍正突如其来的表彰乱糟糟地都在心中搅和，一时间很难理出头绪来。听那王文韶时，越发抑扬顿挫语调铿锵，隐隐有金石之音：

……仰承天语之谆详，临轩咫尺；俯竭愚忱之固陋，对策悚惶。臣等观光有愿，辅治非才，诵先忧后乐之言，窃慕希文志操。伏愿学懋缉熙，德隆广运。风同八表，珠囊与金镜齐辉；福应九如，华祝偕嵩呼并献。重熙累洽，和气常流。敷天裒对，合麟游凤舞以呈祥；万国来同，纪玉检金泥而作颂！臣等无任瞻天仰圣，激切屏营之至，谨奉表称谢，以闻！

众进士就等着这“以闻”二字，听王文韶念了出来，忙都伏身叩头道：“臣等恭谢天恩！”

“罢了。”雍正笑容满面，接过李德全转呈上来的谢恩表，展开看了看便放在一边，盯着王文韶说道：“嗯……王文韶，你是王掞师傅一族的吧？”王文韶忙叩头道：“是，王太傅掞是家父三服堂弟。”

“哦，三服。那不算远。家学渊源，不愧状元手笔，文章做得很看得过了。”

“臣不敢谬承金奖。实是昨夜与一甲二名进士臣尹继善，一甲三名进士臣刘墨林三人合议，以臣主笔而成。”

雍正笑着点点头，说道：“商量的好文章，花团锦簇一般。不过除了做文章，难道就没别的？比如吃点酒，对对诗之类，你们毕竟昨日金榜题名，是个喜日子嘛！”

王文韶睨了尹继善和刘墨林一眼，忙叩头答道：“回万岁话，臣等因今日觐朝龙颜，怕失仪未敢饮酒。谢恩表成之后，臣等玩了一会儿叶子戏。后来牌少了一张，就各自散了。”

雍正大笑道：“好！不欺暗室，真状元也！”说着，从袖中取出一块骨牌向王文韶一亮，“是不是这一张呀？”

“啊?!”王文韶定睛一看，顿时吃了一惊，忙伏身叩头，说道：“正……正是这张‘桃源胜境——桃之夭夭（幺）。”

雍正笑了笑没再言语，端坐着靠了椅背上，神色已变得庄重，良久才道：“很好，诸臣工跪安吧！”

“万岁！”

三百余人雷轰价嵩呼一声，齐刷刷叩下头去，恭送雍正离座升舆。刹那间，丹陛大乐大起，黄钟、大吕、太簇、夹钟、姑洗……种种宫乐声中，畅音阁供奉们嘴唇一张一翕，念念有词唱道：

> 开座隆平，启文明，五色云呈，珊纲宏开罗俊英，梧桐彩凤雍喈鸣。气如珠，河似镜，集贤才于蓬瀛。还宫显平，海榴舒，木槿初荣，宣赐官亦最有名，薰来殿角微凉生。凤栖梧，麟在囿，致皇风于升平……

乐声中礼部笔帖式披红戴花抬出蟠龙金榜，一色红底贴金黄字——这才是雍正亲笔书写的正式皇榜，由尤明堂亲自护送，一甲三名紧紧随榜而行，开午门正中而出，顺天府尹于东长安街早搭好了彩棚，为鼎甲递酒簪花——所谓“御街夸官”，再赴礼部宴（琼林宴）种种繁华胜境一应故事也无须细述。

第十九回 证前盟智士谋馆席 祈母寿佛堂追喇嘛

田文镜四月二十三日接到吏部部文，当即打点行装准备去四川上任。他是老京官了，尽自平素孤芳自赏不与凡人搭话，没几个朋友，但熟人却极多。这次山西之行，田文镜一举扳倒“天下第一抚臣”诺敏，已是名噪天下，内廷早已风传，田文镜早晚是大用的人。因此，赶热灶窝儿的人也尽有。六部司官，还有原来工部的同僚，上司属僚，不是朋友也来攀交情，不是亲的也来认亲，荐师爷的、送长随的、赠盘缠的围破了门。田文镜面情上不能不应付，心里却想：“你们早做什么去了？狗眼睛！”因此请筵不赴，师爷长随不要，银钱更是不接，见客满口圣人语录皇恩浩荡的话头，谈话一席便端茶送客，来访的人无不兴兴而来讪讪而去，本来人缘儿就不好，越发弄得人人憎嫌，无不说他“小人得志”。

此刻，刚刚送走来“饯行”的几个同僚，田文镜坐在已经捆扎好的行李上，望着空荡荡的院子出神，盘算着路上的日程。正思量着，见家人祝希贵带着一个女子进来，田文镜近视，直到二人进了屋子，才看清是乔引娣——与诺敏同时解京勘问的“人证”。田文镜不易觉察地皱了一下眉，换了笑脸，说道：“是引娣嘛！这一番辛苦，难为了你。坐，坐吧！”

“田大人，”引娣扶膝福了两福，斜签着身子坐了对面一个箱子上，说道：“听人说您明日就动身了，我来看看……”田文镜这才仔细打量一眼引娣。因见引娣穿着月白夹褂、里头套着玄色绣边点花裙子，料是无钱换衣，便笑道：“天已经热了，这春装受不了。你虽在狱神庙，离着我这里并不远，有难处怎么不来见我？”引娣一敛衽回道：“大理寺把我的钱都发还了我，我并不穷。前几日不小心着了风，身上发热，穿得厚了些。我知道田爷是穷官，并不为打秋风。听见你走，相与一场，特来辞行的……”

她淡淡几句话，说中了田文镜心思，田文镜不禁脸一红，忙岔开话题道："你如今怎么打算呢？不要把我看得那么小人，再穷，也还比你强些儿。什么时候回山西，有难处尽管说。"乔引娣听了没吱声，搓弄着衣带低头思量，半晌才道："我正是拿不准主意呢！按说我该回山西，老子娘这么长时间不见，不知家里怎么样。可昨个儿十四爷打发人去狱神庙，问我愿不愿到王府里去侍候福晋。十四爷是我救命恩人，可又牵挂家里，所以想见您讨个主意。"

"我看你回山西去为好。"田文镜舒了一口气，毫不迟疑地说道，"守着自己的家，自己的地，吃一碗安生饭比什么都强。"因见引娣点头，田文镜又道："别看十四爷贵为王爷，外面儿上瞧金尊玉贵好不势派，其实……你是个女流，我也不瞒你，他那府里不是安全善地……"他替引娣着想，琢磨着词儿怎么把话挑明，忽然打住了，问道："你怎么了？脸色这么苍白？"

引娣仿佛不认识似的盯着田文镜。显然，她绝没料到，自己敬重钦佩的"大清官"田文镜还有这副心地。略一思量，淡淡说道："没什么，心里突然有些不好过……我是个女人，不懂您说的那些个话。如今我已想定，我还是留十四爷府。田大人，您前程远大，多多保重。我这就辞了……"说罢便起身。田文镜突然觉得自己失言，忙笑道："你别误会我的意思。我是说你原是好人家女儿，搅到官司里来已经不妥，京师人色又杂，世情冷暖反复，你孤身一人飘零在这里，不如回去团聚。"但无论他怎样"好心"解释，乔引娣却再听不进了。她恭恭敬敬向田文镜又福了两福，默默出门坐着二人抬小暖轿一径去了。

田文镜蓦地一阵脸红，望着引娣的背影，粗重地喘了一口气。他倒不是怕引娣见允禵抖落这些言语，而是觉得自己人格情操上低了这女子一等。"让一个女人小看了去！"田文镜思量着，见祝希贵还呆站着，便没好气地斥道："你卖的什么呆？还不赶紧做饭？"

"多做四个人的！"

外边忽然有人大声说道，随着话音，李卫带着邬思道、凤姑和兰草儿一齐上了堂房台阶。李卫一身短打扮，白夏布对襟衫，换裆青布裤子，一双踢死牛鞋，后头架着拐杖的邬思道则是青缎褂套着酱色江绸袍，身边跟着珠围翠绕两个女人，活像主仆四人前来拜客。

"是李大人，哦……还有邬先生！"田文镜忙起身迎了两步，双手一揖笑道："什么风吹得你们来？你们原来认识的？邬先生，还有……两位夫人，都请坐。只是太简慢了，粗重家具都卖了，委屈就坐行李上吧……希贵，备饭！"

李卫摇着一把破芭蕉扇，一屁股坐了田文镜身边，见邬思道几个人都坐了，便笑嘻嘻道："田兄出了名的铁公鸡，能备出甚的好饭？别看我叫花子出身，养移体居易气，如今就不耐烦你的白菜豆腐——"说着从腰里取出十两一个小京锭随手扔给祝希贵，"去！弄一桌席面来！"田文镜忙笑道："大人，这是哪里……""算尿了吧，"李卫嬉笑着用扇子拍拍田文镜肩头，"老兄好生坐着，在下还有喜讯告诉你，还有一事相求呢！"

"那只好反主为宾了。"田文镜原本手头拮据，也乐得如此，笑着坐了，说道："承蒙圣恩高厚，田文镜败中求胜死里逃生，又获升迁，已是望外之福，还有的什么'喜讯'？李大人身寄两江方伯重任，简在帝心的能臣，又有何事求我这个小知府？"李卫笑道："天下岂有不求人的人？黄宗羲当年誓不做官，圣祖爷绳捆索绑把他弄到北京，坚卧古寺不肯奉诏，风骨不比你我硬挺？可他为嘛还要给刑部尚书王士禛画画儿写诗？求平安！其实呢，我求这事你已答应了的。这位邬先生是江南名士，又是我的老师，原荐他在诺敏处混饭，如今饭碗没了，听说你们早有成约，我再荐你这里，一年五千两银子叫邬先生吃口饱饭，可成？"田文镜略一怔，笑道："我们确实有约的，不过是三千两嘛！"

李卫仰天哈哈大笑，说道："忒煞地小家子气！你放了道台了，知道么？"田文镜诧异地道："哪有这样的事？知府的票拟昨日才领的……"李卫弯腰从靴页子里抽出一份札子，信手甩给田文镜，用手点着说道："票拟抵不了圣拟！吏部今晨接到张相指令，奉旨田文镜改授河南布政使副使，开封、归德、陈州三府道员实缺即补！这一回真正是'包龙图打坐开封府'了，你说是喜不是喜？你就是不刮地皮，一年也有三四万收项，拿五千银子养活个残疾师爷，有屁的打紧？"

"田大人，"邬思道坐在一旁一直没言声，见田文镜蒙了似的捧着札子发愣，一笑说道，"你不要错会了意，以为邬思道不知廉耻，诺敏倒了又来投你。其实诺敏怎样倒的？并非你我扳倒了他，是他自己扳倒了自己！我这个人一生造过甚多，闯祸也不少。实不相瞒，当年我曾率五百江南举人砸过贡院！只是残躯将老、日暮途穷，已不堪为朝廷庙堂之臣，仅留寸心仿佛老骥，愿意佐你为一代名臣。良禽择木良臣择主，你若是庸人，我也断不肯瘸着腿千里迢迢来奔。但事在两厢情愿，我并不指定非投你幕下不可。如不能收容，李卫再荐我别处去，也未为不可。”

“啊，啊？”田文镜此时才从梦幻似的怔忡中清醒过来，忙改容笑道：“先生说哪里话？季布一诺千金，文镜也是丈夫！这些日子不知多少人来荐师爷幕僚的，我一概都辞了，专候着先生同赴任，早晚好请教呢！”说话间早见祝希贵带着几个伙计抬着一个大方桌，提着酒食盒子，一道道冷荤热盘布上席面，田文镜向李卫举手一揖，说道：“扰了李大人了！邬先生，还有……二位夫人，请，请！”

李卫心中有事不敢豪饮，略略吃了几杯酒便辞了出去，回到下处忙忙换了朝服，便乘四人绿呢官轿径至西华门递牌子请见。半晌，才见养心殿太监高无庸过来传旨养心殿觐见。李卫一边跟着进来，小声问道：“万岁爷这会子做什么？”“回爷的话，”高无庸看看左右，悄声道，“太后老佛爷凤体欠安，万岁爷用过早膳就过去侍候了。今个儿原有旨不见百官。就是李爷，您也得等一会儿万岁爷才得下来的……”李卫点点头，微笑道：“这也用得着你蛇蛇蝎蝎鬼鬼祟祟的？太后也不是病了一天……”说着便随高无庸进了养心殿。

“请李爷跪这儿等候。”高无庸指着御座西南说道，“主子今儿个请了个和尚，说是五华山的空灵大师——来给太后祛邪呢！”李卫问道：“不是听说去青海请活佛么？”高无庸道：“西边正打仗，两国交兵的事，皇上怕请神请了鬼来。空灵大师是密宗真传，镇妖祛鬼连江西龙虎山张真人都不是对手！听说能把死人咒活，活人咒死！六部好些有头脸的官儿，喜欢参禅的都奉旨在钟粹宫后头小佛堂陪坐，三鼎甲也都奉旨进来，说要考核这和尚本事。李爷，万岁吩咐过，这是家务不是国事，不许声张，爷知道就成了，别往外说。”李卫笑着跪了道：“知道了，你才跟主子几天？——这块砖头别是磕不响头的吧？”

“爷这话……”

“别跟我玩这花花套儿。”李卫冷笑道，“你们老公们那些个把戏只好哄外头那些晕头鸭子官儿！以为我不知道？这地下的金砖你们都敲遍了。给你塞钱的，就跪到有空声儿的砖头前，没有打发你的，就带到地底下填实了的砖头跟前，头磕烂了也不听个响儿——以为我不知道？”

高无庸给他说破了机关，讪讪一笑说道：“奴才说句放肆的话儿，爷俗名儿‘鬼难缠’，真真名不虚传！给我十个胆也不敢糊弄爷——不信爷就试着磕两下，准保咚咚山响！”说着挑帘出来，恰见雍正刚进垂花门，忙侧身垂身道：“主子爷，李卫已经进来，在正殿候着呢！”

“起来一边站着吧。”雍正进殿坐下，他的神情多少有点憔悴，要了茶啜着，说道：“去过田文镜那儿了？”李卫起身又打了个千儿方回道：“奴才刚送邬先生去了。邬先生原先不大乐意跟他，说怕和田某不投缘。奴才好歹劝他试试才应允了。田文镜没说的，席面上说了好些感恩的话，再不想主子这么器重他，又说自己生性严厉，怕和督抚相与不来。他原想试着官绅一体纳粮，看看一个府一年能给朝廷多大收项，一下子分三个府，怕顾不来，辜负了主子的恩。”

原来有清沿明旧制，凡儒户和宦户援例不支丁差不完皇粮。凡有地半二顷者都属地主，夤缘官府结交权贵，也就与绅衿一样享有特权。这是几百年的老规矩，一旦废除缙绅们不但伤财而且伤体面，熙朝名臣陆陇其曾试着“官绅支差纳粮”几乎落到发配新疆的下场。田文镜为报君恩，增加国课岁入，居然敢冒天下大不韪再试一次，这份忠心雍正不能不动心了。雍正寻思良久，叹道：“有这份心怕不是好的？可这得罪的不是一个两个人，是所有豪门地主啊……”他蹙着眉头沉吟着，许久才下了决心，咬着牙道：“朕早有志办这事了，官绅不纳粮，多少奸民有机可乘，把土地都划到他们名下，本来朝廷应得的都落了他们腰里，有些混账人还乘机黑心兼并地土——嗯，就是这么着，叫他作。能成功朕就下诏各地照行！你明儿送送他，就说朕的话，断不叫他落了没下场！”说罢目视李卫不语。李卫略一想，赔笑道：“奴才原也想在两江试试‘丁亩合一’，把丁银摊进地土税里，布政使就是管这个的。后来想，两江是朝廷财源，如今年羹尧又在打仗，不能把地方弄乱。就是田文镜这法子，依奴才见识也得稍消停一下，等西边战事毕了再做。就如两江地面，亏空着朝廷四五百万银子，能挤弄着归了库，才敢想下一步呢！奴才这就要回省，请主子训，这么着可成？”

雍正目光一闪，笑道："就是这么着。真个士别三日当刮目相看。你能审量大局从小局着手，着实难为你！两江朝廷财赋根本重地，不能乱。你既这么出息，朕自然还有成全你的恩旨。不过你不读书，全仗着那点鬼聪明，治国安民不够使的。听说你爱使性子骂人，怄起气没上没下，可是有的？"

"回主子爷，"李卫一躬身说道，"奴才是皇上在人市上买的，看着奴才长大，调理着奴才成人的。奴才这点子牛黄狗宝还能瞒过主子？就这点子本事也是跟主子练出来的把式。主子说奴才粗鲁、任性儿使气骂人都是有的，奴才得好生再读几本子书，如今已经能念'千家诗'了！说奴才没上下不知是哪个混账行子的话？告诉主子一句话，奴才见有些人不敬主子，他没了这'大上下'，奴才才不跟他讲'小上下'呢！就如上回议事闲聊，湖州道胡期恒说主子'酒量大'，主子自想想，这不是他娘的放屁么？奴才当时上去拍拍他肚子，说'你这才是酒桶呢'！"

雍正除了年节、祭祀、大宴群臣，平素滴酒不饮，没想到底下还有这些议论，不禁变了脸色，旋又平和下来，一哂说道："你骂得对！不过这个胡期恒，也是年羹尧荐的人呐，怎么在下头这么没规矩？——你还听见有人说什么？""别的倒也没听什么，"李卫搔搔耳根说道，"昨儿去了一趟工部，见几个郎官说闲话，说田文镜走了时运，狗眼长到脑门子上，哦——还有，说万岁爷新选这个探花是个风流贼，大白天在客栈里搞女人叫人按住了屁股——这些人我都不识得，见我去了他们一哄就散了。"雍正顿时一怔，说田文镜短长算是人之常情，刘墨林是自己亲自从落卷里拔上来的，想不到竟是这么一个人！雍正思量着，心里越发不自在，起身道："就这样，你回南去吧。朕这几日乏，太后也欠安，就不见你了——回去好生办差，多给朕写折子，回头还有旨意给你。哦，你女人翠儿上次给朕和你主子娘娘做的鞋很合脚，叫她用心再做两双。她糟的酒枣也好，老佛爷说克化得动，也进两坛子来。"雍正说一句，李卫答应一声，末了竟落下泪来，忙又拭去。雍正诧异地问道："你这是怎么了？"

"没什么，奴才想起早年的事了。"李卫咽着声儿答道，"又想着明儿送走田文镜，奴才也坐船回金陵，不知多早晚才得再见主子……唉！坎儿要能活到今日该有多好！"

雍正心中陡地一沉，迅速看了李卫一眼又垂下了眼睑。坎儿是和李卫自小一处长大的光屁股朋友，当年雍正到扬州督办粮食，在人市上买下的奴才，若论起心思灵动聪敏才智其实还在李卫之上。李卫因和丫头翠儿相好，犯了家法，被发落出去做官，坎儿一直留在雍亲王府书房帮办雍正的机密事务，因为知道的东西太多，雍正在登极前夜“忍痛割爱”处置了他。这是件永远拿不到桌面上的事，以至于雍正每当想到那张迷迷糊糊似醒似睡的面孔，都觉得梦魂不安。听李卫说起坎儿，雍正垂头默思片刻，叹道：“坎儿是太聪明，招了造化的忌，短命夭亡……也实在可惜了的。雍王府奴才上千，真得用的并没有几个，他要不病死，如今位分功名也不在你下。唉……这都是命！”说罢仿佛不胜感慨，起身踱了两步，声音带着凄楚吩咐道：“不要提这些事了，朕听着难过——你跪安，回去安心办差吧。”

“喳！”李卫忙答应一声。对坎儿的暴死，他也曾闪出过可怕的念头，但他不敢沿着这个思路去深思，也不愿把这念头和面前曾把自己从苦海中救拔出来的恩人联系在一起，宁可想着坎儿“福命不济”暴病而卒才能心安些。因此李卫也不愿再说坎儿的事，一头答应，叩首辞行，那下头金砖果然磕得咚咚山响。

待李卫离去，雍正立刻起驾钟粹宫小佛堂。这个空灵大和尚入京已经十几天，允祉、允祐、允祥、允禩几个王府都去过了，京师都轰动说是罗汉转世。在江西曾由胡期恒亲自试过，确能呼风唤雨，允祐的老寒腿前些日子发作，疼得起不来床，经他一看，当场诵经，用手一抚便豁然病愈。因此四王联名密陈，可以由他给太后治病延年。雍正自号“圆明居士”，早已皈依释教，他的替身和尚文觉也是一代大师。但是，闲常时分和懂得佛家经义的臣子谈谈禅、对一对机锋语是一回事，在朝廷庙堂宫阙重地祈福禳灾又是一回事。弄得不好不但眼前难免流言蜚语，史笔里加一句“雍正信佛”还要遭后世无穷讥议！因此这次请空灵进宫祈禳三日，他一直没露面，由着文觉和尚接待。刚才去慈宁宫，见太后病体略有好转，他又忍不住想见识一下这个空灵，到底是个真佛，还是江湖骗子？想着，乘舆已在钟粹宫外停住，雍正不言声下轿，摆手命太监们不要传报，径自背着手踱进来，却见马齐提着袍角从小佛堂门口出来，便问：“这会子哪去？”

“臣回上书房。”马齐脸色很难看，一边叩头，说道，“求主子鉴谅，臣是孔子门生，不想看秃驴们斗法！”雍正用眼张望了一下里边，大约几十个人的样子，又看看脸色涨红的马齐，不禁扑哧一笑："你是生秃驴们的气呢，还是和朕怄气？朕知道你不信这个，可也没勉强你信嘛！张廷玉不是孔子门生？哦，孙嘉淦还有状元、榜眼、探花不也在里头？也不辱没了他们，偏你就不能忍？就是游戏，姑妄观之无妨。"马齐喘了一口粗气："万岁若是游戏，臣无话可言。不过臣确实有比这要紧的事，方苞先生在畅春园主子的书房，说臣前年给先帝的一份折子，说由各地府县建义仓的，寻不到原件，请臣过去详谈。山东赈灾还缺五万银子，得叫户部赶紧发出去。主子一定叫看这个，臣自然遵旨，不过说心里话，和看把戏差不多。"

雍正被他这些不软不硬的话顶得一怔，想想又不能驳回，半晌才笑道："牛不喝水强按头，各随自己心罢了，朕还勉强你？你既有正经差事，该做什么做什么去吧。"说罢便进了小佛堂天井院。

这里的官员大大小小约三四十个，都是各部院中平素参禅拜佛的信民。大约刚才是文觉与空灵在切磋佛理，官员们鹄立耸听，一个个面带肃色，竟没有看见雍正进来。雍正见佛堂执事太监忙着给两个大师敬茶，料是讲经已毕，正要上去见面，却听官员中一个人呵呵大笑："我还以为二位大和尚有什么真才实学，头竖得葱笔价听了半晌，原来不过尔尔！要是这就是悟道，我学生二十年前就可为二位和尚的师傅！"

因为人静，他连说带笑，满脸讥讽之色，格外引人注目，连坐在首位主席上的张廷玉也转过脸来。雍正从人头缝中看时，正是那个行止放浪不检点的新科探花刘墨林，不禁皱了皱眉，却听盘膝打坐在菩提树下的空灵朗声说道："居士，我认得你。姓名不知，文星高照，乃是今科探花！老衲眼目可差？"雍正这才定睛细看，空灵干筋黑瘦，面色如铁，土黄衲子外披着件大红袈裟，半苍的扫帚眉下深凹的眼睛炯炯生光，合着掌款款而言："居士有何见教？"

"学生这探花乃当今天子御笔亲点。"刘墨林挑着眉头嬉笑道："御花园簪过花，琼林院吃过酒，长安街夸过官，北京城论千论万的人都认得，大和尚你也认得，何足为奇？只学生方才听你那些字法妙语，上不见天花乱坠，下不见顽石点头，怎么就称得起三乘真昧？多少有点腹诽而已，不敢称'见教'！"

空灵和尚听了半晌不语，闭目沉思良久方道："居士是富贵中人，不是我清净门生。三乘真昧与君无缘!”

“我学生读书万卷，三坟五典八索九丘无不览之，天球河图金人玉佛无不详之，怎见得与三乘真昧无缘?”

众人谁也想不到这个新科探花会在众目睽睽之下与和尚叫上了阵，不禁都怔住了。挤在翰林侍讲里的徐骏巴不得和尚动无名火，当场咒死这个怪书生，略向前凑凑，瞪大了眼瞧。坐在上首的张廷玉见刘墨林横中杀出，又想让他出头搅一搅，又怕搅乱了道场惹雍正生气，正想喝退刘墨林，一眼瞥见雍正也在挤着看，便住了口，但这一来，他再也不便坐下了，因假作疏散起身来踱至阶下观望。空灵见有人挑战，看了看上座的文觉，似乎想问该怎么办，文觉和尚双手合掌，脸上毫无表情，说道:“探花居士，你可知‘欲参三乘，先断六根’?”

“六根不过就是眼耳鼻舌身意罢了。”刘墨林却不知文觉是雍正替身，一哂说道，“这六样东西学生没有了，还留得一根辫子。和尚剃了光头，断了六根，学生竟形容不出是什么了?”

和尚剃得光溜溜的头，再去掉“眼耳鼻舌身意”确实不成模样，众人思量着，已是一片窃笑。文觉自为皇帝替身僧，上至宰辅下至百僚见了他无不控背躬身敬礼有加，空灵又是他专程到五华山请来的，这个小小新科进士竟敢当众揶揄，他脸上就有些下不来，因笑谓空灵道:“大师，你密宗不善禅语，我和尚来请教一下刘墨林居士!”

“阿弥陀佛观世音菩萨，玉皇大帝孙行者诸天神仙并七十二洞魔王!”刘墨林向众人做个怪脸，合十盘膝坐下，“请大和尚下场玩玩!”

第二十回　辩偈语斗法钟粹宫
感前因下诏释贱民

文觉也是一般土黄直裰，大红袈裟，徐步下阶与刘墨林对面盘坐。他不同空灵，大约保养有术，庞眉白须面色红润，颇有点仙风道骨。他向刘墨林略一点头合掌道："居士既知欲参三乘先去六根，敢问：如何是无眼法？"刘墨林信口答道："帘密厌看花并蒂，楼高怕见燕双栖！"众人中便有人高声喝彩："好！"

"如何是无耳法？"

"休教羌笛惊杨柳，未许吹箫惹凤凰！"

"如何是无鼻法？"

"兰草不占王者气，萱花不辨女儿香。"

"如何是无舌法？"

"幸我不曾犁黑狱，干卿甚事吐青莲？"

"如何是无身法？"

"惯将不洁调西子，谩把横陈学小伶！"

"那么——如何是无意法？"

"只为有情成小劫，却因无碍到灵台！"在文觉连珠炮似的质问下，刘墨林左顾右盼满不在乎，信口拈诗对答如流，将佛家六根断法揽之无余，挥洒之间真个风流倜傥神采照人。雍正原是满心厌憎这个"坏了朕名声"的探花郎的，至此竟大起爱才之心，心下暗自掂掇，此人是东方曼倩之流！正胡思乱想，刘墨林笑道："大和尚不必尴尬，方才说过，无非玩玩而已。我是聪明人，不和笨蛋一般见识，更不和和尚斗法——胜之不武，败之适足为天下羞！"

"居士好狂放。"空灵在旁瞿然开目，眼中晶莹闪烁，盯视着刘墨林问道，"何见得居士聪明，何见得和尚笨蛋？"他见文觉胜不了刘墨林，出来助阵了。刘墨林道："大和尚，你读过《传灯录》么？昔日五祖弘忍以袈裟度世，五百弟子，必择一钝汉流传佛法。所以金莲法界不是聪明人插足之地。什么叫'钝汉'？笨蛋也！"说罢呵呵大笑！

空灵顿时勃然大怒，脸上一会儿青，一会儿黄，一会儿血红，合掌念念有词，却是六字真言："唵……嘛……呢……叭……咪……吽……"眼睛直盯盯看着刘墨林。刘墨林原先还是笑，笑着突然变了脸色，仿佛全身的血被一下子抽干，惨白着脸呻吟一声颓然倒下一动不动！

众人立时大哗，王文韶、尹继善等几个同年进士一拥而上，扶脉象，触鼻息，掐人中，扶掖刘墨林时，哪里还有一丝活气？众人顿时乱成一团。尹继善便骂："妖僧！这是出家人的行径？"王文韶道："请天子剑斩了他这秃驴！"张廷玉几步赶到雍正面前，跪了叩头道："臣请旨，空灵和尚竟敢在天阙之下妄行妖术，荼毒朝廷命官，罪在不赦，当发顺天府严鞫重处！"这时，人们才晓得皇帝早已来了，"唿"地跪了一片。雍正走到昏绝的刘墨林身边看了看他，向瞑目端坐的空灵问道："是你作法治死了他？"

"阿弥陀佛！"

空灵眼皮也不抬，合掌答道："刘居士亵渎三宝，自取罪戾，与贫僧无干！"雍正冷冰冰一笑，说道："亵渎三宝①，罪不至死。你行法置他死地，已经触了国法，杀人抵命，你晓得么？"空灵开眼看了雍正一眼，莞尔一笑，说道："听凭人主发落！"

"好得很！"雍正冷笑着吩咐道，"来人，架起油鼎，炸了这臭皮囊！"

"喳！"

几个太监忙不迭答应一声，一时却也无从寻到能炸人的"油鼎"，末了还是御膳房送来了一口杀猪用的大锅，用几个石礅支了，下边架柴焰腾腾烧起。只顷刻间便青烟缭绕油花泛起，伴着锅下哔哔剥剥爆着火花的响声，吓得一众人等没有一个不是面如土色。张廷玉眼见雍正要发令杀人，惨白着脸"扑通"一声双膝跪地说道：

"万岁！奴才要谏劝！"

"唔、唔？"

---

① 佛、法、僧为佛家"三宝"。

“国家以儒道治天下，万岁崇佛信道，招僧入宫祈禳。臣原本不赞同，万岁原也知道。但万岁本为太后祷福求寿，乃是尽孝道，所以臣不能不勉从君命……”

“嗯，还有什么？”

“妖僧行法致死朝廷命官，已经触了《大清律》第三十二款第十四项，应交有司衙门依律治罪。万岁不应以非刑处置，使天下后世无所遵循！”

他话虽不多，两条却都很有道理：原本就不该在宫中捣鼓这些事情，犯了罪更应该交刑部按律处置，这样当众油炸了空灵，难免要招来更多的讥讽非议。雍正沉吟着正要说话，空灵已经起身，绕着沸腾的油锅转了一遭，笑道：“文觉大师，你禅宗门里以寂灭为本，经得这炸果子锅么？”文觉已是慌乱得六神无主，见空灵兀自神色自若地要与自己辩论法门宗派，因合掌急急说道：“大和尚已经造罪！贪嗔痴释门三戒，你已经犯戒入了轮回——还不快救起刘探花？”

“这点子凡火未必炸得了贫僧。倒是你说的‘嗔’字，贫僧确实犯戒了。”空灵说着，将胳膊伸进油中！众人都惊怔了，几十个人鸦雀无声盯着空灵。只见他口中喃喃诵经，两手在沸油中轻轻划着，捞摸着什么，倏然间从锅内双手擎出一株碧绿绿翠生生连叶带根的莲花！雍正已看得目乱神迷，大张着口一句话也说不出来。空灵微笑着擎着莲花，说道：“若不能火中取青莲，佛法僧有何可‘宝’？这是人主赐的，谢赏了！”

雍正脸色苍白，嗫嚅良久忙合掌稽首，说道：“大师真是活佛，朕……为试探大师法力，不得已出此下策。请活佛广施慈悲，这刘墨林原是有用之才……”

“这有何难？”空灵呵呵大笑，“取一盂清水来！”早有小太监飞也似跑去，用玉碗盛了满满一碗清水端来递给空灵，空灵将青莲纳入怀中，踽步而诵，仍是“唵叭咪……”反复念诵几遍，然后喝口水向刘墨林头上“扑”地一喷，口中说偈：

> 莫、莫、莫！莫要嗔！探花也非假，和尚也非真。识得灵台路，但凭一点心。咄——鼠子缩头去，避过猫儿寻！

又复合掌念诵六字真言，那刘墨林已是缓缓坐起，仿佛刚刚睡醒似的揉着眼，迷迷糊糊问道："我这是怎么了？"

一时众人方回过颜色，各自暗地舒了一口气。雍正因含笑道："你到鬼门关走了一遭，大师把你请回来的，还不肯皈依我佛么？"刘墨林这才认清是雍正，一翻身扑倒便叩头，口中却道："生死有命富贵在天，佛门有什么能耐与夺？臣今早急着进宫，没吃饭，素来体质又弱，太阳底下晒着，不觉就晕过去了。臣是圣人门徒，誓死不皈释家！"雍正见他倔强不服，倒也欣赏，笑道："你还想再尝尝六字真言的厉害么？"

"什么六字真言？"刘墨林转脸冲空灵笑道，"我就听你说'俺把你哄'！"

众人立时哄堂大笑，连空灵文觉也忍俊不禁笑得前仰后合。雍正捧腹笑得连连咳嗽，说道："好，好！这才是真名士！明儿个你到军机处当差，帮着转送奏章，起草诏书吧！"

于是自即日起刘墨林便交卸了翰林院编修差事，径入军机处料理文书事宜。雍正也喜他滑稽多智，无书不通，时时召见顾问。偶尔暇时，常带着方苞、马齐、隆科多和刘墨林，或下棋、或论诗、或垂钓、或书画，畅春园、飞放泊、南海子、万寿山等胜迹无处不去。刘墨林自打叠起全副精神小心侍候。恰此时年羹尧将西征行辕由甘州移防西宁，军务繁杂，兵部户部和行辕直奏的折片每日都有十几件，都由允祥允禩合议了，夹上折片由刘墨林送养心殿或咨问张廷玉。雍正又不惮烦巨，每折必看。因此刘墨林竟是脚不点地地周旋于皇帝宰相和王爷之间。六部里人眼最尖，眼瞧着这是一颗即将跃起的新贵，哪个不要"先容地步"？因无论当值下值，刘墨林身边总围着一群中不溜的官员，请安的、回事的、造访的、致谢的……什么样儿的全有，终日众星捧月价来趋奉。刘墨林虽觉劳累，却也惬意。但只苏舜卿未脱贱籍，事关官箴，又防着徐骏一等人攀咬，一时不敢办理婚事。

看看五月已至，夏日骄阳渐炽。这五月又称"毒月"，百事多有禁忌。京师各寺院观庙给施主檀越送疏焚裱，宫中民间曝床晒席，拆换帐幔被褥，贴天师符，挂钟馗图，做麝香荷包，浸雄黄酒，蒸角黍，制蒲剑蓬鞭，采百草制柳叶茶，缝长寿线，买避瘟丹的，人们忙得团团转。刘墨林虽不信这些个，自那日事后也有些心障，见家仆们折腾这些个，只一笑也不理会。待到初五这一日，刘墨林启明星刚起便着衣上朝——昨晚接年羹尧军报，要五万套夹衣为西征军士更装，因户部的人都退值，没有来得及办理。按雍正严旨，已经误了时辰，所以得早点去，把文书札子补办停当——至西华门递牌子，听说张廷玉刚刚儿进去，刘墨林才舒了一口气，徐步进军机房写票拟。这是片刻就能办好的事，刘墨林写完，交军机处当值苏拉太监速送户部，便见养心殿太监高无庸进来笑道："刘大人，皇上叫你进去。"

"叫我？"刘墨林一怔，忙起身答应一声，"是！——是单叫我么？"高无庸道："还有十三爷十四爷。别的王爷贝勒贝子不是我传的，我不晓得。皇上今个儿要赐筵百官，在广生楼贴字画，比谁的字好，还有赏呢！"刘墨林这才放心，跟着高无庸进来，早见张廷玉立在养心殿檐下招手儿。刘墨林忙进前请安，问道："皇上已经起来了？"

张廷玉看上去很高兴，说道："皇上起来半个时辰了，今儿是正经节，要先去钦安殿、天坛、天穹殿、钟粹宫、建福宫拈香。然后在广生楼赐筵，庆贝子、宝贝勒、福贝勒三位阿哥爷陪驾，这会儿祭祀去了。其余亲王贝子贝勒已经着人去传，在广生楼候驾。"刘墨林听着不得要领，试探着问道："张中堂，我是奉旨进来的，不知万岁召见有什么差事，能给透个风儿么？"张廷玉笑道："万岁写了几幅条幅，要世兄挑一幅好的。广生楼今儿张着几百幅字，一概不署名，万岁爷的也不署名，叫群臣比较哪幅最好。广生楼张贴字画的差事你办，世兄可不能扫了万岁爷的兴！"

刘墨林顿时愣在当地，雍正的字写得是没说的，但几百幅字一律不署名，雍正的字混在中间，谁能保得定一定能得榜首？万一落榜，或在二三名，那得头名的又何以自处？想着，刘墨林已是头上渗出细汗，但他毕竟心思灵动，思量一阵已有了主意，笑道："上书房和六部九卿都是常见万岁的字的，不消说的。就怕下边一些人不知起倒，信口胡评。这件事我思量，在纸上做记号，或另外张到醒目处断乎不可，只有将万岁写的句子递出去，下头知道主子写的什么，就好办了——这种事只好找个太监去传递，且要快！"张廷玉低头想想，也只好如此，说道："那就高无庸办吧——我是想，众口一词才好。"刘墨林道："众口一词都选定万岁的字，显见得咱们做了手脚，也不好。倒是有几个倒霉蛋夹七夹八评议起来，反见得真。况且都晓得里头有主子的墨宝，不至于信口雌黄的。”说着三人便进殿来，果见里边长条镶龙乌木案上排着十几幅宣纸字画，却都是唐诗选句选词：

新松恨不高千尺
恶竹应须斩万竿
芳草萋萋
大漠孤烟直
黄河之水天上来
天若有情天亦老
我欲因之梦吴越
桃花潭水
……

刘墨林叹道：“主上这字确已到了炉火纯青造化入神的地步了，只恐笔锋太刚，有些柔媚文人未必入眼呢——都是好的，叫我怎么挑选呢？”仔细审量半日，选出一幅“两个黄鹂鸣翠柳，一行白鹭上青天”，又选了“桃花潭水”两幅问张廷玉：“中堂，优中选优，只怕这两幅联为佳，你看呢？”

“嗯，就笔力而言，确是这两联最好。”张廷玉托着下巴，思量道，“就气韵而言，我看再加两幅——‘大漠’和‘新松’。左右万岁一会下来，多荐两幅由主子圣裁罢了。”刘墨林便将四幅字联齐整摆到显眼处，小字抄了交给高无庸：“赶紧递送出去，不定还有人出钱买你这个信儿呢！”

高无庸笑着连连答应，刚退出殿，便见邢年李德全还有侍卫德楞泰、索伦、刘铁成、张五哥一大群人簇拥着雍正下来，忙侧身让过。张廷玉和刘墨林早已跪地接驾。雍正今天气色很好，头上戴一顶万丝生丝缨冠，蓝芝地纱袍外罩石青直地纱纳绣洋金金龙褂，穿着青缎凉里皂靴，兴致勃勃进来，看一眼张廷玉，却对刘墨林道：“探花郎，看过朕的字了？哪一幅中你的意呀？”刘墨林忙赔笑道：“奴才和张中堂正为难呢！都挑花眼了——主子几时高兴，也赏奴才几个字，就是奴才祖上积德的造化了！——和张中堂选了半日，好歹选出这四幅，得请圣上裁夺后再送广生楼张挂。”

“好!”雍正看了看晾在中间的四幅字，沉思着点了点头，挑出“桃花潭水”和“大漠孤烟直”两幅，说道：“太多了也不好，就是这两幅吧——方才说赏字，余下的任你挑一幅。廷玉，你要什么字，趁着现成的笔墨，朕给你写。”

“谢主子恩。”张廷玉忙叩头，说道：“奴才早就有意求主子墨宝了，只不敢开口。奴才近日新装修了府门，求主子赐一副楹联以光门楣!”雍正点头笑道：“平素确实也无心情舞文弄墨。这几个大案结了，朕心里松泛了些儿。好，就赐你一幅楹联!”说着援笔濡墨，略一思忖，在宣纸上正楷写道：

皇恩春浩荡　　文治日光华

写罢又端详一下，盖了图章小玺，又注了年月日，递给张廷玉道：“你看可成?”张廷玉双手接过，眼中放出大喜的光，“……只是奴才何以当得起这十个字?把奴才磨成粉也报答不了万岁爷高天厚地之恩!”说着泪水已夺眶而出。

一时刘墨林也选出来了，却是“两个黄鹂”一联，雍正却未用玺，只用朱砂泥印了“园明居士”四字，笑道：“‘园明’有佛家意，你死活不信佛，算是和尚赠秀才的，也算得体，就赐给你——邢年，你带这两张去广生楼——不许张在正中，听见了?”因见刘墨林也要辞出去，雍正又道：“你且停停，一会儿和廷玉一同过去。”刘墨林只好站住。

“廷玉，”雍正的神色庄重起来，声音有些滞重，“年羹尧出去也快半年了，只见要东西要钱粮，至今一战未交，朕心里很不踏实。想和你议一下，要不要派个钦差大臣前去督军呢?”张廷玉沉默着思索良久，说道：“主子的意思奴才明白，想早点打好这一仗。但用兵的事不同政务，一个蹉跌无可挽回。年羹尧当年随先帝西征时已是将军，持重而进，正是他的长处。本朝名将战法不一，巴海善于周旋，有耐力能持久；赵良栋善穿插，能奔袭；图海善对垒能攻坚；飞扬古善战阵，能苦战；周培公机变多智远虑深谋，可谓是全才。可惜风流云散，都已下世。看年某光景，节制部署、进退尺度很谨慎，似乎步了图海的后尘，他也是求毕其功于一役，志在必胜。

主上不必焦虑，以奴才拙见，三月进驻平凉，四月推向西宁，并不迟缓。军机处可以再发六百里加紧文书，一并让岳钟麒拆开，叫年岳二人合议回奏，几时可与罗布藏丹增接战，万岁看可成？”雍正皱着眉没吱声，半晌，看着刘墨林道：“你有何见解，不妨说说。”

刘墨林参议这样大的军国重务还是头一次，思量了一阵，回答道：“臣以为张相奏的甚是。康熙五十六年兵败，六万山东弟子无一生还，前车之鉴令人心畏，朝廷实在是赢得起输不起了。年羹尧持重进军，臣以为正为从大局着眼。至于派监军督战，臣期期以为不可。前明土木之变，松山之败一直到甲申鼎革，就因将军朝廷离心，常派监军掣肘将帅，一军而两帅，一事而异心，最是兵家大忌。所以圣祖爷征台湾，专用施琅，李光地虽有督军之名，其实只在后方筹粮饷支应军火——只可催问年羹尧何时进军、何时接战，保障军需供应，不可提调军务，派员督战，那是要坏大事的。”

“用人不疑，疑人不用。”雍正讷讷自语道，“好吧——既如此，就不派钦差大臣了。廷玉，你从二等侍卫里头选十名，要年轻些的可望成才的，拟个名单给朕。派他们到年羹尧军中效力。”张廷玉这才听出，雍正是对拥兵在外的年大将军不放心，顿时心里格登一声，忙赔笑道：“岳钟麒资历战功其实与年羹尧不相上下，有他在，朝廷也还是容易节制的……”“你说哪里去了！”雍正笑道，“年羹尧朕若不放心，怎么肯把二十几万军士交给他？你自想想，当年圣祖要是多派些亲贵少年在飞杨古帅帐里学习用兵，何至于今天选个主帅就这么烦难？”

刘墨林这才恍然大悟，敬佩地注目着雍正不言声。张廷玉却深知雍正秉性，年羹尧帐下上千的青年弁佐，何必万里迢迢派侍卫去“学习用兵”？想归想，口中却道：“万岁圣虑远谋，居安思危，臣心服之至！”

“刘墨林，”雍正闲适地呷了一口茶，微笑道，“你这个人才具颇为可观，朕听说你和一个青楼女子打得火热，可是有的？”刘墨林头“嗡”地一响，忙跪了回道：“此事实有，臣以为情之所钟无分贵贱。苏舜卿虽是贱籍，但卖艺不卖身，守身如玉，不可与寻常娼妓等量齐观。况臣与苏为风尘知己，贵而弃贱为不义，求主上明鉴！主上既说到这里，臣索性恩求主上为苏舜卿脱去贱籍，成全臣这一段姻缘。”雍正点头笑道：“才士风流，不是什么打紧的事，不过单为苏舜卿脱籍，用恩似乎太窄了些儿。衡臣，朕有意颁布明诏，为普天下贱民一律脱籍，耕读渔樵，与庶民一律，你看如何？”

这是一道非同小可的谕旨，“耕读渔樵与庶民同”，那么王八戏子吹鼓手也就可能入仕做官，张廷玉作为名宦名儒，打心底里是不赞同的。但他也隐隐听说过，雍正为皇子时，曾被乐户从洪水中营救过，还与一个贱民女子情笃意合，今日不过借刘墨林这事还夙日旧愿，公然反对等于给自己种祸。想着，笑道：“主上仁心通天，这实在是善政。自前明永乐靖难，黜落建文旧臣，沦为贱民，数百年来已繁衍百万之众。水深火热犹如覆盆之暗，一旦拔脱得见天日，怕不家家生佛烧香？然臣仔细思量，这类贱民操贱业已久，并不懂商贾稼禾营生，不操贱业反而生计艰难，似不可强行一律，应听其自愿。再有就是，官吏守牧为君子重器，乍然脱籍即能应试入庙堂，有伤物化文明观瞻，可否脱籍两代之后方许读书仕进，以示朝廷崇儒重道的本旨？”

“好吧！”雍正仰着脸思索良久，觉得张廷玉的奏议无可挑剔，因笑道：“这是老成谋国之言，就是这样，拟旨后明发就是了。”说着，邢年进来打千儿道：“主子，广生楼的字画都张好了，筵宴布齐，各位王爷贝子贝勒和与筵大人都已在广生楼前会齐了。”

于是雍正乘软轿，张廷玉随侍在侧，刘墨林从后，迤逦向地处紫禁城西北的广生楼而来。过御花园时，雍正见荷塘上新修了一座拱桥，桥栏还没有装好，便下了轿，一手扶着邢年一手扶着高无庸上桥。刘墨林在后说道：“主子，这叫步步登高！”雍正没言声，待下桥时又问：“刘墨林，这叫什么？”刘墨林笑道：“这叫‘后头比前头高’！”雍正不禁一笑，张廷玉见他如此能爬杆儿，暗自皱了一下眉头。待过了桥，已见弘时弘历弘昼三个皇阿哥从御花园东门迎了出来。雍正呆着脸站住，问道：“你们的字张挂出去没有？”

“皇阿玛，”弘时忙躬身赔笑道，“我和老五各选了三幅，弘历是一幅，听太监说阿玛只选了两幅，我们兄弟各减为一幅。都是太监去张挂，儿臣不敢僭越作弊。”

“嗯。”雍正看了看三个儿子，问道，“弘历，你为什么只选一幅？”弘历笑道：“儿臣书法笔力并不出色，不敢与皇阿玛和书林宿儒较短论长，聊书一幅，不违圣命而已。”雍正道：“也罢了，今儿御筵你们就不必入席了，在旁给臣子们斟酒。他们这些办事人忙了半年，你们代朕做东，殷勤些儿也是该当的。”说罢便出御花园西门。广生楼前筵桌旁早已等得饥肠辘辘的大臣们见他们过去，静鞭三响便一齐跪了高呼：“万岁！”

雍正颔首微笑，说道：“都起来吧！今日以文墨会友，君臣大礼不可过拘，太拘束了就无味了——好吃的不怕晚，我们先看这些字画，评出状元来再入席吧！”于是雍正领先，一百多名部院尚书侍郎、都御史、理藩院尚书侍郎（满人）大理寺少卿，还有翰林院的人却不分等级一律荣与。掌院学士以下，侍读学士、侍讲学士、侍读、侍讲、修撰、编修、检讨，上百的人都随着上书房大臣隆科多、张廷玉和允祥、允禵等诸王鱼贯入内。

广生楼是东六宫最大的一座望楼，因楼上供着广目天王，太监们都叫它“广生楼”。楼下祭祀用地为圆形，约有半亩大小，围匝都用玻璃大窗，十分轩敞明亮，翰林们和部院大臣的书法和画都张在这里，总共也有二百幅上下。字一半是“圣天尧德”“万寿无疆”，一半是唐诗宋词，墨渖淋漓笔如龙蛇，都用足了精神。还有些画儿，却多是“花开富贵”“国色天香”，或春兰、或秋菊、或奔马、或卧牛、或山水、或龙凤也不一而足。众人心里已是都有了数，默看着，寻着雍正的字，暗自写在纸条上预备交差。雍正却在一幅钟馗图跟前站住了端详。笑道：“这画儿也算画得入神了，可惜没有题跋，谁能即席一首为此画增色？”

“臣可否一试？”刘墨林因未能参与比赛书画，正自技痒，见众人无人敢应，遂大声道，“臣为此画题诗！”见雍正颔首微笑，便向楼隔扇门口的小桌上提了笔，饱蘸浓墨，盯着画略一沉思，疾书：

面目狰狞胆气粗，榴红薄碧座悬图。
仗君扫荡妖魔技，免使人间鬼画符！

一笔怀素狂草如疾风骤雨，真个酣畅淋漓，众人未及喝彩，雍正急道：“你再加一首朕看！”

“喳！”

刘墨林毫不迟滞，也不再蘸墨，接着一首：

进士头衔亦恼公，怒髯皤腹画难工。
终南捷径谁先到？按剑输君作鬼雄！

“好！”雍正见他如此捷才，不禁击节称赏，“字也好——还能否？”刘墨林不言声，向画天头又是一首：

何年留影在人间？处处端阳驱疠疫。呜呼！世上魍魉不胜计，仗君百十亿万身，却鬼直教褫魂魄！

雍正站在那画面前看了又看，回头问道：“这钟馗是谁画的？加上这诗，可收进三希堂封存传世。”说罢便命，“开筵！——把各人选定的头二三名呈翰林院，由翰林们秉公评议！”

于是官员们纷纷谢恩入座。雍正因不见王掞，便问马齐：“怎么不见王师傅？”马齐小声道：“王掞已病了两天，腹泻不止，昨儿就要写遗本，奴才去看他，劝慰了几句。今儿方苞先生去看他，也是怕有个万一。若真的病得不成了，再写遗折也不迟。”雍正见自己不下箸都不敢动，便笑道：“太后这几日病体稍安，朕心里高兴，今儿去请安，老佛爷懿旨，一年里头一个元旦、一个正月十五、一个八月十五，再就是端午，是要紧节日，忙了这许久，叫办差的人松泛一下——把胙肉分给侍卫们些，大家尽情用吧！”说罢端酒抿了一口，又夹了一口菜，众人这才敢举箸用餐。雍正这才招手叫过李德全：“叫三个阿哥给大家轮桌劝酒。你去御药房，看有鲜英格①，给王师傅送些去。方先生要是已经回畅春园，照这里的样子送过一个席面赏他。”

“喳！”李德全忙答道，“回主子话，鲜英格是有，只是现在还不熟，可使得的？”雍正道：“不熟的不能用。旧的力大，性太熟，留心着量也可用。养心殿还收着些木瓜膏，最能止泻，也送些儿去。”李德全忙连连答应着去了。雍正自坐了首席，与众人说笑，只偶尔夹一口素菜，却不饮酒。

---

① 英格：止泻药。

弘时弘历弘昼三个阿哥也是凌晨五鼓就进来了，在毓庆宫做完功课，读了雍正指定的《四书》章节，又转过来侍候雍正。此时已近午时，三个金枝玉叶早饿得前心贴后背，偏生雍正不让入席，叫他们轮桌把盏，看着满桌珍馐佳肴却一口也不敢吃，一句怨言也不敢有。弘历和弘昼倒还没什么，弘时便一脸的不快。好容易劝完这十四五桌，见翰林们呈送评选书画的禀条呈送上去，是个空儿，弘时一个眼风，三个人便退出了广生楼。却见几十个侍卫都在吃胙肉。从天穹殿抬来的大条盘上垛满煮熟的胙肉，热气腾腾散发着浓烈的肉香。弘时便道："四弟五弟，你们饿不饿？"

"我不饿。"弘历说道，"这是胙肉，就是饿，没有旨意，也不敢吃。昼弟，你素来羸弱，真饿得受不得，毓庆宫我书案上还有两块点心，叫人拿来给你充充饥。"弘昼才十一岁，肚里饿得咕咕叫，但胙肉是祭祖用过的，没有旨意谁也不敢吃。他眨巴眨巴小眼睛，"咽"地咽了一口唾液，说道："我也不饿。"

弘时冷笑道："这肉有什么贵重处？侍卫们都吃了，偏我们就动不得？"说着便上前用刀切下三块，用盘子盛起，推给弘历弘昼各一盘，自己用刀挑了一块正要往嘴边送，邢年匆匆赶出来传旨："宝贝勒，万岁爷叫进去呢！"

"是单叫四弟，还是我们都去？"

"万岁单叫弘历，没听说叫二位爷。"

"你不知道叫他什么事？"

"回三爷话，万岁赐宝贝勒胙肉！"

弘时的脸色立时变得异常难看，连刀子带肉"咣"地扔进了盘子里，似笑不笑对弘历道："四弟，看来你福分大，我们兄弟都要沾你的光儿了。"弘历明知哥哥是揶揄，只向弘时微微一躬，便忙忙跟着邢年进了广生楼。

第二十一回 吃胙肉兄弟生嫌隙 蓄险心王府策宫变

广生楼中评字评画已经揭晓。雍正的两幅字和那幅钟馗图被另外挑出来，用屏风张挂在御座之后，煞是显眼。两幅字自然是御笔，那幅画却是曹文治的手笔，由刘墨林题诗，密密麻麻占满了右上角空地。弘历一边行礼，起来恭谨地瞻仰了一下两幅字，退了两步垂手侍立。

"你这番辛苦不小。"雍正看着自己的儿子，真个目如点漆面如冠玉，剃得簇青的头，后边一条油光水滑的辫子直垂腰间，一身半旧的团龙褂浆洗得干干净净，熨得平平整整。比起弘时的故作俭朴，弘昼的不修边幅，另有一番自然风流态度。雍正说着，沉吟了一下向众人道："你们都知道了，山东总督陈佶、巡抚郑庆元、布政使金允恭三名大员一同革职查抄。就是四阿哥宝贝勒带着史贻直亲赴灾区，微服化装成灾民，吃舍饭、野菜，一连查了几个月，查出这群墨吏侵吞赈粮的实情。自四月之后，山东没有饿死一名灾民。"

众人不禁愣了，都把目光投向从容自若的弘历。山东总督、巡抚、布政使三大宪同时解职罢官锁拿进京，是昨日才见的邸报，谁都不知是犯了什么罪——这么长时间不见四阿哥，原来竟是化装成叫化子前去私访了！

"国家褒功奖能有制度，虽天子也应本功授受。"雍正从容说道，"趁今日诸臣工都在，朕下旨：弘历着进宝亲王，加授十二颗东珠。李卫发奸摘隐，以实奏闻山东赈灾情由，赴两江任阶，督催亏空补实卓有实效，着进两江总督实缺。田文镜催办亏空，督运大营军粮有功，着补河南巡抚。原任两江总督，河南巡抚进京述职，另行委差——衡臣，筵席散后，你就拟旨，竟不用廷寄，明发天下！"张廷玉忙在旁躬身答应道："奴才遵旨！"弘历便忙伏地叩头谢恩："儿臣何德何能，蒙承父皇殊恩！"

雍正笑道："你当得起。你做事沉得下去，务实不事虚华，这就难得。

山西诺敏不也曾派人去过么，差点诓了朕去！——来，赐宝亲王弘历一块胙肉！”下面众官见弘历乍然间受到这么高的宠赐，立时一片啧啧称羡之声。

弘时弘昼两兄弟在楼外，里头的话听得清清楚楚。弘昼还小，倒也无所谓，弘时已是变了脸色，眼见李德全出来，小心翼翼用刀方方正正切了一块胙肉，用黄绫袱面盖着端了进去，弘时咬着牙笑道：“饱汉不知饿汉饥——没人赏，现成吃不完的肉，咱们吃！”便端了一盘，用手撕着大嚼。因见侍卫索伦用海碗端着一块肘子过来，弘时笑道：“这没盐没酱的肉，肥腻腻的，也亏了你们侍卫，每日价狼吞虎咽，竟吃得下！”索伦笑道：“奴才有奴才的办法。三爷把这纸泡在碗里，再尝尝看！”说着从怀里取出两张桑皮纸。弘时吃了两口，已觉发腻，诧异地接过那纸，学着索伦的样子泡在肉汤里——那纸都是用盐、酱和各种调料浸透晒干了的，稍停一时再尝那肉汤，便觉咸淡适口鲜美异常。弘时饿急了的人，顿时便吃得饱胀。弘昼却没哥哥大胆，站在一旁咽咽咽口水。

不料刚刚吃饱，高无庸端出两大盘黄焖肥鹅，都有斤许来重，也用黄绫盖着，宣旨道：“二位爷，这是万岁爷赏你们的。”

“喳！”

二兄弟叩头接旨，一人接过一盘。君有赐，臣不敢辞，这是必须吃完的。弘昼是饥火中烧，自然欢喜；弘时已是满肚子饱胀欲死，打着呃儿，望着那只肥鹅，恨不得一脚踢飞了那盘子！

这一餐端午筵席直到未初时牌方散。雍正也别无赏赐，每个与筵官员一束青艾，一瓶雄黄酒。只刘墨林多少便宜了些，外加了一方青玉镇纸和一把湘妃竹扇。他兴冲冲满面红光出来，恰遇曹文治在隆宗门外和王文韶说话。曹文治见他出来，远远便笑道：“真真便宜你！我画这幅钟馗图费了多少精神，你轻轻巧巧三首诗，就夺了功劳去！”王文韶却道：“还是你占了刘年兄便宜，单凭一幅钟馗图，怎么能存进皇史宬的金匮里？”

“就是这话，还是文韶公道！”刘墨林嬉笑道，“我还没恭喜你呢，年兄嫂晋封光华夫人，难道你不该请客？”王文韶诧异道：“是么？怎么没见圣旨？也没这个先例呀！”刘墨林笑道：“状元公，太老实了！忘了万岁爷赐张中堂的楹联了?”曹文治和王文韶这才想起来，不觉相视大笑。一时却见尹继善陪着三贝子弘时过来，三个人便止了笑上前给弘时请安。王文韶见弘时气色很不好，便道:“三爷，早起见三爷还好，这会子看去脸色有些发黄，敢怕着了时气?继善，你通医道，没给三爷瞧瞧?”

弘时吃了胙肉又吃肥鹅，满肚子的不合时宜，黄着脸勉强笑道:“不相干。方才继善瞧过了，胃气有些不适，回去歇歇儿就好了。”尹继善肚里暗笑，却不敢说破，因道:“咱们送三爷出去吧。”弘时腆着肚子忍着疼和三个鼎甲进士一步一蹭出了西华门。临上轿前，尹继善向弘时耳语了几句便退回来。刘墨林问道:“你这人鬼鬼祟祟的，这叫怎么回事?”

“说给你们不许外传。”尹继善拊掌而笑，“昔日孔子过陈蔡，饿得要死，今日三爷赴御筵，饱得要死，他纯是撑出来的病!我叫他上轿用手抠一下嗓子，吐出来万事大吉!”王、刘二人这才知道原委，都不禁破颜一笑。尹继善笑道:“阿哥爷们的事，咱们休管。告诉你们一句话，皇上最厌科甲习气，不喜欢进士们有事无事往一处凑。弟已经接了吏部票拟，明日启程去金陵，年兄在京也当心些儿，皇上耳目厉害!”

雍正耳目灵通，大家都领教了的。尹继善话音不高，语气却很重，三个人都噤住了。王文韶说道:“年兄到金陵办什么差?”尹继善低头叹息道:“奉旨抄家。李卫有密折，隋赫德抄曹寅家产，私自隐匿侵吞黄金四百两。我这去抄隋赫德的家。”三个人本来高高兴兴的，不知怎的，心头都是一沉。曹寅家自太祖时就归了清，赫赫扬扬，已是近百年的簪缨望族，亏空国库七十万两白银，也都为圣祖六次南巡，四次住在曹家，为接待先帝用了的，说声“抄”，忽拉巴儿就穷得精光。隋赫德查抄曹家才几个月，如今又轮到他自己被抄!宦海风涛如此险恶，谁能不触目心惊?三个人正暗自嗟讶，见隆科多摆着四方步出来，点头一会意，便要各自上轿，隆科多却招手道:“刘墨林，万岁招你进去，在养心殿小书房和你下棋，快点着进去!”“是!”刘墨林躬身肃立答应一声，忙趋步进去。

隆科多是奉旨去廉亲王府传旨的。本来应该从东华门出去，但他的轿停在西华门外，还捎带着传命刘墨林进去侍驾。既然碰到了刘墨林，也就省了事，径打轿向南，由午门踅东直门出老齐化门，朝阳门外运河码头北，一带粉墙中老树婆娑，墙头榴花似火，墙下蔷薇篱结——内中便是巍峨壮观的八王府了。隆科多的绿呢大官轿在照壁前一落，廉亲王府司阍长随便赶上来，见是隆科多哈腰出轿，又听是来传旨，只打了个千儿便飞也似跑了进去。须臾便听炮响三声，朱红镶铜钉、带着斗大辅首衔环的中门呀呀而开。廉亲王允禩头戴织玉草东珠朝冠，脚蹬粉底冲呢皂靴，身穿片金缘绣文九蟒蟒袍外罩石青四爪正蟒团褂补服，带着一群长史、府吏、笔帖式和太监直迎出来，将隆科多让进王府正门——香案是早已摆好了的，待隆科多南面立定，允禩便行三跪九叩大礼，说道：

“臣允禩恭叩万岁金安，接圣谕！”

“圣躬安！”隆科多瞟一眼允禩，一脸庄敬之容，徐徐说道：“廉亲王允禩才识宠卓，勤劳王事，劬劳不避烦难，着即加封总理王大臣，赏食双亲王俸，仍在上书房，与允祥掌理国事，佐辅朕躬，钦此！”

“谢恩！”

允禩深深叩下头去。

“王爷，恭喜您了！”隆科多宣完旨，满面堆下笑来，双手搀起允禩，甩马蹄袖便要打千儿。允禩急扶住道：“舅舅，这万万使不得——西花厅设筵——舅舅请！”

隆科多却深知八王府筵无好筵，是是非之地，想起上次与九阿哥的那席惊心动魄的谈话，更不愿在此久留，忙辞道：“王爷，万岁爷今个儿还要去畅春园，我得从驾。去迟了不恭，王爷的厚情改日再领不迟……”

“得了吧！”允禟从屏风后闪了出来，摇着一把泥金檀香木扇，慢悠悠踱着，似笑非笑说道，“舅舅，别以为皇上的耳朵就那么长！皇上那一套只好吓唬王文韶这样的书呆子！八王府数十年经营，上上下下几百口子人，都是八爷的家生子儿奴才，过了粗箩过细箩，筛过不知多少遍了！和你说几句体己话打什么关紧？我们叫你谋反了么？”允禩却爽朗地一笑，说道：“舅舅，老九那张嘴你还不晓得？刀子嘴，豆腐心！皇上今儿到畅春园是去见方先生。张廷玉和马齐从驾，还有礼部的人。老王掞不成了，上了遗折，他们要去看看。山东亏空二百万银子，要派宝亲王去催，江南、浙江、江西三省亏空七百万，要和方苞商量着派钦差大臣去催。根本没有你这个领侍卫内大臣的事——！不过，舅舅，我也知道我是是非之人，我这地方是是非之地，并不敢一定攀你。一处谈谈，也为你好，若一定不肯，甥儿也是不敢勉强的。”

允禩不紧不慢，从容不迫侃侃言来，句句温馨可人，毫不剑拔弩张，但字字都带着骨头，绵里藏针，而且对雍正的行止一举一动了如指掌到这地步，真让人摸不透，他手下到底有多大一个密探网为他效命。隆科多听着，大热天儿，竟无端打了个寒噤。想着，笑道：“我也是怕皇上一时寻我有事，不在跟前怕失礼。八王爷既这么说，我就愧领了——至于别的心思，我是没有的，王爷原就是亲王，如今又加恩总理王大臣，天子驾前第一人，也正该贺一贺！”

“哈哈哈哈……”允禩突然纵声大笑。

“千岁……”

“走，走。这里不是说话处，花厅里去！”

隆科多满腹狐疑随着允禩和允禟步出王府正殿，从月洞门进西花园，穿过一带月季花藤密密编起的花廊，里边豁然开朗一片绿莹莹的空场，碧波荡漾的海子边柳丝拂风，黄鹂鸣啭，一座歇山式压水三楹小殿矗在岸边，与湖光树影相映生辉。隆科多不禁赞道：“神仙去处！”

允禩没有回答，将手一让请隆科多进了书房，却见两个人已先在里边正在专注地弈棋，见他们进来，两个人一齐推枰起身。允禩笑着道：“我来给你们介绍：这位就是上书房满大臣领侍卫内大臣兼步军统领九门提督、皇舅舅隆科多。”又指着下棋的一位五十多岁的清瘦老者道：“这位汪景祺先生，号星堂，是原来上书房大臣索额图门下清客，康熙五十三年举人。这位空灵大师，就是日前在宫中为太后祈禳的密宗大法师了！”

“久仰久仰！”隆科多心中十分震惊。他万万没想到空灵这样的神僧居然和八爷党有这样深的渊源，更猜不出汪景祺这样一个小小举人，为什么成了廉亲王府的座上客，而且位置似乎还在空灵之上！想着，不禁问道：“星堂先生，现在哪里恭喜？”这时，家人们已经抬进一席热气腾腾的席面，允禟不等汪景祺回答，在旁笑道：“我们坐下慢慢叙。来，来，也不用安席，随意坐吧！”

允禩坐了主席，亲自执壶为各人斟了门杯，笑道：“你们看这位舅舅。如今已见了老态。当年可是金戈铁马气吞万里呢！先帝爷西征，在科布多被围，是舅舅背着先帝突围出来，舅舅是大清的介子推，擎天保驾，应该有今日荣耀富贵！我先敬舅舅一杯！”隆科多最怕的是沿着上次与允禟密议的题目说话，见他说起这些，略觉放心，忙端杯道：“今儿是八爷的大喜，加俸加官，我那些陈谷子烂芝麻的事有什么说头，还是王爷请！”允禩接过杯，盯着杯中琥珀汁一样的酒，良久方叹道：“就算是吧！我喝了这杯。舅舅，我知道有些话你不愿听。大凡人都是如此，得意时常忘后路，喜吉而畏凶，一句扫兴话也难入耳。哲人高明之处也正在此，老子于是就说‘福兮祸所伏’，我心头清明着呢！”这些话隆科多听着确实如坐针毡，可又不能不听，默思良久，终不能一语不发，因干笑一声道：“八爷，话既说到这份儿上，我也掏心窝子说几句。早年的事都已经过去了，心里总折腾着这些个，有百害而无一利，木已成舟，生米熟饭，到了这个山上，就唱这山歌。圣上为人确实精细，恕我说句罪过话，存心并不宽厚，这是人人都晓得的。不过良心话，待八爷满好的。苏奴是八爷的人，先年保八爷当太子，被先帝剥了黄马褂，如今又晋封贝勒；佛格，一个闲散宗室，也和八爷过从很密，皇上如今用他作刑部尚书，阿尔松阿如今也是刑部尚书，佟吉图是六叔佟国维的本家，皇上一即位就封了山东按察使，上月又进位布政使——先帝爷在时，八爷保举过多少次的人，如今都大用了。王爷今个儿又蒙恩为总理王大臣，圣眷是很隆的，依着我看，皇上虽刻薄，却并不寡恩，兄弟情分上很顾全的了。”允禩听了格格一笑，又是没言声。

“隆大人你还没说完。”坐在下首的汪景祺说道，“八爷的世子弘旺如今晋了贝勒，皇孙里是头一份。废太子允礽如今虽然还囚禁在上驷院，内廷有讯儿，就要移居咸安宫了。外地进的贡品时鲜，皇上都要分赐给允礽些。允礽的长子弘皙，也晋封了郡王——就是马齐，当年还不是皇上的对头？如今在上书房和张廷玉平起平坐——我说的有假没有假？”

“都是真的。”隆科多面无表情，盯着这位精干清癯的老举人，揣摩着他话中的意思。看允禩和允禟时，都是微笑不言，夹着菜慢慢嚼着静听，只空灵和尚似乎一切都无所谓，双手抓着一条金华火腿大吃大嚼。汪景祺以箸画桌，口气陡地一转说道：“还有另一面隆大人也不可不留意。理藩院都察院两院长官已经联名具折，弹劾大将军王允禵大闹先帝灵堂，君前无礼，请削为庶人以正朝纲——”“这个我知道。”隆科多冷冷说道，“皇上已经留中不发。”

汪景祺一笑，说道："留中不发是因为怕太后发怒，并不是已经结案。隆大人，大内选了十名侍卫，'护送'九爷前往西宁，在年羹尧帐下学习军事，不知大人您知道不知道？"选侍卫去西宁的事隆科多已知道了，只想不到还顺便发配允禟也去西宁，他不禁看了一眼允禟。允禟喝了一杯酒，看着隆科多，沉重地点了点头。

"九爷，"隆科多已被这个汪景祺说得心里发毛，"这事圣旨还没下，要不要我在万岁跟前斡旋一下？"允禟哼了一声，冷笑道："你有那么大面子？我几次亲自请求，等送了先帝去陵寝再启程，我的四哥扬着脸睬都不睬！"汪景祺又道："九爷是这样发落，让年某人软禁起来——十爷呢？他今儿个没来，是心里不痛快。哲布尊丹是喀尔喀的台吉，来京奔康熙爷的丧，病死在京师。本来嘛，这样的事由理藩院去个尚书送他灵柩回去也满尽礼的了，皇上偏叫十爷亲自送！喀尔喀离这里万里之遥，要过沙漠瀚海，还要绕过青海战场，你自想想，这是不是个送死的差事？"

隆科多愈听愈惊，脸色变得苍白，他已经明白了这个王府清客话中的潜台词，想了想，不甘示弱地说道："这都是朝廷的事。先生，你关心的未免太多了吧？"

"我这就要说到您。"汪景祺眼中闪着绿幽幽的光，"您自以为是顾命大臣，受皇上不世之恩，我一点也不疑，你一心一意想为皇上办事，忠心耿耿——放心，九爷不会用那纸文书逼你做什么事，凡事要讲情愿！隆大人，你是总领提调京城兵马的长官，驻畅春园西的健锐营、绿营换防，你知不知道？丰台大营提督内定了图里琛，你知不知道？热河都统已经由狼曋的侄儿海因接管，你知不知道？——啊，隆中堂，你不要惊愕，还有你不知道的呢！马尔音已经有密本参奏你，说你卖官受贿，在密云祖陵置庄园一百顷；你上朝时从十二爷允祹面前擦身而过，礼亲王参你'跋扈无礼'，你说二十三爷允祕'童稚无知'说过没有？中堂，二十三爷是你说得的？当日拥立皇上柩前即位，二十三爷是头一个顶住说'先帝说传位四哥'，比十三爷还早！你看他七岁，所以就敢这样说他？你说没说过，'白帝城受命之日，即是死期已到之时'——还有——"

他侃侃而言，如数家珍，隆科多早已浑身透心价凉，他强压着心头慌乱，一手紧攥着，另一手捏着椅柄，嗫嚅了一下，连自己也不知道说了句什么。

“天威难犯。”允禩向汪景祺摆了摆手，说道，“舅舅你说得很对。因为你自己心里明白，你压根就不是忠臣。你方才不是问我为什么发笑么？我就笑你不学无术，不懂帝王心也！当日圣祖爷智除鳌拜，也是先加封鳌拜为一等公，第二日上朝，便被魏东亭、李煦、曹寅一干侍卫在毓庆宫就地擒拿。如今一边拉着我，一边整治老九老十和老十四；西边靠年羹尧打一个大胜仗，南边靠李卫田文镜这些人催讨国债，接着再整顿吏治，急敛暴征荼毒百姓。文德武备双管齐下，一旦羽毛丰满功成名就，还要你这个顾命大臣？你自诩为诸葛亮，辅了先帝佐后主，这是一厢情愿，雍正皇帝，可不是阿斗！”

隆科多猛地抬起头来，眼中满是凶狠的光，咬着牙说道：“八爷！这些话你早说一年，如今养心殿里坐着的就是你！只消我在传遗诏时……唉！这都是造化弄人！今日算是说透了，说透了又有什么奈何？你说个章程……我尽力办！”

“好！这才像个满洲汉子，真豪杰！”允禟一击案站起身来，走近了隆科多，“我实言相告，无论八爷、十爷还是十四爷，我们早就死了篡位称帝的心。为我爱新觉罗氏大清江山不至于出一个秦始皇那样儿的暴君，也为我们不被一个个送到屠刀之下，我们得设法另拥一个英主！”

“……谁？！”

“阿弥陀佛！”空灵早已吃饱喝足，瞑目端坐听着这场“三英战吕布”式的谈话，至此双手合十，音如金石般掷地有声，“三阿哥弘时龙日天表贵不可言，乃是救世真人！”

弘时！隆科多顿时目瞪口呆。雍正的三个儿子都是他从小看着长大的，在隆科多眼中，弘时连弘昼也不如，更不必说好学敏进、风流儒雅的弘历了，这样一个人会有帝王之份？但他很快明白了面前这群人的真正意图，不过是寻个傀儡当幌子。但这一层是日后的事，眼前根本不能说，隆科多略一怔，也合掌回礼，说道：“大师深通天人之理，领教了！不过我不明白，大师既能当时致死刘墨林，为什么……”下头的话，即使到了这种时候，也觉碍难出口，便闭住了嘴。

“雍正有三年帝王之份，气数未尽。”空灵说道，“就是刘墨林，寿数未终，和尚也不敢违天行事，只他太过欺蒙师祖，小加惩处而已。道法自然，大道之数不可亵，阿弥陀佛！”

允禟瞥了空灵一眼，叹了一口气。空灵是他千方百计绕了多少复杂的圈子请到北京的，此人有些异术不假，其实他的真实本领只是武学，是个武僧。允禟心里雪亮，却不能说破，干咽了一口唾液说道：“一日三秋，度日如年，三年也够我们熬的。隆中堂，天与弗取，反受其咎，我们已经错过了一次良机，不可一错再错了。”隆科多此时死心塌地，已不再犹疑，端起酒满饮一杯，黑红的脸放出光来，将酒杯一墩，说道：“八爷、九爷，我铁了心了，你们吩咐吧，要我做什么？”他看了看允禩，允禩却不吱声，跷足而坐，摇着扇子只是微笑。

“不要忘了，八哥是总理王大臣，你是总理事务大臣。我们一座之中有两位位极人臣的人。”允禟目光炯炯有神，望着窗外的碧波涟漪，缓缓说道：“自今之后，你不要轻易来见我们，我们仍是‘政敌’。稳住这个局面。原来我们想借张廷璐的事，请张衡臣与我们联手。但张廷玉是汉人，汉人，没几个好玩意儿，胆小心大，功名性命第一，难得指望。现在最要紧的是稳住年羹尧，他带着二十几万兵，就是心腹中军，铁心只听年某的，也有两万多人。事情有变，年羹尧即便中立，我们也有七八成把握。”

隆科多摇头道：“年亮工我左右不了，都是皇上一手提调，他远在万里之外，说不上话，用书信更是不妥。”

“年羹尧的事不要舅舅管。”允禩在旁说道，“九弟要亲自去‘军前效力’，由九弟来办。还有这位汪先生，我已另叫人荐到西宁军中作年亮工的军幕——你嘛，相机能除掉方苞，就是大功一件！”

隆科多忡怔了一下，说道：“方苞一介书生，只是在畅春园料理一些文书事务。何必打他的主意？皇上一天也离不了他，圣眷那么隆重，离间也难。”

“这我都知道。”允禩不动声色地道，“可以硬来！”

“闯宫杀人？！”

“嗯。”

“皇上——”

“皇上，”允禩笑道，“皇上要去热河秋狩，必定携带张廷玉，留下方苞监视京城。舅舅，比如这时候畅春园里有了‘刺客’，或者是‘贼’，你这个领侍卫内大臣可不可以带兵进园？昏夜乱中，月黑风高，‘方先生’不幸被‘贼’杀了，就是皇上，也不能叫死人起来对证呀！”

隆科多久已知道，允禩虽有“八佛爷”“八贤王”名目，其实心底瓷实，没有想到他竟是如此心狠，由不得心里一震。皱眉沉思良久又道：“这是我职权中的事，能办。就怕太后干预，太后是不去承德的，要下懿旨不许带兵进园，这事仍旧不成啊！”

“太后？”允禟在窗前倏然转身，一字一板说道，“太医院医正李祥说了，太后已无药可医，过不了今夏。空灵太师用神功为她疗治，虽有好转，但空灵大师夜观天象，太后也不久人世！”

“阿弥陀佛！”空灵合掌说道。

第二十二回 九阿哥谪戍买人心 十侍卫恃宠受窘辱

年羹尧统率十万大军，自雍正元年五月将中军大营移防西宁，直到九月还迟迟没有大举进剿。这不是他不想速战速决，是这一战关系实在太大了。罗布藏丹增的叛军都是剽悍勇猛的蒙古人，游牧部落习性行无定止，今日探报说叛军中营设在贵南，明日再报已向兴海移防，派小股军士前往奔袭，却又扑空，再探时，罗布藏丹增已至温泉……如此飘忽不定，在遍地皆是叛军叛民的西北盲目追逐，注定是要吃大亏的。他自幼便喜读兵书，立志做一代名将，因此，虽中了文进士，却一直做着武职。康熙年间御驾三次亲征准噶尔，他一直在北路军飞扬古大将军麾下当参将，在滚沙飞石狂飚冲天的戈壁上作战十几年，他才深知剿灭罗布藏丹增这样的巨寇，绝不同于中原剿灭抱犊崮、太湖捉拿水匪草贼那样容易。这一仗打赢了自不必说，自己便是大清的飞扬古第二。但打败了呢？早就满是火药的朝局立时就要爆炸——凭什么把打了胜仗的十四阿哥调回京师，派这个草包将军去丢人现眼？不但自己身败名裂，连雍正的皇位也未必保得住。

因为志在必胜，年羹尧用兵一直小心翼翼，下谕令甘肃巡抚范时捷驻守永昌和布隆吉诃，封住罗布藏丹增东进的路，分出两万人马固守里塘、巴塘、黄胜关，防着罗布藏丹增窜扰西藏；驻守新疆的靖逆将军富宁安因位高权重，他是雍正门下奴才，不便直接下令，便请旨敕令富军屯兵吐鲁番和葛斯口，隔断叛军与准噶尔的联系，不知费了多少心思，熬了多少不眠之夜，终于在战略上织成一张包围整个青海的大网络。几个月下来，年羹尧竟消瘦了十多斤，两颊和眼窝都深陷了下去，脾气也变得更加乖戾火爆。因此，当听到十名侍卫“护送”九阿哥允禟来大营“军前效力”的消息，年羹尧只狞笑了一声，将邸报“啪”地向案上一甩，背着手便踱出了中军帅帐。

“大帅,”年羹尧的长随桑成鼎追出来说道，“这里还有两份军报，是六百里加紧递来的……”

“说。”

年羹尧黝黑的脸上皱纹像刀刻似的一动不动，看着远处漠漠滚动的黄风。桑成鼎五十多岁，干瘦得像一阵风都能吹走，他沉默片刻方道：“范时捷是咨文，大军移防，眼看要上冻，请拨二千套牛皮帐篷。”

“回文给他谕令，叫他兵部去要——加上一句，往后给我行文，要有上下之分，否则我不回文，误了军机我斩他！”

“喳！”

“还有什么?”

“岳督帅处也有回文。”

“说。”

“岳督帅说大将军调四川绿营进驻松潘的命令已经接到，但目下不便执行。”

“嗯?”

年羹尧转过脸来，上下打量着桑成鼎，目中火光一闪随即又变得深不可测，格格一笑道：“论地位，他是我的部下；论情分，他是我的老朋友。怎么，和我打擂台?岳钟麒都说了些什么?”桑成鼎舔舔发干的嘴唇，说道：“他是请了圣命的。说军机不可预料，罗布军如无大的动作，四川旗营绿营不必一定与年羹尧合期并进。他已将军队调移石渠、孟龙寺随时听用。这是他抄来万岁爷的朱批，务请大将军谅他苦心。”说着便将一份鹅黄封面的折本双手捧上来。年羹尧信手接过，展开看时，前头是请安问好、嘘寒问暖的话头，就是暂不调防的事也说得十分委婉，下面雍正的朱批另外辟出，十分醒目：

> 览奏甚悦。朕信得你，但凡百事持重为上。西边有年羹尧、你二人，朕岂有西顾之虑?愿你等速速成功，朕喜闻捷报!

年羹尧吁了一口气，默默将折本递给桑成鼎，良久说道，“岳钟麒是我的副手，不能不买这个面子。既是皇上发了话，驳回更不好。你叫中军文书给他指示，钤我的印，照允——不过要告诉他，青海叛军逃进四川，哪怕是只耗子，几十年的情分脸面就顾不得了。还要加上将在外，君命有所不受，四川营兵人马须得随时听我节制。”年羹尧说着，桑成鼎答应着。因见桑成鼎还不走，年羹尧又道：“你怎么还不去？”

“大将军，”桑成鼎说道，“果亲王府荐来的那个慕僚汪景祺，想请大将军接见一下。还有，九爷和十名侍卫也已到了西宁城外。大将军要不要接一接？”

年羹尧淡淡一笑，说道：“老桑，果亲王荐来的这个姓汪的，几个条陈写得还不坏，明天叫他签押房里帮办军务，天天见面，说什么‘接见’不接见？这些个侍卫，还有九爷，你晓得他们做什么来了？有的是来抢功劳，有的是来吃苦头的，你带中军帐下副将、参将代我接一接，就说我甲胄在身，不便远迎，委屈他们了——我也实在乏透了，偷点工夫歇歇，好吧？”

允禟和大内选来的十名二等侍卫，由驿站传递迎送，途经直隶、河南、陕西、甘肃，跋涉数千里，总算到了西宁。九月初八辰牌时分在接官亭下马。此时中原秋高气爽，枫丹柳黄，霜叶缤纷，河湖澄碧，正是一年中最好的时节。待过中条山入陕，气象便改了味，漫漫无垠是坦荡辽阔的黄土，黄土坡、黄土沟纵横迭伏拔起，马上望远，一线地平直接天穹，道旁衰草在寒风中瑟瑟颤抖，一株株落光了叶子的白杨，枝桠摆动着发出刺耳的呼啸声——已是肃杀荒寒得使人心里发噤。再向西行，过了甘肃，进青海高原，索性连草树也少见，干河沟，黄沙丘，盐碱地，乱石滩……白毛风掠地而过，卷起万丈黄沙，迷迷茫茫混混沌沌，牵马步行也觉吃力，每日吃不到头的是燕麦青稞、盐水煮羊肉、风干牛肉、牦牛肉，有时到了缺水地方，连洗脸烫脚的水也难以供应。这群人都是满洲八旗贵胄子弟，尽自练武打熬得好筋骨，几时吃过这种苦头，早有人不干不净骂起娘来。倒是允禟知道此行关系重大，他随身带着一百万两龙头银票，虽无使用处，但逢人心里烦闷，便用钱安慰。两个月下来，这些侍卫无人不觉得“九爷大方”，又是“患难同舟”，所以早将雍正吩咐的“不得与允禟交好”忘得精光。

这群人在接官亭等着大将军年羹尧亲自来迎。西宁知府司马路是十四阿哥允禩的门人，十分巴结，请了西宁最好的厨子办驼峰筵为允禟接风。除了鸡鸭鱼肉之外，居然还有青芹、菠菜、韭黄、大头菜这类时鲜菜蔬。大家一路吃腻了肉，真有久旱逢甘雨的架势，欢笑着大吃猛喝，风卷残云般早将两桌盛筵吃得狼藉一片。领头的侍卫叫穆香阿，吃得满头冒汗，见允禟似乎心事重重，略吃了几口便盘膝坐了炕上，因笑道：“九爷，想什么心事，这么好的菜，怎么不吃？”

“我自幼惜福修身，怎比得了诸位虎贲猛士？你们只管放量用。”允禟呷一口酽茶，转脸问司马路：“这些青菜，都是此地产的？”司马路忙赔笑道：“九爷真是紫禁城长大的。这地方此时哪有青菜，除了萝卜，一概都是从四川传邮过来的。年大将军赐给奴才，奴才舍不得吃，孝敬九爷罢了。”

穆香阿剔着牙缝说道：“年羹尧好大气派！四川到这里这么远，菜都还是鲜的！”司马路道：“从孟龙寺到这里快马走三天，单是送菜的就分着十拨，一千多人，源源送来，自然供得上大将军的中军营帐了。”众人听年羹尧如此做派，都咋舌暗惊。允禟却换了话题，问道：“大将军行辕离这里多远？”

“回九爷话，就在城北。”司马路揣着允禟的话意，缓缓回道，“奴才平日也难得见大将军一面。还是前头驿站滚单到了，才知道九爷和各位大人到了，这是奴才专为主子洗尘的。大将军那边这会子必定也知道九爷你们到了，一会儿准有消息……”

众人这才晓得，这个太守压根不是年羹尧派来款待皇差的，早有人“呸”地唾了一口。穆香阿是太后正宫娘家侄孙，母亲是康熙二十三和硕公主，哪里受过这个？顿时涨红了脸，一捋袖子操着京腔说道：“真他妈的林子大了，什么鸟全有！我们是皇上差来的，不是谁的奴才！我当初——”

“老穆，有酒了。”允禟摆手止住了穆香阿。他掏出怀表看看，已近午时，知道难指望年羹尧亲自来迎，便笑道：“既然离行辕很近，咱们不必在这里干坐——司马路，你回府该办什么事办你的，找个人给我们带路，我们去拜会大将军！”说着，也不等众人答应，将狐皮袍子裹了裹便踱出了接官亭。

一众等只好跟着他出来，憋了一肚皮气上马。刚走了一箭之地，远远见一队人马过来，带路的衙役一眼瞧是桑成鼎，忙禀说了允禟。允禟滚鞍下马，刚立定，桑成鼎已上前叩头，又打了个千儿起身，说道："年大将军叫奴才再三致意九爷，甲胄在身，不便相迎。委屈九爷和诸位大人前往大营相见。"允禟含笑点头，说道："有劳贵纲纪了，我们这就去。"穆香阿冷笑一声吩咐道："请贵纲纪先行一步——侍卫要有侍卫的样子，瞧你们那副不死不活的屌样子，都把黄马褂穿上！"

出来从军的这十名侍卫，临行时雍正都赏了黄马褂。这原是雍正厚恩笼络的意思，按清制，特赐黄马褂官员，可与任何品级官员分庭抗礼。允禟一听便知，这个二杆子侍卫起了惹事的心，深恐年羹尧会迁怒到自己身上；又想年羹尧如此骄横，给他点颜色瞧也好。仓促之间也拿不定主意，又当着桑成鼎的面，更不好说什么，只捏了一把汗上马徐徐而行。

西宁是座小城，只有三四千居民，久经战乱蹂躏，城里居民逃亡的逃亡，内迁的内迁，其实已是一座兵城。允禟在马上细细观望，但见一方一方的民宅都驻着军队，有的门口还设着仪仗，城里沿街每隔半箭之地都挺立着兵士，腰刀持戈，钉子似的站着目不斜视。久闻年羹尧治军有方，看来果不其然。将到行辕门口时，那气象更是森严，一面铁杆大纛旗高矗在辕门外，纛旗上一幅缎幛，蓝底黄字写着：

抚远大将军年

六个斗大的字在强劲的西风中威风凛凛地飘扬。宽阔的大将军行辕倒厦两边，立着两面丈余高的铁牌，一面上写"文官下轿武官下马"、一面写着"肃静回避"四个栲栳大字，旁边各守四十名军校，也都一个个面目狰狞，威猛无伦。允禟正自暗地嗟讶，行辕旗牌官已经从东辕门大步出来，雪亮的马刺踩得石板地铮铮有声，径向允禟马前单膝一屈，平手军礼说道："年大将军有令，请九爷在此歇马，大将军立刻出迎！"

"知道了。"允禟被这里森严的军威震慑得有些心颤，在马上一点头，踏着下马石下来，说道："上复大将军，不必出迎。我们进去进谒。"

那军校答应一声，起身大踏步进去回禀。不到半袋烟工夫，便听军中画角鼓乐大作，炸雷般三声大炮响过，行辕正门哗然洞开。两行武官足有四十余人，手按腰刀墨线般正步跨出，接着便见年羹尧出来。他头戴三眼花翎珊瑚顶戴，九蟒五爪袍子外套着一件簇新的明黄马褂，腰中悬的宝剑上垂着明黄滚苏，一望可知是雍正所赐。辕门外军校见他出来，“啪”的一声打下马蹄袖，单膝跪下行礼，偌大辕门外几百军校一声咳痰不闻。年羹尧看也不看众人一眼，径自走到允禟面前，脸板得一丝笑容也没，只双手一抱，说道：“九贝勒，年羹尧奉旨久候。有失迎迓，多有得罪！”

允禟也揖手回礼，肃然说道：“大将军，我是奉旨前来军前效力。国之兴亡匹夫有责，何况我为大清宗室亲贵？自今而后，我为大将军麾下效命，但有使令，一定俯首禀遵！”年羹尧目光扫视一眼穆香阿等十名穿着黄马褂的侍卫，又转脸对允禟道：“九爷乃是天潢贵胄，年某无礼了——请九爷到后帐，我为九爷洗尘！”说着将手一让，把十名侍卫竟晾在门外睬都不睬。允禟和年羹尧并肩而入，但心里到底忐忑。走着，小声道：“穆香阿他们十个，都是皇上跟前侍候的人，请大将军稍存体面！”

“嗯。”年羹尧略一沉吟，叫过一个旗牌官，说道：“这十位将军远来劳乏，不要慢待。你带他们在西官廨设酒接风。他们的差使明日就分拨下去了！”说着便又走。允禟有心的人，一边走，远远便听后头穆香阿的声气：“上复你们年大将军，老子已经吃饱喝足了，接的什么屁‘风’？”允禟留心看年羹尧，却是面无表情，只额角上青筋不易觉察地抽搐了一下。怪不得八哥说年羹尧两副面孔，在京是谦谦君子，出京是混世魔王，真是半点不假。又想自己一个金枝玉叶，被发落到这里与年羹尧这样的人为伍，还得低声下气，心中转觉悲酸。年羹尧见允禟脸上似悲似喜，也猜了个七八分，却不便多说，一边往书房里让，口中道：“塞外苦寒，就这模样，九爷住久了也就惯了。战事稍有转机，我一定奏明皇上，让九爷体体面面回京。”

这是一间很大的书房，却没有书。几架简陋粗笨的木架上到处堆的都是军帖文案，西边一个木制沙盘分黑黄二色插满了小旗，占去几乎半间书房，东边大炕上铺的熊皮褥子，地下大概烧着地龙，一点烟火气不闻，却暖得令人燥热。二人进来时，桑成鼎已在里边，一桌丰馔已摆在炕前。见他二人进来，桑成鼎垂手说道：“主子，九爷在哪里下榻，请示下，奴才好去预备。”年羹尧说道：“九爷不是寻常人，至少得住得和我这里一样。把东书房收拾一下，那边的沙盘撤到正厅签押房，明儿你带九爷在城里看看，九爷最爱读书的，把书肆的书各样挑一册摆东书房去——九爷，请！”

允禟在筵桌前坐下，笑道："亮工，在京只是听说，这次来真是大开眼界，看到你大英雄本色，令人心服！虽说我不饿，但你这杯洗尘酒还是要吃的，请坐！"

"给九爷请安！"

一霎间年羹尧好似换了个人，已是满面笑容，允禟惊愕之间，年羹尧已倒身下拜叩下头去，允禟慌得连忙起身双手搀起，说道："亮工，这是怎么说？我不是领差，也不是督军，我是——"

"您是九爷。"年羹尧笑道，"国礼不可慢，家礼不可废，要分分清楚，请九爷恕我前倨后恭。"说罢亲自给允禟斟酒奉上，又道："羹尧是个读书的将军，说到底，君臣纲常还是懂的。其实您到这里做什么，我们心照不宣，我断不会叫九爷在我这里吃亏的。"

这是很透彻见底，很顾情面的话了，允禟心里一阵感动，端起杯一饮而尽，说道："亮工，你真是个角色！真人面前不说假话，我也不怕与你交浅言深。皇上与我虽是兄弟，多年来也存着不少芥蒂。自古成者王侯败者贼，我有什么不明白的，又是兄弟又是'贼'罢了。我说这个话，你密奏皇上也好，将我就地正法也好，都无所谓。但我心里拿你当条汉子，如今依托你，求个平安——我对天起誓，我若有谋逆篡位的心，有如此杯！"说着将手中酒杯"啪"的一声掼得稀碎！"九爷！"年羹尧喊了一声，却接不下话去，良久才冷静下来，说道，"何必这样？先前各为其主，说不上是非二字。如今既为臣子，只要安位守命，我不做小人之事！"

"这点银子，寄回去家用吧。"允禟见时机已到，从袖中取出一张银票递过去，"听说十一月初三是年老伯父的七十大寿，我原想亲自去的，可惜皇命太促，匆匆离京，连令兄也不及见面。这里六百里加紧递送反倒方便。"年羹尧推辞道："生受九爷，家父如何当得起？您用钱的去处多着呢！"展开略瞥一眼，见是一张十万两见票即兑的龙头银票，心里一惊一喜，手攥得紧紧的，口里仍说："这实在——"一眼瞧见汪景祺夹着一叠文书进来，年羹尧急将银票拢了袖中，脸上又复变得凛不可犯，改口道："既如此，我陪九爷喝下这一杯。"遂端杯一仰而尽。转脸问道："这早晚送的什么文书？哪里来的军报？"

汪景祺怀中抱着文书不便行礼，向年羹尧一躬，抬头看了允禟一眼，二人便都将目光闪开了去。汪景祺道："这是东书房存的，桑成鼎先生叫我抱过这边，请大将军示下，放在哪里？"

"就放炕桌上。"年羹尧吩咐一声，见汪景祺要走，又叫住了道："你是前头文案上的汪景祺吧？你的字写得好，写的诗也很看得过。你上的几个条陈我看也很有章法——已经告诉桑成鼎，叫你这屋里侍候，你知道么？"汪景祺尚未回答，允禟故作失惊，说道："汪景祺！你是不是当年乌兰布通之战，在索中堂幕下，为皇上草过《讨噶尔丹檄》的那位汪景堂汪先生？"

汪景祺似乎一怔，旋笑道："落拓书生埋名数十年，不料还有人记得！你是——？""这是九贝勒爷！"年羹尧也不料这个其貌不扬的老头子还曾有过这番惊人经历——乌兰布通战役已过二十余年，自己当年还是个牙将，此人却已在中军营帐中为熙朝名相索额图参赞了！想着不禁肃然，竟起身道："不料还是前辈先贤！——实在有屈你了。"汪景祺苦笑道："人老珠黄，夕阳好黄昏近，不可再言当年。桑先生说了，明天——"

"什么明天今天。"年羹尧笑道，"就是此时，你就留在这里。姜是老的辣，我这里幕僚上百，真能办事的却没有。论起来风花雪月、诗词歌赋、弹琴弈棋，一个比一个能说会道。可我这里是沙场，兵凶战危，一个失机便是社稷之祸，便是百万生灵涂炭，我要这些马屁精、巴儿狗做什么使？汪先生，来来来！一起坐，我正要和你细细议一下你的条陈呢！"

三人正在行礼让座，桑成鼎匆匆进来，看了允禟一眼，却没有立即说话。年羹尧便问："怎么了？"桑成鼎略一躬身道："回帅爷，西官廨的侍卫爷们吃醉了酒，和帅爷帐下的几个亲兵打起来了！"

"我去处置。"年羹尧缓缓站起身来，冷笑一声，"这些人我晓得，除了欺压良善，半点本事也没。汪先生你陪九爷坐——来，传二品以上副将参将，都到帅帐，等着本帅升帐议事！"说着便出了书房。顷刻之间，外头已是一片急促的脚步声响。就连书房里允禟和汪景祺也觉得气氛紧张起来。因见无人，允禟方悄悄问汪景祺："无已（汪景祺字无已，号星堂），这个桑成鼎是什么人？"汪景祺说道："是年大将军贴身心腹随从。他父亲救过年羹尧父亲，他在额尔济纳救过年羹尧，替年羹尧挡箭，背上中了三十多箭……"

年羹尧前呼后拥赶到西官廨，这里已是一片狼藉。两桌筵席翻了个底朝天，杯盘碗盏都砸得稀烂，满地的酒、肉被踩得烂酱一般，十个侍卫的黄马褂被油渍污得斑斑驳驳，挺剑立在南端，十几个中军行辕亲兵拔刀怒目，站在北端，只要有一个人不持重，这里顷刻便要刀枪相拼，性命相搏！见年羹尧满脸阴沉进来，十几个亲兵刷地跪了下去。打头一个亲兵说道："禀大将军，他们辱骂您，弟兄们劝，他们还动武先打人！"

"你这会子才想起来禀我？迟了！"年羹尧满脸横肉绽起，喑哑的声音使人毛骨悚然："一律给我去手！"

"去手"是什么意思，穆香阿几个人无一人能懂。正发愣间，对面十几个亲兵"喳"地答应一声，将锋利的腰刀高高举起，刀光几乎同时一闪，十几只左手已被砍落在地！十个侍卫顿时吓得面无人色。

年羹尧格格一笑，说道："很好！每人分发三千两银子，调任陕西军粮处将养。"年羹尧又将脸转向穆香阿，哼了一声，恶狠狠笑道："他们是立过战功的，姑免一死。你们搅闹行辕，怎么处置啊？"穆香阿这时回过神来，晓得年羹尧是来下马威，自不肯示弱，挑衅地看了年羹尧一眼，说道："你奏皇上，该怎么怎么，无屌所谓！"年羹尧从齿缝里迸出一句话："我为专阃大将军，发落你几个狗娘养的，何须惊动皇上？"

"回你大将军话，"穆香阿揶揄地一笑，"我母亲是和硕公主，圣祖亲生，不是狗娘！"

年羹尧盯视他良久，突然仰天大笑，倏然收住，说道："好，你顶得我好——升帐！"说罢背身便走了。

"年大将军升帐了！"

"年大将军升帐了！"

一声声传呼由近及远传送出去。

第二十三回　施肉刑纨袴惊破胆　拟凯歌权且献良谋

年羹尧的大将军中军行辕，其实是当年康熙皇帝亲征准噶尔时，青海喇嘛为康熙回驾所修造的行宫，康熙回程没有从这里路过，因而一直置闲。年羹尧行辕由甘肃迁来，西宁太守司马路又将这里重加装修，除了将正殿上的黄琉璃瓦换了绿色，其实仍旧是皇家体制。九楹正殿改了行辕中帐，殿前丹墀下两口灭火用的贮水大铜缸也是仿乾清门前的金缸规模，甬道中间的御炉香鼎，临时用黄毡布裹困起来，算是逊礼回避。大殿上按年羹尧的意图，西壁满绘青海省山川形势图，东阁御榻却改了沙盘，饶是如此，仍显得空落落的，正中一张硕大的卷案上摆着文房四宝、笔架镇纸、墨玉印台足有一尺见方，上头明黄袱面搭着印盒——即是按康熙手书刻的"抚远大将军关防"所存之处。这些也都还平常，虎皮交椅后的两个人多高的龙凤架却格外醒目，一个供着雍正皇帝"如朕亲临"的金牌令箭，一个供着错金嵌玉、龙盘凤绕的尚方宝剑，都幔在黄纱绛帐中，给人一种神秘庄严的感觉。

这地方平时将军们私下里叫它"白虎堂"，虽是议事用的，但因初到，还是头一次启用。就是在甘肃平凉，年羹尧也从不轻易升帐召集军将在正厅议事，乍听年羹尧升帐的军令，将军们都不知出了什么事，一个个装束齐整衣甲鲜亮疾趋而入，虽不敢喧哗议论，都用目光互相询问交换着眼色。正没做奈何时，又听闷雷价炮响三声，年羹尧居前，桑成鼎随后，从殿后西仪门顺阶而下，步入大帐，满殿七十余人"呼"的一声全都单膝跪下，说道："给年大帅请安！"马刺碰得叮当一片响。

"起来。"年羹尧径自升座，环视了一下左右，伸出右手，张着虎口平举一下回礼，这才坐下，嘴角微翘，带着一丝冷峻的笑容说道，"今日召你们来，通报两件事。圣上特谕，着九贝勒允禟前来军前效力。这事你们可都知道?”军佐们悬着的心放了下来，一齐拱手说道：“标下知道!”年羹尧点点头，又道：“九爷是当今万岁爱弟，前来军中，也是琢玉成器的意思。你们不可存了别的心思。说到底，九爷是龙子凤孙金枝玉叶，你们要好生保全照顾，不可缺了君臣大礼。我晓得你们这些混账，见了我毕恭毕敬，转过脸对别人就没王法。谁委屈了九爷，我照军法处置他，可听见了?”

“喳!”

年羹尧“啪”地拍案而起，眼神变得饿狼似的绿幽幽的，气从丹田而出，大喝一声：“伊兴阿!”

“末将在!”

“你去西官廨，即刻将穆香阿等十名犯纪军官提来听候发落!”

那个叫伊兴阿的将军扎地打了个千儿，说道：“遵大将军命，请令!”年羹尧若无其事地伸手从令箭架上抽出一枝虎头令箭“当”地掼了下去。伊兴阿双手捡起捧在怀中大踏步出了正帐。人们这才晓得，是新来的侍卫“爷”们犯了军规，一颗放下的心又提起老高。

十名侍卫被二十名如狼似虎的军校架着双臂扭送到正帐，一个个已是鼻青眼肿不成模样。见到帅营虎帐这般阵势，无不脸上变色心头突突鹿撞，却一时放不下侍卫架子来。穆香阿奉有监视年羹尧密谕，有专折上奏之权，尽自惊慌，还拿得住些，待亲兵们松开手，揉着拧得发疼的膀子，怒目年羹尧，说道：“年大将军，咱们奉了圣谕，万里迢迢自愿投军为国效力，你就这么个待承?”

“跪下!”

“什么?”

“跪下!”

“我穿着黄马褂给你跪下?”

“我剥掉你的黄马褂!”

年羹尧勃然作色，手一挥，早有军校一拥而上，不由分说便扒掉了十个人的黄马褂，顺势膝窝里猛踹一脚，已是踢跪在地下。

“皇亲国戚来我这里当差的多了。凭一件破黄马褂子，就敢藐视本大将军?”年羹尧随手漫指站在前面的二十多个人，“你问问他们，谁没有黄马褂?拿你的伊兴阿是简老亲王喇布的三世子，当今皇叔，没有你尊贵?桑成鼎，按行辕营规，这十个人在辕门不行参拜，喧哗西官廨，辱骂本将军，又恃宠傲上，咆哮议事厅，该当何罪？”

桑成鼎进前一步，干涩枯燥地迸出一个字：“斩！”

“那就按军规行事。”年羹尧蹙额说道，“拿酒来，斟上十碗，我亲自为他们送行！”顷刻之间两个军士已抬了一坛酒来，就帅案斟了十碗，塞到跪在地下已经吓傻了的十个侍卫手中。年羹尧自己也端了一碗，瞥了一眼桑成鼎，桑成鼎会意，一躬身退出去。年羹尧端酒在手徐步下阶，已换了一副悲天悯人的面目，温语安慰道：“皇上差你们到此，是一刀一枪挣功名，为朝廷建勋立业来了，不是叫你们来送死的，这我清楚。穆香阿，我与你父亲其实还交契很深，你做满月、百日我都去过，还说过你有出息，雏凤清于老凤声，将来比你爹强，哪里能想到你死在我的令箭之下呢？唉，这人，是从哪里说起呀……”

穆香阿抖得碗里的酒洒了一身，越听年羹尧“抚慰”越是惊恐不可名状，搭眼一看，周围一片陌生面孔，连个说情的也难指望，顿时脸色变得窗户纸一样苍白，颤着声说道：“咱们初来乍到，不懂规矩，冒犯了大将军。如今……知错了。大将军既然念得当年与家父交情，望恕过了，愿一刀一枪死心塌地为大将军效命疆场。”

“不是这一说。”年羹尧语气更加平和，“这里是帅营虎帐，不是小孩子玩家家，砸了家伙重来。我宽纵了你们，难管别人。将来回京，当然要去府上请罪的。哦，你们进西官廨，那里的军校没有向你们宣讲纪律？”

十个侍卫张皇了一下，其实就是为宣讲纪律他们不肯听，一味打诨使酒骂座闯出的事。嗫嚅半日，穆香阿方道：“宣讲了。”

“这就难怪我无情了！”年羹尧仰脸咕咕一气喝完了酒，将碗随手一掷，背过脸吩咐，“拖他们出去！”

军校们雷轰价齐应一声，扑上来寒鸭凫水般缚定了十个侍卫，不论他们怎样挣扎哀告，双脚着地拖出正厅，一齐按倒在御炉西侧的空场。刹那间，呜嘟嘟号角悲凉响彻四方，满城各营便都知道，年大将军又在行军法杀人了。恰正在此时，允禟和汪景祺一前一后，手撩袍角气喘吁吁自西侧门跑了下来，允禟气色不是气色，摆着手对刽子手大叫：“慢，刀下留人！”说罢趋至大殿前“啪”的一声打下马蹄袖，朗声报道：“军前效力九贝勒允禟请见年大将军!”良久，只听里边年羹尧冷冰冰一句：“请进!”

允禟“喳”地答应一声。他也真放得下架子，哈着腰朝年羹尧行庭参礼，叩下头去，起身又打一千。年羹尧南面受礼，想到下头这个人的身份，心里一阵惬意。转思下头这些将校对景时密奏一本自己无人臣礼，又多少有点心慌，忙起身一揖，说道：“九爷往后不必报名行礼，年某不敢承受。给九爷设座——”

“年大将军”，允禟谦恭地坐下，一欠身说道，“我是来替穆香阿十个人讨情的。”年羹尧一笑，说道：“军法无情。九爷，你不要管这些事，安富尊荣就是了。”允禟脸一红，说道：“是我急不择言，说错了。这些个侍卫侍候皇上惯了，从不晓得世上有‘规矩’二字，就似没调教过的野马，有时连皇上也气得没法。送他们到军中，也有交给您管教的意思。体贴到皇上这片仁厚慈心，还望您网开一面，能超生且超生吧。”

年羹尧道：“九爷，您知道，我这时节制着四省，十几路人马，近三十万军士。赏不明罚不重，是军家大忌。我恕了他们，两厢这些人不服将令，还怎么约束军队？如今对罗布藏丹增合围之势已成，各军不能动作协统一致，误了军国大事，将来我怎么见皇上?”

“大将军，诸位军将!”允禟突然离座当庭跪下，向四周团团一揖，“他们犯了军纪该死，允禟不敢求情，念国家用人之际，皇上拳拳仁心，允禟愿意作保，且寄下这十颗人头，叫他们戴罪立功，将功折罪，不知众位能否体谅大将军忠公体国之心，庙堂朝廷栽培人才的至意?”满殿人众见这个皇帝的亲弟弟这样执谦礼重，心里都不禁发热，向年羹尧一揖手道：“属下愿同九爷共保十位侍卫!”

年羹尧环视众人，突然扑哧一笑：“我也应不以杀人为乐——既如此，传他们进来。”

十个侍卫灰头土脸被押了进来，初到行辕时的骄横之气一扫而尽。他们抬眼凝望了一下允禟，依次跪了下去叩头，穆香阿颤声道：“谢大将军不杀之恩，谢九爷救命之恩，谢各位兄弟保救之恩!”

“死罪虽免，活罪难饶!”年羹尧扬着脸说道，“当庭各人四十军棍，以儆效尤!”两厢军校“噢”地答应一声，不由分说，上来就地按倒，噼噼啪啪就是一顿臭揍。年羹尧帐下军校司空见惯，木着脸不言声，允禟哪里见过这个？听着军棍打在屁股上一声声枯燥的闷响，不觉毛骨悚然。直到行完肉刑，年羹尧方满意地“嗯”了一声，说道：“没有呻吟告饶的，还算像个样子。你们十位，就在帐下摆队听候使唤！我告诉你们，姓年的有不是处，你们尽可密奏皇上，不必顾忌——你们不就凭这个才敢放肆么？”

十个人哪敢抬头，喏喏连声答道：“不敢，不敢！”

“我也有密折奏陈之权。”年羹尧满脸阴笑，徐步下了公座，慢慢踱着步子，说道：“皇上若信我不过，岂肯将数十万大军交付与我？你们不晓事！今日不杀你们，并非我不敢。哈庆生是当今额驸，上月从四川督办军粮，迟到三日，我就斩了他。我先斩后奏！皇上不但没有处分，还下旨表彰了我。”说着，将一份折子甩给穆香阿。穆香阿颤抖着手打开看时，上头血红的朱批赫然在目：

> 八月十五奏览。朕在此焚香祷天，与诸臣共庆佳节，不意即在西疆行军法杀人，思之颇有同时不同势之感。哈庆生原系不成材之人，原望其疆场磨砺，或可略有造就，不意竟以贻误军机获咎处死。朕初闻则惊，既思且喜，我朝若有十数个年羹尧，不避嫌怨，不畏权贵，公忠执法，朕何至于子夜不眠，焦劳国事？宗室外戚在卿军中效力者甚多，其后遇此等事，即按军法一体处分，不必专章上奏。卿且放胆做去，卿但为好臣子，何虑朕不为好天子?!

字迹端楷，一色钟王小楷，秀拔有力。下头还钤着“圆明居士”小玺。穆香阿原存了告状的心，想伺机寻隙密奏一本，至此打消了妄想，忙双手捧还年羹尧，满脸赔上笑来：“今个儿一场噩梦，胜读十年书。咱们服到底了，鞍前马后，总归听大将军指使就是了！”年羹尧见收伏了这十个侍卫，暗舒了一口气，换了笑脸，说道：“总跪着做什么？起来！军法是军法，私情是私情。你还是我的世交子弟嘛！九爷的饭没吃饱，你们的筵也搅了——吩咐他们，重新设筵！我和别的军将饭尽量，酒不得饮过三杯。你们一醉方休，一来压惊，二来接风。”

是时天色已麻苍渐昏，中军大帐重移酒樽，绛蜡高烧，十个侍卫忍着屁股火烫价疼痛，强颜欢笑奉承这位惹不起的年大将军，直到起更，各营军将还要回去处置军务，年羹尧方命撤席，着人送允禵东书房歇息了，自带着桑成鼎和贴身亲随迤逦回西书房来。却见别的师爷幕僚早已散去，只汪景祺仍在灯下伏案疾书，写着什么。年羹尧已是累极了的人，迈着灌了铅似的步履进来，连声索要“进参汤来!”又笑谓汪景祺:“你有年纪的人了，这里的事没有办得完的？没有急务，不用熬夜，这会子在写什么呢？”

“大帅，”汪景祺写得专注，竟没留神年羹尧已经进来，听见问自己话，方搁了笔忙站起身回道:“我虽老，精神还好，有个写笔记的积习，天天都要写的。前几日上条陈，大帅军纪雷厉，赏重罚严，这固然是好，但战士都是关内来的，西疆寒酷无游娱之乐，难免寂寞思乡，这不是单靠纪律约束得的。所以我写几首凯歌上给大将军，可否颁示各军传唱，一可鼓舞士气，二则也免闲时无事思乡之苦，可使得？”

年羹尧接过桑成鼎端来的参汤，趁热一饮而尽，笑道:“好啊！四面楚歌可散八千子弟兵，你这个人懂军事，知人心，难得！写什么词儿我看看!”说着上前俯身看时，见是三首诗:

军声鼎沸米川城，帝简元戎诘五兵。
班剑衮衣龙节至，岩畿赤子庆更生。

宠命初登上将坛，相公自出逐呼韩。
锦衣骢马亲临阵，士卒欢腾敌胆寒。

连营鼓吹凯歌回，接壤欢呼喜气开。
闻道千官陪绑仗，君王亲待捷书来。

汪景祺见年羹尧看着不言语，回笑道:“我才力薄，写写而已，自然入不了大将军法眼。”年羹尧道:“这诗谁能说不好？太雅了兵士们也唱不起来。我总觉得气魄嫌小了点似的，由甘入青，已经小胜几战，写进去才好，你能否再拟几首我看看？”

汪景祺沉吟片刻，也不再言语，上前提笔濡墨，文下加点，疾风骤雨般又写三首:

指挥克敌战河湟，纪律严明举九章。
内府新承卢矢赐，令公满引射天狼！

边燧消时战鼓闲，弢戈解甲入重关。
挥兵再夺狼头纛，胆落名王恸哭还！

饮至元功竹帛名，至尊颁赏遍行营。
一时下马听明诏，远近同呼万岁声！

“嗯，好！”年羹尧见他才思如此敏捷，不禁大为叹赏，“实在这才鼓得起士气。前三首说我说得太多了，为时也太早。如今大敌未灭，不能歌我之功，颂我之德。就是这三首，按军乐配上传示各军。要人人会唱。待擒住罗布藏丹增，你再编几首更好的！”他眼中闪烁着喜悦的光，凝望着悠悠的烛光，慢慢地，却又黯淡下来，抚着剃得趣青的脑门坐了下去，仰着脸，半晌方叹道：“可罗布……罗布藏丹增在哪里？他的主力在哪里？好大一个青海啊——慢摇橹船捉醉鱼？我一天要花朝廷几十万两银子，皇上那秉性，能容我久战么？”

汪景祺坐在斜对面，深不见底的瞳仁里闪着阴郁的光，盯视年羹尧良久，说道：“我知道。”

“什么？”

“我知道罗布藏丹增的大本营在哪里。”

年羹尧像一只突然发现老鼠的猫，身子猛地向前一倾，用狐疑阴狠的目光注视着汪景祺，喑哑地问道：“哪里？”汪景祺一笑起身，至沙盘跟前，用木棒指了指一个地方，说道：“这里，塔尔寺！”年羹尧腾地起身，快步走到沙盘前，看了看塔尔寺位置，猛地抬头问道：“你初来乍到，凭什么敢断定塔尔寺是他的大本营？你要知道，塔尔寺离西宁只有几十里！”

“您看这蜡烛。”汪景祺咬着牙，阴森森笑道，“照得通室皆亮，偏偏就照不到烛台——这就是‘灯下黑’！”汪景祺缓慢而又清晰地说着，语调干涩涩地没一点水分，又道：“游牧部落打仗，一样也要水、草、粮。遍青海四周被围得水泄不通，为什么至今罗布藏丹增的兵仍能支持？就因为塔尔寺里粮库，还在源源不断供给。塔尔寺是敕封黄教总寺，除了自行在青海筹粮，在内地购粮，朝廷还时不时拨调粮食——年大将军，断不掉这个粮源，你征服不了青海省！”

这一番议论对年羹尧来说真有醍醐灌顶之效，想不到“关门打狗”不但房子大，而且狗有东西吃！年羹尧牙关咬得格格的，“嗯”地起身便走。汪景祺却道：“慢！”年羹尧倏地转身，说道：“你推测得有道理，不管是不是罗布的大本营，我都要剿了这个塔尔寺！”

“塔尔寺可不是太湖吴家寨，也不是安徽江夏镇！”汪景祺语气平静得像刚刚睡醒的孩子，“塔尔寺无端被剿，就要反了青海一省！你须知，丹罗活佛就是这里的教主，皇上的替身文觉禅师也曾在此受戒。本来是罗布藏丹增‘窜扰青海’，你不但没有镇压了罗布军，反而激起新的兵变。我敢说，你今日剿塔尔寺，不出一月，你就要被锁拿进京，另委新的大将军来接替你！”

年羹尧迟疑了，踽踽转回身来，背着手默默踱着，魁梧颀长的身影在书房窗上来回移动，因见桑成鼎进来，便吩咐道：“你去筹粮处传我的令，截掉一切内地运往青海的粮食。所有寺观庙院，喇嘛僧侣用粮，从军饷中按人供给——还有，弄点夜宵来，我要和汪先生彻夜畅谈！”

只在顷刻之间，汪景祺便升到了“汪先生”的地位。

第二十四回 争功劳将军存私意 忧爱子太后归渺冥

经过几夜周密磋商，一个庞大而又冒险的诱敌计划终于形成。为防着岳钟麒从四川突然出兵助阵抢功，年羹尧下令甘肃巡抚范时捷，将驻守甘北的绿营兵紧急调防松潘，又细细给雍正写了一份密折。十月初三，年羹尧调齐游击以上将佐训示机宜，下令驻守西宁所有军队全部移防兰州。偌大西宁城，只留了一千五百名老弱疲兵守护中军行辕。

听了这番出乎意料的军事布置，上百名军官面面相觑。看看年羹尧，一副莫测高深的模样，谁也不敢发问。倒是桑成鼎忍不住，问道："大将军，您呢？随军东下，还是留在西宁？"这个问话是有意味的，西宁兰州相距并不遥远，然而一个青海一个甘肃，守将擅自出境，万一西宁失守，年羹尧先就有了弥天大罪。听这一问，所有军官都抬起头盯着年羹尧。

"我不随军东下，但我也不离开青海。"年羹尧似乎有些感慨，"这次调防，实出无奈。你们看看这地方儿，能过冬么？后方补给那么远，不单粮草，就是烧炭，要加多少？这么多兵集结在这里，一时又寻不到战机，冰天雪地之下，冻也冻垮了。退守兰州，仍旧包围着青海，把罗布藏丹增留在这里吃吃苦头，来年春化草出再决战有何不可？"

沉默了一阵，伊兴阿忍不住，躬身禀道："大帅，西宁粮库中还存着十万石粮，万一城破落入罗布藏丹增手里，岂不糟了？"穆香阿知道，年羹尧留青海，自己这群侍卫当然也得跟着，心里满不情愿，但他是叫年羹尧打怕了又买通了的人，想了想，说道："主帅远离大军，万一有个闪失，我们都有失于守护之责。大将军既这么想，何不奏明天子，全军移甘西待机再战，也是上策。"

"粮食算什么？一把火半个时辰就烧它个精光。"年羹尧冷笑道："我不能出境，我若出境，朝廷里还不知道造作出什么花样的谣言呢！想当年乌兰布通之战，我率三十余骑踹了噶尔丹大营，数万蒙古兵未伤我一根汗毛，何况今日？军令既下，用不着再议。都统以上将官留下，还有军务交代，余下的回营，听候号令即刻开拔！”

“喳！”

众将出去，只余下二十几个将官等候年羹尧面授机宜，却见司阍旗牌官进来，禀道：“甘肃巡抚范时捷大人求见大将军。”说着递上名刺。年羹尧看了一眼便撂了案上，说道：“叫他进来！”旗牌官答应着出去，片刻之间便见一个官员，圆胖脸小胡子，墩墩实实的身材，闪着一双满不在乎的黑豆眼一摇一摆进来，一身九蟒五爪袍子外罩锦鸡补服。虽然簇新，不知是剪裁不当，还是穿戴得仓猝，怎么看怎么别扭。他原任湖广布政使，年羹尧兴军，托允祥说项调迁甘肃巡抚，是年羹尧上的荐本，因此便以恩主自居。满以为范时捷感恩戴德，对自己必定敬礼有加。但自到甘肃，这范时捷除了公事往来，平素连个影子也不见。眼见这范时捷又是上来打个千儿便自行起立，年羹尧心里登时窝了火，连手也不虚抬一下，问道：“你有什么事？简便着说，我这里军务忙着呢！”

“卑职说的也是军务。”范时捷挺着身子，活像个不倒翁，似笑不笑说道：“上次说请大将军调拨军需帐篷。大将军令卑职找兵部要。兵部说，都拨到您这儿了。甘西驻军如今几十个人挤在一个帐篷里，说句寒碜话，夜里出去撒尿，回来就找不到睡处。卑职来请示，几时帐篷能发到我军？”年羹尧冷笑一声，说道：“就为这事你巴巴儿跑来？”“这事我想也不是小事。”范时捷毫不胆怯地看着年羹尧的脸，“还有，您调甘肃绿营移防松潘，我也有点想不明白。岳钟麒将军离松潘近在咫尺，大老远的却调甘肃兵去驻防？我想请大将军再思，能否收回成命。”

年羹尧怔了一下，随即说道：“知道了。你连夜赶回去吧。”“知道了不等于了解了我的难处。”范时捷粘胶腻牙，十分难缠，字句斟斟着又道：“回去兵士们照样睡不下，岂不伤了年大将军爱兵如子之心？我已将甘肃难处移文禀告了岳将军，请岳钟麒与年大将军合议一下，统筹办理。最好还是请岳将军驻守松潘，可以两免劳苦。”他的话不软不硬不疾不徐，说得振振有词，却又毫不失礼。年羹尧气得脸色铁青，偏那范时捷压根不抬头看他的脸色，遂格格一笑，问道：“谁叫你将移防松潘的事通知岳提督的？你有这个权么?”

“是您啊!”范时捷闪着眼盯着年羹尧，说道，“上次甘东誓师，您登坛阅兵，岳钟麒是副帅。您告诫诸将，有事要随时通报您和岳将军，在座诸公都听见了的……”

年羹尧又好气又好笑，又恨又无可奈何这活宝，因还急着议事，挥手道:“罢了罢了!你回去听参，甘肃的事以后由甘肃布政使来和我讲，去去去——回去听旨意!你还算我荐的人，我真瞎了眼!”

“是!”范时捷一躬身道，“我知道大将军不待见我，当初荐我，我还以为您为公呢!我这就回去听参，预备着写辩折。也正好，已有旨意叫我去做两江巡抚，既有人代理，我就早点动身就是了。”说罢又打个千儿，双手一拱道:“大将军多多珍重，卑职去了!”竟自悻悻而去。年羹尧帐下偌多军将，都看得目瞪口呆。

年羹尧恶狠狠盯着范时捷的背影，“呸”地一口，狞笑道:“他这个两江巡抚梦做不了十天，——现在先不料理他。你们且听我的部署。”年羹尧扫视一眼众人，不言声走向沙盘，用长棒指点着道:“从明儿个起，各营拔寨东行，将用不着的军器辎重一律运往红古城、晏水滩、通河以西的双常寺一带，把军旗都插到车上，声势越大越好!桑成鼎、瓦尔塞带着中军随我，驻扎乐都统筹指挥各军。马关保部进驻千户庄，塞得部进驻湟源，富宁安部进驻贵德，每行十里设一个烽火台，我在乐都的烽火台是最大的。一旦点燃，各军就向西宁、塔尔寺星夜进袭——逢村烧村，逢人杀人!”他抬起头，饿狼一样的眼幽幽闪着光，喑哑的声音使人不寒而栗:“你们听明白了没有?”

这一道令，与方才大会讲的截然不同，大家杂乱无章地答应一声“明白”，其实人人心里一盆浆糊。年羹尧格格笑道:“你们未必明白，我这是一出假空城计!一定要造成大军东移的假象，所以各军一律昼伏夜行，只有向东的军队要大张旗鼓。为防泄密，从明日起，老弱病残兵士一律留在城内，凡有半路逃亡的，无论是谁一律擒斩。各军收容营，遇有中途落伍掉队的，一概密送西宁。只有这样，才能诱得罗布藏丹增集结军队来攻西宁，然后四面合围——嗯?”至此，将军们才知道年羹尧葫芦里卖的药，不由一齐向他投去钦佩的目光。穆香阿看着沙盘，笑道:“大将军算无遗策，就是孔明也不过如此吧!"

"万一罗布藏丹增不肯上当呢?"马关保皱眉道:"天儿冷得这样,我军分散远离中军,粮草也难供给,这犯着兵家大忌呀!"

"粮食!"年羹尧黑红的脸放出光来,"我军要过冬,敌军也要过冬,我已卡断了所有通往青海的粮道。西宁城里十万石粮就是最好的诱饵。人,渴极时就是鸩酒也要饮的。真的诱不来他,半个月后我也点烽火,仍旧在西宁集结,这一冬,我饿死青海全省人也在所不惜!"

这真是狠到家了的心肠,这计也真毒到了极处。穆香阿想起雍正临别说的"仁不统兵、义不行贾",瞧年羹尧这般行事心地,真是半点不假。正自胡思乱想,众将军早炸雷般应一声:

"喳!大将军英明!"

范时捷盛气离开西宁,回兰州向布政使恒军交卸了差使,连家眷也不带,选了二十名亲随戈什哈,第二天五鼓天明便离开了省城,到北京述职面圣,准备到南京就任巡抚。因为都骑的健马,又没有行装,他又担心年羹尧告刁状,一路早行晚宿,只用了十二天便赶到北京。此时将近十月,霜降方过,各地官吏都忙着收租完粮,京郊一带却又一番情致,显得颇为清闲,野外尽有闲汉捉叫蝈蝈的、罗黄雀、捉蟋蟀、捕鹌鹑进城卖的,有些个无事可做的旗人,秋兴未尽,携家带口登阳山看云海,观日月同升,担着食盒子到天平山看晚枫红叶的一派太平雍穆景象。范时捷满腹心思,在自家旧宅中胡乱歇息一夜,顾不得满身乏透,天刚麻亮便到西华门递牌子请见。不一时便有旨意着范时捷至军机处,先与怡亲王允祥、郡王允禵见面,午后接见。

"是。"范时捷待高无庸传了旨,毕恭毕敬答应一声便随着进来,一路走问道:"军机处在哪里?"高无庸在隆宗门口指着永巷西侧的侍卫处说:"喏——那就是了。范大人请吧——太后凤体昨儿犯了痰涌。皇上早膳也没进,这会子在慈宁宫。十三爷十四爷这阵子恐怕也在宫外侍候。您等着,先和张中堂马中堂说说差使也是一样。"范时捷只好答应着进来,果然允祥允禵都不在,只有张廷玉马齐坐在东头炕上。一个御史坐在对面杌子上正回事情,见范时捷进来,便住了口。马齐因不认得范时捷,便目视张廷玉。

“哦，是老范进京述职了！”待范时捷行过礼，张廷玉起身虚扶一把又坐回去，命太监摆座上茶，笑谓马齐：“我给你介绍一下，这位叫范时捷，号水芦，原是咱们北京的父母官，放了湖广布政使，又简任甘肃巡抚——这是马中堂——这位御史嘛，就是大名鼎鼎的孙嘉淦。”范时捷忙又起身一一见礼，笑道：“我当顺天府尹，马中堂那时就囚在我的南衙。有失照应，马中堂鉴谅！”马齐笑道：“那是君命嘛！凭你就能拿我？我在顺天府独住四合院，整整胖了十斤。说句笑话儿，比如今还自在呢！”一句话说得众人都笑了。张廷玉又道：“嘉淦，你还接着说吧。”

孙嘉淦略一欠身，说道：“为杨名时和蔡珽互讦一案，我亲自去了一趟贵州。德江知府程如丝，原是蔡珽旧部。他仗了这个势，不买杨名时这个巡抚的账。云南的盐自黔入川，娄山关是必经之路。杨名时下令开关，无论私盐官盐，尽情外运，向贵州布政使交纳关税。程如丝竟然强行以半价全部收购，从中倒卖中饱私囊。杨名时因此撤了程如丝的差。程如丝到大理见蔡珽，蔡珽不但收容了程，反而加委程如丝为娄山关参将，盐商们因为巡抚衙门有政令，不肯贱价卖盐，程如丝调集数千军士，鸟枪弓箭都用上了，一次杀死三百多名盐商贩夫。当地士绅百姓写万人联名书控到杨名时那里，为防激起民变，杨名时请王命旗牌斩了程如丝。因此蔡珽奏杨名时心怀叵测，要激起兵变。我去看蔡珽，傲气大得很！叫我报名具手本进谒。二位中堂，我虽不是钦差，但是已任左都御史，他一个驻节外省将军，有这个资格？不怕你们恼，就是进上书房给你们回事，我也没有报名的礼！这就是蔡珽参劾我的原因，你们只管如实奏明皇上！”说完，身子一仰，泰然自若地吁了一口气，一张冬瓜脸上毫无表情。

“这档子事皇上只是叫我们问问，并没有旨意。”张廷玉叹道，“梦竹，我劝你一句话，这件事你还是不要明折拜发，写成密折，或见皇上时密陈都成。不是上书房不肯在邸报上转刊，要是比起山东饿死几千饥民，这还算不上了不得的大事。眼下最要紧的是年羹尧在青海的军事，皇上一头要顾皇太后的病，一头要操心军务，原定秋狩木兰都取消了。一登邸报，他还不是烦上加烦？你说的这些事不但我们知道，皇上心里也有数。但家有三件事，先从紧处来，折子先存档，成不成啊？我不是要你买我和马中堂的面子，我是劝你想大局。不要单想自己是言官，要发言，要想自己是大臣，从大局着想。就是这句话，你听得进么?”

孙嘉淦低头想了想，长叹一声道：“我明白你的意思了，我具密折奏闻。我也请中堂信我一句肺腑之言，我孙某人绝非因杨名时是我的同年才替他说话。他杨名时有不是处，我照样参他！杨名时在贵州，火耗银子只收二分，官做到巡抚，只用了两个师爷，一个世家富豪子弟，只有几件破中衣。我看了也难过，说‘君何苦自苦到这地步儿?’他说‘贵州人无三分银，我收了二分，心里已经过不去了。我跟皇上打了保票，不要朝廷拨贵州一两银，一石粮。自己不作表率，上行下效起来，怎么跟皇上交代?’……我真怕蔡珽这个老兵痞一本参倒了他！”“这个么，你放心。”马齐含笑说道，“皇上也跟杨名时打了保票，七年不动他的巡抚位子。”张廷玉也道：“山东巡抚已经撤差，锁拿进京。云贵远在偏隅，民变兵变都是了不得的事——要知道年羹尧岳钟麒在打大仗，后方出不得丁点乱子——就这样吧。刘墨林去南京了，观察李卫和尹继善清理亏空，给年羹尧再筹一百万石粮，等他回来，皇上一同接见。”孙嘉淦起身笑道：“那我就辞了。回去吃我的‘皛’饭。”张廷玉将手一让，孙嘉淦一躬身退了出去。

“时捷，”张廷玉这才转脸笑道，“让你枯坐了。我原想你元旦才来，那时年羹尧军事也有了眉目，想不到你这么猴急。”范时捷无所谓地一笑，说道：“年大将军已经撤了我的差。我在兰州无事可做，急急赶来，专为听候处分，处分前，我一定要见见皇上。”

两个上书房大臣都吃了一惊，一个封疆大吏，与年羹尧毫无隶属，说撤差就撤差，连中央机枢都不知道！张廷玉不禁皱了皱眉头。马齐也是一脸茫然，说道：“这是怎么弄的?”

“回中堂话——”

范时捷身子微微前倾，正要诉说，帘子一响，允祥允禵两个王爷一前一后进来。张廷玉马齐忙都站起身来，范时捷趋一步上前打千儿道：“二位爷安康平泰！”他与允祥平素极熟稔的，笑着正要说话，见允祥一脸悲凄，允禵满面泪痕，便打住了，长跪在地，怔怔地望着允祥。

“皇太后薨了……”

允祥目光如痴，有些茫然地望着远处，喃喃说道。马齐张廷玉惊得一跃而起，瞠目望着这两个王爷。马齐惊道：“我昨儿个见太后，脉象虽不平和，还是神定气安，怎么一下子就——”他没有说完，便知自己说错了话，忙打住了。

“皇太后痰症已经十几年了。”张廷玉深沉练达胸有城府之严，刹那间便镇定下来，款款纠正马齐“暴卒”的话，“时好时不好的，太医院几次来回事，我都问过，叶庭训跟我私下说过，左右是今明两年的事。当年邬思道为太后推数，说太后一百零六岁圣寿，我心里还疑惑，现在看来，他是将寿分了昼夜，多说了一倍！唉……现在我们不能乱了神，赶紧请见皇上，知会礼部制订丧仪，别的一应事务只好且往后放放了。”说罢，摘下自己的顶子，将上头的红缨拧着旋钮慢慢取下来。马齐允祥允禵也都忙去掉了冠缨。

范时捷满肚皮的牢骚，要细细告诉允祥，眼看着皇家出了这样大事，知道无法回事，一边旋着钮子，看着允祥道：“爷们节哀珍重。朝里出了这么大事，万岁爷未必能接见奴才。请爷示下，奴才可否住京，待丧礼过后再递牌子请见？”

“年羹尧的本章已经递上来。”允祥看着范时捷，缓缓说道：“他撤你差事的事我已经晓得。你先回去听信儿，皇上这会子哭得都晕过去了，也不敢给他回事。过了这阵子再说吧！”

这些话不疼不痒不着边际，范时捷又不能细问。但只听年羹尧折本先到，已觉背若芒刺。当下只好答应一声“是”，慢慢退身出来。一路回去，只是唉声叹气，自认晦气——早到一日，也能单独面见允祥，痛痛快快说说自家苦衷了。

允祥等四人离了军机处匆匆赶往慈宁宫，早见宫前已撤掉了红宫灯，太监们阴沉着脸忙着用麻纸糊门神、挂白布麻帐，刚到垂花门，便听里头隐隐哭声传出来。允祥允禵鼻子一酸，热泪已滚滚淌出，却不敢放声儿只跟着张廷玉马齐疾趋而入，便见雍正居前，允祉、允祺、允祐、允禌、允禑、允禑、允禄、允礼、允祈、允禝、允祎、允禧、允祜、允祁、允祕一班亲王郡王贝勒贝子从后，以下弘时弘历弘昼三位阿哥排在最后，头上缠了白布孝帽，连麻衣也未及穿，齐跪在地一声声号啕大哭，见他四人进来，太监秦狗儿、赵明理、高无庸一干人忙上来，递上白布孝帽。张廷玉一边缠着孝衣，厉声说道："你们这些蠢猪！你们自己的孝帽呢？——还不快到库里取麻衣，给各位主子换上?!"几个太监吓得诺诺连声，一边自戴孝帽，足不停步飞也似去了。

张廷玉办老了事的，很是沉着。因见太医们也跪在廊下，料是雍正未及发落，便走过去说道："你们退下去。"自绕过人群，趋至刚刚停床不久的太后遗体身边。

太后乌雅氏看去很安详，脸上还微微带着潮红。只眉梢微蹙，嘴唇微翕，仿佛正在说着什么突然死去。她在熙朝四五十位宫嫔中位份不上不下，张廷玉为相二十年几乎不认识她，只是在雍正登极之后才见得多了。想起这个贵妇生前待下宽厚，庄重慈和，时不时地还遣太监赏赐自己夫人一些物件，昨个还活脱脱的，说要叫张廷玉夫人进来陪着说说古记儿解闷，还要自己女儿"替我抄几卷《金刚经》"，就这么着，说声去，一声不吱突然就去了，陡地又想起自己弟弟张廷璐，更觉人生斯世，命数不定，渺渺冥冥尽付无常。张廷玉"调集"着自己的感情，不禁五内俱沸，颤巍巍行了三跪九叩大礼，痛呼一声"太后老佛爷，您就这么西去了?!啊……嗬嗬……"他想着被自己折磨死了的儿子张梅清、想着张廷璐那七个血淋淋的"惨"字，越发抑制不住热泪走珠般滚落出来。好一阵子，张廷玉才收住了神，回头看时，才知道隆科多不知几时也进来了，和马齐并排和自己挨身伏地大恸。便抽咽着起身，轻拍二人肩头，说道："我们还得料理事情，且节哀……"于是三位大臣啜泣拭泪，缓缓走近哀哀痛号的雍正皇帝面前，双膝跪地，张廷玉含泪哽咽劝道：

"主子，千悲万痛，终归太后已西归而去。如今要紧的是议一下丧礼，太后才好敛柩奉安。您只管悲凄，太后在天之灵瞧着也是不安的。再说，多少大事还等着您圣躬乾断，伤了身子骨儿，叫奴才们心里怎么过呢？"

"母亲哪——"雍正嘶哑着声音，双手扶地，不管不顾地痛哭，"儿子不孝，没有好生侍候过您一天啊……昨儿个您老人家想一口荔枝用，我到底都没给您办！我……我这不祥之身，祸延圣祖和您。先帝爷驾崩不到一年，您也撒手去了，撇下我孤零零的，叫我每日向谁请安？心里有话向谁诉说？……您怎么不说话呀？……"看来不知什么事真的触了他的情肠，雍正涕泪滂沱，脸前的水磨青砖湿了好大一片。无论张廷玉马齐隆科多怎样婉转相劝，只是不肯起身，已是哭软在地下。

张廷玉眼见不是事，叩头起身，吩咐邢年李德全：“把椅子给主子搬过来，搀起万岁！”这群太监领命，小心翼翼上来撮弄着搀架起哭得发昏的雍正，雍正也就不甚挣扎。张廷玉这才大声喝道：“止哀！”众人这才渐渐止了号啕。

“朕方寸已乱。”半晌，雍正才控制住自己，用热毛巾揩了脸，倦容满面说道：“廷玉你们几个斟酌个见识，朕听你们的就是。”

隆科多眼见张廷玉处处占了先着，自己是上书房满大臣，反而不显扬，因趋一步说道：“眼下别的都是细事，应先为太后拟出谥号，礼部才能有所遵循。”雍正沉重地点点头，说道：“你说的是，马齐管着理藩院和礼部的事，拟一个上好的给朕看。”马齐忙躬身道：“臣遵旨。这番大事出来，内内外外平添了多少事。总得有个大臣居中掌总调停事务。照先帝为孝庄太皇太后守丧的仪节，万岁居丧二十七日，朝政就不至于无所适从了。”隆科多便道：“马齐熙朝元老，德高望重，就请马老主持。”他原想主荐马齐，马齐必定推辞，自己是皇舅国戚，又是上书房满大臣，投桃报李，自然就推到自己身上。不料马齐一点也没瞧见自己热望的眼睛，只顾说道：“先太皇太后丧葬仪节都是张廷玉拟办的，又经了圣祖之丧。我已经老了，里外纷乱如麻的事，怎么料理得？我看就是张衡臣偏劳为好。”

“衡臣，”雍正听着，默思片刻，偏过头问道，“你有什么见解？”

张廷玉思量着，慢吞吞字斟句酌道：“一年之间，圣祖冥驾，新君登极，东南清理亏空，刷新吏治，西北尚在用兵，算得上迭遭大故，风波多劫。臣以为愈是稳当愈好。……嗯，臣以为，太后慈躬违和虽然时日已多，这次薨逝前，并没有将太后病情布告中外。可否分两步：先让太医院将前数日太后病情脉象，用药医案还有各地给太后慈躬请安的折子，汇成一份邸报，用八百里加紧传邮各地。然后徐徐布告天下太后薨逝。这就有利于人心稳定。再就是，看太后有何遗愿，皇上按懿旨遵办，也用明诏告诉兆亿百姓。至于谁居中调停内外，这是细事。我也可，隆科多也可。反正大事还是要奏禀皇上的。我想，方先生就住畅春园，可否令他也暂移大内，随皇上为太后守丧，顾问垂询也方便些。我就想到这些，待方先生来，皇上还可听听他的建议。”

“嗯!”雍正猛地抬手要拍腿赞赏，随想起自己是宁戚居丧的正孝子，便搔搔耳根后，叹道：“衡臣这话朕听了心里感动——”他原想说“朕实在两头不放心”话到口边，却成了“这样曲画周详，你们尽自做去，就由衡臣全力支撑内外，有事多和舅舅、马齐他们商议着办。不是军务，就不要来搅朕。实在你们尽忠，也就成全朕做个孝子了。”说话间，外头太监抱着一捆一捆的麻衣进来给众人换穿，又见高无庸禀道：“方苞先生已经进来了。主子过去有旨，方先生进内不递牌子，所以……”“不要这么多话，”雍正不耐烦地说道，“请方先生进来，你传旨给文觉和尚，叫他预备太后的法事！嗯……太后临终有遗言，她发宏愿一年之内天下不杀生。照这个意思，廷玉拟一道诏书，这就传旨刑部，所有待决人犯无论朕朱笔是否勾过，一律停勾一年，凡可矜、可悯、可疑，情有可原的，得超生的就超生，朕代老佛爷还了这愿心。”隆科多还要说话时，便听外头一声苍老沉郁的声音：

“臣方苞恭见万岁!”

雍正看了看白汪汪跪了一片的兄弟，淡淡说道：“按廷玉的铺排，兄弟们且回去。明日哀诏下去之后，照礼部殡仪司安排办!”

第二十五回　密室划策表中造变　防范周匝难遂乱心

这是个紧张不安的夜，太后薨逝的哀诏未下，但京师各衙门早已得了消息。这样的国丧若在熙朝，是很平常一件事，无非下诏大赦天下，不许民间婚嫁迎娶，禁止演戏，剃头诸事。但一夜之间，京师各店肆堂所一概没了官员踪影，连日提着鹌鹑笼子串茶馆说闲话嗑瓜子的老公儿也一个不见。顺天府当夜就摘了红灯，所有三班衙役都不许回家，也不许上街，都集中在养蜂夹道狱神庙彻夜守望听命。北京人最是刁能油滑的，便看出不少蹊跷。前门大栅栏茶馆里当晚就传出新话题：

“听说年大将军兵败自杀了!”一个谢顶头、脑后发辫不足一根筷子粗的老年人，神秘地看看左右，诡秘地说道：“八旗兵死了七万多!”

人们纷纷把头伸向他这一边：

“你怎么知道的?”

“我侄子就在兵部，管接八百里加紧廷寄军书!”说话人龇牙咧嘴连连摇手，“嗨呀，那真血流成河！今晚兵部人一个也不许回家，调集各路兵马，勤王、护卫京师!”

人们紧张得瞪圆了眼，良久又徐徐摇头叹息：

“十四爷打得好好的，怎么偏就换了个年羹尧！年糕年糕，本就是软的，还搁得住刀切?”

“十四爷不该回来。有他在前头挡着，会出这档子事?”

“哎呀……这是怎么说的呢?”

“要是康熙老佛爷在……”

人们摇头攒眉，正叹息“天意”，旁边一个穿着小羊皮风毛坎肩的年轻旗人用折扇打着手心儿，哂道：“别听他瞎掰乎！老苟上回说十四爷带兵反回北京了呢！反了没有？告你们吧，太后老佛爷薨了！我们老二在内务府当差，下晌回来说的!”

“你懂个屁!”老苟不甘示弱，唾沫四溅说道，“就为打败仗，十四爷和皇上在太后老佛爷面前翻脸，大吵一通，老佛爷连惊带气，才薨了的……”

“嘻，你瞧见了?”

“十四爷方才大驾赶往八爷府，”老苟得意地望着瞠目结舌的人们，“好戏，还在后头呢！你们瞧这街上，像个平安征候么?”

人们被他说得毛发森然，不由把目光转向外头，但见一片漆黑，天上浓云遮布得星月不见，微啸的朔风吹得满街枯叶荡来荡去，发着细碎凄凉的响声，偶尔一片雪花顺风飘进门来，袭得人们一个个打噤儿。一个老者长叹一声道：

“要变天了。”

“上次时机叫我们蹉跎了。”允禩面对深夜来拜的允禵和隆科多说道，“如今我们谁也不要埋怨，想法儿叫它变天!”他穿着四开气酱色江绸袍子，上面只套了件玫瑰紫巴图鲁背心，半靠在花厅右首安乐椅上跷足而坐，神色仍旧安详深沉，口气却一反平日那种温馨可人的风度，显得果决有力咄咄逼人：“老九打发到年羹尧那儿了，老十去了张家口。今儿当着太后的面，他又要打发老十四去孝陵守灵，活活气死当今太后！这样的人为人君，父母骨肉，文武百官都视为草芥，连秦始皇都不如的一个暴君，凭什么还要尊他保他?你们瞧着吧，只要弄倒了老十四，下一个就是我，连年羹尧在内，谁都没个好下场!”

允禵和隆科多直直坐在椅上，盯着这位首席王大臣，紧张得透不过气来，这已经是三个人第三次直截了当密议这件事了。但“变天”二字还是激得他们浑身一震。良久，允禵才道：“国丧期间举事，的确是时机。但似乎仓猝了些。年羹尧那边还没有说通，里里外外又是张廷玉把持，老四身边还有个智囊方苞。明日哀诏一下，咱们又得进去守灵，就这么一晚，来得及么?兵权，兵权在京师兵部，兵部又是马齐管，我们调不动西山的兵和丰台大营啊!”

“张廷玉什么都虑到了，我跪在那里听着，真是贼才贼智。”允禩冷笑一声道：“但他这次没想到，应下旨京师驻军不得擅调。这就是疏漏！所以事有可为，舅舅现是九门提督。管它外头如何，九城紧闭，两万人马在城里足够使的了！”

隆科多背上一阵冷汗又一阵冷汗。下令禁城，是他一句话的事。但紫禁城是城中之城，名为他管，其实真正实权在张廷玉马齐手里。城外西山、丰台、通州近二十万人马在咫尺肘腋之间，又都是允祥的旧部统领，一封密诏递出去，立时四面楚歌！思量着，隆科多道：“八爷，今晚大动，实在来不及，得稍有准备时间。他守灵二十七天不理外务。我虽不掌全面，但二位爷都在里头，我里外还能活动。给我十天，十天之内，我准能借故革掉丰台总兵毕力塔的职，暂委一个我们靠得住的人。那时，就好动手了！”

“十天不成，六天！”允禩斩钉截铁地说道，“不能等到头一个断七。那时外官像李卫、鄂尔泰都赶到了，你封城把这些人堵在外头，他们就敢硬闯，搅得天下大乱，你明白么？”

允禟在旁边拧着眉毛思索，他压根不信允禩“辅佐”自己这些话，但此时又不能揭破，想着，说道：“舅舅，丰台大营至少要执中观望，我们才能十拿十稳，八哥门人刘守田在那当参将。这人外面儿上和老十三也好，你寻个由头拿掉毕力塔，提升刘当都统，管保不碍我们手脚。”

“就是这样，”允禩仿佛不介意地一笑，倏又变得异常庄重，“老隆，无论丰台的事如何，一定要干起来。见事而疑，胸无定见是大忌。你是上书房满大臣，这次不让你掌总，这就是不吉之兆！雍正猜忌苛刻，已经疑到了你！到了人为刀俎，我为鱼肉那一日，你悔断了肠子也一些儿没用！”隆科多仍旧显得有些忧心忡忡，耷着眼皮深深思索着，说道：“我不是不敢，但心里确是不踏实。年某人统数十万人在西疆。就算这里成功，他要带兵进京勤王，清君侧，谁抵挡得了？天下督抚不服，又该怎么办？”

允禟盯着隆科多良久，突然破颜一笑：“老隆，你好懵懂！老九在年羹尧那里是做什么的？我为统兵大将军王，年羹尧接的都是我的旧部！说到统兵入关，连我都做不到，年羹尧一个包衣奴才，他号召得起？你把心放稳，一旦这里得手，我敢说，头一个上折子奏诏请安的就是姓年的！”允禩见隆科多渐次舒展了眉头，因笑道：“就这样，不用多议了。老隆不宜在此久留，回去只管按策划行事。左右你见我们还方便，临时有变，我们就收敛，还是没事人！”

“此人难指望啊!”允禵待隆科多辞出去，长长吁了一口气道，“八哥，年羹尧在西边已经得手，你晓得么?”允禩目中波光流动，说道:“我已知道了。奏折在你手里，你没有交皇上，不是么?你扣得很对，一旦递上去，邸报一出，人心稳定，我们的事就不好办。但这次是我们稳坐钓鱼船，老隆弄得成什么也不必说，他弄不成，抓不住我们一点把柄，打什么紧?”允禵不禁扑哧一笑，说道:“八哥，真有你的!”还要往下说时，却见亲王府太监头儿何柱儿带着养心殿太监李德全进来，两人一怔，忙都起身，问道:“李公公，内廷有旨?”

李德全白发须眉，已老得口不关风，只含笑向允禩道:“咱不晓得十四爷也在爷这，既这么着，倒省得老奴才多跑了，”说罢南向而立，口称有旨，待二人跪下，方宣道:

“着允禩、允禵即刻入宫，为太后守灵!”

“喳!”

二人齐应一声起来，允禩便吩咐家人，“取五十两黄金给老李!”又笑问:“老李，是单传我们，还是别的爷也一齐都进去?”

“回爷的话，”李德全双手接过沉甸甸的金饼子，笑道，“所有的爷都进去，在慈宁宫前守孝，外头灵棚都搭好了，在京十二个孝子，每三位爷一处，共是四处灵棚，茶水汤饭都方便，爷们只管放心!”

这就太不凑巧了，五个阿哥一处，恰好允祉、允祚、允祐、允祺和允禩一处，允禵偏不在一个棚子里。就算在一处，苫块居哀，怎好叽叽哝哝说私房话议事?就是隆科多，也不好一个棚又一个棚地串。允禩和允禵对望一眼，允禩强按着心头的惊慌和怒气，说道:“前头守灵，大家不都在一处嘛?”

“这是方灵皋先生的主意，”李德全笑道，“前头给先帝爷守灵在乾清宫，慈宁宫地块小，爷瞧这天儿，已经飘雪花儿了，不搭个灵棚，爷们可怎么受?这也是万岁爷体恤各位爷一片佛心……”说着颤巍巍一躬辞出，到别府传旨去了。

允禵咬着牙，恶狠狠道:“方苞这狗娘养的，早晚我碎剐了他!”

“且看隆科多的动作，这时说不着这些个。”允禩轻轻咬着下唇，幽幽说道，“咱们按时辰解手，一个时辰一聚头!”

在允禩允禵和隆科多密谋的同时，雍正和方苞、文觉和尚却在慈宁宫西侧寿康宫东配殿议论另一件事。雍正的情绪像是很亢奋，虽浑身披麻戴孝，眉宇间却带着难以掩饰的愉悦和轻松。他背着手，穿一双蒙了白布的皂靴，不停地踱着步子，说道："年羹尧好样的，到底不负朕心！罗布十万人马全部生擒，先帝爷在时也没有过的胜仗。好，嗯——好！"他搓着手，忽又想到自己是孝子，口气一转长叹一声道："母后啊……您老人家迟走一日，又能给圣祖爷带这个好信儿去了……"

"皇上，"文觉坐在杌子上，斟酌着说道，"但毕竟杀生太多，青海省十年难以恢复元气。这一仗年羹尧打得好，却与岳钟麒生分了。有些善后事宜皇上不得不虑。"

"唔？"

"岳钟麒带兵进驻松潘，与年羹尧从甘肃调来的兵统属不一，双方争功，宴会上几乎剑拔弩张。罗布藏丹增因松潘军机失宜得以西窜，首凶未得，这不能说不是年羹尧措置失当。九爷在年军中也甚得人心，万一有挑唆离间的事，哗变起来也不是小事，万岁不可不虑。"

文觉和尚光秃秃的脑袋在烛影下微微一晃侃侃而言："今冬若不能将罗布叛军一鼓荡平，来春草肥水足，不知又要费多少周折了。"

"举大事不计小节。"雍正阴郁地说道，"年、岳二人无论怎么争功，都是细事。这一战之胜不单在青海。朕吊得老高的心总算放了一半。年羹尧恃才傲物，这朕知道，但观其功劳，这些不足为过。"雍正说着，转脸问方苞："方老夫子，你怎么一言不发？"

方苞正襟危坐，正埋头苦思，听雍正问，抬起头来，两只椒豆一样的眼灼灼生光，吁一口气说道："我在想两件事。方才主上你们说军事，我以为主上说的极是。但西边军事大胜，按理说年羹尧必定用红旗报捷的，但至今却没见到，倒是甘肃兰州将军马常胜的密折先到，没有这密折，至今主子还不知道，这不是怪事？"文觉道："兴许战场还要清理，军俘要处置，再不然年羹尧还有新布置，来不及奏闻朝廷。"方苞一哂道："那不是年羹尧的秉性。再说，岳钟麒率军入青，与年羹尧合战，他也该有折子来的嘛——我的书僮倒跟我说，北京城已传闻年羹尧战死，我军兵败了！"雍正悚然一惊，目光一闪说道：

“先生是说——”

“臣是说军报已经递到，只是没经皇上过目而已。”

“那，谣言呢？”

“谣言可以杀人。”

这一句警语从方苞齿缝里迸出来，雍正和文觉都激凌一个寒战。一时间三个人都没说话，但听殿外风掠殿角，铁马叮当作响。

“螳螂捕蝉，不知黄雀在后，黄雀啄螳螂不知弹丸将至。”方苞冷冷说道：“圣祖归天尚未经年，太后薨逝，国家是多事之秋。万岁，年岳之争是小事，皇上看得对极了。北京，是肘腋心脏之地，这里连一丁点差错也不能有。这次大丧，要和圣祖宾天一样，事事周虑密详。”

雍正万没想到方苞想的是这件事。开始还觉得不以为然，仔细想想，连与范时捷鸡毛蒜皮的小事尚且拜折快递，这么大胜仗，他能缄口不言？联想到谣言，又想到方苞建议给阿哥们搭棚守灵，心里愈加不安，冲口而出：“先生说怎么办？”

“万岁圣明，这只一个‘防’字，何待臣言？”

这就是方苞和邬思道不同之处，邬思道昔日替雍正划策，从来都是直述胸臆，唯恐不详，方苞大家风范，只说“看法”，让皇帝自作主张。雍正正要说话，却听外头太监道：“张廷玉进谒皇上！”雍正转脸对文觉道：“你是和尚，做你的法事去——叫他进来！”

“皇上！”文觉前脚出去，张廷玉后脚进来，却是一头一脸的雪，当着雍正不便抖落，伏身跪下道：“慈宁宫那头都预备好了，几时起丧，请皇上示下。”

雍正已恢复了常态，口气柔和地说道：“外头下雪了？抖抖身上的雪，慢慢说——赐茶，起来坐着罢！亏得方先生先叫搭了灵棚。不然，冰天雪地的，叫兄弟们可怎么受？”张廷玉吐了一口冷气，身子已暖和过来，躬身回道：“臣也正想说这事。三爷、五爷、十四爷他们叫奴才请旨，各自在灵棚哭灵，似乎于太后大礼上不甚妥当。守孝本就是苦事，还该都到柩前去的。这是他们的孝心，还请皇上再下恩旨，他们才好入棚的。”雍正端着茶出了一阵子神，说道：“那不都是先皇骨血，朕的手足？前头在乾清宫，还有几个小弟弟伤风呢！冻着了，太后在天之灵也是个不安，反而是朕不孝。这次一定不能有一个病的，你传旨太医院，多叫几个太医，进来随时侍候。各房棚，东厕都要有太监轮流照管灯火取暖。该进正殿举哀，大家都去。回去还归灵棚，这样可成？”

“臣没说清楚。”张廷玉忙道，“‘三爷’是弘时阿哥。五爷和十四爷是允祺和允禵。”

“唔。”

雍正怔了一下，说道，“衡臣，就是这样，你忙去吧。哦，你到上书房，还有军机处，问问他们有没有年羹尧、岳钟麒处的军报，朕虽居哀，这样的大事还是要留心。顺便叫德楞泰、张五哥两个人过来。”

张五哥和德楞泰两个侍卫都进来了，两个人都哭得眼圈红红的，似乎有点不知所措地看着面前这位圣尊。

“朕的‘灵棚’就设在这里。”雍正说道，“因为有些急务，就是居丧也得料理，所以请方先生也陪着朕。德楞泰，你挑二十个侍卫看护此地，朕下手谕，宫里侍卫一概听你的，你听方先生的——蒙古汉子，听明白了？”

“我明白！”德楞泰粗声答道，“不过领侍卫内大臣还有好几位，他们要有指令，我听不听？”

“你听方先生的。”

“喳！”

雍正踱了两步，阴沉的目光又灰又暗，良久又道：“方先生，你起草个手谕给张五哥。五哥今夜就要去传旨：顺天府及兵刑二部所辖衙役官军，进驻神武门关防出入。丰台大营由毕力塔亲自带领，带上毡幕，驻守前门到西华门南。西华门北要西山健锐营汉军正黄旗选一千人驻防。东华门由原步军统领衙门军马看守。”

他话音落，方苞手中的笔也停下来，双手将草拟的诏书捧给雍正。雍正看着点了点头，从怀中取出“圆明居士”小玺钤上，递给张五哥。张五哥略有些迟疑地接过诏书，说道：“奴才理会了。不过东华门西华门都是隆中堂管，原驻兵要不要移防？这事要不要告隆中堂知道？”

“舅舅这几日也要守丧。”雍正知道五哥心细，怕他起疑，用温语说道：“所有内外防务，还有军机政务，都是张廷玉主持。所以这事等你传完旨，告诉张衡臣一声，一切听他调度。兵马进城，一律都带行军帐篷，听张廷玉关照户部，粮秣柴炭要供足，每个军士先给五两赏银。大丧过后再赏。你不要胡思乱想。朕只图个内外平安，去吧！”

张廷玉奉了圣旨，立刻赶回上书房，查问西疆有无军报。上书房守值的几个官员都说，因设了军机处，凡军务奏折都由军机处直接递奏，并没见年羹尧有本章递进来。因又赶往军机处，见当值的是刘墨林，便问：“你几时回京的？今夜就你一个当值？”

“张中堂，今晚不该我的差，是那苏章京负责，方才隆中堂叫他去，半个时辰了。”刘墨林一反平日散漫不羁的神气，一见张廷玉便站起身来，“我申时进京，到嘉兴楼待了小半时辰，又去访范时捷，才知道内廷出事，就赶着进来了，有多少事得跟中堂回呢！”

“两江、安徽、山东的事你写成节略给我看。”张廷玉也不坐，“眼前我忙得脚不点地，什么事都靠后放放。你看看近两天有没有年羹尧的军报，圣上等着要！”

刘墨林不再说什么，起身向正中镶铜大柜取出一叠案卷，一份份看了，摇头道：“没有。不过十三爷十四爷有时也随身带，中堂你进去问问二位爷，不就知道了？”张廷玉转身就走，一脚门外一脚门内顿了一下又折转身来，问道：“外头进折子，总有底档吧，你找找登记册子，看有没有，要有，看谁取去了。”刘墨林两手一摊说：“登记簿儿自然有的，都锁在那柜子里，钥匙在那苏手里。中堂，您稍停一下，那苏当值，他不敢久离的。”

张廷玉喘了一口粗气，只好坐了下来，想着里头不知有多少事等着自己料理，心里一阵一阵发急。但他是多年相臣，颐气养性，外面上却半点不显出来，偷偷看了看屋角的自鸣钟啜着茶道：“你去了嘉兴楼？是苏舜卿那里呢？如今你们的事怎么样了？”

“承中堂关心。”刘墨林叹息一声苦笑道，“还没有办妥。皇上一道恩诏，贱民能脱籍了，不过总得有银子赎她啊！我出三千，徐骏那里出五千，我东凑西借弄了五千，徐骏又出到八千，如今索性是一万！老鸨在我初饶幸时还想做个情面，如今是除了钱一概不认的了。我拿什么和徐乾学那花花公子比富？我方才见她，她哭了，说身子骨儿大不如前，恐怕熬不到那一天了。”张廷玉设身处地替刘墨林想，也真是难。他陡地想到自己儿子张梅清，也是为一个青楼女子，被自己活活逼死，不由得一阵鼻酸，沉默了许久，又问道：“你父兄呢？他们那边有什么话？”刘墨林道：“我是个孤儿……”

张廷玉温存地看一眼刘墨林，说道：“万把银子不算什么。告诉你，略等等，三四千银子足够了。头五天我见万岁，说起徐乾学亏空的事，我说他是老臣，可否减免一点，十万银子他拿不出来！万岁爷冷笑着说，不怕欠债的精穷，就怕讨债的英雄！徐乾学党附明珠，徐骏又党附揆叙，狗父犬子狼狈为奸，断不能免他一两亏空银子！你等一等，告诉舜卿，心放宽些子，真到难处不可开交，你再和我说一声。”刘墨林听着，颜色已是霁和，微笑道：“真的那样，我这颗心就放下了。哦，中堂，我在嘉兴楼还听到些谣言，有的说万岁爷登极时令不正，硬是‘雍正’了，违了天意，所以今年正月天打雷。有的说年羹尧昔日和哪个阿哥如何怎样，要带兵反回北京。还说什么‘帝出三江口，嘉湖作战场’是《黄孽师歌》里的，雍正年间天下大乱是天意。我听着有些心慌，去找老范，范时捷说年某人在西疆跋扈得要命，他倒听说年羹尧兵败自杀了……”张廷玉听着，神色愈来愈严峻，前头那些谣言五六日间他已偶有所闻，但年羹尧兵败，却是头一次听，联想到方才雍正召见，越发背若芒刺，如坐针毡，将手中茶杯一放，朝刘墨林一点头，说道：“我们不敢闲唠了，你去看看那苏这个狗才，钻到哪里去了，我要看档案登记册！”

刘墨林见张廷玉神色大变，知道有异，答应一声起身便走，却正和进来的那苏撞个满怀。刘墨林后退一步，笑道：“那苏，张中堂正要我去寻你这个狗才呢！”

“回中堂话。”那苏冻得脸乌青，“方才隆中堂找我，要调兵符，大丧期间京师关防要调动一下。奴才说要回十三爷十四爷，隆中堂说不用了，在那打了半日擂台，还有十四爷借调的几份奏折，里头有军报，节略还没写，跟乾清门侍卫说了半日好话才放我进去……”

张廷玉皱着眉大声道：“不要啰嗦，折子呢？”那苏从怀中抽出几份一齐递上来。都是黄绫封面的六百里加紧奏折，一封一封赫然写着：

抚远大将军臣年羹尧谨奏，六百里加紧密勿。

却都密封完好，尚未拆阅。张廷玉一言不发夹上便走。那苏忙道：

“中堂，调兵符的事……”

“不行。”

“隆中堂……”

“叫他找我说话。”

说完，张廷玉便匆匆离去。

第二十六回　草蛇灰线雍正游疑　盗铃掩耳相臣负询

张廷玉取了年羹尧的军报，一刻不停赶往康寿宫，雍正却已赶往慈宁宫举哀未回。沙沙的落雪声和东边嚎天嚎地的哭声响成一片。他坐在杌子上，捧着那个奏折，好像抱着一个襁褓中的婴儿，真想揭开火漆封头，看看里头到底写的什么。按说他是宰相，如今又是内外全权大臣，他有机会拆这个奏折。但今夜不知怎的，他心神总安定不下来。是为年、岳二人不和？将帅争功原是平常事；是为允禵藏匿军报？今日太后薨逝，只顾了悲恸，一时疏忽也是人之常情；是隆科多索要兵符？兵符本就归隆科多管，京师布防和九城禁卫调动，也是稀松平常事。想来想去，觉得都不是，陡的一个念头：也许都是。一大堆的平常事凑巧在一处，也许就有非常之事！联想到前头几件大案，更是搅得张廷玉心乱如麻，只呆坐着痴痴地出神……

“衡臣。”

张廷玉没有应声。

“衡臣。”雍正又叫了一声。张廷玉猛地抬头，见是雍正，不知什么时候已经进来，惊得站起身来，又伏身跪倒，慌乱地说道：“臣走神儿，没瞧见主子进来……这是年羹尧的军报奏折，请主子亲自开封。”雍正哭得眼睛桃子似的，却显得心安神稳，叹声道：“你起来，朕知道你乏透了。”因见方苞也进来，又道：“方先生，年羹尧到底还是有折子。衡臣索来了，方先生读给我们听听，看看这位儒将如何报捷！”

张廷玉吃了一惊，疑惑地望着雍正：“主上怎么知道我军已胜？”

“头上三尺有神明。”雍正道：“世上事本就如此，有人造出来，就有人破得开，有人想隐瞒，自也有人竭力想揭开。像这么大的事，上关天下社稷，下关朕的名声事业甚或身家性命，朕岂能掉以轻心？折子在十四爷处，不错吧？朕早已知我军大捷，只是要看一看有没有这份奏折罢了。”说罢向方苞点头示意。

方苞小心翼翼拆开封头，展开折子，轻声读道：“抚远大将军臣年羹尧，谨报皇上西宁大捷，歼敌十万事……”他顿了一下，兴奋地看一眼雍正，便朗声诵读起来，前头都是调兵部署、粮草供给千头万绪的军务，表述自己耐烦琐细、事必躬亲，如何细虑周详举纲张目着眼着手，把战前准备说得滴水不漏。接着写西宁大捷，像神来之笔：

> 夫青海纵横万里，罗布藏丹增所部皆百战之众，剽悍孔武，流徙不定，虽成壁中贼盗，无奈池深难竭。臣自甘凉入青，虽屡有小胜，卒难寻觅敌之主力，与之一决雌雄，而日耗帑金数十万，竭东南粮源万里来输。每念及此，深愧才菲能薄，致主上宵旰焦虑，深负国恩。为速胜计，不得已为此诱兵之策。壬子日，罗布藏丹增于塔尔寺集结兵力约三万余人，小作试探，知城中仅余兵力一千五百人，因臣不在城中，恐中诱敌之计，巡逻未敢来犯，检阅守城之士，皆如病坊乞儿，具令出战，则股栗不能出声。甲寅日，敌侦知臣在城中，乃大行集结，约五万余众叩城而围。臣即令焚烽火台集援军会战。是时叛军蚁集纷纷如麻，城外诸堡，悉为敌军所破，焚掠一空。臣为鼓舞士气，遂率中军护卫，兀坐城楼，以观敌情兼镇定军心。回望敌军压城欲摧，烟火蔽天，城外百姓哭声动地而不能救，惟俯仰叹息，默祈上苍，祐我皇清。但敌未攻，惟以火枪鸟铳及红衣大炮慑慑而已……

“后头的不用读了。”雍正吁了一口气，“岳钟麒有岳钟麒的难处，也不可一概抹倒。”方苞往下看时，果然写的是岳钟麒如何起先畏难不肯进驻松潘，次后又争功抢夺战俘的话头。末了方苞打了个怔，说道：“主上，十万战俘——这件事前头密折上没写呀！”

“好嘛，”雍正淡淡一笑，说道，“岳钟麒自请率军五千，扫荡余寇，追捕元凶，朕已经批下去了。仗打下来，叫他们午门献俘。唉……圣祖当年午门祝捷，朕年岁还小，都记不清了……”

“都杀了！”

“什么?”

“粮饷供不上，又怕管不好这些人，年羹尧下令，已经将十万战俘就地……”

三个人都被这可怕的数字惊呆了。十万人，手拉手可以从青海连到北京，一夜之间被年羹尧刀劈斧砍残杀殆尽！雍正两腿一软坐回炕上，双手合十闭目向西喃喃念诵了几遍大悲咒，从心底发出一声深长叹息：“人说年羹尧是‘屠夫’，朕还不信，唉……”沉思良久，方起身来，说道：“昔日秦赵之战，一夜之间坑赵卒四十万。朕将古比今，想来年羹尧必有他的难处。兵凶战危，没法子的事。来春战事结束，请高僧，还有朕的替身法师文觉和尚去青海，作七日七夜水陆道场，消除戾气吧！”

“我军大捷的消息要立即传邮天下。”张廷玉振作一下，说道：“今夜就印成单页邸报，全文刊载年羹尧这份奏折，命兵部广为张贴，一定要人人皆知，家喻户晓。”雍正点点头，说道：“你稍待一时，朕要加朱批。”说罢向案前，提笔濡了朱砂，不假思索便写道：

> 西宁兵捷奏悉。此番壮业伟功，承赖圣祖在天之灵，自尔以下以至兵将，凡实心用命效力者，皆朕之恩人也，朕不知如何宠锡，方快寸衷！你此番西行，朕实不知如何疼你，方有颜对天地神明也。正当西宁危急之时，即一字一折恐朕心烦惊骇，委屈设法间以闲字，尔此等用心爱我处，朕皆体到，此岂仅以有功而已矣！古来君臣遇合和意相得者有之，但未必得如我二人之人耳。总之，我二人做个千古君臣知遇榜样，令天下后世钦慕流涎就是矣。

写罢，递给张廷玉，说道：“你们看一看，要没什么参酌的，就明发！”

张廷玉和方苞两个人都是目下十行的人，略一看就都了然，雍正是竭尽心智要向天下万民表明他与这位统兵大将军非同寻常的关系。但君臣之际，恩人云云，不但肉麻，而且不伦不类。两个人对望一眼，方苞说道：“万岁，三纲之内，君为首，分际不可紊。此朱批若用之密折直批年羹尧尚可，但‘恩人’二字似乎也过了，随邸报颁示天下，臣断以为不可。”张廷玉也躬身道：“灵皋先生的话，臣也是这么想。边将立功，于情应加勉奖，于理是份所当然，似乎不必过于张大。”

雍正要了回去，皱着眉头看了半日，摇头道：“‘恩人’还是要的。当日西陲兵败，六万子弟兵无一生还，圣祖为此痛不欲生。朕与圣祖一德一心，年羹尧为圣祖爷出了这口气，就是替朕尽了孝，成全了朕的孝心。因此朕要称他‘恩人’。留下前两句，加上‘国之柱石’四字批语，依旧明发。这个稿朕誊到密折上给他。岳钟麒也要有所慰勉，照你们的意思办就是了。”他说着，张廷玉已将改稿拟好，雍正比较着看了看，果然已不显得那么刺眼，只说了句“也罢了”便不言语。张廷玉知道他还要打坐参禅，捧了折本挟在怀里便辞出来。看那天时，仍是丢絮扯棉纷纷扬扬地落雪，只因是头场雪，地气尚暖，地下半雪半水，像受潮的糖上盖了一层厚霜。略一停步，风扫下房顶的雪团落了一脖子，又凉又湿。张廷玉倒觉心安不少，扶着一个太监一步一滑地去了。

雍正的这一措置全部打乱了允禩与隆科多精心策划的举丧政变阴谋。专务提兵调将的隆科多听那苏说张廷玉不许启用调兵印符，有心去和张廷玉理论，但毕竟心里怀着鬼胎，几次见张廷玉，连提也没敢提。张廷玉原对隆科多不抱疑心的，原也想寻机会解说一下。开始时是忙得没空，待后见隆科多压根不说这事，倒上了心，也不说什么，只令大内侍卫侍候警戒雍正安全，又借口各王贝勒居丧哀痛，恐体力不支，加派太监守护各灵棚，允禩等人入厕，都有两个太监扶着进去。别说私房话，轻易连个眼色都不敢递。隆科多六天里头借故巡查紫禁城防卫，带着鄂伦岱一干侍卫绕金水河看了，只见到处都是新设的兵营，编制统属又各有归属，路过毕力塔防区，他连进也没敢进去——这些兵营中旧属倒是不少，问了问，有的说自己归德楞泰管，有的说是张五哥，还有竟说归内务府统管，各自不一。弄得隆科多又惊又疑，又担心着允禩翻脸，直急得坐不稳站不宁睡不安，一闭眼便做噩梦，热锅上蚂蚁般没个走处。雍正几次问事，见他时而惊惕时而恍惚，先还以为是悲痛迷心，后来也觉诧异。

二十七天的国丧就这样——像结了冰的永定河，面儿上平静坦荡如砥，下头却是激流湍水——平安渡过。宫中太监忙上忙下，撤灵棚去幔帐，烧纸人纸马，焚灵幡，白纱灯换了黄色宫灯。百官各自回衙视事，阿哥们打道回府，剃头洗脸面貌一新。雍正除了丧服，却不放方苞回畅春园，就近回养心殿召方苞进来议事。

“灵皋先生，”雍正待方苞坐定，轻声说道，“按理今日除服，该让你松和一下的，但朕总觉心绪不宁，和你再聊几句，过午用过膳，送你回畅春园。你是国策顾问，朕想多听听你的。”

方苞熬得脸上有些浮肿，略一欠身，说道：“当日二祖慧可皈依佛法，曾夜问菩提达摩，说‘我心不安’。达摩祖师说：‘来，我为汝安之！尔心在何处？’——臣不敢自喻，只是个比方，心在何处？心在万岁心中！万岁觉到了的，即是万岁不安之处。”

“朕是在想，这次丧事是不是办得张皇了些？”雍正啜着奶子道，“兴师动众，如临大敌，却又平安无事，事过之后，怕有人讥讽。”方苞一笑道：“人臣忧谗畏讥，是所处位置使然。人主似乎不必。谗也好，讥也好，总比为人所笑强些儿。恕臣不恭，万岁真正想的，恐怕是舅舅。”雍正咧了一嘴想笑，又敛住了，说道：“方先生，你为什么这么想呢？”

“什么叫‘妖’？反常。”

“唔？”

“戒备森严，如临大敌，原不为防舅舅，但舅舅却觉得是防他，这不反常么？”

这正是藏在雍正心里最深处的话，却不能如此明白无误地表达出来。雍正不禁打了个顿，怔怔地看着外头已经快要化尽了的雪，良久，点头叹道：“他是有些神不守舍，‘恍惚不安’。朕起先想他是心里难过，后来看竟不像。鬼神魇镇的事朕是相信的，莫不成用这法子害他，要去掉朕的左右臂？”

“悲痛断然不是的。”方苞冷冷说道，“圣祖爷在时，佟佳皇太后薨逝，臣那时在上书房，那是他的亲姐姐，他也没这个样，言语行动恍惚得像个白痴。皇上说他神不守舍，臣观他是‘魂’不在位！若说恍惚所凭，还不如说是心神不定！”

方苞儒学大宗，压根就不信什么魇镇邪术，但雍正尊儒之外还崇佛，因此他只能从隆科多的表象点醒雍正：“一个月前他进来奏事，都还条理清晰，头头是道，太后薨逝当夜，李德全传旨回来，说见隆科多在廉亲王府出来——那种时候，他到那里做什么？紫禁城防务差使仍是他的，到外头各营串什么？阿哥爷们的灵棚是张廷玉、马齐和我们几个共同去的，只看看防风遮雪情形就回来了，他怎么前几日左一次右一次独自去串，后来又一次不去？”

“你是说他和八弟……”雍正仿佛身上一颤，又摇头道，“不至于吧。当日传遗诏的就是舅舅，要做手脚，那不是最好机会？如今大局已定，怎么会再和那起子人勾扯？”

方苞仰了一下身子，不安地搓了搓手。他已觉和雍正谈得太直了，但话赶到这里，不能不说下去：“万岁说这话使臣不安，臣不该谈这么深的，也许臣错了，最好是臣错了。”雍正也感觉到了，微笑道：“谈心么，不说心里话有什么意思？朕也这样想，也许朕错了，最好是朕错了。但天要下雨，娘要嫁人，当闲话扯扯何妨呢？朕，都担待了。”方苞心里一阵感动，叹息道：“皇上如此信得及，臣就说。方才说机会，自古错过机会，吃后悔药的不知多少；错过机会又寻机会的更不知其数！佟家一门都是当初倒太子的‘八爷党’，独独一个隆科多忠心事君。当时情势扑朔迷离为鬼为魅为真为幻，就是神仙也说不清有多少层迷障，多少个连环套。皇上，‘八爷党’既是一‘党’，那么并不因皇上已得大统而不是‘党’，丝萝而藤缠，盘根而错节，不是一篇‘朋党论’的文章就能瓦解的。为天下计，为皇上计，也为皇上骨肉亲情不遭惨变计，皇上不铲掉这个‘党’，顶多做个善终皇帝，想振作颓风，刷新吏治为一代令主，恐难遂皇上的心愿。”

“朕调开允禟允䄉，又要允禵去遵化，就是要离散他们，离散了也就保全了。朕虽心冷，并不乏骨肉兄弟情分。”雍正听了方苞侃侃陈词，良久叹道：“想起他们昔日对朕下毒手，朕至今不寒而栗，今日断不可重用，然而还是要保全。说句私心话，朕也不愿后世人说朕是残暴之君。但说到舅舅，再思再想，还不至于混到这个是非窝里。要再看看，再看看，好么？”还要往下说时，却见高无庸在殿门口一探头儿，雍正拉下脸来，说道：“你是怎么回事？我和方先生说话，例来有规矩，你不晓得？”

高无庸吓得连忙进来，叩头道：“奴才没偷听。方才隆中堂请见，奴才请他军机处候着。因主子说话长了，他叫奴才进来瞧瞧，看方先生辞去了没有……”雍正一摆手道：“你告诉他，彼此乏了，请舅舅先回府歇着。明儿递牌子，多少话不能说？”高无庸诺诺连声，起身便走。方苞却叫住了，向雍正道：“皇上，要是身子支撑得，何妨一见呢？他是皇上称舅舅的，因与臣谈话回避他，臣也觉担待不起。”雍正略一思忖，说道：“你去说，朕请舅舅进来。”

须臾，便听院外一阵脚步橐橐。隆科多挑帘进来，刚要行礼，已被雍正扶住。雍正笑道：“你是舅舅，哪有舅舅给外甥磕头的？和方先生说闲话磕牙儿，原为松乏精神，讨教学问，所以不想叫外人打扰。舅舅怎么也是这一套？来，看座，赐茶！”刹那间他像换了个人，显得又轻松又潇洒，“这次丧礼办得周全，第一辛苦了张廷玉，外头处置国务，里头主持丧礼，朕看他至少瘦了十斤。第二便是舅舅，警惕关防，还要照应大大小小的宗室亲贵，操心费力，着实累你。方才和灵皋还说起你来着。怎么不进来说话？北京地面邪，说曹操，曹操到。”说罢便抿嘴儿笑，方苞见雍正如此机关捣鬼，也不禁莞尔。

“皇上，”隆科多振衣而坐，接过茶呷了一口放下，说道：“奴才确实有话要奏。哦，方先生，你不必回避。”他刚剃过头，穿着四团龙褂外罩仙鹤礼服，珊瑚顶子后拖着一根翠森森的双眼孔雀花翎，前日那种迷离恍惚的神情，阴霾沉重的表情已一扫而尽，脸色中还带着疲倦，一双三角眼中的眸子闪烁着，看去很是精神。隆科多一边沉吟，说道：“也许皇上能看出来，奴才这些日子精神不振，奏对时言语颠三倒四不成体统，但奴才真的是有心事。一来太后薨逝，活生生的个人，头天还见面，第二日撒手就去了，心感人生渺茫，无常不定，又悲又感。二则有些事也难得其解。奴才是皇上特简顾命上书房大臣，负责京城防务。但这些日子，其实只当了大内一个侍卫头儿。东西华门，前门神武门外驻了那么多兵，谁调遣，谁节制，我竟一毫儿不知道。太后出事那日，奴才就去军机处预备调防，但军机处奉了张廷玉指令，拒交兵符。所以悲痛感慨，又加了一层疑惧。皇上，您虽称我‘舅舅’，奴才一向只以臣子自居。奴才来请见，也只是想说说心里话。若是这些调度出自圣意，那必定是奴才有过失，理当扪心自问，有无对皇上欠忠欠诚之心。若是出自他人，臣以为或者就有小人离间君臣，挑拨是非。这个心，不可问。奴才以军功出身，原本是个粗人，不该这么多心，但皇上寄奴才以腹心，托奴才以重任，奴才想到哪里，不应对皇上欺瞒。”

他这番表白，侃侃然，款款然坦坦荡荡直抒胸臆，几乎和雍正方苞刚才的话紧紧衔接上了。雍正不禁一怔，良久，才呵呵一笑，说道：“舅舅，说你是‘细人’，细人不敢到朕跟前说这话；说你是‘粗人’，你又想得太多。子曰过犹不及，思之太细，反而离题万里！”他顿了一下，瞟一眼不动声色的方苞，说道：“朕做事从来天马行空，独往独来，不谋于人。你我何等样关系？谁敢挑三窝四？年羹尧是藩邸的人，天下人都知道他是朕第一信用的。去年他上了一道密折，说‘隆科多极平常人’，朕立刻朱批，训斥了他，说舅舅这人你看错了，乃是真正的社稷之臣，朕的功臣。不许他胡猜乱疑！折子就在那柜子里，你想看可以看看。”

“太后薨逝是非常之事，”方苞稳坐不动，翘着胡子说道，“圣祖晚年诸王之间的事，隆大人料必知道，下遗诏给你我也在场的。这次因十四阿哥抗旨，当着太后的面和皇上咆哮，太后气疼迷心骤然大故，当防不虞之变，皇上亲调五路军马，护持大内。这件事，除我之外，连张廷玉也不知道。隆大人，你要有怨气，冲我发，不要和别位大臣生分了。”

隆科多粗重地喘了一口气，咽了一口唾沫说道：“我不是有怨气，是想不通。军机处调兵勘合平素我每天都要用，凭张廷玉一句话，锁起来我就不能启用！”

“你也要体谅衡臣。他方才说进来请安，朕说不必进来，赶快回府好好睡觉。”雍正不易觉察地皱皱眉头，含笑说道，“他累极了的人，火气大，对景儿什么话说不出来？那年在承德，他拿出太子太傅身份，叫十几个阿哥在戒得居冰天雪地里站了一夜，穿堂风鹅毛雪，你想想什么味儿？劝你一句话，取其心而已，既是宰相，还要拿出宰相肚量来。当然，事过之后，朕自然要说他，你们素来也过得去，也可促膝谈谈嘛！”

雍正娓娓而言，又比喻又劝慰，倒说得隆科多无言以对。他本来就已经觉察到自己言行失常，来蹚一蹚水有多深，见雍正毫无戒心，自然也就放心，“火气”也就消得干干净净。因笑道：“主上教训的是，既没别的缘故，奴才就告退了，改日见衡臣，我们聊聊，必定能撂开手的。”说罢打千儿行礼辞了出去，雍正见他出了垂花门，转脸问方苞：

“如何？”

“主上问臣如何，臣也问主上一句‘如何’？”方苞眏了眏眼，诡谲地一笑，说道：“您看他像受了什么‘魇镇’的人么？”

“看看，还要再看看有什么蹊跷。”雍正点点头，不再说这个话题，从案上抽出一份折子，说道，“这是岳钟麒的奏辩折子，除了说年羹尧跋扈，还讲了年部军士掳掠民财，滥杀无辜许多事。他要带五千兵马横扫青海，在朕面前夸了海口，一定要全歼穷寇。你看如何？”

方苞欠身说道：“军事臣不大懂，万岁可否垂询一下十三爷十四爷？不过，据臣的见识，岳钟麒有这个心胸想立功，如果可行，不如放手让他做去。”“朕懒得问允禵，明儿就打发他去遵化，不去也得去！”雍正左颊上肌肉抽搐了一下，“他在青海经营五年，也没打这么大胜仗，可见其无能。倒是问了一下允祥，允祥说罗布兵已溃不成军，散处青海各地失去联络，岳钟麒用五千军马各个击破，正是大好时机。劝朕准奏。但事关年岳不和，又怕年羹尧多心，所以有些犹豫。”方苞听了笑道：“这个不妨事。但仍叫他归年羹尧节制，功过分享，年羹尧也不至于太过分。”

“说的是。”雍正立刻听出了方苞的话中之话，疾步至案前提起朱笔，笑谓方苞：“朕这样批，你看可好？”说着便写，方苞凑过来看时，只见一笔草书龙腾蛇舞：

> 览奏甚喜，但汝与年羹尧皆朕股肱，不宜以见识异同遂生嫌隙。即着卿为奋威将军，仍归年羹尧节制。依卿所奏荡扫妖氛，朕安枕高卧以待楚音。凯旋之日，国家岂吝高爵之赐?!

“极好!”方苞闪着眼道，“若在‘仍归年羹尧节制’的‘仍’字后加一个‘可’字，似乎更为妥恰。”雍正愣了一下，毫不迟疑地在行间加了一个“可”字，叫人进来，吩咐道：“即刻六百里加急发往松潘岳钟麒大营!”

处置完这件事，雍正觉得浑身松快，真想舒舒服服打个呵欠，双臂已经伸展，猛想方苞在跟前，又缩了回来，因见方苞沉吟着若有所思：“方先生，要真乏了，先回畅春园，明儿接着再议事，先生这把年龄，跟着朕打熬，也实难为了先生。”

“主上尚且如此勤政，臣焉敢言累？”方苞怔怔地望着远处，又像对雍正，又像自言自语，“青海之战，已经用了七百万两银子，全胜回师，没有五百万下不来，合下来一千二百万两。清理亏空虽说追回来些，但山东、河南赈灾用去不少，青、甘、陕三省兵燹过后，也要用银子复苏民生，单指要亏空填用，那是无本之木，无源之水。臣既为万岁研究制度，这些事怎么能不想？”

雍正呆了一阵子，说道：“青海战胜，朕自觉已经过‘关’。余下的事可以慢慢商议。嗯……明年五月，叫年羹尧进京，献俘阅兵，咱们偃武修文，召集群臣一起商计。先生有什么想法？细列成条目，朕和廷玉、马齐，隆科多他们参酌，就这样——传膳！”

第二十七回　养心殿议封年羹尧　王爷府允禩遭贬斥

西宁大捷后一个月，年羹尧与岳钟麒联名奏折又到。年羹尧遵旨坐镇西宁，由奋威将军岳钟麒率军五千西进，追剿罗布藏丹增残部。此际青海冰天雪地，断了粮草没了帐篷失去了建制的罗布藏丹增军队，其实已成乌合之众，东一股西一股，没头苍蝇似的乱窜，却又逃不出年羹尧早已布好的天罗地网。岳钟麒的兵在四川养精蓄锐，眼见年羹尧抢了头功，人人憋着一口气，要在雍正跟前争脸，五千人马个个都是十里挑一的精壮汉子，粮草供应又充足，真个横刀纵马，千里奔袭，如入无人之境。仅十五天光景，便生擒了罗布藏丹增的“四大天王”吹喇克诺木齐、阿拉布坦鄂木布、藏巴扎木和达喇木佐，连罗布藏丹增的母亲和妹妹也未能幸免。至雍正二年二月二十二日，罗布藏丹增率十三骑化装女子突围西逃喀尔喀蒙古，一场牵动雍正新朝的西疆大战至此告终。

“朕总算不负圣祖在天之灵！”

接到战报，雍正立刻在上书房召见了允禩、允祥、张廷玉、马齐和隆科多。他一边踱步，一边喟然叹道：“老爷子若在，不定怎么欢喜呢！”其时已是三月初三，玉皇大帝圣诞之日。雍正刚刚在钦安殿拈过香，还是一身朝服，石青江绸夹金龙褂外套着石青江绸小毛羊皮褂。虽说眉头紧皱，仍掩饰不住嘴角带着的一丝微笑。大约因为兴奋，房子里也太热，他摘掉了青毡缎台冠，抚着剃得趣青的脑门子，脚步踱得橐橐有声，徐徐说道：“捷报你们都读过的了，议议青海的善后事宜，有什么见识，随便说，不要拘礼，还由张衡臣归总儿拟出几条来！”

“皇上算为圣祖爷出了一口气。”允禩是首席辅政亲王，自然要先发言，见雍正看自己，在瓷墩上略一欠身，从容说道：“当年传尔丹兵败，噩耗传来，先帝也是在这里召见我们，他老人家龙颜惨淡，一直向西盯着，像是要把这宫、这墙、这云山万里都看穿似的！至今臣弟想起来，还忘不掉那惨景！”说着便拭泪。雍正点头叹息道：“老八说的是。除了允祥和隆科多，我们都在场的。”允禩一边专注地听，一边点头，待雍正说完，方徐徐道：“所以臣以为头一件，叫翰林院好生做一篇文章，祭告先帝。”

这是题中应有之义，众人无不点头称是。允禩神采奕奕，身子一仰又道：“这一仗打得快，胜得利落，年羹尧以下二十万将士实在有功社稷，也够劳苦的了。臣想，应该派一位上书房大臣或亲王贝勒，立即前去劳军。宣传皇上奖功恩旨。究竟年羹尧应叙何等功位，还请万岁圣裁！”雍正托着下巴，沉思良久，问马齐道：“熙朝元老中你管礼部时间最长，八弟过去管过理藩院，我们都不大熟悉典章。据你看，年羹尧该怎么赏功？”

“国家以爵赏功。”马齐轻咳一声道，“年羹尧这一仗，似可与施琅海战征讨郑氏相埒，臣以为应晋封一等伯爵。”隆科多拈须沉吟，说道：“爵以赏功，职以任能，这是千古不变之理。以奴才看来，年某不但有功，其实军政民政都来得，也算得上头等能员。说句心里话，赵申乔我们都老了，廷玉一个人事务上也忙不过来，就调年羹尧进上书房参赞机枢，也是该当的。”

他已经几次提出退出上书房，雍正深知他心意，一笑说道：“老有所用嘛，你不要一味想自己的事。如今年羹尧营务都还忙不过来，且不议他职分的事，方才马齐说晋一等伯爵，仿施琅的例，朕觉得低了些。就是老八方才的话，年羹尧是替圣祖报了仇，出了气，慰了圣祖在天之灵，从这个份上讲，给个异姓王位也不为过分！”

“异姓王！”所有的人都大吃一惊，一齐抬头愕然望着雍正。马齐一醒神立即起身，正要说话，雍正一摆手笑道：“秀水，你坐下，听朕说完——但‘非刘不得为王’，自古异姓王多无好下场，对年羹尧未必是好事。再说，开了这个先例，后世子孙也不好办。所以朕想，给他晋公爵，一等公——如何？”

几个王公大臣不安地对望一眼，先年康熙在世，几个专阃将军，名将如图海、周培公、赵良栋、飞杨古、施琅，开疆拓域，战功比年羹尧都大，顶高的也只封了侯爵。若论年羹尧，其实只是平了青海一省之乱，灭敌不过十万，晋封一等公，人人都觉得有点过分。但雍正既已把话说绝，毫无转圜余地，也只好如此。良久，马齐干咳一声道：“那么岳钟麒呢？臣以为可进二等公。”他这一说，众人也只好随声附和。雍正转脸看看张廷玉，说道：“衡臣的意思呢？”

“臣无异议。”张廷玉泰然自若地摆了一下袍角，沉吟道：“臣想的是另一件事，劳军，要用银子，一人均按二十两计，年岳二部加上围青海的军队，约需五百万两；京师直隶，山东河南四川各地从军将士家属，每户五两，还有输粮运草的民夫，各地督责粮饷的府道，也不能不赏，总计下来，没有八百万银子不行。”说到这里，他打了一个顿，皱眉又道：“青海一省糜烂数年，又经此一劫，复苏民生，安署官吏，没有三百万银子也是不够用的。春荒将到，京城短着一百万石粮，苏北、河南、甘肃赈灾用银，臣一时还算不清该需多少银子……这么大的数目，要把北京、昌平、顺义几个银库都腾空了，万一再有别的用银子处，这个饥荒就不好打了。”

雍正一腔高兴，被他说得心里一沉，无声抽了一口凉气，问允祥道：“户部存银实数到底多少？”“三千七百万。”允祥脸上也升起了一团乌云，略带阴郁地一笑，“劳军还是满够用的。”接着便不言声。允禩心里盘算着，笑道：“衡臣真能扫兴，前方打这么大胜仗，花几个钱无论如何不过分。索性臣说了吧，年羹尧率军凯旋，沿途供帐，举国共庆，薄海同欢的事，没有花销也不成。小家子有喜庆事，都还要破费几个，何况我们煌煌天朝？依臣看，就动用个一千三百万，不为过分。”他想把气氛调得火热一点，但在座的都是“个中人”，康熙皇帝在位六十一年，满打满算，才积下了五千万银子，因官员借贷，他临终时，各地银库加在一起，总共不过七百多万两，这一年清理亏空，朝野上下又抄又抓，逼得多少官员走投无路，好容易才还原到三千多万，一下子拿出这么多，也真叫这些相臣肉疼。隆科多觉得自己沉默得太久，因一躬身说道：“每个兵士二十两嫌多了些，我看有十两就够了。”马齐、允禩、允祥也各执一词，纷纷议论。

“礼部那边奴才关照一下，能省着就省一点。”马齐道。允禩道：“在京各王公贝勒贝子可以捐些银子。”允祥立即顶了回去，“本来催还国债，一个个已经叫苦连天，再叫捐银子，会弄出事的。”

雍正仰着脸想了半晌，突然一笑，说道：“一场大高兴事，没想到议出这么多难题。这样吧，内务府里还有一些存银，拨出二百万，朕自己宁可勒啃些儿，不叫下头受屈。每个兵二十两，看去是不少，但那是‘均数’。从将军到千把总、十人长、伍长，扣到兵那里，顶多落个五六两，还敢再少么？”

“万岁说的是。”允禩笑道，“就是慰劳军士家属，抚恤阵亡将士，也有个层层克扣的道道儿。臣说一千二三百万，已经紧打紧的了，再分斤掰两的，不但难，也不成体统，朝廷脸面要紧。”雍正思量半晌，说道：“这件事且就定了，今儿个不议财政。说说看，谁去西宁劳军？”允禩见众人一时说不出人选，遂一躬身道：“依着臣看，总得去一位王爷才好，无论十三弟、十四弟，要不然臣弟去？我从没有从过军务，也真想看看军营是个什么样，沙场是什么样儿呢！”

雍正颊上青筋不易觉察地抽动了一下，笑道：“你们谁也不能去，各有各的差使都还忙不过来呢！允禵更不成，母后病重，他在病榻前与朕咆哮争吵，母后亡故，他难辞其咎！这事朕已告知张廷玉，下旨削去他的王爵，所以今儿会议没叫他。待会儿下朝，老八去见见他，叫他消消火性，去遵化好生读书守灵，不奉诏，朕就圈禁他！”几句话冷冰冰硬邦邦顶回来，允禩顿时涨得满脸通红，哆嗦着嘴唇想说什么，许久才叹道：“臣……遵旨。”

“至于大军全部移防关内，朕看也不必。”雍正徐徐说道，“阿拉布坦收容罗布藏丹增，志在不测，还要防着西边。劳军的事去个阿哥……嗯，就是弘历吧，再带上图里琛，加一个刘墨林，去宣旨，命年羹尧率三千军士，带上战俘五月到京，在午门行献俘礼。该省的钱一个子儿也要省，该花的钱一个子儿也不要省。这件事由允祥统筹，张廷玉抓总儿处理政务。老八，旗务整顿是你的差使，朕竟不知你每日干些什么！看着咱们这些旗人吧，栽石榴树、养狗生孩子、领钱粮、下馆子、吃茶、玩鸟笼子全挂子的本事，叫真个儿的去办差，不是糊涂蛋就是面糊塌——君子之泽五世而斩。这么着不事生业一味玩物丧志，关乎大清气数！所以你别的事不用管，管好旗务，约束好这些兄弟，还有宗室子弟，你就功劳不小！”

雍正长篇大论，由军务一下子又扯到旗务，众人心里都是一震。黜落允禟、允䄉，接着就剥允禵的王爵，今儿索性直斥允禩“整顿旗务”不力！张廷玉看着允禩一张苍白得没有血色的脸，心中不禁一叹：“轮到老八了！”允禩早已站起身来恭听他的教训，心里恨、悔、怒、悲、苦五味俱全，看着摆着方步悠然踱步转来转去的雍正，真想一个窝心脚踢过去！但他不能，也不敢，强咽了一口唾沫，勉强赔笑道：“万岁教训的是。其实自圣祖爷三次亲征准噶尔，满军旗人已见不得真阵仗，已经不如汉军绿营能打仗了。这件事臣弟不知思量多少回，办宗学叫他们读书，能办的差使尽着安排，只没有那么多的缺，有些事也真难办，总不成都赶了他们下乡种地？”

“为什么不能？”雍正铁青着脸立即顶了回来，“汉人能种田，旗人就不成？你倒给朕提了醒儿，怀柔、密云、顺义、大兴这些京畿地方有的是荒地。你叫宗人府内务府筹划，没差使的旗人，每人开五亩荒，不比在北京坐茶馆子吹牛皮强？对，就这么办！”大约觉得自己说话口气太硬，雍正吁了一口气，放缓了语调，竟上前拍了拍允禩肩头，叹道：“别怪朕发脾气，朕是心里发急！八旗子弟当年纵横中原，以一敌百，如今这样子，朕痛心疾首，这不图省几个钱，图的是叫咱们的子弟不要毁了、烂掉，不要堕落了！你素来众望所归，这差使谅别人也办不来，朕瞧着你呢！”

允祥和允禩是几十年的宿敌，但“八爷党”里真正明火执仗欺侮作践自己的是大阿哥允禔和九阿哥允禟，十阿哥是个爆仗，明着来，九阿哥是摇羽毛扇的，真正坐纛儿的这个“八哥”其实和自己没什么过不去的私怨，倒常约束允禟允䄉不要过分。雍正对这群人一个一个排头整去，毫不容情，他原解气，但见允禩容颜惨憺，束手待毙的样子，想想毕竟是同父手足，不禁动了恻隐之心。允祥思量着，轻咳一声道：“万岁，整顿旗务的事，八哥在下头我们议过几次，如今宗学已经兴办，也安排了不少人到皇庄办差，其实这里头的烦难，一点不亚于吏治。主子别着急，文火慢慢炖，火到猪头烂。就遵您这旨意，我们再议个条陈出来可成？”雍正掏出怀表看看，说道：“好嘛，今儿就议到这里。朕要进去看看十七姑，她也在病着。你们有急务，下午朕在养心殿和方先生说话，允祥你也来。后日朕离京，去河南看黄河汛防。今明两日把该请示的事列出来，由朕斟酌了再办——跪安吧！”

“喳！”几个大臣一齐起身跪下叩了头，待雍正离开后方各自散去。

允禩憋了一肚子无名火，默默退出东华门，已出老齐化门，猛地想起自己还奉着“劝老十四”的旨意，因在轿中用脚一顿大声道：“北玉皇庙，十四爷府!”

“噢，是了——!”

轿夫们齐应一声，慢慢磨转向北。随着柞木轿杠咯吱咯吱单调而有节奏的闪动，允禩的心渐渐平静下来。此地已是北京城外，到允禵府并不需要再进城，只消沿护城河边官道向北，由东角门向西两箭之地就是了。其时正是仲春三月，隔轿窗看去，西边是灰暗高大的北京城墙，阴森森死气沉沉，暗红和鲜绿的苔藓布满这座几百年历尽沧桑的老城砖上，斑驳陆离，给人一种诡异神秘的压抑感，锯齿一样的堞雉上荒草和春草并生，逶迤向远处绵延，好像在告诉人们些什么，只城下碧波荡漾的春水，青翠欲滴的岸柳，稍许带来几分活气。但向东看，好像是另外一个世界，广袤无垠的原野，深绿的麦田一直接到天际。阡陌间踏青的人们扶老携幼，指指点点说说笑笑；挎着篮子剜野菜的村姑手握小铁铲在垅间低头寻觅着，女伴们不时发出叽叽咯咯无忧无虑的笑声。总角童子们则多是放风筝，有呵着粗气起线的，有飞奔着拖着不情愿起飞的风筝没头没脑地只是跑的，还有被父母逗着，坐着垅头看天上的风筝的，也有不少稚童吮着指头向这边张望的……一派人间熙和欢乐景味。允禩极目望着远处喷火蒸霞般一片桃林，深深吁了一口气，想说什么，翕动了一下嘴唇，又放下了轿窗窗帘，手抚着前额只是沉思。不知过了多久，大轿停止了闪动，稳稳落在地下，何柱儿在外小心翼翼禀道：“王爷……”

“唔?”

“已经到地方儿了。”

“唔。”

允禩含含糊糊地答应一声，哈腰出轿，看了看巍峨壮观的十四贝勒府，一溜五楹倒厦正门簇青的砖一卧倒顶，金漆朱红钢钉大门紧闭着，前头钉子似站着十几个王府护卫，门前鸦没雀静，只挨墙几株高大的垂杨柳，柳丝直垂于地，几个王府长随垂手侍立在仪门旁。望着已经摘下“大将军王府”御赐匾额的正门，允禩像被针刺了一下，身上一颤，正要说话，一个笔帖式打扮的人过来，在允禩面前打了个千儿，赔笑道：“奴才给八爷请安了!”

“我来看看老十四。”允禩泰然自若说道，“——是奉旨来的!”那笔帖式一怔，忙道："爷奉旨来的！请稍候，奴才请十四爷开中门迎进……"

"不用了。"允禩一摆手笑道，"我奉旨来却不是宣诏，不须铺张。"说着拿起脚便进了仪门，一头走，一头问：

"你叫什么名字啊？"

"回八爷，奴才叫蔡怀玺。"

"几时跟的十四爷？往年十四爷住棋盘街，我常去，怎么没见过你啊？"

蔡怀玺一边引路，侧着身子笑道："奴才原先在内务府当差，去年秋才和钱蕴斗一道儿分派到这儿侍候十四爷——王爷这边走，十四爷在书房——其实八爷还是奴才的恩人，不过王爷是贵人，哪里记得奴才！"允禩止住了步，下死眼打量了一番蔡怀玺，摇了摇头。蔡怀玺笑道："爷是出了名的'八贤王'，做的好事多了，自然也就不在心。康熙五十六年，奴才一家子到北京投亲不着，在朝阳门码头讨饭，正好那日爷出来散步观景儿，十冬腊月下雪天，瞧我们一家在河神庙檐底下凄惶，爷赏我们一家子吃饭，还问了奴才几句话，就叫府上长随送了奴才去内务府当差……"说着，蔡怀玺脸上已没了笑容，竟目眦滢滢欲泪。允禩站着想了想，这类事他办得多了，着实记不起这回事，因点头叹道："看来还是小家子出来的有良心。我给多少官儿比这大得多的恩情，如今早没事人一大堆了。"说着又往前走，见一带竹丛葱茏掩映着一溜三间茅顶歇山房，蔡怀玺笑道："这就是十四爷的书房了。"

"你就候这里，我自己进去瞧。"允禩微笑着吩咐一句，径自移步过书房这边，站在檐下阶上静听时，偶听见里头一两声古琴勾挑之声，随即又停住。允禩正诧异，一个女子声气从里头传出来："这曲《平沙落雁》难死了，曲谱儿瞧着就天书似的。十四爷就饶了我吧！"允禩不禁莞尔一笑，听允禵说道："功到自然成。你这么一份资质，又跟着我，不会弹琴，岂不叫人笑话？——来，再来一遍，记住，这变徵之调，先用小指勾这条弦，左手拇指按了君弦，无名指抹第七弦……不要急，一里一里的，你比前强多了！"允禩再不思量，在门外说了句："十四弟好雅兴！"一脚踏了进去，却见一倩装少女坐在案前，旁边焚着一炉香烟，十四阿哥允禵散穿一件雨过天青宁绸夹袍，也没系腰带，半蹲在女孩子身后，几乎手把手在教她练琴，两个人都忙得头浸汗。见允禩进来，允禵才起身来，那女孩子羞得满面赤涨，讪讪起身，退到一旁侍立。允禵笑道：“是八哥，唬了我一跳，我还以为皇上叫粘竿处的人拿我来了呢！”

允禩一笑，上前取过案上琴谱，见上头写着：

> [illegible]（丙）[illegible]。[illegible]（上 亍 [illegible]）[illegible]。[illegible]。[illegible]（[illegible]）[illegible]（内）[illegible]（亍）。[illegible]。
> ……

都有铜钱大小顺序排列。允禩看了看那女孩子，说道：“这是《徵》调，最难为人的。你先弹着，练熟了指法，再让十四爷一个字一个字地讲，就学得了。这里头讲究极多：一心不散乱，二审辨音律，三指法向背，四指下蠲净，五用指不叠，六声势轻重，七节奏缓急，八高低起伏，九弦调平和，十左右朝揖。你们这么搂着抱着似的，能‘一心不散乱’么？”

“八哥真是讪！”允禵不禁放声大笑，“大约八哥也这么教过别人，教不成，又来教训我。红巾翠袖，美人香草，我确实做不到‘心不散乱’——引娣，给八爷上茶！”允禩这才知道，这个女孩子就是田文镜参劾山西巡抚诺敏一案的缘起人，不由好奇地打量她一眼，只见乔引娣穿一件月白夹纱旗袍，上套着葱绿小羊皮风毛坎肩，满头浓密的青丝已挽成“把子头”，已是放了脚，因笑道：“在刑部我见过你，想不到就这么水灵，怨不得你十四爷疼你！旗装也能扮出西施来？我府里那几个，衣料也是这般，只走起路来挺胸凸肚，怎么瞧怎么不顺眼！”允禵笑望着引娣，对允禩道：“八哥以为她是汉人！她是个满人呢！坏就坏在那个‘花盆底’鞋子，叫嫂子她们把那劳什子脱了甩掉，再看就又一副模样——不信你回去试试，你穿上‘花盆底’，走路也得这么挺着！”

允禩又打量一眼引娣，觉得眉眼有点眼熟，却再想不到是谁，便问引娣：“你是满人？你不是姓乔么？哪个旗的？”引娣忸怩地看一眼允禩，脚尖跐着地低头笑道：“我娘是汉人，我是听她说的……我从没见过我亲爹，两岁头我们娘母女逃荒到山西，乔家干爹干娘收养了我们，就改了姓……”允禩一听便心中了然，不知是哪个风流八旗子弟造孽留下的种子，这是常有的事，也不足为奇，因啜着茶缓缓换了话题：“你是个有福的。我原担心，你十四爷去遵化，身边没个体己人怎么好。这一来我也放心了，你跟了十四爷去——”

“八哥,”允禵冷冷打断了允禩的话,“叫我去遵化幽居,我还没奉诏呢！你是来替雍正做说客的吧?”说着“哗”的一声抖开一把大檀香木扇,身子半歪在椅中轻轻摇着,傲慢地盯着允禩不再言声。允禩被他问得一怔,起身踱了几步,因见外头站着几个家人,倏然转脸命引娣:“你出去,叫他们站远点!”引娣忙答应一声,蹲了个万福便踅了出去。

允禩的眼中碧幽幽闪着光走近了允禵,嘴角带着一丝阴冷的笑意。允禵被他可怕的神色慑得身上一颤,摇动着的扇子不由自主地停了下来,惊愕地望着允禩,说道:“八哥……你这是——?”

“你不肯奉诏?”

“哪里是‘守陵’?那和圈禁一个样!”

“就算是‘圈禁’,你不奉诏?”

“不奉诏!”

“乾清门侍卫来拿你,你怎么办?”

“他们来拿好了。那样,天下亿兆人都瞧见他这雍正皇帝是怎样待他的亲兄弟的了?”

“你九哥十哥还有我,不是他的亲兄弟?二哥不是他的亲哥哥?”

“那不同,我和他一个娘!”允禵粗重地喘了一口气,坐直了身子,说道,“我就是不去,叫他杀掉我,叫人都晓得他是个什么东西!”

允禩凝视着允禵,半晌,“扑哧”一笑,说道:“老十四,你不够斤两!照你这么做,天下人这会子会觉得我们‘可怜’,后世人评议会觉得我们‘可笑’！到事不可为那一日,我们当然走这一步,现在,绝不可行!”允禵抑郁的目光从允禩身上移开,叹道:“这是天意,非人力可为的事。八哥,年羹尧那边打了胜仗,雍正的政局已经稳了。又是加官又是晋爵,年某肯蹚我们这汪浑水?隆科多你也瞧见了,看似手握重权,节骨眼儿上一点用也不顶——你我兄弟调得四零八散,往日那起子贼王八马屁精,缩头的缩头,掉屁股的掉屁股。你说说,我们有什么底盘,又指望得着谁?”允禩咬着牙,喑哑的声音从齿缝里迸出两个字:“弘时。”

“三阿哥!”

“对,”允禩眼角下的肌肉微微隆起,只有这一刻,才能从他灰暗的目光中看出赌徒般的神色，“不要忘了，你、允禟、允䄉都已不是什么‘八爷党’，我们如今都是‘三爷党’！这是下一轮的兄弟阋墙——各人算盘各人打，打的都是弘时这张牌。弘时和弘历二位‘爷’，一个‘恭贝勒’一个‘宝亲王’，这一场新党争，我们要不利用，那才是天字第一号傻蛋呢！”

允禵一动不动地看着允禩。移时，略带艰难地起身来，怔怔望着春光明媚的窗外，说道：“八哥的意思兄弟明白了。我们这阵子不能给弘时添乱子，咬定牙根吃点苦头，到时机播弄云雨，由不得雍正宝贝勒，也由不得弘时，是么？”

“阿弥陀佛，心有灵犀一点通！”允禩双手合十，款款说道。

第二十八回　孤孀皇姊深宫染恙　芥蒂兄弟御园交心

允禩允禵两兄弟在书房又秘密计议了小半个时辰，耳听自鸣钟正打一点，已是未初时牌。允禩起身笑道："就是这样吧，我还要去给'雍正爷'缴旨。你明个进去给他辞行，后日他就要到河南去了。"允禵也起身来，伸欠着大声道："引娣，给爷侍候袍褂！我和廉王爷一道儿走！"允禩忙道："急什么？我先去回话，看皇上还有什么旨意，你明个儿进去不迟。再说，一道走也太扎眼。"

"不一道儿走，我就不是'八爷'党的了？"允禵由引娣摆弄着穿戴，嬉笑道，"你今儿不来，我也要去。十七老格格病了，我得见见请安儿。轿走轿路，马走马路，有什么妨碍？"一头说，一头出来，一脚跐着台阶大声道："钱蕴斗，叫蔡家的备轿，引娣陪着爷进宫！"

于是兄弟二人前后两乘大轿，却不顺允禩来路，径自神武门绕道西华门，允禩递牌子请见，允禵自带着引娣穿隆宗门过天街，迤逦沿东永巷向北至斋戒宫偏殿来看十七皇姑，迎头见允祥带大起子太监踅日精门进大内，允禵远远便站住脚，只装提鞋别转了脸，直到允祥的人全都过去，"鞋"才提起来。

十七皇姑满面潮红，一长一短喘吁吁地半躺在大迎枕上，闭着眼，不时发出"咳咳"的声音，却一口痰也吐不出来。她双手紧紧抓着胸前衣襟，憋得不时翻身，痛苦地抽搐着，时而一阵痉挛仿佛才清醒一点。允禵带着引娣进来，见一大群宫女捧着巾帻嗽盂站在一旁大气也不敢出，只听十七皇姑风箱似的喘息呻吟和隔壁纱屉子后头几个太医商计汤头的窃窃私语。一个贴身宫女见允禵似乎有些不知所措地站在当地，便向十七皇姑耳畔小声说道："老格格，十四爷给您请安来了。您只管闭眼歇着，别动。"

"是允禵，"十七皇姑吭了两声，慢慢翻转身来，忽然睁开了眼睛，吃力地招手道，“过……过来……”

看着平素明爽简捷的老皇姑一下子病到这份儿上，允禵鼻子一酸，泪水已模糊了眼睛，急走几步一个千儿打下去，哽咽着嗓子道：“弟允禵……给十七姐请安了！才几日工夫，您就病到这份儿上，叫人瞧着……”说着便拭泪。十七皇姑盯着允禵，身子剧烈抽动一下，咳了两声，竟吐出两口痰来，胸中顿时畅快了许多，却依旧是那副火暴暴的脾性，含笑说道：“佛祖还没收我，你就给我哭丧来了？还不把眼泪给我收了！你往前些儿，我有话跟你说。”允禵起身，至榻前躬身道：“皇姑的病我瞧着不相干的。你有话只管说，要什么东西只管吩咐。”

“我的病自己心里有数，不成了。”十七皇姑闪动了一下眼睛，只这一刹那间，允禵觉得这十七姐当年一定是一位明艳夺目的绝色佳人。正怔间，十七皇姑又喘息一声，叹道：“算来咱们爱新觉罗家的格格，打太祖爷起，活过五十岁的只有两个。我是个寿数最长的，已经五十三岁了，知足了。趁着这口气，我劝你几句，你可肯听？”

“嗯，十四弟听着呢！”

“我是个女人，”十七皇姑干咳一声，声音变得有些涩滞，“本不该管你们宫外那些乌七八糟的事，只有一句古话‘兄弟同心，其利断金’，难道你不懂？过去的事早过去了，不要总那么绞不断撕不烂的，不但后世人瞧着笑话，就叫那些汉人看看，你们算怎么回事？罢了吧罢了吧，别跟皇上过不去，他有他的难处，说到就里是你四哥，他不是坏人……”允禵没想到她把话头点得这么透，不禁惊得身上一颤，忙道：“十七姐，您安心静养，没有的事！我跟皇上一母同胞，有什么过不去？再说君臣分际，也不敢有什么过不去的。”“算了吧。”十七皇姑拍拍允禵后脑勺，抚着他那条又粗又长油光水滑的辫子，似笑不笑地说道，“女人头发长，你们男人辫子短么？姐姐跟你说，我起小看你们长大，哪个猢狲上哪棵树，姐姐都晓得！就这些兄弟里头，我最疼的是你和老十三，打小跟着姐姐在御花园里摘石榴、偷梨！眼瞧着你们生分，姐姐心里不好过，可一句也不敢说！如今……如今生死大限到了，说不得的也说得了。真话对你讲，天下这么大，能扳着肩头跟你四哥说几句硬气体己话的，除了我没有第二个！我去了，你们再闹，谁能像姐姐那样给你们讨情儿？”说着，豆大的泪珠从脸颊上滚落下来。

允禵望着这位奄奄一息的十七姐，心里一阵凄楚，不觉也落下泪来，温声说道："姐姐您放心，别想东想西的了，您寿数长着呢！我……听您的就是了。"还要往下说，听见院外一阵脚步声渐渐近来，回头看时不禁怔住了，自己专门躲着雍正走，偏偏雍正也来了。偏殿里外几十号宫女太监见皇帝进来，"唿"地跪了下去。允禵兀自泪眼迷离，怅望了雍正一眼，就榻边跪了下去，说道："罪臣允禵叩见皇上。"

"自己兄弟嘛，起来吧！"雍正说着，凑近了十七皇姑，见十七皇姑目不转睛地盯着自己，一欠身便坐了榻边，轻声道："十七姐……这会儿身上可略觉好些？"十七皇姑在枕上点点头，"除了老大老二，都来见过了，我心里安宁不少。唉……姐姐没几天好活的了，就是前头先帝爷，待我也不同别的和硕公主，有时我捣着他额头数落他，他也只是笑。姐姐想了，论起国法，我这身份儿，一文不值，可姐姐总是想自己是个女人，是个老寡妇，平素在你们跟前，也没怎么想着你是一国之君，你怪姐姐不怪？"雍正含泪笑道："自古皇帝没天伦之乐，天下外人瞧着似乎我要什么有什么，要怎样就怎样，其实那都是戏里头看的。就是有话也不得畅快说。你都知道了，哈庆生死了，您的儿子平平安安，晋封阿恩哈喇番，可当初也只能那样对姐姐和母后讲，我难不难？说到寂寞孤独，四邻不靠，六亲难认，皇帝也是头一份。也就是姐姐，咱们姐弟还能拉拉家常，说说体己，所以你病，我心里这份急，不亚于老佛爷欠安——偏生这些日子七事八事，忙得发昏，竟不能天天过来瞧你——这起子太医、下人，有侍候不到的没有？"

十七皇姑猛烈地咳嗽一阵，又吐出一口痰，一手抚着心口，喘息一阵子，转脸对众人说道："你们都退出去！——以我的身份地步儿，下人们怎么敢怠慢？——这一条你皇上放心。你这弟弟我晓得，面儿上冷，心里头泾渭分明。先头苏麻喇姑，还有孔四贞在，她们常说起你，我那时候虽说小，也都听在心里。你精明强干，善恶分明，做事不拖泥带水，为人修边幅，阿哥里头哪个也比不了你，先帝爷晚年精力不济，这朝局其实是靠你和老十三支撑的，天地良心都在这，姐姐不说假话，先帝爷选你来掌这天下，眼力不差。"说着看了看侧身垂目不语的允禵，接着说道，"但姐姐也确实有句心里话，你太清了，晓得么？"

“十七姐!”

“你听我说,”十七皇姑咳嗽一声,“你用膳花的银子不及先帝十停里一停，也没听说哪个嫔妃你最宠爱，酒也不大吃，整日除了做事还是做事，论起勤政，先帝年轻时也不及你，这原是极好。人有一善，你记在心里还好；人有一过，你也不肯放过，这就有不足处。做皇帝一言九鼎，不能没威望，要叫下头办事人又怕又敬又爱又离不开，这一条，你不及先帝!”

雍正心里泛上一股热浪，但觉又甜又苦又带着酸涩。他望着病骨支离的十七皇姑，很想一古脑儿把心思倾诉一下，但帝王的尊严和骄傲止住了他，心里只是叹息：你哪里知道，树欲静风不止！别人不安于臣位，我怎么敢安于君位不加警惕？心里想着，辞气温和地说道：“姐姐，你说的朕都晓得了。水至清则无鱼，能包容的，朕尽力包容就是了。你且静养，等你病好，咱们好好拉拉家常!”

“姐姐是好不了了。”十七皇姑闭上了眼，喃喃说道，“我心里安慰的，老天爷有眼，哈庆生犯了军法，我的小侄不必嫁给那个兔子……咱们皇族的姑奶奶，都命苦哇……都见了，都见了，只有老大、老二，唉……”她咂了咂嘴，不再说话了。

“老大”是康熙的大儿子允禔，康熙四十七年在承德因用魇镇妖法整治太子“老二”，事发被囚。“老二”便是原太子允礽，康熙五十一年被废黜禁，囚在离此不远的咸安宫——国法体制所限，十七皇姑再想，雍正也无法答应。思量着，雍正含笑道：“允禔是个衣冠禽兽，十七姐见他何益？二哥嘛……昨日咸安宫叫内务府传过话，他如今也病着。这样，我和十四弟一道儿代你去看望他，等你病好了，让理藩院再议一下他的事，瞧罢了，但有一线之明，我再不会难为二哥的。”因见十七皇姑无话，雍正便朝允禵示意。允禵会意出殿，转脸对引娣说道：“你就在这里等着，我陪皇上走走，回来一道走。”

雍正正走，听允禵说话，回头看时，正与引娣四目相对，引娣忙向雍正蹲身施礼。不料雍正乍见引娣，犹如夜半突然碰到鬼魅，吓得连退两步，踉跄了一下才站定，又揉了揉眼仔细打量，一时木立如痴，雷击了似的僵立在地！允禵从没有见过雍正这样惊慌失措的面孔，也不禁愕然。引娣见皇上这样盯着自己，倒觉不好意思的，顿时臊红了脸，只垂头不语。半晌允禵才道："皇上，您这是怎的了？脸白得没点血色？"

"唔？唔……"雍正憬悟过来，又看了引娣一眼，把目光移开，款步走开，慢慢地，已是恢复了平静，一边走，说道："没什么，今时朕常犯头晕病儿，一时就好了——这个丫头是你房里的？"

允禵稍后半步跟雍正漫步踱着，出宫径往咸安宫，口中回说："是我的丫头。"

"买来的？"

"不是。她是山西诺敏案中人，当人证送北京的。我见她无家可归，收留了她。"

"她……是山西人？"

"山西代州的，"允禵心里陡起惊觉，生怕雍正提出要引娣，因款款进辞，"当日圣祖宾天，皇上召我回京，在娘子关我与她有一面之缘，她也割舍不得我……"当下就将山神庙营救引娣的情形一长一短说了，末了又道："皇上晓得，我施恩并不望报，就取她这份真情，索性就给她开了脸。怎么，皇上……您？"

雍正默默地听着，回头看了看尾随的一大群太监侍卫，良久，才粗重地透了一口气，说道："没什么，你不要多心。朕看她很像前头过世了的……郑宫人，所以吃了一吓。"说罢低垂着头背着手只是沉吟。允禵见他一脸的心事，仿佛不胜凄楚，不知什么缘故，又不好多问，只得一笑劝道："世上相貌相近的多着呢！尹继善和杨名时，见过多少面，有时我还叫错名字——皇上，这里就是咸安宫了，二哥就……囚在这里头。"

"哦！"

雍正站住了脚，这才发现自己已经站在咸安宫门口。这是坐落在紫禁城东北角的一座荒凉的偏宫，高高的宫墙上，黄琉璃盖瓦缝间蓬生着茸茸的竹节草，宫墙上的红颜色剥落得东一块西一块，沿墙根半人高的青蒿也无人清理，冷清荒漠得活似废弃了多少年的一座古庙，几个白发苍苍的老太监守在垂花门前，见皇帝和十四阿哥迤逦过来，慌得一齐下阶跪下，扯着干瘪涩滞的公鸭嗓叩头道："奴才们给万岁爷请安了！"雍正没言声，只抬头看看蓝底镶黄满汉合璧的"咸安宫"匾额，也是多年没有装修，漆片脱落得字迹都模糊不清了。他皱了皱眉头，吩咐道："把门打开。"

“喳!”几个太监齐声答道。

锁闭得紧紧的宫门“吱呀”一声呻吟，慢慢地被推开了。这扇门自康熙五十一年到如今，整整十二个年头，冬送柴炭，夏送冰水，平日传递菜蔬米面，千篇一律只开一条缝，从来没有这样哗然洞开的。里头几个白头老公和陪伴允礽的废黜嫔妃，不知出了什么事，惊惶地面面相觑。废太子允礽正在书房临帖，隔玻璃窗一眼瞧见皇帝和十四阿哥厮跟着进来，顿时惊得面色雪白，手中的笔都掉在地下，颤着腿艰难地跨出书房，就门口双膝跪下，颤声说道：“罪……罪臣允礽……恭叩万岁金安!”他伏下身去叩头，一时间双手竟支撑不起身子!

“二哥,”雍正忙上前双手扶起允礽，拉着手走进书房。他觉得允礽浑身都在颤抖，手凉得冰水里泡过似的，不禁泛起一阵阴森森的冷意，口中却道：“你坐，坐下说话。”

允禵也在惊讶错愕地打量允礽，见大热天允礽还穿着丝绵灰府绸袍子，半新不旧的起明检鞋子里露着厚厚的白布袜子，脸色又青又灰，死人一样难看，不禁心中也是一声叹息。他和允礽是几十年的死对头，允礽太子位置一废再废，允禵不知在其中绞了多少心血，做了多少手脚。但眼见一个当了四十年皇太子的“天之骄子”变得跼蹐不安，张皇顾盼，像一个受惊的孩子似的，神经质地摆动着枯瘦的身躯，羞缩地望着雍正，允禵也不禁万分感慨。又瞟了一眼泰然自若的雍正，心想：“怎么会是这样？怎么会有今日？鹬蚌相争，渔翁得利……”

“允禵,”雍正的话打断了允禵的思路，“今儿行家礼。你代朕给二哥请个安吧。”允禵忙应一声，正要打千儿，慌得允礽忙双手扶住，结结巴巴语不成声地说道：“这断断……使不得！皇上，您……别折死罪臣……”“往日的话不用再提了。”雍正怅惘地望着门外，慢吞吞斟酌着字句说道，“虽说你囚在这里，朕着实惦记着。王法是王法，人情是人情，你还是朕的二哥嘛。”

允礽在杌子上僵硬地深深一躬，说道：“皇上，论起我的罪过，早该下十八层地狱的了，如今已是枯木死灰一般。承蒙皇上雨露之恩，得以苟活荣养，于愿已足。只求佛天保佑皇上龙体康泰，就是天下百姓之福，也是罪臣之福。”

“早想进来看看你的，”雍正见他这样，也觉心酸，忙敛了心神，从容说道，“事关国家体制，朕也身不由己。朕常叫人送东西进来，又吩咐不许说是朕送的，为的不愿让你给朕行君臣礼，谢朕的‘恩’。朕这点子苦心，二哥还要体谅。”允礽目光与雍正一碰，立刻躲闪开来，眼前这个皇帝当年在自己手下办了十几年差事，日日行君臣礼，如今在记忆中已渺如烟云，想人间世事颠倒迷离，电光石火如同梦幻，一边沉思，说道：“这是皇上如天圣德，我是罪余之臣，但有一日之生，即皇上雨露之赐。这些年来潜心佛学，颇有心得。晓得皇上为大罗汉金身普救众生而来。左右闲暇无事，罪臣恭抄了《楞严经》《法华经》《金刚经》三部，愿献为皇上寿。”说罢起身，抖抖索索从柜顶上取下几大本厚厚一叠经本。

允禵见允礽迟钝僵板得像个吊线木偶，一副弱不禁风的模样，忙上前帮着捧过来放在案上。雍正打开看时，一色的钟王蝇头小楷，从头到尾没一笔苟且随意的，有些惊世名句，旁边还有刺血圈点的斑痕，抄经他见得多了，不是虔诚到了十二分，断然不会齐整到这个份上。允礽见雍正脸上带着满意的笑容，遂指着柜子道：“这几大柜都是罪臣抄的佛经典籍，不过都不及这几本，往后罪臣更用心点，再给皇上抄几部呈送，为皇上纳福。”

“二哥今年五十二岁了吧？”雍正突然觉得一阵鼻酸，“囚在这里已经十多年了，总不是个常法儿，朕想给你挪动挪动。你原在通州置的那座花园子，偿还给你。这宫里太阴沉，你也难以活泛身子。放你出去呢，朕也有这个心，只是怕违了先帝圣意，有骇物听。还是给你亲王名义，只不要与人来往，你就算体了朕的苦心了。”

“不不不不……噢，罪臣不敢承这个福泽……”允礽如逢蛇蝎，双手摇着道，“就……就是这样，罪臣很安心，什么都不缺，什么也不要，这样就最好！”

雍正站起身来，说道：“二哥，你安生养息读书，随后朕就有旨意给你。要什么东西用，叫内务府报到朕那里，总不叫你落空的。唉……允禵，咱们走吧……”说着，拽着灌了铅似的步履出来，允礽送出书房，和几个太监一齐跪下，高声道：“恭送万岁爷！”

“万岁爷？哈哈哈！哈哈哈哈……”

隔院突然传来鬼嚎似的大叫声，似乎一个疯子在院中一边跑一边大叫，

“皇上！你在哪里？你过来，叫我瞧瞧你什么模样？你是一国之君，我是一院之王。君主君王……本来就是一个词儿一回事嘛，啊？啊……哈哈哈哈……”一边叫着，一边去远了，耳边兀自传来森人的狂叫：“过来呀，过来呀！你能过来，我出不去呀！嗬嗬呜——”

允禵知道，那边就是上驷院，是康熙皇帝养马的厩院，大阿哥允禔在里头待了十五个年头了。猛然间思悟到：自己也将去遵化守灵，为什么皇上偏偏叫自己独个儿跟着到这个鬼地方，见这些人，知道这些事呢？他打心底起了个寒战，偷眼看了看雍正。雍正却毫不动情，徐步向前走着，招手叫过上驷院门口的太监问道：“允禔病了多久了？”那太监忙叩头道：“一年半了。”

“大呼小叫的，成什么体统？”雍正厉声道，“去！先关空房子给他败败火，叫个太医进来瞧瞧，该吃什么药，不要委屈了他。”

说罢拔脚便走，允禵忙跟了过来。二人从御花园东北角门进园，因见刘铁成、德楞泰几个侍卫带一群布库少年在练功夫，雍正便命身后太监都退出园子，招手叫过刘铁成、德楞泰说道：“老德，你去叫上书房臣子还有廉亲王允禩到养心殿等着见朕。顺便告诉张五哥，后天他和你随朕出京。今下晌和明日各自回府料理一下，不必进来侍候了。铁成你就这里守着，朕和十四弟说几句话，你随朕过去。”

“是，奴才省得。”

草树花卉茂密葱茏的御花园中只剩下了雍正允禵兄弟二人，偌大的御花园中盛开着艳丽的西番莲，在阳光的照射下宝石一样晶莹光彩，浓绿得似乎要流淌下来的蔷薇和玫瑰丛中，点缀着血红的花朵，蝴蝶花中的纺织娘无休止地嘤嘤歌吟，除此之外阒无人声。

“皇上，今日在此就算别过了。”允禵看着怔怔出神的雍正说道，“后日皇上也要动身南下，臣弟要不要送了皇上再走？”

雍正没有说话，点了点头算是听见。

“皇上，您有没有要吩咐的话？”

雍正脸上毫无表情，漫不经心地浏览着御苑中的景致，良久，说道：“记得五年前给母后祝寿那天吗？”允禵摇了摇头，说道：“记不得了，这几年在山西带兵，事情杂得很。”

“有些事不能忘，也不应该忘的。”大约因阳光刺目，雍正眯缝着眼，看不出他眼中隐藏着什么神气。口气却平淡得一泓秋池似的：“今日见了二哥，也听到大哥说话，朕心里很有感触。那次也是我们两个，不过那次是在城外的荒郊野坟前，这次却是在天家御园中。这次是春景已去，那次是秋景已老。那荒坟、野草、寒风和眼前光景真是天壤之别。”

允禵想起来了，那是康熙五十六年，德妃（即雍正和允禵生母）寿诞，兄弟二人在膝前拜寿承欢。德妃尽了母亲一切慈爱心，委婉劝说一对成了政敌的冤家兄弟。当时雍正和允禵放马出城，在苍凉昏暗的野坟前驻马谈心，却因各自心胸政见分歧太大而分道扬镳。今日一个胜利者在即将惩罚失败者时，二人却在御花园重温旧话！

“朕削你的王爵，又派你遵化守陵。”不知过了多久，雍正方咬着细碎的白牙，盯了一眼允禵，“你有什么想头，这里就我们二人，不妨直说。”

允禵低着头跟着雍正在茸茸的“规矩草”上踱着，思量移时，终觉与其与这个心细如发挑剔刻薄的皇帝哥子兜圈子，不如直说。因道：“这是理所当然，势在必行。打平凉归来，臣弟就预备着了。如今这样处置，臣弟很知恩，——真的，臣弟很知恩。”

“唛？”雍正突然转脸，眼中闪烁着似惊讶似狐疑的光，却也并不生气，似笑非笑道：“你怎么会这样想？”允禵也盯视着雍正，脸上毫无怯色，四目相对移时，允禵将目光转向天上的白云，说道：“皇上一登极，御笔亲书《朋党论》，既然皇上叫直言，臣弟就直说。臣弟在皇上心里，是‘八爷党’党羽嘛！”雍正目不转睛地看着允禵，见他打住了不再言语，便道：“说下去，朕说过，今日言者无罪。”

允禵淡然一笑，说道：“其实也没多的话，逐鹿多年，皇上捷足先登，但八哥势力犹存，皇上不放心，自然要一个个地清理。所以剥我的兵权，调臣弟回京。所以叫九哥去年羹尧处，十哥去张家口。皇上要解散这个‘党’，臣弟自然就得去守陵。守陵前皇上也没忘了带臣弟看看幽居宫里两个哥哥景况，那是不言而喻的。臣弟在遵化不老实，就得预备着变成二哥那样的痴子，或者大哥那样的疯子。这不能说不是慈悲心，所以臣弟说，臣弟真的觉得‘皇恩浩荡’——因为‘臣罪当诛’嘛！”

“痛快！”雍正点头笑道。他的这种笑容带着孩子气的天真率直，只微微下吊的嘴角，带着不容置疑的冷峻和傲岸："这里头许多话，正是朕想嘱咐你的，你既知道了，也就不必多说，不过你只说对了一小半，《朋党论》并不针对八弟，是冲着汉人科甲习气来的，同年、师生恩连情结，一人有事八方呼应，一人得道鸡犬升天，朕要刷新吏治就谈不上！

"至于你，自认'八爷党'，朕看倒也不尽然。就是允禩，只要安分，也还是朕的兄弟。但谁要阻挡朕当个好皇帝，兄弟也罢，父子也罢，君臣也罢，朕就难以顾及私情。朕受命于天，自要对得起皇天后土，列祖列宗！

"剥你的王爵，叫你守陵读书，并不为什么'八爷党'。就算老九老十和你都在北京，朕就拿不掉你们？就杀不掉你们么？

"所以不要胡思乱想，去遵化，好生读书。既然在遵化，就在'遵化'二字上下功夫。就这点子意思，你猜朕的慈悲心，也还算地道。"

雍正长篇大论侃侃而言，剜筋剔骨剖析道理，允禵听着里头绵里藏针肉里包骨，虽有假的，但倒是真的居多。想着，叹道："您不必说了。臣弟明日就上道。必定闭门思过好生读书，不辜负皇上一片苦心。"

"就这样，"雍正也不再多说，阴郁地盯着园门口，说道，"人不负天地，天地必不负人。你好自为之！"

第二十九回 范时捷造滕弹悍将 刘墨林游戏弈围棋

眼见允禩踽踽辞出去，雍正又出了一阵子神，觉得两腿有点酸困，便命刘铁成随驾，坐了明黄软轿径回养心殿。在垂花门前下轿时，却见范时捷、孙嘉淦、刘墨林在门前跪迎。还有一个官员穿着四团龙褂、仙鹤补子，珊瑚顶子后还拖着一枝双眼孔雀花翎，雍正却不认得，由着他们磕头行礼，也不言声，一摆手便进了养心殿。允禩、张廷玉、隆科多、马齐四个人早已候在丹陛下，忙迎了上来。

"方才和老十四一道儿去看了看十七格格。"雍正进养心殿东暖阁坐下，觉得有些闷热，要了冰水分了众人，自呷了两口，说道，"顺便儿还到咸安宫看了二阿哥允礽，听见大哥也病着。允禩，内务府是该你管，这些事还该奏朕一声的。"

允禩见他一屁股坐下便寻自己的事，心里的火一窜一窜。但他坐定了主意"守时待变"，决不因小失大，因躬身一礼，小心翼翼说道："这是臣弟的疏漏。内务府档上这些都记着的，臣以为他们已经进呈御览，就没有另行奏明。皇上既这么说，臣弟以后留心就是。"

"这事不大，关乎朕的名声。"雍正不咸不淡地笑道，"大阿哥不去说他，是自作孽，给他个天年就对得住他了。二哥呢？到底是当过太子的人，与朕曾有君臣之缘，不可屈待了，叫后世人议论朕不知照应。说说看，他的事怎么料理？"

众人不禁面面相觑："怎么料理？"问得这样不着边际，怎么回答好？马齐当年在康熙皇帝废黜太子时是力荐八阿哥允禩继任太子的，听雍正话意，颇有同情二阿哥的心思，自觉不能不有所表示，因欠身道："皇上圣虑极是，仁者一念必上通于天！二阿哥当年为群小所围，自干天怒，失望于先帝，但幽囚已过十几年，若皇上观其果然洗心革面，自当施雨露之恩，使其沐浴圣化之中。循前朝古例，可废为庶人。若加恩赐一爵位，也在情理之中。”张廷玉听着心中暗自掂掇：马齐一番牢狱之灾，果然长进不少，话说得密不透风，又显得替皇帝着想，又体验到昔日旧情，玲珑得无可挑剔，因立刻附和：“马相说的是。究竟如何施恩，请皇上圣裁，臣等依古例参赞。”

“朕总归难弃手足情分啊！”雍正蹙额太息一声，“给他个亲王，在通州划一块藩地荣养，你们觉得如何？”说着便看允禩。允禩一时还弄不明白，忽拉巴地想起允礽的事——这皇帝打的什么算盘？不及细想，说道：“这是天理。依臣弟看，就叫‘理’亲王，如何？”隆科多也道：“奴才也觉得这个名字好。能时时提醒二爷不忘皇上帝德深恩。”

张廷玉拧着眉头只是沉思，待众人七嘴八舌说完，方徐徐说道：“廉亲王想的这名字不差。不过据奴才思量，二爷毕竟是犯过的人，不然，先帝不会废掉他。犯过而后补，谓之曰‘密’，这一条必须昭示出来，才能顺理成章不致使天下臣民有所误会。所以，竟是‘理密亲王’为佳！”

“好！”雍正不禁击节称赏，“衡臣就照这意思拟个诏书明发天下。”说罢，转过脸问张廷玉：“方才进来，见范时捷他们几个在垂花门外，那个戴双眼孔雀翎的是谁，朕怎么没见过？”

张廷玉忙道：“那是孔毓徇，广东总督——”话未说完，雍正已想起来：“朕知道了，前日朱批夺情起复的，朕说呢，怪不得穿着四团龙褂，原来是圣人家人——叫他们都进来吧！”李德全答应了一声忙退了出去。雍正又道：“朕就要下河南，说不定绕道山东回京。十天半月怕回不来。一是想看看河工，二是体察一下吏情民情。五月端阳过后，大约年羹尧回京前，朕就赶回来为他庆功。”说着因见孔毓徇等四个人鱼贯而入，看着他们行罢礼，只点了点头接着说道：“宝亲王代朕去劳军，京里自然是弘时坐纛儿，弘时那边，朕自然还要叮嘱几句。京里八弟和十三弟，你们照旧办自己的差，瞧着弘时有不是处，要拿出皇叔的身份管教。朕只带廷玉去，马齐留在上书房主持六部杂务。小事你们自己做主，大事快快递到朕行在，自然也就妥帖了。”众人听了忙躬身称是。允禩说道：“整顿旗务的差使太繁。臣弟还要筹办迎接大军凯旋的事。九弟自然要随年羹尧回来的，如今十弟在张家口左右无事，可否命他回京帮办？”

“再说吧。”雍正似乎漫不经心地说道。他转脸问孔毓徇：“你是从广东回来的？”孔毓徇和范时捷、刘墨林、孙嘉淦几个人正呆呆地听，不防突然问到自己，忙磕头答道：“臣是从广东回来。家母仙逝后，臣即就地丁忧守制，接万岁旨意，即扶柩北上，将家母灵柩安置曲阜。皇上，臣自幼而孤，家母夜夜纺织直到五更，供臣习学才致有今日。万岁以孝治天下，夺情之旨臣实不愿奉诏，又不敢不奉诏，特晋谒皇上，念臣母子至情，实在不忍背亲忘恩怡然务外，求皇上默察臣心，待守制期满，臣自当勉尽臣道，为皇上尽力办差。皇上……您何取此不孝之子？”说着，已是潸然泪下。

“忠孝本为一体，讲的只是个‘心’字。”雍正神色黯然，“朕的母亲不也……唉，不必说了。你在职守制也一样嘛！当然，朕也要成全你的孝心——马齐！”

“臣在！”

“告诉礼部，去曲阜吊祭毓徇母亲，追封一品诰命，谥号‘诚节’，立坊表彰！毓徇，心满意足否？”

孔毓徇激动得浑身颤抖，伏地连连顿首，已是泣不成声：“臣勉从圣命……以忠为孝，报皇上高厚无极之恩！”众人见他如此孝心，皇帝又如此厚恩加礼，也都不觉悚然动容。雍正却已平静下来，用碗盖拨了拨茶上浮沫却又放下，皱眉说道：“广东离京太远，所谓‘天高皇帝远’，吏治昏乱天下第一。就如新会一门九命，这样的大案拖了一年有余，自朕即位至今下过三次朱批，居然就拿不到正凶！据你看，到底是什么缘故？”

这是人人都知道的，广东新会恶霸凌普，为争一块风水宝地，夜半举火烧杀胡家一门九口，凌家不知花了多少银子，上下买通县府道直至臬司衙门，连撤了两任按察使，至今仍说“无证据”而不能缉拿凌普。这是震惊雍正朝野的一件大案，上书房才所以拟票将现任广东总督苏木提撤差，由孔毓徇夺情复任，听见雍正询问，都睁大了眼盯着孔毓徇。

“万岁，”孔毓徇顿首答道，“臣是守制丁忧的人，闭门不出，也听到了不少话。但这案子不是凭‘风闻’就敢贸奏的，臣向万岁借一个人观审，三月之内如不结案，请取臣的首级！”

“谁？”

孔毓徇将手一指，说道：“他！”

人们目光都转向孙嘉淦。孙嘉淦并不认得孔毓徇，他是为广西藩司铸钱局不肯照“铜四铅六”铸雍正钱，专门来上本参劾广西布政使曲森的，见孔毓徇如此信任自己，冬瓜脸立时涨得血红。因将自己晋见皇帝本意说了，又道：“既然孔兄信得过，皇上只要恩准，我就去!”

“朕也信得你。”雍正目中喜悦的火花一闪，说道，“既如此，朕给你个名义，钦差两广巡风使，审结这案，也不必急于回京，福建云贵川也都看看，回来细细奏朕。”

“喳!”

雍正立起身来，看了看范时捷，说道：“刘墨林是朕叫进来的，你递牌子请见，有什么事呀?”范时捷重重地磕了三个头，说道：“臣有造膝密陈的事。”雍正扫视一眼众人，笑道：“这里都是朕的心腹大臣，有什么你说就是。”范时捷也看了看众人，说道：“万岁今个乏了，臣请先告退，宁可改日再递牌子请见。”

他的话虽然说得淡，却是斩钉截铁，人人听着心里不是滋味。雍正铁青了脸，看着满不在乎的范时捷，突然想起那年在畅春园范时捷学驴叫和允祥嬉闹的事，又不禁破颜一笑，说道：“既然如此，廷玉你们散去吧。墨林留下和朕说话儿。范时捷，刘墨林不碍你的事吧?”范时捷磕头道：“刘墨林不碍。”说得众人各各无趣，只得请安告退，心里没有一个不腻味这个范时捷的。

“摆一盘棋!”雍正轻松地舒了一口气，“朕和刘墨林下棋，你有事只管说。”

于是邢年高无庸抱了云子儿围棋盒子，布了棋盘，刘墨林执了黑子，小心翼翼应对雍正。刘墨林是出了名的“黑国手”，号称棋王的允祥也不是他的对手。雍正尽自最爱下围棋，却是一手屎棋。雍正见他架势，便知他又要下和棋，便道：“刘墨林，下棋是玩儿嘛，为讨朕的欢喜，每次都下和棋，你也不嫌费心！只管放胆攻，赢了朕，朕有赏!”一边着子儿，又对范时捷道：“你不是要造膝密陈？有什么说的?”

“臣要告年羹尧!”

刘墨林是已奉圣旨，跟随四贝勒弘历前往西宁劳军的，听见这话也吓得一哆嗦。看雍正时，却是面无表情，盯着棋盘一边想着应对着子儿，口中说道:“年羹尧是有功社稷的人,你应差不力,不肯听年羹尧节度,有参本参劾你,已登在邸报上。朕处分的旨意还没下,你倒先来告状?”

“臣知道年羹尧有功。”范时捷面无惧色,从容说道,“臣告的是他的‘过’。况且臣先奉命调任,年某立功是后来的事。若论私交,臣是年羹尧举荐升任甘肃巡抚的,但臣以为年羹尧功再大,他不是皇上,臣不能忠于年羹尧,只能忠于皇上。皇上要觉得这个巡抚是年羹尧给的,事事都得听年羹尧的,臣宁可不要这个红顶子!”

“唔?”雍正食指中指夹着一枚白子正要落盘,略一顿,说道:“你说实的,要尽是这话,朕就当是你离间君臣的谗言!”雍正这些话刀子似的尖刻,刘墨林头上已经浸出汗来,范时捷却并不在乎,叩头说道:“是!年羹尧既不是皇子,也不是宗室,他的帅旗凭什么用明黄色?”雍正笑着指指棋盘一角,说道:“墨林,这个角朕要点方——旗上用明黄,是御赐的,你大惊小怪干什么!”

范时捷抗声道:“他束的明黄带子,也是御赐的?他吃饭,叫进‘膳’;他赏人东西,叫‘赐’,这是人臣应该做的?”

雍正停下了手中的棋,厉声问道:“你是有密折专奏权的,这些事为什么不告诉朕?你早做什么去了?”“回皇上话!”范时捷扬着脸道,“臣早就奏了,黄匣子都由年羹尧军邮直递。这在巡抚衙门签押房里都存了档的,有记录在案,不信您下旨查查!”雍正随手下了一子,他的脸色变得有些苍白。这些事允祥曾含含糊糊说过,也曾专门派人到兰州查过档,但并没有查到密折寄档存根票和记录,他的心突然变得有些烦躁,恶狠狠说道:“朕查过了!你的话十九不可信!朕知道你那点子心思,年羹尧受朕宠信,你妒忌,他立了功,你又想他必定功高震主,所以趁热灶窝儿要和他生分,为自己将来留地步儿——因为你毕竟是他荐的,羽毛丰满翅膀硬,怕落个攀附权臣的名儿,可是不是的?”

“不是的!”范时捷硬碰硬地顶了回来,“岳钟麒离松潘近在咫尺,我在兰州远在千里之外,为什么要调我的兵驻守松潘?这不是调度无方,也不是年羹尧不懂军事,他是怕岳钟麒争功!万岁,这是明摆的事,臣死也不明白,您为什么袒护年某的短处?”

雍正心里越发烦躁,看看刘墨林又要和自己下和棋,气得将手中棋子

“啪”地扔进棋盒，勃然作色道：“再下一盘，下和棋，朕杀了你——范时捷，你是和朕说话？你这叫守臣道？年羹尧在西边大捷，举朝共庆、薄海同欢，你要向隅而泣，讨朕的不高兴？——仗打赢了，这件事就是说，年羹尧是对的，你不高兴，足证你是小人！”“臣是君子，不是小人！”范时捷立即顶了回来，“难道打了胜仗就可以欺君？年羹尧的奴才到臣衙门，就叫臣开中门迎接，臣就不能如他的意。”雍正气得手直哆嗦，说道：“你不听年羹尧的，就是不听朕的！”

“臣听万岁的，不听年羹尧的！”

“那你的巡抚就当不成！”

“臣就不是那块料，也不想当什么巡抚。”

雍正勃然大怒，霍地立起身来，朝外喊道：“张五哥！”张五哥早就听见范时捷与雍正一递一句拌嘴斗口，捏着两手冷汗进来。雍正脸上青一块白一块，手颤头摇，指着范时捷口吃地说道：“把这个杀才发，发发——”刘墨林也惊得站起身来，忙又跪下，生恐将范时捷发往刑部，正要开口劝说，雍正已改了口，“发往怡亲王府，叫允祥管教这畜生！”一群太监宫女原来吓得人人手脚发软，听见处置如此之轻，都觉意外，不禁面面相觑。

“沽名钓誉，小心眼儿！”雍正余怒未息，重新坐下，对刘墨林道：“朕就见不得假惺惺。带一点假，朕就容不得，——这盘棋你赢不下朕，君无戏言，朕必诛你！”

刘墨林看看棋盘，要赢雍正只消抢占几个大官子就成，不费吹灰之力。但雍正这样喜怒无常，谁晓得输了棋又会怎样；一边打着主意沉着落子，一盘棋下来通算，偏偏又是和棋！

“叉出去！”

雍正拍案大怒，满盘棋子飞起老高：“尽是假的，虚糊弄！真没有意思！”几个太监立时过来，架起刘墨林便走。刘墨林挣扎着，一手举着，大叫道：“万岁，我赢了你一子！这个黑子攥在我手里！”

“皇上怎么了，生这么大气？”众人正没做理会处，外头传来允祥的声气，接着便见允祥乐呵呵进来。因见几个太监架着举着一枚墨子的刘墨林发愣，雍正一脸又好气又好笑的神色，笑怒道：“放开这狗才！”因将方才的事说了，叹道：“朕在藩邸荣华富贵不减如今，多少还有几个朋友，能聊聊天，说几句体己话。如今你看看这些人，有的成心要气死朕，有的怀着异样的心思，面儿上奉承，背后不知做些什么勾当，说是垂拱九重，其实是坐在针毡上装神弄鬼，说吉利假话，看吉利假戏，连下棋也是假赢，思量起来真没意思透了!”

允祥听了半日，才明白雍正是心里寂寞，发了无名火，因笑着劝慰道：“皇上嘛，就是称孤道寡的人。先帝爷在时，也说过这些话。他老人家会宽慰自己，会自己寻乐子。今儿东巡，明儿上五台山，后日又登泰山观日出，再不然就下江南，观了景致也不误了政务。先是拜了伍次友为师，后来又请方苞为友，不给官做，只叫伴君——皇上秉性严肃，无昼无夜除了做事还是做事，怎么会不寂寞？这怪不得别人，只怨皇上您不会享福。”雍正自失地一笑，摆手命太监：“放开刘墨林吧！莫不成真为一盘棋就宰了你，朕连殷纣王也不如了——再这么拍马，你就不要进来侍候了!”

刘墨林忙叩头道：“臣不过见皇上不欢喜，讨个吉利，晓得皇上断不为这小事就弄掉吃饭家伙的。”一句话说得雍正也笑了。允祥因道：“方才原也要进议事的，恰碰上十四弟。他明个儿就上道，我们谈了一会子。问我能带家眷不能，王府护卫要不要一同去，我说这些事要请旨。进来在永巷口又碰上范时捷……”

雍正心里像针刺了一下，猛地想起——这才意识到今儿性气不好，全为见到这个女子，思量着打断了允祥的话，说道：“你是审过诺敏一案的，田文镜从山西带来的那个人证叫什么名字？”

“人证？”允祥不禁愕然，他怎么也想不到雍正会一下子离题万里说起这个，一边沉吟，说道：“人证从布政使、按察使，还有藩司库吏大几十号人吧，万岁问的是哪个？”

“那个女的呢？”

“是代州人，万岁——”

“叫什么名字？”

“乔引娣……”

雍正一仰身靠在椅背上，似乎问话又似乎喃喃自语：“姓乔？噢……那是个汉人了。”允祥丈二和尚摸不着头脑，说道：“是个汉人，如今在十四弟府。万岁怎么问起这个来了？”雍正收住了神，说道：“没什么，随便问问，你告诉允禵，不用带护卫，家人都可随他去——且说范时捷，他都说了些什么？”允祥看了看垂手侍立的刘墨林，说道：“这话刘墨林不可外传，范时捷说年羹尧这人不可不防。”

“这话方才范时捷在这里已经说过了。刘墨林不是个笨人，不会拿自己脑袋开玩笑。”雍正冷冷说道，“大将军有八面威风，年羹尧节制陕甘山川青五省大军，专阃在外君命有所不受。专断杀伐，自然要招闲话。人无完人，朕只取他的大节大功。不然，外头办事的封疆大吏都变成谨小慎微的好好先生，有什么屁用？刘墨林，你去见见宝亲王，传朕的旨意，朕明日送你们出午门，七十岁以下老亲王贝勒，六部九卿文部官员二品以上，送你们潞河驿设酒辞京。朕随后还有手诏，你们带给年羹尧！”刘墨林听一句答应一声，却步退出殿外，径自传旨去了。

殿中只剩下了雍正和允祥。雍正心绪似乎有些纷乱，脱掉青缎凉里皂靴，趿了一双千层底布鞋踱着步子。允祥站在一旁目不转睛地盯着雍正，半晌，才道：“万岁，您好像有心事？”

“是啊，……”雍正抚着有些发烫的脑门，仿佛不胜慨叹，“面儿上朝局无事天下太平。不知怎的，朕总觉心里不踏实。似乎朕离开北京，心里就落空似的。三贝勒弘时，他坐得住这个纛儿么？”允祥低头想了想，说：“不妨事的，隆科多掌着禁城防务，政务是八哥和我帮着处置，有料理不开的，方先生就住在畅春园，我们也可去请教。再说，皇上去河南，离这里不远，八百里加紧文书隔日就一个来回。”雍正瞟了允祥一眼，移时才叹道：“老十三，朕什么也不想多说，只交代你一句，丰台大营你替朕掌好。”

允祥仔细品味着雍正的话，半晌才低头答道：“是！毕力塔是我使了几十年的人，大营上下将弁，一多半是皇上当年亲自简拔的。万岁，您放心！”“朕不能放心。”雍正的眼睛又灰又暗，仿佛要穿透宫墙似的望着远方，“——叫马齐移居畅春园，有事你和方苞马齐商量——你知不知道，隆科多曾经到皇史宬取走了朕三个儿子的玉牒？再说，正当太后薨逝，他到军机处取调兵勘合做什么？对了，军事已了，军机处调兵勘合要立刻封掉——一会儿退出去你就办这事！”

允祥头嗡的一声，蓦地出了一身冷汗：皇上玉牒是最机密档案，说起来没甚要紧，但上头记载着各人出生准确的年月日时生辰八字。隆科多取这个东西——除了魇镇害人——有什么用场？联想到太后崩逝朝廷种种布防，想想雍正的话，也真令人发噤，沉思着喃喃道：“隆科多？隆科多……是宣明遗诏的人呐……难道……？”

“朕只是防人，并不打算害人。你不要胡猜乱疑。”雍正的目光逼视着允祥，烁然生光：“你须明白，逼勒官员归还亏空；改动制钱铜铅比例；清理冤案；还有朕的几个宠信大臣，李卫在丈量土地，取消人头税；田文镜还准备在河南叫官绅一体纳粮——朕一揽子开罪了天下所有的官员，得罪了所有豪富地主。内里外里隐患重重，早就盼年羹尧打个大败仗，他们好召集八旗铁帽子王会议逼宫！所以年羹尧就是十恶不赦的混账王八，咱们也得先买他的账！——方先生，了不起！”允祥一笑，说道：“臣弟也不晓得皇上这么多套套——怪不得人家有的说——”

他突然觉得自己说漏了嘴，张大了口，竟一时接不下去。雍正逼视着他，见他满脸通红，便道：“想说假话你就退出去！”允祥只好嘘了一口气，咽了一口唾沫道：“说皇上是打富济贫的……强盗皇帝——不过不单是说皇上，接着还有一句‘允祥是为虎作伥’。”

“说得好！朕就是这样的心思，这样的行径，朕是天地间第一铁铮铮的汉子！不过说朕是‘虎’，未免也忒小瞧了朕。朕受命于天，乃真龙天子，所以你是为‘龙’作伥！”雍正牙关咬得紧紧的，脸上带着一种难以形容的轻蔑的微笑，徐徐踱了几步，忽然仰首长叹一声，又道：“朕何尝不知道维持好这些兄弟，君臣父子兄弟雍雍穆穆揖让谦和些儿，朕自己的日子就好过些儿？但你须明白，孟子讲‘民为贵’，其实是提醒君主，不要把百姓惹翻了！如今这积弊堆积如山，说到根子，是官吏不遵王教，不干老百姓什么事。不压一压这些贪墨的污吏，不整治一下鱼肉乡里的豪绅——这些个封豕长蛇，城狐社鼠在下头，‘替朝廷’激民变，民变起来，朝廷又无力镇压敉平——防民之变，甚于防川呐……”他的心情似乎处于极度的矛盾状态，唏嘘一声又道：“想想看吧！秦始皇一统六合，横扫天下，何等英雄？陈胜吴广两个高粱花子振臂一呼，就搅得局面稀烂！”

允祥听着，揣摩着这番话意，字字句句透骨痛髓，竟不自禁打了个激凌，脸色也变得有些苍白，半晌才笑道：“皇上给我画的这幅画儿叫人看了不寒而栗。不过据臣弟看来，吏治虽昏，也还不是文恬武嬉，我朝无苛政，深仁厚泽，不会是奉承套话，与秦二世时大不相同。何至于到那一步儿呢！”

“这些朕岂不知？”雍正冷冰冰说道，“最怕的是代代皇帝都像你这么想！所以你说的是有理的混账话！不讲这些了，台湾垦荒做得好，今年没有从福建藩库提粮食，那个知府叫黄立本；还有杨名时，贵州今年自给自足，还多少有点富余。明儿叫上书房拟旨，奖升两级，廷寄出去！”

“喳！”

“你给朕看好家！”

“喳！”

“立刻到粘竿处，点四十名有本事的侍卫护卫，随朕出行！”

“喳！”

“告诉他们立刻准备行装，”雍正微笑道，“这只有你一人知道，回头告诉方先生就是，朕，今夜就离京了！”

允祥吃了一惊，抬起头来盯着雍正，说道：“皇上，不是定的后日么？再说，大驾仪仗也来不及预备呀！”

“坐在銮驾里除了谀笑，还能看见什么？”雍正哼了一声，“朕微服走。大驾是空的，先去五台，再去泰山，然后去河南，朕坐大驾回京——听见了？”

“喳——臣，明白！”

第三十回　魑魅魍魉戏法汴京　心意不投逐走金陵

田文镜在开封任职不足三个月，骤然越过道、臬、藩三级，径直超迁河南巡抚，惹得通省同僚一齐眼红，因新任开封知府尹未到职，暂且由原任同知马家化摄府事，原任巡抚家眷也未离开巡抚衙门，田文镜一来觉得有点忸怩，不好意思升堂视事，接受不久之前还高居于自己以上的下属的参礼，二来开封城北就放着一条年年决溃的黄河，眼看菜花汛将到，又从密折批语辞气里瞧出来，雍正似乎想亲自来视察河防——无论当巡抚还是当知府，当前河防都是第一要务，出了事都要受处分，而且就开封城而言，只要决溃，必定先受其殃，康熙二十六年黄水破堤南灌，城外水深三丈，城内也有丈余。无论官民都在城上露宿待援，连淹带饿冻，加上瘟疫死了七八千人，朝旨一下，巡抚发军前效力，知府赐自尽。所以田文镜尽管一肚子报效雍正知遇之恩的心，要改革旧赋制度，要清冤狱，要刷新吏治，成天下第一名巡抚，眼前却只能死心塌地先使悬河不致崩溃。他从浙江绍兴聘了四名师爷，两个管刑名，两个管钱粮，每人每年三百两的束脩，外加一个邬思道，专管为自己起草奏章条陈，却是每年五千两的花花白银。别说那四个师爷心里别扭，就是田文镜，几时想起心里便是一阵光火。但邬思道是李卫所荐，先荐诺敏，诺敏倒了又荐到自己这儿，可见此人与李卫关系非同寻常，李卫自己就是雍正跟前说一不二的人物，和怡亲王更是过从得密，因而他早就想寻事开销掉这个每天醇酒妇人任事不管的瘸子，却迟迟不敢下手。偏生邬思道上的奏章条陈，每次都照准，还时有嘉勉言语——也实在无可挑剔。眼见五月将近，上头驿报水情，甘陕雨水大，去年落雪多，今年菜花汛来势不祥，田文镜下令取出开封府全部库银资河工用仍不敷数，便用巡抚关防，咨会布政使衙门，拨银一百万征用民工。藩司衙门回文极为客气，门也堵得极严：

> 上咨禀知田大人文镜：宪命悉领，唯户部于三月二十九日奉廉亲王允禩、怡亲王允祥并上书房敕命，河南藩库现所存银三百一十九万两，一百万着随时递送年羹尧处军用，五十万两解送山东赈灾（来年由户部补实），一百三十万两传送李卫处购买漕粮（已发），以补京师直隶用粮不足——仅此粗计，藩库可动用银两仅三十九万两，谨遵宪命全部拨往河工。年羹尧奉旨回军过境犒军所需，仰盼大人指示方略。

这就是说，只能给三十九万两银子，而且还要田文镜自己设法应付年羹尧过境应酬！田文镜接到这张咨文，气得两手哆嗦脸色苍白，但藩司与巡抚名虽统属，实则只有半级之差，坐镇河南藩司的布政使，又是首席王大臣允禩的门人车铭，论根基资望，都比田文镜硬气得多，也根本瞧不起自己这个刚刚越级爬上来的新巡抚。思量许久，田文镜只好回府衙西花厅（正厅签押房已让给马家化处置政务），叫来四个师爷商量办法。

“今年桃花汛已经决溃一处，兰考淹得一塌糊涂，”田文镜盯着两个钱粮师爷说道，“前任巡抚为这已经吃了挂落，菜花汛水量更大，所以我心里很急。我自己功名倒是小事一桩，万岁爷也要亲临检视河防，圣驾安全出了事，就把我剁成泥，也难向天下后世交代。请你几个老先生，计议一下，有什么好法子，只管说。”

他本来就又黑又瘦，这些日子看河防，调度河工，和各衙门吏员整日磨嘴皮子打擂台，越发显得干瘪枯黄，熬得发黑的眼圈下皮松弛着，仿佛疲倦得一推倒就再也起不来，斜靠在椅背上一口接一口喝着浓酽的普洱茶。两个钱粮师爷，一个叫吴凤阁，一个叫张云程，都在五十岁上下，都端着水烟袋呼噜噜吸个没完。满脸皱纹一动不动。许久，张云程才道：“东翁，河道汪观察昨儿个和我们议了半日，要是这三十九万能拨过来，从广武到省城河堤用草包加固，是够使的了，下游无论如何不能确保。但皇上要来，自然要到开封，东翁把情形向皇上奏明，这里头的难处人人皆知，不定圣上还能从户部批过一点银子。河南这地方年年都有决溃，东翁您接的就这个烂摊子，皇上断不会为下游决溃怪罪东翁的。”吴凤阁穿着黑缎套扣马褂，戴着一副水晶墨镜跷足而坐，显得从容不迫，喷了一口浓烟笑道：“云程兄，皇上将东翁一下子简拔到这个地位，兄知道有多少人妒火中烧？无论上游下游，只要有一处决溃，布政使、按察使还有下游的府道就会一窝蜂地上章弹劾。所以拼了命，今年这个菜花汛也要叫它平安过去！这没有一百五十万银子，无论如何都办不来的！”

“说说归说说，哪里得这一百五十万呢？”坐在一边的刑名师爷毕镇远一哂说道，“西边年大将军战事已毕，所谓‘军用’不过是个借口，要难为田中丞而已。就是大将军过境劳军，我看也未必能用多少银子，三千军马有五万两足够使的了。就是买漕粮，也不是什么急用，黄水泛滥，买漕粮用来赈灾好呢？还是堵住这条悬河，压根就不泛滥的好？所以晚生看，要把藩司的回文严词驳回去，驳得他们无话可说，这样，就便他们不肯，河堤开了口子，追究起来，他们就得担责任——田中丞毕竟是新任巡抚，难道前头河道失修，责任要叫田大人承担？”坐在他身边的刑名师爷姚捷冷笑一声道：“老兄说得何其容易！老兄仔细看看那份回文，人家压根就没说我藩库里不给钱！你驳这个咨文，驳的不是藩司衙门，驳的是廉亲王、怡亲王！别说这两位王爷，就是上书房那群相爷，我们得罪得起么？”

田文镜一边听一边想，觉得人人一套道理，都说得无可非议，思量了一阵，问姚捷：“依着你看，该怎么办？”姚捷是四个师爷里头最年轻的一个，只有三十多岁，十分修边幅，听东翁问他，俯首略一思忖，扯了扯天青实地纱褂，“哗”地打开折扇，轻摇着，从齿缝里蹦出一个字：“借！”田文镜不禁精神一振，身子一倾问道：“向谁借？”

“中丞，打藩司的主意是不成的，”姚捷将一条油光水滑的辫子向后一甩，掏出手帕子揩了揩剃得光溜溜的嘴唇，侃侃说道，“皇上正在清理亏空，借库银犯了圣忌，断断使不得。告诉东翁，臬司衙门就是有钱，也不是府中的，昨儿个学生去臬司和几个师爷聊起这件事，说起中丞大人的烦难，张球他们当时就笑了，几个人当时一凑，立时就是五十万！”说着，从靴页子里掏出一叠子银票递给田文镜，“您瞧！您要亲自去见见臬司胡大人，金口一开，再弄个五七十万算得了什么！”

田文镜吃了一惊，接过银票看看，有三万一张的，也有五万一张的，最少的也是三千两的见票即付的龙头票子，还附了一张条子，上写：

> 黄水一漫，民不聊生。球生于斯，养于斯，身家性命系于斯，敢惜此身外之物为守财奴殁于黄水？愿破产为国，为中丞大人分忧，敬献此金，恳请哂纳充为河工之用！张球谨上！

田文镜又是感奋又是激动，拿着银票的手微微颤抖，竟起身向姚捷躬身一礼，说道："真真难为姚公！河南有张球这样秉忠秉公仗义疏财的明哲之士，实为豫省的体面！我要请邬先生好好写一份折子，保奏这些急公好义之士，请圣上表彰！"说罢起身道："我这就去拜望胡期恒，就便接见这群官员师爷！"

"怎么样！"眼见田文镜坐了八人大轿开中门出去，四个师爷回到花厅，姚捷得意地摇着扇子，眯缝着眼笑道："山重水复疑无路，船到桥头自然直！"张云程道："看不出你年纪轻轻，办事这么有板眼！"毕镇远笑道："我说呢，这几日不见你的影儿，原来替主分忧去了！"张云程冷笑道："邬先生每年五千两，你总该涨涨工钱，或者给你三千？"

一直坐着没言声的吴凤阁推推眼镜，格格一笑说道："姚老弟，你只掏了右靴页子里的银票。左靴页子里的也都取出来吧。平分！"

"什么？"姚捷一怔，"吴老先生说的什么话，晚生不明白！"毕镇远惊诧地望望吴凤阁，没言声，张云程便问姚捷："你这葫芦里装的什么药？"

吴凤阁站起身来慢慢踱着，槟榔荷包在腰间一晃一晃，冷笑道："咱们绍兴师爷，分钱粮刑名两派，各自都有不传之秘。我呢？一个叔叔是刑名师爷，没有儿子，一身兼祧了两门子学问——那臬司衙门，管的是拿贼捕盗，谳狱断刑，不发黑心财，哪来的银子赞助河工？张球这人我也略知一二，归德府张、曹两家都是挂千顷牌的有钱主儿，为争一块牛眼风水地，打官司都打得两家都家破人亡，不是张球的主审？——哼！别说十万，你这会子告诉他，田大人要具本参他，叫他拿五十万，他也乐颠颠地双手捧过来！怎么样，我说的不错吧？"

张云程和毕镇远这才恍然大悟，不由得佩服地盯了吴凤阁一眼，又齐把目光扫向姚捷。姚捷略显尴尬地干笑一声，果真从左边靴页子里又抽出一张大银票，说道："真人面前做不得假，我原也不想昧掉这钱。这是五万，我拿一万四，剩余的三位平分，可成？这钱他们挣得容易，不拿白不拿，拿了白拿，白拿谁不拿？不过有言在先，钱粮河工上头有好处，你们也不能被窝里放屁独吞！”一句话说得几个人都笑了。毕镇远笑道：“你们可小心，这钱上头沾的有血！”张云程道：“先父在湖州黄道台跟前当师爷，一年也有一万三四千进项。我想跟了田大人这么个巡抚，少说也得一万吧？谁知道三百就是三百！娘希匹那个瘸子有什么能耐，一年五千！奏折、条陈，这些个官样文章，我孙子也写得！”

“在中丞那儿不能提这话！”吴凤阁板起脸道，“咱们三百就‘三百’，早晚他们自己就要翻脸！听说他和中丞有言在先，当了巡抚每年八千就是八千！咱们也眉开眼笑地认了。田中丞这会子一心报效皇上，不是个捞钱手儿。我们得顺着这个思路去侍候他，早晚他下了水不能自拔，才能发狠弄钱呢！”正说着，见邬思道架着双拐，两个小厮随后跟着，风摆杨柳价进了二门，便住了口，跨步进来一躬笑道：“静仁兄！满面红光，你好精神！今个儿又哪里吃酒去了？”邬思道支起双拐拱手还礼，笑道：“今个儿浴佛节。我是个儒生，原不信这些个，家下两个婆姨却硬要去相国寺，陪着走了一遭瞧瞧热闹。他们回包府家下洗铜佛，我坐了小轿上黄河大堤看了看，又碰到一位旧朋友，在酒店里吃了一会酒，这才赶回来——东翁呢？今儿个你们不是议事儿么？”邬思道说着便目视众人。他原残疾羸弱，但这些日子常出外郊游，大约心情也好，又吃了酒，脸色黝黑中透着绯红，双眸炯炯，看去神采照人。

几个人对这位年金高出自己二十倍的“首席师爷”没有一个服气的，听着他的话越发不受用：我们这“三百两”在这里和主官苦苦会议商计治河，你这“八千两”却带着美人香草又是郊游又是吃酒！心里尽自想，各人已暗得好处，抱定了不挑是非也不合作的宗旨，都笑着与邬思道寒暄。毕镇远因笑道：“我们议了一阵子河工，田大人打轿去臬司衙门，拜望胡期恒去了。”

“唔。”邬思道若有所思地点点头，说道，“那我就在这里等等中丞。”一头说，进来便坐了竹凉椅上，索了邸报，摇着扇子吃茶看邸报，不再言语。他和众人不合群，众人也拿他当外人，见他大咧咧坐着不言语，早一个一个托辞出来，另寻地方“均分”那五万两银子不提。

大约过了午时，听见衙门口三声炮响，田文镜头戴蓝色明琉璃顶子，孔雀补服里头套着九蟒五爪袍子，一头热汗进了花厅。邬思道在凉椅上已昏昏欲睡，见他进来，忙坐直了身子问道：“河工银子有下落了么？”田文镜冷冷地嗯了一声，脱下袍褂，取过邬思道身边的邸报，看了看，松弛地仰了一下身子，舒了一口气道：“哦……算日子，皇上御驾今日恰到五台山，浴佛节礼佛，皇上真是虔心！”

“皇上佛学已到无上菩提境界，但皇上尊的还是孔孟儒学。”邬思道似乎并不介意田文镜对自己的冷漠，摇着一把泥金湘妃扇徐徐说道：“不知田大人筹到多少银子？我到河上看了看，听老河工们说，今年菜花汛来势不善啊！”田文镜睃了邬思道一眼，垂下眼睑呷了一口茶，仿佛故意冷落邬思道似的，等了好一阵，才不冷不热说道：“这事我操心几个月了，要到此时才想起来，早就误事儿了！银子已经筹到九十多万。藩库里再调出些，河南今年黄河决不了口了！”邬思道何等聪敏之人，当然早已看出这位东翁大人对自己的疏远，却偏不计较，听了只是微微一笑，起身架着拐杖笃笃有声踱了几步，站在窗前，若有所思地凝视着大柳树上两只正在闹枝的黄鹂，在一阵难堪的寂静中，许久才问道：“明年呢？”

田文镜见他如此倨傲，由不得心头火一窜一窜的，几乎就要发作，却又按捺住了，只冷冰冰说道：“自古黄河无不决溃之年。昔年靳辅陈潢治水，那是何等样的能员？一头治着，仍旧要决溃！本抚初到任，能保住今年就算勉尽忠荩，至于明年，谁能料得定呢？”邬思道踅回身来坐了田文镜对面，说道：“恕我直言。前几任巡抚圣眷并不在东翁之下，一个个栽筋斗下去，说到底就是因为这条河！你在山西与诺敏较量占了理，又蒙了天恩，才得到这一步。说实话，这条河你治不好，纵在河南有千条善政，万件良策，想平安做官也难，更莫说改革弊政，刷新吏治了。”田文镜听他说到山西，显得是卖弄“封藩库”那个主张，才有他田文镜今日，他的自尊心像被锥子猛刺了一下，立时涨红了脸，强忍了半日，冷笑道：“你的大才我是早已领教了。不过，依你高见，该怎么料理这条河呢？”

“河道设有道台，”邬思道平静地说，“治河是他的差使。东翁可从藩库里调出银两，发出宪命，着他按熙朝名臣靳辅于成龙的旧制，从风陵渡直到陈州下游，逐年分段根治，该筑减水坝的筑减水坝，该修遥堤缕堤的就修，有的地方冲刷，全用大石条砌固。要有几年根治的打算，不能年年用草包垛堤堵水!”“你说得何其容易!”田文镜语气冷结得结了冰似的，“藩库里只能动用三十九万银子，加上层层克扣，想办这么大工程，朝廷不出钱，户部不援手，行吗?”邬思道接口便道：“事在人为。这就上条陈，请皇上定夺。那个咨文我看了，车铭这人我也认识，只要你说要具本实奏。钱，他拿得出!”

田文镜霍地站起身来，盯着邬思道，瞳仁中闪着凶狠的光，见他兀自悠然自得地摇着扇子吃茶，恨不得一脚踢飞了那个碧玉茶杯。许久，田文镜才咽了一口唾沫，说道：“条陈自然是要上的，其实我已经拜发了！你邬先生这些日子忙得紧，串馆子听戏，踏青郊游，还要作诗会文，吃酒高歌，所以没敢劳动先生!”他恶狠狠格格一笑，“钱已经到手了，不动藩库一个子儿，今年先周全下来，明年我有明年的办法，用不着你先生这么劳心!”

“既然有钱那就好。”邬思道也站起身来，“但不知东翁从哪里来这么大一笔银子?”

“借的!”

“谁的?”

“臬司衙门!”

邬思道怔了一下，突然失声大笑。

看着这个落拓狂放的书生如此无礼，田文镜思来想去，终于忍不住了，“啪”地一击案，茶几上杯儿盏儿还有几碟子点心、茶叶包儿一齐跳起老高!

“你狂什么?”田文镜勃然作色道，“别以为李卫荐的你，我就不敢开销！李卫是两江总督，我是河南巡抚，不受他的统属——你就照我这话写信给李卫——你要想安生在我这做事，和那几位先生一样，我以礼相待，你事上以礼，每月二十五两脩金一个不短你的。我这池子就这么深，别说八千两一年，五千两也是没有的！我是个穷官、清官！也不打算当富官、赃官!”

邬思道笑声戛然而止，上下审量了一下田文镜，冷冷一笑，说道：“看来养活我个残废，着实叫大人为难了。您是清官，难道我是赃师爷?三千也好，五八千也好，也不过是个县令的收项罢了，您真出不起，我一个大子不要也没准！既说到这份上，我这就走，您好自为之。不过，临别也有一言相赠：可疑之利不可收，得之易时失之易！”说罢架着拐杖点着青砖地笃笃地头也不回去了。田文镜气得手脚冰凉，一屁股坐回椅上，大声向外说道：“多承关照了！”一手提起笔来就给李卫写信。李卫，是天子信臣，又是雍正藩邸旧人，他不能开罪过甚。

有了钱，河防工程立刻大动起来。从郑州至兰考一线数百里，各地州县奉了巡抚衙门宪命，大小官员一齐出动，亲自督率民工，用蒲包草袋装沙沿堤加固，甚至有的百姓家草席也都用上填塞过去决过的溃堤。此时前任巡抚家眷已迁出。田文镜移居巡抚衙门坐堂视事，不时召见省城及各县府司道官员，又要亲自巡视河工，无昼无夜忙得头昏脑涨，腿脚都浮肿起来。眼见河工将成，夹黄河两条大堤土龙般蜿蜒东去，算算日子，离端阳节还有半个月，雍正的车驾邸报说尚在山东，年羹尧带进京的三千军马还未到西安——一切均都妥帖，尽可从容应付。田文镜这才松下一口气，命人在花厅设酒，犒劳四位师爷。酒至半酣，仪门司阍的戈什哈进来，轻声禀道：“抚军大人，两江总督那边传驿过来一封通封书简。”说着将一封信递上来。

“唔！”田文镜接过信来，见信封上头写着：

面呈田中丞文镜兄，李卫拜书。

两行字迹歪七扭八不成章法，显见是李卫亲书。田文镜因赶走邬思道，一直萦着心，便起身含笑道：“我酒量不宏，少陪了，四位老夫子且自开怀畅饮，明儿还有几件事和众位共商。”说着便出来到书房，一边吃茶，拆开信看时，上面全是白话：

文镜兄，你的信知道了。邬思道并没有到江南，我们没见面。不过这人我知道，要是你和他生分了，必定是你的不是。尽自你不是，我信及你必定是无心的。至于说得罪我，这都是些扯淡话。邬思道和我私交极平常，不犯着说得罪不得罪。你们没缘分，寻着他，叫他来我处做事，或我再给他寻碗饭吃，哪里黄土不埋人？哪里水土不养人呢？要是为八千两银子你就不肯要他，我站一边儿瞧，你怕多少有点小家子气。巡抚的出息是多少，咱心里有数儿的。不过，我再说一遍，我真的不为这个和你心里计较，这一条你把心落肚里头。李卫顿首百拜万福万安！

田文镜看看又好气又好笑，仔细想，却又品不出滋味来，他乏极了的人，一手拿信，一手端杯，半躺在竹椅上竟自沉沉睡去。几个侍候在书房外的戈什哈蹑脚进来，用小凳子放平了田文镜的脚，在他身上又盖了一件夹褂子，点了息香，又退出去，田文镜舒适地蠕动了一下身躯，顷刻已是鼾声如雷。

一阵沉闷的雷声惊醒了田文镜，他揉了揉眼坐起身来，擦去口角的涎水，就着灯光掏出怀表（这是他陛辞时怡亲王赠送的）看看，恰是丑正时牌。睡眼惺忪间一道明闪，将书房内外照得一片惨白，墙角的芭蕉、竹丛、兰花树在哨风中被吹得婆娑摇曳，墙头上爬满了的葛藤在雪亮的电光中叶片不安地瑟瑟抖动，一瞬间便又消失在漆黑的夜幕中……突然间，仿佛就在头顶，一声令人胆寒的炸雷，震得书房簌簌发抖，好像一把铁锤砸破了扣在苍茫大地上的锅，惊得田文镜浑身激凌一颤！他疾步走出书房，一股罡风扑面而来，吹得袍角衣襟都撩起老高，凉飕飕的风带着雨腥，袭走了他最后一点睡意。一个戈什哈见他出来，忙上前躬身道："抚台，外头风大，当心着凉了！"

"唔，不要紧。"田文镜仰视着黑沉沉的天穹，雷声犹自像车轮碾过石桥似的滚滚流动，闪电时而在云层间金蛇走空价划过，时而又像不甘在云层后舞蹈，狂怒地将它灿烂的光从云缝中激射出来。田文镜再不犹豫，厉声吩咐："给我备油衣、备马！立刻叫起合府人丁，随我河堤上去！"此刻呼天啸地的倾盆大雨已经笼罩了黑沉沉的抚院衙门。

几个戈什哈忙不迭答应着，传呼人丁，备马，田文镜一边换衣服，一边吩咐："知会开封府衙门，各里弄巷街巡视一遭，有的房子不牢靠，叫房主迁出来，各寺院里头安置，各寺院住持不得违抗！"

"喳！"

“十七岁以上男丁，还有开封城内所有旗营，汉军绿营兵马，按区划分段守护城墙。”田文镜的脸在闪电中一明一灭，铁铸般一动不动，一边思索，一边下令，“就是河堤溃了，四城之内也滴水不能进城！否则——不等皇上治我的罪，我先请王命旗牌斩开封城门领①和马家化！”

“喳！”

田文镜不再说话，起身便走，几个戈什哈就雨地里拉过马来。掌几盏玻璃灯，随田文镜翻身上骑，泼风价一阵狂奔，穿街直出城北。淙淙大雨中，远远便听黄河令人心悸的咆哮声震得大地都簌簌发抖。雨幕中，但见河堤上一盏盏油纸红灯闪烁，巡堤的筛锣声不紧不慢地响着，不时传来“平安无事啰——当”的响声。田文镜略觉心安，沿堤举灯逐段细查一遍，并无大的疏漏，这才到河道衙门设在堤上的毡棚下稍事歇息。尽管他穿着油衣，也禁不住这大的风雨，脖子里的油汗和着雨水，已湿透了重衣。因见道台汪家奇不在棚内，只有一个河泊所长带几个人在这里，田文镜一边拧着袍角的水，问道：“你们汪观察呢？”

“回大人话，”河泊所长毕恭毕敬地躬身答道，“汪观察家在包府坑，那里地势低，方才来人说正在搬挪东西，一会雨小点就来。”说着递上一杯茶来。

田文镜“啪”的一声将杯摔得粉碎，咬着牙狞笑道：“我此刻最怕的是喝水！”他站起身来略一思忖，问道：“你叫什么名字？”河泊所长见巡抚发这么大火，吓得脸煞白，忙跪了道：“回中丞爷，卑职叫武明。”田文镜脸上毫无表情，一字一板说道：“我这就出宪牌，你暂署河道衙门差使！”

“啊？”武明吓了一跳，忙叩头道，“卑职只是个八品官，和河道隔着好几层儿呢！再说，汪道台——”田文镜一口截断了他的话：“什么八品四品，官都是人做的，不是人就不能做官！”回头又对身边戈什哈道：“你进城寻着汪道台，叫他好好顾家，连鞋也不用湿。就说他已经不是道台了！”刚料理这件事，便见八盏绣花玻璃风灯远远逶迤而来，田文镜以为汪家奇来了，憋足了气端坐静待。不料先进来的却是一名侍卫打扮的人，接着又是两个太监。正惊愕间，雍正皇帝已出现在面前！

---

① 城门领：四品职衔，负责城防军事长官。

第三十一回　雍正帝夜巡风雨堤　田文镜恃旨恭后倨

雍正在棚外檐下已脱掉了油衣和鹿皮长统油靴，穿一件驼色缎夹袍，外头也没套褂子，除了腰间那条十分出眼的明黄卧龙袋和六合一统帽上镶缀的苍龙教子正珠，显示他至高无上的身分外，其余皆是寻常士绅打扮。他看了一眼惊得瞠目结舌的田文镜和傻乎乎站在一边的武明，徐步进棚，在凳子上坐了，良久才道："怎么，不认识朕了么？"

"万岁！"

田文镜这才猛地醒过神来，俯伏在地连连叩头："这……这太意外……奴才一直留意邸报，昨个儿还说主子銮舆尚在山东，怎么就……"雍正断然一笑，大约在雨地里受了冻，他的脸上青中带白，神气却颇宁静。他没有回答田文镜的话，大声向外道："衡臣进来，你身子骨儿弱，比不得德楞泰和张五哥他们——武明，能不能弄点吃的来，尽一尽你地主之谊嘛！"武明日日在这里守堤，已经见过雍正几面，只是雍正是微服，只当是省城豪富到济永寺进香，顺便到河岸看热闹的，直到此时，他才从五里雾中惊醒过来，就磕了不计其数的头，慌乱地说道："您是万岁爷？忒辛苦了的，奴才的眼竟长在屁股上！……奴才这就去办——不过离城太远，万岁爷得多少委屈一会子……"

"好了好了，你平常不吃饭么？谁要你备八珍席来着？随便弄点热汤就成。"雍正听他说得不成章法，笑着摆了摆手命他退出。张廷玉进来后，他又道："廷玉坐了吧，田文镜也起来说话。"张廷玉一躬身，在雍正身侧斜签着坐了。他却没有雍正那样修洁，袍子下摆都湿透了，满是泥水泡透了的靴子下已汪了一小片水。雍正见田文镜诧异，一笑说道："朕是张五哥背着巡视的，张廷玉是雨里跟着走来的，你是骑马来的吧——君臣分际如此而已。"

“皇上不能在这里。”田文镜已恢复了常态。听听外头，河啸和风雨雷电混沌一片，立刻想到自己的责任，一躬身道：“您和张大人请立刻回城，臣在这里守夜。这里……”张廷玉被河风冻得脸色发青，此时才回过颜色，说道：“不要紧，就在堤下，泊着皇上的御舟，还有从洛阳调来的三十艘官舰护驾。你的这个堤并不结实，开封城也未必有这里安全。”田文镜颊上肌肉不易觉察地抽动了一下，冷冷地说道：“衡臣大人，何以见得我这堤不结实？”

雍正却把话题接了过来，说道：“你自己就狐疑！你请朕进城，足证你对这堤就信心不足嘛！”田文镜道：“皇上，您这样说，奴才就无言可对了——臣是为防万一！”

“唉！”雍正站起身来，徐徐踱着，他的声音在风雨声中显得宁静而又清晰：“‘万一’也是不成的，朕要的是‘万全’。你没有治过河，不知黄河的厉害——这里下雨，涨水的是下游！朕来开封已经六天，住在与你相隔不到二里的老城隍庙。今日接到洛阳陕州送来的急报，上游无雨！不然，朕岂敢以万乘之君轻涉你这不测之地？”

雍正说着，踱至棚口檐下仰首望天，大雨如注直泻而下，翻滚的黑云中电闪交错，仿佛在愤怒地攻击上帝璀璨的宝座。良久，雍正才转过身来，说道：“朕不是挑剔你。你上任以来没有吃过一顿安生饭，睡过一个好觉。你是个清官，好官，办差尽心，这朕知道。”田文镜心里一热，正要谦逊辞谢，雍正摆手止住了，望着风中微微闪动的烛光，继续说道：“但你一半心思用在民政上，另一半却想着讨朕的好儿，想保河南今年不决溃，让别的督抚挑不出你的毛病儿，是么？”

“……是！”田文镜听着这些话，句句诛心，细想也确是如此，顿时头上浸出汗来。但觉与其余官员相比，又不甘服气，思量着道：“请皇上明训！不过臣以为，保住今年不决溃，今秋收过钱粮，就有余力治河了，眼下实在是钱少……”因将自己筹款情形约略说了，却隐去了向臬司衙门借款的事，因为他已隐隐感到，这笔钱来得太容易了。雍正听了目视张廷玉，笑道：“衡臣，看来朕清理亏空，倒要落个守财奴的名声儿了。”

张廷玉欠身说道：“治河事关国计民生，户部有正项开支。文镜，有难处应该具折奏明，或者找上书房批转户部。凭你一省财力，凭你一人之力，做不好这件事的。”田文镜略一沉吟，说道：“其实我一上任，连着给廉亲王上过两个禀帖，请他关照户部的。也许时日短，八爷不及处置，但我这里不能等，所以先从本省筹措一些。这点子心思，请皇上鉴谅。”

“要照靳辅陈潢当初规模，从上游到下游根治黄水。”雍正不愿把话题扯到允禩身上，回到座上，侃侃说道：“朕治过水，也遭过水难，在河里泡过两天两夜！你这个堤顶得了今年，顶不了明年，黄河洪水下来的情形你见过没有？这堤就像软皮鸡蛋，一捅就破！就这个雨，兰考此刻就要决溃——所以要根治，不要治表不治里。”

这话和邬思道讲的如出一辙，田文镜不禁咽了一口气，思量半晌，说道：“既如此，奴才勉力去做。只是开封向东南，黄水几时漶漫，旧有水利设施早已荡然无存，很难恢复靳辅在世时的规模。所以，奴才认为应该重设河道总督，重新统一规划，才能逐年改观。请皇上明察。”“这个还用你说？”雍正冷笑道，“河道总督衙门就设在清江！只是没有总督而已。但观现在吏治，把银子都填塞到河督衙门，成么？现在既没有靳辅那样的能人，就不能叫庸人滥竽充数——你看看河道衙门那些个龌龊官儿，他们眼里不是盯的黄河，是白银！喂狗还知道给朕看家护院呢！——所以只能先由朝廷统筹起来。河道衙门按俸禄领钱粮，只管巡视，各省河道掐段儿自己治，银子尽量自己筹，实在不够，朝廷补贴些儿，只怕还好些。”田文镜想了想，又道：“奴才到任，已经巡视一遭，豫东黄河故道实是十分萧条，有的地方几十里都不见一个人。朝廷能否从直隶山东迁徙过来些人，一来地土不至于长久荒废，二者，就是治河，民工也是要的。听说朝廷整顿旗务，何不派他们来河南垦荒种田？”

“你这话如同儿戏。”雍正冷森森说道，“王莽就是这么干，丢了天下的！那黄河故道千里荒原，逼着别人背井离乡来。‘垦荒’，吃没吃处住没住处，耕牛没有耕牛，种子没有种子。你田文镜是神仙？能变出庄园，变出场院安置他们！那些个旗人，按月拿着月例，丰丰厚厚在京畿房山、密云去种现成地，尚且牵着不走，打着倒退，你指望他们来给你开荒？田文镜，好生踏实办差，把你这里吏治弄好，治平赋均，有了大树，不怕别人不来歇凉。务外非君子，守中是丈夫——这是朕送你的两句话。换个人，朕还懒得给他讲这些道理呢！”他讲得口干舌燥，端起桌上杯子要喝水，都是空杯，又放下了。张廷玉便叫，“德楞泰，你去厨下，看看武明在弄什么？这么久时辰，连茶水也没一口，太不成话！”

正说间，武明一臂挎着个食盒子，一手提一把大茶壶湿淋淋地进来，恰听见张廷玉的话，忙赔笑道：“张中堂，这实在是没法子的事。小的素日都是用的黄河滩上沙窝子里澄清的水，今儿下雨都成了泥汤子。亏得接了些雨水，好歹也得用明矾澄一澄才好做饭，叫主子和大人们受这委屈，小的心里也不安……”说着便打开食盒子，里边一层一层放着烙葱油饼、饽饽、凉拌粉丝、黑木耳炒蛋。还有几个海盘，都是清蒸黄河鲤鱼，算是唯一的荤菜——一盘一盘布上来，倒也热气腾腾香气四溢。守在外头的德楞泰和张五哥早已饥肠辘辘，嗅着只是咽唾沫，却都钉子似的站着没事人似的。

“仓猝之间办到这样，武明很巴结的了。”雍正笑着取过一个饽饽，说道：“朕也实在肚饿了——哦，这是什么汤？”——原来武明大茶壶里装的并不是茶水，黏糊糊热腾腾的似乎是面汤，却是灰褐色的，闻着喷鼻儿香，却谁也没喝过这汤。武明小心翼翼给雍正斟满一碗，赔笑道：“这是点野景儿，小的老家武陟的油茶。请万岁爷品尝。”张廷玉在旁道：“万岁先别用，小的尝过万岁再用。”雍正笑道：“罢了罢！这个地方这时候儿还会有人害朕？况且五哥他们还能不派人在厨下监厨？”说着咬了一口饽饽，端起汤来用羹匙舀了一口汤尝尝，不禁赞道：“好汤！朕竟没有尝过此味！——怎么做的？”

武明笑道：“其实做起来并不烦难，碎花生米、核桃仁儿、芝麻用清油炒炸熟了，加上精盐白面不停地炒，都熟透了起锅。平常价用，只滚水冲着拌匀就好——我们每日在河工，吃夜宵就是这一味，省时省力充饥充渴……”雍正边听边喝，已是喝了一碗，指着食盒子道：“朕就喝这油茶。这鱼，这些点心赏了德楞泰和五哥。武明叫厨子用心用意给朕做些油茶，把配料法子抄给御膳房。朕看，熬夜时用一碗油茶比什么都强——张衡臣、田文镜，你们也都吃一碗！”

田文镜今晚好像做梦似的，事事出乎意料，巡河堤碰上皇帝本来是体面事，受了表彰却也挨了砸，回事儿回一件驳一件，竟是自己一无是处，批评得狗血淋头却又蒙赏油茶！他心里一盘浆糊似的，说不出是什么滋味，也想不明白该怎么应付这个捉摸不透的至尊。接过汤碗小心翼翼沾了一下唇，刚要说“好”，却听雍正问道：“邬先生安否？”田文镜吓得手一颤，滚热的油茶烫得手指头钻心价痛，糊里糊涂看了一眼漫不经心的雍正，连自己说了什么也不晓得。

“辞退了？”雍正却似并不惊讶，慢条斯理喝着茶汤，问道：“为什么？是有撞木钟，上下捣鬼，手长么？还是文章不好——以前你递进的奏议，都是他的手笔吧？满看得过去嘛！”

邬思道这人什么样子，张廷玉也没见过。只是断断续续有些风闻。他为相二十余年，轻易不与阿哥打交道，一向听了只当齐东野语笑而置之。今日雍正亲口问出来，才知道前头那些传闻草蛇灰线不为无因。却不知道邬思道何以不做官，却先入山西，再进河南幕府，只当一名师爷？思量着，听田文镜笑道：“邬先生文章是好的，也从不替人关说官司钱粮。只他是个残疾之人，许多事料理不开。况且，定打不饶每年要奴才八千两银子。奴才把他和别的师爷摆不平，又觉得他要钱太多，只好礼送回乡。邬先生自己也情愿的。……”

“这样的好师爷，八万两银子也值。”雍正淡淡地说道，“三年清知府，还十万雪花银呢！你既不用，别人或许就用也未可知——这事与朕无干，你也不用为这事不安。朕确是对邬先生知之甚深——昨日李绂请见，说起他，又说自己身边缺人。朕不过随便问问罢了。”说罢又喝油茶。

田文镜已经蒙了，天子亲问起居！而且一口一个“先生”绝不提名道姓，这真是一个骇人听闻的“师爷”！此时田文镜才真懂了李卫那封白话信的意味。邬思道对自己既不倨傲又不在乎，原来后头居然有这么大背景，匣剑帷灯令人不测啊！陡地想起，诺敏的“天下第一巡抚”称号，顿时心乱如麻。正想着，张廷玉缓缓说道：“邬先生不是凡品，是无双国士，请贵抚留意。他身有残疾，不便做官，在下头做些事，荣养身子，八千两银子算是很廉的了，你的别位师爷，暗地里收项恐怕远不止这个数呢！我为相这多年，情弊还知道些的。”

“不讲这件事了，这是饭余闲聊。”雍正笑着取出怀表看看，已是寅正时牌，听听外头雨声似乎小了些，遂起身舒展一下身子，对田文镜道：“朕今夜就要启程，顺流到下游看看，然后就回北京。河南这地方重要，却又贫穷，朕把他托付给你，自有朕的深意。不但黄河要一步步料理好，更要紧的是吏治。吏治不清，什么也谈不上，萧何定刑律三千条，还要官来办。朕四十多岁的人了，不能指望圣祖爷那样坐六十一年天下，但在位一日，必定遵先帝遗愿，兢兢业业把这事办好，不愧于子孙后代。只管猛做去，如今宽不得，容不得。宽猛相济是吏治的办法。朕不愿学朱元璋，贪官墨吏拿住就剥皮，但朕更不学赵匡胤，不肯诛杀一个大臣，弄得文恬武嬉，江山七颠八倒！"说着便徐步出来，守在外头的高无庸一干太监连忙备雨具，却是德楞泰伏身背了雍正，一大群众簇拥着冒雨下舰。田文镜直送到岸边，看着雍正登舟，这才知道，安徽巡抚、山东巡抚、李绂，还有范时捷都扈从在船上。

田文镜乘八人绿呢大官轿打道回到开封城天已大亮。昨夜一场大雨来得快去得骤，潘杨湖龙亭一带水漫出岸，中间三丈余宽的夹堤只剩了一线之地，他绕道巡视一遭，街上的潦水有的地方漫过脚脖，有的地方有没膝深，家家户户都有汉子们盘了辫子打了赤膊用铜盆从门槛里向外戽水。有几处倒塌了房屋，叫过里长询问，并未伤人，田文镜方略觉心安，正思回巡抚衙门，猛听轿前一个女人嘶声凄厉哭喊道：

"冤枉啊……青天大老爷！"

惨厉的哭叫声带着颤声和呜咽，激得昏昏欲睡的田文镜浑身一个激凌，接着便听前头衙役们怒喝："不许拦轿！那边就是开封府衙门，到开封府去！"那女人似乎不肯离开，在衙役的怒喝拉扯中号啕大哭："天杀的！你们就这么凶！如今的开封府没有包龙图啊……"

"住轿。"田文镜心里一动，用脚顿一顿轿底，大轿落了下来，立时轿里便浸满了泥水。田文镜哈腰出轿，果见一个三十岁上下的女人蓬头垢面，浑身泥水跪在轿前，见田文镜出来，爬跪几步连连磕头，哭叫道："大老爷为我做主……我男人叫人冤杀在葫芦湾已经三年，凶手……也知道……整整告了三年，没人替我伸冤呐……"她泪水滚滚淌着，说得语无伦次，悲凄哽咽不能成声。田文镜看看周遭围上来看热闹的越来越多，皱眉问道："你叫什么名字，有状子吗？"

那女人用衣袖揩干泪水，抽咽道："民妇晁刘氏，状子三年前已经递到开封府衙，起初准了，后来又驳了。又告到臬台大人那儿，臬台又叫开封府衙审，凶手捉了又放，放了又捉。可怜我寡妇，带着孩子串衙门三十顷地五千两银子都填进去了，硬着心不给我公道啊……昨儿大雨夜，一起子人又闹我家，把我的儿子也抢走了……我的娇儿呀……你在哪里？老天爷，你昨晚打哪儿响的雷，怎么就不击死那些挨千刀的呀？啊……呵呵……”她口说手比，又放了声儿，满是泥水的手合十，仰首望天，好像在寻找着什么，浑身激战着像一片在秋风中抖动的枯叶，连两旁呆听的人们也隐隐传来啜泣声。田文镜心下也自凄惶，转思自己也是刚从开封府升转的，怎么过去就没听说这个案子？想着，问道：“我就在开封府衙，怎么没见你来告状？”晁刘氏呜呜地哭着，说道：“前阵子民妇已经死了心，家也破了，产业也没有了，守着儿子屈死不告状……没承想他们又抓走我的儿子……我的儿啊……！”她疯子一样，用白亮亮的目光盯着田文镜，双手神经质地痉挛望空猛抓。大白天，灿灿晴日下，田文镜竟惊得起了一身鸡皮疙瘩。

“你的案子我问。”田文镜心知这案子蹊跷，暗自打定了主意，“你放心回去，找个先生写张状子直递巡抚衙门姚师爷或者毕师爷——你现在住在哪里？”晁刘氏捣蒜价磕头道：“大老爷您昭雪这案子，必定公侯万代！民妇住在南市胡同亲戚家里，明日准就把状子递给姚师爷！”

在人们纷纷议论声中，田文镜从容升轿而去，直到巡抚衙门仪门才下来。正要进去，一个衙役在身后道：“田老爷请留步！”田文镜瞥了他一眼，说道：“你不是李宏升嘛？什么事？”李宏升看看左近无人，凑近了田文镜，小声问道：“大人真的要问这案子还是要批到别的衙门？”

“唔——唔？”

“要批到别的衙门，奴才就没的说了。”

“我亲自审，亲自问，亲自判！”

李宏升目光霍地一跳，说道：“要是这样，这会子就派人把晁刘氏抓起，也不要收监，就监押在衙门里头。不然，明儿连她这个人也没了。”田文镜吃惊地盯着李宏升，问道：“为什么？”李宏升低下头，思索良久才道：“大人这话难答，这晁刘氏的丈夫晁学书原是我的表兄，这个官司的底细也还略知道些。这里头牵扯多少贵人，瓜葛多得说不完——方才我的话是真心实意，也想讨大人个底儿。真的要管，就得防着灭了苦主的口；若不管也不怨大人，只她是我表嫂，我这会子就去劝她远走高飞。”说着，眼圈一红，几乎坠下泪来。

“哦？”田文镜想着李宏升话中未尽之意，不禁抽了一口冷气；显见的这案子牵扯到本省一大批官员的官箴了。转又思雍正的话，冷笑道：“河南大约还是大清法统治地吧！我倒真要瞧瞧这个案子的底蕴了！这样，你去传马家化到签押房来一趟，就便儿告诉你表嫂，今夜哪里也别去，只叫人写好状子明儿递。别的事自有我处置，去吧！”

田文镜一夜没睡，拖着沉重的步履进了签押房。吴、张、毕、姚四个师爷正在抹纸牌，见他进来，一齐乱了牌局起身。吴凤阁笑道：“昨个酒沉了，没想到东翁亲自上堤视察，我们原该奉陪的。”说着早有人端上茶来。田文镜一屁股坐了凉竹躺椅上，半闭了眼，用手抚着剃得发青的囟门只是沉吟，却不言声，弄得四个师爷面面相觑。移时，田文镜拍拍脑门，问道：“有什么事儿么？”

“哦，方才车方伯来拜，因大人没回来，我们请他改日再来。”张云程看了吴凤阁一眼，说道：“车铭大人说等着，我们请他在西花厅暂候。这阵子不知走了没有。”

“他说有什么事？”

“没有。”

“请。”

田文镜抖擞了一下精神，起身更衣，戴了蓝宝石顶子，袍子外罩了一件孔雀补服端坐案前，四个师爷便忙退后侍立，早有人撤掉了案几上的残茶纸牌等杂物。不一时便听车铭在外笑道：“文镜兄昨夜辛苦，这早晚才回来么？如此关心民瘼，雷雨之夜亲巡河堤，令我辈惭愧哟！”一头说，人已进来，因见田文镜朝服袍褂，面色严肃地坐着，先是一怔，忙又一揖，行下属廷参之礼，脸上却是没了笑容。四个师爷见田文镜突然如此拿大，心中暗自纳罕。

“老兄请坐。”田文镜将手一让，又高手道：“上茶！”

车铭斜坐左侧，双手捧过戈什哈用条盘献上的茶，心下也是暗自诧异。他已五十六七岁年纪了，圆胖脸，白净面皮上似乎还没有什么皱纹，只是头发已经半苍，两撇八字髭须修剪得齐整，神气地翘着——此人十八岁进士及第，连登黄甲，先任蔡州知县，又转扬州知府，江西粮道，转迁湖广、四川、山西、山东布政司使，陈了两次丁忧守制，转圜官场足有三十年，一直做的肥缺，用他自己的话说“全托了八贤王的福”。但藩台与巡抚虽只一级之差，一为“方面大员”，一为“封疆大吏”，咫尺之遥却再也跨不上去，谁也不明其故。他小心翼翼地将茶放在茶几上，斜视一眼田文镜，一时也没有说话。他需要思量一下，前几日还谦恭逊让在自己衙门打磨旋儿的这个田文镜，为什么一夜之间换了一副面孔？

“老兄在这久等，让你枯坐了。”田文镜打着官腔开了口，“你急着见本抚，有什么事呀？”车铭原是老牌进士，哪里瞧得田文镜这副嘴脸？但他毕竟宦海浮沉数十年，世故圆滑得捏不住扯不断，因轻咳一声，正容说道：“河工三十几万两银已经拨出藩库。本省学政张浩昨日批文咨会，今年乡试取士朝廷已有廷寄谕旨，令各省早做准备。文庙、书院这两处地方年久失修，昨夜一场大雨，今天我去看了看，泡坍了十几间房，余下的也岌岌可危。万一秋试砸坏了各地的秀才，是担待不得的责任。这要五万银子才敷衍得来，但藩库银子已经一两也动不得。因此请见抚台，这笔款子从何出项？”说着，摘下眼镜片擦擦又戴上，含笑看着田文镜，一副“看你怎么办”的神气。田文镜也用目光扫了车铭一眼，说道：“老兄送过来的咨文早已拜读了。据我看，山东赈灾和京师直隶用粮银是急务。年大将军军需的一百万，原是备用，既已打赢了仗，这个钱就不是急需。文庙、书院我也看了，五万恐怕还少了点，先从这里头拨七万给张浩。河工上还缺一点，我意也还要从这银子里抽出三四十万，这样咱们的事也就从容了。”

车铭惊讶地盯了田文镜一眼，不安地挪动一下身子说道：“这个……大人知道，这银子并不是咱们河南省的，是户部存在河南的。拨三十九万的事户部还未必允准呢！还有年大将军过境应酬，没有十万也办不下来——本来刚刚要回来的亏空，一下子又少近百万。朝廷追究起来，敝衙门承当不起呐！”说罢呵呵一笑。

“当然不要贵藩承担责任。我为本省巡抚，军政、民政、财政、法司有专阃之权。我来承担。”田文镜说着便起身，至案前提笔疾书几行字，交给张云程：“叫他们用印，交给车大人带回去照令行事。”一抬头见李宏升带马家化进了院子，又对姚捷说道：“你和毕师爷一道去西花厅陪马家化谈谈，等会子我召见——大约是为晁刘氏的案子吧。”

四个师爷在一旁早已听得发怔了，他们跟田文镜不久，只晓得他勤苦肯干不辞劳烦，虽然冷峻内向不苟言笑，却并不武断。不禁互望一眼，却都照令行事。吴凤阁见他今日事事处置专横乖方，心里暗自为这株摇钱树吊着一口气，正在思量如何转圜挽回，田文镜又对愣着出神的车铭道：“至于大将军过境，似乎用不了那许多。年大将军是儒将，懂得‘秋毫无犯’，已有兵部正当军需，打这里过，宴请一下我看也就可以了。做什么要十万银子？”

“回大人话。”车铭打定主意要这个二杆子巡抚栽个大筋斗，因见姚捷递进来那张调银文书，接过略一看便收了，嘿嘿一笑道：“职藩谨遵宪命就是。”他突然多了一个心眼：自己要站稳脚跟，必须“有言在先”。因又欠身道：“不过我得诚心奉劝大人一句，河南是个穷省。为追比藩库亏空，洛阳、信阳府、商丘等地抄了三十多名官员的家，四个县官悬梁自尽——这笔钱来得不易！至于大将军，当然是不要银子的。三千人就算在郑州住三天，加上我们前去迎送，吃上好的席，有两万银子足够。我一切照宪命办就是了。”

吴凤阁老谋深算，早看出车铭居心不良，眼见他要砍自己的摇钱树，忍不住在旁说道：“中丞，方才说的几项银子暂不必动。河工上现银还没用完，等用完了再动银库不迟。至于年大将军，甘陕巡抚幕中朋友都有信，怎么接待，回头抚台看看信再与车大人商计，如何？”说着，刀子一样的目光向车铭扫去，恰与车铭目光相碰，火花一闪即逝。田文镜思忖了一下，“也好，就是这样。老兄还有什么事么？”

“哦，还有一件小事。”车铭笑容可掬地说道：“汪家奇奉到宪牌撤差，说是擅离职守，这是误会。昨夜雨大，是我把他叫去衙门，商议河防的事，他并没有在家。此人干练老成，又是多年老河工上保奏出来的。如今用人之际，乍然换新手，恐怕误事。请中丞鉴谅。至于武明，自然也不委屈了他，铸钱司少一个司正，也是上上肥缺，补进去，岂不两全其美？”

田文镜静静坐着听他说完，淡淡道：“再说罢，老兄道乏！”说着端茶一啜，按清制，自明珠为相，官场说话，献茶只是摆样子。不论主客，只要端茶，便算“情尽余茶”必须道别。车铭只好也端起杯，略一沾唇。戈什哈便在一旁高唱一声：

“端茶送客啰!”

“不送了。”田文镜步出签押房，立在滴水檐下，看着车铭打躬辞出，客气冷淡地一揖作别，回头又对吴凤阁道：“吴先生，劳驾请马大人过来——你去知会琴治堂，所有人丁一齐出动，看邬先生现在何处，无论如何请他回来!”

第三十二回 飘零客重返金陵地 聊官箴闲吟卖子诗

邬思道已经不在河南，田文镜下逐客令，他回到南河洼子下处，连堂房未进，架着拐杖立在当院便叫过管家，立命：“现在就去租驮轿，今晚就动身，先去湖广，再转南京！”

“是！”管家一时有点丈二和尚摸不着头脑，一边答应，又试探着道：“请爷示下，带多少家人，预备行李的事也得先预备一下。”一边说一边偷看邬思道脸色，却甚是和平安详。邬思道知道他的意思，一笑说道：“我这一去未必回来，家人们去留自便，不愿随行的决不勉强——连你在内——每人送三百两银子以尽主仆之情。你呢，送我到南京，自然另有赏赐。既然一古脑都去了，细软行李自然要带走，粗重家什都赏了你变钱——就这样，去吧！”

兰草儿金凤姑正在东厢房里和丫头们讲究刺绣，隔窗听得清清楚楚。待管家诺诺连声退出去，忙出来搀着邬思道进了堂房。一头走，一头紧问：“出了什么事？”

“没什么事，田文镜开销了我——取酒来！”邬思道坐了安乐椅上，适意地将发辫向后一甩，笑道：“此真一大快事！这帖膏药糊在身上真正令人难耐！”一头说，兰草儿已为他斟了一杯酒，邬思道“咽”地一饮而尽，长长吐了一口气，左右顾盼了一下凤姑和兰草儿，说道：“久已有志和你们重返故园，疏食遨游，长伴梅花，这一次或可解度出来？”

凤姑和兰草儿不禁对望一眼，心下暗自诧异。他的这两个妻子，金凤姑是他的表姐，也还罢了；兰草儿却是他的“续姑姑”，论起来，就似乎有些乱伦。当年邬思道闹贡院之后，成了朝廷严词捕拿的要犯逋逃在外。康熙四十六年邬思道蒙赦赴京，才知道原已许配自己的金凤姑已经被姑父金玉泽另嫁党逢恩。在一个雷雨之夜，金党翁婿密谋杀害邬思道，又被一直深爱着邬思道的兰草儿察觉，偷放邬思道投奔了当时的雍亲王。雍正夺嫡登极，朝廷皆知怡亲王允祥立了拥立首功，其实居中运筹帷幄，为雍正决策逐鹿之场的真正幕后人物，都是这个邬思道！雍正即位当夜便查抄金府，这“母女”二人带着金凤姑的儿子投奔邬思道求救。于邬思道而言，一则为爱人，一则为恩人，索性一并收留，不分嫡庶都做了自己的妻子。当下沉默许久，兰草儿终究难忍，咬牙碎骂道：“姓田的真算小人得意！在太原见他当时那副狼狈样儿，如今想起都叫人恶心——爷可不是救了个中山狼么？”

“要我说，这样倒好。”金凤姑微笑道，“咱们爷早就腻味透了这龌龊官场。离得他远远地难道连口饭都挣不来吃？”

邬思道吃了两杯酒，脸上泛出红光，舒适地向后一躺，闭目摇头道：“你们不要恨田文镜，我谢他还来不及呢！也不要安慰我，我高兴还来不及呢！这里头的事情，不但你们，田文镜也是不知道的，世上知道我的，只有皇上、怡亲王和李卫。我不能说破，‘说破英雄惊煞人’！你们只要懂得，我是累极了的人，根本就不想在名利场中混！好歹嘛，我家有良田三百顷，产业十万，满逍遥的——这一回田文镜算是替皇上撒手放了我……真是如蒙大赦！”说着竟又自斟自饮数杯。他酒量不宏，已是酲然欲醉，抬头望了望两个爱妻，怡然一笑，竟自酣然入梦。兰草和凤姑虽不知就里，见丈夫如此坦然，都各自放心，安排家人紧收拾，待到天断黑行李打好，十乘驮轿也已齐备，乘着暮色苍茫自朱雀门悄没声离开了开封城。

一家四口离了河南境，便放慢了脚步，由武昌珞珈山礼佛，第二日便买舟沿江东下，待到南京，时日已近端阳。这个节令虽是入夏大节，其实并不热闹，浮瓜湃李，米粽雄黄，各家打打牙祭而已。南京为六朝金粉之地，清沿明制，这里也设了应天府，以便闽浙两地举子们就近应试。邬思道携了凤姑兰草儿重历旧地，在虎踞关、石头城、老城隍庙、莫愁湖等处转了一日，说起那年在桃叶渡与凤姑邂逅相逢，无端挨了凤姑一耳光的事，夫妻三人大发一笑。因又言及大闹贡院，两个女人又要到贡院去瞧瞧，邬思道却执意不肯，看着街道上的光景，脸色竟愈来愈是沉郁。凤姑料是他乏了，因笑道：“是我们不好，勾起你的心事来。既是乏累，我们且回去，明儿转转鸡鸣寺、玄武湖——再不然我们带你秦淮一游？放心，我们不翻醋坛子的!”邬思道怅然望着碧波荡漾的莫愁湖，坐了胜棋楼下阶石上，似乎心事愈发的重，良久才道：“咱们又不是步行，一起动便是亮轿，我有什么乏的?”

“那为什么呢，好端端转了一遭，你就阴了脸!”兰草儿问道。邬思道目视湖面，说道：“喏，你们瞧那只船!”

两个人顺他目光看去，却是一艘官舰，上头蒙着鹅黄棚子遮阳，舰上似乎站着一个干瘦老头，和几个师爷打扮的人指指点点说着什么，因离得远，面目不甚可辨，只那官舰前插着的明黄光标，写着斗大的字，在融融艳阳中看上去十分清晰：

钦点南闱学政钦差两江观风使鄂

文武百官军民人等免见回避

“那是鄂尔善的坐舰。”邬思道嘴边掠过一丝苦笑，“是他到南京来了。”凤姑看着自己莫测高深的丈夫，半晌才说道：“那又怎么样?他敢把你怎么样?就是有什么，咱们躲不开么?”

“他在皇上之前，宠信不在李卫之下，性格刻忌狠毒却在田文镜之上。”邬思道忧郁地一笑，说道，“皇上即位当夜，他奉旨连抄十三家京官家产，金家就是那夜垮掉的吧?”

两个女人像被冷风袭了一下，不禁打了个寒噤，脸色变得苍白，她们想到了那个可怕的雪夜……善扑营儿百铁骑突如其来，把金玉泽生生从热被窝里拖出来，穿着单衫按跪在雪地，所有男女家人一律搜身囚禁在冰冷的库房里，连件棉衫都不给——金玉泽一夜连冻带吓，竟僵跪而死。原来就是这个老头子的手段!但面对着真正的始作俑者——自己现今的丈夫邬思道——二人心里纵有千百滋味，一句话也说不出。邬思道看了她们一眼，缓缓说道：“这些日子，真有件心事萦在心里，只是想不起来。倒是这个鄂尔善给我提了醒儿——现今且回去，明儿我到总督府衙门，见见李卫。”说罢便起身，喟然叹息一声便不再吱声。

一天欢喜扫空，凤姑和兰草儿还不知道为什么。回到馆舍店中，两个人服侍邬思道洗浴了，面对茕茕孤灯，守在沉思不语的邬思道身边，都是满肚子惊疑，却又不知从何问起。

“你们想问什么，我都知道。”邬思道半躺在大迎枕上，足有一刻时辰方瞿然开目，瞳仁中流动着幽暗的光，说道：“不要胡猜疑，我若不爱你们，岂有今日？怡亲王原要叫你们唱《马前泼水》来着！我知道的事太多了，讲给你们，白教你们担心。只告诉你们一句话，这世界虽大，我三尺难藏。雍正爷在位一日，我不能归隐——现在为后世计，恐怕还得多费一点心思。”

凤姑看了兰草儿一眼，她读过不少书，见底深些，思索着说道：“我们并没有胡疑猜，就我想，或者……是我们拖累了你？唉……”说着一阵伤心，竟自落泪。兰草儿心里也是一阵酸热，便也拭泪，说道：“既是怕，只有躲的，干吗还要和李卫扯连？”

“李卫现在有难处，我得帮他一把。”邬思道坐直了身子，抱膝说道：“我晓得李卫，虽少了点文采，聪明得自于天，又和宝亲王情谊过从得好。他是个人杰，滴水之恩涌泉相报，必定为我在四爷（弘历）跟前周旋好话。这样，才能保我邬思道一世平安。”说罢，瞑目躺下，又道：“你们不要打搅我，让我好好想想……你们歇去吧。”

兰草儿和凤姑从没见邬思道如此忧虑过，一种莫名的恐惧袭得她们心神不安，但也不敢再扰邬思道，当下点起息香，两个人轮流打扇，竟在邬思道身边偎坐了一夜。

李卫的两江总督衙门设在明故宫废址西北，与西边的贡院约有二里之遥，再向东，便是巡抚衙门，江宁织造司也设在这里。康熙皇帝六次南巡，四次住在江宁织造曹寅府，其实是行宫规格，壮丽巍峨观之令人肃然——途经此地时，邬思道专门敞开轿窗向外观看，只见织造司署衙虎头牌上已经换了苏姓——隋赫德抄曹家取而代之，苏阿林又抄隋赫德——满打满算不到两年，已是三易其主。想起曹家自太祖努尔哈赤充为满家帝室包衣奴才，赫赫扬扬百年大族，一旦失势，子孙零替，不知风流云散何处，如今草树宫阙依旧，人事已非，邬思道也不免慨叹嗟讶。正想着，软轿已经落下，知已到了总督行辕衙门，便架起拐杖，艰难地哈腰出轿，但见总督衙门轩敞高大的三间倒厦正门紧闭，朱漆铜钉门上两个栲栳大的衔环铺首，狞恶地注目着空阔的广场，两尊汉白玉大狮子旁，钉子似的站着数百名戈什哈，个个叩刀挺立目不斜视。夏日骄阳下，大照壁前三丈余高的大铁旗杆上挂着李卫的帅旗，上头七个御书大字：

钦命两江总督李

帅旗似乎不甘寂寞地不时卷动一下。仪门这边却敞开着，偶尔有人进出，验牌放行也是一丝不苟。沿仪门一溜墙根，摆着上百乘官轿，大约因天热，轿夫衙役们耐不得在这里等候主人出来，都躲在远处玄武湖畔大柳树下吃茶歇凉摆龙门阵——官衙这边却阒无人声，甚是肃杀威严。两个家人都是开封人，哪里见过这种排场？搀着邬思道，傻子进城般呆看，却不知如何通报。正没做理会处，石狮子那边一个戈什哈厉声喊道："干什么的？不许往前走！"

"我是河南来的，"邬思道看着渐渐走近的戈什哈，掏出名刺递上去，从容说道："要见你们李制军。"那戈什哈表情严肃，接过名刺，又见上头写着：

年眷兄邬思道谨见李公卫

戈什哈颠来倒去看了半日，笑道："世上还有姓鸟的，鸟还有耳朵！真少见！——咱们李大帅今个召见江苏县令以上主官议事，这会子和罗中丞在正厅议事。你改日再来吧。"邬思道不禁一笑："李卫不识字，养了一群睁眼瞎！那是个'鸟'字儿么？——他正会议，我就不搅他了，你进去告诉翠儿一声，我先见她。"

"翠儿？翠儿是谁？"

"翠儿就是李卫的婆娘！"

那戈什哈惊讶地后退一步，上下打量一眼邬思道，只见邬思道穿一件半旧不旧青灰色府绸袍，外套天青实地纱褂，白净面皮，五绺长髯剪修得十分整洁，一条半苍的发辫又粗又长垂在脑后，深邃的目光中闪着不容置疑的神气——这打扮，这风度似贵不贵，似贱却又不贱，再猜不出是个什么身份。邬思道笑道：“你别犯嘀咕，只管进去禀你家主母。要不肯见，我自然就去了。”那戈什哈愣愣地点点头，满腹狐疑地去了。约摸一袋烟工夫，只见那戈什哈飞也似的跑出来，一出门扑翻身拜倒在地，叩头道：“宪太太请邬先生进去。这里是官地，她不便出迎，已经叫人去请李大帅。邬先生，请了您呐！”

“不是‘鸟先生’了吗？”邬思道呵呵大笑，掏出五两一块银子丢了去，又反身对自己两个从人道：“你们回去，告诉两个奶奶，晚间我未必回去了。若是这里住得，自然有人去接。”说罢，便跟那戈什哈飘然而去。穿过仪门，绕了议事厅迤逦向西折北，便是李卫内眷所居院落，已见李卫的妻子翠儿穿着蜜合色长裙，外罩月白纱衫，督帅着一群丫头老婆子守在门口迎候。见邬思道进来，蹲身福了两福，将手一让，说道：“已经着人唤他去了。先生，您请——梅香，取一盘子冰湃葡萄！”便毕恭毕敬跟着邬思道径进上房，那戈什哈是看得发呆了。

邬思道含笑颔首，径坐了客位，拈一颗葡萄含在嘴里，不为吃，只取那凉意，看着正厅满架的书，因见翠儿还要行礼，笑着道：“罢了罢，今非昔比，你也不是雍王府丫头，是诰命夫人了。我呢，也不是雍正爷的师友，已是山野散人，讲那么多的礼数——李卫如今读书了？”说着起身抽出一本，却是隔了年的皇历，再抽一本，是《唐人传奇》，又取一本看时，是《玉匣记》。邬思道不禁失声大笑。“好！不是李卫，不买这些书！”

“装幌子罢了，他读什么书！”翠儿知他揶揄，也不禁笑了，一头对面坐了，说道：“前儿，李绂还参了他一本，说他不读书。为防着有人使坏，连忙从书市上买了几箱子摆在这里，叫人看样儿。这些日子他忙得不落屋，回来只是念叨，‘要是邬先生在这儿，该有多好！’听说田文镜容不得您，他也说您保准要来见他。依着我说，哪里黄土不埋人？这地块终归比河南那个穷地方儿好些！——两个嫂子如今在哪？怎么不带来？我们姐儿们也好走动说话儿解闷儿。”一边说，亲自从丫头送上的茶盘，给邬思道上茶。多年不见，翠儿已是绰约少妇，仿佛有说不完的话，性格儿也变了。邬思道在雍王府是赫赫有名的头号“先生”，连弘时弘历弘昼见了都以叔礼尊敬，几百口子人，只模模糊糊记得小时的模样，他怎么也把那个寡言罕语的小丫头和眼前这个简捷爽明的诰命夫人联不到一处。一头想，说道：“这些子书摆在这里，还不如不摆，李绂告的正是他不读正经书——你看，那上头还有一本《春宫图》，叫人告上去，岂不更糟？我给他开个书单子，叫他照方抓药就是了。”说着便将自己从河南来的情形说了。

一时便见李卫带着十几个从人从议事厅那边过来，至院门口他脚步不停，只将手一摆，独自进来，翠儿便忙迎出来，站在檐下笑道：“巴巴儿叫人去唤，你就耽搁到这时辰才回来——尹大人范大人他们先议着，你进来见见先生就去，就误了你的军国大事？”李卫一边笑，一边脱去袍褂，见邬思道含笑坐在椅中看自己，忙上前打千儿请安，又双膝跪下磕头，起身又是一个千儿，说道：“先生别见怪，他们去叫，我就进来的，偏来了两个洋和尚，为教堂的事在东花厅缠了我半日，那两个通译官也都是活宝，翻过的话连他自己也不知道什么意思。我说，‘我是奉圣谕办事儿，教堂可以不拆，但洋和尚不能在我的地面传教！你们不就说的这些么？就这个话，去吧！’他们又叽咕了一阵子，我才得脱身，待会儿尹继善和范时捷都要进来，咱们痛乐一阵子再说。”翠儿听说便忙去预备。

“往后见我执平礼，你磕头我又不能搀，又受不起这礼。雍王府的规矩不能这里用。”邬思道说道：“我原想见见你，悄悄来，悄悄去，偏是你的戈什哈认我是‘鸟思道’，翠儿叫你，你又攀叫尹继善，我还怎么安身得了？范时捷调到江南来了，在哪个衙门办差？”李卫端起茶啜了一口，弛然坐到邬思道对面，用手抚着剃得光溜溜的脑门，粗重地吐了一口气，说道：“先生，河南的事我都听说了，也给田文镜回了信。您的心事我有什么不知道的？无非想回乡，耕读快活。可是不成啊，你我都是套着笼头的牲口，这车不拉到天尽头，主子不叫歇，就不能停步的啊！你方才说的，见面执平礼，那是官面儿上的，到下头就该是这个礼。何况——”他抬眼看了看邬思道，“您还是我的救命恩人呢！”

邬思道被他沉重的语气激得心里一颤，当年，李卫因为与翠儿“私相往来”犯了雍府家法，要逐往黑龙江，亏是邬思道说情，反而放出来做了官。但周用诚却因了解雍王府夺位内幕太多，在雍正登极时“暴病而亡”。因而李卫这话面上看去平和，只“救命恩人”四字后头就有不可尽述的一篇绝大文章。邬思道心里明镜也似，只笑了笑道：“你不也救过皇上么？皇上也救过我们，这是算不清的账。”“至于范时捷嘛，”李卫笑着换了话题，

"刚刚到任，原说当巡抚来着，碍着他和年糕犯了口舌，就黜到布政使衙门给我管钱粮来了。恰又遇上鄂尔泰，呸！这个兔崽子！我亲自去贡院那边去拜，——大人不见客——就是皇上，有他的架子大么？我不理他，如今告我的人多了，倒看看他是什么花样儿！"

"这不是理不理的事，"邬思道莞尔一笑，说道："鄂尔泰有鄂尔泰的章程，敢顶你，自然就有他的道理。"

"你是说……"

"他压根儿不信你说的'江南无亏空'的话。"邬思道身子向后一仰，用碗盖拨着茶沫，慢吞吞说道，"他在福州查出福建藩库作弊！蒙蔽上聪的事，很受皇上青睐，要寻一个更大的对头立功。我看，他选中了你。"李卫无所谓地一笑，说道："那他找错了对头，我藩库银账两符，根本不怕查！"邬思道格格笑道："银账两符我也信但官员亏空未必你就收账。六朝金粉之地嘛，填还几百万银子有什么难？说句难听点的吧，你是从婊子嫖客身上榨油，用秦淮风月缠头银子填了你的藩库！要是鄂尔泰认起真来，一州一县盘账，请问你经得经不住查账呢？"

李卫听了一愣，凝视邬思道良久，突然嬉皮笑脸道："也真亏得你没有出山为相，石头城挤油，不从那些王八鸨儿身上弄，凭着官儿那几个俸禄，就填上亏空了？人说我是'鬼难缠'，'鬼难缠'今儿服了你这钟馗了——实言相告，今儿大会全省主官，就是商计这件事的，全省无亏空，我压根不信，但究竟有多少州县冒假，心中无数，估约嘛，苏北苏皖一带怕有二三十个县是糊弄我的。但我既然已经申奏朝廷，该替下头担待的，不能不担待。"正说着，翠儿进来，笑道："一见面就说正经事。有多少话不能慢慢说？尹大人和范大人都进来了，菜就摆在这屋吧？"接着就听一阵靴声橐橐，尹继善笑容满面，范时捷脸绷得铁青一前一后进了堂房。邬思道待要撑拐起身相迎，李卫一把按住了笑道："都是自己人，谁也不要拘礼。我来介绍一下：这位尹继善，尹大学士茂才公的二公子，如今与我搭伙计，一文一武；这位嘛，范时捷，也是才来的藩台——你瞧他那副模样，死了老子娘似的——哦，这位就是我常说起的邬思道先生，连方苞先生都佩服他的学问呢！刚刚从河南来，在我府里搭几天伙。"说着便请三人坐了，笑谓翠儿："添客了，加几个菜吧！"

“久仰邬先生大名了。”尹继善贵介子弟出身，气度雍容温文尔雅，大热天仍穿着酱色湖绸袍，外套青缎巴图鲁背心，衣冠鞋帽修洁齐整一丝不苟，和对面坐着衣帽不整的范时捷恰成对比。尹继善坐了，摇着一把湘妃竹扇，凝视着首席的邬思道，徐徐说道：“听说先生已经离了田文镜幕府。其实也好，此地不留人，自有留人处。安徽巡抚，山东巡抚昨儿都有急递驿报，想请先生去帮忙。怎么样，南京这地方不坏吧，离无锡老家也近，就留南京如何呀？”李卫早已知道了雍正在开封御船上说的话，也接到田文镜的书信，请“邬先生归豫，当面谢罪”。他已将情况细细具了密折，奏请雍正恩准邬思道在自己府里做事，因密折没有批下来，不好多说。因笑道：“邬先生是个旷达人，我想留还未必留得住呢，今天不说这事，且吃酒高乐儿——来，请！”邬思道随着举了门杯，笑道：“我原想作个逍遥散人，看来未必由得自己哟！”他将杯中酒一饮而尽，自己也说不清什么滋味，心里却是清亮：想归乡赋闲，还得看雍正允不允，就眼下情势，怕是难。心里想着，问李卫道：“听夫人说，有人参你不读书？”

李卫搔着头笑道：“光是不读书也还罢了，头里李绂还说，我演堂会，叫戏子们来唱《马陵道》——皇上倒没问读书不读书，贴了名的折子朱批叫回话，为什么不尊旨意，擅自演戏；叫外人说出来，扫朕的脸面——娘希匹，这些个鸡毛蒜皮的事也来告状，吃饱了撑的！你大约还不知道，你的那个田大东翁也有个本章，要封住河南通各省驿道，不许河南粮食外运。所有外省粮食过境要抽税，这个本子是四爷抄给我的。我已经把粮道叫过来说了，他封我也封，井水不犯河水，比比看是谁日子不好过！”尹继善摇着扇子不紧不慢说道：“制台，你错了，想那河南，苦穷干巴的个地方儿，有什么粮食外运？田文镜不懂经济之道，一见水旱就慌了手脚，生怕一斤麦面流运外省。其实，我江南省人吃的是米，极少用面，每年流到河南的米比过来的面多五倍也不止。他一封境，米商自然望而却步，其实是饿着他自己。你也封境，不但于我省毫无益处，在皇上跟前还落了个器量小的名声儿，值不值呢？”李卫愣了一下，笑道：“亏了你说，真的蚀本买卖！一会儿散了你就传我的令，咱们不封境，也不收河南的税。倒是邬先生，你说说看，我看戏这件事，该怎么回奏？这事都怨继善，还有我那口子，听说北京禄庆堂班子来，就心里痒痒想看。虽说小事，皇上既问下来，总得有个回话不是？”

“当然要回，”邬思道靠在椅背上沉吟道，“不过既是看戏，总不会只点一出的吧？”李卫呷了一口酒，嚼着一片海蜇，回忆道：“有《苏秦挂印》《将相和》《张禄相秦》……还有一出杂戏《六月雪》——是的吧，继善？窦娥发愿那一场，你泪如雨下……”尹继善叹道：“还有一出叫《卖子恨》——其实戏都是正经好戏，皇上也未必真的怪罪。小心引咎谢过，断不至于有什么处分的。唉，皇上什么都好，皇上自己不爱看戏，也不叫下头……”他突然觉得失口，便不再往下说。邬思道却太知道雍正秉性了，他其实是追究李卫“违旨”“扫了面子”，尹继善的回奏，并不是上策。想着，问道：“卫公、尹公，也不能太小看这事，皇上是细心人，计较的是你们不务正业，游戏怠慢。处分，只要谢罪是绝不会有的，一笑置之而已，怕的心里放着，再遇别的事，单指一个‘谢罪’就当不起了。”

这句话正触了范时捷的心事，因抬头问道：“邬先生，依着你，该怎么回奏？”邬思道目中波光流动，一笑说道，“你就实奏，是请尹公点的戏，”因见尹继善脸上不自在，接口又道：“皇上已经几次下旨叫臣下读书、读史。李卫不识字皇上深知，因不识字又想知史，所以请尹公点些于读书知史有益的戏看看，也不负皇上教诲圣意，竟疏忽了还有不许看戏的旨意——既蒙皇上训诫，已经知错，往后不再看戏就是了——这么着回奏可成？”他话未说完，三人已是笑逐颜开，鼓掌称“妙”，范时捷点头笑道：“邬先生这话真有回天之力！”

“至于还有杂戏，也要有所解释。”邬思道平静地说道，“《六月雪》唱的什么？吏治！政治黑暗，吏治不靖，民有覆盆之冤，至于《卖子恨》嘛，如果我没记错。李公就是皇上当年在人市上买的，《卖子恨》里还有一首诗，制台录进奏章里，管保皇上替你落泪！”说着，曼声吟道：

贫家有子贫亦娇，骨肉恩重哪能抛？
饥寒生死不相保，割肠卖儿为奴曹。
此时一别何时见，遍抚儿身舐儿面。
有命丰年来赎儿，无命九泉长抱怨，
嘱儿切莫苦思量，忧思成病谁汝将？

抱头顿足哭声绝，悲风飒飒天茫茫！

他吟得慢，众人听得细，一咏而三叹，令人肝肠寸断。范时捷和尹继善起先还静静地听，后来脸色愈来愈苍白，李卫哪里耐得？想起自己昔年凄苦，双手掩面，泪水从中指缝间淌下，却只压抑着不肯放声。两旁奴婢皆都是如此过来人，个个听得泪如泉涌。不知过了多久，邬思道方道："这个词儿，昔年在《卖子恨》传奇本子上见过，如今怕已失传了。皇上关心民瘼，什么叫'民瘼'？这就是！看这样的戏，是要做好官，皇上怎么见罪呢？"

李卫这才想起是商议"如何回奏"雍正问话，不禁拊掌赞叹："先生真有点石成金术！就这么回话！"他略一沉吟，对屋里侍候的大小丫头们道："你们也是我买来的，也都有老子娘兄弟姐妹。在我这做事，从今日后月例加番！满二十五岁的，不要赎身银子放你们回去！"

丫头们顿时笑逐颜开，有两个伶俐的，早拧了热毛巾捧给邬思道等四人，尹继善一边揩面，叹道："此亦是一大善举！我听戏只听个韵律节奏，竟没留心俚词里头有这样的佳句！我家奴才也照此办理！"邬思道没说什么，只抿嘴一笑，他们哪里知道《卖子恨》中压根儿没有这段词儿！

第三十三回　游戏公务拈阄分账　忠诚皇旨粗说养廉

众人兀自面带戚容咀嚼那首诗，家人们已经用条盘把菜送了上来。尹继善和李卫共事不久，还是头一回和他坐地吃饭，看了看“席面”，只有六个菜：烧豆筋、青椒炒黄花、凉拌粉丝、红椒炒豆芽，另有一条清蒸鱼和一盘炒鸡蛋算是荤菜。李卫是出了名的豪爽总督，官场上料理事务杀伐决断简明爽快，想不到自奉如此节俭！李卫见众人发愣，便用筷子点着菜，笑道：“好端端的，这是怎么了？邬先生把我们吃酒兴头都给搅了，要罚酒！继善，这都是我家家常菜，请用——范大舅子，操你妈的，皱着个苦脸，是怎么了？”

这一声骂，不但邬思道尹继善，连坐在纱屏后做针线的翠儿也吃一吓——范时捷出了名的倔脾气，做过两任封疆大吏的人，怎么张口就骂？——隔屏风缝儿觑时，那范时捷不但不恼，已是笑得两眼眯起，端起门盅一饮而尽，呵着酒气咧嘴笑道：“这几年不见怡王爷，几乎闷煞，总算有人骂老范一声儿——制太太原来是妹子？来，干一杯，我和制太太联了宗儿了！”本来沉闷压抑的气氛，被他们几句调侃冲得干干净净，连站在外头侍候的长随也捂着嘴偷笑。邬思道笑道：“这个宗联得有味。巧得很，我那口子就姓范。”李卫笑着为众人执酒把盏，说道：“你们不晓得我们大舅子，三天不挨骂，饭都吃不下！当着万岁爷的面在畅春园还当驴叫呢！那么难听，亏着他还用嘴打了两个响屁！”因将允祥拧着范时捷耳朵学驴叫的往事说了，几个人无不捧腹大笑。尹继善笑道：“驴鸣是本色无音，竹林七贤也常来一嗓子，原是风雅事嘛！君可谓‘绝无汉官威仪，稍有晋人风度’了！”邬思道道：“说的是！”李卫笑饮一口说道：“我不省得什么黄子晋人。这个鄂尔善我看一脑门子寻事念头，你是藩台，我就指着你这驴性子和他打交道了！”

范时捷一哂说道："别说鄂尔善，年羹尧也稀松！江南这么富的省，火耗只要三钱，李卫是大清官！看看这待客菜，我心里就感动：比一个县丞吃的还差！方才制台去见洋人，尹公我们已经统计上来，真实有亏空的县只有二十三个。有事叫这位天使只管找老范，'破罐子'左右左右，摔呗！"说着从靴页子里抽出一张纸递给李卫："这是清单，都是苏东苏北水淹过的，制台过过目。"

李卫接过略一看，随手递给一个家人，思量一阵子问道："你们瞧着我的主意办的么？""是，"尹继善欠身说道："我向大家宣明鄂大人来省复查亏空，鄂大人办事认真是都知道的。这次来，还特地从户部借调了三十名算账高手。虽说我省无亏空，到底有些放心不下。请大家写条子说实话，有就是有，没有就没有——只要是实话，我们督抚衙门就替他在鄂大人跟前担待。"

"好。"李卫点点头，转身对那个家人道："你到签押房，请赵师爷开个单子，一式两份一模一样，写一半县名，这二十三个县一个也不要写上，听明白了？"几个人不知他捣什么鬼，满腹狐疑地看着李卫，李卫嬉皮笑脸道："你们别问，天机不可泄！老范，你够倒霉的了，请你打擂台，并不要你摔罐子。查亏空，自然是你藩台接待。要礼貌周到，这个这个……不皮不糠（不卑不亢），别叫他挑出别的刺儿就成！"说罢，从容起身，嬉笑道："来呀来呀，别嫌寒碜，我就是个叫化子出身，想大方也大方不起！——我还叫他们做了两只'叫化子鸡'，怕是你们都没尝过——烧好了么？"

"叫化子鸡？"几个人谁也没吃过，众人都停了箸，便见一个厨子用木盘端着两团黑不溜秋的物事捧着过来。范时捷眼有点近视，凑近了看看，用手一摸，烫得一缩，"这哪里是鸡，是两团烧黄泥！"

"黄泥里头是鸡！"李卫过来，取出盘里的木槌，轻轻敲了一下，裹在外边的黄泥已是烧焦了的，连毛簌簌脱剥下来，露出两只白亮亮的鸡，顿时满屋香气扑鼻，邬思道不禁喝彩："好香！"李卫用筷子把鸡挑到大盘子上，笑道："尹兄是大户人家。杀猪杀屁股，各有各的杀法——这是我当叫化子时学的把式——偷来的鸡又没有锅灶，用黄泥一团，烧熟了掰开，鸡毛都没了——比什么都好吃呢！"他咽了一口口水，又道："如今当了官，还是忘不了它。不过吃得讲究了。把肚肠从屁眼里勾出来，塞进去葱姜蒜盐这些作料——你们闻闻这味儿！”

于是，几个人一齐用筷子挑那鸡肉，都酥了，放在嘴里品尝，软滑鲜美余味无穷。范时捷先就大赞：“妙极！再浇点酱油岂不更佳？”尹继善品着滋味，说道：“如此佳肴，不可无评赞。嗯——”他想着，慢慢说道：

生也其鸣喈喈，死也岂无葬埋？

邬思道接口道：

以我之腹，作尔棺材……

“好！”范时捷大叫，“你们别忙，我还有好的！”于是高声笑道：

呜呼哀哉——拿酱油来！

众人哗然大笑，无不前仰后合。李卫笑得咽着气道：“我不懂诗，听着这也觉得有趣，范大舅子有你的——”还要说时，一个家人捧着一个名刺进来禀道：“制台老爷，鄂尔善大人来拜！”

“不见！”李卫顿时扫兴，拉长了脸道，“去，说我忙得很！”那家人答应一声回身便走，邬思道却叫住了：“慢！”又转脸对李卫道：“别那么小家子气嘛！他给你一棒，你还他一枪，不但有失大臣体统，把是非都琐碎了。”

邬思道侃侃而言，既像劝说又似训诫。尹继善觉得他虽说得简明扼要有理有据，正担心李卫受不了，李卫却做了个鬼脸，挤挤眼儿笑道：“姓鄂的真能扫兴！既这么着，继善时捷我们索性一齐见见他。看他是什么章程，相机行事罢了——只委屈了邬先生，叫你枯坐了。”邬思道似乎也意识到自己口气太重，因笑道：“你们是公务，我有什么打紧的？翠儿已经着人去搬我的家眷，说话的时候有着呢！”

“好，开中门放炮迎接！”李卫爽快地吩咐道，“叫议事厅的那起子官员齐到辕门外迎接！”说着便换穿袍褂，将一顶起花珊瑚大帽子颤巍巍插了双眼孔雀翎子，把锦鸡补服套上，又亲自抖开一件黄马褂穿在外边，已是浑身上下一团簇新。刹那间，李卫好像换了一个人，那种懒散，漫不经心随随便便的神气一扫而尽，哈腰请尹、范二人先出去，又向邬思道一揖便昂然出了堂房。尹继善和范时捷候在滴水檐下，见他出来，亦步亦趋地跟着出了私邸，绕过议事厅，便见辕门左右一百多名文武官员鹄立左右，正眼也不敢看李卫一眼。范时捷看看辕门外，鄂尔善那边也是全挂子钦差卤簿，一乘绿呢大官轿前几十名校尉按剑侍立，簇拥着表情庄重严肃的鄂尔善等着李卫出来迎接。尹继善凑近了李卫，说道："制军，接钦差穿这个黄马褂似乎有点不恭……"

李卫没有答话，掏出怀中金表看看，刚过未时。此时偏西的太阳像一团炽烈燃烧的火球，照得大地房屋一片蜡白，融融烤人欲化的热气扑面而来，蒸得人透不过气来，比起方才摆着几盆冰的堂房，真有人隔两世之感。李卫略一住步，便又继续往前走，便听"咚咚咚"三声炮响，惊起绿荫中躲凉的一群鸟儿扑棱棱飞起远去。官员们见总督这身打扮出来，"啪"地一打马蹄袖都跪了下去，除了微微的喘气声，真个鸦没雀静。李卫拽了一把褂襟，泰然自若地摇着方步迎出了大门，因见鄂尔善也穿着黄马褂，离着五六步便站住了，将手一揖，含笑道："鄂公辛苦！请进衙说话。"

鄂尔善清癯的面孔上毫无表情。一双刷子似的倒扫帚眉下长着一双鹰一样的眼，满脸刀刻似的皱纹一动不动，盯视李卫良久，才抚了一下花白胡子，仿佛按捺着胸中的怒气，脸颊微微抽动一下，舒了一口气，从齿缝里蹦出一句话来："我有旨意，奉圣命而来！"

因为静，这句话话音虽不高，听来十分清晰硬挺，隐隐带着金石之音。随在李卫左侧的尹继善竟打了一个寒战，所有文武官员都竖起耳朵，听李卫如何回答。

"我晓得。"李卫静静地说道，"我也有旨意，也奉有圣命。所以平礼相待，请鄂大人不必介意。"说着哈腰伸手一让，说道："请——奏乐！"

鼓乐一起，紧张的气氛立时缓和下来。李卫鄂尔善并肩而行走在前头，尹继善紧随在侧，后头是范时捷、按察使、应天府尹小大官员，一个个汗透重衣随着两个满不对心思的钦差大员返回了议事厅。

"皇上钦点我学差来主持南京贡试。廷寄想必李大人已经看过了。"两人分宾主坐了，献茶一过，鄂尔善欠身说道，“前次大人过访，恰正身上不爽，很慢待了大人，我这里先谢过了。”说罢起身一揖。李卫嬉笑着看了看满庭肃立的官员，说道：“南京这地方天太热，鄂大人乍从北方来，水土不服，这是常有的。咱们都是替雍正爷办事的狗，怎么‘汪汪’也还是一窝子，这一条大人尽自放心。廷寄呢，老兄是随身带，我去拜望，原也不为攀附，一来要请圣安，二来也想知道皇上旨意，正遇大人‘不爽’，回衙门我的廷寄也到了。今个儿鄂大人过访，你是皇上耳提面命的，我想多听听你的章程。”这番话不冷不热，调侃中夹着讥讽，鄂尔善听说“都是狗”，觉得颇不受用，但细思自己常日奏议，也有“犬马之劳”的话头，也真无从驳起，阴着脸思量半晌，轻咳一声道：“李公既已知道旨意，就用不着兄弟饶舌了。我来复查亏空，并没有私意，因有几个省虚报亏空完结，皇上心里很不是滋味，点我学政，就便清查，这不是兄弟自己存心要寻李公不是。这一条务请李公谅解。鼎力助我办好这个差使——还有一句知心话：若是有冒滥亏空完结的，不妨现在就说，这也算不得大过失。你知道我这人，素来不肯苟且的，查出来，那就难免有玉石俱焚之虞。”说罢扬起脸直盯盯看着李卫。

李卫似乎怔了一下，说道：“据我下头报的，我省确实已经没有亏空。倒没有想到‘冒滥’这档子事。这下头一群狗，都是我使出来的，从前并没有敢欺蒙我的。不过鄂公既说出来，我也不能拂了你这片心。”说着起身来，拿一把大芭蕉扇扑扇着兜了一圈，提高了嗓门问道：“谁冒滥邀功？有作伪的么？”

众官员面面相觑，没有一个人答话。

“我说的嘛——我不敢欺君，这些狗日的也不敢欺我！”李卫嘻嘻一笑，回到主席坐了，“鄂公，咱们江南富甲天下。我李卫又是出名的鬼难缠。他们——”他用扇子指了一下众人，“他们不敢日哄我！”他如此大大咧咧漫不经心，和正襟危坐，冷峻得石头人似的鄂尔善恰成鲜明比较，跟着鄂尔善的戈什哈每日看的都是一张死气沉沉的道学脸，几曾见过这样的封疆大吏？都咬牙低头，想笑，又不敢。江南这些官早被李卫骂皮了，只觍着脸微笑。

“李大人不欺君，这一条我信得及。”鄂尔善很看不惯李卫这副痞子相，却也拿他没法子，因冷冷笑道："至于下头这些老兄欺不欺李大人，要等查过再说。"

"查就查，怎么个查法？"

"我从户部带了不少盘查好手。"鄂尔善深邃的目光在众人身上移动着，"从南京首府，由近及远，一州一县逐个儿查。"

李卫抖着扇子，笑道："看来鄂公是要撇开我李卫，单独查账了。我得提醒大人一声，你方才说要我'鼎力相助'，这个话不是旨意里头的，旨意里的原话说，'会同李卫复查，不得稍存苟且之心'，所以我也是钦差呢！"说着便看鄂尔善，徐徐又道："这里头有个名分道理，但我不争。你想想看，离秋闱只有几个月光景，你的主差是学政，这么逐县去查，凭你带的那几十多账花子，弄到猴年马月？"鄂尔善没想到这个大字不识的总督心里如此精明，从"会同"二字上做文章，把"钦差"身份拉平，想想李卫的话仍是无从辩驳，无声咽了一口唾沫，说道："依着李大人，该怎么办？"

"都是钦差，见一面分一半，一百二十四州县，你六十二，我六十二。范时捷藩司衙门里头，盘账老手比你带来的也不差。"李卫嬉皮笑脸，招手叫过范时捷："老范，你这就去签押房，把通省县名一分为二，秩序打乱，搓两个纸捻来！"

范时捷愣了一下，这才明白李卫弄的那两张名单用意，忍着笑躬身答应一声退下。鄂尔善不禁皱眉，问道："你这是……"李卫一手扇子拍着大腿，另一手向空中一抓笑道："要饭吃把式，虽说不雅，却公道——咱们抓阄儿！谁抓到哪个县，谁查哪个县！"

"这有点近乎儿戏吧！"鄂尔善板了面孔，身子向后一仰说道。李卫却身子一探，说道："儿戏？不欺心，不负君恩，儿戏何妨呢？照你的办法固然不儿戏，差使却办不下来，我这个钦差又撂一边不用，那才儿戏呢！"

眼见两个人都红了脸，巡抚尹继善有些坐不住，思量了一下，说道："这也是决疑良策。鄂公如觉不恰，有更好的办法，也成。总之朝廷差使，各自认真去办，更不必为此犯生分。"鄂尔善见李卫一手扣了茶碗，知道只要一言不合，立刻就端茶逐客，想想也确无更好的办法，只好粗重地喘了一口气，沉吟不语，心里只一个劲咬牙：等我查出来，哪怕只有一个县，再跟你这小叫花子算账！正胡思乱想，范时捷用盘子托着两个纸捻儿进来，呈到鄂尔善和李卫面前，鄂尔善和李卫几乎同时，一人取了一个纸捻儿，一手端起茶碗，恶狠狠互望一眼，手指夹着纸捻端茶一饮。李卫的戈什哈便唱歌似的高叫一声："端茶送客！"

"任你奸似鬼，吃了我的洗脚水！"李卫散了众人回到上书房，一进门，将大帽子一掼，脱掉袍褂，一屁股坐了邬思道对面，扇着扇子笑道："不过鄂尔善这帖膏药糊在身上也真够人受的！"邬思道挽袖秉笔，正在给李卫开购书单，一点也没觉察李卫回来，听见说话方抬起头来，一笑道："公事了了？"李卫因将方才接待鄂尔善的情形备细说了，又道："皇上跟我说起过姓鄂的，什么都好。唯独以为除了读书人都是混蛋这一条，叫人腻味——他拈走的阄儿一个亏空县也没有，我就想累一累他，尝尝竹篮打水一场空的滋味。"

邬思道莞尔一笑，说道："话是这么说，你不读书，不论公廨私邸满口粗话，毕竟是一憾事。高祖尝恨隋何无武降灌无文，你要多读点书，在上书房为一代名相，岂不更好？"李卫啜着茶微笑道："读书人心机太深，机深祸也深。其实我也读的，样子上不能带了爱读书的模样，我在人前装傻充愣，其实都循着理来，一拽出文来，叫花子就不值钱了。"邬思道原意试探一下，李卫装憨，他一眼就瞧出来了，想不到历宦十几年，城府深到这地步！想着，喟然一叹道："江山依旧人事非啊！叫花子也会揣摩帝王心思了，田文镜是聚敛之臣，你呢？"他用审视的目光望了李卫一眼，又垂下了眼睑。

"先生，你错看了李卫。"

"唔、唔？"

"甚或，你也错看了皇上！"

"这个——至于吗？"

李卫没言声，起身徐徐踱了几步，目光晶莹地凝视着窗外，许久时间，只听见外间大树上知了一声接一声地长鸣不息。不知过了多长时辰，李卫才把目光又移到邬思道身上。他的声音变得有些喑哑："田文镜是揣摩，一味讨皇上欢喜。我不揣摩。我今日这一举，鄂尔善当然要密折奏上，告我的状。就是尹继善、范时捷，也会据实陈奏——其实他们不晓得，江南亏空清理有冒滥邀功的情形，我早就具本直奏了，而且有皇上朱批——你愿意看看么?”他看了看惊愕不已的邬思道一眼，径至书橱顶，从黄匣子里取出一封素白折子，双手递给邬思道。邬思道看时，奏折里都是白话：

回主子话，没做官时想着官好做，如今真知道，做好官难于上青天！江南是天下最富的省，报奏户部是完了亏空。奴才真实看看，恐怕有二三十个县是糊弄奴才的。但奴才并不敢糊弄主子，还想成全主子气（器）重奴才的体面，因就叫他们报了户部。奴才这儿尚且这模样，其余的省真是天晓得！奴才想着，就是硬迫着都还完亏空，将来下头打抽丰、撞木钟的事恐怕难免。怎见得呢?俸禄太低，事情太多，应酬太烦，处处要花钱，奴才是二品大员，一年一百六十两的银子，翠儿和奴才那个傻小子每日豆芽白菜，还不敢跟外人说，还要装体面。上回翠儿进京朝拜主子娘娘，娘娘赏了二十两金子叫她打首饰，她娘母子才打了两顿牙祭。看着毛头小子狼吞虎咽，奴才心里不好过。总之，要想个长远法子，官员不穷，就没有由头借银库，刮地皮了。拆了西墙补东墙，或者穷得饿着肚子办差，总不是办法——这是奴才的一点傻想头，不知主子以为然否?

邬思道接着看时，却是雍正的朱批，一笔端楷写得一丝不苟：

十六日奏悉，不胜感慨，此真知心之言，非深知朕者，断不敢如此说话。据湖广巡抚密折，邬先生已乘船东下，回无锡必经南京，尔可寻访着他，将此折给他看，听邬先生有何意见，详明奏朕。朕曾思及为官员加俸，但兹事体大，涉祖宗成法，且官员在缺加俸，无缺候补官员无处支银，再者满族旗人月例银，自应“水涨船高”，一旦紊乱朝局，则画虎类犬矣。且告邬先生，允祥甚思念他，朕亦有垂询问他处。不必回籍，即由尔处妥送进京，安置怡亲王府可也。

邬思道读着，蓦地冒出一头细汗，脸色也变得有些苍白：没有想到自己

"中隐于市"，做一个巡抚的清客幕僚，仍时时处处在雍正的严密监护之下！想着，讷讷说道："皇上有什么事要垂询我呢？"

"那我可不晓得，我也不够资格问这个。"李卫收起折子，回身坐下笑道："皇上还有朱批，五月十五前你务必赶回北京。所以你不能在南京久留。两位夫人就暂住我衙门，有翠儿照应，你只管放心去。"邬思道沉吟道："你把那份朱批也让我过过目，成么？"李卫怔了一下，笑道："这我可做不了主。不过告诉先生一句话，那封折子说的是我设筵擒拿甘凤池一干人犯的事，还有一些朝局细务，皇上朱批只附带说叫你进京，也没说叫你看。官身不自由，先生得体恤着狗儿些。但我担保先生平安无事，这一条你尽自放心。"

邬思道这才略觉安心，吁了一口气，笑道："不但官身不自由，你瞧瞧皇上这批语，我这民身自由么？这个密折制度，说起来还是我的建议，如今倒缚住了我。昔日商鞅变法，普天下实行连坐保甲，待他自己落难逃命，竟被当贼拿了，将古比今，也算我作法自毙。"李卫道："我倒觉得这法子不赖。有些个封疆大吏挟嫌报复，下头微末官员一言不合，就把人往死里整。山东巡抚去年革了即墨县令的职，没有半个月，明发诏谕下来，说即墨县令是清官，着即晋升济宁知府，倒把巡抚骂了个狗血淋头，连他私地说的体己话都颁布公众——整顿吏治，这确是良策——不说别的事了，咱们'公事公办'，皇上征询你的意见，就这个事儿，你看该怎么办？"邬思道俯首思量了一下，说道："你先说说你是怎么想的？"

"我不学田文镜。"李卫吮吮嘴唇，说道，"他是硬压硬挤，下头官儿们怕他，所以不敢胡来。田文镜总要死，那个巡抚也不是他的世职，他或死或走，下头照样贪污，照样刮地皮。就江南这地块看，办法多的是。官缺不是有肥有瘦么？肥的我不管，瘦的我补，总要他过得，要再贪污，我就重办，这是我的宗旨。钱从哪里来？一个盐课征税，我从盐狗子身上剥削。淮扬、苏杭天堂之地，都属我管。我放开了叫他们办酒肆茶楼，行院妓馆，招引有钱主儿来游。一则这些地方能聚财，二则这些地方常是大盗积贼销赃的地方儿，我高高地征税，稳稳地当个大地头蛇，从嫖客身上弄花柳钱养活没有钱的官和补贴瘦缺的官。还有海关厘金，我也能动用一点。只要我自己不搂钱，皇上不会怪罪我的。"因将自己上任，调剂江南浙江等地肥瘦缺分的资金来源、用项，官员们的反应一一备细，足说了多半个时辰，末了又道：“反正我也不去嫖窑子，翠儿也不吃这坛子醋，从这起子阔佬身上刮银子，天公地道！”说罢便笑。

邬思道静静听着，一句话也没插，待李卫说完，跟着笑了笑，正容说道：“你这些都是‘办法’不能叫‘制度’。制度，要能放之四海而皆准。你的这些路子，别的省能学么？”李卫搔头道：

“不行。”

“田文镜在河南实行官绅一体纳粮，你为什么不试一试？”

“他那个办——制度我在四川当县令就办过。还是学我的——如今他在一省推行，声望自然就大些儿。如今皇上叫我出招儿，我去学他，那李卫还叫李卫？”

邬思道嘉许地看了看这位心高性傲的青年总督，架起拐杖在屋里笃笃踱着，皱眉沉思，足有一刻，倏然回身道：“我给你出两条，你寻思一下，不过有句话先放这里，你不答应，我一条也不说！”李卫连想都没想，说道：“我答应！”“好，君子一言！”邬思道眼中熠熠发光，“一条叫‘摊丁入亩’，你不能告诉皇上是我的建议；一条叫‘火耗入公’，你就说是咱们商计的。”

“成，你说！”

“摊丁入亩是均赋法。”邬思道微笑道，“圣祖爷永不加赋的祖训实行多年了，有的人多没有地，有的地主人少地多——把人头税一概取消，摊进土地中去。这样，穷人就少纳税或不纳税，出得起税的就得多纳。国家岁入就有了稳固的数目儿——比如你过去讨饭，也缴人头税，这公道么？——要命一条，要钱没有，税丁也拿你没办法！”

李卫听得目中灼然生光，说道：“我理会得，我当得替叫花子上这折子——火耗归公怎么个弄法？”

“火耗归公为养廉法，是吏治。”邬思道仰首望着天棚，侃侃说道，“所谓‘三年清知府，十万雪花银’，银子哪里来？就是从火耗中扣出来的！现在这个法子，所有州县府道，一律不得私留火耗，全部缴上来由知府巡抚掌握。把省里缺分分等级，冲繁疲难的府县，你多分给他些儿，简明易治的缺分，你就少给他一点，就是候补待缺的官员，也可少得一点分润——

对了，就叫‘养廉银’——拿了养廉银仍旧不廉，这样的官你宰几个，罢几个，何愁吏治不靖？我算计着，这两条办法实行，再加上官绅一体纳赋，仅你江南浙江两省，每年可多为国库增入三百万银上下，而且不损国体，不伤贫民，整治的只是贪官墨吏、豪绅强梁！李卫，你觉得如何呀？”李卫高兴得一拍桌子，笑道：“妙极！这么着，我也不至于穷得连客也请不起了——就是这么办，回头找几个师爷，按这宗旨细细斟酌出来，奏明皇上！”还要往下说时，一抬头见一个家人进来，李卫便问：“你打听出来没有？”

“打听出来了。”那家人用袖子揩一把汗，说道，“这次赛会，贡院出的孔子，扛牌位游行，南京学宫衙门，还有入试孝廉，城里的秀才童生扮孔子，三千弟子随牌位转街。”李卫歪着头想想，说道：“你告诉一声尹中丞，督抚衙门南京军政有司出玉皇大帝——看谁给谁让道儿！”

邬思道不禁诧异地问道：“你这弄的哪一出？”李卫笑道：“年羹尧凯旋入京，天下大庆，这里要赛神。你观光以后再上京吧！”邬思道喷地一笑，说道：“你想用玉皇大帝压孔子？要闹大笑话了！国家独尊儒术，孔子为万世师表，以帝王之尊，先帝爷见孔子牌也得行三跪九叩大礼。别说玉皇大帝，你就把如来佛、孙行者一起搬出来，也得给孔子让道儿——鄂尔善文心周密，而且堂堂正正，占稳了上风！”

“娘希屁，难道就没有大过孔子的？”

“没有。”邬思道微微摇头。

李卫搔搔头，挖空心思地想着，邬思道见他攒眉拧目苦思，笑道：“你不用想，大过孔子的是没有的——这是百戏玩耍，又不是政务，争这个风头有什么意思？算了吧！”李卫道：“你都瞧见了的，是鄂尔善要和我打擂台，我不给他点颜色心里难受，”说着眼一亮，用手指着家人，说道：“有了——你告诉签押房，做一面一丈二尺的幡，上头只写四个字——孔子他爹——看是谁给谁让路?!”

邬思道不禁鼓掌大笑，说道：“不愧‘鬼难缠’名号！孔子令尊叫‘叔梁纥’，就写这三个字，孔子在哪里遇到也只好三揖避道而行！”

第三十四回　黄泛难行舟困沼泽　金蝉脱壳潜返京师

雍正在开封城外河工上接见了田文镜，当夜便解缆东下。他原想乘舟沿河而下，一路实地看看各地河防，至清江口黄河运河交汇处再由运河北上回京。但御舟过了兰考便再也不能走了，有的地方水流湍急，把龙舟都冲得的溜儿转，下锚也定不住；有的地方半个时辰三搁浅，所有扈从宿卫的军士都用了来拉纤，一天也走不了十里地。张廷玉叫了附近河泊所的人来问，才晓得从这里到皖西三百里，自康熙五十六年黄水决溃，早已没了主航道！他这一惊非同小可，立即命人搭了桥板上了雍正座舰求见。

"衡臣，今儿的邸报和奏事节略来了?"雍正盘膝坐在内舱朱漆大木炕上，一手握着朱笔在一份奏折上密密加批，头也不抬地说道，"不要行礼了，坐，坐么!"

张廷玉默然一躬，斜签着身子坐了舱窗下的木杌子上，直到雍正住笔，才道:"皇上，臣以为不宜再看河工了，想请皇上弃舟登岸，由陆路回京。"雍正独自握管沉思，听见这话，抬头审视了一眼张廷玉，说道:"你脸色很不好，身子哪里不舒服么?怎么忽拉巴儿想起走陆路呢?"张廷玉勉强一笑，说道:"臣没什么，多少有点晕船。皇上脸色也不好，还该节劳才是。是这样，方才我召见了这里河泊所的人问了问，前头几百里水路极难走的，沿岸也极少人家，给养也供不上。算算日子，照这个走法儿，一个月也回不到北京，日子拖得太久了……"

"这里是陈、蔡之地。"雍正一笑说道，"昔日孔夫子曾在这里吃过苦头，我们君臣就学学他老人家有什么不好?至于年羹尧，可以发文叫他驻节京郊，朕回京后，再郊迎他入城，拖几天有什么干系?实地看看有好处，他们述职再说屁话，朕就心里有底了。"张廷玉一欠身说道:"主子说的原极是。但请主子思量，再往前走，后头邸报奏折也递不上来了，北京是什么情形，各地是什么情形，我们一君一相撂在这里全然不知，有一丝一毫之误，都是奴才的责任。再者，前头折子说，怡亲王病着，也叫人担心。视察河工固然要紧，钦差一名户部尚书足可以了。皇上要实在惦记这段河防，又不放心别人，等咱们回京，臣亲自来看看，成么？”

雍正不等他说完，已经立起身来，对侍立在旁的张五哥和德楞泰笑道：“太气闷了，到舱外瞧瞧去！”说着一掀帘子出来。雍正穿着一件石青缎单褂，内套蓝缎单袍站在船头。广袤无际的河面上孟夏的熏风吹得袍角和马尾纽带飘起老高。放眼东望，惨白的夏阳下，漫漫无际的黄水白沙刺人眼目，绵绵延伸直接天穹，已经漶漫不清的旧堤左右，到处是塘洼潦水管草芦荻，沼泽上稀疏的白茅足有人高，在风中沙沙作响，和主河淌动着的黄水的微啸和成一片，给人一种凄凉和茫然的感觉。雍正一边眺望，一边思索着张廷玉的话。张廷玉不是自己门人出身，由部院小吏被康熙简拔到宰相地位，当然不能像邬思道、李卫那样直出直入有什么说什么。话虽模棱，但含意却十分明白：再向前走，在这烟水浩渺的绝地，皇帝将与“朝局”隔离。堂皇的正面言语，怕误了军国大事，但也可以解释为，任何不堪设想的局面发生，都无法控制！雍正眼角的肌肉颤了一下，随即笑道：“你们没有办过河工，这点子水算什么！三百里水草路，又有这么多军舰护送，怕怎的？只管走就是——出了这段河泛区，叫洛阳水师提督把有功兵士名单报朕！”说完便踅身回来。

“万岁……”张廷玉煞白着脸跟进来，还要谏劝时，雍正一摆手道，“衡臣，不必说了，朕听你的。这里留下李德全、邢年他们，仍旧‘侍候’这条御舟。你、五哥和德楞泰今夜上岸，走陆路回京！”张廷玉目光霍地一跳，眼中闪出掩饰不住的喜悦的光，躬身道：“万岁圣明！臣这就发文田文镜，调开封绿营卫护……”

雍正略一沉思，笑道：“不必了，哪有那么险呢？张五哥和德楞泰都是百人敌，太平世界，一路又是繁华市镇，还护送不了你我二人？”张廷玉略一沉思，低头称是。他其实想得更深一层，雍正的政敌不在民间而在庙堂之上，萧墙之间，不经官动府悄悄返回北京，确是更为稳妥。饶是如此，还是把张五哥德楞泰和留守御舟的李德全叫到自己舱里，密密谆谆周详安排了才放下心来。

当夜二更过后，扮了商客的雍正皇帝带着张廷玉和德、张二侍卫，只一个小太监高无庸随行，无声无息下了舢板。弃舟登岸，却不顺来路，取道菏泽、鄄城、范县、馆陶、临清、德州、阜城、交河、河间……直到保定。因保定知府是张廷玉门生，张廷玉亲自去，要了三十名亲兵，遥遥尾随护送“张中堂”直返京畿。到了丰台，一路平安无事，张廷玉提得老高的心才放下，跳下驮轿，顿了顿发木的脚，招手叫过高无庸道：“你去后头，把这封信交给保定府跟的人，他们的差使办得利索，不用再跟了，今晚就回保定，他们府台刘富通有三千两赏银，这信就是凭证。”说着把一个封好了的通封书简送过去。此刻雍正也从前头驮轿上由张五哥搀扶着下来，因见张廷玉交代事情，便踱过来，问道：“离西华门还有小三十里呢，趁天黑赶进去，还来得及嘛，怎么在这儿就停下来了？”

“主子，您看，日头已经下山了，咱们也得打打尖了。”张廷玉吁了一口气，用手指点道，“这个地方，向西是畅春园，东北那矗得高高的箭楼就是西便门，正北是白云观。我负着主子安全责任，宿在哪里要由我决策。”张五哥和德楞泰不禁对望一眼，他们虽然跟了雍正将近两年，其实还没有和张廷玉交道打得多，虽然张廷玉平素寡言罕语，令人难以亲近，但无论对大行了的康熙还是跟前的雍正，都是庄敬持重，恭顺有礼，从不见和皇帝说话用这种口气的。但看雍正，却见雍正并不生气，只缓缓踱着步子，半晌，笑道：“那是自然，随你。”

张廷玉似乎犹豫了一下，环顾四周，遥遥望着那轮西沉的太阳。它的半边已掩在西山孤高的峰峦之下，殷红的光给山边镀了一层玫瑰紫，五彩缤纷的晚霞一朵朵、一条条由西向东延伸，越来越淡，把附近渐渐发暗的村树笼罩在无与伦比的美丽华盖之下……此时，倦鸟早已归林，只远处霭霭的炊烟中，还有一群一群的乌鸦翩翩起落，静谧中给人一种不安的感觉。良久，张廷玉才道：“主子，今晚我们宿丰台大营！”他用手指了左边一大片已燃起灯火的营房，“叫毕力塔侍候，明儿返回畅春园！”雍正目光熠然一闪，随即黯淡下来，自失地一笑，说道：“好吧，朕说过的，随你。”说着，便跟着张廷玉迤逦往大寨门走去。方行一箭之地，便听前头军士大喝一声：

“什么人，站住！”

接着便见一个军校过来，上下打量他四人一眼，问张廷玉道："你们哪里来的？找谁？有勘合么？"张廷玉一笑，说道："毕力塔好大规矩。你进去禀一声，就说张廷玉夤夜来访，把这个交给他，他自然明白。"说着，把自己平日批阅公文的随身小印递过去。那军校接过来反复端详了好一阵子，随手丢还了张廷玉，板着脸道："我们毕军门不在大营，今儿晌午就进城去了。你这东西我看不懂，反正不是兵部勘合，我不能放行！"说着竟自扬长而去。张廷玉又好气又好笑，还要追上去说话，张五哥眼尖，一眼瞧见一队士兵簇拥着一个军将出来巡营，远远便叫："张雨，你过来！"

那个叫张雨的军将张眼朝这边望望，天已麻苍苍的，看不清楚，便带人过来，见张五哥一身行脚人打扮，先是一愣，方认出来，笑着一揖道："原来是五哥军门！怎么这身打扮？请进来说话，这几位是——？"张五哥看看雍正脸色，笑道："张中堂从河南微服回京，皇上叫我和德楞泰一路跟着——怎么，连老德也不认得了？"张雨凑近了一瞧，不禁笑了："真的是老德！上回咱们还摔交来着……"德楞泰一边护着雍正走，一边笑道："摔跤，你们汉人不行。一个个，狗吃屎。"他的汉话已经不错，只是分节太多，听起来多少有点别扭，他是蒙古第一摔跤英雄，大约找他领教的人太多，所以并不认识张雨。

张五哥因常来传旨，和毕力塔大营高级官佐相熟的多，一边走一边笑道："老毕真的不在营里？可笑你的把门狗，瞧我们穿得不起眼，死活就不叫进！张中堂的上书房用印还比不上兵部勘合，明儿传出去倒是一大笑话儿了！"张雨看一眼默不言声低头走路的雍正，笑道："张军门可错怪了他。毕军门确实不在营里，隆中堂昨个儿就叫进去议事儿了，今儿又叫，也不知说的什么，毕军门夜来脸色很不好看。今儿临走有话，无论公事私事，没有兵部勘合一律不许放行。"

"毕力塔真的不在大营？"张廷玉似乎意外怔了一下，站住了脚，"还是去老隆那里会议么？十三爷主持，还是隆科多主持？"

"回中堂话，十三爷身子不爽，在清梵寺静养，毕军门去了步军统领衙门会议，自然是隆中堂主持。"

"会议什么事？"

"中堂，卑职不知。"

张廷玉“嗯”了一声，和雍正交换了一下眼神继续往前走，眼见前面中军议事厅灯烛煌煌，十几个将佐坐在厅中说话，又是一阵迟疑：“这些军佐自己有的见过，有的没有见过，人名儿和脸对不到一处，这个时候闯进去，又没有正事说，难免引起猜疑。想着，已有了主意，说道：“我们不到议事厅，到毕力塔的书房去。今儿坐了一天轿，昏头涨脑的，我也不想见人，叫他们烧点水烫脚洗澡，有什么吃的，随便弄一点来。”张雨忙答应着，带着他们一行往西，离着议事厅一箭之地，指着前头三间出檐倒厦道：“这就是毕军门的书房了，挨着那座是签押房，那是刘参将的，接着那座是我的，平日不大召集会议，各在书房办事见人。”

雍正四周望望，整个中军大营十分整肃。东西南北四方高墙大寨，寨角都设着垛楼以备守望，每隔不远墙上还吊一盏米黄大西瓜灯，墙下守卫的兵士佩刀持枪钉子似的站着，空旷的大操演场上还有两队兵士持灯来回巡弋——就是畅春园防卫也不过如此。他满意地点点头，也不管张廷玉，自带了高无庸便进了书房，德楞泰和张五哥便一边一个站了门前。张雨见这阵势，狐疑地看了一眼张廷玉，却没敢问，只向张廷玉一躬说道：“请大人暂歇，卑职这就去安排。”雍正不等张廷玉说话，在里边说道：“叫张雨进来，朕见见。”

“你好造化。”张廷玉听雍正说出一个“朕”字，笑着对唬得目瞪口呆的张雨道，“万岁爷就在里头，召见你呢!”张雨已是木了半边身子，半晌才道：“万岁？……方才进去的是万岁爷？那您……”张廷玉微笑道：“我是宰相，万岁爷不来，我进你这军营有什么事？进来吧。”

张雨满头满脸都是冷汗，拖着迟钝的步履跟着张廷玉进了书房，只见高无庸侧身侍立，雍正端坐在毕力塔素常坐的虎皮交椅上，圆胖脸上两道短短的弯月眉，三角眼中漆黑的瞳仁在烛下晶莹地闪着光，看去十分温馨柔和，只八字髭须掩着的嘴角微微上翘，只要不笑，随时都使人感到一种冷峻的威严。

“你这么瞧朕，不认识么?”雍正见他紧张得有点发呆，不禁一笑，说道，“你是跟着你十三爷在户部办过差的吧？朕昔年常去户部，好像见过你嘛！你是武将，大碗喝酒，大块吃肉，该洒脱些的。”张雨这才从惊怔中清醒过来，忙解了佩刀放在一边，“扑”地打下马蹄袖行三跪九叩大礼，说道：“奴才真是瞎了眼，其实早该认出主子的，不但户部，提升参将也引见过，主子去年来丰台阅兵，远远也见过。回主子话，奴才是康熙四十五年在古北口穿的号褂子，是十三爷的亲兵，户部差使办砸了，十三爷提拔奴才到这营里当千总，去年晋升的参将。”雍正点了点头，说道：“也是老军务了。这里十三弟门下的军官不少吧？”

几句话问过，张雨已松乏了一点，忙叩头道：“回主子话，原先大营游击以上军官，多一半是十三爷安置的。去年换了毕军门，十三爷来说，树挪死人挪活，都挤在一处不好，有的升、有的调外任武官，如今还有二十几个。十三爷如今是亲王，除了会议，如今难得一见的。”雍正笑着转脸对张廷玉道：“怡亲王细心，朕其实从来不虑这些，国家多几个允祥这样的贤王，省却朕多少心！”张廷玉心里佩服允祥天资聪慧韬晦有术，口里却答道：“十三爷曾和我说起过这事，军队乃朝廷社稷干城，无论王大臣，不得擅自拥兵。这是规矩，也要为后世立个制度，奴才曾奏过圣上的。其余外省军营将佐也有不少调动的，都从武科应试中补入军官。也都有奏章，圣上亲批嘉谕的……”

“罢了吧，谁和你论政治呢？”雍正笑道，“朕看这个张雨很晓事，既然有缘见朕，就是他的福，就这里给他补个二等虾（二等侍卫），明儿你下文牒就是了。”张廷玉忙躬身称是，又对张雨道：还不赶快谢恩？”

张雨已是听呆了，听张廷玉提醒，才恍然而悟，头重重地碰了三下，颤着声儿说道：“奴才谢恩……”

“今晚你就侍候皇上。”张廷玉拿出领侍卫内大臣的身分，冷峻地吩咐道，“叫人先弄点点心送来，你悄悄找几个妥当的人去召怡亲王来见驾，再预备膳食，请主子进膳，明白么？”张雨未及答话，雍正笑道：“一会儿毕力塔就回来了，允祥既病着，就不用惊动他了。左右只是一夜，明儿朕就回去了。”“不行啊主子。”张廷玉的口气毫无商量余地，转脸又对张雨道：“今晚这里就是行宫，出丁点差错都是你的责任。现在去传怡亲王，只要能动弹，他会来的。其余的人不要惊动，毕力塔回来叫他也来侍驾——去吧！”

张雨去了，雍正和张廷玉一坐一立，一时谁也没有说话。雍正仰在椅子上静坐养神，半晌才道：“衡臣，难为您这心。不过你也忒细心的了，朕看一切如常嘛。”张廷玉默然良久，见人端着点心上来，亲口尝了一个，双手将盘子放在雍正面前，方道：“小心没过逾的。臣心里不安，总觉得像有点事似的。——晋重耳流亡十九年，身边将相俱全，咱们君臣可比不了他，此刻进大营，臣心里才稍稍安宁一点。”雍正呵呵一笑，点着张廷玉道：“你这个人呐……”下头的话却没说出来。说话间张雨已经踅回来，命人将一桌饭菜抬进书房，张罗着请雍正坐了进膳，便退出书房和德楞泰二人一处站班侍候。待高无庸一一尝了饭菜，雍正便命张廷玉陪席入座共餐。

吃过饭，雍正要来青盐刚擦牙洗漱毕，便听院外一阵急促的马蹄声，直到书房门口才停下，张廷玉隔窗一望，笑着回头对雍正道：“好了，怡亲王来了……”言犹未毕，便听门外允祥朗声说道：“臣弟允祥恭叩万岁爷金安！”雍正一听这熟稔的声音，手按椅柄几乎要站起来，却又松弛地坐了回去，徐徐说道：“老十三么？进来吧！”

“喳！”

允祥答应一声挑帘进来，他戴着石青片缘二层织玉草朝冠，金龙二层顶上颤巍巍饰着十颗东珠，石青色四团五爪行龙补服罩着金黄色片金缘紫貂朝服，上头还披着端罩，浑身鲜亮，动一动灿光耀目，显得气宇轩昂英风四流，只是脸色苍白泛着潮红，略带了点病容。他略略端详了雍正一眼，便跪下行三跪九叩大礼，说道：“万岁爷瞧着气色还好，怎么京里就流言在河南感了时气？这多天断了音信，差点急死了臣弟！”

“起来坐着说话吧。”雍正听他嘶哑声音中竟带着哽咽，心里不由得一热，抑着感情淡淡笑道，“这热的天儿，穿这么齐整做么？仍旧只是每日咳么？朕赐你的冰片和银耳、川芎这些药用了如何？”允祥起身一躬谢了恩，除了补服和端罩递给高无庸，斜签着身子坐了张廷玉对面，轻咳一声道：“臣弟这点子犬马之疾，着实叫主子惦记着了。太医们不中用，有的说是痰症，有的说伤风，虽不要紧，时好时不好的总也不很痊愈——臣用了主子赐的药，倒觉得好些儿，只有时胡思乱想，要是痨疾，拼命十三郎也就无命可拼了。这十几天里头不见主子音信，心里更是焦热滚烫，越发不好，就移住清梵寺，一来给主子祈福，二来听听晨钟暮鼓，也略能静静心……”他说着，又笑又拭泪，看得出心里极度的不安和激动，只是硬挺着精神不肯宣泄。雍正见他这样恋恩忠诚，也自感动，却笑道：“你都想了些什么？——这么英雄气短儿女情长么？太医院把你的脉案都奏到朕处，其实只是经络不通，脾弱肺热，不打紧的，朕已经下诏叫邬先生来京，他的医道通幽入微，请他给你瞧瞧，徐徐调治，自然慢慢就好了。”

张廷玉好容易找到话缝儿，忙对面一揖道：“十三爷，京师情形可如常？您方才说有流言说主子在河南病了，是民间流传，还是官场流言？”这时他坐得近，仔细看允祥，见允祥眼圈青暗，额头上苍白得毫无血色，这才知道他病得不轻。允祥用手帕捂着嘴猛烈咳嗽两声，把手帕子掖了袖里，说道：“这是十天头里，我移进清梵寺第二日的话。主子在武陟冒雨巡视河工，偶感风寒，已经痊好，这是廷寄谕旨里说过了的，上书房和六部都知道。翰林院那起子侍讲、编修仍在传言，我当即移文廉亲王，又告诉隆科多，令他彻查这事，至今也没个回音。京师别的异样事倒也没发现。礼部等办郊迎年羹尧大将军的仪注我也都看了，觉得似乎僭礼了些儿，我退回去让他们斟酌。昨个八哥、隆科多和马齐到清梵寺瞧我，说皇上御驾由安徽水路回京，一切如常。方才听皇上已经到丰台大营，真叫我吃了一惊，这里离畅春园这么近，怎么住到兵营里了？”

“我们君臣白龙鱼服悄然返京，自然要小心点着。”雍正意味深长地一笑，“你病着，有人蒙哄你，你晓得么？”张廷玉不等允祥答话，紧盯着又问一句：“你说畅春园，畅春园比这里关防得更好么？”

允祥吃了一惊，仿佛看陌生人似的瞟了张廷玉一眼，说道：“这里当然比畅春园安全！主子说有人蒙哄臣弟，谁?!”

“不知道。”雍正摇了摇头。张廷玉道：“其实他们和你一样，也与皇上断了音信。你是负责京畿防务的议政亲王，他们理应和你会商打探我们君臣行止，布置驻跸关防这些事宜，怎么探病时一声不吭？还要造假话?!”雍正笑道：“衡臣，朕看你是虑得太多了，他们怕允祥着急上火，这些话怎么好跟一个病人说？”

允祥默默注视着灯烛，瞳仁中闪着阴狠的光，良久才道：“朝中有奸臣。这是明摆着的，主子心里也是雪亮。”他话音虽不高，却带着铮铮金石之音，听得旁边站着的高无庸竟打了个冷噤。允祥皱眉思量着道：“不过马齐和舅舅该和我说实话的呀……”正说着，张雨进来禀道：“毕军门进来了，我没敢告知皇上在这里，只说王爷和张中堂在这里说话。不知皇上见他不见?”允祥不待雍正说话，已是站起身来，精神一抖，已完全不像一个病人，大步跨到门前，一脚跐着门槛，大声招呼道：“毕力塔么？过来!”

“卑职在!”

毕力塔快步走了过来，一个千儿打了下去，说道：“奴才给十三爷请安!”“不要大呼小叫的，”允祥咬着牙笑道，“你主子的主子在里头呢——你们今日会议的什么?”毕力塔愕然看了允祥一眼：主子的主子，除了皇帝再没第二个人，但今日会议，隆科多还说皇上在山东，怎么突然出现在自己的大营里？怔了一下，毕力塔忙回道：“正是我要寻十三爷诉说诉说呢！又听说爷病得重，不敢去惊动——这个丰台提督我做不下去了！今儿和隆大人已经撕破面皮。隆大人说我恃宠傲上，今夜就拜本请旨，要革我的顶戴。我说不用革，我今晚也写本辞了这官，省得一天到晚穿小鞋，生窝囊气!”允祥正要细问，里头雍正听得清爽，说道：“老十三，叫毕力塔进来说话!”毕力塔忙解了佩刀丢了阶前，待高无庸挑起帘子，哈腰进来行礼，伏地叩头。

“你要掼纱帽?”雍正啜着茶慢吞吞道，“你是奉旨特简的提督，直隶京畿七万人马归你节制，有什么委屈处？你是老军务了，跟着圣祖爷西征过的人吧，什么世面没见过？怎么生出这种小性儿来?”毕力塔咽了一口唾沫，叩头回道：“回主子话，不是奴才使小性儿，隆中堂真的太过分了！连着三天会议，先说的年大将军凯旋，班师回朝，叫奴才的兵腾出三千人住房，这是第一军国要务，也还罢了；昨日会议，又说要把提督中军行辕腾出来，这里让给年大将军。奴才当时就顶了回去，丰台大营卫戍着畅春园和京师外围，这个地方最为适中，左临畅春园，右靠外城，我不能为迎年大将军误了皇上差使，动我的中军，没有圣旨不敢奉命。昨儿不欢而散，今儿又叫进去，说已经和八王爷议定，提督行辕移到北定安门外，这里还是要腾，又说皇上驻跸关防的事不用你毕老兄操心，步军统领衙门两万人马还护不了驾？奴才当时犯浑，嘴里不干净，说年大将军也是个人，我西征时就见过他，一样的两条腿夹个屌！主子走时有旨意，京师防务是十三爷统筹，九门提督和丰台提督没有统属。要调我，你们见十三爷，叫十三爷知会兵部，拿勘合作凭证，不然，我连年羹尧也拒之营外——谁没打过仗？年大将军三千人马行军，难道不带帐篷锅灶马匹？……就这么着，我们都恼了，不等他端茶，我就端茶辞出来……主子爷，自打太后老佛爷薨，不知怎的，隆大人就光挑我的毛病儿，两家兵士巡哨口角，这点子鸡毛蒜皮，也把我叫进去训斥，这样吹毛求屄，我这没有屄的能活么?”

张五哥高无庸他们先还怔怔地听，至此不禁一愣，寻思半日，才想到必是这位丘八爷听别人把“吹毛求疵”误说成“比”，由“比”而“屄”，一误到底，不禁掩口葫芦而笑。雍正嘴角闪过一丝笑意，随即敛住了，只是沉吟不语。张廷玉一直皱着眉头听，心中疑云愈来愈重，竟没听见这口误。丰台驻军马步兵齐备，还管着一个水师，是北京防务的支柱。隆科多放着允祥不请示，却和允禩胡乱摆布，是不懂还是另有居心?雍正给张廷玉看过甘陕巡抚将军的密折，风闻一些不三不四的人在年幕中活动，这次三千军马入京，万一有什么不测的事动作起来，自己又该如何处置?张廷玉正自紧张思索，允祥在一旁咳嗽一声道:“各是各的差使，各有各的范围，不能乱!年大将军征讨有功，这次回来叩阙演礼，典仪应该由礼部安排。典仪过后，军马不能住城里，还是要在郊外驻守待命。丰台大营中军不管移不移，指挥不能乱。毕力塔，你是我使老了的人，不管病不病，这些事你该回我，由我去和他们打铁。你就好张口犯粗?嗯?!”

“唔，怡亲王说的是。”雍正望着窗格子，嘴角带着一丝冷笑，说道，“你有两条错:不该骂年羹尧，大事不回禀你十三爷。既在这里说了，朕恕你。好生办差，明儿午时，朕回畅春园再理会这些事。丰台大营，一步也不能挪!马齐是做什么吃的?这样的要务，似乎他在局外?”

允祥见数落到马齐，忙赔笑道:“主子，马齐主持的政务，一天看七八万言的折子，还要把节略转到皇上行在，又要接见外官，上次见面，他瘦了一圈儿!盆烂了说盆儿，罐破了说罐儿么!”

“唔。”雍正脸上毫无表情，一摆手道，“跪安吧!”

第三十五回　隆科多擅兵闯禁苑　憨马齐镇静斥非礼

张廷玉的小心翼翼并不过分。自从雍正离开开封，安徽巡抚久久等不到御舟东巡的信息，怕担不起干系，径自向上书房递了密旨，“圣踪不详”。廉亲王一得此讯，立即称病，寸步不出王府，把所有政务都推给了上书房大臣马齐，严令对允祥和马齐封锁消息，理由却光明正大，马齐“太忙”，允祥“有病”，不能用这些无根无梢的谣言干扰他们。而允禩自己也“病”着，不能料理军国重务，便由隆科多将雍正与朝廷失去联络的事知会留守北京的皇三子弘时。弘时是个空桶子阿哥，并没有兵权，但他也仔细忖量了一下，最好雍正在黄河舟沉人殁，宝亲王在外，自己又是年长皇子，“国不可一日无君”，既然自己位居中央，子承父业登极就是顺理成章的事儿，到时候手握玉玺口含天宪，无论丰台大营还是西北健锐营，都只能俯首称臣。因此，他倒不忙着拉兵权，先令人到遵化传谕，对十四阿哥从严看守，跬步不得擅出陵寝；又传令年羹尧，“圣驾尚未归京，慢慢走，以备郊迎大礼”，好阻滞弘历提前入京；发六百里加紧文书令田文镜“派人着实探清，皇上御舟现在何处”——待到田文镜的急报文书到京，他才知道雍正的船并没有翻，只是困在鹿邑一带河道上，洛阳水师护驾的七百余名官兵全都充了纤夫，一天走不上二十里地……接到这一消息，弘时心里一半儿热，一半儿凉，紧张兴奋中又带着恐惧惊骇：古北口阅兵，是弘历代天子巡行；山东赈粮，是弘历代天子筹办；迎年羹尧入京，仍是弘历代天子亲行；送康熙灵柩去遵化，还是弘历代天子扶柩。就是平日，弘历挂名儿在上书房“学习”，学什么？还不是统御全局的能力？就连分胙肉这些小事弘时也都掰开了揉碎了重新捏弄，结论都是十分简单和冷酷：无论德、才、能、识，还是“圣眷”，自己万无登龙继位之望！如今他不在京，雍正又受困在外，错过这个机会，后世史笔如钩，准会说自己是个庸懦无能的傻蛋！……但若真的动手，又怕八皇叔趁火打劫学永乐皇帝夺侄自为，更怕万一控不住局面，雍正平安回京，追究起来，自己可真就折戟沉沙万劫不复了！

在床上折腾了几夜，想来想去，弘时想定了隆科多这个人，既是先帝托孤遗臣，又是现今上书房大臣中兵权最重的，隆科多和廉亲王明来暗往，他知之甚稔，利用一下有何不可？因便令人传请隆科多来府议事。

掌灯时分隆科多从东华门退值出来，应邀来到三贝勒府。弘时弘历和弘昼兄弟三人原都在雍和宫居处读书。雍正即位，各自建牙开府，都是新造的宅邸，坐落在离东华门不远的朝阳门内，一式三座贝勒府规制统一，按年齿由北向南坐西朝东排列，都是雕甍斗拱，翘翅飞檐的歇山式构架，丹垩一新，十分壮观。内里有些房舍尚未整修好，因此三府都没有把花园建起。隆科多的大轿一落，门上人立刻禀了，便见弘时一身便装，穿一件月白宁绸袍，上身套着镶翠边玫瑰紫套扣背心，步履轻捷地迎出来，当门一揖道："舅爷辛苦！刚刚下值的吧？"

"什么值不值的，如今并没有忙事。"隆科多翘着八字须笑道，"曹寅的儿子曹頫来京，八爷见了见，又到畅春园见了马齐，马齐说等十三爷病好些儿再说他的事，他就又求见我，说了好一阵话，又留他吃了饭，这才过来……"一头说，随着弘时进来。弘时前头引路，一手摇扇，一手将一根油光水滑的大辫子向后脑一甩，顺便挑了帘子道："舅爷请——曹頫是抄家撤差的人了，能有什么事？还不是告穷——上回见我，穿得叫花子似的，一头哭一头说，我都没听见他说了些什么。不就缺钱么？我送了他二百两，聊补无米之炊罢。"说着，请隆科多坐了，便命"上茶"！隆科多环视一眼坐了，端起杯子用碗盖拨着浮茶，笑道："前儿到五爷府去看了看，他那书房里里外外挂的都是鸟笼子。四爷是读不完的书，盈庭积栋的，进去连个坐处都没有。倒是三爷清雅得很，炉瓶鼎拂琅琊插架，琴棋书画俱全——敢问一声，什么风吹得我这老舅来啵！"

弘时警惕地看了隆科多一眼；他从没见过隆科多这样诙谐的，今儿这是怎么了？略一怔，弘时微微一笑，潇洒地将袍角一摆跷起二郎腿，轻轻摇着一把湘妃竹子扇，一副龙子凤孙派头，说道："当然是公事啰！八叔十三叔都病了，马齐在畅春园忙政务，见人读折子，一天没二三个时辰好睡。五弟那个身子骨儿你又晓得，只有人侍候，不能侍候人的。我虽名儿上是个坐纛儿皇阿哥，其实平日也不大管事儿，有一分奈何，我也不想管，但从‘公’的一头说，我是留守皇子，负有全责；从‘私’的一头说，阿玛在外颠沛辛苦，也着实惦记思念着。所以请舅爷来打问一下，皇上此刻到底在哪里，几时回京？迎驾、还有驻跸关防的事，上书房有些什么安排——我是坐纛皇子不能不问一声儿，心里有数儿。皇上那性子你也晓得，恼上来，六亲不认，回来见面一问三不知，我算怎么一回事？”他开门见山，问得堂堂正正，原打算用“皇子不得擅自干政”顶一下的隆科多不禁默然。略一怔，隆科多爽朗地一笑，说道：“三爷，邸报日日都给您的，皇上銮驾已经从泰安启程回来。八爷和我忖度着，这三五日必定就回来了。这几日没有朱批谕旨，一是皇上身子或者略有不爽；二则圣驾也就回来了，不必来来往往传递公文也是有的。其实您不叫，我也得过来回一声儿，原来畅春园驻的是善扑营，三个月一轮换，是死规矩，已经到了日子，换是不换？善扑营管带和我不相统属，由他自己调配呢，又有点心里不托底。还有，年羹尧带着三千兵马回京演礼，驻在哪里为宜，也要未雨绸缪，这都是有野战功勋的，总不好住野地帐篷吧？”说着身子一仰，眯缝着眼瞧着这位小白脸皇阿哥，烛影下却看不出什么眼神。

“您说呢？”弘时似笑不笑地看看这位身份显赫的“皇帝舅舅”，呷一口茶道，“老舅爷，这些事我都不大懂的。八叔和您老成谋国，必定已经有了安排的吧？”说罢径自起身，摇着扇子徐徐踱步。

隆科多似乎觉得意外，瞟了弘时一眼。他出这些题目，原想难一难这个皇阿哥，没想到被弘时轻飘飘一句话，原封不动就被砸了回来！廉亲王明说自己是“三爷党”，但叔侄之间联手，到底有多深的瓜葛，允禩没说，他也不敢问，今晚来蹚水，才晓得这个风度翩翩白净面皮的皇阿哥并不像自己想的那么容易对付，若论起滑头，似乎还在允禩之上！正想着，弘时隔窗眺望着外边漆黑的夜色，头也不回地说道：“舅爷别犯嘀咕，恕我直言，八叔是宝刀已老，不堪再逢杀场了，当年与父皇、太子、大千岁那些个过节儿，都可以揭过去了。‘江山代有人才出，各领风骚数百年’，虽是好诗，惜乎是把辰光说长了些儿，应该是‘各领风骚十几年’——”他倏然回身，目中陡地光亮一闪，“是么？老舅爷？”隆科多看着他寒凛凛的眼神，心里不禁一紧，但他毕竟老于世故，很快镇静下来，摇头笑道：“我不大明白你的话。”

“这有什么不明白的?”弘时一哂道，“我们心思都一样，要让老爷子‘平安’返都嘛——所以，畅春园警卫要换一换，由步军统领衙门暂时管起来，年羹尧的兵不能驻野外，丰台提督的行辕要让出来——这些，不是您和八叔他们商量好了的?怎么还要来问我呢?”

“这……”

隆科多大吃一惊，这是昨夜在廉亲王府，允禩、王鸿绪、阿灵阿和他密商一夜的造乱计划，控制畅春园、打乱丰台大营指挥体系、断掉雍正归路——廉亲王严令对弘时弘昼小心提防“不要让他们知道”，刚刚六个时辰过去，弘时就了如指掌，这简直太可怕了……隆科多的脸色立刻变得异常苍白。

“没有什么嘛!”弘时阴笑着坐了，若无其事地吃了一口茶，“这都是为皇阿玛的安全，该怎么做，你放心去做。就是‘各领风骚’心中得有数，不要乱了章法。”他口气一转，又变得温和爽朗，“我毕竟是坐纛儿皇阿哥，既要为皇上负责，也要为天下社稷尽诚，至于自己怎样，那就用着《出师表》里的话，‘成败利钝，非臣之所能逆睹’的!”说罢纵声大笑，“把皇上赏我的那柄如意取来，给舅爷带去!”

雍正到丰台大营的第二日清晨，一乘大绿呢官轿照例在畅春园倒厦门前的双闸口落下。马齐一哈腰从大轿中出来，仿佛要驱散浑身的疲倦似的挺了一下身子，只是在这座庄严神圣的地方，即便是他——上书房宰辅大臣——也不敢放肆地伸胳膊蹬腿地打呵欠。他仰首望天，深深呼吸了一口清冽的空气，因见垂着藻须的仪门旁已有十几名官员等着自己接见，无声叹息一声，一摆手便进了仪门，却见是鄂伦岱当值，便住了脚，招手儿叫过来，问道:“八爷和隆中堂那边有转过来的黄匣子么?”

“没有，”鄂伦岱忙垂手说道，“八爷身子还不见好，隆中堂预备着接驾回京的事，说今儿前晌过畅春园来和马中堂议事。”他脸色白中透青，看来夜里也没睡好，一副心事重重的模样。马齐原本要走，听见接驾，又站住了，问道，“隆中堂没说别的?皇上御驾到了哪里?”鄂伦岱身子一躬说道:“皇上御驾到了哪里，隆中堂没说，我也没敢问。只说畅春园的护卫到了轮换时候儿，要换一换，别的没话。”

马齐偏着头想了想，笑道：“就到了时候儿，前后错个三五天打的什么紧？——你传话，叫外头进谒的大人们都到露华楼等候说话。”说着便沿蔷薇花洞甬道迤逦向西，过了十八行省候见官廨廊房，便是雍正在畅春园属处办事的澹宁居。马齐向宫一揖，趋身向北，一溪海子里新荷浓绿，岸边合抱杨柳烟笼雾罩掩映着一座五楹二层歇山顶儿的黄琉璃瓦高楼，这就是“露华楼”了。侍卫刘铁成早已等在楼前，见马齐过来，便令太监们挑帘。这是畅春园最高的地方，其实是一带土垃，专为康熙纳凉吹风去暑盖的一座书楼。再向北就是康熙晏驾的“穷庐”，却是一片茅舍，虽轩敞却并不高大，再向北便是宫墙，墙外是一大片海子，有几百亩大，茫茫碧波中带着水分的凉风穿楼而过，虽是盛暑，身上也凉爽得滴汗皆无。刘铁成跟着马齐进来，一边问道：“往日都在韵松轩，那边虽不敞亮，其实屋里放上冰盆，比这里还凉，马中堂怎么忽拉巴儿到这边办事？害得这起子太监搬了半夜文书。”马齐命人将所有窗户打开，一边笑道：“不瞒你老刘，我实在乏透了，这里风大，见人怕就少一点瞌睡。上回见蔡珽，我就听得打盹儿钓鱼，人家哪里知道我熬夜，只说我这宰相拿大——再说，圣驾也快回京了，韵松轩是宝亲王办事的地方儿，人回来才腾房子，不恭敬。”说着便整理文书，看着一份奏折，吩咐刘铁成：“你看看要见的官来了没有——我见河南的车藩台来了，先见他。你是侍卫，不是跟我的人，不要在这侍候，园里各处转转，该打扫的叫太监们打扫打扫。来的时候听树上知了聒噪得心烦，皇上爱静，叫他们把澹宁居附近的蝉都粘下来。”一边说，便打火抽烟看折子，刘铁成答应一声便去了。一时，便听楼梯微响，一个五十多岁的官员，白净脸圆圆胖胖，修饰得十分精致的八字髭须墨黑墨黑、神气地翘着，身穿孔雀褂子，戴着蓝宝石顶子，脚步轻轻上来，“叭”地打了马蹄袖，说道：

“卑职给马老中堂请安！”

“哦，车大人。”马齐手虚抬一下，微笑道，“请起，坐着随便说话，不要拘礼。我有时一天要见一百多官员，都闹起规矩，什么事也甭办了。老兄几时到京的？”

车铭起身入座，微一欠身从容说道：“卑职来京三天了。因户部催河南藩库银子调京库，田中丞那边现借用着一百万，好端端的又闹起亏空，孟尚书行文叫藩里说清白。昨个儿见了孟大人，又说马中堂接见，有什么钧谕，请中堂吩咐，职藩好遵命承办。”说罢又是一躬方坐下。马齐呼噜噜抽着水烟听完，又安了一袋，用火媒子燃着，说道：“田文镜挪借藩银，公出公入，是用在河工上的，解到北京再发到河南反而费事。这是一纸文书的事，田文镜只是没有把圈子走圆。这事等圣上回京由我跟圣上回明。老兄管着布政使衙门，是朝廷方面大员，自然识得大体，不要为这些事和田文镜生分了，你说是不是？”车铭一肚子撩拨告状的心思，被马齐温吞水价几句淡话说得无言可对，只好咽一口气道：“是。职藩明白。”

“我叫你来不为这事。”马齐盯着折子道，“我想问问晁刘氏的案子，前边田文镜有奏折，说臬司衙门识大体，保奏按察使胡期恒，刑断司官张球急公好义，这折子还没有批下来，田文镜就又参奏胡期恒贪墨不法，草菅人命，臬司衙门四十四名七品以上官员，除了张球，请旨一概罢革——内里还连着白衣庵二十几个尼姑，葫芦庙七个和尚，就连你藩里也有十几名官员都卷了进去。这么着看，开封岂不是洪洞县了么？案子不是你审的，底细你未必明白。我想问问，据你看，胡期恒这人到底平素官声如何？河南官儿如此贪墨，牵扯面儿又这么大，真的叫朝廷扫尽颜面，真的有这么多官儿帷薄不修，糟到这地步儿了么？”车铭微睨了马齐一眼，见这位须发皓白的老宰相一脸漠然，倒一时犯了踌躇。他虽不管刑狱，但案子底细却心里雪亮，只是牵扯的官员太多，连自己的内眷有没有涉嫌的也难说，有些是他自己一手提拔的亲信，一搭挂子兜了也于心不忍。但眼见这个愣头青巡抚已经把事情叨登大发，雍正的秉性刻猜残忍，断没有“一床锦被遮盖”那份仁德，蜂虿入怀各自去解，也只得实说。因道：“马中堂，这案子拖了三年，通省皆知，我虽不管法司衙门，情形还是略知道些的。听老大人的意思，办得是苛了一点，但内中黑幕真的揭尽，只怕还要厉害些呢！不知中堂大人——”“我没有什么意思。”马齐心里一沉，因为案子里连扯到他几个门生，他确实有点不自在，但脸上却不肯带出，因道：“你既晓得，说说看。”

车铭轻咳一声清了清嗓子，说道：“晁刘氏丈夫晁学书之死，只是个火捻儿。论起来，单判这一案，早就结案了。三年前冬天头场大雪，晁明独自到白衣庵赏雪——那里临河，景致很好的——这秀才诗做得好，又是一表人才，被庵里头一群尼姑看中了，先是留饭留宿，后来干脆趁他睡着，剃光了头充作假尼昼夜宣淫。把个翩翩公子折腾得精枯力竭，骨头架子似的，又怕本主女人来寻，又无法处置。这群尼姑和葫芦庙七个和尚早就奸乱得不成体统，只好请和尚帮忙，诱到葫芦寺附近，杀到枯井里。当时开封知府萧诚，勘察破案缉凶来得很快，七天就查明了，把凶手法园、法通、法明拿到大狱里。

“不料一用刑，略一问，三个凶僧又供出师父觉空，还有法净、法寂、法慧三个师兄弟都是同伙，干这勾当也不是头一回。于是发掘葫芦庙挖地三尺，从神库后又扒出八具无头尸，看样子都是进京应考的孝廉或进省乡试的生员——连和尚们也都记不清都叫什么名字，是怎样杀的了。

“这样大的奸杀案，萧诚当然不敢怠慢，立刻围了白衣庵，把尼姑们都拿到开封府，只逃掉了老尼姑静慈，绰号‘陈妙常’。

“您大人晓得，如今官宦人家内眷，没个不信佛的。白衣庵是开封最大的尼庵，这些个女尼们平素上至巡抚衙门、下至司道首县串通得殷勤，又拉着和尚充尼姑进官廨，和官员眷属们厮混，给官员‘求子’，拆烂污拆得丑不堪言。有的内眷没有宜男相，就有尼姑代为生儿子的，不少官儿们和尼姑们也厮混得热。大人，田文镜说‘帷薄不修’，实在也还是文雅得很了！这‘陈妙常’逃出来，不知跑到哪府里串连了几日，就有宪牌下来，叫放了尼姑。

“这一群尼姑放出来，更了不得，白天晚上各府里串，串了半月，七个和尚也放了出来‘监候待审’——没有苦主，没有凭据。晁刘氏也没法断言她丈夫定必是和尚杀的，只好上告。萧诚今儿接一道宪谕‘暂且放人’，明儿又接牌票‘严鞫凶手，不得宽纵’，搅得昏头涨脑七颠八倒，恰好他母亲病故，赶紧报了丁忧，解任去了。

“田中丞在山西扳倒诺敏，调来河南，晁刘氏又起了告状的心，刚透出去点风，不晓得怎么就走漏了出去。不知哪些人绑票绑了她的儿子，大约是想挟制她不要告，谁想逼急了晁刘氏，就田中丞巡城时候儿拦轿告状。臬司衙门不知是怕露馅儿想杀人灭口，还是想重审这案子好向田大人交代，夜里派人去拿晁刘氏，却叫田中丞埋伏的戈什哈当场堵住，一古脑全押了起来——案子，就是这么着叨登大发了……”

马齐一边听一边“嗯”着。车铭说的这些有的田文镜在折子上写了，有的胡期恒在奏辩中略有提及，却没有车铭把来龙去脉说得如此详尽，他所想的，和车铭说的其实不是一回事。雍朝以来，山西假冒亏空完结一个大案，紧接着广东一案九命奇冤，罢革查拿不法官员已经二百余员。河南这案子，真的要像车铭说的，和尚——尼姑——官眷——官员勾藤扯蔓地闹腾起来，不但吃挂连的人太多，而且事涉猥亵淫秽，把官场龌龊肮脏事体大白于天下，加上民间流言夹七夹八地添油加醋，什么话说不出来？朝廷脸面也实在是挂不住。但田文镜已经不顾一切，扣押了臬司衙门的人，革罢参劾了三十多名官员，意思还要穷追到底，明拜奏章载于邸报，一网打尽的心思毫无回旋余地，又该怎么处呢？他静待车铭说完，笑道：“看来老兄知之甚详啊！奏稿里东一句西一句，反而不易明白。今儿这里说，这里了，我只是听听。到底怎么办，要等皇上回来，奏明请旨办理。至于藩库银子的事，老兄也不要计较了，左右皇上这几日就回来，再说吧！”他一头说，车铭已端茶起身，未及啜茶，便听楼梯一阵急响，刘铁成脸色铁青，一手按剑一手挑帘大跨步进来，看了看车铭，却没言声。车铭忙一躬辞了出来。

“马中堂！”刘铁成脖子上的筋都胀起老高，黑红的脸膛拧歪了，看去十分狰狞，眉梢上的刀疤不停地抽搐着，目中闪着凶光，盯视着愕然的马齐说道：“九门提督的兵来接管畅春园，你知道不知道？”

马齐“啪”地拍案而起，“哪有这个话？”

“你看看！”刘铁成低吼一声，几步走到南窗前，“唰”地一把扯掉窗纱，一手指着楼下，“人都进园子了！各房各殿窜着乱搜，他娘的，这是抄检还是造反？!”马齐一言不发，疾步走到窗前，这里居高临下，隔着柳荫看得清爽，果然一队队的兵士正由东向西沿着甬道向澹宁居和韵松轩、纯约堂、怡性阁开去……他的心猛地一紧，浑身的血倒涌上来，脸立时涨得血红，倏地转脸对刘铁成道：“方苞在清梵寺十三爷那里，派你的亲兵飞马去一趟请方先生，十三爷要能来更好，快！你先下去安排，传鄂伦岱到我这里来！”

刘铁成下楼去了，偌大五楹空楼死一般寂静，几个侍候笔墨的太监被突如其来的变故吓呆了，木偶似的垂手站着，一个个面无人色。只有熏风穿楼，罘罳下的铁马偶尔发出令人不安的响声。马齐原准备穿戴齐整就下楼，整理了一下案上的文书，心里忽然安定下来，干脆又脱掉了袍褂，回头对太监们笑道：“你们怎么啦？都成了庙里判官泥鬼！不要紧，没有起反的事。这是隆中堂安置接驾驻跸关防，几头没通气，拧了劲儿。我也真乏了，把那张春凳抬过来，我歪着略歇歇儿。”几个太监眼里这才泛上一丝活气，忙着张罗春凳，马齐便斜靠了，打着扇子心里拿主意。一时便见鄂伦岱仗剑上来，打了个千儿问道：

“马中堂，您叫我？”

“嗯。方才铁成来说，步军统领衙门的兵进园子了。你是当值侍卫，预先他们告诉过你？”

“……没有。方才九门提督衙门李春风带着人来，随身有领侍卫内大臣隆中堂的签票，说是皇上就要回来，大内和畅春园两处禁地都要清检一下，畅春园防务暂由九门——”

“我晓得，他们来多少人？”

“回中堂，李春风说一千二百人。”

“你去，叫李春风到我这里。进园的千总以上的官都到这里，我要训话！”

鄂伦岱深知这事于自己干系重大。其实从允禩口风里露出的话揣猜，这不啻一场兵变预演。原以为马齐已经慌乱得无所适从，此刻见他闲适得没事人似的，自己反而更加心慌，略一怔，忙小跑着下楼去了，马齐这才起身，微笑着穿袍着褂，戴了双眼孔雀花翎端坐在案前。早见鄂伦岱带着两个参将打扮的军官上来，后头十几个游击千总鱼贯跟着进来，一齐向马齐叩安，马刺佩刀碰得一片声响。马齐盯着为首的军官，良久才问道：“是你两个带兵来的？他叫什么？”

“回马中堂，他叫李义合。我们都在九门提督衙门当差！”

“李春风！”马齐仰着脸想了想，“康熙五十一年我主持武闱，记得我有个门生叫李春风。是不是你呀？”李春风忙跪前一步，双手秉胸说道：“是，老师！卑职中的第四十一名武进士。今年春才从云贵蔡大帅那里调回来，还没有来得及去拜望恩师，望乞恕罪！”“皇上破门户之见，有旨意的事儿，何罪之有呢?”马齐莞尔一笑，又问:“李义合，你是哪一科的呀?”

李义合却不似李春风那样恭敬，双手一揖说道:“马中堂，卑职是康熙五十七年武进士。”马齐噗地一笑，扇子一挥道:“都起来站着说说——康熙五十七年主持武试的是我的门生侯华兴——论起来我是你的太老师呢!”他是熙朝老臣，除了李光地，没有人资格超过他，此刻甩牌子，二李也只好听着。正寻思如何回答马齐，马齐已经站起身来，格格笑道:“既是我的门下，我就少不得要点拨你们几句。这北京城是帝辇，畅春园和大内是禁苑，规矩分寸毫厘不可差错。步军统领衙门防区是九门禁城，紫禁城和畅春园历来由上书房领侍卫内大臣负责护持，不经圣旨，一兵一卒不得擅入，你们可明白?”

“我们带兵进园，有隆中堂的将令。”李春风一躬答道，“马老这‘擅入’二字，是不敢当的——难道隆中堂没有知会马中堂么?”马齐没有回答李春风的问话，回身向案前提笔濡墨疾书几行字，取出印匣子里上书房关防，小心地钤了印，递给鄂伦岱，说道:“你飞马进城，传我的钧谕，无论何人的指示，凡进入大内的兵立即全部退出来，在午门外听令。”

鄂伦岱听他口气绝无商量余地，迟疑地接了那张谕令，嗫嚅道:“是否请马中堂和隆中堂合议一下——”话没说完便被马齐打断了:“合议自然是要合议的，这个何待你来说?先退兵，别的再说罢!怡亲王和方先生立时就来见我，你进城见到隆中堂，请他也即刻来一趟。”鄂伦岱怔了半晌，只好讪讪答应着退了出去。马齐这才把脸转向李春风和李义和，他的声音变得喑哑而又低沉:“你们方才说不是‘擅入’。什么叫‘擅入’?越权非理即为擅，懂么?先前不懂，现在不迟。畅春园善扑营军加太监近四千，又没有奉移防令，双方误会冲突起来，连隆中堂也难以善后——先退出去听令，没有你们的事。不然，我就请王令先斩了你们，再调丰台大营进苑关防。你们要以卵击石么?”

这十几个军佐眼见马齐这番措置，这才觉得事态严重。他们只是奉命进园，并没有遇到阻碍厮杀的将令，碰到这么硬的个钉子，有点不知所以了，众人不禁面面相觑。李春风和李义合迅速交换了一下眼色，进一步说道:“马中堂，您和隆中堂都是上书房领侍卫内大臣，这真叫我们为难了。既如此，我们听令，暂时退出园外，只请马中堂给个字儿，我们好向上峰交代，就是马老师体恤我们了。”“成！这就似乎像我的学生了！”马齐脸上绽出一丝笑容，立刻便写字据，口中说道：“如果我们议定，该进园自然还有命令，你们虽是武人，也是朝廷命官，要听朝廷的——去吧！”李春风自带着众人下楼去了。

这时，太监秦狗儿进来了，马齐问：“见着怡亲王了？”

“回中堂话，”秦狗儿躬身说道，“十三爷昨晚已去了丰台大营。后来把方先生也接了去。这里的事清梵寺十三爷的随从已经去禀十三爷，请十三爷这就过来。”

马齐一口气透过来，几乎瘫倒在椅上。直到此时，才晓得已经汗湿重衣，打火猛抽一口烟，长长吁了一口气：“隆中堂来了，立刻告知我！”

第三十六回　露华楼悠然吟《风赋》　丰台营酒脱议政务

隆科多早已到了畅春园门前的双闸门，他把大轿停在大柳树下，背手儿踱着步只是犯迟疑，似乎有些不知所措。这里不同大内，紫禁城包围在步军统领衙门防区之内，他在上书房怎么说怎么行，除了东西六宫住有嫔妃的殿宇，连三大殿也都搜了。原想马齐一个汉大臣，从没有带过军务，未必理会谁来驻防畅春园这样的小事。待接到马齐钤着上书房官印的手谕，才晓得这个糟老头子并不那么好对付，一边命轿赶往畅春园，一边命徐骏飞马往朝阳门外廉亲王府请示机宜。

他在畅春园门口焦灼不安地等候允禩的下一步打算，似乎度日如年。五月的骄阳在晴得湛蓝的天空中缓缓移动，炎腾腾烤着滚热的大地，一丝风也没有；双闸外大片的庄田里，连蝈蝈都热得懒得叫一声，只听咯咕咯咕的玉米拔节儿响动；阵阵热浪扑面而来，热得人透不过气来，但隆科多却浑然不觉，乱丝一样的心绪理了一遍又一遍，仍旧是一团乱丝。京师总管防务的是怡亲王允祥，允祥既然有病，自己全权处置京畿兵马，这本是天经地义的事，皇帝出巡将归，加紧一下大内和行宫关防，移调一下驻军，就有什么不是处，他自觉也担得起。但这次行动是廉亲王一手操纵，说造乱，并没叫自己拉硬弓，说不造乱，但允禩的心思自己一清二楚，无缘无故地来这么一手断没有那个道理。允禩自许为“弘时”党，但从弘时扑朔迷离的言语中，也满不像那回事。前日晚间，隆科多也曾直截了当地问：“八爷到底是什么章程？”允禩也只笑笑说：“什么事情难预料，只能走着瞧，你权作是替皇上办差，心里反而踏实。”拿这个话和弘时的话参酌，真难弄清他们各自打的什么算盘！隆科多想着，心里又是沮丧又是懊悔，自己好好一个托孤重臣，又极受雍正信任，不合因为一张纸弄得鬼不成鬼，贼不成贼，由着人摆弄。到现在他才领悟到“上贼船容易下贼船难”，这句俗语真是愈嚼愈苦……思量着，日影里一匹青骢马沿黄土道飞驰而来，隆科多以为是徐骏返回来，待到跟前，才见是廉亲王府太监总管何柱儿。

“中堂爷，”何柱儿一头油汗，滚鞍下马笑道，“您怎么站在日头地里出神？中暑了了不得！”

“唔？唔！”隆科多这才从忡怔中惊醒过来，发觉自己紧张得有些发呆，连日影移动都没觉出来，忙退后一步，自嘲地一笑，说道：“两个黄鹂闹枝儿，就看住了。你刚从王府来，见着徐骏了么？”何柱儿张了张，见李春风李义合两个人带着大队人马从仪门开出来，在畅春园外整队，黑鸦鸦站了一大片，便问：“怎么都出来了？”隆科多只睃了一眼，便知是自己的两个部下顶不住马齐败退出来，因见左近无人，便向树根靠靠，睃着眼恶狠狠盯着何柱儿，压着嗓门咬牙说道：“八爷是什么意思？这种事好涮着人玩么？你想必是奉王命来的吧！”

何柱儿被他阴森森的声音吓得一颤，忙道：“中堂别生气，八爷知道这里的事了。他立时就来主持，先叫我禀中堂一声儿，您这是光明正大的事，不能下软蛋倒了旗帜——李春风和李义合过来了，请下令他们就地待命，您先进去和马中堂交涉，八爷一来，二对一，他不能不从。”隆科多目光霍地一跳，他已经若明若暗地领悟到了允禩的真意，不由慌乱得心里突突直跳，眼见李春风二人一前一后过来，下死劲定住了神，端起架子问道：“差使办得不顺手？怎么我们的人都出来了。”

“回中堂话，差使没办成。”李春风看了何柱儿一眼，把马齐拦阻的事一长一短说了，又把马齐写的字据递过来，小心翼翼退后一步道：“弟兄们只串了几间空殿，几处正经地方都有侍卫拦着，没有您的钧令，又不能动武。马中堂又那个样儿，卑职们也只好在外头集结待命了。”“真是一群窝囊废！善扑营的兵单打独斗是好的，你们是练过野战的马步兵！”隆科多一阵光火，厉声训斥了一句，忽然觉得不是对象，也不是时候儿，因叹息一声变了话音：“不怪你们了，是我们几个上书房的大臣通气儿不到。我这就进去见马齐，看是如何。你们不要远离，等候我的军命！”

隆科多说着拔腿就进园子，刹那间，他忽然觉得有了信心，我是主管军政的宰辅，皇上御驾将返，净一净宫内、行宫，你马齐凭什么拦着？刚进园门口，便见鄂伦岱迎出来，因道：“我要见马中堂。”

“马中堂在露华楼，刚吩咐下来，也正要见您呢！”

“刘铁成呢？叫畅春园侍卫们都到露华楼！”

“刘铁成我出来时见他去了露华楼，这会子不知道还在那里不在。”

隆科多不再说什么，一摆手便进了园子，路过澹宁居时，却见刘铁成已把畅春园驻守的二三等侍卫和几百名善扑营军校聚在了一处，正在训话。刘铁成是当年康熙皇帝南巡，在骆马湖亲自招安的水匪首领，有名儿的“刘大疤”，粗犷凶狠，武艺高强。康熙在世时，他眼里心里只有一个康熙，如今雍正让他管了善扑营，又成了个除了雍正谁也不认的角色。他下身穿着酱色湖绸灯笼裤，上身却是黄马褂，腰里悬着大刀片子，一双快靴蹬在石阶上，见隆科多过来，看也不看一眼，扯着破锣一样的嗓子只顾痛斥这群军校：“你们这群尿攮的饭桶，人都进园子了才晓得禀老子！先头武老军门在时也是这么办差的么？老子七岁走黑道儿，三十五成正果，杀了四五十年人，也不是好惹的！”隆科多听着这杀气腾腾的话，心里又是一紧，别转脸趋步向北，老远还听刘铁成吼叫：“……给我把好园子，什么鸡巴弄中堂（隆中堂）弄后堂?！没有我的令，放进一个耗子，刘大疤送你碗大疤！……”隆科多没再细听，紧走几步进了露华楼拾级上来，向正在春凳上歪着假寐的马齐笑道：“谐松，你好自在！外头滚热乾坤，这里却是清凉世界。我见那些外省候见的官儿们都退出园子了，今儿不见人了么？”

“这里清风满楼，自然凉爽些。”马齐坐正了身子，略带浮肿的眼泡抽动了一下，满面倦容地微叹一声，说道：“读过宋玉的《风赋》么？大王之风与庶人之风不同。嗯……‘故其清凉雄风，则飘举升降，乘凌高城，入于深宫。邸华叶而振气，徘徊于桂椒之间。翱翔于激水之上，将击芙蓉之精。猎蕙草，离秦蘅，概新夷，被荑杨，回穴冲陵，萧条众芳……清凉增欷，清清泠泠，愈病析酲……’这是大王之风。至于庶人之风‘堀堁扬尘，勃郁烦冤，冲孔袭门，动沙堁，吹死灰，骇溷浊，扬腐余。’这种风吹人，‘憞溷郁邑，殴温致湿，中心惨怛……啗齰嗽获，死生不卒。此所谓庶人之雌风也！’——怎么样，我背得不坏吧？”

隆科多没想到一见面马齐就背书给自己听，这篇《风赋》他也读过的，只这马齐娓娓背诵侃侃款款如歌似吟，听来竟句句都是警句，字字都是箴言。他站着愣了半日神才惊醒过来，一摆袍角坐了马齐对面，说道：“谐松，鄂伦岱说你请我。总不成是让我来听你背书的吧？”

“学问自书中来。”马齐浓浓吐了一口烟，语气却淡淡的，“我倒没有卖弄的意思，但你的兵进了园子，自然也有些惊心么！所以请你来，想问问，园里园外不同风是个什么缘故？”隆科多故作轻松地一笑，摘掉大帽子揩了一把汗，说道：“老马就为这个和我掉文？我还以为你疑心我谋逆呢！前几日接到泰安邸报，圣驾就要返京，皇上出巡这些日子，东西华门防务都懈了，有的太监还私自带了亲眷扮成女人六宫里乱窜。北京城你也晓得，是个藏龙卧虎的地方儿。允礽散禁后常出宫散步儿；就是允禵，也甚不安分。先帝崩驾前那些事你也晓得，不由得人不悬心；八爷闭门养病，王府里做些什么文章天才晓得！——十三爷呢，病得七死八活的，不能理事。万一出个三差二错，都是兄弟的责任。因此，禁宫和这边都要绥靖一下，你就起了这么大的疑心！”说到这里，他竟激动得涨红了脸，戟指点着窗外说道：“老马，我们同朝为臣，我素来敬你是老前辈，但你今日算当众掴了我一耳光！进园的人都赶了出去，你听听刘铁成嘴里都胡吣些什么！谁指使他在那里辱骂我的？笑话，我要真的占领这畅春园，善扑营能拦得住？你马谐松能安安稳稳坐在露华楼上吃茶吃烟见人办事，给我背什么《风赋》？老实说，这事见了万岁还要撕掳撕掳，我要革参这个刘铁成——依着我当年性子，这会儿我就扒了他袍子臭揍他这匪性！你说我敢不敢？”马齐咯咯一笑站起身来，踱到窗前看了看外头，回身说道：“这里头没有刘铁成的事，也没有李春风他们的事。我们上书房其实就是前明的内阁。宰相嘛，肩头心胸都要宽一些，要撕掳只管撕掳，我是跌了一辈子跤子的人，并不怕再跌一次。皇上回銮净一净宫宇，这原没说的，一是要有个招呼，二是要循规蹈矩。说是秀才遇见兵，有理说不清；其实军令一下，兵遇见兵更是说不清。所以我叫他们退出去，请你来商议。依着我，紫禁城，由内务府宗人府加紧关防。畅春园，由善扑营刘铁成他们料理也就够了，九门提督九门提督，管好自己的九个门，就算差使办好了！”

隆科多听着这话，马齐不但责任全揽，毫无推滞，而且明白说了要和自己“撕掳”，两个把柄攥得结实，却又连一句重话都没有，似虚而实，似实又虚得四边不靠，心里陡地一阵懊悔，马齐当自己的阶下囚一年有余，怎么就不晓得叫人用土布袋一夜间黑了这老匹夫？他下意识摸了一下腰间，才想到自己没有佩刀，因冷冰冰说道："心里没冷病，我也不怕吃凉药。方才进园子，我已着人去请廉亲王。就你我二人，还算不得'合议'。"

"那好得很。方先生也是上书房的，还有怡亲王，都请来如何？"

"十三爷病得重，就不用请了吧？"

"十三爷不要紧。他昨日去了丰台大营。能去那里，自然也能来这里。八爷也病着嘛。两位亲王扶病议事，虽劳苦些，我们责任也都轻了。"

"好，虑得周详。索性连三贝勒也请来吧，他到底是坐纛儿皇阿哥。我们议，由他决。"

两个人一满一汉，都是宰辅城府，讲究的喜怒不形于色，心里咬牙嘴上开花，看似辞气和平地商议，其实剑拔弩张寸步不让，已到了图穷匕首现的关头！马齐微睨隆科多时，正遇隆科多盯过来，目光一触火花四溅，都又避闪开来。马齐正要回话，却见允祥带着丰台大营的参将张雨登楼上来，因笑道："你看看，十三爷这不是好好的么？不请自到了！"说着便起身，隆科多也只好起身，含笑着说："王爷到底年轻，前儿我去探望，还喘得起不来呢……只是气色还不好，怎么说出来就出来了？"允祥却没理会两个人寒暄，一摆手命张雨侍立左侧，板着脸径直上首南面而立定，轻咳一声，说道：

"有旨意。马齐隆科多听宣！"

两个大臣惊得张大了口，半晌才合拢来，马齐心里松了一口气，隆科多却一颗心顿时吊起老高，额前渗出细密的汗珠——忙都一提袍角伏地叩头道：

"万岁！奴才恭请圣安！"

"圣躬安。"允祥表情呆滞，漠然看了看面前两个人，口中宣道，"圣驾昨日戌时已经返京，在丰台大营驻驾。命我传旨：速着隆科多马齐前往面见，钦此！"

隆科多和马齐同时怔了一下，忙伏身叩头领旨，站起来对望一眼，都没有说话，心里却转的是同一个念头：原来你早已知道皇上回来，故意儿给圈套让我跳！允祥宣过旨，显得十分随和，笑道："两位宰辅，是不是意见不合，在钻牛角尖儿呀？"一边说，就咳。马齐道："园子外头有兵，十三爷想必是看见了。隆公要来接防，是我拦住了，就是这个过节儿。"

“我们头上是一个日头。”允祥打头下着楼梯，漫不经心地说道，“大臣意见不合，常有的事，什么大不了的？八哥、我，还有两个皇阿哥都在北京嘛！方才进来，我已训斥了刘铁成，园内侍卫亲兵不许集结，各回岗位。僵持不好，有事慢慢商量，和气致祥——舅舅，你说是么？”他忽然站住脚，回身笑问隆科多。隆科多满心转着念头，见了雍正如何对答、如何辩解、怎样参劾马齐……一团乱麻似的，允祥的话统没有听见，乍然兜了这一问，竟不知说什么好，张皇了一下才道：“十三爷说的是。”

三个人带了一大群太监出园，却见允禩刚刚从大轿哈腰出来，便站住了。允禩专为压制马齐而来，见允祥在这里，大觉意外，忙道：“你不是病着的么？昨儿他们还告我说你床也起不来的。这大毒日头底下，犯了暑气可怎么好？”允祥看了一眼步军统领衙门的兵，一千多人列成方队挺立在园门口空场上，一边招手示意李春风过来，口里说道：“身子不受用，就不给八哥请安了。前儿八哥送的人参、银耳都收了。你自己也病着，还惦着我——我是来传旨的，皇上和衡臣相公已经回京，在丰台大营接见他们。您是议政王，既能走动，也该去叩见的。”允禩先是惊得一震，随即安详地一笑：“唬我一跳！皇上竟已经回来了？我还以为圣驾还在山东呢！既如此，我当然要叩见的。”李春风早已过来，此刻见是话缝儿，忙上前打千儿道：“十三爷，您叫我？”

“这不是李春风么？”允祥笑道，“记得你在西山健锐营为差，几时调九门提督衙门的？你十七爷去了古北口，十三爷病着，就舍不得过来请个安。真个谁养的狗看谁的门了？”李春风忙笑道：“奴才去年五月调步军统领衙门，还是爷批的札子呢！几回到王府请安，您都不在，听说您病了，府上人更不叫见，位份摆着，也是没法子的事。瞧十三爷气色——”“噢，我没什么，这不好好的么？”允祥笑着打断了李春风的逢迎，张着眼看了看黑鸦鸦的三个方队，努嘴儿道：“那是你带来的兵？”

“是！”

“多少人？”

“一千二百！”

允祥“嗯”了一声，说道：“兵带得不坏，满有规矩，你出息得不错了！”“这都是十七爷的教诲，十三爷的提携。”李春风忙赔笑道：“奴才自己有什么能耐?”允祥扑哧一笑，说道:“这碗米汤灌得有味儿!——去吧，老热的天儿，太阳底下不能站久了。带兵两个字，一个‘严’一个‘爱’——叫他们散了，双闸堤边大柳荫下歇着待命。”

“喳!”

李春风单膝跪地一叩，起身便退了过去。在队前发了几句口令，便听军士们轻声鼓噪欢呼，哄然而散，原本肃杀得紧张的气氛顷刻之间化为乌有。隆科多见这个牙将连自己这个主官问都不问一声，就执行了允祥的命令，气得脸色煞白，又听允祥连连招呼众人上轿，只好憋了一肚皮气升轿，随着允禩允祥的鹅黄亮轿迤逦向东南——丰台大营而来。

允禩允祥等人一溜大官轿在丰台大营辕门口停下，便见毕力塔迎了上来，笑着给两个亲王请安，说道:“卑职的中军帐已经腾出来，万岁移驾那边，这会子正和方先生张中堂说话呢!旨意王爷和大人们一来就进去，不必在这里候见了。”言毕，向马齐隆科多一注目，算是行礼，马齐没有理会，肃立听了旨转身便走，隆科多却陡地一阵心寒，觉得有点大事临头的感觉:方苞允祥张廷玉都是铁杆儿忠臣，马齐是对头，毕力塔这次也得罪得苦，三贝勒乌龟不出头，至今连面也没露，自己手里连一点底牌没有，谁知这个廉亲王不会“舍车马保将帅”，跟着众人把自己往死里治?原来心里存着那点子“光明正大”的心思，到这地步儿越想越靠不住了。眼见营内三步一哨五步一岗，这极平常的关防威仪，也觉得是冲自己来的，蓦然间心头撞鹿般乱跳，已是冷汗热汗交流满颊，恍然听允祥在营门口交代毕力塔:“熬几锅绿豆汤送畅春园门口，给李春风的兵解暑……”他再也不敢多想，跟着众人踽踽进了军营。允祥已从后头跟上来，随着允禩身后登了大军中堂，躬身立在滴水檐下，正要报名进去，却听雍正在里边笑道:

“大热天儿，规矩减些儿罢，都进来说话么!”

几个人互相略一注目，允祥允禩打头鱼贯而入，顿觉身上一阵清凉——屋内四匝都用大条盘垛了冰块——允祥是个病躯，竟打了个冷战，允禩已领头儿叩下头去。因雍正已吩咐过，几个人只叩了三个头便起身退到一边跪下。马齐在外边因阳光刺眼，进来时一片昏暗，此时才仔细看，见雍正戴着白罗面生丝缨冠，青实地纱袍外套蓝实地纱褂，腰间束一条金镶蓝宝石红绿碧琊玹马尾纽带，端正坐在案边，旁边方苞张廷玉都是一坐一立。正想着如何报说和隆科多的争执，允禩却先开口说道："方才进来太暗，这会子才看清了，皇上圣颜甚好，只是清减了些，似乎也晒黑了点。这些天快马一天一报，说皇上还在山东，说实在的，臣弟心里有点懈，想着銮驾少说也要五七日才能回，原来皇上竟是微服回京来了。亲民，固是好的，但皇上万乘之躯，白龙鱼服在外，出丁点儿差错，可怎么好呢？"说罢又是哭又是拭泪。见他用情如此真挚，张廷玉心里一阵惭愧，隆科多却是一阵寒栗：八王爷如此奸诈，就登极也不是个好侍候的主儿！

"难为你们想着了。"雍正含笑抬了抬手，示意众人起身，"坐在乘舆上走马观花，能瞧出什么名堂？朕又惦记着年羹尧入城典仪，所以索性和廷玉扮成商客回来，差点儿连这丰台大营都进不来！"说着便笑，又叹息道："这次出巡得益良多啊！小饭店里用用餐，才晓得朕的制钱还没有真正流通；一两银子只能兑八百制钱，库里积罗盈案堆的却都是新铸的钱！还有，佃户们为少缴粮，把地都写到了缙绅名下，朝廷没得一分实惠，都便宜了那些不纳粮的土地爷们。朕若一味垂拱九重，不肯轻出御辇，这些利弊何年何月才能知道？马齐，限令各皇商、盐税、钱庄，平准库粮一律不准收白银，改收制钱的政令下去了没有？"

马齐见气氛如此和缓，也为错疑了隆科多，心里多少有点懊悔，见皇帝问，忙赔笑道："廷寄头十天就发了各省，是臣和隆大人合印发的。有的省份如两广云贵，现今还未必收到呢。至于官绅纳粮，田文镜已在试行，遵旨稍后再办。""嗯，好。"雍正啜一口茶，又转问允禩，"老八，说是病了，可好些儿了？"

"承主上关爱。"允禩身子一欠忙道，"臣弟是受了些热，头晕些，今儿刚刚好了出来视事，恰就主上回来了。""这就是缘分呐。"雍正似笑非笑，淡淡说道，"既好了，有些事还要倚重你多料理料理。允禵这几日就随年羹尧回来了，劳军的事要偏劳你了。旗人分田的事看马齐转过来的折子，仍旧是个不成。还有允䄉、允䄎，朕并不为惩罚他们，他们和亏空官儿们牵扯太多，在京不遵政令，怎么就怨天怨地？细究起来，他们没有罪么？这些事你该劝劝，大约他们还听你的些儿！"说着，脸上已没了笑容，奄着眼皮只啜茶不语。允禩满腹心思原也是如何应付搜园的事，没想到雍正从这头挖剔自己的不是，垂头思量了一下，拣着容易的回答道：“劳军的事臣弟和隆马二位会同十三弟不知商议过多少次了，断不致误事的。现就年部回京驻扎地，实在没个好地方，大热天儿也不宜征用民房，十三弟病着，臣弟和舅舅商议，可否请丰台大营匀着些儿，左右三千人，不是难事。”

“嗯。”

“旗人屯田的事也差不多办下来了。在京闲散没有职分的旗人三万七千多，每人分田四十亩，都在顺义密云京畿这一带。都是上好的地土，离家也近。”

“嗯。”

“至于允䄉、允禵，也确有他们难处。”允禩原打算从旗人分田自种这个题目上把话岔开去。谁都知道这班子八旗子弟各有旗主，亲套亲、人连人一直瘸到几个铁帽子王爷跟前，人人都不是省油灯，这上头打擂台，就引得皇帝掉转矛头和八旗旗主去对花枪，不想雍正却只一味地“嗯”！允禩无可奈何，只好咽口唾沫说道：“允䄉在口外水土不服，常闹肚子，上回写信给十三弟，已经瘦成一把干柴，想求十三弟奏明，请旨回京调养。十四弟主上是知道的，性气高些，心里不快是有的，并没有敢怨恚朝廷，他办事还有些章法，这里我也想代十四弟讨情，回京严加管束也是可行之道。”说罢便看雍正。

雍正听了没言语，半晌才冷笑一声，说道：“朕在外头栉风沐雨，巡河工，访民情，你们敢情坐在北京糊弄朕?！听起来倒是头头是道，其实真的是这么回事么？旗人，十个里头连一个真去的也没有，分的田有的租了别人种，还有的竟卖了！朕想叫他们变得有用些儿，反倒弄得他们更有钱吃喝玩乐！老十有病，老十四也有病，这朕都知道，但他们害的都是心病，心病好了，身子骨儿自然也就好了。朕登极以来连抄了一百四十多官员的家，这一次朱批抄李熙二十四家，早在出京第三天就批给了你，为什么至今还寄发不出去？嗯?”

他辞色间并不严厉，只是侃侃而言，但句句听来都像刀子一样，犀利得令人心悸，连允祥在旁听着，也觉心里不安，生怕他雷霆大怒，当场就处置允禩。

“回万岁。”允禩最怕的是雍正彻底追究隆科多，说这些事，他心里更觉不安，因一横心大声道："其实臣弟不说，万岁也知道，这些差使都是极难办的！先帝爷何等英明？万岁何等刚毅？施世纶何等清正强干？从康熙四十六年清理亏空，十八年了，那里就一蹴而就了？本来已经人心不安，李熙七十多岁的人了，有擎天保驾功勋，还债已经还得精穷，再抄家，不怕寒了臣子们的心？要这样，我才菲力薄，实在办不来，甘愿也去守陵，请皇上另委能员，以免我误国之罪！"

允禩号称"八贤王"又名"八佛爷"，平素是最温文敦厚，人前不说一句刁话的。今日在这个铁腕帝王面前竟如此挺腰子，惊得众人愕然相顾，脸色煞白。一时间，静得一根针落地都听得见。

第三十七回　千乘万骑将军凯旋　泪尽露干弱女饮泣

雍正也被惊得一震，但随即就恢复了平静，盯视着允禩道："老八，你这是怎么了？这是议事，不是怄气嘛！"他站起身来，踱着步子，良久，才徐徐说道："朕如今落了恶名儿，是个'抄家皇帝'，朕自己心里有数。施恩是要施恩的，不是你那个施法。待整顿好吏治，朕自能把这恶名儿给改过来。上回刘墨林讽谏，写了一首诗，里头有两句，'人事如同筵席散，杯盘狼藉听群奴'，说的就是被抄人家的苦。朕说，先甜者必后苦，甘于苦者必甜。这些赃官污吏，听任他们以贪婪横取之钱财，肥身家养子孙，国法何以立则，人心何以示儆？贪墨即是国贼，这些钱又没有拿来充朕的内库，满朕的私囊，朕有什么错？你老八说！"

"如今抄家抄得官员谈抄色变。"允禩毫不示弱，"打牌都打出'抄家糊'了！官员为士大夫，难道不应稍存体面？朝廷办事还得指望他们嘛？"

他一心想兜着这个扯不清的大国策和雍正争论，一改平日徇徇儒雅的风度滔滔不绝，说得振振有词。张廷玉见雍正满脸乌云越聚越重，眼看就要发作，便给方苞使眼色。方苞立刻会意，笑道："八爷，主上刚刚回京，一路鞍马劳顿，这些事留着慢慢议的为是。"

"朕未必一定要和你议这事。没了张屠户，就吃带毛猪？"雍正一腔怨毒之气，幽幽盯着允禩道："你是好人，总在替别人着想，朕这样的寻常主子，如何用得起你这样的圣贤？你病着，且回府养病，回头朕自然有旨给你。"听着这阴狠苛毒的讥讽，堂里堂外几十号人心里无不发瘆。允禩却毫无惧色，伏身一叩头，说道："臣弟与万岁政见不合，但并无自外万岁的心思。既然万岁有这旨意，臣弟自然凛遵如命，回府养病读书。"起身又打个千儿掉头便走。雍正气得胸脯一起一伏，突然扬手道："慢着！"

允禩还未走到门口，听见这一声喝，怔了一下，旋即回身，却不肯失礼，深深一躬道：“万岁有什么旨意？”

“你读的那些书，都是做官的道理。”霎时间雍正也恢复了常态，只嘴角仍微吊着一丝轻蔑的冷笑，侧过身从文卷中抽出一本折子，递给身边的隆科多，说道：“舅舅，这是李卫上的折子，里头有一首《卖子诗》，拿给廉亲王带回府里看，民为国本，让廉亲王体味一下‘廉’字要紧不要紧！”隆科多两只汗湿了的手颤抖着接了折本，过去转给允禩。允禩伏身又叩头，说声“遵旨”，袖了折本竟自悻悻而去。

雍正盯着允禩潇洒飘逸的身影，许久才无声透了一口气。这才问马齐和隆科多：“你们两个怎么回事？畅春园出了什么事，两军对垒似的？”隆科多眼见马齐白发乱颤口鼻不正，生怕他恶人先告状，因抢先一步，口说手比，自己怎么请示三贝勒弘时，又与允禩合议，如何因管着善扑营的允礼去了古北口，又防着小人作祟，潜伏宫中有不利于雍正之举……一一备细说了，又道：“马齐并不管军政，靖园又没有干扰政务。他突然插手，本来没事的事，倒搅得满世界都惊动了。刘铁成在园里放肆辱骂，臣真的是忍气吞声，颜面扫地……”说着不知怎的触动情肠，心一酸，眼圈便觉红红的。

“我也是领侍卫内大臣，万岁安全，不是你一人的责任。”马齐不管不顾，扬脸盯着隆科多，“搜宫、靖园，其实应该请旨才能施行。就是我们一处合议过，也有些越礼，何况方先生、十三爷和我都不知道！”允祥觉得这事自己不应缄默，叹息一声道：“这事不妥当，马齐和舅舅不要犯生分了，我身子骨儿太不争气，由我来主持原是正理，也不会有这种事。”说罢连连咳嗽，嗓子一甜，知道是咯上血来，不敢吐，忙偷咽了。

方苞皱着眉头一直在沉吟，他是上书房唯一的布衣臣子，只有参赞权没有决策权，隆科多不来找自己商议，大理上是挑不出毛病的。但他精熟书史，人臣擅搜宫禁，除了曹操、司马氏、东昏侯这些乱国奸雄，自唐而后，连严嵩也没敢干过。这一迹象可怖不在于隆科多的莽撞，是后头有没有更深更大的背景。但京师内外人事纷纭乱如牛毛，他一时也理不出头绪来。想着，方苞说道：“都是为国事着想，国舅还该有个商量。这种事开了例，后世不堪设想。”隆科多腾地涨红了脸，说道：“你在穷庐整理先帝国书，几次找你不见，今儿才知道你住了十三爷那儿。”马齐立刻顶了回来：“就是十三爷的钧命，马齐也不敢领！你那一千二百人是我赶出来了，你不要寻刘铁成的不是——这事回头我还要具本明奏，参劾你！”

“马齐，没人说你不是，”允祥勉强笑道，“不过舅舅也是好心。先头大行皇帝巡狩热河，也都要净一净避暑山庄嘛！”

“那不同。那是奏旨了的！”马齐脖子上的筋都胀起老高，“擅自带兵进避暑山庄的凌普已经正法！”“你太不像话！”隆科多目中喷火，“我是谋逆么？”马齐一梗脖子道：“我没说你谋逆，我说的凌普！”

雍正一直在静静地细听，至此见几个大臣翻了脸吵成一团，突然扑哧一笑：“都动了肝火，忘了君前失礼了么？舅舅这事做得粗了，但世人千反万反，朕保舅舅不会有谋逆的事，马齐也疑得太重了。这里放着个丰台大营，一千二百人能在畅春园据守么？不要这样——你们谁也不许说话——听朕说，事情慢慢就过去了，慢慢就有分晓了。谁也不要再追究这事。好么？”

马齐隆科多在畅春园闹到两军对垒的地步，众人原都以为雍正必定要穷追这件事，谁也没想到竟是轻描淡写的这么几句话，一片和息是非的意思溢于言表。隆科多本自怯情，吊得老高的心顿时放了下来，众人的脸色也渐平静下来。但马齐仍旧心中不服，叩头道：“臣与隆国舅并无私怨。现步军统领衙门的人陈兵园外，传到外边甚骇视听。臣请旨，请隆大人下令兵士归营！”雍正一笑，看了看左右没言语。张廷玉道：“奴才以为马齐说的是。”方苞却道：“既来之，则安之为好。”

“也不宜太不给舅舅留面子。”雍正斟酌着字句说道：“进园也不好，退回去也不好。这样，李春风部带的这一千多人，改拨善扑营指挥，算是善扑营靖园，仍由舅舅主持。这样就理顺了统属，外人也没话了。十三弟，就这么办，你叫张雨去园门口传旨办理。”待允祥和隆科多辞出去，雍正才笑对张廷玉道：“衡臣，没想到一回北京就看了一出龙虎斗！”马齐气咻咻还要说话，张廷玉道：“松公，从长计议嘛！”一时，又见养心殿总管太监李德全率着几十个太监进来请安，大臣们方都辞了出去。当晚，雍正御驾返回畅春园，德楞泰、鄂伦岱、刘铁成、张五哥一干侍卫带着畅春园原班护卫亲兵，新补进来的李春风驻守外围，风平浪静，一点意外的差池也没有。

允禩憋了一肚子无名火“遵旨”回府“养病读书”。“养”了不到十二个时辰，畅春园传来旨意：仍着廉亲王筹办年羹尧入城献俘检阅事宜，“以资熟手”，欲待硬顶，他不敢；软辞推谢，旨意里先就有话：“廉亲王与国同休之体，虽有疾，卧而委之可也。王断不致因中暑疾推诿周张，致朕失望”！明话明说，必须带病办差。允禩心里倒了五味瓶价，悲酸苦辣辛搅成一团不成个滋味，此时才真的知道“人在矮檐下，不得不低头”的景况。只好磕头接旨，勉力到上书房，一一召见礼部兵部户部司官，布置郊迎大礼。那里该搭彩坊，何处应设芦棚，百官迎接地址，官员排列次序，又传令京城京郊沿道百姓家家设香案，户户鸣爆竹，醴酒香茶，箪食壶浆以迎王师得胜还朝。所幸这些部院大臣官员多是他一手提拔起来的，多年奔走门下，服从惯了，事事都觉顺手，无人不肯听令。渐渐地，允禩的心绪愈来愈好起来。待到五月初八年部兵马已到长辛店，初九可抵丰台，稍事休整，准定初十辰时入城受阅，前头驿站滚单递到，已是万事安排妥当了。允禩犹恐雍正挑剔出毛病儿，冒了暑热乘坐亮轿亲自踏看了潞河驿至午门一路布置情景，便向畅春园递牌子缴旨。

其实刚过端午，园中榴花甫落月季盛开，浓绿丛中猩红黛白灿花纷呈。金缸贮长春之水，朱门插溢香青艾，夹花墙鹅卵石道上官员们翎顶辉煌来来往往，三三两两聚一处，有的是等候上书房大臣接见，有的是接见过刚出来的，都在兴奋地议论年大将军凯旋归朝的大典。见他过来，忙都逼手让道儿，请安的、问好的、搭讪着说话，各种媚态自具一格，也不能尽述。允禩这才深味，办差虽苦，苦中之乐难以言传，因见隆科多从澹宁居闷头摇着方寸步过来，两个人只一对眼，允禩便偏转脸去，招呼正在镏金大铜缸前和翰林们说话的徐骏：“你过来一下！”

“八爷，您叫我？”徐骏撇了众人趋步过来，抢一步打了千儿笑道：“我刚刚儿见过万岁。这回迎接大将军回朝，在午门颁诏奖谕，他们拟了几稿都叫张中堂打了回来，方才万岁传旨叫我当场草拟，倒得了彩头呢！”允禩一笑，瞥眼见隆科多已经过去，方问道：“万岁还有什么旨意？是单单召见你的么？”徐骏起身道：“万岁说翰林院的几稿文字都太僵板，颂圣颂功颂德，要华美贵重，不能带八股气。其实我的文章也只词藻华丽些，谁知就对了主子脾胃！哦，方才接见，张中堂也在，听说话是隆中堂递了折子，请辞去九门提督，别的也没听见什么话。”

允禩头“嗡”地一阵发蒙：看来隆科多真的要洗手下船了，这怎么处?！怔了片刻，方想到和这个满脸得意之色的徐骏说不着这个，因冷冷道：“用了你一篇文稿，就兴头得这样，我真得恭贺你了！我还以为抄你父亲的家产赏还给你了呢！告诉你，彭鹏和孙嘉淦联名儿参了你一本，万岁爷是个三伏脸，今儿塞你一把蜜，明儿不定就送你绳匠胡同!”

“他们——他们参我什么?”正高兴得心花怒放的徐骏像挨了一闷棍，脸色变得雪白。

“你和刘墨林争那个婊子苏舜卿。”允禩口气淡得像白开水，“刘墨林随宝贝勒西去劳军，你叫堂子，乘酒灌药，迷倒了那婆娘，嗯?有没有?下头的事用得着我说么?”见徐骏目瞪口呆地盯着自己，允禩冷笑一声又道：“你虽有才，缺德缺得冒烟。巴豆汤泻死了你的老师唐敬，这事参上去，幸亏隆科多跟我通气，‘查无实据’保了你，隆科多要垮了，我也垮了，看是谁来用纸包你这把子邪火吧!”说完，也不等徐骏答话，拿起脚便扬长而去。

徐骏站在花荫下，通身都是冷汗。苏舜卿的事是实有的——刘墨林离京三天，他就叫了苏舜卿的局子。怕她不来，还拉上了王鸿绪、王文韶，听了几个曲子吃了几道菜，众人都辞出去，他就下了手用药弄倒了舜卿……因事毕发觉她不是处女，还骂了几句——这事外人并不知道，难道是家人吃里扒外走漏了风声?想想允禩的话，“查无实据”，眼下只有尽速灭口。不然，刘墨林回来就有一场好看儿——想着，徐骏再不迟疑，因见几个同寅兀自闹着要吃酒，说几句“改日奉请”，一脸假笑退出园外，吩咐家人：“备轿！——悄悄去嘉兴楼，好歹软硬请苏姑娘到府里!”

但苏舜卿却已不在嘉兴楼，早已搬到了前门外棋盘街。自从在徐骏府唱堂会上当失身，苏舜卿像害了一场大病，整整三天不吃、不喝、不见人也不说话，心里又是酸楚又是悔恨，不应图谋王文韶状元虚名，轻易着了徐骏的道儿。也没料到徐骏竟如此胆大心黑，明知自己是刘墨林的人，居然就下蒙汗药，居然就……她心里像塞了一团烂棉絮，揪不清挑不完，堵得五脏六腑都是满满的，起先只是躺在床上整日无声流泪，后来连泪一并没有，只张着一双明洁的眼睛死盯着天棚出神。老鸨虽深知其中缘故，她开行院几十年，经这种事不止一遭，原想过几日自己想开了就撂开手了，眼见舜卿水米不进，倒像是立意自戕的样子，这才慌了神，过来安慰道：

“咱们吃这碗饭的，就是卖嘴不卖身的，哪得个干净？何苦自己烦恼，糟踏了身子骨儿？不是我说句逞强话儿，我要立心从你身上赚夜度钱，早就有这一日了，探花爷也不得占这个先。话说回来，说煞了咱们是行园里头厮混的，就冰清玉洁，也没个立贞节牌坊的理。我的老姐姐上回带几个女孩子，说开封待不住，田大人封了所有妓馆，叫孩子们从良，遵的是万岁爷贱民脱籍的旨。但说‘从良’二字，哪得那么容易的，戏子王八吹鼓手，几百年代代传下来，不会种地，不会驾船，耕读渔樵谁不知道好？做不来做不得也是枉然呐！我也是苦过来的人，‘老鸨’是个什么好名儿？我也都认了，孩子，听我的，咱们得认命！”

……

“就是探花爷，我看你也不必要那么痴。”鸨母见她翻转身向里，知道劝的路子不对，抚着舜卿肩头道，“男人们有几个好的？我一辈子也没见过几个！我年轻时候接的头一个，是个举人老爷。你没见他那个正经，坐那儿听我唱曲儿，活似个关老爷。众人一走就变了个模样，我身上来着红，他就拱头抱腿地舔下头，不管前头后头都……我是个娼妓，也恶心他那下作样儿！唉，谁叫咱们是女人来着？依着我说，吃个哑巴亏结了，一床锦被遮盖了，这事哪来的痕迹？”

苏舜卿“唿”地翻转身来，指着鸨母道：“你是你，我是我，他是他！我跟墨林没那些脏事，就是有，也是我心甘情愿！你要说就说人话，再作践刘老爷，两个山字叠起，你给我走！”

“我是为你好嘛！”鸨母看了苏舜卿一眼，垂下了头，苦笑着一叹，又道，“……当然更为我自己。徐公子是徐老相国的公子，又是八佛爷的红人。刘老爷新贵人，万岁爷跟前说得响的人。无论谁治我比捻死个蚂蚁还容易！眼见刘爷就回京来了，你有个三长两短，刘爷找我要人，我去哪里哭皇天呢？好妮子，千不念万不念，你总叫过我一声‘妈妈’，记念我从不逼你接客……”说着，掏出手帕子，已是泪如泉涌，捂着嘴哽咽着就要放声儿。

苏舜卿大滴大滴的泪水扑簌簌淌出，长叹一声和衣又歪倒，双手捂着脸道：“我是没脸见他，可又想再见一面……妈妈你别凄惶，我……吃饭就是了……”

果然自此苏舜卿渐进饮食，作养数日，已能下地走动，只神情间冷冷的，连素常往来的姊妹们也不大理会。巴巴儿等到五月初十，是年大将军入城的正日子。苏舜卿料知城里必定人山人海，她厌闻人声，早早儿坐一乘二人抬竹丝凉轿，带了酒食香烟迤逦出了西直门，却见外头驿道两边挨挨压压都是城里拥出来瞧热闹的，不但树荫下，就是老日头下，不少人张着大青布凉伞，在伞盖下设香案迎候——其实雍正登极以来，还没有在京师子民前露过面，人们跑这么远，一为瞧“王师凯旋”的风光，心里倒是更想瞧瞧“皇帝老子”长什么样儿——苏舜卿见近城道边也是里三层外三层的人，卖小吃的、汤饼烧卖凉粉酥糖炒面烧鸡卤肉小摊子上，高一声低一声唱歌儿似的叫卖声嘈杂不堪，便沿驿道继续向前，足足走了十里之遥方见人流渐渐稀少，便在一株大柳树下设了香案，端坐静等，她只求远远再见刘墨林一眼便于愿已足。

卯正时牌，听得丰台大营三声炮响，一队队兵士举着矛戈顺序出营，沿驿道布防，每隔二十丈一道彩坊，中间三步一岗五步一哨，彩坊两边各站一名军官，按剑挺立分段指挥，全部军士都是一色簇新的号衣，煞是威武森严。苏舜卿漠然坐着耐心等待。过了一会儿便见几个军士由西南官道打马飞奔入城，料是年羹尧军派人入城联络。不一时，便听城中拱辰台鸣炮三声，钟鼓楼齐撞响了，各个寺院大钟立刻相互遥遥相和。几乎同时，潞河驿那边画角齐鸣，军乐高奏，前头五百名校尉佩刀甩步而出把个黄土道踩得一震一颤，接着是一百八十匹健骡拖着十架红衣大炮炮车隆隆而过，也真亏了那些驭手，连骡蹄子都齐刷刷踩着鼓点子，黄尘都扬起老高。道旁的人们已经看怔了，苏舜卿好奇地看时，仪仗已出——前头是八十面龙旗，由八十名彪形大汉擎着过去。紧接着是五十四乘九龙曲盖，一色米黄色，只最后两个一翠一紫，为“翠华紫盖相承”。华盖后两长队军士都走得很从容，八面门旗导引，两面金鼓旗，两面翠华旗，四面销金小旗，出警入跸旗各一随后，一百二十名军士举着金钺、卧瓜、立瓜、钺斧、大刀、红镫、黄镫开过。苏舜卿巴巴地望眼欲穿，眼见五花八门的仪仗徐徐开过足有一刻，还不见年羹尧的影子。正发急间，便见六十四名军士护着纛车过来。纛车造得异常宽大，车上四角站着四名护纛将军，都是二品服色，昂首瞋目按剑，活似中岳庙里的四大金刚，车中纛旗旗杆有两丈余高，赤红流苏明黄镶边，宝蓝底色的纛旗足有丈二长短，上写着斗大的黄字：

钦命征西大将军年

在灿烂的阳光下熠熠生辉。纛车后才是年羹尧的中军仪仗，却是十名穿着黄马褂的御前侍卫骑马先行，后边几十名中军护卫抬着天子尚方剑，擎着明黄节钺，簇拥着威风凛凛的大将军年羹尧，却并没有别人陪着。

苏舜卿虽是个女子，也知道允禟随军，是皇帝惩处这个“九爷”，自不能随在年羹尧身后。但宝贝勒和刘墨林是宣诏钦使，专门迎接年大将军回京的，至不济也要和年羹尧并辔而行，怎么连个影儿也不见？一时想着也许弘历不想喧宾夺主，留在西宁徐徐随后回来也是有的，一时又想莫不成刘墨林病了？胡思乱想着已是痴了，后边长长一队队兵士旗甲鲜明的仪仗也都没有留心看，只张着眼寻找刘墨林，却哪里得见？一直到三千人马过完，她才发觉树荫早已错过，自己已经坐在热烘烘的太阳地里，思量许久，苏舜卿轻叹一声起身来，对轿夫道：“回城去，西门进不去，从宣武门绕道儿回去吧……”一坐进轿，她便浑身瘫软，昏昏沉沉晕迷过去了。

坐骑上的年羹尧当然理会不到苏舜卿这点小小的心思，这番“班师”回朝大典，四月初从青海出发，入关后一路都是黄土垫道，香烛鲜花迎送。沿途甘陕豫直四省，从入境到出境都是总督巡抚亲迎亲送、行跪拜礼吃仿膳餐，礼敬如对神明。各地州府道司馈赠的“仪程”堆山积海盈庭积屋，总计在百万两上下，根本无法携带，也不便带来北京，都暂存各地藩库回程时再带。此刻千乘万骑簇拥着他，座下紫骝，手中黄缰，论千论万的百姓香花醴酒望尘舞拜，走到哪里，人们都像倒伏的麦田一样五体投地不敢仰视。这风光，这排场，这荣耀自古以来人臣有谁享受过？扫一眼前头，龙旗蔽日，环顾左右，金戈辉煌，全都为自己是功勋盖世的大将军，得胜回朝来了！他铁青着脸，尽力抑制着内心的激动和沉醉，江牙海水四团龙袍外套着金灿灿的黄马褂，明黄丝绦束着黑纱战袍和顶子上的三眼孔雀花翎在微微的熏风中飘动，目光炯炯凝视着愈来愈近的京城。灰暗高大的西直门前三百余名礼部司官，远远望见纛旗，从尚书侍郎黑鸦鸦跪了一片，齐声高呼：

“年公爵爷亮工大将军万福安康!”

年羹尧正眼也没瞧众人一眼，略一颔首便纵马入城。此刻城里烟花齐放香雾缭绕，爆竹起火冲天炮如同开锅稀粥价响得不分个儿。一座接一座的扎花彩坊间人流如潮万头攒拥，万目睽睽如狂如醉，瞻仰大将军风采。九门提督和顺天府衙门的兵丁手拉手结成人墙为年羹尧的三千仪仗开道，个个累得臭汗淋漓，各家门口的香案都被挤得稀烂，哪里还能执行礼部传谕“拱揖伏礼，虔诚示敬”？做好做歹，总算在辰末时牌赶到午门。这里关防得没有一个百姓，连同入京引见述职的官员，由简亲王、恭亲王两个皇叔带着，廉亲王领衔，足有上千的官员，一见纛旗中营到达，允禩一声“百官跪接”！亲王以下“唿”地全部跪了下来。接着静鞭三声，年羹尧才从惊怔中醒悟过来，忙下马来，便见午门正门呀呀而开，三十六名太监抬着端坐在明黄亮轿上的雍正皇帝迎了出来。立时，丹陛之乐大作，左掖门下三百六十名畅音阁供奉在黄钟编磬的撞击乐中，嘴唇一张一翕，念念有词地唱道：

> 庆溢朝端，霭祥云，河山清晏，铃旗迢递送归鞍。赫元戎，繄良翰，靖献寸诚丹。载于戈、和佩鸾。功成万里勒铭还，遐迩共腾欢……

雍正含笑徐步下了乘舆，静静听完歌乐，便向年羹尧走去，亲手解掉了年羹尧身上的战袍，年羹尧这才形式上“去了甲胄”，伏地行三跪九叩大礼，嵩呼：

“愿吾皇万岁，万万岁!”

雍正含笑受礼，亲自扶年羹尧起身，说道：“大将军鞍马劳顿，着实辛苦你了!”一手携了年羹尧，另一手摆了摆示意百官起身，二人径自从午门正门而入。允禩忙高叫：“礼成！百官由左掖门入大内领筵!”众人起身来，立时便是一片嗡嗡嘤嘤啧啧称羡之声。

谁也没有注意到，在写着“文官到此下轿，武官到此下马”的大石碑前站着允祥和刚刚到京的邬思道。允祥只笑着观礼，邬思道架着双拐站在一旁，叹息一声道：“粗材！亮工没几日好活的了!”

第三十八回　忘形骸功臣显骄态　衡大势谋士精筹局

邬思道是昨天夜里才到达北京的。自从在南京会见李卫，他就知道了自己的处境，钦定的“中隐于市”，老实听从雍正安排，是唯一的自全之道。想摆脱朝廷羁绊放舟江湖笑傲风月是办不到的。安置了家眷后，急急赶往北京，先去十三贝勒府拜会允祥。允祥却在丰台，直到深夜才见了面，两个人谈到天蒙蒙亮才蒙眬了一会儿，因知年羹尧今日入城，便和允祥同乘一乘大轿前来观礼。当下允祥听邬思道为年羹尧下此断语，不禁吃了一惊，疑惑地凝视了邬思道一眼，说道：“瘸子又要危言耸听了！年羹尧这一功，其实打稳了皇上的江山，如今圣眷还在我之上。你知道么?”

“十三爷，你只说对了一半。”邬思道若有所思地看着百官由左掖门鱼贯而入，“打稳了皇上的江山一点不假，年羹尧如果兵败，八爷就召集八个铁帽子王，逼皇上逊位；仗打得温吞水，后方财政不支，八爷不但扳不倒，还要造乱，他是战胜将军，皇上就是英武圣主嘛——堵住了所有人的嘴。但说年羹尧圣眷在你之上，十三爷就大错特错。圣上是用你安内，用他攘外，外患既去，他一点不知收敛，怎么会有好下场?”允祥听着这话，心里一阵阵发寒，许久才道：“等他面圣下来，我们和他聊聊。”邬思道猛地转脸望着允祥，目中灼然生光，断然说道：“十三爷，要聊你们聊，我是绝不见年羹尧的。我是奉旨来京的。万岁或者秘密召见一下，或者由您奉旨传话都可，余外的人我一个也不想见。”

二人还待往下说时，八王府太监何柱儿从右掖门出来，径自走到允祥面前，说道：“王爷，我们主子以为十三爷在太和门候着，谁知哪里也寻不见！万岁爷也问怡亲王怎么没来，请爷赶紧进去罢。”说罢看了邬思道一眼，却没言语。允祥因笑道：“方才我有些头昏，没有随班奉驾，这会子略好些儿了。你且去，告诉你八爷，我这就来。”直待何柱儿去了，允祥方道："邬先生，看来你是不进去的了。就住我府吧，万岁早说过想你，必定是要见的，我这进去一说，主子必定欢喜的。""这就是十三爷抬爱我了。"邬思道道，"你等筵散无人时再奏皇上，只说我已到京，在府里静候旨意。"说罢，便坐了允祥的大轿打道而去。

为年羹尧庆功的筵宴设在御花园。紫禁宫院内不许栽树，这样热天毒日头，一千多人的大宴设哪个殿也盛不下。允祥进来时，御厨房的太监们举着大条盘来来往往正在上菜，个个热得满头大汗。允祥扫眼见雍正的首席设在拜月台的凉亭下，雍正坐在首席，挨身便是兴奋得满面红光的年羹尧，旁边是几个老亲王陪坐，便忙赶过去给雍正叩头，起身又打个千儿笑道："给几位叔爷请安了！"又转谓年羹尧，"大将军今日不易！这次回京也走得劳苦，今儿主子专为你庆功，你可要多用几杯了！"年羹尧忙起身笑道："年某何功之有，这都是主子调度有方，前方将士仰体圣德，那些丑类冥顽不化之徒，怎么抵挡我堂堂王师？十三爷过奖了！改日，我一定登门给十三爷请安！"

"拼命十三郎是朕的柱国之臣。"雍正见年羹尧没有离席给允祥行礼，又抢在自己前面说话，便皱了一下眉头，随即嬉笑道："真正在后方调度的是老十三，朕不过托列祖列宗的洪福坐享其成而已。来来，老十三，你也这一席坐！"允祥忙躬身赔笑道："这是主子厚爱，本不敢辞的。但主子也晓得，臣弟有个犬马之疾，同席同餐怕过了病气。就是别的席，臣弟也不相宜。今儿八哥是司仪，臣弟执壶司酒，挨桌儿把盏，略尽心意，不知万岁可能恩允？"雍正含笑听了，说道："随你。只不可劳累了，乏时，想歇就歇着。"月台边站着的允禩见雍正颔首示意，便大声叫道：

"开筵——奏乐！"

于是鼓乐齐鸣觥筹交错。允祥先举一杯为雍正纳福。又为年羹尧敬了酒，依次按爵位给陪坐的几个老亲王上寿，这才又转到别的筵桌上。雍正只略举杯呷了一口，含笑道："朕素不善饮，偏劳几位皇叔多劝几杯，今儿是亮工的好日子。"众人忙都躬身答应，轮流为年羹尧把盏。急管繁弦中，年羹尧左一杯右一杯的尽是敬酒，饶是量宏，早已醺然欲醉，仍是来者不拒，面儿上不倒，酒涌心头，耐不住便要说话："我自幼读书破万卷，原想以文治为圣朝尽力。所以秀才、举人而进士，传胪保和殿还不足二十岁，后来皇上收在门下，入汉军正黄旗，不料改了武职，竟成杀人不眨眼将军。与皇上恩结义连数十年，无不听之言，无不从之计，荆棘丛中艰难竭蹶，其中苦楚皇上尽知……”他突然打了个顿，意识到说错了话，接口又道：“所以我常向岳钟麒讲，生我者父母，知我者皇上！西线军事大胜，一赖皇上如天洪福，二靠三军将士浴血用命，这就成全我年某为一代儒将。弥月之内歼敌十万，圣祖在位时也不曾有过——这都仰受皇上的如天洪福……”说着，便又滔滔不绝大谈西宁大捷。

因这筵席专为年羹尧而设，他说话便格外引人，所有的目光都扫向了他。听他黄腔走板地大吹大擂，已在月台边歇息的允祥听得心旌动摇，挣扎着起身，提了精神踱过来，笑道：“年大将军，你说得很是，君父之恩德，皇天后土都鉴谅着呢……”雍正似乎一直漫不经心地听着，脸上和颜悦色地盯着年羹尧不言语，见允祥端着酸梅汤，知是要为年羹尧解醒，也觉得年羹尧再这么说下去，出了事不好收场，一笑起身道：“年亮工是有酒了，但酒后真言，朕听来更觉受用，因为他这话坦诚，且为忠诚之坦诚！亮工，弥月歼敌十万，确是开国以来无与伦比的大捷，古之良将不过如此——趁此琼浆为朕舞剑一歌，叫你主子高兴高兴如何？”

“喳！”

年羹尧挺身而起，昂然答应一声。他醉眼迷离，众人的心思压根没理会，也没留神雍正是亲自给自己解围才说那番话，因接过张五哥递过的剑，就地向雍正打了个千儿，起身支一个门户，便在月台前舞太极剑。他舞得很慢，边舞边道：“奴才有《忆秦娥》一首，为主上佐酒助兴！”接着似唱似吟，曼声咏诵：

> 羌笛咽，万丈狼氛冲天阙！冲天阙，受命驰骋，三军奉节！
> 将军寒甲冷如铁，耿耿此心昭日月。昭日月，锋芒指处，残虏破灭……

一边吟唱，手中的剑愈舞愈快，如飘风疾雪，银球价在筵前团团滚动。良久，年羹尧方收势站定，却是神定气闲，似乎酒意也没了。几百名文武官员目不转睛，看得五神皆迷，连喝彩都忘了。

"好!"雍正高兴得脸上放光,"堪称文武双绝!"因起身来,掏出怀表看了看,又道:"筵无不散,不知不觉已未时。朕稍事歇息还要办事见人,今儿你也劳乏了,就住在朕雍和宫旧邸,明儿陪朕到丰台,朕要亲自劳军!"年羹尧谦逊地一躬,赔笑道:"这实在是主子的关爱,奴才如何当得起?奴才是个带兵的,理应还回丰台军中,明儿就在丰台迎驾,似乎更妥当些。"雍正瞟了允祥一眼,点头道:"依你。不过明个儿你还是递牌子进来,和朕一道儿去,这样风光些。"

年羹尧还要逊谢,但雍正口吻并无商量余地,眼见允祥率王公、马齐张廷玉带着官员纷纷离席,王公们站成一排,官员们马蹄袖打得一片山响跪下,已成送客格局,便不再说什么,只低头轻声称是。雍正拉起年羹尧的手,笑道:"朕还送你出去。"允禩看着这一幕,脸上毫无表情,将手一摆,顿时丹陛之乐大起。钟鼓撞击声中,王公一揖手,百官三叩头,送他二人出了御花园。年羹尧被雍正绵软冰冷的五指捏着手,觉得很不舒服,试着抽了一下,却没有挣脱,待出园门雍正撒开手时,他已通身都是燥汗。

当晚,廉亲王允禩在朝阳门外八贝勒府为允禟接风,陪坐的有侍卫鄂伦岱和礼部侍卫阿尔松阿。这个地方是允禟在京时来得最多的地方,自康熙四十二年原上书房大臣索额图密谋逼宫,拥立太子的阴谋败露,他三天五天必定要来拜会一下,院里园中一草一木都踏熟了。但今天到这里来,却无端生出一种陌生之感,他自己也说不清是为什么。八、九、十贝勒当日号称"王中三杰",领袖百官纵横六部,外加一个十四阿哥允禵将十万雄兵在外,互为犄角,真算得上一呼一吸朝野震动,没想到竟败在雍正这个"办差阿哥"手里,一二年间手足凋零,被拆得七零八落……也许因为乍从荒寒的沙漠瀚海返回这繁华世界锦绣富贵之地,他有一种恍若隔世之感,或者因这番西域之行始终没敢挑明了和年羹尧深谈,虚与委蛇,徒劳而无功,不免怅惘;总之,无论如何允禟鼓不起兴头来。允禩见他呆呆的,只是出神,殷勤劝酒道:"你这是怎么了,好不容易回来,怎就像霜打了似的?是历练得深沉了,还是有心事?"

"我是有心事,金波玉液难下咽呐。"允禟沉重地将发辫向身后一甩,粗重地叹息一声,"我想十弟,有他在这块揎臂攘眉划拳行令该有多好!如今却在张家口喝风吃黄沙，阿灵阿肝胆照人忠直诚信，揆叙多才多艺谋事精当，都是我们满人里头的人尖子，也都身染沉疴一命归泉。留下我们几个孤魂，吃这杯枯酒，怎么畅快得起？”他看了鄂伦岱一眼又垂下了睫毛，端起杯来看了看，又放了下去。鄂伦岱心里更不是滋味，他知道允禟心里对自己有所责备。在康熙宴驾那个紧急关头，鄂伦岱奉允禩之命倒戈助了允祥一臂之力，诛戮了丰台提督成文运，原为的北京城允禩和雍正“打成平手”好让大将军回京收渔翁之利，想不到弄成眼下这个收拾不起的局面。鄂伦岱想着，自失地一笑，说道：“我晓得，九爷心里恨我。千不怨万不怨，只怨我自己是个混虫，辜负了爷们的心，误了爷们的事……”

允禩看看允禟，又看看鄂伦岱，“扑哧”一笑道：“秦失其鹿，高才捷足者先得！这是当时的情势嘛！老十四回京后，我们促膝谈了一夜，什么话都谈透了。不然，鄂伦岱也不会登我这个门。如今即为自全，我们也不能窝里炮——打起些精神来！把昔日恩怨抛向东流水！”他亲自倾了四杯酒，一一送到众人面前，说道：“来来来，满饮了！”

“我看话不说透，九哥是打不起精神来的。”阿尔松阿一直斜靠在椅子上嗑瓜子儿，微笑着端杯一啜，说道：“告诉九爷吧，世事如棋局局翻新，后头的事谁料得定呢？皇上一个孤家寡人，真正的独夫，支撑不了多久！”鄂伦岱惊异地转脸看看阿尔松阿，闷声叹息道：“我们不占中央位置，无论如何扳不回局面。这次搜宫，老隆亲自布置，先占紫禁城畅春园，再夺丰台大营，然后发文天下，‘皇上蒙难’在外，拥立三爷摄政。你们听听，盘算得天衣无缝吧？一个马齐出来就顶住了九门提督的兵，怡亲王不费吹灰之力就彻底儿搅黄了这件事。年羹尧这又带兵进京，轰动了满天下，你瞧他那势派，就差着没有加九锡晋王爵了。文有张廷玉、方苞，武有年羹尧一干子帮凶，还说什么独夫？八爷——不是我鄂伦岱撂松炮下软蛋，至今刘铁成还防贼似的盯着我，疑心是我放了隆科多的兵进园子。这‘谋逆’二字好轻易担待的?!阿松，你也是侍卫，侍卫顶多大用场你清楚，女人生孩子屄疼，敢情男人不知道？”

阿尔松阿是鄂伦岱的本族堂兄，论亲还在五服之内。他穿着亮蓝套扣坎肩，绛红实地纱袍袖翻着雪白的里子，听着鄂伦岱发泄牢骚，不禁龇牙一笑，说道：“你这会子想和八爷撕掳清白？迟了些儿罢？”阿尔松阿相貌堂堂气宇轩昂，泛着黑红的国字脸上五官也还周正，只一口大白牙破相，尽自矜持着，笑起来仍似满嘴是牙。但只一闪便又抿住了，只盯着鄂伦岱不言语。

“你这话说得谬，”允禩盯了阿尔松阿一眼，冷冰冰说道：“鄂伦岱不是卖友卖主之人。要和我撕掳，犯生分，今晚就不来，来也不说这个话了！但也确实怪我，先头有些事没有跟鄂伦岱说清，为怕老鄂的性子不防头走了风，或者知道的多了反而瞻前顾后，弄得鄂伦岱有些狼狈。这里我给鄂老弟赔个情儿，撂开手好么？”说罢竟就座中起身向鄂伦岱一揖到地。鄂伦岱惊得忙双手扶住，说道：“八爷……奴才怎敢当得起？只是阴差阳错，走到这地步儿上，奴才心里憋得都要炸了。好歹什么章程，八爷您拿定了，就是死，奴才情愿当个明白鬼……不是么？”他说得动情，禁不住泪水夺眶而出，嗓音也有些哽咽嘶哑。允禩抚着鄂伦岱的背，脸上也带了戚容，口里却笑道：“今日是给你九爷接风嘛。咱们边吃酒边谈。来，都坐好！”

允禟这会儿觉得心绪安定了些，笑着呷一口酒，说道：“接风不接风无所谓。但我的心绪真的是坏透了。自到西宁，我原想凭怎么不济，到底是个龙子凤孙，别的不说，参赞些军务总是该当的，偏偏姓年的把我当客敬，泥菩萨般供起，我没有奉旨管事，只是个‘军前效力’的名分，一件事也插手不得，一句多余的话也不敢轻易吐口，后来宝贝勒他们去了，我更连个边也旁不上！我一肚皮的雄心，要凭银子凭心地套住这个姓年的，想不到都撒了西北风地里！你留京师，老十发落张家口，十四弟去看祖坟，雍正这一手算得上辣。原以为他只是个办差阿哥，必定是个琐碎皇帝，不懂政治，我竟瞎了眼！”他把头深深埋在两臂间，咬着牙两眼盯着闪动跳跃的烛台，瞳仁闪烁着，不知是火光还是泪光。

“这一条足证皇帝胆寒心虚。”允禩笃定地靠在椅背上，嘴角闪过一丝冷笑，“他以为拆开我们兄弟，就散了‘八爷党’，其实足证他不懂政治——”他缓缓站起身，漫步散踱着，一边想一边说，“‘八爷党’在哪里？在天下臣民心里！朝野如今都在流传，先帝遗诏写的‘传位十四子’是雍正改成了‘传位于四子’，这是说他不忠，他发落一母同胞的十四弟去守陵，气死皇太后，也有说太后是触柱自杀的——这是他不孝。隆科多依附的其实是新三阿哥，我把他推出去和皇帝打擂台，成则收利，败则毁他的名，他就是个不仁不义的皇帝！所以我看上去地位岌岌可危，其实稳如泰山。凭他那两下子，奈何不了我允禩，何况如今又加上一个‘年羹尧党’？”

这番话款款而言，语气却凶刁阴狠，允禟与他自幼相交，即便在一处商议一些极为机密的事，允禩也都是温文尔雅，以道为本，满口子曰诗云，今儿图穷匕首见，杀气腾腾，居然毫无饰词，要陷雍正为不忠不孝不仁不义的地步！看着允禩带着狞笑的面孔，允禟浑身一震，吃惊地问道：“年羹尧！——年羹尧怎么了？”

允禩背着手，满脸阴笑，却不言语，只向阿尔松阿努了努嘴。此刻连鄂伦岱也怔了，手按酒杯盯视着阿尔松阿。

“年羹尧头上有反骨。”阿尔松阿嘿然冷笑，突兀说道，“银子加上刀，他已经把十万大军变成私人势力！西宁大捷前本钱不够，如今已经倒过来要挟朝廷了！”

“何……何以见得呢？”

“雍正以诸侯之礼待他，他也以诸侯自居。”阿尔松阿口气斩钉截铁，“九爷你细想，年羹尧所作所为，他吃饭叫‘进膳’，他选官叫‘年选’，节制十一省军马，要升谁的官，要罢谁的职，朝廷从来没有驳回过。为什么？一来他还有用处，二来也着实怕着他！宋师曾是个什么人？他在保定府借修文庙，贪污银子三千两，被李维钧出奏，原是要下大狱，至少要剥官夺职的人，年羹尧反奏李维钧挟嫌报复，结果李维钧降两级，宋某人却升两级为江西道，听说又要调升直隶布政使！范时捷有什么罪？不就和年羹尧顶了几句嘴，外放巡抚票拟都出了，又收回来！这次过河南，田文镜办案，和臬司藩司衙门闹翻了，年羹尧又插手政务，命田文镜释放臬司衙门的人，你瞧着吧，河南还有热闹的！”

允禩一边听一边踱步，至此摆摆手插话道：“说年羹尧脑后有反骨，我不敢断言。但年羹尧植党营私骄横跋扈僭越犯上，是真真切切。阿松方才讲的我知道，都是雍正不情愿的事，俯就了年羹尧。其实已经君臣相疑到了极点——你信里说的那个汪景祺年羹尧还养着，养着做什么？无非是备着应急！他上的密折，说你在军中很安分，皇上委婉批示‘允禟劣性断难改悔’，他又说‘十爷十四爷理当回京奉差’，却只回答‘知道了’三字，明是不置可否，其实就是驳了。皇上派去侍卫他用来摆队，他这次进京的情形更是荒谬之礼，见了王公大臣都不下坐骑，在皇帝面前箕坐受礼，这年羹尧不是昏聩了，就是别有用心！”

允禟和鄂伦岱都用心听着，许久，允禟才道：“年羹尧这些事我是目睹了的，但他实在是我们的宿敌，为什么要保我和老十老十四，我想不明白，皇上又何必这样待他呢？”“猪要养肥了再杀嘛。”允禩冷冷说道，“康熙五十六年年羹尧亲口对我讲‘八爷比我主子厚道。我要像待主子那样忠于八爷。’口说无凭的事，他能赖账。但十四弟为大将军王，他做陕西提督，书信来往黑纸白字，赖起来就未必那么便当。雍正靠年羹尧的军功粉饰太平稳定人心，收拾我‘八爷党’推行他的新政，三阿哥弘时靠我和隆科多的势力去夺嫡，我呢？且作壁上观，到他收拾不了局面之时，请出八旗旗主再造局面——这就是当今局势的底蕴。”

“八爷这话真让人醒神儿。”鄂伦岱呵呵笑道，“我说呢，皇上几次发作您，拳头攥得出汗，脸气得紫茄子似的，只不敢动您一根汗毛。既然这样，不如挑明了和姓年的摊牌，拉他进我这圈子，两股合一股打他个冷不防？”

允禩格格一笑，说道：“你讲得何其容易！年羹尧的私财近千万，封到一等公，王爷都不看在眼里，用什么拉拢他？弘时也做的皇帝梦，我还得顺着他的梦做自己的事，也拉拢不得！让弘时占天时，年羹尧取地利，我得人和，稳稳僵持下去，以静制动，守时待变才是上策。弘时虽有心术，只握到半个隆科多，年羹尧虽然野心勃勃，能指挥如意，没有财源也是枉然。你瞧着吧，他这次觐见，准伸手要钱粮！”正说着，忽听自鸣钟连撞十响，忙又笑道：“原是给老九洗尘，放量好生吃几杯的，又议起这些个叫人心里发沉！今晚再不谈这些个了，咱们高高兴兴举杯，祝——祝皇上成佛成仙，长生不老！”

四个人粲然一笑，满腹忧愁尽化乌有，你一杯我一盏直吃到四更天。都没有回家，在廉王府逸兴斋抵足醉卧，俱都齁然黑甜一梦。

宝贝勒弘历没有跟年羹尧一道入城。按刘墨林的想法，随军入城，风光体面些，但弘历却不肯出风头。一到丰台，弘历便带了刘墨林便装轻骑离了年羹尧的中军，直奔大内乾清宫面觐雍正，一缴旨，自然就没了钦差身份。雍正冷面冷心，在儿子们面前更是不苟言笑，稳坐在须弥座上静静听完弘历述职，淡淡说道：“简明得体，很好。年羹尧代天讨逆回朝，朕要亲迎，你们不必受朕的礼，先来缴旨很是。这一路情形朕知道，供应周张，着实累了你们了，下去歇着罢！”

刘墨林满心急着要去嘉兴楼，巴不得雍正这一声，连连叩头谢恩。弘历却赔笑道：“皇上万几宸翰昼夜宵旰，尚且亲自劳迎，儿臣怎敢言累？还该随三哥扈驾，等差使办清，皇上赐假时再歇息不迟。”

“不用了。”雍正偏着头想了想，说道，“你十三叔身子骨儿不好，朕也命他随意。方才他递了个片子，邬先生从李卫那赶来北京。你去见见，听邬先生有什么话。”弘历忙答应着，又问道：“阿玛要不要见邬先生？”“你代朕见就是了。”雍正沉吟道，“他有什么话由你代奏。要缺什么，叫他只管说。告诉邬先生，不要存归隐的心，哪里不是王土？”说着，见礼部的人忙得满头热汗赶进来奏事，便不再吱声。

弘历和刘墨林却步躬身退出乾清宫。刘墨林狐疑地问道：“四爷，万岁方才说的邬先生是谁？居然称先生而不名！”弘历轻轻弹了弹衣角，微笑道：“怎么，刘给事中想盘查一下这事？”刘墨林原与弘历并不相识，这次一道出差同行同止，时时说古论今谈诗论道，十分投了缘法。弘历甚喜刘墨林机敏博学滑稽多才，常谑称他是自己的“给事中”，刘墨林也觉弘历不拘形迹，比雍正好侍候，且弘历翩翩风度儒雅风流颇合着自己脾胃。这次返京，他才看出这个阿哥才识远非“倜傥”二字所能局限。碰了这个不软不硬的钉子，刘墨林不禁一怔，随即眯眼儿一笑道：“奴才怎能当起‘盘查’二字，不过好奇罢咧！我是想，像皇上都称‘先生’的人，我刘墨林居然毫无所知，这不是一大怪事？”弘历凝视了一下刘墨林，一笑说道：“你好大的口气！不过皇上既当着你的面说的，你就见见也无妨的，随我去一趟十三贝勒府吧。”刘墨林虽心里存着事，却也难违弘历的命，只好笑着躬身答应。

二人带着一群太监长随并辔而骑，径往西华门外北街的怡亲王府，一路却是行人稀少。连素常最热闹的烂面胡同槐树斜街，山陕会馆和几个大戏楼如禄庆堂彩云阁等处，平日熙熙攘攘人头攒动，此刻也都门可罗雀。刘墨林不禁叹道：“都去观瞻大将军风采去了！四爷听，那边钟鼓号角人如潮涌，爆竹焰火响得分不出个儿了。真真的天下人都醉了，疯了！”

“看来世人皆醉，唯尔独醒了?”弘历随马一纵一送，若有所思地点头笑道，“功必奖过必罚自古通理，但常人要读书历练才能得来，万岁爷却是天性中带的，坚刚严毅，聪查明晰，这就难能得很了。”

这话说得似虚又实，既回答了刘墨林的话，又似乎在暗示什么，但要把握时又飘然不定，什么也扑不到。刘墨林心里一动，还要说话时，下头一个长随揽住缰绳指着前头道：

“四爷，前头就是怡亲王府了。”

弘历未及答话，怡亲王府的掌门太监已一路小跑过来，见是弘历，忙磕头打千儿笑道：“是四爷啊！奴才艾清安给您老请安了！”一句话说得二人都笑了，刘墨林笑道：“这名儿真叫绝了，‘请安’而且‘爱’，世上还有爱请安的人！”艾清安笑道：“咱们侍候人把式，逢人低三辈，不请安哪成?所以索性就爱请安！不请安指什么吃饭呢?”说着爬跪两步伏在马下。

“十三叔在府里么?”弘历满面笑容，踩着他的肩从容下马，从怀里抽出一张三十两的银票丢了去，微笑道：“皇上命我来瞧瞧十三叔的病。”“哟!”艾清安笑得两眼挤成一条缝，“爷来迟了一步儿！我们王爷今早就出去了。打南京昨儿个来了个什么邬的先生，王爷原说今个歇的，竟和他一道出去瞧热闹儿去了。这位先生也真是的，自己是个瘸子，没瞧我们王爷瘦得一把干柴价。说声去，竟就喊轿，半个主子似的，亏了王爷好性儿，要是我，早打出去了!”弘历一头带刘墨林往里走，口中笑道：“你晓得他是谁，就敢说‘打出去’！你知道个屁!”

那艾清安前头带路，脸上赔笑道：“那是，小人省得什么！左不过瞧那人像个篾片子相公，或许早年认得我们爷，这阵子穷极了，进京来打个抽丰罢咧……”一边说笑，带着弘历刘墨林进花园，在西书房安置了，让座沏茶，拧干了毛巾请二人擦脸，又在茶几上摆一盘子冰，说道：“奴才这就先去，叫人请王爷回来，请主子和这位爷稍候一下。我们千岁爷去不远，说过午前赶回来吃饭的。”说着哈腰儿退了下去。刘墨林端起盘子请弘历吃冰块，见弘历摇头，自拈了一块含在口中，顿时浑身沁凉，笑道：“这狗才虽说嘴碎，侍候人倒没说的。”

“那是当然，他是保定人，祖传手艺，一辈辈传下来侍候人全挂子本事。”弘历漫不经心地一笑，起身浏览着允祥的书房，因见瓶插雉尾，壁悬宝剑，图书檀架之外并无长物，口中微叹道：“十三叔雅量高致英雄性情。西边军中，年羹尧曾和我闲谈，年说怡亲王王府外观宏谟壮丽，进府各处设置粗率，意思说十三叔鄙俗。其实他没有进一步，到内室来看，这书房，是粗率人能办的?”刘墨林自与弘历相交，还是头一回私地里议论别人，不禁怦然心动，一欠身问道：“四爷是怎么回年羹尧的话的?”

“我说，王府自有规制。十三叔是亲王，又是上书房行走，户部兵部刑部都是他管着，一天有多少冗杂事？和三伯、八叔他们比不得，有那么多的闲暇料理府务。”弘历背着手，素纸竹扇轻轻摇着，转了话题：“这是仇十洲的《凭窗观雨图》了，怎么没有题跋？真是一件憾事。”因轻轻将画轴摘下放在案上细赏，刘墨林忙侧身在旁观看，半晌，笑道：“我知道了，当日仇十洲画完此稿，恰来几个朋友邀酒，打断诗思，就没有再作，大约是‘以待来者’的意思。只这么一幅画，等闲人怎么敢信笔涂鸦呢?”弘历极喜题跋山水，一石一山一草一木，只要兴之所至都要留墨。刘墨林无心之语，倒激了他的傲性，因从笔筒中抽出一支中号雪狼霜毫——现成研好的墨蘸饱了，略一属思下笔如走龙蛇填在画的右上方：

朝雨明窗尘，昼雨织丝杼，暮雨浇花漏——

写到此手一颤顿住了：这三句诗恰好成韵，转没法转，续不能续，收又收不住——涂掉呢，不但此画价值连城，又如何丢得起这个人？再看左下角，一方图章鲜亮，篆文“圆明居士”四字，知道是御赐，心下更是着忙，提着笔只是踌躇。

“三句一韵!”刘墨林脱口而出，他又噤住了。

第三十九回　才士呈才天外有天　红颜薄命命归黄泉

怔了许久，弘历转脸笑道："这番要出丑了，事虽不大，丢丑了，给事中，有法子挽回么?"刘墨林俯首沉思，移时笑道："将错就错，说不定翻出新意呢！四爷，臣想了几句，四爷先写在纸上，斟酌好再誊到画儿上可成?"说罢起身踽步曼吟：

> 檐声如雨泉，槽声如飞瀑，讲声如决溜。竹树江崩腾，台池磬清越，蓬茅车辐辏。

"好!"弘历提笔大赞，"回天有力，很有意思了。只是稍嫌平了些儿。"却听刘墨林口风一转，朗声咏道：

> 忽然振屋瓦，忽然鼓雷霆，忽然饰甲胄！蒙庄写三籁，师旷叶八风，邹衍吹六候。病中广陵涛，枕中华胥谱，庭中钧天奏——醉听可解酲，饿听可乐饥，想听可涤垢，辨非从意解，闻非从西来，声非从耳透！

一篇三句一韵的诗就此结煞，刘墨林自觉十分得意，转脸一笑道："四爷，可还看得过?"弘历展纸细读，竟难更动一字，欣赏地看了刘墨林一眼，说道："岂止看得过？新奇有致落落大方，实在是创新之作!"

"奇文共赏，异义同析，既有创新之作，拿来给我们饱饱眼福!"

门外忽然传来几个人的说笑声。弘历抬头看时，却是方苞，文觉和尚进来，邬思道架着双拐随后进来。弘历忙将笔放下，迎了两步，又矜持地站住，一揖说道："堂头大和尚、方先生、邬先生，你们回来了，十三叔呢？邬先生，实在久违了，先生腿脚不便，请坐了这边安乐椅。”刘墨林这才知道这个貌不惊人的瘸瘫人就是“邬先生”，因见他毫不逊让，居然坐了方苞上首，心里不免觉得他过于拿大，却不好说什么，双手当胸一拱，含笑道：“文觉大师和方先生，一个是皇上佛家替身，一个是帝友，都极相与得熟的。这位邬先生素未谋面，敢问台甫，如今在哪个衙门恭喜？”弘历忙笑道：“哦，忘了介绍了。邬先生如今在田文镜幕下赞襄——这位是刘墨林，今科探花当世才子，这诗就是他的手笔，端的绝妙好辞。墨林——你的字是叫‘江舟’罢？”

刘墨林一笑说道：“原是叫‘刘江舟’来着，后来有人说像是‘流配江州’，就不要字了，索性就叫墨林，就是本色也好。”邬思道欠身，淡淡说道：“既是本色为好，就称我邬思道好了。”

“十三爷去了御花园陪筵，”方苞这才回弘历的话，“恐怕过了申时才得下来。”说着便看那诗。文觉和尚在旁侧身观看，品味着只是沉吟，半晌才道：“四爷，这个诗怎么读不出韵来？”弘历笑着将方才的事说了，又道：“这是千古奇创，从没有这样格局的。你按两句一韵句读，当然读不断的。”方苞笑着将诗递给邬思道，说道：“大和尚见闻不广啊！我昔年读宋碑，会稽高菊硐《略奏》就是三句一韵，《梁书》记载，竟陵王子良登泰山读秦始皇刻石，众人两句一读，茫然不能通断，范云按三句一韵，顺如流水；可惜原文我都记不得了。”邬思道将诗还放案上，说道：“这诗颇有意趣，畅顺明晰，只是为题画而作，不免局于僵板。不常见是真的，说是创新之作就过了。即读《老子》，‘明道若昧，进道若退，夷道若纇，上德若谷，广德若不足，建德若偷，质真若渝，大白若辱，大方无隅，大器晚成，大音希声，大象无形。’也是用韵之诗，三句一易。但刘君仓猝之间能到此，确是难能。”说罢垂头吃茶。

刘墨林为这一首三句一韵诗大受弘历赏识，心中原是大得意，以为偶然之间自创亘古未有之诗格，方苞的话没有引出原文，已经不服气，待邬思道比出《老子》，忍不住笑道：“老子这部经可以一句一读的，‘大方无隅’似乎可与‘大器晚成’几句相连更恰。不知邬先生以为然否？”邬思道听了只一笑，说道：“老子‘建德若偷’，‘偷’字读‘雨’声，并不是偷东西的‘偷’。墨林兄只要细想就明白了。”刘墨林寻思半日，才明白，这一字之改便驳了自己四个“大”字相联的见解，正想着如何难一下这个姓邬的，邬思道却道：“请借刘先生扇子一观。”刘墨林不禁一怔，双手递了过去。邬思道借过展玩，见上面写着

笔床茶龟倚窗东，童儿煮茗插雀孔

“一笔好字!”邬思道莞尔笑道，“请方苞兄看看这副联。”

方苞一看便知，刘墨林误将“茶灶”二字写成“茶龟”，老鼠胡子一挑“扑哧”笑道：“昔年和顾八代老先生出对，他出‘酒鳖’二字，我竟对不来。现在有了‘茶龟’，真是天造地设的确对。”邬思道取回扇子审视良久，又问，“这‘雀孔’是什么物件？想必是‘庚仓’‘劳伯’① 之类罢？”

一屋人见这三人斗文，至此不禁哄堂大笑，刘墨林自进学以来一直是“领袖名士”，从没有在论文上吃过谁的亏的。他以博学敏捷见长，偶有错用典故，也不肯服输，逢人诘问，便推说是《永乐大典》里的。一部《永乐大典》卷帙浩若烟海，谁能确查？今天在自己亲书扇题上竟有两处糟谬不堪的笔误被当众揭出，刘墨林顿时羞得汗颜无地，红着脸一字不能对，恨不得有个地缝儿钻进去。

“英雄欺人，墨林也未能免俗。”弘历见刘墨林难堪得无地自容，笑着解嘲道，“今儿败阵，不是你不中用，是你遇上劲敌而已，何必懊丧？”邬思道破颜一笑道：“四爷这话是。其实我昔年何尝没有掉过底儿？我们也只是笑你的谬处，就扇背上这阕词，恐怕我就填不好。”说罢弛然一仰身子背诵道：“茅店月昏黄，不听清歌已断肠。况是鹍弦低按处，凄凉。密雨惊风雁数行，渐觉鬓毛苍。怪汝鸦雏恨也长，等是天涯沦落客，苍茫。烛摇樽空泪满裳！——情味苍凉感人泣下，不是大手笔恐怕是写不来的。”

弘历索了扇子，果见扇背密密麻麻填着这首词，方才众人只顾挑剔“茶龟雀孔”，竟都没有留意，便转脸笑谓刘墨林：“看你诙谐活泼，怎么来了这个风趣？”刘墨林这才定了定神，不便说是途中思念舜卿所作，只勉强笑道：“这是当年头一次应举不中，回乡路上作的。扇子是取凉的，自然要

---

① 庚仓劳伯：正确读音为仓庚、伯劳。

带一点秋色况味，所以就抄了上头。”“怪道的，”文觉笑道，“听了就浑身发噤，又是风雨，又是凄凉苍茫，扇起来岂不冻杀？”一众人等说笑着，不觉已近酉时，艾清安进来向弘历道：“四爷，我们王爷回来了。”几个人便忙起身，允祥一手扶着一个太监已进了书房。

“罢了吧。”允祥见众人要行礼，摆手命太监退下，自己却不肯坐，转脸问弘历：“你带着旨意？就请宣吧。”弘历忙道：“万岁命我来看望十三叔和邬先生，并没有旨意给叔叔。您请安坐。”说着又复述了雍正的话。允祥点头，深深嘘了一口气，几乎瘫坐在椅上，脸色苍白中带着一丝潮红，显得疲惫不堪，喝了一碗参汤精神方略好些，说道：“邬先生，万岁在京就不再接见你了。原说过的你有事由我代奏，我这身子骨儿你也瞧见了，打熬不了几日了。所以筵会下来特意留了留，万岁说往后你的密折交宝亲王代转。”他咳嗽了两声，又道：“回来得晚了些，叫毕力塔几个人商议了些事。明儿我还要陪驾去丰台，又去看了看大哥二哥。大哥已经疯得连人都不认得了，二哥和我的症候一模似样，眼见是不中用了。文觉师傅，就是万岁爷交代的那些事，先议年羹尧，是留京还是放出去。你们只管谈，我听着。我的精神实在济不来——这位是谁？”他的目光忽然扫向刘墨林，“似乎在翰林院见过。”

刘墨林陡地浑身一震，惊悟到这是一次非同寻常的聚会，自己怎么恍恍惚惚就跻身进来了？他正要回话，弘历在旁笑道：“是侄儿带来的。十三叔记得不差，他是翰林院的庶吉士刘墨林。人很伶俐。侄儿想，年大将军要是不留北京，就着墨林随行，所以带来请方先生邬先生看看。”刘墨林听着这话，越发觉得这汪水深不可测，无论如何先辞为佳，忙一躬身道：“墨林一介书生三尺微命，手无缚鸡之力，年大将军做的白刀子进去红刀子出来的勾当，有什么用着我的去处？”刘墨林满心想勾问出允祥几个人的真意，说罢便嬉笑着盯视允祥。允祥却只点点头，说道：“弘历既看中了，必是不差的，不过，年羹尧的事还没定下来。定下来再给刘墨林交代差使不迟。”

“十三叔说的是。”弘历微笑着转脸对刘墨林道，“我看你的那首词未必是什么落第归途所作，不定是给那位苏什么卿的姑娘的。这样，你且去，待使着你时，我自然叫你。”他说着，刘墨林已经起身，听完一躬，忙辞了出去，刚到二门，却见十七王爷允礼带着一群太监前呼后拥进来。刘墨林忙闪过一边，待允礼过去，一溜烟儿离了怡亲王府，自去寻苏舜卿。

到嘉兴楼时天色已至酉末，渐渐麻苍上来。刘墨林心里又是激动又是高兴还加着一点感伤，三步两步进来，不禁愣住了：怎么弄的，离京几个月，这里已改了戏楼，楼上楼下笙箫阵阵，还加着戏子们吊嗓子的咿呀声气，楼梯上上下下浓妆艳抹的女孩子叽叽格格莺声燕语，却是一个熟人不见。正在发怔，却见原先在苏舜卿跟前侍候的茶房头儿吴苏奴满头热汗带着一起子人抬着戏箱拿着行头下来，刘墨林便招手叫住了笑骂道："吴老王八！你妈妈还有那些姐姐呢？凭你这副驴叫天的嗓门儿，怎么改行唱戏了？"

"哟，是刘爷！"老吴忙站住，满面堆上笑来，上前打千儿请安道："您老钦差大臣回京了！这个楼上个月就盘给了徐爷，如今是徐老相国的家班子。嘉兴楼行院办不下去，顺天府的人说有旨'贱民从良'，不从良征税加两番！妈妈说生意清淡，姊妹们各听其便。有的荐去给大家子当丫头姨奶奶，有的回家，还有的自己开盘儿，散在苇子胡同八大胡同。爷明白，世上的事还不就这模样？"刘墨林笑道："贱民从良，演戏就是'贵民'了，难道还要加税？这不干我的事。只问你舜卿，她如今在哪？"老吴笑道："爷是贵人忘事。您不是在棋盘街给她置了宅子么？她和老鸨儿迁那去了……"刘墨林听了回身便走，老吴送着往外走，絮絮叨叨说道："说到'加税'，那不是哄世人玩儿的！店大欺客，客大欺店，自古都这理儿。徐爷这个家班子不但没人收税，顺天府点堂会，一赏就几百两！收的'税'打这儿又流出来了……"

刘墨林边听边笑着点头一路出来，却见徐骏穿着熟罗月白长袍，腰间也没有系带子，带着两个小奚奴潇潇洒洒踱来。见了刘墨林，徐骏不禁一笑，当胸一揖道："墨林兄久违了，别来无恙乎？这番西域万里之行，着实辛苦了！"刘墨林见他彬彬有礼，也不敢怠慢，笑着还礼道："家驹兄好情致，好飘逸！这是要到哪里去？同我一道棋盘街舜卿那里吃几杯，如何？""罢罢！我不敢尝禁脔，更怕见王八婆子！"徐骏嘻嘻笑道："八爷今晚叫我的班子，还有这套新编的书也要送过几套。"说着便嗔老吴："你这王八蛋，在这卖什么呆？还不快叫他们预备着车马？"

刘墨林这才看见两个小厮怀里都抱着一叠书，伸手要过一本，却是《望月楼诗稿》，刚刚印出不久，切边上带着纸屑，翻开看时一股墨香扑鼻而来，遂笑道："听戏读诗，清雅得很。新书可能见惠一册？""说是诗，其实还有诗话（诗论诗评）偶也填点词，不过滥竽充数罢了。"徐骏笑道，"刘兄大人才，这么瞧得起，赠你两册。有丢丑处，刘兄不要笑话，悄悄儿告诉我，可成？"刘墨林刚刚在方苞邬思道那儿吃了败仗，哪里还敢托大？忙笑道："徐家三代书香，家学渊源，小子何人，敢妄加批评？必是好的，我带去好生拜读领略。"说罢夹了书上马一揖而别。

"好走。"徐骏知道刘墨林秉性，原料必有一番揶揄，见他满口逊谢，谦恭有礼而去，倒觉诧异，站着看刘墨林去了，心里冷笑一声："管你是什么东西，绿头巾已经戴上了！"怔了一会，自去八王府不提。

刘墨林赶到棋盘街时天已黑定。老鸨儿见他来，喜得眉开眼笑，一路带风脚不沾地忙着张罗酒食摆布在舜卿房中，口中笑说："苏姐儿盼你眼都望穿了，原想爷早就该来的了，直到这时分儿！"又给舜卿使眼色，"姐儿，做什么愁眉不展的？贵人回来了还不是万千之喜？今晚好日子，你好生陪刘大人多吃几杯……"说着便掩门出去。刘墨林见舜卿目光盈盈，含着泪盯着烛光只是发怔，以为真的恼自己来迟，便打叠起温存，把书放在一边，一把揽过舜卿，温声笑道："卿越是'恨'我，我越是爱卿。我这不是来了么？"

"年大将军仪仗过来，我去看了。"苏舜卿像一只受伤的小鸟，偎在刘墨林怀中一动不动，声音像是从很远处传来，却又十分清晰："原以为你和宝千岁爷必定和年大将军一道儿的……"

刘墨林心里一动，忽然想到方才弘历的话，自己不定还要跟着年羹尧再回西宁？但这话机带双关闪烁不定，内中更深的意思又是什么？自己离开后，十三贝勒府此刻几个人正在议什么？真是愈想愈觉得扑朔迷离……怔了许久，刘墨林才回过神来，抚着苏舜卿的秀发，温存地在她额头上吻了一下，笑道："那是军国大事，卿管他做什么？我这不是来了？"一头说，手便伸向舜卿小衣里，把弄着她温润的肌肤和鸡头小乳，渐次间心动情热，手慢慢向下滑去……

"我身上有……"舜卿突然一把推开了刘墨林，挣起身来束好了衣带，大约觉得自己太过突兀和失态。她望着刘墨林，略带酸楚地一笑，“今晚不成！且待……日后吧。”刘墨林见她突然如此果决地站起来，愣了一下，笑道：“不来就罢了，我还以为蝎子蜇了你一下呢，就身上有，摸一摸有什么紧的？只是如此长夜良宵，枯坐对灯，可惜了的。”苏舜卿怔怔地盯着刘墨林，好像要把他印在自己的心里，许久，盥手焚香移筝案头，说道：“你是有名才子，此去西域万里相隔，必有佳作，取出来我唱给你听好么？”

刘墨林将折扇递过来，自失地一笑道：“才子二字从今收起，我竟是井底之蛙！不过这首长短句儿还略得了点彩头……”因将自己方才在怡王府受窘的情形一长一短说了，又道：“自此刘墨林不敢小觑天下之士了。”

舜卿却没有笑刘墨林，似乎对那些话也没大理会。她默默地接过扇子，仔细看了那首词，问道：“这很像是旅壁题词，是么？”

“是，是我题在陕州一家客栈壁上的。”

“你随宝千岁，怎么会住客栈？”

“宝千岁喜欢私访，我随他微服而行。”

舜卿默然良久，痴痴地又问：

“是……题给我的？”

刘墨林哑然失笑，说道：“也是想起我自己当年，卿中有我，我中有卿嘛——只管盘问这些个做什么，这里现成的酒菜，我吃酒，偏劳卿佐曲儿！”舜卿将扇子放在案上，却道：“既是写给我的，我就却之不恭了。不过你走后我也填了几首曲儿，这个牌子生得很，明儿练练我唱给你听。”说罢理弦调音，勾抹划挑，娓娓而歌：

> 嗟呀！良人万里归来，斑驳旧墙仍在，哪里寻得人面桃花？妾是那弱质蒲柳姿，新出的蒹葭，怎堪禁狂飚疾雷加！苦也苦也苦也……楼头残梦犹在，无情流水已过天津桥下。断魂幽恨付与谁？三生石畔，与你重做冤家！

“人面桃花就在眼前，怎么会寻不得呢？”刘墨林“啯”地咽了一大口酒，笑道：“只是也忒丧气的了，好怕不是好的？你是才女，我自认蠢汉！”说着又举一觥一仰而尽。苏舜卿过来，亲自又为刘墨林斟满了，反身取下琵琶，略一调弦，竟摇步而舞，手挥五弦目送秋鸿，真个歌声穿云：

> 一夜东风恶，东风恶！送去春不归……纷纷袅袅，落红缤缤，遍撒竹树芳径绿苔，尽是洛阳女儿泪！更哪堪飘转流溪，徘徊低回……凭谁？天台渺茫，阮郎不在，留住这桃花碧水？

刘墨林边听边饮，已是醺醺然口滞眼饧，听着这辞气，心里觉得不对，却似一盆浆糊打翻在肚里，再不得明白，他使劲晃了晃头，醉眼惺忪地问道："你……你今儿是怎……怎么了？出，出了什——什么事么？""没有。"苏舜卿强咽了泪，过来偎在刘墨林身边，又为刘墨林斟一大杯，含泪劝道："我的刘郎，你再饮一杯。"

"牛郎？"刘墨林醉眼迷离道："又没的什么王母娘娘……隔的什么银河？噢……卿是说叫我再牛饮一杯啊……"说着口齿愈来愈不清晰，顷刻间鼾声如雷。苏舜卿把他的鞋子脱下来，轻轻地把搭在床边的两只脚移到床上，用银匙喂了刘墨林两口水。刘墨林适意地咂了咂嘴，翻身向里，睡得越发沉了。苏舜卿偏身倚床，久久凝望着自己的情人。

这正是孟夏五月夜最深沉的时分。一丝风没有，也听不到虫鸣鸟啼，只不远处池塘边偶尔传来一两声格咕蛙声，随即陷入更深的死寂。将圆的月亮透过满天莲花云，将清幽朦胧的纱幕幽幽撒落下去，层层叠叠的树、屋，院中的照壁都像被淡淡的水银抹刷了，苍白又带着阴森和幽暗。黑魆魆的阴影下一切都看去影影绰绰若隐若现，蹲踞在那里的石桌、鱼缸、盆花和假山石仿佛在无声地跳跃，随时都能扑出来咬啮毫无防备的人。

沉闷的，带着颤音的午炮透过深不可测的夜色隐隐传来，惊醒了兀坐痴望的苏舜卿。她站起身来，幽灵一样在昏焰欲灭的烛影下踱着，呆滞的目光好像要穿透墙壁似的向远处望着。口中喃喃自语着似梦呓一般恍惚："我身子虽然下贱，心也贱么？我七岁丧母，十岁丧父，头插草标自卖自身……我是孝女……妈妈是个娼妓，可她幼年和我一样，同病相怜，并不逼我卖身……墨林，给你时我是干净人……我读了那么多的书，能歌善舞，琴棋书画诸般皆会，我是才女……皇上有旨蠲除贱籍——我本来能跟着你熬出头，做个一品夫人……"她踉跄着踱至窗前，黄黄的月光照着她苍白的脸，“……可现在还有什么？牛郎肯要不洁净的织女？我——”她惨笑了一下，“想不到苏舜卿竟有今日，不成鬼也不成人，心如天高命似纸薄。徐骏！我饶不了你，阴司里与你分晓！”

苏舜卿脚步蹒跚着回到案边，抖着手拿起那把诗扇。“茶龟”二字在灯下显得那样刺眼刺心，她翕动了一下嘴唇，没再说什么，就着烛火燃着了，直到扇子烧尽才丢了下去。接着，苏舜卿打开妆奁匣子，取出一个小纸包，将里头的药抖进酒杯，和了水，又深情注目了一眼齁齁酣睡的刘墨林，一仰脖子便吞咽下去……她忍着绞痛，和衣卧倒在刘墨林的床下，剧烈的腹疼痛苦得她伸直了腿又蜷缩成一团……到死她也没有呻吟一声。

刘墨林直睡到日上三竿才醒来，宿醒未尽，只觉得口干舌燥，便连声要水。连着叫了几声没人应声，刘墨林坐起身来，犹觉头微微发晕，因见苏舜卿伏身挺卧在床前，因笑道：“哪里就睡得这样死的？从床上掉下来都摔不醒！”又叫两声见毫无影响，刘墨林心下才觉得不对，急趿鞋下来扶时，却见苏舜卿星眸紧闭，颜面惨白，一摊泥似的仰在怀里，咬破的嘴唇隐隐渗出血丝。刘墨林大吃一惊，摸了摸鼻息，又按脉时，哪里有半点影响？

“舜卿！”刘墨林痛呼一声，使劲晃着苏舜卿冰冷绵软的身躯，连声叫道：“卿醒一醒，卿这是怎的了，啊？卿给我醒一醒儿吧……嗬嗬……”他抱起苏舜卿，梦游似的在屋子里兜着圈子，已是涕泗滂沱，只一句接一句凄婉地呼叫着舜卿的名字：“卿醒醒，啊……昨晚卿像有话，为什么不告诉我？我本该问问卿的……我真混，我为什么不仔细问问呀……嗬嗬……”说着哭着，见老鸨推门进来，惊得满面土色呆立在门口，刘墨林把苏舜卿的尸体放在床上，发了疯似的扑到老鸨面前，劈胸提起，嘶哑着嗓子尖厉地狂吼：“老母狗，是谁欺侮了舜卿？说！不然我掐死你！不——我送你顺天府，叫你骑木驴，零刀子碎割了你！你说我办到办不到?!你说我办到办不到?!”

老鸨子胸口被他箍得透不过气来，见刘墨林一脸凶相，五官都拧歪了，血红的眼冒着火光死盯着自己，她已经被吓呆了，半晌才期期艾艾地说道：“刘大人您别……这真的不干老婆子的事。大约……大约……”

“嗯?!”

“大约是徐大人……”

刘墨林一把搡开老鸨子，咬着牙想了想，已是信了老鸨子的话。他一句话没说，腾腾几步跨出房，站着一想，徐骏此刻必定还在廉亲王府，一迭连声叫备马。自牵了出院来，一翻身上马便狠加一鞭。那畜生长嘶一声，泼风价向朝阳门外狂奔而去。

第四十回　廉亲王武断触霉头　年羹尧演兵遭疑忌

刘墨林一腔怒火，在廉亲王府照壁前滚鞍下马。他喘了一口粗气，望着戒备森严的王府门房，却犯了踌躇，进这道门要通禀，自己不过一个小小的翰林，廉亲王若挡驾不见，又如之奈何？即让允见，问起自己有什么事要禀，又该怎么答对？再说，徐骏是允禩的座上客，老牌子的翰林院编修，允禩跟前说得响的红人，自己手中无凭无据进去揪人，等于当面掴允禩的耳光，允禩岂肯袖手旁观？就是徐骏现在究竟在里头不在，也在两可之间……正转着念头，听门里炮响三声，中门呀呀而开，一队太监拍着手出来叫肃静回避，接着便见一乘八人抬鹅黄曲柄伞亮轿抬着笑容可掬的允禩出来，后面跟着一大群王府护卫和清客幕僚，却并不见徐骏。刘墨林正自失望，闪眼却见徐骏从仪门一步一踱摇着扇子出来。刘墨林心里“轰”的一声，血全都倒涌上来，脸顿时涨得通红，将马系了拴马桩上待要过去，允禩却一转脸瞧见了刘墨林，吩咐住轿，问道：“那不是墨林么？”

“是……”刘墨林打了个顿儿，回过神来，忙趋跪一步，在允禩轿前行礼，磕头打千儿道，“卑职给王爷请安……”

“给我请安！”允禩见他恶狠狠不住瞟视徐骏，不禁失笑，说道，“今儿我好大面子！你从年大将军那来，还是从十三爷那来的？有什么事么？”刘墨林经这一问，倒被激得清醒了许多，一拱回道：“臣打宝亲王那来。一来给爷请安，二来寻徐骏兄打个饥荒。”

徐骏原也怕苏舜卿把首尾告了刘墨林，这冤家来寻自己晦气，本要躲开的，听说是借钱，不由得松了一口气，踅过来笑道：“也真亏你，跑八爷府寻我借钱，就这么猴急！”又转脸对允禩道：“王爷不晓得，墨林讨了个好女子，如今走着桃花运，要藏娇先筑金屋——成，这事我当仁不让，要多少？回头我叫家人给你送去。”“王爷要上朝，这不是说话地方儿。”刘墨林过来一把拉住徐骏，扯过一边，又向允禩一揖，逊笑道：“臣实在莽撞，对王爷不起……王爷，您请！”一头说一头运着气，趁徐骏毫无防备，猛一转脸“呸”地一口浓痰唾将去，徐骏顿时满脸都是痰迹！

“你这衣冠禽兽！”刘墨林后退一步，将辫子甩了脑后，狞笑道：“我寻你就打这个‘饥荒’！”允禩的大轿刚刚升起，轿夫们被这猝不及防的事变唬得腿一软，竟又将允禩墩在当地。允禩原本面带笑容的，一下子阴沉了脸，转身喝道：“刘墨林，在本王面前撒野么？”

徐骏情知底里，一来理屈，二来要显“涵养”，一把擦了脸，顿了一下才说道：“王爷，他是出了名的刘疯狗，您和这种东西计较什么？”“你才是疯狗！”刘墨林恶狠狠道，“别人以为你是什么名门相府书香世家，打徐乾学他爹算起，你们一门‘名狗’——你自己做的事自己不明白？”徐骏见刘墨林开口辱及父祖，腾地涨红了脸，眼中出火道：“我看你是失心疯了！先父先祖抬起脚板也比你的脸干净些！你不过狗洞子里钻出来的个穷王八酸丁，就这副小人得志模样！——八爷，他今日当众欺我，您老就是个见证，刘墨林，你当众说，凭什么侮辱我？”

“暗室亏心，神目如电，你自己明白！”

“我不明白！”

“你明白！”

“我不明白！”

允禩此刻其实已经明白，必是为苏舜卿两人争风吃醋。眼见照壁侧已挤满了瞧热闹的闲汉，遂下轿断喝一声：“你们这是什么体统？刘墨林，我不管你是什么道理，徐骏是我召进府议事的人，你当着我的面就大口啐他！我是议政王，当今万岁同胞弟，凭你这一条，我就难容你！”

“八爷不能容我，稀松！”刘墨林哂道，“反正我也不想活了！您天子剑、王命旗牌件件都有，斩了我岂不爽快？”允禩被他顶得一愣，冷冷一笑道：“我素来宽仁待下，想来人必以敬诚事我，不料还真有你这样不识抬举的！你没有死罪，活罪难饶——来！”

“在！”

“刘墨林吃醉了酒，来闹我王府。”允禩淡然说道，“架他到我书房前晒晒太阳，痛出一身汗，酒就醒了——怎么发落，我奏明天子，吏部自有票拟。”

“喳!”

几个戈什哈齐应一声，如狼似虎扑上来，架起刘墨林便走。刘墨林呼天抢地挣扎着大叫：“八王爷你不讲理，拉偏架……苏舜卿被他害死，你知道么？徐骏！你手上沾着血，你满身都是血！你老师吃了你的毒药死了，舜卿也吃了你的毒药死了——他们都站在你后头呢！你回头看看，他们都要取你的命……”他的呼声惨切凄厉无比，在场的人浑身无不起栗，徐骏吓得面如土色，竟真的觉得背后冷风森森阴气逼人，惊得不由自主回头看看。那允禩却无所谓地一哂，命令轿夫道：“快着点！万岁等着去丰台阅军，被这疯子拦了这么久，荒唐!”

允禩这一耽误，迟入朝近一刻时辰。待到西华门，刚要递牌子，里头高无庸喘吁吁跑出来，也顾不得请安，跺脚道：“马中堂张中堂早就进来了，都在太和门等着您老人家呢！想着爷要从东华门进来，那边叫张五哥派人去催，爷却从这边过来了!”允禩一边跟着进来，笑道：“万岁昨儿叫我西华门递牌子，我敢走东门么？这正是俗语儿‘叫往西不敢往东’！你就这么急脚猫似的！皇上想必是在乾清宫了，年大将军进去了么?”高无庸道：“年大将军早进来了，和隆中堂陪皇上在乾清宫说话呢！十三爷夜里吐血，原也要进来的，皇上叫免了，又着太医院医正去看，说等着太医的信儿再去阅军。不然，这早晚早已出来了……”

二人一边说话，已到太和门，张廷玉和马齐早在那里等候，见他过来，都松了一口气。马齐便道：“八爷可来了！叫人流星快马去府上，说王爷已经过来，东华门又说没到。一时皇上叫进，我们两个怎么回话呢?”张廷玉却没说什么，将手一让，哈腰道：“王爷先行，我们随后。”

于是三人由太和门入内，却不走三大殿，由左翼门过箭亭、崇楼，径由景运门、过天街在乾清门报名请见，一时便有旨：“着进来。”三个人进来时，却见御医刘裕铎正在给雍正回奏允祥病情，隆科多躬身侍立在身边，年羹尧却坐着。雍正示意他们免礼，却对刘裕铎道：“你说的那些个脉象，朕也不太明白，你也不必细说。你只说怡亲王究竟何病，于性命相干不相干。”

“回万岁，怡亲王是痨疾。”刘裕铎毫不迟疑地答道，“万岁圣明，这病最怕劳累的。这次王爷犯病儿，敢怕就是劳心过重调养不周的过。十三爷身子骨儿原极好的，只要安心荣养，得终天年的也尽有的。至于目下，奴才敢断言，三五年内，于性命决无干碍。怕就怕怡亲王忠君爱国不惜身命不遵医嘱，那就是奴才的医缘太薄太浅了。”说罢便磕头。

雍正的目光悠悠地望着远处，良久才叹道：“李卫上年奏说脾胃失调，是你们院谢鹏去看脉的，朕下特旨，叫他办理事务量力而行，不可强费精神。他什么都听朕的，唯独这一条做不到，听说也咯血了。你既这么说，朕把十三爷索性交给你，衣食住行由你一人悉心照料。即便朕下旨意要见，你以为不宜，由你来向朕回奏，你可听着了？”刘裕铎道：“万岁原有旨意，理密亲王的病也由奴才照看。奴才去侍候十三爷，原来的差使谁来接替？还有大阿哥——”雍正想了想道：“二哥的病叫冀栋去，你们会同诊视过由他接替。大阿哥是疯症，勉尽人事而已，你裁度着指个太医，犯病时进去治就是了。”

都是一父同体的嫡亲兄弟，雍正如此薄厚不一，允禩听了不由一阵寒心。张廷玉在旁赔笑道：“主上，臣管着内务府，大阿哥，二爷，还有在遵化孝陵的十四爷近日身子也不爽，由臣揽总儿照应，这边十三爷的病，由刘裕铎专责侍候，这么着可好？”

“也好。”雍正掏出怀表看看，站起身来说道：“你是宰相，燮理阴阳调和万方是你的本职嘛——时辰到了，年大将军，到你军中看看吧？”年羹尧一直静听不语，默默若有所思，此刻忙立起身，一躬说道：“是！我给主子先导！”雍正微笑着拍拍他的肩头，说道：“不，你和朕同坐一个銮舆——你不要辞，王前则国兴，士趋则国衰，朕难道不如齐威王？朕看你胜过朕的顽劣之子，君臣父子，那么多的形迹做什么？父子同舆也是乐事嘛！”说罢呵呵大笑，竟携了年羹尧的手一同出宫，上了三十六人抬的明黄大亮轿。允禩见他拉拢年羹尧，不顾身份地纡尊降贵，心里一阵冷笑。隆科多张廷玉马齐也都觉得这话不伦不类，却不敢说什么，各各上马随乘舆而行。

车驾赶到丰台，正是午时三刻，这天的北京天气酷热，万里晴空上一轮炎炎骄阳晒得大地一片蜡白，早上才洒过水的黄土驿道已是干得龟裂，马蹄车轮碾过发出簌簌的响声，焦热的细土一串串蒸汽似的微微窜起，似乎一晃火折子就能燃烧起来。雍正中过暑，最怕热。尽管乘舆中摆了几盆子冰块，仍不住用手帕子揩汗。年羹尧也是满头油汗，陪坐在雍正侧面，却是铸铁一般目视着愈来愈近的丰台大营。

年羹尧的三千铁骑早已做好迎候准备，这都是他军中精中选精选的猛壮勇士，个个体魄如熊，佩刀按剑，依着年羹尧预先曲划，分成三个方队挺立在火辣辣的热地里。操演场四周九十五面龙旗还有各色杂旗，分青红皂白按东南北西方位站定。见雍正和年羹尧的乘舆到达，校场口一个执红旗的军将将旗一摆，九门红衣“无敌大将军”炮齐声怒放，连响九声，撼得大地簌簌发抖。张廷玉马齐一干文臣在京也曾检阅过西山驻军和丰台大营，从没有见过如此森严肃杀的军威，个个听得心旌摇动。须臾，礼炮响过，侍卫穆香阿过来，甩着正步直至舆前，单手平胸行军礼，高喊：

“请万岁检阅！”

雍正看了看年羹尧，说道：“你发令吧。”

“方队操演！”年羹尧大喝一声，震得雍正都不安地抖了一下。他身子向前略倾一下，又矜持地坐端了。

“喳！”

穆香阿单膝跪地向雍正行了军礼，“拍”地一个转身，回到操演场大将军纛旗下，大喝一声：“大将军军令，方队操演请万岁检阅！”

“皇帝万岁，万万岁！”三千军士雷轰价齐吼一声。三个方队各由三名头戴孔雀翎顶，身着黄马褂的侍卫带领列队操演。时而横列，时而纵行，时而成一字形，时而又变换成品字形，黄尘滚中刀光剑影杀气腾腾，偶尔有耐热不得中暑晕倒的，立刻便被凌空抛出队外，由专管收容的迅速拖下去疗治。年羹尧军令如此森严肃杀，雍正和上书房诸王大臣看得动魄。允禩久闻年羹尧在军中杀人如麻，却怎么也和在自己面前平和温淡的形象联想不到一处，今日实地见了颜色，才知传闻不虚。正发怔时，穆香阿双手黑红旗交错一摆，所有阵势立时大乱，浮土灰尘黄焰冲天。雍正不禁看了年羹尧一眼，年羹尧眼中闪着暗灰色的光，盯视着部队，头也不回地道：“主子，这是变阵，是我据武侯八阵图演化而来。万一我军建制打乱，又受敌围困，就用这阵法结团整顿……”说话间，队伍已团成圆形，中间队伍成太极双鱼状蠕蠕周流而动，四周外围的军士则人手一弓，护卫着内里队伍整顿，顷刻间以两个太极鱼眼为核心，内中重新整成两个方队，外围军士向中一合，竟组成三千军士合成的一个大方队，纵横踏步而行，恰又结成“万寿无疆”四字。此时，众人已是看呆了。

“好!”雍正颜色霁和，点头微笑起身道，“咱们下舆。到毕力塔的军中接见游击以上军官。”年羹尧欠身答应一声“是”，自先下了乘舆，又回身扶着雍正下来。雍正在前，年羹尧稍后随陪，允禩、隆科多、马齐、张廷玉一干大臣亦步亦趋，穿过“万寿无疆”四字中间的人甬道。年羹尧手一摆，所有军士都跪了下来，马蹄袖打得一片山响。雍正乍从堆着冰块的舆中下来，立时觉得燥热难当，顷刻间已通身透汗。忍着热，他步履从容徐徐而行，至中军大堂阶上滴水檐下，才略觉清凉，因见毕力塔张雨张五哥都守在堂口，刚要进门，却又转回身子挥了挥手，笑道：“诸位都是朕之瑰宝，国家干城，生受你们了!”立时又是地崩山裂价一声嵩呼：“万岁，万万岁!”

雍正进内居中坐了，众人方鱼贯而入，年羹尧在外向指挥操演的穆香阿吩咐了几句也跨步进来，见雍正身侧设着座，料是给自己留的，躬身禀了一声：“奴才已经传唤游击以上军佐前来陛见。”见雍正点头，便径自坐了雍正身边。马齐见他如此狂傲无礼，刚要说话，身旁的张廷玉悄悄用脚碰了一下他的脚尖，马齐涨红了脸，低下头一声不吱，心头的火却一烘一烘直要往外窜。众人各怀心思正自沉吟，十名侍卫，还有二十多名副将、参将、游击已经进来，顿时腰刀佩剑铮铮，马刺踩得青石板地叽叮作响，就大堂上向雍正行三跪九叩大礼。

雍正上下打量着这群军汉，这热的天都穿着牛皮铠甲，结束得一丝不乱，人人热得大汗淋漓，便笑道：“今年天热得早，没想到这早晚就三伏天似的。流火铄金的天儿，着实累你们了！宽一宽衣，卸了身上的甲罢。”

“谢万岁恩!”将军们答道，却没有一个人脱衣服。

“宽宽衣，把甲卸掉——毕力塔，还有冰没有？取来些赏他们!”

毕力塔答应着忙去操办。但将军们都没有听命卸甲，都把目光盯着年羹尧。雍正又说了一遍，年羹尧才道：“万岁既有旨意，你们就卸了甲，凉快凉快吧。”将军们这才不忙不迭“喳”地答应一声退到两侧，三下五去二卸了甲，只穿着薄纱仆服侍候在侧，雍正眼中闪过一瞥阴寒的光，却是一瞬即逝，含笑道：“一室之内，温凉不一呐。我们热得受不了，将军们卸掉牛皮铠甲，恐怕就觉得凉快，是不是呀？”众人都是远戍边关的外营管带，多数人从没见过雍正，只听说雍正为人冷峭刻薄，听他言语温存诙谐，那种咫尺天威的警惕心顿时宽松下来，都是一笑。却见雍正掉头问毕力塔：“今儿阵势你都见了，你的兵比年大将军的兵如何？”毕力塔满心的不服，却只能顺着“圣”意，因语带双关说道：“奴才开了眼界，实在比奴才带的兵好！奴才托了祖荫，十六岁上就跟先帝爷西征，从没有见过这些阵法。真得好好儿跟年大将军习学习学。”

“朕今儿心里实在欢喜。”雍正不胜感慨地说道，“年羹尧是朕藩邸旧人，和朕还有瓜葛亲。打这样的大胜仗，带出这样猛壮的虎狼之士，朕很觉露脸。朕前有旨，年羹尧是朕之恩人，不单因他殚精竭虑报效朕躬。圣祖晚年西顾之忧也一役荡除，为圣祖雪了康熙五十六年兵败之耻。朕与圣祖一体一心，承继大位以来这是第一心事。祖训有非刘而不王之义，年羹尧格于这一条，只能晋一等公，但朕视他真如自己兄弟子侄一般。这是一层。但若前方只有年羹尧一人一心，万不能获此大胜，以致天下臣民共享尧天舜地之福，全赖了诸位将军辅佐，在前方一刀一枪拼杀出来。因而众位将军功在社稷如日月昭昭永不可泯！廷玉——”

“臣在！”

雍正徐徐说道：“今日会操诸军将佐弁员各加一级。还有年羹尧明折所保奏有关将佐升迁人员，转吏部考功司记档，票拟照准各职。”

“喳！”

“传旨，发内帑三万两，赏给今日会操军士！”

“传旨，着刘墨林草拟西征年大将军功德碑，勒石于西宁，永为存念！”

“喳！”

允禩心里格登一声：刘墨林这会儿还在自己书房前罚跪晒太阳呢，这怎么处？正紧张思索，张廷玉道：“万岁，圣旨勒碑，差谁去西宁办理？”“还是刘墨林吧。”雍正啜了一口茶随意答道：“给他钦差身份，实授征西大将军参议就是了。”允禩想想，此事终久难瞒雍正，心一横，在旁躬身道：“刘墨林虽薄有小才，但素常听人口风，行为颇不检点。”接着就将在廉王府前的事说了，却瞒了晒太阳罚跪这一节，“——因此我请他暂留我书房，等候我下朝训斥。苏舜卿歌伎出身，乃是个贱民。她死其实为徐刘二人争风吃醋羞愤自尽。这么一点事，刘墨林就敢当我的面侮辱命官。这样的人，为年大将军撰草功德碑，似乎不宜。”

雍正听着脸色已变。他即位不久即下诏解放贱民，连张廷玉马齐这些人都不知道为什么忙着办这不急之务。在座的只有年羹尧影影绰绰听李卫说，皇上年轻时在安徽办差，为洪水所困，幸亏一家乐户救下，还与乐户的女儿小禄小福姐妹有过一段缠绵风流韵事。允禩娓娓而谈，自以为得体，却不知越说“贱民”越是触了雍正的忌讳。雍正一下子想起那个相貌极似小禄的丫头，跟了允禵去遵化，如今不知如何？直到允禩说完，雍正方回过神来，冷笑道：“刘墨林这点子风流罪过打的什么紧？朕看比那些个道学先生还略强些儿！苏舜卿的事刘也没有欺瞒朕，朕知道。说到贱民，那是已经有过旨意的。细究起来，徐骏的祖母不也是贱民？还有——”他看了允禩一眼，却转了话题。“今天不议这个，这件事就这么定了。”允禩却知道“还有”二字的含意，他自己的生母良贵人卫氏，原是皇家辛者库里的浣衣奴！雍正把题目点到为止，允禩深觉失言，又羞又恼，目中暗闪着愤怒的火光盯了雍正一眼，却没敢说什么，只一口接一口悄悄吐着粗气。

“刘墨林才气横溢，奴才在军中已经领教。”年羹尧欠身赔笑道，“奴才身边也正缺着文章事务上的人，墨林来，明发奏折都省了奴才动笔了。”雍正转脸对高无庸道：“你去八爷书房给刘墨林传旨。申牌过后叫他递牌子养心殿见朕。”年羹尧道：“皇上，阅兵一过，奴才就不打算在京滞留了。请旨，奴才何时离京为宜？这么多人马，打前站号房子安排粮草的要先走一步呢？”

“你们跪安吧！”雍正见几十个军将都挤在堂上，愈觉闷热难当，摆手命他们退下，起身轻轻摇着扇子来回踱着，缓缓说道：“岳钟麒递来密折，川军和你部下时常有点小别扭。你明日进去见见皇后还有年贵妃，后日黄道吉日，由张廷玉方苞设席代朕送行。你说的粮饷这类事，朕已经把折子转了户部，各路军都在青海，千把总以下军官，朕意由你黜陟，也要等部议了才能定下来。回去好生部勒行伍，你和岳钟麒都是朕的心膂之臣，精诚见心共事一主，下头自然就少了摩擦。”年羹尧怔了一下，愕然问道：“这三千人马不和奴才同行么？”雍正莞尔道：“十名侍卫，要留京另候听用。三千军士还是你的兵，朕今儿个看了，实在练得十分是好，朕意留他们些日子，京畿各地驻军没打过仗，兵也练得毫无章法，巡回操演着各军习学，然后再回西宁，你也省了心，他们也从容些儿，岂不四角俱全？”

年羹尧眉头不易觉察地轻挑一下，十名侍卫原就是雍正派去的，留下倒也无所谓，这三千军士都是他一手栽培提拔起来的弁佐，不但打起仗来个个拼死不要命，难得的是都用银子喂饱了，自己一声令下什么事都敢做愿做，一时也离不得。万一雍正变卦，竟将这些人全都留京，多年血本岂不赔得精光？但雍正说得这样堂皇，西宁前线已无战事，年羹尧一时竟寻不出理由堵皇帝的话，思量半晌方笑道：“奴才这可要驳主子一回了。兵是我带的，都吃的皇上的饷，拿的朝廷的钱粮，连我也是皇上的人，皇上怎么调度怎么听令！不过皇上也知道，进青海的岳钟麒的兵和下头不和气，我和岳是多年交情，就是主子不说，回去也要同他一德一心做事，下头那些愣头青儿军官，少壮气盛，身边没有这些得力的人弹压，闹出事来朝廷脸上也不体面，岂不辜负了主子的心？”

“不相干的。”雍正说着便站起身，“朕回去就下旨岳钟麒，部勒好他的军队，你再回去，不至于出什么事。”说着便走，年羹尧毕力塔张雨一干人直送到大营门口，跪着等雍正大驾去远方才回来。

第四十一回　史贻直正言弹权臣　刘墨林受命赴西疆

一众上书房王大臣扈从雍正直到西华门口，炎炎红日西坠，火烧云染得西半天一片血红。张廷玉凌晨只吃了点点心喝了一杯奶子便上朝，雍正两次赐膳，都是刚举箸便有外任大员请求接见，竟没有吃成饭。夏日天长，虽没有黑定，取出怀表看看，已是戌初时分。眼见雍正下了乘舆，一口气松下来，张廷玉顿觉饥火中烧，正思量着弄点什么东西吃，却见雍正笑着招手道："衡臣，秀水，怎么忘了？还要见人呢！"张廷玉才想起，掩饰地一笑道："臣哪敢忘了公务！想着主子劳乏一日，也要稍稍歇息片刻，想等会子再进去。"

"朕用膳用得饱饱的，只去一趟丰台，坐了半天，有甚的劳乏？"雍正笑嘻嘻地说道，转脸见隆科多要走，又道，"舅舅，你也进来。"隆科多只好躬身答道："是！"

于是四人一径漫步回到养心殿，见刘墨林已跪候在垂花门外，低着头，也看不出什么脸色，旁边还跪着杨名时和孙嘉淦，一个是进京述职的，一个刚从外地巡视回来，雍正只说了句，"起来等着吧"便进了大院。白发苍苍的邢年忙迎上来，陪着走在侧边，回说："李绂方才递牌子，还有詹事府的史贻直也递牌子求见，他们没旨意，奴才叫他们天街候着，已经一个多时辰了。主子要不见，奴才这就叫他们退出去。宫门下钥，没有特旨出不去，就得守一夜了。"雍正边听边"嗯"，听到"史贻直'三字站住脚想了想，"史贻直，是年羹尧的同年进士吧，叫他进来。李绂明儿再递牌子——方先生进来了么？"隆科多不知雍正叫自己有什么事，一直想偷窥雍正神色，此时在宫灯下瞥了一眼，却见是面无表情。张廷玉肚子里咕咕直叫，听说要见这么多人，不禁暗暗叫苦，也没理会隆科多。

"臣在！"站在丹墀下的方苞听雍正问自己，忙趋前一步。因雍正屡次有旨不必下跪，打一长揖笑道："方才臣去看了看十三爷，进来不到半个时辰。"

"好好。"雍正淡淡说着跨步进殿，在东暖阁大炕上盘膝坐下，看着鱼贯而入的臣子们，含笑道："都免礼，赐座。这热的天，想必都口渴了，赐茶！"说着，已见一个小太监带着史贻直进来，雍正笑道："史詹事，你是后来居上啊！朕原说先见杨名时他们的，倒是你先进来了——詹事府是个闲衙门，你夤夜见朕，想必有要紧事了？"

史贻直是个高个子，头形长得有点像压腰葫芦，细长的脖子长着个大喉结，一说话便上下动，看去十分可笑，却是表情严肃，他伏地听了雍正的话，重重叩了头，仰起脸道："回皇上话，朝廷没有'闲衙门'，肯做事就有事，不肯做事，忙里也能偷闲。"雍正一笑道："说得好。不过你有什么忙事呢？"史贻直以头碰地，声音铿锵，突兀说道："今春四月初至今，直隶山东久旱无雨，不知皇上作何措置？""你就为这个巴巴地跑来？"雍正又气又笑，说道："朕焉有不知之理？四月中已由户部调拨三百万石糙米，早赈济过了。山东直隶不但口粮足，种粮饲粮也是不缺的！"不料话音刚落，史贻直又道："赈灾之事早有明诏，圣主仁厚恩泽昭如日月。昔日我朝名臣于成龙推之《易》理，京师久旱不雨乃是因朝有奸臣，'小人居鼎之侧，无屯其膏'。赈灾如扬汤止沸，如何釜底抽薪？"他这几句话如断珠落盘，又脆又响，几个坐着静听的大臣立刻面白如纸，连张廷玉也忘了肚饿，都瞪着眼盯着史贻直，好像看见地下突然冒出来的土行孙，不知他要指哪个人为"奸臣"！

"天道茫茫，圣人难知。"雍正起初被他惊得手一颤，杯中的奶子都溅了出来，渐次方镇定住了，冷笑一声道，"你大约吃醉了，到朕跟前发酒疯么？朕身边人如今都在，你指，是张廷玉、马齐，还是隆科多？"

"年羹尧是奸臣！"

史贻直一语既出四座俱惊，殿内殿外大臣侍卫太监宫女几十号人或不坐或僵立，都如土木偶人，一时沉寂得荒庙一般。唯独隆科多吊得老高的心落了下来，多少有点神情恍惚地望着摇曳的烛光。雍正目中波光一闪，睃了众人一眼，良久方格格一笑，问道："你弹劾年某，这使得的。年羹尧刚刚立过不世之功，清廉刚正朝野尽知！朕就是听你的，他总该有个罪名儿吧？拿年羹尧只是一纸诏书，这‘莫须有’三字坏名声，你要加到朕头上么？”他的语气淡得白水一样无味，甚至有点枯燥，但张廷玉跟雍正打了二十多年交道，深知这主儿愈是阴狠刻毒性子发作，说话愈是寡淡平和，很怕他将史贻直就地处置了，不禁紧紧锁了眉头，思量如何调停。转眼看方苞时，却是泰然自若，只一双又黑又亮的小眼睛不住地眨着，显然也在打着主意。

“回主上话。”史贻直似乎身上颤了一下，立时便收起怯色，从容说道：“自古奸雄之臣，哪个不曾立过功劳？曹操若不荡平张角之乱，横扫诸侯，能当上汉相么？年羹尧西线之战，是赖皇上调度，倾天下之力竭天下之财，前线才有大捷，而年某为防岳钟麒争功，处置乖方，阻川军入青海，以致元凶首恶罗布藏丹增逃逸法外。这是他妨功害能忌贤妒才之罪，先前年羹尧举荐诺敏，通省相连欺蒙朝廷，诺敏事发东窗，并不见年羹尧有一字引咎之辞。朝廷自康熙年间清理库银亏空，至今湖广、四川、两广、福建数省银两仍未归还藩库——万岁，您只管去查，亏空官员十有八九是年羹尧的部僚亲信——若不属实，请斩臣头以谢天下——万岁容臣奏完：年羹尧选的官，只在吏部立档存照，遇缺即补，号称‘年选’；年羹尧吃饭，也称‘进膳’；年羹尧的家奴回乡省亲，知府以下官员们行跪拜礼。年羹尧的年俸只有一百八十两，家有私财银两逾千万两，试问从何而来？这次进京三千军士沿途干预民政，聚敛民财，收受贿赂，车骑仪仗超越王仪，见天子而箕坐，遇王公而不礼，试问曹操再世，能如此跋扈吗？”他琅琅而言，数落年羹尧拥兵自重专权欺君，稔熟得如数家珍，一句接一句词锋如刀似剑，真如一篇《讨年羹尧檄》。养心殿人人听得手颤心摇，“……万岁昔年在藩邸即说：‘吏治乃是一篇真文章’，登极以来屡下严旨，整顿颓风，以吏治为第一要务。即以此事论之，不诛年羹尧断无办妥之日！大奸若忠大诈似直，乞望万岁查月晕础润而知风雨，奋钧天之威，斩年某于辇下，则万民幸甚、社稷幸甚，天必降祥雨膏泽神州！”他激昂慷慨地说完，连连顿首。

雍正已是听得惊心动魄。弹劾年羹尧，前头已有了范时捷。但范时捷是“造膝密陈”，史贻直却是公然出马。方苞郚思道他们几个议过，眼下断然不到处置年羹尧的时机。只是怎么处置这个胡冲乱闯的史贻直呢？他的眼睑垂下来，目光幽幽而动，想了想一横心，突然失态地大喝一声：“你狂安!”“啪”地一击案，壶儿、盏儿、砚台都跳起老高!

雍正掩饰着心里极度的矛盾，“焦躁”地在殿中来回踱着，终于拿定了主意，走至史贻直面前问道：“你还有什么说的没有?”

“臣已奏完。”

“你想做龙逢比干?”

“回皇上，龙逢比干是千古忠臣楷模。”

“朕成全你。”雍正极力压抑着冲波逆折的情绪，咽了一口又酸又涩的口水，吃力地说道，“今晚回去别一别家人，明日自有旨意。”

“是……”

望着史贻直又高又瘦的身躯踽踽出了养心殿，消失在夜色里，雍正紧咬牙关，强抑着不让眼泪迸出，半晌，粗重地透一口气道：“叫杨名时孙嘉淦和刘墨林退出去，明日再递牌子——哦不，刘墨林留下——我们这边先议一下隆科多的事。”马齐和张廷玉愕然交换了一下眼色，都把目光盯向隆科多。隆科多头“嗡”地一响，心脏急跳，冲得耳鼓哔哔直叫，脸色立时变得雪白，双膝一软已跪了下去，颤声说道：“臣……恭聆圣训。”

“你起来，还都坐下。”雍正阴郁地一笑，说道，“朕并不要怎样你。朕想问，畅春园的事到底为什么?”

隆科多绷得紧紧的心又是一缩，但这一问是早在预料中的，忙将当日情由说了一遍，又道：“臣是懂规矩的，先帝六次南巡，回銮时都由九门提督衙门清理宫殿，绥靖北京治安。”说罢看了马齐一眼。

“你不要看马齐。马齐没有告什么人的状。”雍正冷冷说道，“京都帝辇，国家根本重地，朕怎么会掉以轻心?有几封密折，你要真想看，回头贴了名字誊给你阅看，好么?”隆科多忙欠身，干笑道：“奴才焉敢?奴才的心思主子最知道的。就奴才而言，除了主子还是主子，并没有别的安身立命之地。怎么敢有二心?”马齐在旁顶了过来，说道：“谁也没说你有二心。我不是摆资格，我二十五岁就是顺天府尹，四十年的京官，先帝南巡回銮接驾，后四次都参与了的，没有步军统领衙门独自清理的例。京师京郊驻军近十万，都自行其是，闹出哗变摩擦，主子又不在，谁能善后?我是后来才听说，上次太后薨逝，有人发急信到奉天，要请八旗旗主王爷进京，如照你如今的布置。万一有别有用心的人乘机作乱，是我来弹压还是你来弹压?”

方苞坐在雍正身边一直静听，眼见马齐又红了脸，笑道：“马中堂不要动性子。我们消消停停说话。隆大人是宣读传位遗诏的托孤臣，要有二心，当时是做手脚的机会，怎么会选在天下大定时乱来？但这事隆大人处置确实有误。圣祖回京，定有时辰日期，先有诏书安排定了，京师才清理宫闱，也都会同了顺天府和京师各营主官，发了咨文才办。京师武备揽总儿的是怡亲王，我就陪着十三爷住在清梵寺。出事头天你还去给十三爷请安，十三爷纵病着，我又没病，你就提一声这事，我总可顾问一下的吧?”隆科多听着这糟老头子的话，明面上心平气和，其实比起马齐更觉难对，却又难以发作，叹息一声道：“我是老了。我去清梵寺，怡亲王咳嗽得话都说不整，想着他才四十出头的人，就病得这样，当年十三爷何等英雄来着，我心里只是感伤叹息，又想着是小事，不过各宫看看而已，就没说。”

“舅舅。”雍正含笑道，“马齐只是浮躁。这事你是办错了。你明白么?”隆科多忙起身一躬说道：“奴才办砸了差使，引起物议，确是有罪。请主上发落。”雍正道：“你也是无心过错。你若有心犯过，不敢这么明目张胆，朕也不同你一处坐谈了。但既有错，便要依制度来，恐怕要有点小小处分。”

方苞张廷玉和马齐一听这话，忙都站起身来。隆科多一提袍角跪了，叩头道：“请皇上降谕。”

“你这次犯过，实因年老精神不到所致，朕很怜你。”雍正的神情似乎有点怅然，“错出无心，也无须重处。你兼职太多了，内务府、宗人府都是你管，很多事照料不来，不如一概都免了，就保留上书房行走大臣、领侍卫内大臣这两个职，你觉得如何?”

他虽没提步军统领一职，但一听便知，雍正真正要免的就是这个职。隆科多忙叩头道：“奴才奉职无状，主子隆恩高厚，但奴才已不宜再留上书房侍候，恳请一概全免，以警臣下怠忽公务之心!”

“处分你朕心里已经很难过，更不能罚不当罪。”雍正叹道，“照这意思，你今晚回去写个辞呈，朕自然要申饬几句，上书房大臣你还是要留任的——你这就退下吧。”

隆科多心里乱糟糟的，说不出个滋味，胡乱叩了几个头，连自己也不知道说了些什么。雍正温声抚慰道："你的心朕知道，这不过走走场面，前人撒土，迷迷后人眼罢了。你只管安心。你忠诚待朕，朕断没有亏负你的理。"说着竟扶起隆科多，直送出殿外。

看着隆科多由太监导引着出去，雍正踅回殿中，笑道："原想见见刘墨林的，想不到半路杀出个史贻直！九门提督衙门出缺，议议看，谁来补好？"马齐心里略一掂掇，说道："这要懂军务的才好。跟着年羹尧的十个侍卫，看来在军中历练出来了。穆香阿如何？"雍正舔了舔嘴唇未置可否，朝外叫道："传刘墨林进来——穆香阿到年羹尧军中一仗未打，这些花架子行径算不得真本领。朕就不信他那个'太极图'阵就真的管用！穆香阿他们十个朕召见，另有委用，他不成。""那就毕力塔。"马齐又道："毕力塔是老将了，先年也跟圣祖爷打过仗。"

"丰台大营也是要紧的。"方苞说道，"张雨这些人一时还拿不起来。毕力塔一人兼职不合体例。"

"唔。"雍正又转面问张廷玉，"衡臣，你怎么不说话？"张廷玉此刻已是精神恍惚，只是觉得眩晕，已不觉得饿了。他勉强欠了欠身，说道："其实奴才看，图里琛就好。粘竿处本是皇宫内侍卫的内廷衙门，图里琛几次外差都办得好。如今情势，臣以为应该撤掉粘竿处，与步军统领合衙，由图里琛为统领。内衙门养兵，容易留后遗症的。这件事臣早就想说了，乘着这事一处理顺了才好。"雍正听了一笑，说道："粘竿处撤掉，很好。外头已经有议论，说粘竿处是朕的私人护卫，有点像东厂①。还说图里琛带的侍卫是'血滴子'，真是活见鬼。越是能作践朕的话越是有人听信！其实你叫他指一指粘竿处不经法司衙门杀过捕过哪个官，他又说不出来！如今索性撤了，也就堵了那起子小人的嘴。"说着，走近了张廷玉，觑着张廷玉脸色道："你脸色很不好，有什么地方不受用么？"

张廷玉勉强笑道："奴才没什么。奴才是有心事。史贻直的事奴才有点放不下。詹事府原是侍候东宫的，现既不立太子，这个衙门又闲又富。年羹尧如今圣眷这样好，没来由他凭什么拼性命弹劾年某？且说的那些话，也不能说全无风影，就是处分，也没有死罪，如不处置，奴才也体贴得主

---

① 东厂：明代特务机关。

子难为处。年大将军贺功刚过，就这么大肆攻讦，这史贻直也太不懂事。”

“于情而言，情犹可恕。”雍正被他说中心事，心里也是十分难过，“于理而言，不杀他无以对年羹尧啊！”

方苞在旁听着，也是十分为难。思量了一阵，说道：“我有一法——凭天决之！”雍正掉过脸问道：“这怎么说？”方苞闪着黑豆眼，嘿然一笑道：“他说要想天雨，必参斩年羹尧，原为祈雨而来的。就命他明日午门外跪地求雨，天若下雨，奸臣便不是年羹尧；天若无雨，年羹尧便‘不是奸臣’——这就替年羹尧出了气，白了冤。——这夜的事断然是瞒不过年羹尧的。”

“那史贻直呢？”雍正听着浑不得要领，“天若不雨，杀不杀他？”方苞笑道：“我断明日天必降雨。真的没有雨，史贻直就有君前狂言之罪，‘狂言’该当何罪，发刑部议处，依律而行就是。”雍正踱至殿口，下意识地看了看天，却是湛青无云，一天星斗灿烂。他叹了一口气，说道：“也只好如此了。”张廷玉却觉得方苞的话近乎儿戏，刚说了句“方灵皋，这不像读书人的话，倒像是方外术士——”话未说完，他眼一黑便晕厥过去。

殿中人顿时大吃一惊，方苞马齐霍地立起身来，雍正惊得倒退一步，心慌意乱地高声叫：“快传太医！”刘墨林早已进来，守在殿门口没敢打扰他们说话，此时三步两步抢进来，一边说：“臣粗通医道，容臣先看看——”急蹲下身去，翻开张廷玉眼皮，又扶着脉沉吟良久。雍正急问：“到底怎么样？是怎么了？”

“真令人难以置信……”刘墨林摇头道，“这怎么会呢？”

“你这是什么话，叫朕猜谜儿么？”

“张相没有病。臣看，是……是饿的了。”

雍正皱眉道：“你胡说八道，朕今儿两次赐御膳的！”高无庸在旁说道，“兴许是真的，两回赐张廷玉膳，都是奴才办差，找他办事的人太多，又急着过来侍候主子，他没有吃成饭……”说话间张廷玉已经醒过来，见雍正一干人惊愕地扶自己，不好意思地说道：“臣一时头晕，惊了主子的驾了。”待两个太监扶起身来，又笑道，“我们张家遵圣祖祖训，惜福少食摄养，竟饿倒了宰相，也算一大笑谈。”雍正却“笑”不出来，他的心一直往下沉落，半晌方惊醒过来，忙一迭连声叫“传膳”！方苞道：“御膳鱼肉荤腥，衡臣未必消受得。”刘墨林也不管顾，说道：“要一杯奶子，多加点冰糖，现成的点心用几口就成，不须用御膳。”雍正见高无庸站着发呆，厉声道：“你愣什么？还不快办去！”

张廷玉贪婪地喝了一大碗奶子，又吃两块宫点，渐渐回过颜色，揩着额上的汗笑道：“从没有在主子跟前这么放肆的，今儿出了丑。臣没事了，接着议事吧。”雍正的意思天已晚了，张廷玉又弱，想改明日再议。张廷玉笑道：“原打算今夜还要见杨名时和孙嘉淦的，都积到明日，明日不是更累？还是主子老话，今日事今日毕的好。”

“刘墨林，知道传你进来做什么的么？”雍正命给每人进一碗参汤，干咳一声问道。他一开口，殿中又恢复了宁静庄重的气氛。众人原想刘墨林必定说“不知”的，不料刘墨林却叩头道：“臣知道。臣今个在八爷府作践了徐骏，得罪了八爷。万岁必定听了八爷的话，要处分臣。这没的说，臣是故意儿的，凭主子发落。”几句话说得大家都笑了。雍正道：“你伶俐得忒过头了！一点也没猜对。徐骏浮浪纨袴子弟，有点仗了你八爷的势。你呢，放荡无羁无行文人，也确有点恃了朕的宠。朕不偏不倚说话，都够受的了！八爷已经代朕教训了你，朕就不处分你了。”

刘墨林叩头道：“谢主子宽宏之恩，但徐骏确是衣冠败类斯文禽兽。八爷处我并没有失礼，只当他面唾了徐骏是实，徐骏是翰林院的人，又不是八爷的奴才，八爷这个偏架拉得没道理。臣虽放荡无羁，实没有恃宠骄人的意思，臣实在咽不下这口气。”

“你还是先咽下这口气。”雍正沉静地说道，“苏舜卿的事朕心里有数，为一个女人和人怄气，朕很不取你这一条。回头你见见十三爷，赏你点银子，好好发送了她。十步之内必有芳草，你读饱了书的人连这个理都不知道？”劝人容易劝己难，天下通理，雍正说到这里，猛地想到小禄和跟允禵的那个丫头，竟触了自己隐疼，忙收摄心神，又道：“叫你进来不是议私事的。朕有意放你外任官，你怎么想？”刘墨林怔了一下，说道：“我是皇上的臣子，以身许国，在京在外仍是皇上的臣！既是皇上垂问‘怎么想’，做翰林的都有通例，无不巴望能当学政，收门生，熬资格。臣原也是这想头，皇上作过《朋党论》，读来令人心目一开——那都是为自己，并不为了社稷。万岁给臣一个中等郡，臣管取三年小治，五年大治，为皇上一方良牧!”

雍正盘膝坐得有点腿发麻，下榻在地下随意踱着，突然一笑道：“那自然是好的，但你实非一郡之治能局限。朕给你一个参议名义，还回西宁，就是参议道台吧！你愿意不愿意？”

……

“唔？”

“臣不敢不奉诏，臣亦不敢说假话：臣不愿往。”

“为什么？”

刘墨林连连叩头道：“年大将军严刚可畏，臣侍候不来！”方苞马齐和张廷玉三人迅速交换了一下眼色，张廷玉双手扶膝身子一倾说道：“主上并没说叫你侍候年羹尧。你是西宁参议道，主管为年、岳两军征调粮饷，调停西宁各驻军争端，并不受谁的节制，有事直报上书房。”

“直报朕。”雍正手一摆，邢年便过来，手里捧着个小黄匣子，上头摆着两把钥匙，雍正自取一把转手交高无庸，“替朕收着。”邢年便把匣子捧给刘墨林。刘墨林双手捧过，沉甸甸的，角上包着镀金黄铜页子，钥匙齿犬牙交错，显然是特制的锁，他立刻明白，这就是一直耳闻，却从来没见过的密折奏事匣子了！正发怔间，雍正微笑着道：“这是圣祖爷的发明，古无前例。有人说朕耳目灵通不易受人欺蒙，是靠粘竿处去听壁角，他错得一塌糊涂！上至总督巡抚，下至州县蕞尔小官，朕给这匣子，就和家人通信一般，什么事都说，说出来是真是假是正是误，无处分也无奖赏，不管什么事什么时候朕拆看，随时批复，却不是正式公文。你有事要发明折，自己拿不定主意的，也可先具折子请示朕——你直报张廷玉，发了明折，就变成公务，那就要秉公处置了。”

马齐见刘墨林发愣，笑道：“别看我们日日和皇上一处，我们也都有这个匣子呢！这是殊遇异数，你还不快谢恩？”

“是啊，这是异数。”雍正目光盯着远处，似乎在眺望什么，“可惜并非人人知恩。有的人恩赏密折专奏权，把匣子给外人看，卖弄专宠；有的人把朕批的朱批泄露出去；这两种人朕是不给他脸的。还有一等人，像穆香阿，寄来的密折，满嘴都是拍年羹尧马屁的话头，读来令人肉麻——方才马齐还说他可任九门提督，可笑!”马齐被他数落得脸一红，忙起身道：

“是臣妄言了!”“是无心嘛。”雍正示意马齐坐下，“这不过顺话提及。总之，密折要说朕关心的事。大至督抚将帅，小至茶肆耳食语，秦楼楚馆轶闻趣事，士大夫往来过从，凡有关世道人心，朝政阙失的，放胆奏进来，就如同家人父子通信，没什么忌讳，就是年岁丰歉，阴涝晴旱……只管奏!”

说到“阴涝晴旱”雍正猛地想到史贻直，心里紧抽一下，便不言语，只是出神，半晌才道：“今儿着实乏了，朕也没精神。刘墨林明儿见见张廷玉，就去年羹尧那里陪着。记着，事事要听年羹尧调度，事事要密折奏进来!”刘墨林一头死了苏舜卿，心中悲痛；受允禩窘辱，又觉愤恨；升迁是喜，与年羹尧打交道又是忧；受密折权又有点惊疑。心里翻倒了五味瓶似的，叩头道：“臣敢不凛遵圣训!”雍正点了点头，说道：“夜深了，散了吧。”

这一夜，雍正就歇在养心殿，也没有翻绿头牌叫妃嫔，在大炕上辗转反侧，只是睡不着，几次趿了鞋出来看天，天色却是晴好。

第四十二回　徇成法循臣谏拗主　降甘澍午门救詹事

刘墨林因知张廷玉身体有病，第二日上午辰时才打轿往张廷玉私邸拜谒。一路隔轿窗都能听见，街上人沸沸扬扬说道史贻直弹劾年羹尧的事，有的说“史大人已经绑赴午门，午时三刻在午门问斩”！有的说“年大将军要亲自出红差①”！刘墨林只是一笑，“午门问斩”只在前明有过，清朝开国早已废止。只在吴三桂掀三藩之乱时，康熙皇帝在五凤楼阅兵，午门前杀掉了吴三桂的长子吴应熊以示朝廷大张挞伐决心，史贻直这点子事怎么当得起这大的典刑？想着，轿子已落。刘墨林吁一口气哈腰出来，递上名刺，张廷玉的门官便笑了，“张相四更起身，五更临朝，几十年的规矩了，您大人的事张相昨夜就吩咐，请上书房见。”刘墨林不禁暗赞，张廷玉勤劳王事到这份上，也真难怪雍正爱重。忙命轿往西华门，特地绕道午门，要瞧瞧史贻直。他平素与史贻直只是点头交情，但既然史贻直遭了事，这点情分还该有的。

在午门“文官下轿武官下马”碑前下轿，刘墨林倒犯了踌躇，自己眼见就要受年羹尧节制，特地看望史贻直岂不犯忌？他远远站着望了一眼，真的见史贻直已摘了顶戴，直挺挺跪在午门前的侍卫房门口，其时正五月中，久旱无雨，大临清砖铺起的午门大空场蔚蔚蒸起的地气煌煌直上，天上晴得一丝云也没，骄阳无情地将威炎的光直倾下来，晒得地下焦热滚烫。眼见史贻直面无表情，头矗得葱笔价仰望上苍，刘墨林心里突然一阵难受。正发愣间，却见邢年带着几个太监，都热得大汗淋漓，脚步拖沓地过来，到史贻直面前，说道：“有旨！”

“臣，史贻直！”

---

① 即当刽子手斩杀犯人。

“皇上问你，”邢年干巴巴说道，“你这次无端攻讦年羹尧，有无串连预谋的事？”

“没有！”

“为何孙嘉淦方才与你说的一般，又拼死保你？”

史贻直仿佛意外，头略一指说道：“孙嘉淦是昨日回京的，臣是昨夜见的皇上。他回京后我们没有见过面，即平日，臣与孙嘉淦素不往来，政见多有不合。他保臣，臣不知道，也不屑于他来保臣。”邢年只是奉旨传话，应无驳诘之权，听了点点头，又道，“皇上说，‘朕很怜你’。命我传旨，只须向年大将军谢罪，便可赦你。”史贻直以手指天，说道：“年羹尧所作所为上干天怒下招人怨。臣若谢罪，在皇上为佞臣，在年某为附恶，皇上何所取而赦臣？杀年羹尧天必雨！”他如此强项不屈，旁边几个侍卫都听呆了。刘墨林也不禁心下骇然，脸色已是变得苍白。

“皇上说，你与年羹尧同年进士，又受年某举荐入选东宫洗马。”邢年又道，“你必是想，年羹尧功高震主，朕必有鸟尽弓藏的事。想预为自己留一退步。事主唯诚，你这样的心地可问不可问？”邢年是大内最老资格的太监，曾亲眼目睹当年名臣郭琇批龙鳞，姚缔虞，唐赍成当年上书北阙拂袖南山的风范历历在目，这种事对他来说并不新鲜。但康熙性格宽仁，雍正刻忌阴狠睚眦必报，两个君王不一样。眼见史贻直如此冒犯雍正毫无惧色，不禁也替他捏一把汗。刘墨林听着这剔骨挖肉般的诛心之词，想象雍正发话时的脸色，竟倏地打了一个寒战。却听史贻直答道：“臣并不知年某推荐之事，今日听来，实堪羞愧。臣举进士，是自己考的，年羹尧举荐无论出于何心，但用臣的是皇上。臣以为皇上当以是非取舍，不应以揣猜之词加臣之罪！”说罢连连顿首。邢年揩一把汗，说道：“你既不肯伏罪，皇上命我传谕。你就是小人，就在这晒日头。晒死了，天就下雨了！”

史贻直见邢年转身要走，一把扯住后襟，说道：“你这老阉狗！去回皇上话，我不是小人！”显然，雍正的话深深刺痛了他的自尊心，气得脸色雪白，眼中迸出泪花来。邢年却笑道：“咱是传旨的。并不干咱的事。其实我倒佩服您大人这点骨气的。”说完，径回大内缴旨。

刘墨林一个愣怔，才想起自己还要见张廷玉，然后去见年羹尧。再不迟疑，拔脚便跟了邢年身后，从左掖门入内。邢年自回养心殿，刘墨林径奔上书房来。张廷玉正和杨名时谈话，李绂坐在一旁扇着扇子，似乎等着接谈。见刘墨林进来，张廷玉只点了点头，说道："原说头一个见你的，已经见了几个了你才到。索性名时谈完，我陪送你去大将军那里——名时，你接着说。"

"云贵苗瑶杂处，不能同内地类比。"杨名时呷一口冰湃凉茶欠身从容说道："内地是官府说了算，那里是土司说了算。如今蔡珽将军不再过问民政。我遵先王遗政，取怀柔羁縻之策，好容易才理顺了。皇上要改土归流①，不是我不肯办，在几个地方试，其实真的管不了苗瑶族里的事。中堂想想，那都是一个一个的土寨，隐在十万大山中，有的寨子连马都上不去，有的蛮荒不化，言语也不通。历朝历代世袭下来的土司，一旦取消，难免就有怨望心。各自为政久了，一造反就一寨皆反，一山皆反，派兵镇压，他们钻了深山老洞，兵去他归依然故我。有的县份，多年没有县令，衙门都倒了，有的县只有一个当地人替政府办事，也只是管着召集土司会议，宣布政令，回去他们该怎么办还怎么办。你要设政府管理，就得派官员去，瘴气毒雾十去九不归，人们宁肯辞官也不去。这些个烦难，朝廷还得多多体谅。我以为还是维持现状，不易轻作更易的。"张廷玉双眉皱着只是沉吟，半晌才道："剥夺土司特权，百姓们该拥戴才是嘛，政府并不收苛捐杂税，皇上这是仁者之心！"杨名时一听便笑了："我说的是'行不通'，不是'不应行'。云贵于中原有茶盐之利，但贫瘠乏粮历代就是这样的。许多地方都还是刀耕火种，我去的第一件事，先教他们种地，衣食足知荣辱，'三字经'得从这儿念起。然后扶植农桑，养育人才尊孔尊孟，慢慢开化了再设政府，才是水到渠成。硬来，逼反了，就事与愿违了。"

张廷玉看去心情有些忧郁，雍正忙着要改土归流他原也赞成，听了杨名时的话，倒犯了踌躇。半晌，张廷玉一笑道："牛不喝水强按头。皇上是要给牛灌药，可惜牛不省事啊！李卫递进折子，他要在江南试行火耗归公，听说你也不同意？"

"我和李卫私交极好的。"杨名时道，"但他这风头出得不好。单迎合皇上急于充盈府库的心思。所以我特意绕道去看他。看来意见难合。耗羡归

① 即设置正规政府，代替土司政治。

公，只能叫清官日子难过，贪污墨吏要巧取豪夺，哪里寻不出‘名目’来？如今天下吏治到底如何，张相大约比我清楚。去年秋我参劾大理知府臧成文，刚摘了顶子下来就给他送了民伞保他。臧某贪墨一万余两查有实据，为什么下头百姓还保他？我心里疑惑，私访了一下才知道。老百姓说，今年年例刚送上去，您撤掉他，我们就白送了，充公又归还不来！再派一个，还得再送一份子。好比是狼，我们刚喂饱一个，你再派个饿狼！我心里气急，回省就请王命旗牌斩了臧某。再去的官他就不敢再当狼！所以清吏治充库银，要害在‘吏’，而不在‘治’法。李卫这办法一旦推行，下头必定又生出千奇百怪的办法多途搜刮，害的还是百姓。或许江南一省行之有效，但各省纷起效法，后果不堪设想！”张廷玉听了不禁默然，杨名时说的这些他深信不疑，但雍正多次与他促膝交谈，天下事非变法不可为，耗羡归公、改土归流、丁银入亩、官绅纳粮和筹钱法这些大政都是雍正决心已定的事，几个亲信大臣已在外地试行。中途停止，那就是说雍正登极以来毫无政治建树，一旦稍有风吹草动，允禩便能兴云作雨推波助澜，甚或召集八旗铁帽子王会议废黜雍正，自己作为宰相，又如何善后？像杨名时、李绂，都是雍正一手提拔的亲信大员，细谈之下，对雍正刷新政治的措置竟无一赞同，想来也真令人可叹。张廷玉刚问了句：“依着名时意见，该怎么办？”杨名时未及答话，便见孙嘉淦扬着脸进来，便道：“嘉淦，下来了？你不要去顶撞皇上了，不要去了，皇上的难处我知道。多建议些，气平些，好么？”孙嘉淦道：“我只是过去保史贻直，没有顶撞皇上。皇上昨夜没睡好，性子很躁，一边听我奏说，有时还踱出殿散步，回来再听，看上去是有些心神不定。后来皇上就叫我过来，听你处分。请中堂处分！”说罢便是一躬。

张廷玉叹息一声，说道：“你是个傻子！皇上不给你处分，我给你的什么处分？言官嘛，你是御史，说话比我随便。”他扫视众人一眼，说道：“我只想告诉诸位一句话，‘雍正改元刷新政治’是皇上据天下大势决断出来的方略。我们做臣子的，只能在这个方略圈子里赞襄，万不可掣肘。不趁国运鼎盛时疾速整顿吏治，祸至悔迟！据我看，皇上这见地实在入木三分，只是看来性急了也不成。掣肘的太多，太多了。”

“圣祖成法应无错误。”杨名时顺着自己的思路说道，“只是圣祖晚年诸法废弛，贪风渐起渐炽没有随时遏制。方才中堂下问，我说。抓住一批墨吏，无问亲疏远近，无问贵贱高低，一律明正典刑昭示天下。这一条办下来就堵住了贪风。先帝爷御制圣训三十六条，要颁示各地学宫切实宣讲，旌忠表孝，就能作养一代廉吏。徐图更张，不比如今这样急功近利舍本求末的‘变法’好？”张廷玉立即插一句，说道：“‘变法’的话是我说的。皇上从没说过‘变法’二字。我们这是私下交谈嘛。”“其实我也要说这就是变法。”杨名时昂然说道，“叫不叫这名儿何关紧要？宋神宗，英主；王安石，英才。变法变得怎么样？靖康之乱！”

李绂是张廷玉的门生，一直坐听不敢插言，此时觉得不宜沉默下去，一欠身道：“杨兄，《吕氏春秋·察今》中头一句就说：‘上胡不法先王之法？非不贤也，为其不可得而法！’如今情势与熙朝大不相同，墨守成规，政治难新。不过，老师，我也觉得急了些。这么多政务，又是摊丁入亩，又是耗羡归公；民、官一齐得罪，朝中又颇有不同意见，一个失闪，容易乱局啊！像文镜那样，几乎将省城各衙主官撤完了。凭他一人，就是三头六臂，办得下么？”刘墨林是“变法派”一直想寻机与杨名时辩诘，想到“掣肘”二字，倏然间才明白雍正写《朋党论》的真意，又联想到自己的新使命，恍然若有所悟，但李绂又提说到年羹尧。他翕了一下嘴唇，把话又吞了肚里。

一声沉雷拖着长长的尾音，像一盘空磨在远处颤抖着传进上书房。众人都是一愣，接着又是一声，音也不甚高，只是尾音更长，好像天也累极了，发出一声撼动人心的闷声叹息。

“天要下雨了！”张廷玉兴奋得一跃而起，几步跨出上书房看时，却仍是骄阳当头。因上书房坐西朝东，张廷玉疾趋几步到甬道上以手遮阳西望，但见黑沉沉乌鸦鸦墨染似的黑云峥嵘而起，缓慢地但又毫不迟疑地向已偏西的太阳压去，仿佛要闭合封锁整个湛清无云的天空。隐隐的雷电，金线火蛇一样闪击着云幕，却并不出头。少顷，远处林梢一阵刷刷响动，凉风卷着浮尘隔着重重宫院袭进来。张廷玉浑身顿觉清爽，刚说了句“方灵皋智能之士，了不起”！便听一声石破天惊的雷声，撼得宫阙大地都颤了一下。先是几滴铜钱大的雨滴噼里啪啦撒落一阵，又停少顷，便听由西向东松涛一样的雨声渐渐近来，整个紫禁城的巍峨宫阙，龙楼凤阁刹那间便淹没在麻帘一样的雨幕中。原来晴好如洗的东半天也都被怒海翻腾的云涛压得黑沉沉的，惊雷一声接一声，忽儿把庭院照得雪白，忽儿又隐在云层中不停地滚动，把深邃的百年禁城笼罩拥抱起来，黯黑得像深秋的黄昏。张廷玉痴了一样站在雨地里，任雨水浇透了他的全身，闭目仰天，似乎在尽情享受上苍突然降临的甘澍，又像在默默祈祷着什么。李绂见他站得久了，忙冒雨出来说道："师相之心，上天已鉴。不过雨地站久了要着凉，请师相回屋……多少大事等着要议呢！"

张廷玉喟然深舒一口气，由李绂搀扶着进上书房，一边更衣，一边说道："此雨治人无数，是皇上洪福所致！我要立即面君！你们在这里等着我回来……"说着，披了油衣拔脚便走，到门口，看了看惊雷疾走的天穹，招手叫过誊本处一个官员，命道："你立刻去一趟户部，尚书以下官员都要出动，查看粮库。还有兵部，把武库也要检视一下，有漏雨的要立刻补。不许霉一粒粮，锈一件兵器。叫人知会顺天府，永定河堤是要紧的，还有京师民间土屋茅舍也要查看，防着倒房砸了人！"说完，也不等那司员回话，便径出月华门，直奔养心殿。

雍正站在养心殿口正默默出神。他天性喜凉畏热，穿着一身酱色轻纱袍，外头只套了件石青葛纱褂，也没有戴冠，一双青缎凉黑皂靴已被哨风裹到檐下的雨雾打湿，却是一动不动，凝望着天空。方苞就站在雍正身后，也是拈须若有所思，一眼瞧见张廷玉冒雨而来，便道："衡臣来了。"

"唔？唔。"雍正点点头，反身回殿，命人在殿口摆了绣龙瓷墩，一撩袍角坐了，说道："衡臣不要行礼了。见过人了？""还没有谈完呢！"张廷玉到底还是打千儿行了常见礼，起身赔笑道："天下这样的好雨，晓得主上心里欢喜，奴才过来给史贻直讨情。"雍正怔了一下，说道："史贻直还是有罪的。他妄言年羹尧为奸佞，不杀年羹尧天不下雨。这雨下来了，他就有妄言之罪。善拿善放，不足以安功臣之心。"

张廷玉满以为过来一说即准，肯定立刻放掉史贻直的，不想雍正却这样说，不禁一愣。一时倒不知该怎样答对，瞥了方苞一眼，半晌才道："万岁圣明。但天道无常，史贻直只是揣度有误。其大旨直说帝侧有小人，恐也是实情。今万岁惩罚史贻直午门长跪，像那样的太阳，史贻直能支撑多久？焉知上天竟为拯忠直之士而突降甘霖？"方苞在旁微微一笑，说道：

“衡臣，这些万岁都知道。但别人的心思也要顾及。这次史贻直奏劾年羹尧。孙嘉淦又力保史贻直，是谁都瞒不过的。我方才跟万岁说，这雨可名为‘詹事雨’，但据此时朝廷情势，不过救了史贻直一命而已，其余的都还说不上。看看吧，忙什么？雨，一时住不了呢？”张廷玉听着这些捉摸不定的话，虽没有明说，已看出雍正心中更深的隐忧，倒一时语塞。君臣三人都没言声，注目着外边倾泻如注的大雨。

“廷玉，杨名时他们都说了些什么？”雍正抚着膝，看着闪动发亮的外院问道，“李绂是臣的门生，虽说没多的话，我看似乎也赞同杨名时的话。似乎都觉得朝廷急于事功，步子不稳。”说罢，便将杨名时的话细细说了。雍正听得很专注，却始终没有说话，直到张廷玉陈说完毕，起身踱了几步，转脸对方苞说道：“灵皋先生，蔡珽和杨名时很有成见的，奏上来的密折也说杨‘操守甚佳，民望所归’；李绂，朕深知的，在任也是一介不取，还有孙嘉淦，也是忠直之士。但听起来，似乎朕的政令，他们竟无一赞同！真真令人可叹……知人也难，欲人知也更难！他们似乎总把朕和圣祖分开来说，总将雍正之初与康熙之初相比，怎么才能叫他们知道朕的心，知道朕的难呢？”

雍正说得很动情，两道眉都拧攒了一处，目光炯炯望着外边，仿佛要穿透混沌蒙茫的雨雾，许久，才无可奈何地叹息一声。方苞和张廷玉听了也都无话可答；雍正的心思他们知道得一清二楚，却解释不得；既不能说康熙晚年政务荒疏，又要矫正这些时弊；既要整饬吏治，刷新政治，还得说是承先启后，不离祖宗成法！普天之下无官不贪，雍正措置处处都针对着这一条，却还要靠这些官来推行他的新政。他的这个皇帝不好做，也难为煞宰相。一时间养心殿沉寂下来，只听外头翻江倒海价的雨声和雷声，突然一阵碎冰破裂似的巨雷震响，墨染似的浓云中一个火球几抛几跳砸落下来，不知落到哪个宫里，震得大地都撼了一下。几个人心里都是一悸，便听远处一阵吆喝，一个太监连滚带爬跑进来，脸色吓得死人一样，跪在殿口哆嗦着嘴唇道：“万万万……万岁爷……雷……雷……”

“瞧你这副德性！”雍正脸色又青又白，阴沉沉说道，“天塌了么？”

“太和殿……雷击了，走了水！”

坐着的方苞和张廷玉惊得一齐站起身来，跟着雍正疾步走出养心殿，张着眼向东南望时，却并不见火光，阴霾低沉的云层压得低低的，袅袅起落飘游，弄不清是烟还是云雾，隐隐传来时断时续的吆喝声，也听不清叫的什么。一时便见高无庸浑身淋得水鸡儿似的跑来报说：“火没烧起来就叫大雨浇熄了，主子放心……”

“你去午门传旨给史贻直。”雍正的声音在雨声中显得异常镇定，“京师久旱不雨，是朕凉德所致，若果是天降灾殃，自当由朕任咎。史贻直妄以天变之责加罪于忠直有功之臣工，学术不纯，譬涉乖谬，本当严议，念其初志尚无恶逆之心，着革职，永不议叙，免交部议。——你去，就这么传旨！”

张廷玉原本为救史贻直过来的，听见这道谕旨，不禁松了一口气。但雍正这诏旨其实带着罪己诏的意思，又不好顺着说，默谋了一会儿，赔笑道：“皇上责己似乎严了些。说是天旱，并不成灾。若论责任，宰相燮理阴阳调和朝野，责任在我……”“你的心朕知道，不必说了。”雍正慢慢转回身，“他们还在上书房等着，你还办事去吧。”张廷玉忙答应着，待要退下时，雍正又叫住了，“杨名时李绂都是正人，意见不同尽情叫他们讲。你要有定见，劝说他们与朕一德一心。告诉他们，朕是仁君，不是暴君。慢慢往后他们就越看越明白了。他们的办法要能办好一省一地的吏治，也不妨允他们自为，只不要学史贻直。史贻直太不懂事了！”

目送张廷玉退出养心殿，雍正的神色似乎有点疲倦，踽踽回到东暖阁坐下，望着玻璃窗外的淙淙大雨只是出神。方苞跟着进来站在侧旁，沉默许久，说道：“这雨下得好。”雍正点点头，说道：“年羹尧好不识起倒！朕一直等他为史贻直说几句话，他未必要天来说话？”他目中瞳仁陡地一亮，又黯淡下来。

“皇上，您看。”方苞指着北壁上一张字画，说道，“这是先帝给你题的字，‘戒急用忍’。依臣看来，实实够皇上受用终生。”雍正看了一眼那张字，又把目光盯向方苞，却没言声。方苞一笑，说道：“李卫田文镜李绂杨名时，他们各自为政，眼下只能这样，急也没用。八爷和年羹尧两块石头当道，您想推行新政，只能忍着点，一块一块搬开，好比渠水，就流畅了。”

雍正双手揉抚着膝盖，恶狠狠地凝视着那张字，许久才道：“朕倒想敦睦友子兄弟和谐的，惜乎是一厢情愿。登极以来老八的人升了多少？他仍旧是作梗！朕看隆科多也靠向了廉亲王，就是因为朕始终只是苦口婆心地说，没有心狠手辣地做！倒叫他们瞧着朕‘外强中干’似的！年羹尧离京一走，朕立刻要赶允禩出上书房，看是谁敢作仗马之鸣？”

“年羹尧敢。”方苞翘着髭须冷冰冰说道。他的口气如此阴寒，在隆隆响震的滚雷声的夹缝里清晰地传过来，雍正竟不自禁打了个冷噤，他的脸立刻苍白了。不知过了多久，雍正才道：“还不至于吧？年羹尧在藩邸就是朕的门人，朕知道他，外谦而内骄，目空无物胆大妄为都是有的，说到谋逆造反，他未必有这个心，也没有这个力。这一次进京又加了这许多恩宠……”方苞一笑，说道：“恕臣直言，皇上见的那个年羹尧是‘表’。据臣看，年羹尧秉性只有两个字——狐疑——狐狸过冰河，走几步听一听冰凌的动静。一旦觉得不会炸冰开河，他几步就跳过对岸了！”

雍正的脸色愈加苍白，他陡地想起当年，康熙两次废太子，年羹尧都曾进京刺探阿哥夺嫡内情，靠拢允禩，只是邬思道防守严密，警告年羹尧“不可玩火”才勉强拢住他没有公然倒戈背主。想着，雍正竟不由自主点了点头，半晌，冷笑道：“要真的这样，不晓得天如何料理他了！有那么便当的事么？岳钟麒就在青海，听他的？还有粮呢，饷呢？如今天下大定，总该师出有名的吧？”“年羹尧真正失算之处，不该与岳钟麒争功。二人原是莫逆之交，他自己闹出生分来。”方苞眼中放出贼亮的光，“您这边一动八爷，他立刻就师出‘有名’了。八爷下头的人现在各省都是有职有权的督抚提镇。您‘刷新吏治’，先就刷了这些人，心里怎么能不恨您？年羹尧这只狐狸真的过了河，粮饷都不在话下。臣再说一遍，年羹尧的后顾之忧，只有一个岳钟麒！年是一党，隆科多也是一党，八爷自不必说。隆科多这次不敢真的动手，并不是畏惧马齐，甚或也并不为怕毕力塔，其实他们都还瞧不清年的步子！一来是万岁爷您天生威严又有十三爷忠心辅佐，二来也实亏了这次劳军的声势，才没有酿成大乱。万岁！这么多的城狐社鼠高居庙堂之上，您尽着防护自己昼夜警惕，试问怎么能推行摊丁入亩、官绅一体纳粮这些制度？”

一道明闪，照得殿里殿外通明雪亮，接着便是一声劈柴一样干涩的裂响，拖着长长的尾音，那雷声愈去愈远。

“偏劳先生为朕多筹划筹划。你就和怡亲王住一处，也好随时顾问照料。”雍正的脸在晦暗的暖阁里，又背对着窗，看不出是什么脸色，一字一句顿着说道：“西边送来的密折先交你看。哪怕是半夜，随时可以见朕。”

那雨，猛猛地直泻了一夜，平明时分才转成蒙蒙细雨，霰雾一样笼罩着满街潦水的北京城。

第四十三回 汴梁城抚衙释旧憾 郑州府佞人撞木钟

这场雨来得快去得疾，至第二日拂晓时分云散雨收，又复晴得月朗星灿。原打算在京再盘桓几日的年羹尧只好进宫辞行。雍正召见口气极温存亲密，就养心殿赐御膳，君臣席间谈笑风生，说得十分投机，雍正倒也没别的要紧话，只反复叮咛年羹尧“……要节劳，不可只顾感恩图报拼命做事，糟蹋了身子骨儿。朕已下旨，岳东美（钟麒）部仍旧退守四川，你只部勒好你的兵，少惹是非就好。粮饷的事刘墨林去，协统各省办理，还是你来节制。你妹子已经晋封贵妃，还有你父亲哥子，都有朕照应。你在军中如常办事，把兵练好，别的事竟可一概不管。如今青海西藏都已稳住，将来国力再充盈些，朕还打算由你将兵西进，殄灭阿拉布坦叛军。朕寄你厚望……朕自要做明主，切盼你做贤臣良将，单为你造一座凌烟阁也不是不可指望的事……”一头说，一头殷殷劝酒，一碗碗米汤只情灌起。年羹尧原打算问问如何处置史贻直的，倒被这些柔情蜜意的话堵了回去，只索雍正说一句答应一声。直到巳时初牌，礼部的人进来报说：“午门外百官已经候着，请年大将军受郊送礼。”

“皇上的圣谕奴才牢记在心”。年羹尧起身向雍正一躬，“奴才唯有粉身碎骨勤劳王事，才能报得主子知遇之恩！”

雍正也站起身来，环顾殿内，似乎想赏点什么东西，总觉无物可赐，思量一下，取过一柄镂金攒珠如意，仿佛不胜浩叹，说道：“一切不用表白，都在心田之中。你这一番出去又要吃苦，朕不知怎样赏赐你才能惬怀。带走它吧，用餐时看着它，练兵时想着它，行军时带着它，就如朕在你身边一样……”

雍正说着眼圈一红，竟涌出了泪花。年羹尧感动得五内俱沸，“喳”地答应一声翻身拜倒在地，哽咽道：“主子保重，奴才去了！”雍正双手扶起年羹尧，笑道："又不是生离死别，又何必伤感？朕今儿个也是的，这么多年头一回控不住自己。起来——朕还送你午门，咱们一道儿出去。"

于是二人并肩出了养心殿垂花门，却不乘乘舆，只散步南行，绕三大殿从右翼门进内，穿行太和门，过金水桥直趋午门。眼见午门外旌旗蔽日甲兵森立，雍正止住了脚步，凝望着外头似乎若有所思，摆手命张五哥一干侍卫回避。年羹尧一直随侍在侧亦步亦趋，见雍正似乎还有话，忙躬身问道："皇上似乎有心事？"

"有啊……"雍正叹道，"朕一直迟疑着，不知讲得是时候不是。"年羹尧疑惑地盯着雍正，不知道该如何回话，半晌才道："请皇上明示！"雍正顿了一下，说道："朕还是打算叫允禟回你军中。"

年羹尧一听便笑了，说道："九爷无论在京还是在军，有什么妨碍？他做不了耗！——而且据奴才看，九爷似乎还安分。"

"朕最怕你这样想。"雍正细牙咬着，冷笑道，"朕何尝不想兄弟敦睦？奈何树欲静而风不止！这话在殿里说，耳目太杂，也不是一两句说得清的。如今临别，朕只想问你一声，八爷如果反朝，你怎么办？"

"万不致有这样的事！如果真的出这种事，奴才十万精锐杀回北京勤王！"

雍正点点头，说道："只能说但愿不致有这样的事。但当年夺嫡他们何其拚命，图的是什么？老八老九老十老十四他们是小人之尤，断不可指望他们生改悔之心。如今分散措置他们，就为防他们谋为不轨！你们在外头把差事办得越漂亮，朕这个皇帝才坐得越稳，越有味！不然，出什么事都是难以预料的。朕之所以不重处史贻直也为这个。史贻直说，'有奸佞居鼎铉之侧'，并不是欺君！"年羹尧腾地脸涨得通红，跨前一步，压着嗓子激动得声音发颤，说道："请皇上发旨，半个时辰奴才就端掉这个'八爷党'！"雍正一笑，说道："亮工，你不懂政治。你即便不在京，朕发狠要拿他们，也只一纸诏书的事。别忘了他们都是朕的亲骨肉弟弟！就是罪行昭彰，朕也于心不忍。朕连自己的兄弟都教化不了，何以化天下人？他们如今并不敢妄动，只是等着朕弄坏了朝局，再召集八旗旗主，按祖宗成法行废立的事。朕夙夜勤政，把江山治得铁桶似的，也就堵了他们的口实，妄心退了仍旧是朕的好弟弟嘛！"雍正一脸的郑重其事，一会儿说得年羹尧浑身热血沸腾，一会儿把心悬得老高，又像是要整治允禩一干人，又似乎深切体念着“骨肉”情分，年羹尧也不及细想，只是觉得这些话如果不是拿自己当心腹，皇帝断然也说不出口。一边口里诺诺连声答应，又道：“奴才在外头带兵，小人们断然做不了耗。万岁说到兄弟情分，奴才不敢插言，但求皇上善自保重。一旦有使着奴才处，八百里加紧，三天可到奴才那里，旦夕可以响应的。”雍正一笑道：“这就好。朕不过虑之在前而已，白嘱咐你一句，你好心里有数。其实北京城里翻不了天——当初内有八王，外有十四王朕还不怕呢——走，朕送你出去，这里说话久了不好。”说罢，雍正便徐徐而行，年羹尧一脸庄敬之容跟在后头。五凤楼下的炮手见御驾启动，便点着了炮捻儿。随着闷雷价三声炮响，畅音阁供奉们击鼓撞磬，顿时黄钟大吕之声旱雷聒耳。高无庸几十个太监打着黄伞羽扇，簇拥着皇帝和大将军出了午门正门……

自年羹尧回京第五天，邬思道便赶回了开封，田文镜此刻已知道了这个瘸师爷的来头。尽自心里满不自在，却不得不礼敬有加。每日不问上衙与否，一大早先打发人恭送五十两台州足纹供这神仙花销。邬思道有时到衙门打卯儿，有时索性不来，收了银子便在省城名胜逛游，今儿相国寺上香，明儿游龙庭，泛舟潘杨湖，甚或登铁塔眺望黄河，吟诗弄琴，越发的逍遥。吴凤阁张运程姚捷三个师爷看在眼里恨在心头，几次旁敲侧击发邬思道的私意儿，田文镜都是王顾左右而言他，只说：“他有残疾，该当的多照应些儿。你们挣的钱少么？这事不值得怄气。”三个师爷气得七窍生烟，索性也不到衙办事。

田文镜走马上任河南，一心要整顿吏治，没想到身为巡抚，手握重权，口含天宪，仍旧事事受制。为晁刘氏一案，拿了臬司衙门二十几号人，又具本参劾胡期恒、车铭两名大员“通同僧尼，卖放官钱，贿赂官司”，在押的和尚尼姑们都已招认，偏是朝廷部文下来，吏部批的“着该抚将车铭、胡期恒贪墨不法实证解部上闻”。刑部则批“僧民所供一面之词甚骇视听，显系诿过大臣以图淆乱是非，着该审评实再报”。田文镜看着这些部文，气得欲哭无泪：他已发出宪牌，要车铭胡期恒封印听参，为的就是革职部文下来，好与这些淫僧淫尼当堂对质，把案子审个水落石出。如今车、胡赫然在位，单审和尚尼姑怎么能定谳？再看身边，邬思道百事不问，吴凤阁几个袖手观火，只剩下自己一个人，茕茕孑立形影相吊，真正的单丝不线孤掌难鸣！在签押房苦思一夜，田文镜一眼未合。直到卯时，巡抚衙门各房执事都来了，田文镜忍着心里那份难受，叫祝希贵去布政使衙门和按察使衙门请胡期恒和车铭。祝希贵答应着还没有离去，便见外头门政带着一个官员进来，个子高高的，又黑又瘦，凸出的颧骨上嵌着一对又黑又亮的小眼睛，头上戴着蓝宝石顶子，一望可知是个三品大员。田文镜惊愕地站起身来，细看时却是熟人，湖广布政使高其倬——不知几时来的开封？

“愣什么？”高其倬十分豪爽，大踏步进了签押房，一揖笑道，“有朋自远方来，不亦乐乎？当年你在户部跟十三爷做事，去四川催缴库银，没有和其倬打过交道么？如今做了封疆，竟睹面不识了！”田文镜一边还礼，说道：“哪里的话呢？敢不认识你其倬兄？突如其来从天而降，我再想不到——怎么就不通禀一声儿，你们差使越办越成体统了！”高其倬笑着坐了，一边接过李宏升送过的茶，笑嘻嘻道：“你别嗔下人。他们倒是要通禀的，是我不让闹这些虚文，又是开门放炮的，不合咱们的情分。”

几句寒暄过后，田文镜又沉闷下来，抚膝长叹一声说道：“樵山兄，你是进京引见的吧？”高其倬松弛地舒展了一下身子，啜茶笑道：“我是奉诏晋见。从李卫那边过来。皇上命我先看看你们。”田文镜忙起身一躬，说道：“文镜何以克当！”因见李宏升还站着，便道：“你去吧，就说高大人打湖广来，一并请过来说话。叫厨房备酒！”

“是这样，”高其倬待李宏升出去，坐了，摇着扇子道：“皇上要在遵化造陵。钦天监选了一处，去年我去看了。我说这地方地脉已尽，外面儿上瞧着好，其实下头土气太薄。他们不信，今年初春挖开看，果然七尺下头都是砂，还涌水。这次是邬先生荐的，我去给皇上选风水地——听说思道先生已经回了河南，快请出来见面呐！”田文镜苦笑了一下，叹道：“不知逛到哪里去了。樵山，我这一汪水毕竟太浅，养不住邬先生这样的大才。换一换人，我断不肯，也不敢说这个话，这个巡抚当得真是窝囊！”高其倬嘻地一笑，说道：“你心里的苦我知道。皇上让我来看你，在我的密折上都批了。连你上的折子也都转我看了。”

田文镜睁大了眼睛，疑惑地凝视着高其倬。

“李卫比你境遇好些。清理亏空，他保了一批官，鄂尔善累得要死不能活，也没查出江苏有亏空。”高其倬眯着眼说道：“其实他早已经另具密折，把江南亏空情形如实奏了皇上。他站稳了地步儿，然后再实行耗羡归公。不像你，一到任就整得河南官场鸡飞狗跳，一味硬来。但皇上赏识你这不避怨嫌，叫我过来和你谈谈，他知道你的难处。”田文镜目光熠然一闪，问道：“方才这话，是皇上说的，还是樵山兄的揣度？”高其倬正容说道：“皇上自己当初就是孤臣，不但与诸大臣落落寡合，就是和八爷比，人望也是不及的——文镜，我焉敢捏造圣谕？但皇上没叫我复述原话，我只能说到这份心上。”

只能说到这份上，田文镜就不能再追问了，他心里一阵欣慰，几乎坠下泪来，低着头只是发怔，喃喃说道：“皇上知道我田文镜这份心，就是难死，我也没有二话。我仔细想，皇上也是个难。但我不明白，车铭是八王爷的人，扳不动也就罢了。年羹尧大将军怎么这么护短？像胡期恒，真的交给我审，他的罪不在诺敏之下！这两个人，一个管钱粮官吏调度，一个管法司，扳不倒他们，我在河南有什么作为？还有个邬思道，顶着个师爷名儿，是我‘聘’的，只拿钱不做事，衙门里师爷们心都散了！要真的是我聘的，我早让他卷铺盖回无锡了！”

“中丞，你若真的叫我卷铺盖走路，我从前取用的银子一两不少都还你！”

田文镜和高其倬说得专注，都不知道邬思道什么时候已经进来。听这一句话，田文镜惊得身上一颤，转脸见邬思道架着拐杖站在门旁，不禁腾地红了脸，窘得不知如何是好。高其倬也是尴尬万分，但他是个灵性人，忙起身过来，亲自搀邬思道坐了，赔笑道：“河南地面邪，说曹操曹操到！田中丞刚刚儿呲着你不是，可可儿你就进来，你再迟点说话，不定我也要发你的私意儿呢！我是从李卫那来，叫问着你先生好，翠儿和你两位夫人处得好，凡百事情都照料，请先生不必萦心——田中丞心里闷，牢骚无处泄，相交满天下，知音有几人？你甭往心里去……”

“我说的也是真心话，”邬思道诚挚地说道，“只拿钱不做事，我确实算不得好师爷。”他目光忧郁，笃笃踱了几步，徐徐道，“今日其倬是个见证，我实是当今雍正爷的朋友。十几年在雍邸朝夕参赞，直到皇上登极，原说命我进上书房的。我就是这么个身份。椎山兄，你和李卫是朋友，他当县令你是师爷，我的底细你晓得，我说的有假没有？”

田文镜脸色白得没点血色，这时他才明白雍正亲问“邬先生安”的深意，原以为邬思道不过是趁食京师王公府邸的名士而已，想不到居然真的和皇帝有这么深的渊源！高其倬早已站起身来，欠身称是，又对愕然不置的田文镜道：“邬先生说的句句是实，皇上在藩邸其实以师礼待先生的，李卫见了邬先生也行的奴才礼，就是皇上跟前的三个阿哥爷，也都称先生‘世伯’……”

邬思道摆手制止了高其倬的介绍，淡然说道：“帝师我不敢当。若不是文镜着实厌憎我，今日断不说这个话。大隐于朝中隐于市小隐于野，当初辞别，皇上说我‘既不愿大隐，朕也不许你小隐’，我在你这里中隐，其实是你代皇上养着我，你明白么——我是‘隐’在你跟前，怎么敢和别的师爷一样追名逐利？”他目光盯着天棚，仿佛不胜感叹，喃喃道：“其实持中最难，子曰中庸之为德也，其至矣乎……文镜大人呐……我多想回去，回无锡。那山、那水、那梅、那雪……可没有圣命，由不得你也由不得我呀……”说着，两行清泪潸然而下。

“邬先生，不知者不为罪，恕文镜无礼。”田文镜见他动情，言下也不胜感慨，“皇上待你国士，我待你‘师爷’，可见我之心胸。但我的难处先生也瞧见了的。”他低下了头，用手抚着稀落的头发，深深叹息一声，正要倾诉苦情，却见祝希贵匆匆进来，忙收敛心神，问道：“见着胡方伯和东西司了么？”祝希贵当地向三个人打千儿行了礼，笑着回道：“胡大人车大人都不在衙，说是年大将军从郑州过境，昨儿他们都去请安去了。”

田文镜怔了一下，年羹尧过境他早知道，礼部头十天就发来咨文，命沿途各省官员以公爵礼迎送入境出境事宜，田文镜心绪实在太坏，也因与年羹尧有芥蒂，只将此事以火急滚单知会彰德郑州二府，向年羹尧行在发了一纸告病文书了事。今天请胡、车二人吃酒，原也想请他们代劳在年跟前请安行礼，却不料他们连声招呼也不打，径自就去了！田文镜干笑一声，说道：“好嘛！河南如今就这么个世界——既如此，就我们三个，再请吴老夫子他们几个过来，我们自己高乐！我犯不着得罪年大将军，可我也不大情愿拿他当主子敬！”田文镜陡地一个念头闪出来，放着邬思道这么硬的一座靠山，自己不但不用，反而三番两次想赶走，真是愚不可及！想着一阵兴奋，脸上竟放出红光，一迭连声催着上席，哈腰儿让道：“高兄请！你就在这儿住几日，我要亲自了结了晁刘氏一案给你瞧瞧，你既精于堪舆，顺便儿瞧瞧这巡抚衙门山向——自我上任，我就没有一天舒心日子，看是冲了哪个太岁？邬先生，请！今儿算我的请罪酒。先生旷达人，必能杯酒释憾！”

“大人的心我领了，谢罪更不敢当，”邬思道微微一笑，说道，“我素来酒量窄，吴凤阁他们我也不想沾惹。有其倬陪着你们也就行了，我回我书房去。”说着夹了拐杖便走。田文镜忙一把扯住，笑道：“那就不叫吴凤阁他们了。我们三人浅酌漫谈，听听其倬说风水学问，也是风雅事嘛！”高其倬被田文镜搔着痒处，也不想放邬思道走，便过来搀回邬思道，笑道：“记得成都头回见先生，李卫是二百五县令，我是二百五师爷！给你往京里送信，骑的李卫的千里驹，五天三千里！——我是你的鸿雁使者，今儿久别重逢，你不吃酒行，不赏脸可不行——一个外人不叫，我们细谈……不然到北京，万岁怡王爷问起，其倬颜面不好瞧呢！”两人做好做歹又劝半日，邬思道才无可奈何地坐了。

车铭和胡期恒撇了田文镜到郑州见年羹尧，原想私地里狠狠告一状，借年羹尧的力一举挤走这个刺头儿巡抚。到了郑州才知道，除却本省巡抚田文镜，附近省的巡抚如陕西、山西、山东、安徽巡抚都过来凑趣儿，甘肃巡抚因道途远，也还派了两个儿子来接年羹尧。田文镜不来，看去就格外显眼。郑州府衙，驿馆，接官厅和大一点的店肆都是各省大员包了，无昼无夜轮番筵请，像车铭和胡期恒这样的位份根本无法专门单独长谈。想想年大将军身边还有个跬步不离的刘墨林，就有体己话也难畅叙。二人已是打消了妄想，恰六月初二年羹尧离郑那日，中军校尉送来了年的名刺，请胡、车二人到大将军行在叙谈。二人看那名刺，是大楠竹精制，比屋瓦还长一倍，打磨得滑不留丢，写着：

一等公、奉诏西征抚远大将军年顿首拜

沉甸甸的，怕有斤来重，不知用过多少次，看样子从来没有人敢收的。

“回复大将军，名刺断不敢当。”车铭见胡期恒发怔，忙笑着将名刺璧还，说道：“卑职更衣过后即刻前往谒见。”说着又取出一百两银票送给那军校，“杯酒之资不成敬意，请哂纳。”那军校自去了。

胡期恒车铭一刻也不停，换了官服带了手本升轿而去，直趋城隍庙——年羹尧的行辕。远远见轩敞的城隍庙口沿路边满都摆着各色官轿、亮轿、驮轿，足排出半里路远近。不少候见官员带着仆从，坐在庙外一溜大柳树下石条凳上吃瓜喝水打扇纳凉摆龙门阵等候接见。胡期恒和车铭不禁对望一眼：这等到什么时辰才见得上大将军？正发怔间，方才送名刺的那个军校出来，远远便招手道：“二位大人——年大将军专请你们先进去！”立时，招来一片欣羡疑惑的目光，直看着胡期恒和车铭摇摇摆摆进去。

“早就想见见你们了。”年羹尧站在西配殿前的滴水檐前，脸上笑容可掬，见胡期恒二人又递手本又请安的，忙用手虚扶了一下，说道：“你老胡和我还来这个！我一直疑惑，既来河南，怎么不见地主？前儿彰德府转来文书，才知道田中丞身子骨儿欠安，我进京他‘忙’，我出京他‘病’，这就叫没缘分——来，请进！”年羹尧话里藏锋，说得却十分随和。因天热，他只穿了件绛红纱袍，腰中系一条玄色带子，花白了的辫子随便盘在顶上，一头说，带了二人进来。

车铭和年羹尧不熟悉，拿捏着跟进来，见里头大长条卷案旁坐着一老一少两个官员。老的六十多岁，已全白了头发，年轻的不足三十，一派斯文模样，手里还拿着一卷书坐在靠窗亮处。胡期恒抢上一步，给老人请安道：“桑军门，您老好哇！头回大将军进京，我寻思您必定跟着呢，谁知竟没来。想着这回见不上了，您偏就又来了，给您预备的二斤老山参也没带，你看看可不是不巧么？”年羹尧见车铭一脸茫然，因笑道：“我来介绍一下：这是桑成鼎，我的中军参佐，也是我小时的奶哥哥；这位一说便知，新任西征军粮道，参议道刘墨林，雍正爷头开恩科的探花郎——这位是河南布政使胡期恒，老桑记得吧，当年我进京赴试，病在胡家湾，胡老爷子好医道，救下了我这条命！这位是这里的藩台，车铭，王鸿绪的得意高足！”四个人忙都寒暄见礼。刘墨林听车铭是王鸿绪的门生，便是“八爷党”，目中火花一闪，随即沉静下来，一拱手道：“久仰山斗！胡兄车兄是老前辈了！”

车铭忙笑道："甚的老前辈，过时之人耳！"觑着眼看了看刘墨林放在案上的书，又道："大人在读徐家驹的诗集，可见风雅。徐先生的诗今可称海内独步，前年刊出来曾赠我一册，至今常在案头。"刘墨林笑嘻嘻道："这诗确乎格调不凡，我这一路都在细读精研。诗言志、歌咏言，我要推敲一番，我朝前头已有《愚山诗话》《渔洋诗话》，我说不定也写一部《墨林诗谈》好生品题品题呢！"

到底是文人，见面就谈投机了。年羹尧命人搬来西瓜，切开来亲手分给众人，咬了一口，吐着子儿笑道："施愚山老先生曾说，渔洋诗如仙人五彩楼阁，弹指即现，自评作诗如造屋，砖瓦木石齐备才肯动笔——我读着其实都极隽永深味的，我与愚山曾有一面之缘，可惜年纪太幼，也不曾领教，他这话什么意思。"刘墨林淡然一笑道："这大约和禅宗顿悟渐悟的意味相近吧。"年羹尧听了含笑点头，转脸对胡期恒道："说说你们这里情形吧。听说河南三司衙门有些个龃龉，是怎么一回事？本来我不想过问这些事，皇上再三说叫我'观风'，折子朱批下来一问三不知，不好交代。就是一面之词，你们聊聊我们听，怎么处置，皇上自有章程的。"

胡期恒和车铭眼睛都是一亮，他们私地来见，为的就是让这位宠眷无伦的大将军听听苦情，以大将军的威势压一压田文镜的气焰，甚或密奏当今，搬掉这块压顶石。但在座的还有刘墨林，却不知他是什么背景，万一说错了，还不如不说。胡期恒嗫嚅了一下便看车铭，车铭是康熙四十二年的老进士，宦海沉浮几十年，泥鳅价滑，只在椅中一欠身，笑道："你是按察使，尽管说，有遗漏处我添补着就是了。"胡期恒却没这些瞻前顾后，把田文镜到任，如何独断专行欺蔑同僚，怎样擅借库银，如何勒索官员筹谋河工乐捐，又借晁刘氏一案夤缘牵连官场，挤兑藩臬二司……一一细述了："通省官员，除了一个张球，田中丞竟是要一网打尽！张球是什么人？我心里有数，他原是山东阿城一个无赖，俗名'张大裤衩子'，茶馆酒楼吃白相饭的，先投奔大千岁当长随，放出来做归德县令。大千岁坏事，他又落井下石，改投廉亲王，如今许是瞧八爷也不得意，想着田文镜是张相选出来的，又跟十三爷做过事，就又投奔田文镜。这么不要脸的东西，偏田文镜就爱！还不为的他率先'乐输'了几十万河工银子？他发的昧心财，我那里有本账，上次说及，田文镜要我拿出来。我说不到时候，到时候我抖搂，谁也拦不住!”胡期恒越说越气，脖子上的筋都胀起老高，脸憋得通红，“他如今真正是个独夫，连他的几个师爷也都暗地去见我，说他们‘东家昏了’。车铭，我说的有假没有?”

“臬司说这些，有的我是耳闻，有的是目睹。”车铭等他说完，心里已打定主意，只捡着田文镜证据确凿的事说，因略一欠身说道：“我揪心的是，臬司衙门还有二十多个人扣在巡抚衙门！晁刘氏告状，我那里早已立案，她自己又不告了嘛！她儿子丢失，开封府回了上来，我们请原告到衙门询问，这是大清律中题中应有之义。抚台竟在她家设埋伏，连我执法人役全都锁拿，又擅自革胡方伯和我的职，意思还要传拿官眷和那起子淫僧淫尼质对！这不是体面不体面的事，这不合律例么！譬如说，田中丞的师爷姚捷、张云程，还有吴凤阁，都在我的刑名师爷跟前关说过人命官司，能不能据这个理去推，田中丞自己不便出面，卖放人命呢?”他言简意赅寥寥数语即止，身子一仰便不再言语，刘墨林疑惑地说道：“田文镜我虽不熟，也算相识，要是你们说的是实，真是骇人听闻。他虽不是正途进身，也是读书人，河南又不比云贵两广山高皇帝远，怎么就敢这样妄为?他图个什么呢?”

“就是这个话，刘大人明鉴!”车铭受到鼓励，脸上放光，说道：“田中丞这叫残刻，急着敛钱邀恩，所以拿着通省官员任情作践！他是得了‘钱痨’!”胡期恒冷冷补了一句：“与其说是‘钱痨’，还不如说是‘官痨’。”刘墨林不禁一笑，说道：“昔日仓颉造字鬼哭，周景王铸钱鬼笑；就因鬼不识字而爱钱，今有识字，‘官痨’而爱钱者，必定是个厉鬼了!”

一语甫落，已是四座粲然大笑，连站在一旁肃然静听的桑成鼎也不禁莞尔。年羹尧一直听得很留心，他这次进京几次听雍正连口夸赞田文镜，又从怡亲王处知道，邬思道也在田文镜幕中。不管胡期恒和车铭有多大的冤气委屈，和田文镜公然翻脸是使不得的。跟着众人笑了笑，年羹尧舒了一口气，起身踱了几步，慢吞吞道：“说归说笑归笑。田文镜做事认真，这一条难能。如今天下官肯认真做事的太少了，皇上看重的就是他的这长处。据你们两位老兄说的，我仔细听了，他是受了小人蒙蔽。他自己也还算清廉刚正。这次我进京保了期恒一本，车大人呢，吏部的人跟我透风，大约也要调离河南，如今你们和文镜这个样子，我看离开也好。你们有苦，在我这诉诉，哪里说哪里了，扳倒田文镜，不但做不到，也犯不着，就是一面之词也罢，我还是要委婉奏进去的，皇上圣明烛照，等着瞧，好么？”胡期恒稽首称谢，说道：“这就是大军门的厚意，这就是大军门的抬爱！河南这地方我是一天也不想呆，一刻也熬不得了——不知调我们哪里去？”

“车兄平调湖广。”年羹尧淡淡说道，“你嘛，大约去四川任巡抚——我说这话不作准，皇上不久就有旨意，到引见的时候自然就知道了。”车铭和胡期恒门系不同，平素也有不少芥蒂，只是因田文镜淫威压迫，二人被挤得成了一势。如今胡期恒高升天府之国的四川巡抚，自己却要挟铺盖去武汉，不免心里酸溜溜的，脸上却不肯带出来，只在椅上一欠身，冷冰冰说道：“多承大军门关照！大丈夫合则聚，不合则散，离开河南我是千情万愿。不过，顽石可裂而不可卷，这侮辱车铭却当不起。当日去拿晁刘氏，是胡藩台下到臬司衙门的札子，恐怕还要请大军门和胡大人一体周全！”年羹尧似乎有点意外，愣了一下才道：“那自然！我就写札子，叫田文镜放人！”说罢便命人取过纸笔，不假思索地一挥而就，桑成鼎便取出印来要加关防。

刘墨林一笑起身，索过那张纸看时，却只短短一句：

> 大将军年，咨尔河南巡抚使田文镜：晁刘氏一案扣留法司衙门人役，殊失鲁莽甚骇视听，即着见令释放，秉公依律谳理，此令！

“大将军好一笔字！”刘墨林笑了笑，“不过以军令干民政，于体例恐有不合的吧？”

“无所谓。”年羹尧微睨了刘墨林一眼，阴沉沉说道，“本帅节制十一省军政，河南巡抚兼管豫省军务，还是本帅的麾下。成鼎，用印，交给期恒带回去。”说罢又扫了刘墨林一眼，那意思再明白不过：我就要顶一下你这钉子，你怎么样？

刘墨林轻松地摇着扇子，已是取过了徐骏那本诗，倒真是一副无所谓的样子。年羹尧猛地想起雍正叮嘱的“一心办好军务，别的事竟可不管——”直到现在，他才明白这话里另一层深意，不由得蓦地一阵不安掠过心境。

第四十四回 逞严威酷吏决刑狱 镇邪狎举火焚柴山

车铭和胡期恒得了年羹尧的亲笔手谕，自然心中得意，以年羹尧熏灼威风，跺一跺脚十一省震动，别说田文镜，就是京师等闲王公贵戚也不敢轻易与年羹尧挺腰子。只要田文镜释放臬司衙门被扣人后，晁刘氏一案立刻又是一件说不清道不白的疑案。即使不能一举扳倒这个刀枪不入油盐不浸的二杆子巡抚，从此田文镜在河南休想站得稳了。二人兴冲冲出了郑州老城隍庙，当夜也不乘轿，竟带了十几个随从星夜打马回开封，待到启明星起时，已到了坐落相国寺西的布政使衙门。两个人商量定了，胡期恒不回臬司衙门，就在车铭衙门书房稍歇片刻，然后一同拜会田文镜，亮手谕，先请放人，余下的事从容计议。不料尚未坐稳，车铭的钱粮师爷万祖铭便闯了进来，也不及行礼，跺脚埋怨道：

“车翁，迟回一步、迟回了一步啊！”

车铭两只脚还泡在热水盆子里，舒适地对搓着，听这一说不禁一怔，看一眼正在喝茶的胡期恒，问道：“什么事‘迟了’？就值得这样气急败坏！”万祖铭眉头紧蹙，一屁股坐了胡期恒身侧，说道：“晁刘氏一案已经审结，前日晚间姚捷他们几个都来了，说田中丞今日大出红差，要请王命旗牌，把葫芦庙和尚和白衣庵尼姑一体正法——叫我们赶紧设法，偏生二位大人都去了郑州，我们几个师爷急得热锅蚂蚁似的，上不得台盘，又不敢声张……如今闹到这一步，捂也捂不住了，可怎么收场？”车铭顿了一下，冷笑道：“不定谁收不了场呢！去，叫他们几个都来，待会子我们一道去巡抚衙门。”万师爷急得说道：“他们要能来，我着哪门子急？都叫田中丞扣了！”

“什么！？”胡期恒吓一大跳，“姓田的居然把藩司衙门的师爷都给捉了！凭什么呢？”万祖铭摇头道：“备细我也不清楚。藩台没走时商定过，出几万银子买住晁刘氏撤回原诉，没了苦主，一个釜底抽薪万事大吉。大约晁刘氏不吃账，或者看守人门路没走通，总之是没有回音，昨儿去一个师爷没回音，又去一个又没回来，末后我叫老李去，商定过了酉时不回，肯定出了大事，这边就好准备。这一夜又过了，连个音响也没有，还不是出了大事？定必是晁刘氏这泼妇把我们给卖了！”说罢跌足长叹。胡期恒冷冷说道：“好歹你们是绍兴师爷，大清律一些儿也不懂！我衙门多少老刑名，也该去问问呀！这种案子不是告忤逆闹家务，也不是失窃，能私和了？人命关天，晁刘氏撤诉田文镜就罢手了？”

车铭已是镇定下来，擦脚蹬靴，格格笑道：“老先生不知就罢，我只要撤掉劫持晁氏儿子的案。巡抚衙门那头到底什么情形还不知道。这事不要乱了方寸。我们这就去拜田文镜，且走着瞧。”

二人赶到巡抚衙门时天刚放亮，沿街两行三步一岗五步一哨都是开封府马家化布置的警跸，在人迹稀少的大街上还有一队队兵士巡弋，一派肃杀森严景象。空旷的衙门照壁前已有几十名官员鹄立在仪门旁，心神不定地窃窃私议，见他二人官轿落下，忙都闪开了路。车铭下轿，环顾了一下四周，因见马家化也在，便招手叫过来问道：“见过中丞了？”

“回藩台，卑职刚见过田中丞，今儿中丞要大出红差。人犯已经解到——”

“我知道。中丞现在哪里？”

“在签押房，和五个师爷说话。”

“嗯。”车铭含蓄地微微一笑，指着空场上堆得麦场一般大小的一垛柴问道：“那是做什么的？”马家化偏着头看了看柴山，说道：“卑职不知，是夜里中丞吩咐叫办的。”车铭没再说话，看了看那群官员，都是省城七品以上的官，转脸对胡期恒道：“咱们进去。”

于是二人整冠振衣迤逦进衙直入签押房，果然远远便听田文镜在书房里说话：“河南和江南不同，办法也不能一样。李卫喜欢从婊子身上榨油，我就在开封开一家春香楼，比得上六朝金粉地一条秦淮河？——车兄和胡兄来了，请进来。”车铭胡期恒哈腰一让鱼贯进了签押房，却见田文镜冠袍整齐，头上戴着起花珊瑚顶子，九蟒五爪袍子外罩锦鸡补服，足蹬黑缎官靴端坐在书案前，挨身吴凤阁、毕镇远、张云程、姚捷四个师爷见他们进来，忙都站起相迎，只有邬思道独坐屏风前，把玩着手中折扇沉吟不语。

“你们回来得正是时候。”田文镜等起身一让，又自坐了，“晁刘氏一案前六天已经审结，兄弟将案由直报上书房。前日皇上六百里加紧发下廷谕——请二位过目。”说着便将案上一份黄绫封面的折子递过来。车铭口中道：“中丞大人雷厉风行，数年积案结于一旦，令人敬佩！”说着便翻看原折，见里边并没有涉及藩臬二司的是非，心里略宽，待看雍正朱批时，不禁全身一震，脸上已是变色。胡期恒凑过来看时，也不禁吃了一惊，只见上面写道：

> 览奏不胜骇然，清平盛世昭昭白日之下乃有此等事！朕忆当年圣祖南巡，毗卢庙朱三太子贼窝事，仿佛类比，不胜毛骨悚然。此等贼僧淫尼虽寸磔何足敝辜？着令该抚不必墨守戒律，唯以昭天理快人心为准绳速处极刑。堂皇省垣之下出此巨孽，法司衙门平日何所事事？胡期恒明白回奏！晁刘氏告状三载，通省官员岂有不知之理？即着田文镜宣谕，省垣官员皆着降二级，罚俸半年处分。钦此！

朱砂笔迹狂草淋漓，后边“钦此”二字已不甚显，一望可知是雍正狂怒之下一气呵成。胡期恒见提到自己名字，心里咯噔一下，脸色立刻变得惨白，双手将折子捧还田文镜，颤声说道：“请中丞具折先容，期恒知罪。但其中原委甚多，容期恒具折详明奏知圣上。”

车铭没想到田文镜一见面就是一个下马威，怔怔了一会儿才想到，如果被他吓住，姓田的得寸进尺，不定乘兴头干出什么事来。思量着，已恢复了平静，遂欠身说道：“藩司衙门虽不过问官司，但前任现任开封府尹都是我那里出牌委任。这个案子我也早听说了，原以为普通命案，自有法司衙门处置，想不到其中丝萝藤缠，竟如此骇人听闻。万岁既已降旨，卑职自也要具折引咎。不过——”他翻着眼皮瞟了田文镜一眼，苦笑道：“不过这案子拖宕日子久了，或许牵扯到不少官员，陈谷子烂芝麻翻腾起来，河南官场要起轩然大波。所以这次觐见年大将军，大将军也十分关心，以为穷治这两座黑庙，绥靖治安也就足了，他还特地托我们带来一份手谕，请抚台过目。”说着便把年羹尧写的手令双手递了过去。

田文镜接过看了看，漫不经意地递给吴凤阁等人传阅，啜着茶道：“年大将军节制十一省军政，并没有旨意过问司法民政。案子办到这个地步，我只能秉天理循王法。臬司衙门二十三名人役迟不捉人早不捉人，偏在我准状当夜捉拿人犯，既没有我的宪令，也没有开封府的牌票，事属可疑，因此我要一体擒拿并案处置，期恒，今日你既在这里，我想请问一问，这些人暗地去拿晁刘氏，是不是老兄出的票？”胡期恒见到雍正手谕，心里早已怯了，原打算担当起来的事却又犹豫了，万一与这些衙役口供对不起来，说不定这会子连自己也“并案处置”，略顿了一下，心中已有主意。干笑一声道：“出票拿人是巡捕厅的事，只用跟我的师爷回一声就办了，有时一天十几起，我哪里管得到这些小事？是巡抚衙门扣人之后他们才回我知道的。”田文镜“唔”了一声，说道：“那就好，今日结案，我也有几句心腹话直言相告。我是朝廷特简封疆大吏，受恩深重不得不报，此案无论牵连到哪个官员，我一概要秉公循法办了他。这是一。这二十三名人役口供已经取了，确属徇私，连巡捕厅的牌票也是没有的，因而不能轻纵，有道是将在外君命有所不受，何况兄弟奉旨牧豫，只对朝廷负责！年大将军如有所罪，兄弟自当勉承。这一个多月来，巡抚衙门只办了两件事，河工不去说它了，全衙的人都用来熬审这群僧尼，有些事事关官场闺阃，真真丑得令人作呕。真要都抖搂出来——”他看了一眼车铭，竟自深长叹息一声。

车铭身子已经木了半边，其实他与这桩命案沾惹不多，之所以拼命捂，是因他的几个姨太太和白衣庵尼姑们过往得密，万一和这起子贼秃们有染，几十年道学面孔没个搁处，此刻听田文镜说出“闺阃”二字，顿时通身冷汗如坐针毡，却又不敢问。

“所以我和几位师爷思量再三，还是要成全一下我们同僚诸公的官体，”田文镜诚挚地说道，“这官司没有请二位和其余官员公审，也为了知道的人越少越好。我已下令，所有尼姑和尚平素与绅宦官府内眷往来案由，无论事涉淫秽的或关说人情的，一概删除。这一条不便明宣，烦请两位老兄私地转告贵衙所属各堂官，叫大家仍旧安心办事。”至此，车铭总算一颗心放下。胡期恒却心不在此，一躬身道：“既然要成全，年大将军面子也是要紧的，可否请大人释放臬司人役，由卑职自行处置？”

田文镜呆笑着听完，并不答话，径自站起身来向邬思道略一点头，对吴凤阁等人道：“该升堂了。”于是众人纷纷起身，姚捷抢先一步出来，冲二门戈什哈高声道：“放炮！田中丞升堂了！”胡期恒突然觉得自己被车铭出卖了，不由满眼怨毒地盯了车铭一眼，只好随着起身。车铭悄悄拉他走在最后，小声说道：“他王八吃秤砣铁了心，争有何益？待会子看他如何结案，真下不来台，叫你钱师爷把他四个师爷攀咬出来！”

“嗯。”胡期恒鬼火一样的眼睛闪了一下，“还有张球！”

“中丞大人升堂啰！”

随着三声炮响，平时锁钥封锢的巡抚衙门正堂门呀呀而开，三班六房执事衙役一改平日四平八稳做派，一色衣帽齐整集合在堂后，见田文镜带着合署堂官司官，由车铭胡期恒陪同着迤逦过来，“噢——”地低吼一声依序雁行出堂，各按方位站定，待田文镜出堂，又是震耳欲聋三声堂鼓，田文镜居中在“明镜高悬”匾下就座，两旁公案上车铭和胡期恒也各自就座，一时间堂内只闻衣裳窸窣，一声咳痰不闻。

这是历时三年久拖不决的一件大案，事涉一庵一庙和尚尼姑，十几条人命，比之广东一案九命更加轰动，早已通国皆知。听说抚台衙门今日审结此案，开封百姓奔走相告，几乎倾城而来，哪个不要看这稀罕？是时六月初六，天已入伏，正是铄金流火天气，万里晴空纤云皆无，一轮炽白的太阳照下来，晒得大地焦热滚烫，几千人远远站在大照壁外巴巴地望着大堂，却被开封府衙的衙役们拦在远处不得近前。马家化一边要看守人犯，一边维持秩序，热得汗透重衣，听得那边堂鼓响，口中道：“给我拦住人，有走过石灰线的只管用鞭子抽！”一边忙忙赶进大堂，向田文镜行了庭参礼，说道：“外头人多，有晒晕了的，不好维持，卑职不能在这里站班。”

“很难为你了。”田文镜微微一笑，倏地翻转脸来，“啪”地一拍响木，断喝一声：“带人犯！”

“喳！”

几个戈什哈答应一声出去，顷刻间便带着七个和尚二十三个尼姑铁锁锒铛进来。这些和尚尼姑不知已经过了多少次堂，瘸的瘸拐的拐，衣衫褴褛不能蔽体，头发都长出二寸多长，汗污血渍浊臭不堪，一个个面无血色委顿不堪，半死不活地垂着头趴跪在地下。车铭细看时，很有几个面熟的，平日在自己府中走动，做法事，虽然叫不上名字，也都有点头交情。此刻见他们沦落到这一步，心里突然一阵难受，只是不能露在脸上。这时，便听田文镜吩咐："姚师爷，念他们的犯由！"

"是。"姚捷躬身答应一声，从案上取过一份长折子，左右手倒换翻着朗读起来。三十个凶犯年貌籍贯犯由写了足有两万余字，都是巡抚衙门各司厅核过几次的，由田文镜亲自结撰，写得头头是道，但一向办事干脆利落的姚捷今天有点精神恍惚，几次都读不成句，强打精神足读了一个时辰才算完事。胡期恒原想，臬司衙门被扣的人总要带一笔的，但从头到尾却连一个字也没有提及，正在诧异，田文镜一脸阴笑开口问道：

"觉空，你是首凶。勾通白衣庵尼姑的是你，通同造意设计杀人的也是你——还有静慈你也说说，方才念的犯由文案可有冤你们处？"

那个叫觉空的和尚挣扎着跪前一步，他还不足四十岁，眉清目秀，除了须发看去有点零乱，一身土黄布衲洗得干干净净，全不似人们心目中满脸横肉一身煞气的黑庙凶僧，连站在堂口的马家化也不禁一愣。却听觉空道："回大老爷话，事实并无出入。但静慈她们女流之辈，并没直接参与杀人，请大老爷留意。"田文镜含笑听完，又问静慈："你呢？你有什么辩处？"那静慈却不似觉空从容，浑身筛糠，抖得缩成一团，讷讷说道："只求速死，只求速死……"

"本抚倒有好生之德。"田文镜咬牙狞笑道，"佛说六道轮回报应不爽，善恶之报只在迟早！有道是杀人可恕，情理难容，似你们这般作恶，岂有速死之道？！"他霍地据案而起，"啪"地一拍响木，满堂人无不战栗变色，听田文镜大喝一声："将觉空静慈缚在一起，送上柴山——本抚亲自举火送他们涅槃西归！其余淫僧淫尼一概枭首示众！"

按大清律，最重刑罚为凌迟，依次腰折、斩立决、绞立决各种死刑不等，田文镜居然敢非刑处决火焚活人，满堂人众登时都吓得目瞪口呆。车铭此时才想起外边广场柴垛的用场，蓦地冒出一身冷汗，看胡期恒时，也是脸色苍白半点血色全无。田文镜见众人发呆，顺手从签盒中拔出一根火签"咣"地掼了出去："还不动手，愣什么？！"

“喳!”

“慢!”觉空两手一摆，止住了衙役，冲着姚捷大喊一声，“姚师爷，还有吴师爷、张师爷！你们怎么答应我们的？先缓决再减——不是你说的么?”

这一下变起仓促，不禁满堂哗然！田文镜似乎也吃了一惊，回过头来恶狠狠扫视了身后几个师爷一眼。除了毕镇远因没有“沾包”尚能自制，吴凤阁姚捷张云程都被他看得身子一矮！吴凤阁摘下眼镜，脸色蜡白，哆嗦着手掏出手帕擦眼镜，口中嘟嘟哝哝：“岂有此理……含血喷人……”一个不小心，镜片被他掰成了两半……田文镜嘿然一笑，说道：“老先生，看来你的眼镜太不结实了!”

“是啊是啊，啊不——”吴凤阁慌乱得语无伦次，“这些个死囚，竟敢如此攀诬，实实罪不容诛，罪不容诛……”

胡期恒没想到田文镜做得过头，逼得犯人首发了田文镜的几个师爷，心里真是十二分惬意，身子一仰向后一靠，说道：“中丞，案情有变，既然事涉三位师爷，依律应停决再审。可否与敝衙门被扣人役并案处置?”田文镜饿狼一样的目光盯向姚捷，格格笑道：“胸中正，眸子瞭；胸中不正，则眸子眊焉。姚师爷，我平素待你们不薄，今儿还可再放一马，此刻自首，我按自首处置。否则，如按胡大人法子办理，你们三人恐无生理。”姚捷此刻已从极度惊慌中清醒过来：“人犯规避刑法，这是常有伎俩，只是如此凶狡，实实出人意表。我是对天可表的断没有受收一丝一缕贿赂，连凤老先生、云程兄，我也敢保，没有接过这群死囚一文钱!”吴凤阁和张云程也都恢复了镇静，异口同声否认接了贿赂。

“我看可以另案处置。”田文镜知道这样搅下去，又会变成理不清的一团乱麻，傲然归座说道。又对觉空道：“各人有各人的账。方才我已说过善恶有报。你们的罪既已情实，还是今日了断的好，回头我再撕掳这几个师爷的事。”说罢又是一声断喝：“缚起！推出去!”

衙役们不再迟疑，绑的绑、架的架、拖的拖将三十名死囚推出大堂。签押房戈什哈抱来一大捆亡命牌，都已写就了各人姓名犯由。田文镜嘴角吊着一丝微笑，看也不看众人，援起大笔饱蘸朱砂，毫不迟疑一枝枝排头抹去，顿时满案殷红如血淋漓欲滴。

“今日大出恶气！”田文镜勾决完犯由牌，由着戈什哈们一枝枝拿了出堂给犯人一一插了，轻松地站起身来笑道：“去我开封一大戾气，皇上庙堂欣慰，百姓街衢欢颜，我佛于西天，见我清理佛门败类，异日我死必得升天之乐！——外头人多得很，车、胡二大人，我们一同监刑去！”

胡期恒和车铭哪里还说得一句话，只觉得目眩神摇恍恍惚惚，不由自主跟了田文镜出来。田文镜至堂口，又吩咐一句：“叫巡捕房请三个师爷各自安置，不许无礼，不许串供！”这才出来。

衙门外早已人山人海万头攒拥，人们嘈杂地议论着刚才衙门里的事，有的张着嘴翘首张望，有的挤来挤去寻找看热闹最好的位置，有的人中了暑，被周围的人抬出去放在池塘边用凉水浇的，正等得不耐烦，六十名刀斧手挟着三十名背插亡命标的囚犯疾趋而出，人群“嗯”地围了上去。马家化辫子盘在脖子上，也不顾官体威仪，袍角掖在腰带里，指挥开封府人役，“这是法场！一律赶出石灰线！给我使劲用鞭子抽！”挤在前头的人兜头挨了鞭子又往后挤，后头又向前推，挤倒了的，踩疼了的齐呼乱叫，好一阵才平静下去。田文镜回头笑谓车铭：“今儿浴猪节，真不是杀人好时候，我竟忘了。”说着便径走到巡抚衙门纛旗旗杆下，厉声说道：

“把觉空静慈拖到这边！”

“喳！”

“其余人犯押在铁栏杆前！”

“喳！”

田文镜环顾了一下四周。人们镇静下来，在汗流和喘息声中，人们目睹这位巡抚的凶狠“风采”以为他必有一番说话。不料田文镜翕动了一下嘴唇，只是简单的两个字：

“行刑！”

刹那间便听石破天惊般炮响三声，铁栏杆前二十多名刽子手玄衣红带，手执鬼头刀各至就刑人身后，极为熟练地朝后膝窝一踹，挥刀斜劈下去，猛蹬一脚闪身离开，二十八颗人头便直滚出去。三伏天刚刚午后，正是人阳气最盛之时，具具尸体腔中鲜血激箭般直射而出，连衙门口大石狮子座上都糊满了殷红的血。只在顷刻之间已是了事。胡期恒一生不知当过多少次监斩官，即使秋决杀人，也极少一次超过十名的，见田文镜如此凶横蛮干，也觉骇然。

“把这一对首凶架上柴山！”田文镜指着缚在一边的觉空和静慈，“我亲自举火焚化他们！”

觉空静慈早已瘫得稀泥一样，四五个戈什哈从没干过这种差使，连搓带揉费了半晌事才将两个缚在一处的首凶拖到柴垛上。田文镜回头，见车铭胡期恒都是大汗淋漓呆若木鸡，笑道：“昔日东林有诗：‘莫谓书生空议论，头颅抛处血斑斑。’年大将军为定边疆杀人十万，文镜奉旨抚绥豫省，岂敢后人？”说着接过火把，撩袍捋袖大步走到柴垛前，却只是沉吟。

此刻观刑的人足有上万，不但地下，连附近树上房子上都爬的是人，都已看呆了，黑鸦鸦的广场上所有的人都把心提得老高，一声喧哗没有，只远处有几个孩子吓得大哭，隐隐传来，毛骨悚然。田文镜举着火把，一手指着垛顶昏迷不醒的觉空和静慈，口中说谒：

> 嗟尔二师，四大皆空。今日西去，吾其送行。此世作恶，此世报应。来世作恶，莫逢文镜！咄！纵有万般孽障深，一火焚去真干净！

说完便将火把投向柴山。那柴山不知泼了多少清油，当此天气自然勃郁而发，只“腾”的一声，立时烈焰冲天，刮刮杂杂哔哔剥剥爆响着直冲九霄。可怜觉空静慈在这火焰山上升天无路入地无门，略一挣扎，已成两个火人，转瞬已成焦炭。

田文镜站在纛旗墩上，直看到烟消火尽人散场空才从容下来，佯笑着回衙。阖省城官员原都知道他挑剔刻薄，办事认真，以为不过如此而已，今日这场大杀大烧，令人悸心骇目，才真的见了这位新任巡抚专横强梁心地残忍的面目。远远见他过来，竟都吓得站不住，“嗯”地跪下一大片，田文镜将手一摆，一边进衙，笑道：“都起来！这是做什么？我们的事还没办完呢！”说着便升公座，请车铭胡期恒坐了，问胡期恒道：“老兄，你的那些人怎么办？”

“请中丞裁度。”胡期恒此时才从怔忡中清醒过来，欠身说道，“既然事情牵连敝衙，卑职理应回避。”车铭却知田文镜今日此举，必定要轰动朝野舆论，盼着他把事情惹得越大越好。因冷冷说道：“别忘了，还有抚台衙门几位师爷也在案中，难道叫中丞也回避？”

一语提醒了田文镜，回头看时只有毕镇远在，便问：“毕老夫子，看来只有你是出于污泥而不染的了？”毕镇远苦笑道：“实不相瞒，若论一尘不染，天下没有这样的师爷。我家师承祖训三不吃黑，如此而已。”

“哦？敢问哪三不吃？”

“回中丞：谋逆案不吃黑，人命案不吃黑，离散骨肉案不吃黑——这三种案子伸手捞钱，不但容易败露，容易被仇家寻仇，而且伤阴骘殃及子孙。师爷混在官场里，我就吃官场，从不义之财中剥几个，就算事发，有官员顶在前头，左不过不当师爷罢了——这是我毕家秘传成法，从洪武爷到今三百多年，毕家师爷没一个吃官司的。所以田中丞你虽然风骨硬挺，我仍泰然自若。姚捷吴凤阁他们刚才已经给我传话，他们认罪。我认为并不是他们没本事，是他们没这条规矩，所以栽了。”

三位台司大人听这番高论，不禁面面相觑。田文镜一门心思要学况钟，当堂摔死自己几个师爷，然后穷治臬司衙门的人，扳倒胡期恒，压服车铭，从此立威中原改革吏治，一举成为雍朝中流砥柱，思量毕镇远话中深意，想要所有官员皆都清如秋水严似寒霜，竟比水中捞月更其无望！沉吟良久，田文镜长叹一声道：“跟我的这几位老夫子，原来主张严办穷治晁刘氏一案，后来又都要缓办。我以为都是为我着想。谁知内里竟有这大一篇文章！”“这个何足为奇！”车铭笑道：“主张严办是放风出去叫人塞钱。钱塞足了自然主张缓办——毕师爷，我说的可是？”毕镇远听了笑而不言。

“我已说过官场事不为已甚。”田文镜正容说道，“所以对臬司衙门的人不再另案审理。毕师爷，我撂一句话给你，不论你说的是否实情，从前的我都不理论，年金我给你增到三千，从今非义之财也得分文不取。我田文镜明人不说暗话，邬师爷是于我有恩的，你不要与他攀比。我一心要做清官、好官，成全我这一条，我们长长远远，不肯成全，你可另投明主。不然，我不能像对吴凤阁几人一样宽纵你。”他突然正言厉声返回本题上，“所有拘捕臬司衙门人役，本系不奉宪命擅自弄权，显有情弊不可告人。本抚衙中吴凤阁、张云程、姚捷亦属刁赖讼棍借案渔利情实可恨——来！”

“在！”

“将我衙三名恶棍并臬司犯纪人役押出去在方才处刑铁栏杆前枷号三日！吴凤阁等人追赃之后逐回原籍!”

“喳!”

下边戈什哈齐应一声，各自下去提解人犯，车铭和胡期恒还要说话，田文镜已经端茶，口说“道乏”，二人只好讪讪起身辞出。

第四十五回 络人心天子赐婚姻 消反侧相臣议除奸

张廷玉接到田文镜处置晁刘氏一案的奏折，已是六月下旬。在此之前，他先已收到车铭和胡期恒的折子。两个人都自劾了失察之罪，请求处分，同时又异口同声告田文镜专横跋扈欺压同僚任用匪人残忍刻毒种种情事，说豫省缙绅“闻说田中丞欲行官绅一体纳粮，惶惶不能宁处，甚或‘谈田而色变’，纷纷变卖庄园弃农南下经商，明年岁计殊堪忧虑”，又说河南官员不畏朝廷之法而惧田某如蛇蝎，“皆有弃官隐退之志”，云云。张廷玉之所以没有立即把折子呈阅雍正御览，原是想等一等田文镜的折子，必定要解释这些事。不料田文镜的折子连篇累牍只是就事论事说晁刘氏一案，对自己非刑火烧活人，也只一句“非如此不足震慑奸人挽回颓风，非如此无以慰圣躬爱养良善惩暴除奸之至意”。至于官绅纳粮、官场对晁刘氏一案反应，压根提也没提。张廷玉仔细思量，此事自己不宜轻易说话，便整理了三个人折子的节略，连原稿带上，径往养心殿请见雍正。他每天不知几遍要来请旨办事，所以不等通报便进了垂花门，因见张五哥在丹墀站班，便道：“皇上还在批阅奏章么？用过早膳没有？”

“回中堂话，”五哥笑道，“方先生从畅春园过来了，说十三爷今日身子骨儿见好，万岁今儿个欢喜，早膳过后留方先生在这说话，图里琛从奉天过来，正在里头说话呢！”张廷玉知道图里琛专为雍正料理宗室内务的事，既从奉天回京，必定见过十七阿哥允礼和十四阿哥允禵，他一点也不想搅和进皇帝和兄弟之间的公仇私怨里去，不禁怔了一下，说道：“我这不是急务，待会儿皇上见过人，你打发太监到上书房传我过来就是了。”不料雍正在东暖阁里听见了他们说话，隔窗说道：“五哥，是衡臣来了么？叫他进来吧。”

张廷玉只好答应着进来，果见雍正盘膝坐在暖阁炕上，却只随常穿着米色葛纱袍，外套石青葛纱褂，只一条白玉钩马尾纽带束在腰间，剃得趣青的头，一顶万丝生丝缨冠端正放在案上。方苞撇着老鼠胡子偏坐在雕花瓷墩上，图里琛却垂手侍立在南侧。张廷玉一边行礼，瞥眼见还有个五品官跪在暖阁外，却一时想不起姓名，遂赔笑道："听说十三爷病体大安，皇上欢喜，奴才也跟着高兴呢！"

"有欢喜也有不欢喜。"雍正说道，"就如此人，乘着朕欢喜递牌子请见，要为他母亲请旌表。"他呆着脸望着那个五品官，冷笑道："朕岂有拿国家礼典随意施恩之理？当初委你台湾知府，朕是怎么说的？你能叫台湾粮食自给，朕就加恩封赏你的母亲！你做到了么？"

张廷玉这才想起，是前几天进京述职的台湾知府黄立本，只见他免冠连连叩头，说道："臣并非冒昧请赏，福建藩库今年没有拨台湾一石粮，这是有案可——"

"世上就你聪明！"雍正一口截断了他的话，"海禁已经封了，你竟敢私自用大陆药材与红毛国海上贸易，换了钱又从漳州粮市购粮运往台湾！若论治理，台湾尚属安静，所以朕不罪你，但你此举，实为欺朕不知情，标榜伪孝沽名钓誉，似这样心肠事主，有一日首级难保，累及你的老母亦未可知！"

"是是是！"

"下去！好好想想朕的话！"雍正声色俱厉地喝道。见他要走，却又叫住了，口气已经变缓："重农重商也是君子小人分野，回去一定好生劝农垦荒。念你尚属清廉，且台湾岁入确有加增，闽省巡抚请给你加二级，这一条仍算数。你是处朕亦不掩你功，你不是处朕自也要痛加申饬——去吧！"

张廷玉见是空儿，忙将河南三台司的奏章和节略捧上，说道："臣为等田文镜的折子耽延了几日，请圣上御览。再请旨，晁氏案前曾有旨，着胡期恒升调四川巡抚，车铭调湖广布政使，要不要吏部下票拟？"雍正却不理会张廷玉的话，倒换着细看奏章，口中随便问道：

"图里琛，你今年三十岁了吧？"

"回万岁，奴才犬马齿三十二岁了。"

"有正室夫人么？"

"原是有的，去年热病死了。"

“嗯。”雍正放下奏章，看了看方苞，说道：“朕要做主赐你一桩婚姻。这事萦在朕心里好久了，看来就是你还配得。朕请方先生看了你们八字，都是极相合的，想问你可情愿?”图里琛忙双膝跪下，叩头道：“君父有所赐，臣岂敢辞?但亡人撤瑟尚未经年，旧人尸骨未寒骤迎新人，于心难忍——但不知圣上赐婚是哪家女子?”“朕取的就是你这片心。”雍正笑道：“你答应得快了，朕许就不赐你了呢！听说去年朕选秀女那件事了么?朕原答应为她择婿的，但寻一个年貌相当的懂文墨的武将谈何容易！想来想去竟就是你吧！此女有识知礼，相貌也很看得过，就是出身略寒微些，朕已传旨宗人府，认为朕的义女，排为六格格——怎么样，不委屈你吧?”

张廷玉这才想起，这是为去年选秀女抗旨谏诤的福阿广择婿，当时随口一句话，雍正竟如此认真，不禁笑道：“皇上不说，臣已经忘了这档子事，当时没有记档，又是细事，圣上如此谨念，实在令人感佩。福阿广氏既已进位格格，图里琛以臣尚主，就是额驸，理应晋一等侍卫。”“这件事圣德攸关，礼部不记档是失职。”方苞在旁说道：“即便朝政缺失，该记的仍旧要记，为大清后世立戒。”雍正笑道：“就是这话。图里琛，你且跪安。六格格今儿已经进宫，这会子大约在钟粹宫谢你主子娘娘的恩。下午你进去给皇后请安，有什么懿旨你照办就是了。”

“喳!”

待图里琛退下，雍正笑谓张廷玉：“说你的正经事。方才说起车铭胡期恒。近日看了河南递来的些密折，说什么的都有，说谁坏的都有，就是没有好人，连朕也弄不清谁在欺君，反正有就是了。衡臣，还是与你们约法，不要避怨嫌，直述你的胸臆，朕自能判断。”张廷玉原想雍正拿定主意，自己顺旨办事，听雍正把话说得这样透，倒觉不好意思，鼓了鼓勇气笑道：“臣和主子一样，没有亲临实地。但臣的门生马家化前日有信，说了河南官场传的俚语，十分粗俗，说出来博主子一笑。抚、藩、臬，三驾车，各拉各的套；三台司、三把号，各吹各的调；田、车、胡，三个尿，各尿各的尿——说的虽下道，确也是实情……”

他没有说完，雍正方苞都是一笑。雍正见几个太监捂着嘴咯儿咯儿笑个没了，旋即敛了笑容，瞋目命道：“大臣奏事，你们这个样子是什么体统?退出去!”

“据臣看来，田文镜是一心替朝廷办事的。”张廷玉蹙额沉思，斟酌着字句说道，“但行事求功报恩之心操之过急，未免落下苛酷名声。他想一夜治得河南道不拾遗，所以用极惨之刑处置了结晁刘氏一案。据马家化说，这群尼姑有的罪有应得，但全部处斩，有的量刑过重。”说罢看了雍正一眼。方苞在旁问道：“马家化怎么知道有冤抑的？冤杀几个？”张廷玉道：“白衣庵分前院后院，前院几个小尼姑应酬门面，淫乱的事间或有之，但并未参与杀人。其中有三个还是石女，罪名最大不过是‘知情不举’，杖决二十也就够了。因此田文镜此案未免莽撞。他是一片报效之心，又因资望不足，要立威，但如车铭胡期恒，身后有背景，手中有势力，眼见田文镜整的是官场，怎么肯和他通力合作？胡期恒折片后附有张球贪贿的单子，就是这个意思。这件事臣想来想去，就是打御前官司，人头已经落地，仍旧是说不清，就是说清于朝廷也未必有什么好处。还是依着皇上原旨，调出车、胡二人是上策。”

雍正听得很仔细，一边沉思着，目光炯炯望着外边。半晌，转脸问方苞：“灵皋先生，你看呢？”方苞也在看着殿外，不知什么时候天已阴了上来。隔玻璃望去，大团大团灰褐色的云缓缓滚动着南下，已掩了大半个天，微风吹得绛红宫墙上的细草不停地摆动着——虽不到立秋，但北边吹来的风已不像盛暑的熏风那样扑面灼人。几个太监都在穿堂里敞着领子吹风，只这殿宇里还是有些闷热。思量许久，方苞才说道：“车铭是廉亲王的人，胡期恒是年羹尧的人，田文镜则是朝廷的人。河南这一汪水真像镜子一样。邬思道上次来京，我们彻夜长谈，得益良多啊……疥癣之疾不足虑，心腹之患不可留……”

张廷玉心下不禁掂掇：谁是疥癣之疾，谁又是心腹之患呢？他是宰相，不能像方苞和雍正那样有什么说什么，他的差使只能是光明正大地摆平朝局，赞襄皇帝以法理治平天下。但从方苞这话可以听出，允禩和年羹尧这两“党”犯“圣忌”，已经到了何种地步，他只能循这个思路去“燮理阴阳”，因笑道：“臣以为原定车铭、胡期恒调离，车铭任湖广布政使尚可，但胡期恒越级晋升四川巡抚，似乎不妥。杨名时云南布政使出缺，不如让胡补上，四川巡抚暂缺或由四川布政使暂署，不知圣意如何？”

“就是这样。”雍正细白的牙咬着下嘴唇，说道，“叫岳钟麒兼任四川巡抚，胡期恒是晋秩，到部引见再去云南。衡臣——你拟旨褒奖田文镜，要加上这样两句，嗯——结数年不结之巨案，扫省垣阴霾乖戾之气而快豫省百姓望吏清之心——就这样说：叫他只管猛做去，而今天下事只患无猛不患无宽!"

"喳!"

张廷玉答应着刚要退出，雍正却叫住了，笑道："这又不是军务，急什么？你和方先生留在这，陪朕用过早膳再去办事。"说着便命传膳。张廷玉和方苞只好答应、谢恩。一时便见御膳房的苏拉太监捧着一盒子一盒子的御膳摆在填漆花膳桌上，什么锅烧鸭子寒勒卷、红白鸭子炖杂烩热锅、羊西尔占、燕窝鸡糕、酒炖鸭子，还有烧狍肉攒盘、蒸肥鸡、鹿尾攒盘和四银碟小菜、馒首饽饽并各色小宫点，满满一桌子布好。雍正更衣居中而坐，说道："你们就陪坐在旁边，只管放量用，拘束就没意思了。这桌御膳专为你两个要的，朕平日没有这么阔气，况且这温火膳，朕也进不香。"

但雍正吃不香，方苞和张廷玉更不可能狼吞虎咽，三个人一君二臣身份不同，都是很深沉的读书人，讲究"食不语"，因此这一餐御膳吃得甚是沉闷。此刻外边天色越发阴得重了，略带凉意的风裹进院子，在黯黑的墙角、照壁前卷起浮尘，打起一个又一个旋儿，陀螺似的满地乱转，时隐时现，给人一种神秘和不安的感觉。两个人拿捏着陪雍正略用了几口，见雍正放箸，便都起身谢恩。雍正若有所失地望着外边的景致，似乎心事重重，良久才深深吁了一口气，吩咐："所有太监宫人出去!"

高无庸答应一声，督率着养心殿中的太监和宫女悄然退了出去。方苞和张廷玉交换了一下眼色，都意识到雍正将有重要密谕，但雍正没开口，他们觉得不好问，只好默默侍立。良久，才听雍正问道：

"衡臣，朕这个主子比先帝难侍候——外头情形你知道比灵皋先生多，有没有这个话？你据实说。"

"有的。"张廷玉心里猛地一沉，这是官场有口皆碑的事，断不能欺隐，因躬身说道："皇上严毅刚决，不苟言笑，与先帝性格不一。官场陋习揣摩逢迎，现无从揣摩，自然就有这些不经之谈。"雍正脸色变得有些苍白，摇了摇头道："恐怕还不止于此。'抄家皇帝''强盗皇帝''打富济贫皇帝'的话都是有的，是么？"张廷玉咽了一口唾沫，欠身一躬算是默认，一句话也不敢接。

方苞目中幽幽闪着光，说道：“据臣所知，这些话都是有的。但也尽有体贴圣恩的臣子，舆论不一，也是常情，请皇上留意。”

“朕并不懊丧。”雍正脸上带着一丝兀自解嘲的微笑说道：“恨朕的有三种人：希图大位的，位子朕坐了；贪官墨吏畏朕，因朕诛杀查抄他们毫不怜惜手软；缙绅豪强不得夤缘官府鱼肉乡里，自然也要说三道四。但廷玉，你是知道的，先帝驾崩时，存有多少库银？”

“回万岁，七百万两。”

“现在呢？”

“五千万。”

雍正缓缓站起身来，说道：“这五千万银子来自贪官，并非敲骨吸髓取自小民，五千万银子都入了国库，并没有拨进内库修宫造苑，所以朕自信得罪的人很有限，朕不能不得罪，也不怕得罪他们。”他慢慢踱着，青缎凉里皂靴在金砖地下橐橐有声：“五千万……保住这个数，很可做些事了，河道可修，灾馑可赈，兵事可备——我爱新觉罗·胤禛上可对列祖列宗，下可对亿兆百姓！”他仰首望着殿顶的藻井，语气极沉重惨怛，仿佛带着要穿透一切的火焰，燃得张廷玉的心也是火辣辣的，讷讷说道：

“万岁……”

“朕要做的事决不始张终弛，无论是宗室内亲，显贵权要，阻了朕的脚步，朕就不能容他！”雍正的目光变得绿幽幽的，闪着凶狠的炎威，“朕已决意，拔掉年羹尧这颗钉子！”

张廷玉的心像从万丈悬崖上直落下来，好久才定住了神，紧紧皱着眉头说道：“年羹尧居功自傲，妨碍政务都是明摆着的。但他刚刚青海立功，封爵进位极邀圣眷。骤然降罪，不但他本人不服，而且易为小人启端寻衅，搅乱了朝局，善后极难，请万岁三思。”他略一顿，说道：“可否缓迟数年，凉一凉，由臣设法明升暗降，剥掉兵权，然后处置，徐徐而图，似乎更稳妥些。”方苞叹息一声道：“衡臣兄，实不相瞒万岁下此决心，先征询过我和邬思道的意见，我们不在局中，说话不像你那样负责，也许思虑不周，仅供皇上参酌而已。但年羹尧骄横跋扈，势力膨胀之速，数年之后什么情形谁也难以逆料。他插手河南，田文镜改政便做不下去；插手江浙，李卫有所更张，就得暗中悄悄来；他插手广东，孔毓徇巡抚你已知道的，当年圣祖去曲阜，他敢拒开中门迎接，如今广东九命奇冤，他就昭雪不了！今日我们密陈建议，明人不说暗话，假设数年之后，年党与八爷党合流，张相你内掣于议政王威权之下，外囿于手握重兵的大公爵大将军，能处置得得心应手？你的相位能不能保得住呢？”

“朕已经四十八岁了，要做的事多着呢，不能坐等几年。”雍正冷峻地一笑，“衡臣，真正能控住军队的，靠得住的只有怡亲王，你瞧允祥的身子骨儿，万一有个三长两短，许多事你想办也办不下来。舅舅是个不明不白的人，还有允禩，夺位自为的心至死不渝，已经有人在年军中暗地活动，据说和廉亲王颇有瓜葛——你连起来想，该不该现在着手？再说，朕意并不要年羹尧的命，只要他不在军职，安分守己，这也有保全他终身禄命的意思。马齐老了，方先生是个白衣书生，朕寄你以厚望啊！”

他们没有说完，张廷玉已全然领悟，一边听，一边已在搜索枯肠思量办法，此刻真是心血绞干，雍正说完许久都没有答话。三个人默默相对不知过了多久，院外沙沙雨声渐起，张廷玉才道：“臣遵旨。皇上不知怎样打算？”

“今日下午朕见图里琛。”雍正面无表情，徐徐说道：“由图里琛赍诏去西宁，调年羹尧为杭州将军。他办这种差使还是相宜的。”方苞见张廷玉面带诧异，在旁说道：“年羹尧如果奉诏，万事俱休；如不奉诏，可在岳钟麒大营设筵，一举而擒之。”张廷玉冷冷说道：“方先生，不能照搬古书，这是太平世界法统严密之时！能像演戏那样做事！年羹尧既不奉诏又不赴筵怎么办？筵上杀掉无罪功臣，怎样向天下交代？年羹尧的部众不服怎么办？岳钟麒在青海不足一万人，年羹尧的大军有十余万，而且九贝勒允禟也在军中——这样要造出大乱子的！”

这一连串反诘一环扣一环，问得雍正和方苞都怔了。许久，方苞垂下眼睑，说道：“衡臣责的是。我把事想左了，想急了。看来，要重做打算。”雍正却笑道：“这不是正在商量嘛。你权衡得好，不愧‘衡臣’二字。有什么良策，说说看。”

“还是要分步走，不过步子可以迈得快些。”张廷玉庄重地说道：“年羹尧眼下没有反迹，又立了大功，该施的恩还是要堂堂正正地施，军饷钱粮要拨足。目下战事已停，节制十一省兵马的权要收回朝廷。这不要皇上下旨，由我向兵部打招呼下廷谕就办了。谅年羹尧也不敢公然违抗。”

“嗯。”

“元旦召年羹尧回京述职，这是第二步。”张廷玉文心周密，侃侃而言，“他若不来，即是抗旨，朝廷处置有道。可以命岳钟麒署理征西大将军一职，并调川军入青。再不遵，即是谋反，以青海一隅之地，十万之兵，粮饷皆无，叛反无名，无须用兵，年军自己就乱了。他若来京，则在我掌握之中，要怎样办全凭圣意，不过不能处分，只能慰奖，皇上原意也不过是解掉他兵权，似乎不必过为已甚。”

一席话说得条理分明头头是道，连方苞也低头暗服，自失地一笑道：“衡臣这是阳谋，真正相臣风度。我以阴谋事君，实在惭愧。循着廷玉的思路，我想，一是要厚赏年部官兵家属，这边有个安乐窝，那边就难以鼓动他们做非礼无法的事。二是京畿防务，十三爷病着，可调十七阿哥允礼回京佐理。昨日巩泰送进的密折，舅舅隆科多现在私地里分藏财物到各亲友家和西山寺庙里，不管他是什么面目，搜宫是什么背景，他是已经与皇上生了二心。尽管他已辞了九门提督，但他管军管得时日很长了，还是要调开他，或者加以处分，扫掉他的威风，也就难以作耗。其三，我看过去朱批，皇上赞奖揄扬年羹尧的批语很多，要收回来。皇上一收，下边自然能领会圣意，该下点毛毛雨的，可以试探着与臣下讲讲，就不致有‘变起仓猝’的事，人心也易安定。”思路一对，方苞的这几条建议便显得周匝严密滴水不漏，张廷玉也不禁赞道：“好！”

张廷玉方苞辞出去时，更是天低云暗，蒙蒙细雨雾一般在清凉的风中轻轻洒落，满院临清砖地像涂了一层油样晶莹湿润。雍正亲自送出殿外，站在院子里仰着望天，甘露一样沁凉清新的雨珠飘落在他热乎乎的脸上身上，浑身舒坦而轻松，邢年隔玻璃瞧见，忙出来道：“主子热身子，这么要着凉了，都是奴才的干系，还是打起伞，略凉一会子，清爽了还该进殿去的。”雍正闭目仰首，尽情沐浴了好一会，笑道：“六月天，哪里就凉着了？去钟粹宫看看，图里琛见过娘娘，叫他过来。”说罢转身进来，命人推开东暖阁南窗，安心定神披阅奏章。案上一高叠的奏章他都看了，但还没有批下去。和张廷玉谈过后，有的折子还要重看。雍正想了想，抽出广东总督孔毓徇日前递来的密折，援笔濡了朱砂，一笔一划写道：

> 向后除请安折子勿用黄绫封面，汝系圣人后裔，不知珍惜物力耶？

一滴大大的朱砂汁滴落在奏折上，雍正忙拂拭，却污了更大一片，忙在旁加注小字“此系朕所污，尔勿惊慌”接着又批：

> 尔前折所奏，都中传言朕至丰台阅军，系应年羹尧之所请，不知系听何人之言？年羹尧之兄即在广东海关，岂伊所云耶？此等妄言朕意或出于舅舅之口，不过妒年之功高而已。朕岂幼冲之主，必待年羹尧之指点，又岂年羹尧强为奏陈而有是举乎？

写完，他满意地看了看，又扯过一份，却是四川巡抚王景灏的折子。因王景灏是年羹尧推荐的，他捉笔沉思了许久才写道：

> 尔有否开罪年羹尧处，伊乃必欲以胡期恒代你？今胡期恒不去矣，尔可安心做事。年羹尧今来陛见，甚觉乖张，朕有许多不取处，不知其精神颓败所致，抑或功高志满而然。尔虽伊所荐，勿作依附之庸人，乃系朕所用之臣，朕非年羹尧能如何如何之主也。

他看了看折上贴名签“高其倬”三字赫然入目，这是年羹尧的死对头，因抽了过来，稍微思索便写：

> 看陵风水事近若何？遵化既无善地，可别处走走，务期得好地而后已。又近日年羹尧奏陈数事，朕甚疑其居心不纯，大有舞智弄巧潜蓄揽权之意。思卿前所奏，甚觉愧对尔及史贻直也！

写完，这才取过年羹尧的请安折，呆着脸仔细想了一阵子，挥笔疾书一通，却是草书：

前折谓朕“战胜不骄、功成不满”甚实。然朕实无心作不骄不满之念，出于至诚，惟天可表。西海之事，若言朕不福大，岂有此理？但就事而言，实皆圣祖之功。自你以下，哪一个不是父皇用的人，哪一个兵不是数十年教养的兵？前当危急时，朕原存一念，即便事败，朕不肯认大过，何也？当干起原是圣祖所遗的事。今如此出于望外，好就将奇勋自己认起来？实实而愧心惭之至！尔等此一番努力，据理而言，皆朕之功臣，据情而言，凡实心用命效力者，皆朕之恩人也！尔等不敢听受，但朕实居如此心，作如此想。朕之私庆者，真正造化大福人则可矣，惟以手加额，将此心对越上帝，以祈始终成全，自己亦时时警惕不移此志耳。

又，三月奏进，尔所代拟《陆宣公奏议》之序，请旨颁发，朕得暇好好写来赏你，定不得日期——览尔此奏，比是什么更欢喜，这才是，即此一片真诚，必感上苍之永佑。凡百就是这样对朕，朕再不肯好而不知其恶。少有不合朕意处，自然说给你，放心。

写完一抬头，见高无庸站在面前，便问：“是图里琛来了么？叫进来。”说罢便起身趿了鞋，在地下散步。

图里琛已换了一等侍卫服色，浑身鲜亮，显得格外精神，进来见雍正正踱着步子想事，没敢惊动，悄没声跪了殿角。雍正看了他一眼，凝望着院外的潇潇风雨，许久才道：“不要说谢恩的话了。朕有差使给你。”

“喳!”

“隆科多舅舅财产多得没处放了。”雍正带着阴寒的微笑，徐徐说道，“叫人看看，都挪移到哪里了，弄清之后，请旨查抄!”

“喳!”

第四十六回　忧京狗将军生异心　惊谜札钦差遭毒手

隆科多家被抄，很快就传到了年羹尧军中。对这个虽然资历深却没有实际战功和功绩的上书房大臣，年羹尧历来打心里不服。初接任大将军一职时还曾递过一个密折，说："隆科多乃一极平常人。"就此，雍正整整写了三千字的朱批给他，解说隆科多的好处，过去"不但卿，即朕亦不深知，实为圣祖为朕留一砥柱之臣，与尔并为社稷干城"。皇帝这样屈心降志，年羹尧不能不买账，于是进京呈送贡物，时不时地也给隆带些礼物，两个人渐渐才有了交往。今春，年羹尧的二儿子年熙病重，雍正又要了年熙的生庚八字，让高其倬看了，说年羹尧命中不该有这个儿子。恰隆科多膝下无子，雍正灵机一动，命年熙过继给隆科多冲克此劫，"隆科多无子而有子，年羹尧有子而无子"，二人竟成了干亲家。外边看二人是"将相和"了，但年羹尧自知，这是强捏就的。因此，前头雍正朱批"舅舅今辞去九门提督一职，朕并未露一点，连风也不曾吹，是他自己的主意"，年羹尧便知隆科多已失宠，尽自如此，他毫不关痛痒，只是想，如能把上书房大臣名义加在"大将军"号上，也许并非办不到的吧？

然而这毕竟是雍正登极以来处分最大的机枢之臣，按隆科多的宠眷，其实还在自己之上，说抄就抄了，他不能没有兔死狐悲之感，同时，也隐隐觉得风头不对，究竟哪里不对，一时自己也想不清楚。接到邸报怔了半晌，叫过桑成鼎，蹙着眉说道："连日没睡好，头疼。今儿不要衙参了。你去前头叫将军们散了，派人请汪先生和九爷过来说说话儿。"

"是，老奴才这就办。"桑成鼎苍苍白发丝丝颤动，略带艰难地躬了一下身子，说道："不过刘墨林参议今儿去了岳将军大营，说过还要过来拜见，他来了见不见？"年羹尧笑道："这帖膏药可真够粘的。岳东美大营离这里几十里，要来也是黄昏时了。等来了再说罢！"说着，便听外头脚步橐橐，汪景祺呵呵笑着进来，说道："大将军哪里不爽？晚生略通医道，可为您看看脉，一味贴膏药可不济事。"一边说，一边把当日从兰州转过来的文书放在年羹尧的案头。

汪景祺调来书办已年余，不但文牍极熟、办事迅速，而且腹笥盈库，应答如响，虽然年事已高，却精神矍铄，闲时常陪年羹尧，帮办军务之余阔谈古今，已成年羹尧一日不可或缺的智囊。见他进来，年羹尧忙命军士沏茶让座说道："心里闷极，身上也不爽，正要请先生过来谈谈。"因将邸报递过来让汪景祺看，自己便去拆阅北京转过来的奏折批复。这个邸报汪景祺在允禟处已经看过，已是胸有成竹，他接过来，一边把玩，一边突兀说道：

"下一个就是大将军。"

"什么?!"年羹尧手一颤，密封匣子也没打开便停住了。

"我说，"汪景祺饱经风霜的脸上皱纹一动不动，已是没了笑容，不经意地将邸报甩在案上，"皇上疑大将军疑得重了。原准备先拿八爷开刀的，现已掉转了刀，要取大将军的首级了!"

年羹尧全身一震，仿佛不认识似的，下死眼盯着汪景祺，喑哑着嗓子道："我与皇上骨肉亲情，生死君臣，又刚立功，皇上有什么疑我处?"汪景祺毫无惧色，盯着年羹尧凶光四射的目光，良久，扑哧一笑道："亏大将军以儒将自许，天家父子兄弟之间尚无骨肉亲情，何况将军？隆科多与皇上骨肉情分如何，及不及您呢？当先帝晏驾之时，内有诸王虎视眈眈觊觎帝位，外有强敌重兵压境，隆科多一念之异，皇帝便不是当今，这托孤之重，拥主之功比大将军的'勋名'如何？将军自思，有没有岳飞之忠？有没有韩信之功？有没有永乐叔侄的骨肉情分呢？古谣所谓'一尺布尚可缝，一斗粟尚可舂，兄弟二人且不容'，您没有读过么?"年羹尧颊上肌肉迅速抽动了几下，口气中带着极大的威压，问道："谁指使你来说这个话的？你是什么人?!"

"这个么，是我。"门外允禟的声气说道，说着一挑帘进来，撩起袍角便坐了年羹尧对面，眯缝着眼，略带挑衅地望着惊异的年羹尧："大将军危在旦夕，势如累卵之急。我不能不请汪先生把话挑明了。一句话，救你，救我大清社稷!"

年羹尧目光游移不定，看看允禟，再看看汪景祺，突然纵声狂笑，倏地收住，狞声道："九贝勒，你忠于皇上，我敬你是'九爷'；你不忠皇上，我视你是允禟！莫忘了，我不是寻常提督将军，乃是持黄钺节秉天子剑的专阃大将军！"

"唯其如此，越发令人可虑。"允禟不动声色徐徐说道，"你藏弓烹狗之危近在眉睫，我唇亡齿寒之虞继之即来。不救你亡，我也难以图存。所以，有今日一席谈。"

年羹尧哼了一声，"噌"地从靴页子里抽出一份黄绫封面的折子甩了过去："你们看花了眼，吃错了药！这是几天前才接到的朱批谕旨，不妨看看皇上与我何等情分。即死，我让你们没有怨尤。"允禟接过看了看，转手递给汪景祺，无所谓地一笑，说道："原来你不会读文章！雍正如此响的一个耳光，竟认作是亲近！"汪景祺看着也笑了，说道："大将军当局者迷。这篇批语粗看去亲，仔细看去疏，推敲起来令人不寒而栗！""是么？"年羹尧被二人的镇定慑住了，略为迟疑地接过了折子，反复审视。

"听九爷教给你，你跟了四爷几十年，仍不懂你的四爷！"允禟嘿然一笑，"哗"地打开了折扇，又一折一折折拢来，挑着眉头说道："这个朱批三重意思，西海大捷是皇上'福大'；西海大捷是'自你以下'将士用命之功；西海大捷之功你'好就将奇勋自己认起来'？因此，你不可动'贪'念，你的'不合朕意'处，少不得要一一告诉你——将军自细想想，未去北京前，朱批里有这些露头藏尾的话么？"

年羹尧目光熠然一闪，随即冷笑道："幸亏你没福当皇上。不然，天下臣子死无噍类了！这些话有的是调侃，有的是慰勉，有的是至情亲爱随笔戏语，拿这份折子危言耸听，九爷未免异想天开。"说罢又是一哂。

"把刚接到的那份朱批拿给年大将军！"允禟突兀说道。"什么？"年羹尧不禁一怔，诧异间，汪景祺又递过一份请安折子，年羹尧展开看时，两行血淋淋的朱红草字赫然在目：

> 年羹尧果系纯臣乎？"纯"之一字朕未许也！尔有何见谈，据实奏来密匆六月下浣。

这是再熟悉不过的笔体了，没有一笔有矫饰痕迹，断然不是假造！年羹尧心中不禁一阵狂跳，见折子上姓名糊了，便用手去抠，允禟一把抢了回来，嘿嘿笑道："——使不得！别人也有身家性命！要还不信实——把王景灏的那份抄本给大将军！"

年羹尧此时已经呆了，傻子一样接过一张素笺，看了看，失神地丢落在地下：王景灏与云贵总督蔡珽密相往来，书信里说自己许多坏话，因此才密奏雍正王景灏在任草菅人命，请着胡期恒来代，这事除了在郑州露风声胡期恒要调任外，出于一人之手入于一人之目。凭谁假造不出这样的密谕！他的脸色又青又白，梦游人一样在书房地下转来转去，喃喃讷讷说着："这不会……这怎么会呢？这不是真的……"

"这是真的。"汪景祺咬着牙笑道，"和隆科多被抄一样真！您犯了皇上三大忌，不速自为大祸顷刻即到！"

年羹尧目光迷惘，还没有从震惊和恐惧中清醒过来，只是自语："三大忌？三大忌……"允禟在旁大声道："年亮工，生死有命富贵在天，你身为大将乃作此态！你打起精神来听！"年羹尧这才回过神来，颓然落座，苦笑道："这比晴天霹雳还要惊人！我是失态了，愿先生有以教我——这里先谢罪了。"他到底是年羹尧，瞬间，雷霆击蒙了他，旋即又恢复了镇静和威严。

"挟不赏之高功，这是一忌。雍正即位内外忧患危机四伏，你这一战为他稳住了大局稳住了人心。他要借你的力量去压服八爷和群臣不满之心，所以不能不赏你，举酬勋之典，受殊爵之荣，位极人臣，威拟王侯，他再拿不出可赏你的东西了。

"但你挟震主之威，不懂韬略。不但不逊功让主，反而居功自傲意气洋洋。郭子仪是何等功臣？以酒色自晦，谨保首领以死；徐达退隐中山王府一政不参，难免蒸鹅之赐！你呢？黄缰紫骝凯旋入京，王公以下郊迎数十里，你居然受之不疑！皇帝在丰台令将军解甲，不得你一将令，无一人从命，换了你是皇帝，你容得么？

"猜忌之主，性本庸怯。他要整顿吏治，你却处处插手，亮工将军，你掣了皇上的肘！这是第三忌。平心想想，你选了多少官？外省的事你干预了多少？本来你不干政，他也要拿你，何况你处处插手？皇帝原意是借你的力压制廉亲王，处置八爷党后再解你的兵权。但现在看来，他觉得你比八爷更可怕，恐惧你与八爷党联手造乱，所以要先清除你了！”汪景祺滔滔不绝，句句说得斩钉截铁掷地有声，到此戛然收住，书房里一片寂静！年羹尧用颤抖的手，托着渗出汗珠的脑门，许久才吃力地说道：“我有些处是不检点，兴许是弄错了什么事，但我没有二心。必是这样的，不知哪里错了，惹了圣怒……”“你算了吧，痴迷大将军！”允禟揶揄地一笑，“你有我领教我四哥的多？自打大捷之后，先是宝亲王弘历，后是潦倒书生刘墨林，你这大营里有一天少了朝廷监视你的人？就是原来的侍卫，也是在这里盯着你，不过被你降服了就是！”

年羹尧呆呆地望着外边，七月的青海天气已经很凉，胡杨叶子开始凋落，空旷的大校场上西风卷着砂石，时而掠空而过，时而盘起一个个旋风互相追逐、合并，偶然一阵风挟着砂扑上来，打得大玻璃窗一片细碎的声响。门前一株柳树，是他来青海驻节头一天亲手栽的，已有茶杯粗细，仿佛不堪蹂躏似的摆动着腰肢婆娑起舞。年羹尧的心境像这天气一样荒寒。和一个时辰前相比，如同猛地堕进狂涛无边的海水里，只是漫漫无际的海天，见不到岸，连个歇力的礁岛也寻觅不得……收回目光，眼前这两个人既熟悉又陌生，他有一种大梦初醒的感觉，又似恍若隔世。许久，他把头深深地埋在两臂间，发出像呻吟又像叹息的呜咽……“我该怎么办？……”

“八爷很知道你的苦楚。”允禟一举收伏了骄横不可一世的年羹尧，心中喜不自胜，却是脸带忧容，温声说道，“时势造英雄，英雄也能造时势，你不必作出此英雄气短之叹。我来军中已经二年，仔细审量，十四爷人心尚在，部旧尚在，十四爷无辜蒙冤，三军不服！若能迎十四爷回营主持，拥主而立，将军以得胜之师高张义帜，天下敢不景然而从。朝内八爷执掌旗务，会议诸王废无道而迎有道，示古事正可以不血刃而取。造此局面，你大将军才真的是龙骧虎啸震铄古今的伟男子、大丈夫！”年羹尧忧心如煎，低头思忖良久，摇头道：“皇上是我恩主，无论怎样，现在，没指我叛臣，我这样造逆，天下人视我乱臣贼子，这怎么使得？”允禟哂道：“世人但以成败论英雄，亮工未免胶柱鼓瑟。”

汪景祺见年羹尧只是摇头不语，知道没有击中要害，因不言声起身，至案前援笔写了几个字，道：“大将军，你抬头看！这是大行皇帝遗诏原文!”

传位十四子

正发怔时，汪景祺执笔在“十”字上添了两笔，成了：

传位于四子

“这就是真谛所在!”汪景祺口气咬金断玉，“隆科多的‘功’，隆科多的‘罪’皆在于此!”他格格一笑撕掉了纸条：“他是什么‘皇上’？欺天欺地欺祖宗，地地道道的篡位奸雄！十四爷，才是真正的大清之主！这样的人，上天怎么会助他？群臣怎么会拥他？你也是熟读史籍的，前代年号带‘正’字的，金海陵王的‘正隆’，金哀宗的‘正大’，元顺帝的‘至正’，明武宗的‘正德’，哪一个是好东西？就‘正’字而言，是‘王心乱’之象，又可拆为‘一止’之象。你此举正为顺天应人，挽救大清，这是天底下最光明最堂皇的伟业，又何虑身后之名？”

这番话义正词严天衣无缝，加上灵机一动编出的篡诏谎言，从汪景祺这张如簧之舌直述而出，真有洞穿七札之效，年羹尧脸色由红到白，转而铁青，忽然两腿一软，颓然落座，双手掩面，喃喃自语：“这些话我不信……这事太大，让我想想，想想……”

刘墨林从岳钟麒大营回西宁城时天已黄昏，他是“西征参议道”，专为协调驻青海各军关系，筹调各地饷银粮秣分发各军，因是奉旨专办军务的钦差，并不受年羹尧和岳钟麒的节制，所以在西宁自设有参议道衙。刚到衙门口，尚未下马，门上人便禀说：“年大将军中午送过帖子，请刘大人过去赴宴。”刘墨林在岳钟麒那里议了大半天大军越冬军需事宜，又走老远的路，原已疲累不堪。猛地想起昨日接的朱批“年羹尧营务三日一报，无细无巨”的话头，便下马换轿直奔大将军行辕，也不待通报，径自青袍布靴进了中军大帐。果见七八桌酒筵坐满了人，都是年羹尧的部将，个个喝得满面红光。年羹尧坐在头一桌，他的三大都统汝福、王允吉、魏之跃，还有副将马勋，凉州总兵宋司进都陪在身边，觥筹交错酒兴正酣，见他进来，年羹尧便笑着招手：“来来！大参议，我们这边说酒令呢！你来迟了，要罚酒！”

“大将军好兴致！”刘墨林笑嘻嘻入座，“方才廊下还见有戏子，口福眼福耳福一齐饱么？说什么酒令，我今儿又累又乏，在东美将军那又先吃了酒，恐怕敷衍不来了！”年羹尧笑道：“我还不知道你！坐吧你——呃，是这样，皇上赏给我一套珐琅大花瓶，又专从田文镜那里调了几车西瓜，一人独乐与众人乐，孰乐？所以请来坐坐——你先吃了罚酒再说。”说着连倾三杯。亲自捧过，刘墨林只得饮了。却听魏之跃笑道：“年大将军成心难为我魏大炮，我懂的什么酒令？何如叫戏子们演戏，你们该说酒令说你们的，不是两好凑一好？”

年羹尧笑道：“也是的，一多半都是炮灰丘八，我竟忘了。只管开戏——我们还说酒令！我接着说。”因以箸击盘曼声道：

> 我有一座房，送与汉刘邦，汉刘邦不要。为甚的不要？春色恼人眠不得。

刘墨林一听便知，这个令先说一物件，再用一个古人名，后句用一句古诗，正寻思间，隔座王允吉笑道：

> 我有一把扇，送给曹子建，曹子建不要。为甚的不要，剪剪轻风阵阵凉。

宋司进见轮到自己，忙也道：

> 我有一把弓，送给老逢蒙，老逢蒙不要。为甚的不要，一行白鹭上青天。

刘墨林含笑听着，心里却咯噔一下：怎么比出鸟尽弓藏来了？未及深思，年羹尧挨身的都统汝福接口道：

我有一公鸡，送给郭子仪，郭子仪不要。为甚的不要？雄鸡一唱天下白。

于是一座哄然，都说“不通”，魏之跃便按着要罚酒，年羹尧看一眼刘墨林，笑道：“老魏省得什么！这用得正合适，天亮了，要公鸡做什么？”刘墨林陡起惊觉，便有心转令，因道：

我有一月轮，送与刘伯伦，刘伯伦不要。为甚的不要？错认白玉盘。

年羹尧笑着摇头道：“这是想当然的，‘错认白玉盘’，出于何典？大约在东美那里吃多了，你这样的大才子也会马失前蹄。”其时廊下锣鼓笙箫声已起，演的是“草船借箭”，大厅上众将军都停了相战，都笑着看首席几个人乱哄哄罚刘墨林酒。

“不要乱，听我说。”刘墨林双手遮着几杯递过的罚酒，笑嘻嘻道，“李青莲诗云：‘小时不识月，错认白玉盘’，大将军没有读过？我在京和王文韶他们还用这作过令，我说‘小时不识风，只当天哼哼；小时不识雨，只当天痾痢；小时不识雷，只当天放屁。’惹得他们大笑一场呢！大将军，该罚的是你，”年羹尧呵呵大笑，豪爽地举杯一饮道：“今晚笑得畅，本将军认罚！”说着便命开戏。

年羹尧看了一眼正在念白的“鲁肃”，侧转身问刘墨林：“你从钟麒处来，他那里越冬的事准备得怎么样了？”刘墨林漫不经心地看着戏文，说道：“和大将军这边差不多，只是盘火炕地龙还缺些砖。我说这事不大，你留在青海的人不足一万，能用多少？从大将军这里匀一点也就够了。我最怕粮食供不上，甘陕的库粮都用了赈灾，要从李卫那里调拨二十万石，李卫给我回话，只能一万石一万石调运，我就想，万一遇上大雪封路，运不上来可怎么好？就和岳将军商议，叫四川自川北多运点米，互相调剂着兴许差不离。”年羹尧问道：“东美没说什么？”

“都是皇上的差使，有什么说的？”刘墨林道，“他一口就答应了。”

年羹尧最担心的便是粮食。听刘墨林的口气，李卫那头指望靠不着，现放着四川天府之国，可惜那是岳钟麒控制……他无声叹息了一下，深悔当初为了争功，得罪了多年的知交岳钟麒，思量着，说道："请你催李卫。越冬的粮，我不能指望四川，岳钟麒自己几万人马也要吃！"刘墨林欠身答应一声"是"。见年羹尧无话，便问道："汪先生和桑军门怎么没来？还有九爷呢？"年羹尧笑了笑，说道："他们有事——哦，我听说徐骏坏事了，被大理寺拿问。都说是你参的，却没有拜读参本。他是八爷心腹，又是出了名的才士，多少人参都没有参动。你可真能耐，一本就参倒了，必定是生花妙笔，何妨让我拜读一下呢？"

"没有的事。我没有参他。"刘墨林心里像被针扎了一下，他猛地想到了苏舜卿。因冷冷说道："多行不义必自毙，自作孽者未必定要有人参他才倒。"但本章确是他写的，徐骏的罪名是"诽谤圣朝，追怀前明"，他为报苏舜卿之仇，精读徐骏诗集，抓住"明日有情还顾我，清风无意不留人"这一句，作了一篇花团锦簇文章。即是这罪名，那是凭谁也保不住了。虽然出了胸中这口鸟气，自觉不甚光明正大。所以矢口否认。正发怔间，扮诸葛亮的老先生大声道："吩咐船工，将船头掉转来受箭！"

刘墨林忙收神看戏，魏之跃在旁叹道："孔明真是奇人！只有孔子这样的人才得有这样后代，可见天道不虚，善有善报。"年羹尧听得不禁一笑，正要插话，刘墨林也一本正经说道："那是！秦始皇之后又有秦桧，魏武帝之后又有魏忠贤，可见恶有恶报！"年羹尧忍俊不禁"扑"地一口酒全喷了出来，道："说得好！比得妙！"将军们附和惯了，也都忙道："那是，刘先生是大才子么！"

刘墨林、年羹尧和同桌几个将军，除了魏之跃都捧腹大笑，笑得众人都陪着干笑。刘墨林想到今晚还要赶写密折，因起身道："大将军盛情筵，原不该早辞。但我今日实在累得受不了，恐怕失仪，更对不起年军门。"说罢一揖。年羹尧却也不强留，含笑点头算是答应。刘墨林回到下处，掏出雍正赐的怀表看看，恰正亥末时分，自觉宿醒未尽，恐怕文笔有误。酽酽地喝了两杯普洱茶，方觉耳目清爽。刘墨林凝神聚意正待打腹稿，一眼瞥见案头镇纸压着一件东西，取过来看时，却是折好了的一张纸鹤，展开了看，上面胡涂乱画得古怪：

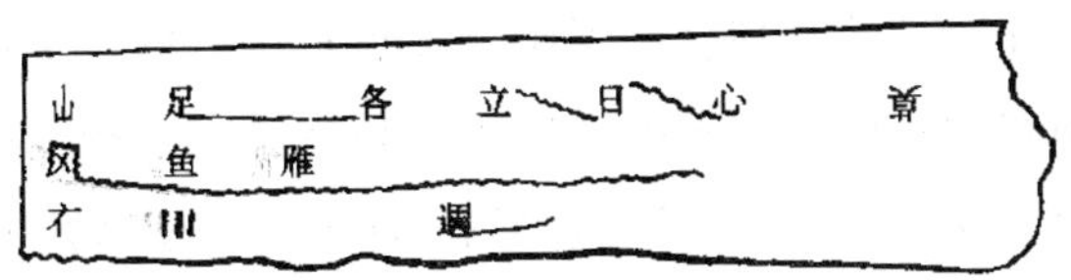

刘墨林反复展玩，突然一个激凌寒战，浑身毛发森竖，他已破译了这个字条：“山高路远意迟迟，莫道惊风送鱼雁，夜半三更掩门逃！”刘墨林抖着手将纸条在烛上燃着了，看看身边，都是大将军府派过来侍候的人，强自镇定着笑道：“这是谁放在这里的？纯是放屁！”

“回刘大人。”管门的老刘头笑道，“大将军行辕今儿后晌派了个戈什哈来请您赴宴，您没回来，他在这坐了一会儿，是不是他画的我们没瞧见。”

“笑话笑话！哈哈哈哈……”刘墨林何等机警，立刻意识到事态严重，装着笑不可遏的样子呵呵大笑，“说我刘墨林文笔不通，还用了隐语！真不知这狗才吃了什么药——明儿告诉年大将军，寻出这个王八蛋，我倒真想见识见识他的‘才学’呢！”说完伸欠了一下，说道：“叫小猴子进来侍候，天好早晚的了，你们都歇着吧。”

人们一退出去，刘墨林一刻也不停，立刻将自己奏案底稿全部收到一处，用桑皮纸裹封了，想了想在封皮上写了四个字：

年羹尧了

贴身小厮小猴子已经推门进来，见他神色有异，诧异地问道：“刘相公，出了什么事么？”他是原来跟苏舜卿的小奚奴。一直到苏舜卿死都没有离开，刘墨林看他忠心机伶，便收了过来，所有侍候笔墨的事都由他来照料，十分得用。因为事体不明，刘墨林只含糊说道：“这包文书是给岳军门的，今晚就得送去，你怕不怕？”

“不怕。”小猴子笑嘻嘻道，“统共不到八十里地，我能骑马会射箭，还怕狼吃了我不成？”刘墨林嗯了一声：“好，你这就走一遭！”小猴子接过文书正要走，刘墨林却压低了嗓子，几乎是耳语道：“方才的话是叫墙外听的，你不要出城，明儿我没事，你还回来；我出事，你想法子把这包东西交给岳军门——可听仔细了，嗯？”小猴子满脸的笑容一下子凝固了，看着刘墨林深沉又意味深长的眼神，愣了半日才点点头，低声道："我在城内认了个干娘，今晚我住她那——省得了！明早我带岳军门的回执来！"他突然提高了嗓门，说着便退出去，一阵急促的马蹄声，一切又归于寂静。

见文件安全转移，刘墨林松了一口气。此刻他要走，大约无人拦阻。但他奉旨的职守头一条便是"制约年羹尧"，逃得了年羹尧的毒手，逃不掉雍正的诛戮。一样是死，就不如死于国事。况且从他观察，年羹尧只是有些牢骚，并没有造反实迹，自己出走说不定弄假成真。反复思忖，刘墨林决定不走。躺在炕上，听着外边飞沙走石，打得屋瓦像骤雨袭荷塘般响成一片，许久许久才蒙眬欲睡……

突然，外间"砰"的一声爆响，接着里间房门也哗然洞开。刘墨林矍然而起，棱着眼看时，却是汪景祺带着几个戈什哈冲了进来，一股寒风卷着沙土扑面而来，满屋帐幔簌簌颤抖着飘动。刘墨林穿好鞋子坐在炕沿上，笑道："汪师爷，是年大将军派你来取我的首级？"

"不，是崇祯爷！"汪景祺阴森笑道，"我知道你是才子，也很怜你死于我手。你太碍事了。为树年大将军光复大明伟业之志，你牺牲得值。"

"年大将军——光复大明？好大志向！"

"已经去请十四爷了。"汪景祺格格笑道，"十四爷一到，这边就能大动。动起来必乱，乱起来——嗬嗬……吕宋国避难的朱家子孙就可回来收拾局面了！"说着头一挥，身后一个人从瓶中倾出一碗酒端了过来。

刘墨林死死盯着汪景祺，仿佛要把这个人的影子一同带到地狱中去。许久才道："我等着你！"说罢一饮而尽。

第四十七回 暗传消息王心思动 膏雨茫茫死离生别

允禵在遵化孝陵“守陵读书”已经一年有余。他与大阿哥允禔二阿哥允礽不同，只得了个“大不敬”的罪名，削去王爵，却仍保留了固山贝子的封号。朝廷的邸报和明诏廷寄照例要发寄他一份，因而隆科多“查看家产”的消息，倒比年羹尧还早知道一点。但这个地方是顺治和康熙陵寝重地，寝卫关防都由京师善扑营御林军执掌，不但遵化县令，就是直隶总督巡抚也不能轻入。间或八阿哥或其他兄弟送来饮食馈赠，或平安书信，都要经内务府陵寝司衙门的官员太监反复验尝才得到他面前，除了大路信息，余外的风闻半点不知。因而，知道隆科多“舅舅”被抄，他反而趁愿，只当笑话讲给乔引娣听：“这个混账东西也有今日！他凭什么当了上书房大臣？不就是父皇晏驾读了读遗诏么？”乔引娣倒劝他：“这些事爷甭操那么大心，昔年那些陈谷子烂芝麻的事劝爷忘得越快越干净越好。我们小户人家吃饱穿暖就是足，平安无事就是福。奴才看着皇上心思，毕竟还念着一母同胞，要真的打发爷到口外，像九爷十爷那个样子喝风吃沙，爷可怎么受？奴婢就是跟着，也替不了您哪！”说得心酸，也便掉泪。允禵听了也觉灰心，笑着道：“卿这又是何必？木已成舟生米熟饭，我早已不生妄想了。”

话虽如此，允禵毕竟是性情中人，难免事事关心。依着他的想法，接着便要将隆科多拿去交部议处，但接着又有旨，命隆科多以理藩院尚书身份“克日往阿尔泰岭，与策妄阿拉布坦议划准噶尔与喀尔喀游牧地界，事毕就地与罗刹使臣会议两国疆界。若该大臣实心任事思盖前愆，朕必宽宥其罪”。事隔一月又有旨，下得越发稀奇，切责隆科多曾“屡屡参劾允禩，必要将之置于死地，乃包庇鄂伦岱，阿尔松阿都统汝福，意欲代允禩而自立门户，网罗党羽招降纳叛，叵测之心甚不可问。”

允禵原以为雍正不过要诛权臣以自固，说透了还是兔死狗烹的故伎，如今搅进了八爷党，连自己的心腹将军汝福也连带在内，已经“明白”了的他，又堕入五里雾中。他纵有满腹心事，无奈这里不比北京，福晋侧福晋每两个月来探视一次，京里王府和这边一样，消息封锁得铁桶也似，根本带不来什么信儿。偌大陵园宫寝只留几十号宫女，除了乔引娣忠心耿耿，其余的多一句话也不敢随便讲。外院是蔡怀玺钱蕴斗两个管事，带着百十个家人随时侍候，却都是内务府的人，三月一换，人不熟就调走了。就是急煞，也只是自己气闷。

在沉闷焦虑中七月过去了，八月也过去了，允禵见朝局前无变化，索性撂开手，心思倒也放宽，便和引娣计议，九九重阳登高消寒，祛祛积在心中无法排解的郁气。引娣却也喜欢，因道：“这后头宫女，也有十几二十个解音律的，都带上，咱们好好儿乐一日。我把爷写的词都配了调子了呢!”

“引娣，”允禵苦笑着，“别忘了，这是先帝陵寝。叫人告上去，你我都成了‘丧心病狂’。就是没人去献勤儿，在坟上头歌舞，也瞧着不伦不类。”引娣一心要他开心，偏着头想想，笑道：“说爷胆大，泰山都包了，胆小起来，芥菜籽儿也容不下。你瞧，那边是景陵，那边是孝陵，这南边呢？这座棋峰山虽略低些，上头有个亭子。万岁爷前日封了两坛子酒赐了爷，那不是叫爷过节用的？我们就登这棋峰，在上头唱曲儿，算是唱给祖宗听，凭谁说这都是孝道，再落不下不是的。”允禵笑道：“到底你伶俐，说得我也兴头起来，就依着卿!”

两个人正说着，外头钱蕴斗进来，在正房处阶下打千儿行礼道：“十四爷，京里来人了，是十三爷王府太监头儿赵禄，想见见爷呢!”“不见!”允禵立刻沉下了脸，高傲地仰头看着远处白杨树上的老鸹窝，“他有什么事，跟你们说了再回我，只怕我还少担着嫌疑。”引娣知道这类事自己插言也无益，只在旁轻轻叹息一声，钱蕴斗赔笑道：“奴才明白——十三爷带的有信，还有几坛子新糟的酒枣，奴才叫他们抬进来吧？”

“嗯，去吧。”

“喳。”

钱蕴斗答应一声慢慢退下。刚转身，允禵又叫住了：“既有信，叫他进来。你要不放心，或你或小蔡陪着一道来。”钱蕴斗忙笑道：“爷说哪的话!

奴才们也是不得已儿……这是怡亲王的人，更使不着那些规矩了。”说着便去了。

“爷也是的，”引娣见他走远，笑道，“拿他们这些人出什么气？我看这姓钱的和蔡怀玺还算有良心的。上回爷给九爷的信，他们都带出去了，内务府知道把钱蕴斗两条腿都打得稀烂。他们不肯说，还是奴婢逼着问出来的呢！”允禵冷笑道：“周瑜打了黄盖，蒙了曹阿瞒！你是女人，男人们这里头的混账事哪里省得！”

说话间，果见一个太监戴着蓝翎顶子从甬道沿超手游廊过来，后头却是蔡怀玺陪着，恰在正房西侧，蔡怀玺便站住了，那太监自过来给允禵请安，笑道：“奴才赵禄给爷请安了——爷万福！”

“起来吧。”允禵淡淡说了一句转身便进了堂房坐下。见赵禄进来，便也命坐，“十三爷自己身子骨也欠安，还惦着我，实在心领了。”赵禄忙从怀中取出信双手递上。允禵一头拆看，漫不经心地问道：“你家怡王爷究竟什么病，可好些了？”赵禄斜签身子一哈腰答道：“我们主子这些日子调养得好了些，只不敢劳神。太医说是痰症，后来河南来了个姓邬的看脉，竟是痨疾，按这个治倒是有些效，时好时不好的也不敢定……”允禵看那信，说的无非是静摄养生读书养性的话头，甚无意趣，听说是痨疾，眉棱不禁霍然一跳（痨疾即肺结核，当时属不治之症），叹道：“你说姓邬，我知道是谁了。当年他给十三哥推造，说十三哥九十多岁的寿。有他保着，十三哥尽管踏实放心——引娣，给赵公公上茶！”

赵禄见引娣退下，左右看看无人，迅速从靴页子里抽出一张雪涛笺递给允禵，小声道：“这是八爷的信，务请十四爷多加留意。”允禵接过了，狐疑地看一眼赵禄，赵禄忙道：“十四爷明鉴，奴才是廉亲王府何柱儿的把弟。康熙五十二年怡王爷圈禁，八爷叫我跟进去侍候的——要没这个身份，这张纸我也带不进来的。”

“唔。”允禵双眸炯炯，展开那笺看时，却是一张寿纸，不禁一怔。赵禄忙道：“米汤写的，用烟熏……”话未完引娣已端茶上来，便住了口。允禵笑道：“我何至于连一个心腹也没有？引娣，这张纸拿去，用油灯熏了我看。”引娣不言声接过便去了。允禵这才问道：“八哥如今怎样，圣眷还好？”

赵禄笑了笑说道："面情上还过得去。我跟着十三爷，难得见八爷一面，就见面也说不上话，只听十三爷有回跟张中堂说话，不除年、隆，帝权难以独揽，也制不了朝中朋党。隆中堂如今只是个散秩大臣，一点权也没了，皇上要动手剥年羹尧的兵权——这是暗地里传的话，真不真我不晓得，也不敢打听。"允禵一边听一边仔细思忖，这个话断然不是太监能捏造得来的。他也有几分相信了赵禄。雍正要有意加害自己，似乎没有必要弄这玄虚。还要问话时，引娣已经出来，默默将熏得灰暗的纸递了过来，便不再吱声，接过看时，上面写道：

> 九弟来札，年部事有可为，但年本人尚在似可非可之间。老狗已携人前往迎驾。千古成败皆在吾弟一念间。是坐亦毙不坐亦毙，弟谨思之，此机再失，吾等噬脐难悔矣。

虽无头题落款，但草书字迹无一笔矫饰，确系廉亲王亲笔，允禵再无半点疑惑，心里一热一烘气血翻涌，什么滋味全有，晃着火折子将信燃成灰烬，脸色怅怅地望着外边五彩斑斓的山峦，问道："汪景祺来了？"

"回十四爷，来了，就住在遵化城里。"

"哪里？"

"奴才不知道。"

"我怎么见他？"

"八爷说，爷只要出陵园，汪自己设法见爷。"

允禵立起身来，徐徐踱了几步，突然笑道："我是心如枯木槁灰之人，早已磨去了昔年锐气。外头兄弟朋友们如此热心，真是可笑！你回去吧，谁派你来的你告诉谁，允禵情愿终老此地，让我静些儿，不要再来扰我了。"赵禄呆呆地看着允禵，不知该如何回话，半晌才起身打了个千儿道："是。爷保重——奴才去了。"又叩了头方快快去了。

"十四爷这么处置最好。"引娣一直在旁提心吊胆，此时倒放了心，给允禵沏着茶道，"他们这些人最沾惹不得的！您先在外带兵，八爷怕你成事，还派了人在你跟前卧底，如今您两手空拳，他们倒要救你？就算不是，爷如今处境，搅到他们那些事里，我瞧着也是险得很呢！""你懂什么！"允禵断喝一声止住了引娣，“什么时候学会了老婆嚼舌头？这是女人管的事么？”乔引娣一向在允禵跟前敬如严师亲如长兄，低头惯了的，听这一声呵斥，脸色立时变得苍白，垂手后退两步一声不再言语。

允禵见她这样倒觉不过意的，长叹一声过来轻轻拍拍引娣肩头，温声说道：“你一片心为我，我有什么不省得的？这里……这里是活棺材，活在这里……也是行尸走肉——但外头什么情形我知道的太少太少了。我不会铤而走险。累及你，我也于心不忍……”引娣热泪夺眶而出，哽着嗓子道：“爷一个大男子汉囚在这里，爷的心我都知道，大主意您自己拿，水里火里我都跟着……但八爷眼见不是个心术正的，年羹尧就那么靠得住？我不愿爷走险……我身上已经有了……”“我当然不走险。”允禵似在安抚引娣，又似自言自语，讷讷说道，“不过总要蹚蹚这汪水有多深，有些机缘也未可知……”

原定九月九日携酒登棋峰山瞭高辞秋，但天公偏不作美，下起大雨来。按引娣的意思，不必出陵园，就在允禵住的偏殿会集家人小酌浅唱乐一乐也就罢了，但允禵想起赵禄的话，一心想会一会汪景祺，执意要出去。引娣便道：“这多些人带了乐器冒雨出棋峰山，太招眼了。爷喜爱雨雪天气都知道的，不如就是我跟了去，外院蔡怀玺钱蕴斗他们跟着，带一个食盒子登山观雨景，就是别人见了，也没得什么说的。”允禵也就答应了。

棋峰山离陵园宫寝并不远，正对着景陵和孝陵南边，垒垒叠叠一座孤峰，整座山都是青灰石，因山顶有泉四溢山下，作养得这山郁郁葱葱径幽林茂。不知何代文人墨客兴之所至，在顶泉边修了一座六角亭。这里远眺，北有景孝二陵，南有马兰峪，东西群山环抱，朝可观云海罩峦，夕可赏落日飞霞，实是天造地设一处观景胜地。允禵也不坐轿，一行四人穿了油衣拾级而上，待到山顶时，靴子下摆也都湿透了。允禵进亭倚柱兀坐，由众人摆布着酒食，放眼四望，但见茫雨如膏簌簌从天而降，远近山峦秋叶正艳，或红或黄或赭或紫，还有大片大片乌沉沉碧森森的松柏，笼笼统统迷迷茫茫中丽色杂陈，恍惚若动凝视则静，周匝风声雨声松涛声，泉水泼溅声，瀑布轰鸣声混沌一片，真令人洗心清目万虑皆空。乔引娣几个人安置好酒食，见允禵兀坐石栏，满目怅惘地鸟瞰雨景，一副似悲似喜若痴若醉的神情，都不敢惊动，呆呆地退到旁边侍立。不知过了多久，方听允禵太息一声，曼声咏道：

仰首我欲问苍君，祸淫福善恐未真。
豫让伏死徒吞炭，秦桧善终究何因？
无赖刘邦主未央，英雄项羽垓下刎。
自来豪杰空扼腕，嗟吁陵岗掩寸心！

此时冷雨袭骨劲风扑面，听着允禵悲愤凄楚的吟哦，三个人的心都像浸在奇寒无比的冰水里，紧缩着战栗。引娣双手合十，无望地看着乱云翻滚的天穹，讷讷道："南无阿弥陀佛……南无大慈大悲救苦救难观世音菩萨……"允禵苦笑了一下，说道："不生不灭，轮回自有理，只是大道渊如海，我们凡夫俗子不能识这造化之数罢了。"说着，便坐了石案前，端起酒一仰而尽。

钱蕴斗见他落座吃酒，忙过来替他斟上，笑道："爷心里闷，出来图的就是解闷，念这些诗叫人心酸。请爷再饮一杯祛祛寒，做一首高兴诗，奴才们也跟着欢喜欢喜。"蔡怀玺也道："奴才不懂诗，也觉得太凄凉了。再说，诗里头有些话也不宜传出去。爷没听说？徐相国的公子徐骏为一句诗，叫人告了万岁爷，不得了呢！还有查嗣庭，考题出错了，也下了天牢。万岁爷心性最爱计较这些事的。"允禵不知道徐骏的事，但查嗣庭出考题遭文字狱他是知道的。因冷笑道："你哪里知道根底？查嗣庭是隆科多的人，徐骏是八哥的人，皇上早就恨得牙痒痒了！要寻人不是处，哪里寻不出来呢？① 皇上要杀我，就'大不敬'三个字也杀得，也不在乎这诗不诗的！"说着便又吃酒，慢慢回顾群山。引娣深知他是抱了个"冀有所遇"的心思，等着要见年羹尧的人，不由得也留心，但见雨雾中树影婆娑白草黄茅伏荡如波，一个人影也不见，既觉安慰又替允禵伤心，一边劝酒，说道："爷方才的话是。安命守时，总归有出头一日的，佛法讲色空幻象，万缘都无，

---

① 查嗣庭出狱即后世所传"维民所止"文字狱。其实因当时考题"正大而天地之情可见矣""百室宁止妇子宁止"有"正止"相连嫌疑被害。

再强的心也不能和老天抗争啊!”

“引娣青出于蓝而胜于蓝了。”允禵笑着饮了一口酒，“强汉不与天争，我……我认命就是。”因命三个人也坐了，轮流把盏，直到申时雨小了些，才扶着蔡、钱二人肩头一步一捱下了山。

允禵回到陵园寝宫侧殿刚刚更衣坐下，二门外守望的军校便进来禀说：“马兰峪总兵范时绎求见。”允禵未及答话，范时绎已带着二十多名军官直入二门，他只在门前稍一伫立，命：“你们外头候着!”便大踏步进来，马刺佩剑碰得叮当作响。钱蕴斗蔡怀玺还没有退出去，见这阵势，顿时脸色雪白。允禵便起身道：“范时绎，你要做什么?!”

“给十四爷请安!”范时绎一丝不苟“啪”地打了马蹄袖打千儿叩头起身，“奴才奉圣命和上书房马中堂手谕，有人要劫持十四爷，昨儿已在遵化城大索一日，首犯汪景祺已擒拿在案，特来禀知十四爷。恳请十四爷体恤奴才难处，往后出门知会一下总兵衙门，以便关防保护。”

这突如其来的变故惊呆了屋里所有的人，一时间都如木雕泥塑般僵立在地！允禵半晌才回过神来，自失地一笑，“是么？还有把我作奇货可居的？那汪景祺是何等人？谁派他来的?”

“回十四爷，奴才不晓得。”范时绎哏声哏气说道，“奴才只是奉命拿人，移交顺天府审理。昨晚直隶总督衙门又递来滚单，说陵寝里有汪景祺的内应——不知哪个叫蔡怀玺，还有钱蕴斗？请指示明白，奴才好遵宪命捕拿。”

蔡怀玺和钱蕴斗不禁惶惑相顾，未及说话，允禵却道：“就是这两个，都是内务府派来的。我看他们素日办差很用心，且受到皇上嘉勉，是汪景祺诬攀也未可知。你回禀直隶总督，还是查明了再拿人不迟，他们没翅膀，也不是土行孙，走不了的。”范时绎略一躬身说道：“直隶总督如今出缺，新任总督李绂大人还没到任。这是直隶总督衙门奉上书房命传来的宪命，火速拿人。总求十四爷体谅，奴才这里再给十四爷谢罪!”说着又打一个千儿，起身命人：

“拿下!”

“喳!”

外头军官们答应一声，几个戈什哈如狼似虎一拥而入，眨眼间便将蔡、钱二人五花大绑，捆得结结实实，连推带架拖了出去。这边范时绎却换了笑脸，说道：“惊了十四爷的驾了，您老明鉴，上峰差遣身不由己。就奴才自己心里半点也不想揽这差使的……”

“你少他娘给爷来这一套！”允禵“啪”地拍案而起，脸涨得血红，脖子上的青筋绷起老高，“爷见过世面多了，统过兵也打过仗！直隶总督既有这么大的权，你请他们转奏雍正，十四爷要削发为僧，这个贝子老子不要了！”他气得手颤心摇，一把扯下头上的双层金龙冠下死劲掼了出去，上头缀着的十颗东珠立刻散落得满地乱滚……

范时绎却不生气，仍旧满脸笑容，温声道：“十四爷别错怪奴才，这是钦命又是宪命，奴才没法子。奴才在这里一日，总要尽心周全保护十四爷。您是天潢贵胄，再怎么也还是奴才的主子，这么着撒野，奴才自己也愧的。”他笑眼望着石头人一样的允禵，又道：“还有下情上禀，十四爷身边这些太监、宫女也都要换换……”他话音虽温驯，但语气中却斩钉截铁毫无商量余地，允禵头“嗡”地一响，心中急跳耳鸣眼昏，不由看了引娣一眼，想想此时处境，半晌才冷笑一声道：“连她们也放不过？必定要赶尽杀绝？”范时绎忙躬身道：“十四爷这话奴才不敢当，太监宫人都是内务府的，奴才只是遵命承办。十四爷要有什么话，尽可明奏皇上，料必有恩旨的。”

“我想留一个人。”

“谁？”

“乔引娣。”

“这是没法子的事。”范时绎见允禵一副欲哭无泪的模样，不由也动了恻隐之心，但内务府过来的牌票，劈头便是“乔引娣等四十八名宫人太监”真的是无可设法，因苦笑叹道：“天威不测天命难违呐！这样，人，我带到马兰峪，先不送京。请爷写奏章，只要万岁爷恩准，我立刻把人送回来……”

“不要求他了！十四爷，他是个提线木偶，求他什么用？”

引娣在旁突然说道，她脸色苍白得像汉白玉雕像，半点血色全无，半晌才咽了一口气，款款移步上前向允禵盈盈下拜，颤抖着嘴唇道：“今日一别，再会无期，奴婢有心腹话告十四爷，引娣原是苏北乐籍家女子，母亲与人相好有了奴婢，因此得罪族人，被迫逃亡山西，寄生乔家。这不是什么体面事，所以一直隐忍不言，今当别离，您既是我恩主又是我夫君，一句不敢隐饰……”她长长的睫毛一眨，顿时泪下如雨，抽咽了几声又道：“前头读《金缕曲》里头一首，奴婢说好，爷说不吉祥，今儿在山上也没唱。这会子爷伴奏，奴婢唱了就此分手，可成……？”允禵此时不知身为何物，他已痛苦得麻木了，浑不觉疼痒，半日才回过神来盯着范时绎不言声，范时绎虽是武夫，见此生离死别凄恻缠绵也不禁悚然动容，只垂手而坐不言。允禵便从书架顶取下瑶琴，略一勾抹，清冷琴音如寒泉滴水，一曲《罗绢寒》过门，已是四座嘘唏，引娣悲声唱道：

秋水漫岗……纷纷膏雨，遮不尽这碧树凋零蓑草黄！更恰恰似离人惆怅。曾忆春华对镜妆，眉目映虚廊，只这愁泪涌涟，袪袪罗衫，怎耐得瑟瑟冷露寒凉。道珍重告郎，莫为念妾断肝肠。念妾时且向盘石韧草泣数行……

唱毕，引娣转脸对范时绎道：

“我们走吧！”

说罢头也不回便出了院。范时绎一声也不敢言语，离座向允禵一躬，便带着军士太监宫女冒雨匆匆而去。

霎时间偌大的寝殿便空落下来。在淙淙大雨声中，允禵独自呆坐了足有移时，突然发了疯似的拉断琴弦，跳起身来将这架价值连城的古瑶琴向石阶上一击粉碎。他疾步跑出院外，双目望天，两手空张着接那沁凉入骨的雨水，发出一阵狼嚎似的嘶哑的叫声：

“雍正——胤禛！你还是我的哥哥么？天哪！我前世做过什么孽，罚我生到这不人不鬼的皇家？啊！嗬嗬……”

那雨，是下得越发紧了。

第四十八回　遂心愿哲士全身退　情无奈痴人再回京

遵化事变第二日，田文镜接到京报，上书房奉旨着征西大将军年羹尧进京述职。九月二十四日又见年羹尧的奏报起程折，便奉明发批谕“览奏朕实欣悦之至。一路平安到来，君臣庆会，快何如之！十一月欢喜相见。”自田文镜严厉处置晁刘氏一案，已是直声震天下，胡期恒车铭二人奉旨引见另行委任，等于是卷铺盖走人，此时田文镜在河南威重令行，真是十二分得意。不料委派张球署理按察使第二日，突然接到雍正朱批，却是词气严厉：

> 张球果何如人，尔一保而再保，是甚缘故？但凡人有一俗念，公亦不公，忠亦不忠，能亦就不能矣，朕深惜之。

田文镜看着不得要领，因衙中师爷都换了新的，只留用了毕镇远管书房，文笔上头很有限的，他自己亲自批了几个奏稿都不满意，虽不愿招惹邬思道，想来想去，似乎只有和邬思道商量才有把握，因此在签押房点过卯后，便打轿到惠济胡同邬思道的宅中移樽就教。

“文镜中丞，什么风吹得来？”邬思道似乎很高兴，正看着几个亲随收拾书箱，见田文镜进来，忙笑着让座，“我正说要过衙去见您，可可你就来了，又让您纡尊降贵了！”田文镜疲倦得有点发酸的眼睨了一下邬思道，已是深秋天气，还穿着雨过天青夹褂，一双千层底黑冲呢靴子洗刷得颜色发淡，发苍的辫子梳得一丝不乱，随便盘在脖子上，显得十分淡适洒脱，由不得叹一口气，说道：“先生，你是神仙，文镜羡煞了。我也想潇洒，不知怎么就潇洒不起！”邬思道淡然一笑，说道：“这就是官身不自由了，不过做官也有做官的好处，轩车驷马仆从如云，蒲留仙先生所云：‘出则舆马，入则高堂，堂上一呼，阶下百诺，见者侧定立，侧目视’——人上之人嘛，这滋味也无可代替。我不久也就要南下回无锡故乡，他日车笠相逢，你可要只记情分莫念龃龉啰?”说罢又是爽朗地一笑。

田文镜怔了一下，愕然道：“先生，你不在河南就馆了?”邬思道点点头，叹道：“为有这一日，耗我多少心血！我要想惹你讨厌，赶走我了事，谁知竟是不成。南京到北京，仍旧转回开封城。如今好了，宝亲王亲自求了万岁，已恩准我江南养老，皇上待我真是没说的。”田文镜想起从前事，也不禁莞尔，旋即皱起眉头，说道：“你好了，我却不了了。”因从袖中抽出那份朱批递过：又道：“切望先生指教，不然，我不放你去呢!”

“又挨了皇上批了?”邬思道接过看了一眼便回给了田文镜，“告诉中丞一句话，挨批未必是坏事，不挨批未必是好事。李卫、鄂尔善都是皇上信臣，我见过几份朱批，骂得狗血淋头——这点子区区小事犯的什么愁肠?张球好，你就奏辩；不好，你就低头认个‘失察’的不是也就罢了。”田文镜想了想，说道：“我也想是这样，看来真的是叫张球几个钱迷了眼，不过，我以为齐根说是另有文章，胡期恒车铭进京面圣，定必在主子跟前灌了什么话，才有这个朱批。再仔细思量，我是和年大将军作了对头。”邬思道笑道：“那是当然，从诺敏一案起，你整治了多少大将军的私人。我或者说话不知高低，若不是我在这里，年羹尧有投鼠之忌，早就拿掉了你!”

田文镜黯然说道：“可是你要去了。”邬思道道：“我来时不为无因，去时自然也不为无由，既然圣上允我回乡，大约总有他的道理。”田文镜听见这话，想起雍正朱批更觉心慌，叹道：“看来你前脚走，我后脚也要回广宁养老了。”

“抑光，你明于事暗于理啊!”邬思道身子一仰说道，“当今圣上即位二年，你从六品微末之员遽然特简封疆大吏，难道只是让你过一过官瘾?你要有了这个念头，这‘辜恩’二字不但皇上容不得，就是天下人也要嫌憎你了!”田文镜茫然说道：“我该怎么办！眼见是隆科多离位，年羹尧要入值上书房，这个夹板气要受到几时?”邬思道不置可否地一笑，说道：“总有一日你知道，年某最恨的是邬某，告诉你，连大行皇帝在内，自古君王耳目灵通深知下层利弊的，莫过于当今皇上！你以为是你扳倒了胡期恒?就这河南的事情，不知每十天有多少人书简直达九重。胡期恒车铭实在在这里扰了政务，单凭你与他们私怨，你要挤他，定必是你自己被挤！你倒是挤过我来着，挤得走么？”

田文镜深深吁了一口气，这才领会了邬思道开头说的“张球好，你就奏辩；不好，你就认错”的话原也不是敷衍。正思量间，毕镇远带着几个戈什哈，手里捧着奏事匣子进来，说道：“东翁，刚刚接到的，请拆阅。”

田文镜忙站起身向奏事匣子一拜，取过便掏出小钥匙打开了看时，是一份裁去头尾的奏折，仍是参奏自己任用匪人张球的，不由得看了邬思道一眼，邬思道却只是抿嘴儿笑，急看后头朱批，却是：

> 有人具此一奏发来汝看，汝之居心不肯负恩欺朕，原可确信不疑，至若汝之属员负汝欺汝与否则未可定也。盖用人最不宜护短，听言尤不宜偏信。览之此奏，更访之他处，张球似一佥邪劣员，汝其或被其鼓簧不自觉知耳……

田文镜不禁大松了一口气，向椅背一靠，喟然说道：“我不但暗于知理，更暗于知人，皇上知我，我不知皇上这还可说天心不测，即如先生日日相见，我怎么就拿你当寻常师爷幕僚？可惜我明白了，你又要去了。”毕镇远却不知田文镜怎的一看奏折便轻松起来，听邬思道要走，惊讶地盯着邬思道道：“先生，你要走？你到哪里还有这么好的馆？谁能比田大人待你更大方呢？”

邬思道哑然失笑，说道：“我本就不是绍兴师爷，不是那块料，你们不是日日妒我拿的脩金多么？你看——”他指着柜顶一个小匣子，“那里头都是银票，关云长能挂印封金，我也能袖拂清风而去！”

“先生——”

“听我说。”邬思道笑道，“你那个‘三不吃’我领教了，做到这一条我看也不过是寻常师爷，仅能保全自己而已。文镜大人，毕镇远我看是很有心计的，你不妨多倚重些——忠心替田中丞谋利做事，五年之内，一个知府稳稳保你出来——中丞，可使得？”

“使得！”田文镜此时心头宽松，高兴得脸上放光，“这不是难事！”因将匣子交给毕镇远，“你带回去仔细看看，回去我们长谈，往后邸报来了你要精读，遇事多给我出点主意，刑名钱粮书启三房师爷都归你管！”看看毕镇远辞出去，田文镜又重新思忖了移时，讷讷说道：“……我是器量太浅，不容人也不容事。从前那样待你也是因此。但我是一心一意要报皇上知遇之恩，想作一番事业的。但如今做事就要得罪权贵，招惹了权贵你就做不成事，唉……”

邬思道见这个刚愎自用的田文镜今日如此诚挚，也不禁动容，他架起拐杖笃笃踱了几步，看看窗外满树红叶，久久才俯仰一叹，说道：“何尝单你作如此想？皇上也是这样想的……”

“什么？”

“我是说，皇上要‘振数百年颓风’，他就不免要开罪几乎所有的官员……在藩邸皇上以孤臣自许，如今他是个真正的‘寡人’，别看坐在须弥宝座上，其实如行荆棘丛中。”

“……”

“皇上是孤臣出身，受尽挤兑冲杀出来的。因此他赏识孤臣，越受挤兑也越要加意保护。”

“唔……”

邬思道又沉默片刻，一笑坐了，问道：“你想做个什么样子的臣子，是寻常巡抚，还是要做一代名臣！”田文镜不禁瞠目，望着邬思道道：“我这样辛苦所为何来？我当然想做名臣！”邬思道不言声，从匣子里又取出厚厚一份通封书简，封面上写着“密勿谨呈上书房代转直奏”却是火漆封得严严实实，微微笑着推过来。田文镜取过便用手拆封，邬思道却忙道：

“不要拆！拆了就不灵了！”

田文镜疑惑地缩回了手，询问地望着这个神秘的瘸子。邬思道道：“就是这样，你在封面下首签上‘臣田文镜’四个字，加盖巡抚关防递进去就是了。”田文镜道：“这是奏折，万一皇上问起什么，我全然不知，那算怎么回事？”

“我明日离开封，你今日发出这奏章。”邬思道笑道，“我走后会给你信，你自然就明白了。这份折子是我用心血最多的一份，原不打算给你，是想让李卫小朋友得个彩头。你今日来得有缘，所以送你为临别赠礼。你要信不过，折子还给我，信得过，就六百里加紧拜发。”

田文镜把奏折放下，审视一下又拿起来，像父亲看婴儿那样捧着又看了看，小心翼翼揣进怀里，翕动着嘴唇道："先生必不误我，告辞了——明日我设席送行。"说着便起身一揖。邬思道已自起身，笑道："我亦不肯自误。中丞只管放心！"

第二日田文镜在城南惠济桥接官厅设酒为邬思道饯行，阖衙师爷幕僚司官都来应酬，自然有一番酬酢光景，直到午错，邬思道方乘轿而去。田文镜回衙，毕镇远才道："邬先生给大人留有信。"田文镜急拆开看时，只有短短几行字：

> 吾将南行，从此永诀于官场矣。感念同事共立之谊，临别代折，题为"参劾年羹尧辜恩背主结党乱政事十二罪"。此奏闻之，即年羹尧势力澌灭崩溃日，谓予不信，且拭目以待。吾此举非为君巡抚任上情，乃报大觉寺仗义执言之义，君自细思。邬思道顿首再拜。

田文镜大吃一惊，立刻吩咐："用快马追回奏折！"毕镇远道："这会子奏折恐怕到高碑店了。就是飞已追不上了。东翁，昨夜我和邬先生彻夜长谈，他才智学识绝非常人能望其项背，据我看竟是一位绝代杰士，又能全身而退，真正罕见！可惜我毕镇远日日同处一室竟毫无觉察，你放心，他断不误你，他还说十七年前就与你有过患难之交——你想想就知道了。"田文镜想想也只好听天由命，又拿起两封信看了看，喃喃说道："大觉寺……哦……原来他就是当日被金府追拿的那个残疾……"

十月初九，年羹尧带着几十名扈从亲随赶到了北京。其实九月十三他就接到雍正的旨意，着他火速进京述职，立即飞骑回奏，因军队越冬事宜未毕，请"稍延时日"。仅过六天雍正旨意又到，说"召尔进京，即为大军越冬事宜有所筹措"。于是年羹尧又报病，但雍正的关切已出人意料，竟要派太医院医正率十名太医前来看脉，真叫他躲无可躲闪无可闪，因此才促装就道。

年羹尧这样拖延，倒也并不是怕。从他与皇帝渊源之深，他相信只用几句话便可解释"不纯的小小误会"。而且他自己觉得虽然允禟汪景祺竭力拉拢，却并没有上贼船，只是对刘墨林之死他自觉有保护不周之责，既非自己加害，也只是个破案的事。他这样拖，是在等待，但等待什么连自己也说不清，也许是内心深处想等等看十四阿哥允禵能不能真的被廉亲王营救出来，也许是担心还有更多的人背地告状，自己得预备着如何应答雍正问话，也许是每见雍正总有一种莫名的压抑感，他不大想见这个阴骘刻薄的皇帝。但此刻既到了北京，他心里也就坦然了，因是奉旨进京，不便就回自己的私邸，胡乱在潞河驿站歇了一晚，自有不少同年契的来探望说话，踏实睡了一晚，第二日便打轿往西华门递牌子请见，不一会便有旨，先由张廷玉接见，年羹尧想想前后两次进京冷热，不觉有点失落，也只好遵旨由隆宗门进去，正要进乾清门，侍卫德楞泰拦住，说道："张中堂在军机处，请大将军那边去。"年羹尧真有点傻子进城模样，又打听着踅回来，却在隆宗门内，刚要进去，一个末等侍卫又挡驾："张中堂在见人，请年大将军稍候。"年羹尧看了看门口竖的雍正亲书铁牌"王公大臣及文武百官非奉公允召不得擅入，违者斩"，只好站在干冷的风地里等着。这一等就等了足有半个时辰，才见棉帘一掀出来一个人，却是新任直隶总督李绂。两个人原本熟稔，年羹尧正要寒暄，两个小侍卫在旁催促道："年大将军请进，张中堂一会儿还要去养心殿见驾呢！"年羹尧只好挑帘进来。

"哦，是亮工来了！"张廷玉正端茶要喝，见年羹尧进来，忙放杯起身，笑道，"一路辛苦！昨晚我就要去看你，廉亲王为旗人增加月例，竟亲自登门打擂台，直谈到子时，没有去成。今早进来皇上就有旨，叫我们先见见，不想你现在才来。"年羹尧此时真是气得无话可说，想想张廷玉和自己品秩一样，且爵位比自己低，便不肯行礼，就势坐了张廷玉对面，压了又压才按住火气，干笑一声道："你是忙人嘛，天天和人打擂台。这不，我又来招怨了。"张廷玉却似不留心年羹尧的神气，一边命"看茶"，口中笑道："亮工，北京这几日干冷，还觉得惯吧！"

年羹尧在暖烘烘的屋里，又喝了一口茶，一身寒气都祛散了，因笑道："这算什么冷？衡臣不妨到我大营去几天，就知道滋味了，皇上既召我回来计议过冬的事，总求中堂多多斡旋，如今我那里粮草都不多，柴炭只够烧到正月底。二月里那里还是冰天雪地，叫兵士们怎么受？""唔，"张廷玉若有所思地沉吟了片刻，说道："青海西新疆东南过来驿报，说雪下得很大，是么?”年羹尧点点头,说道:“是。阿尔泰那边想从我军中调粮,我拨了一万石,那边运不过去。这一路走,潼关到洛阳也都半尺厚的雪,偏就我们那里没有雪,其实要真下得大一点,毡幕上蒙上厚厚一层,还倒暖和一点。”

“是啊!那边苦,我们是饱汉不知饿汉饥。”张廷玉叹息一声,“这几天奏报,河南雪、湖广雨夹雪,山西也是雪,圣上原定命汝福进驻平凉,王允吉部撤回陕西,魏之跃部调防川南,以军就粮,我原还不同意,看来还是圣虑周详啊!”

年羹尧大吃一惊,原来竟是这么个“越冬”办法,没想到随便寒暄中不知不觉便被张廷玉套得死死的!年羹尧想想,外无敌寇内乏粮草都是自己说的,张廷玉的话无可驳诘,但就这么轻飘飘的兵权被削得干干净净如何能甘心?思量半晌方道:“这事关系很大,万一来春两边化雪早,策凌和罗布合兵东进,辎重都上不去,会误了大事的。再说,这么大的事也得我回去亲自调度。”

“也好。”张廷玉笑道。“不过圣上今儿斋戒,一会儿还要去祭堂子拜社稷坛,今日未必能见,嗯——这样,你先回驿馆。要是皇上有空,随召随见,没空呢,明日是必定要见的。”说罢便起身,年羹尧也只好辞出来。

张廷玉出军机房沿永巷向北,到养心殿垂花门前,却是张五哥当值,一见面就说:“皇上叫你一来就进去,不必通报。”张廷玉略一点头便匆匆入内,在殿外丹墀下老远便听雍正刁声恶气地训斥人,只怔了一下便跨进殿去,却是穆香阿等十名卫士直挺挺跪在当地。雍正只睨了一眼张廷玉,继续说道:“朕是何等样主,用得着你放这些个虚屁?年羹尧才是你们的真主子呢!如今他住在潞河驿,有什么新鲜马屁只管去拍!”

“回皇上……”穆香阿连连叩头,“在大将军那里,并没有听见有什么过头的话,这是不敢欺隐的,至于说给年羹尧摆队,主子说过要听他节制;他那么严的军令,奴才们不敢不遵是有的,绝没有自外主子辜恩负义的事,求主子圣鉴……”

雍正连连冷笑,说道:“衡臣,你听听这狗才的话,还说没有辜恩!朕叫你们侍候他,没说叫你们当他的奴才——你们必定以为‘侍候’就是奴才了?一是叫你们到军中熟悉营务,栽培几个满洲将军,二是年羹尧有什么是处不是处随时报给朕，有你们不便谏说的，朕好开导训谕，也是一片成全他的心。你们倒好，都给他作了摆队仪仗，还有给他提马桶倒夜壶的！送上来的折子捧得他诸葛重世吴起再生——还敢在朕前大言不惭，什么‘没有自外’，又是什么没有‘辜恩负义’！”

“……”

“年羹尧收留二十名蒙古妇女充作侍妾，有没有的？”

“回万岁……有的……”

“他和九爷以主仆礼相待，有没有？”

“有的……”

“他的戈什哈到外省，知府以下都以上宾平礼相待，有没？！”

“奴才们没见，这些亲兵戈什哈回来吹嘘，听见过。奴才以为不过是骄兵悍将在外仗势作威，只劝说过年羹尧，没有回主子——奴才已经知错了。”

“你以为！”雍正哂道，“朕竟不知对你说什么好了！似你这样的心肠事君，朕承当不起，别在这里让朕瞧着恶心，回去还去侍候你的真主子是正经！——起来，滚出去！”

十个侍卫被他骂得面如土色惶惑相顾，无奈只得纷纷叩头跪安，张廷玉在旁说道：“主子既叫你们去见年羹尧，去见见吧，总是你们跟过，他来京不见见也不好。”众人诺诺连声答应着，雍正又道：“既是你们的主子，原原本本把朕今儿这话透给他。他有的是银子，不似朕这般小气！”穆香阿经张廷玉这一转圜，脸上方有了点人色，忙又赔笑道：“好歹奴才是主子上三旗里的正经满洲人，求皇上给奴才个改过机会，断不致再给主子丢人。再给奴才十个胆也是不敢了。”

“敢不敢全在你。”雍正气色平和了些，呷着茶无所谓地说道，“朕是恨你们的心，你们的心没有放在朕这里，年羹尧立不世奇功，还是朕的心膂重臣，朕并没要你们去轻慢刻薄他——去吧！”雍正目视十个侍卫，直到退出垂花门方深深透了一口气，“论起来都是亲贵子弟，祖宗血战功劳；都养出这班花花太岁，真正气死人！——不去说他们了，见过年羹尧了吧？他都说些什么？”张廷玉便将方才见年羹尧的情形备细说了，又说：“看来他不大情愿以军就粮，听起也有些道理，所以臣没有答复。明春如重新调这些兵入青，往返折腾不但费钱，而且好像专为撤调年某这么做，容易起谣言。”雍正听了默谋良久，说道：“朕总不能放心。汪景祺蔡怀玺他们劫持允禵，总要有个去处吧？难道去落草为寇么？”说着便摆手命坐。

张廷玉坐下，安详地一躬身说道：“皇上担心不为无因，但就此刻留年羹尧在京，他也只能听命，朝廷声名上却不好。年羹尧拖了一下又来了，据臣看，他是略有勾连却没有真正认承什么，没有龙头，西边造不出大乱子来，这件事只有汪景祺的案子审明才能定谳。所以不要急也不须急，倒是年羹尧提醒了臣——与其调兵不如调官，把年部三个都统调到云贵两广，由岳钟麒选派保举有功将弁补入年军中指挥，看来也就万无一失了。”

雍正来回踱了几个圈子，说道：“朕深以为然，既省钱又不动声色再好不过了，你这就过去以军机处名义发调令，晚间朕看过就用八百里加紧发出去。”张廷玉起身答应一声“是”，又徐徐说道：“年某如今只是涉嫌，罪不昭彰，请皇上留意，该有的体面还是要给他的。”雍正点点头，朝外喊道：“高无庸！”

“奴才在！”

“去潞河驿传旨，叫年羹尧这会子就递牌子进来！”

第四十九回　天威不测反目成仇　枢臣用谋釜底抽薪

十一辆骡车在陕西西部黄土高原上轧轧行驶。狂暴的西北风卷起万丈旋风，挟着沙土肆无忌惮地在广袤无垠的原野上互相追逐嬉戏，时而汇聚在黄土道上，把驮车和护卫仪仗的骑兵军士裹在盘旋呼啸的黄雾里，吹得人睁不开眼张不开口透不过气，几十面写着“征西大将军年”的绣龙旗发了癫狂似的一忽儿南歪一忽儿东斜，在裂帛一样嘶号的风中猎猎作响。单调又枯燥的马蹄声在坚硬如铁的冻土上发出千篇一律的叮叮声，听得人昏昏欲睡，只偶尔踩在碎冰上，或车轮碾过小冰河，那细碎的喳喳声传进车厢，才多少带进一丝生气，随后又一切都恢复了原样。

此时是雍正二年腊月二十，年羹尧离京返青海大营已整整十一天，但他却像苍老了二十年。不知是整夜整夜失眠的缘故还是沿途缺水沐浴不便，年羹尧花白的发辫有些散乱，满是皱纹的眼圈也发暗，深邃的目光忧郁中带着茫然，似乎什么也没想，隔篷隙呆看着外边苍黄的天和天底直连地平线的白茅荒草。同车对面坐着桑成鼎，见年羹尧舔嘴唇，料是渴了，俯身从案下取出用羊皮囊包着的水葫芦倒了一碗，轻声道：“军门，将就着用一点吧。宝鸡到天水一路就这个样儿。自打出北京城，你整日就这个样儿，好歹有什么心事倒一倒，也好过些。”

“我不喝，桑哥，你喝吧。”年羹尧摇了摇头，仿佛要倒尽满腹郁气似的长长舒了一口气，身子半仰在后挡的虎皮垫子上，自嘲地一笑说道：“心事我是有的，也不瞒你说，恐怕皇上对我是变了心。我不想我是什么地方做错了，下一步又该怎么做。”桑成鼎端着的碗水溅出了一点，怔了一下说道：“不至于吧？这次送行还是满客气的。您这次是述职，不能跟上回比——坐八抬大轿离京，马中堂张中堂亲自送到潞河驿，任是哪个督抚将军也没这个风光的嘛……”年羹尧叹道：“你安慰我，我岂有不知情的？内里的情形我回后慢慢说，就这十个侍卫，硬要同我一样坐车，从前是这样的么？沿途官员冷暖炎凉也大不同前，你该体味到的！”

桑成鼎不说话了，捧着碗只是出神，半晌才叹道：“别说出京，进京时我就感觉到了。大将军，你怎么打算呢？”年羹尧微微摆了摆手，闭上了眼睛：“是啊，前途凶吉莫卜，是得好生思索一下啊……”

雍正在京一共召见了三次，都十分客气随和。头一次主要听年羹尧报说西线军事设防，大营越冬事宜，年羹尧足足说了两个时辰，中间君臣共进午膳，雍正一边替年羹尧夹菜一边继续听，极少插言，年羹尧又加重陈述了大军不能内撤的理由，雍正也是频频点头，笑说：“先帝是马背上皇帝，朕是书案上皇帝，张廷玉不懂军事，这都是和你商议嘛！既如此，那就一兵一卒也不调，粮草的事总归有办法的。”

“年亮工啊，你不够聪明。”第二次接见是在乾清宫西暖阁，雍正一见面就含笑说话，又命高无庸给年羹尧送来参汤，才对发愣的年羹尧道：“上次见面，分手时朕至嘱再三，管好军队，各地政务不要理他，你怎么还要插手呢？”自己当时怎么回话来着？好像是说“臣并不敢非礼无法”。雍正也是一笑，却是出口惊人：“你哥子年希尧在广东拿着你的信，在孔毓徇跟前关说凌某九命冤案。孔毓徇这人你不晓得？先帝爷还让他三分呢！亏得他递来的是密折，朕批下去不要干连你，他要明章拜发邸报一登，满天下都知道了，朕还怎么回护？”……就这样又是留膳，谈笑风生说了一阵，雍正亲送到乾清宫殿口，立在丹墀上告别时还说：“不要为希尧的事担心。还是那句话，将军将军，就是管军的，民政上乱麻一团人事搅纷，打不到黄鼠狼惹得一身骚，何苦呢？”

……车子在黄土道上被土坎垫得一颠，年羹尧怔了一下，又回想起第三次觐见雍正。“又要送你回去吃苦了，朕心里很不忍。”雍正目光里带着一丝惆怅，“不过不会久的，明年无战事，朕就调你回来，你爱管军就管军，想换一换就到上书房来，左右你是儒将，是当今武侯再世嘛！”年羹尧辞谢不遑，说道：“臣何敢当？臣只有继之以死而后已。必定要殄灭了罗布残部，镇服策凌阿拉布坦，报主子知遇之恩！”……当时是在御花园，红谢绿凋万木萧森，雍正一边漫步散看，恬淡地一笑道：“这还是孔明的话。不过，功劳不可一人挣完了，别人也就没机会了，这样树敌就多了。这也是朕成全你一身令名的意思。何妨叫岳钟麒也试试，他也就知道你这一等公爵是怎么得的了。”临别时，雍正在御花园门口拍着年羹尧的肩头道：“不要胡思乱想，朕信得你。不过，朕切盼你作一纯臣。纯臣，千古如诸葛武侯、岳飞辈能有几人？你好自为之，莫听闲话，听见闲话也不要怕，人生在世谁不要说闲话听闲话？听了闲话就生气，就疑惧，那还过得？”说罢呵呵大笑，命人：“抬轿来，送朕的武侯出去！”

“武侯——阿斗！”年羹尧瞿然开目，坐直了身子，恍然若有所悟地喝了一口水，乱麻一样的思绪终于归结到一处：只有把握住手中这十万精锐部队，“阿斗”才不敢下“武侯”的毒手！雍正之所以承诺“不调一兵一卒”，不是他不想，而是他不敢——这是我年羹尧使出来的兵，激恼了这些黄沙碧血战场上滚出来的弟兄，他们什么事都干得出，也没有一个人有能耐弹压他们招抚他们。年羹尧甚至想到，自己滞留北京这近四十天里，张廷玉不知密地征询了多少督抚将军意见，不得已才放虎归山作欲擒故纵之计。想着，他嘴角不禁微微吊起，现出一丝阴冷的微笑：手中有了兵，道理说不清，就是九爷，何尝不是可保之主？年羹尧粗重地喘了一口气。

但年羹尧不久就发现自己完全想错了。车过兰州进盐锅峡，便见背山避风的驿道旁大片大片的军营连陌结寨，一色新的蒙古毡包，还有大批的粮食、干菜、柴炭车源源沿驿道西运。他是节制各路军马的最高统帅，居然不知道这里驻着偌大一支军队！当日年羹尧原定要赶到河桥驿歇脚的，为了弄清这是怎么回事，年羹尧特地命车轿提前在红古庙卸骡打尖。他是不指望这十个侍卫再替他办什么事了，便命桑成鼎亲自去镇上打听。刚进驿站上房，便见穆香阿一手提着个酒葫芦一手提着马鞭子闯进来，呵呵笑着道：“坐车坐得腿都木了，还是骑马痛快！大将军带的酒呢？赏给咱一葫芦！”说着一躬，一屁股便坐了炕沿上，又问：“今晚怎么歇这里了？到河桥驿多好！我告诉了打前站的，叫他们多多烧水，想痛痛快快洗个澡呢！”

“我是主帅，我说在哪里驻马，有我的道理。”年羹尧冷冷说道，“我不知道谁教给你这么放肆的，但你须知，我这三尺禁地有规矩——马鞭子酒葫芦都给我扔掉，把你的纽扣扣好！不然我就叫我的亲兵抽你耳光！”穆香阿忙把手中东西扔了，仔细端详一眼年羹尧，笑道：“江山易改秉性难移，在京住了几个月竟忘了大将军的规矩。我改还不成么？没人教我——谁教这个呀？不过就讨杯酒喝，何至于就犯了您的军纪呢？”这酒猫大约在路上喝了不少酒，已是醺醺然，大大咧咧在年羹尧房里徜了几步，竟无缘无故打了自己一个耳光，泛着酒呃趔趔趄趄去了。年羹尧本来六神不定，被他一搅更是心烦意乱，因见护车的亲兵进来，没好气地问道：“桑中军还没回来么？”

那戈什哈见年羹尧气色不好，小心翼翼地打了个千儿，说道：“标下没见桑军门。兰州将军衙门转来黄匣子，原要送到河桥驿，见大将军在这里歇马，就径直递来了。”边说边就将一只黄绫封面的匣子捧上来。年羹尧接过来，从腰间取出一把钥匙卡入锁簧，咯噔轻声一响便打开了。里边是两份折子，打开头一份，上面赫然朱批：

> 转去田文镜奏折一份尔看，尔若果真如此待朕，实实令人寒心之至。朕观尔在京作为尚属老诚，在外果如是乎？尔今番来见，甚觉乖张，朕有许多不取处，不知汝精神颓败所致，抑或功高志满而然？

年羹尧吃了一惊，不及看田文镜原折，便打开看第二份折子，却是：

> 朕今见胡期恒矣！你实在昏聩了！胡期恒这样东西，岂是你年羹尧保举巡抚的人？岂有此理！

“这么快就下手了！”年羹尧嘴唇哆嗦着咕哝了一句，似乎是悔恨，似乎又是诅咒，摆手吩咐军士退下，两腿一软便坐了炕沿上，这才拿起田文镜的原折看。折子是誊录过的，字迹端楷得一笔不苟。题奏便触目惊心：

> 为奏大将军年羹尧党附阿哥，擅权乱政事，仰乞圣上将其革职拿问，穷究其源……

党附阿哥列举了三条，康熙四十八年正月，第一次废太子时，年羹尧入觐，与当时夺嫡正烈的廉亲王允禩、十四阿哥允禵过从甚密，“于斗室之内私语终日，外伪觐见之名，内作首施两端之备，此岂纯臣所应为?”接着又说第二次废太子，“康熙五十一年，年某不经请旨潜回京师与揆叙王鸿绪一干佞臣夜聚日散。当此危疑之时，行彼诡秘之事，观风望色择路而行，意欲何为?”第三条更是厉害，说年羹尧在圣祖晏驾之后接任大将军一职，“曾与原大将军王密议数日，出语于心腹，‘王爷不肯听我劝，一意要回北京。北京如今龙潭虎穴，王爷手无寸铁回去，有什么下场’?”年羹尧心中一阵急跳，觉得头晕目眩，已无心再看下头说自己擅作威福插手各省政务的“罪”，满纸的字蚂蚁一样时昏时显地爬动，全然不知疼痒地木坐在炕边。恰这时桑成鼎进来，见年羹尧这副模样，忙道：“大将军，您怎么了?敢是犯了时气?”

连叫了两声，年羹尧才回过神，像是要浇灭心头怒火，一口气喝干了杯中的水，冷笑道：“你看看这折子，再看看皇上朱批，还说这是‘闲话’!既是‘不要听’，为什么几千里火速传给我?”桑成鼎忙取过，一看题目便吓了一跳，瞟一眼已经暴怒得脸色通红的年羹尧，不言声细看折子。年羹尧一时间心绪变得异常火爆，在灯下不停地来回踱着，口中念念有词：“我总算明白了看透了!过河拆桥卸磨杀驴是他的宗旨!……别以为我不知道，他用三爷整大阿哥，整倒了大阿哥他又整三爷……高福儿救过他的命，还填进雪堆里活活闷死，何况于我?……轮到我了，要给我‘莫须有’三个字了!这个折子——”他突然止步，指着那份折子道：“我敢断言是那个瘸子写的。那些事田文镜根本就不清楚!只有不要做官的，他才信得过!这个混账残废，机械倾轧小人，有一日我非屠了他不可!”他像一只落进陷阱里的饿狼，碧幽幽磷火一样的目光看着跳动的烛火，好半日才平静下来，亲自磨墨。桑成鼎知道他要复奏，一边铺纸，小声道：“大将军，息一息性子，心平气和写好了，再看看誊发。”“我晓得。”年羹尧盘膝冥坐，移时才长叹一声援笔濡墨写道：

> 奔走御座之前三十余日，毫无裨益于高深，只自增其愆谬，顷接朱批，天语严厉，返己扪心，惶汗交集。田抑光奏折披阅再过，莫名惊慌，惟有自讼或可见信于同僚?臣功最高，臣罪最重。忆自先皇帝升遐之日，臣首蒙皇上特擢，比时官闱未靖，西丑跳梁，

> 内多跋扈甍尾之虞，外有不服不臣之惧，臣于斯时不惜身命，与参密勿，赖皇上如天洪福夕惕朝乾运筹帷幄战事得竣。田某必以此妄意以为鸟尽弓藏兔死狗杀，试如明旨，则虽欲臣死不得不死，独奈何被以恶名而死以九族，亦恐有乖天地之和。

一口气写完，递给桑成鼎道：“你看看。”

“前半篇标下觉得好。”桑成鼎神色忧郁，缓缓说道：“皇上最计较人的，后半篇有些诛心话常人听了尚且不受用，何况皇上？”

年羹尧又要回看了，只用笔涂去“鸟尽弓藏兔死狗杀”八字，说道：“就是因为他忒计较人，所以越发得写心里话。你下了软蛋，他更瞧不起你。硬挺些，他倒是觉得你不是糊弄他。”桑成鼎想想史贻直的例，又想到孙嘉淦，觉得年羹尧不无道理，点头叹道：“主子是太难侍候了，心也刁。方才标下去营里看了看，军官都不认得。问了问，说是汝福的兵，就在这里过冬，别的事和他们也说不上。”

汝福，是廉亲王允禩的门人，又是允禵的心腹，此种情势下断然不会和自己过不去，年羹尧安心地舒了一口气。

从红古庙又行了三天，年羹尧终于回到大将军行辕所在地西宁。使他大吃一惊的是，这里的行辕实际上已经不姓“年”。岳钟麒率领着大小一百多名军官远出城东门接官厅迎接，他还以为岳钟麒特地远道赶来接风。但带来的军官却一个也不认得，连汝福马勋魏之跃王允吉宋可进这些熟悉的面孔都不见了。看那些下级军佐，只一小半面熟，莫名其妙地又增加了许多新面孔。年羹尧一脸不高兴，由岳钟麒陪着入座，冷笑道：“谅来东美也见过皇上旨意了。真的是墙倒众人推，年某一倒霉，放屁也要砸脚后跟了！九爷不说，有他的身份处境，我手底下的这些混蛋，都到哪里钻沙去了？”

“坐下，慢慢说。”岳钟麒个子比年羹尧矮着一头，却是浑身精悍之气，呵呵笑着替年羹尧斟酒，说道：“亮工兄去后不久就有旨意，叫钟麒来行辕代署。兄弟来这里是萧规曹随，一切按大将军制度办事，不敢丝毫走样。他们不来，是调走了，年兄不要错怪了他们——来来，吃酒，闲话慢慢叙。”年羹尧浑身一颤，刀子一样的目光盯着岳钟麒，喑哑着嗓子说道：“这杯酒慢喝。我如今最不爱听的就是‘闲话’。不过我还是想问问，东美兄，你怎么可以随便调本帅的将军？而且几个大将都调得干干净净？你调他们哪里去了？”岳钟麒黑红的脸膛油亮发光，呵呵一笑说道：“汝福是调到蔡珽那去了。魏之跃去了阿尔泰，王允吉调伊克昭盟，都已晋位将军。这是大将军西线大捷保荐的。你真是贵人多忘事！况且你想想，我岳钟麒怎么能有这个权？只有汝福一部调到了青海和甘西交界处，是我做的主，老仁兄，那边靠驿道边，背风向阳好过冬啊！你还是你的大将军，你既回来了，我也就脱卸了责任。想调回来，还是你一句话嘛。”

年羹尧听着，心中一阵阵发凉，此刻他才真正感到了恐惧和孤独无援。“不调一兵一卒”却调完了自己的心腹大将，自己还蒙在鼓里！他失神的目光看着岳钟麒，突然发出一阵鸮鸟夜啼般的笑声，端起酒来“咽”地一饮而尽，说道：“让我来猜猜看：大约这三个新都统都是东美兄大营里的人补过来的？或者东美兄的大营已经移进了西宁？九爷也许已被你请到川北‘过冬’去了？”

“亮工，你一条也没猜对。”岳钟麒含笑看着年羹尧，手按酒杯，活像用爪子按住老鼠的老猫，徐徐说道：“接替汝福的是湖广水师副将吉哈罗；王允吉部是甘肃布政使德寿；魏之跃部是云南布政使曹森——我一个人也没有往你大营里安插。九爷还在这里，我并不拘管，今儿身子不爽，兴许不来了——至于我，我只带了我的中军七百人来驻西宁，我的大营还在老地方——来！吉哈罗、曹森、德寿，你们出来，敬大帅一杯！”

岳钟麒话音一落，三个新都统应声而出，一个瘦得像麻秆，细长条身子上长着一颗橄榄脑袋，戴着起花珊瑚顶子，连孔雀翎子都没有，想必是吉哈罗；两个布政使却都身材短粗，还是三品顶戴。这样的人在年羹尧军里闭起眼也能成把抓，整袋装。年羹尧看看一个也不认得，见他三人行礼，只板着脸点了点头。三个新都统却是气色从容，一个个上来敬酒，又不卑不亢地退到一旁。吉哈罗一副公鸭嗓子，话说得却又响又重：“标下奉圣命来大将军麾下听命。大将军有什么指令，水里火里誓不皱眉！标下自己也知道貌不惊人，但标下不是窝囊废。康熙六十年平苗寨土司叛乱，率三十人深入苗寨，擒斩土匪七百余人的那个吉哈罗就是标下！”看来他因自己的尊范不出众受人欺蔑不是第一次了，所以开首便自报履历。年羹尧这才知道，面前这人便是被康熙称为“孤胆英雄”的“吉将军”，再细看这水桶似的两个布政使，也都是目不斜视坦然进食，毫无寒吝谀容，似乎也都不是什么善人。年羹尧这才收敛了轻慢之色，说道："兄弟焉敢以貌取人！下头兵如果不好带，只管禀我，你们自己也要自爱，触了我的军令，我也甚是无情。请，这里借花献佛，与三位军门共饮一杯！"岳钟麒在旁笑道："我这就算当面交代了。年大将军既回来，我那边营务忙极，还是要回我大营里去。今日此酒，既为大将军接风，也算为我饯行。来来来，我敬大将军一杯，我劝诸位兄弟一杯！"说着便起身，从年羹尧起挨次敬酒。

接官厅里气氛顿时活跃起来，年羹尧心绪渐渐好起来，既然岳钟麒肯退出西厅，兵权在握，别的事都好慢慢办。年羹尧也起身轮桌劝酒，与这些新部下一一殷殷寒暄，直吃到申末时牌，便觉醒然欲醉，说声"方便"，便离席出来，小解后从东厕出来，恰见允禟下马，年羹尧便笑道："九爷怎么这早晚才来，席都要散了！"

"我在家预备后事，"允禟咬着牙说道，"预备我的，也预备你的！"

"九爷，我不明白你的话。"

"过几天你就明白了。"允禟嘿然冷笑，"你已经没了兵权。知道么？"

"九爷说的什么话。"年羹尧摇了摇发晕的脑袋，说道，"我还是大将军嘛！"

允禟一边连连冷笑，朝接官厅走去，下死劲冲醉眼迷离的年羹尧啐了一口，轻声道：

"韩信！"

年羹尧在西宁大将军行辕待了三日，虎皮帅椅都没有暖热，就接到了雍正朱谕：

> 年羹尧，红古庙途次奏悉，览奏不胜骇然：你是吃醉了酒，还是因杀人太多神夺了你的魄？朕倒一片佛心，将田折发给你看，不过欲启你天良，从此敛去锋芒，精白乃心公忠事主而已。尔乃大放厥词，以断不可对父兄言之言对朕，丧心病狂至于此极！这些话你只索寻田文镜言去！况尔折中"朝乾夕惕"四字，居然作"夕阳朝乾"轻慢之心溢于言表。尔既不许朕朝乾夕惕，则尔西海

> 之功朕亦在许与不许之间。朕已发旨岳钟麒，征西将军由彼代替，看来尔亦当不得一个“大”字，着即改授杭州将军，见谕即行交割情事印信。尔放心，朕断不肯作藏弓烹狗皇帝，然尔亦须成全朕，作速起程内归。你那里旧部多小人多，挑唆得多了，生出些异样的事，朕虽欲保全，奈有国法在耳！至嘱至嘱。

年羹尧拿着这份短短朱谕足足看了小半个时辰，心里像一盆浆糊泼翻了，什么事也想不成，什么也想不透。看看发回的原折，果然“夕惕朝乾”是误写成了“夕阳朝乾”。想写辩折，翻出田文镜的原折对照朱批，雍正的这份朱批咬金断玉，居然一个字也驳不动！他像一段被雷击死的老树，嗒然兀坐在大火炕沿，许久都没有动一动，直到桑成鼎进来才有了点知觉，缓缓将奏折谕旨放在桌上，只说了句“黄粱熟了”，便背着手出来，站在台阶上怔怔向远处看。

天阴得很重，但没有雪，浓重的云被塞外肆虐的风压迫着团团块块疾速向东南疾驶，卷起的砂石扑面而来，打得人面庞耳朵都是生疼。年羹尧像一尊铜铸的像，一手按剑，一手紧紧攥着。黑得古井一样的瞳仁盯视着空阔的大将军行辕。高高的铁旗杆在风中呼啸，发出“日日”的响声，旗杆上带着“大将军年”的军旗仿佛不胜其寒，被扯得直直地簌簌发抖。护旗的军士还有墙角门洞守望的将佐兵士一个个挺胸凹肚目不旁视，钉子似的站在风地里，除了砂石击打门窗和风声，到处一片死寂，只有对过房中时隐时现传来允禟不紧不慢若隐若现的吟咏声：

> 居延城外猎天骄，白草连天野火烧。
> 暮云空碛时驱马，秋日平原好射雕。
> 护羌校尉朝乘障，破虏将军夜渡辽。
> 玉靶角弓珠勒马，汉家将赐霍嫖姚……

“汉家将赐霍嫖姚！”年羹尧苦笑了一下转身回房，见桑成鼎仍在发怔，便道：“这只是来早来迟的事，急无益怕也无益。我虽说比不上嫖姚校尉霍去病，毕竟这功劳还在，谁想一手掩尽天下人耳目，恐怕也难。不要这样，你看看这官做的，我像七十岁，你像八十岁的耄耋老翁！官做够了，钱我们也挣足了，名声也不低，慢说还给个杭州将军，就是一贬为民，也稀松的。”

“我瞧着没那么轻松。”桑成鼎忧心忡忡，声音像从空洞里发出似的闷声闷气，“国手布局一步一步紧逼，令人望而生畏！皇上像是要……”年羹尧低下了头，其实桑成鼎的话正是他心里想的。半晌，他无言从柜子里取出一份卷宗递给桑成鼎。桑成鼎接过打开一看，里头都是十万两一张的龙头银票，大约有七八十张的样子，不禁吃了一惊，一手推开道：“二爷，我是世受年家大恩的家生子儿奴才，你这么着，叫我死了怎么见我家老爷子？”

年羹尧叹息一声，说道：“正为如此，我才这么办。要真的像你说的，不但我，就是我一门也是保不住了。实不相瞒，我早防着这一天，所以收了十个蒙古女子做妾。有两个已经有了身孕。今晚——”他顿了一下，压低了嗓子，“今晚你就带她们离开此地。我派兵密送你们到山西，你就打发那些兵回来。然后你们离开山西，不要投亲也不要靠友，找个僻静地方落脚。我若平安过去这道关口，自然寻得着你。若是抄斩我满门，天幸要有个男孩，你就算为我年氏一门留下了香烟后代。好兄长，你要人家一锅烩了我们么？”说着，热泪已夺眶而出，见桑成鼎仍在犹豫，又道：“要不是怕人瞧见起疑，我这会子早给你跪下了！”桑成鼎抱着那个卷宗，像抱着一个襁褓婴儿，早已老泪纵横，一边擦泪，说道：“二爷，我的心都要碎了……您别说了，我照办就是……”二人正凄惶到一处，外头军士走来报说：“年大将军，岳钟麒将军已经到了仪门，说奉旨来见，有旨意要宣！”

“放炮开中门，摆香案，我这就出迎！”年羹尧满眼恳求神色看了看桑成鼎，淡淡吩咐了一声。

第五十回　贬爵秩迷途失真性　赐自尽犹自侃轮回

年羹尧俯首受制听命，由岳钟麒亲自送到潼关，急报到京，张廷玉才松了一口气。他最担心的年部与岳部青海大火并终于没有发生。因带着这份八百里加紧奏报赶往养心殿来见雍正。

“他肯听命，朕也不为已甚。”雍正正和方苞下棋，听了张廷玉回奏，笑着转脸对旁坐观战的允祥道：“和方先生这盘棋朕是输了，朕输得起。和年羹尧这盘棋朕赢了，也赢得起。”说罢又是松快地一笑。允祥看去精神还好，只是瘦得一发可怜，听了雍正说话，苍白的面孔绽出一丝笑容，说道：“衡臣做事细。由内廷上书房办理这事，确实妥当。”雍正一笑起身，回暖阁案上取过一叠奏章，递给允祥道：“这是昨晚的朱批底本，正文已经发下去了。你们几个都看看。”

允祥细长的手指白得没点血色，接过看时一份是年羹尧西宁临行前发来的谢恩谢罪折，上边写着：

> 览此奏朕心稍喜，过而能改，则无过矣。只恐不能心悦诚服耳。勉之。

又倒换一份，是批给高其倬的，却是：

> 朕惜年羹尧之才而悯其功，尚用其力，自有保全他之道。他近日亦深知愧悔矣。

再看一份，是给田文镜的：

年某偎佻恶少耳。尔之折明发，彼之职降调矣，君子不为已甚，从此他再无力干政，放心自为就是。

还有几份，隐约辞令也都是替年羹尧开脱大罪的。允祥看了转给方苞。方苞看了无话，又递给张廷玉。张廷玉却又将厚厚一叠明发奏章节略捧给雍正，这才捧读朱批、谕旨。雍正接过浏览着翻看，一共有一百多条节略，都是控告年羹尧横行不法，四处插手政务，安排私人，索贿受贿的情事。不禁笑道：“墙倒众人推，世上人情真如纸薄，只有锦上添花的，谁肯雪中送炭？留中不发吧！”

张廷玉躬身笑应一声：“是。”又皱眉说道：“这是一百多官员的弹章，都留中不发似乎过拂众意。年羹尧实在太大胆，带一千二百亲兵赴杭州，驿轿二百七十乘，驿驮两千载，还有大车四百多辆。本来已经众口铄金不得了，他还发文杭州，叫布政使衙门为他再建一百二十间房子安顿人身——这怎么能不犯众怒呢？”他一口气报出这么多数字，允祥听了只是摇头。方苞却知道，年羹尧是想避开“犯上不规”这个罪名，情愿装出求田问舍的守财奴架势，让雍正知道自己没有野心，但这次张廷玉得罪年羹尧得罪到了死地，不治死年羹尧，翻过手张廷玉绝无好下场，这个恶状告出来也是题中之意。方苞张了张口，又无言把话叹息了出去。

“天要下雨娘要嫁人。”雍正脸色青中带白，“他不做大将军，要做赃官了！朕拿掉他，原为清理吏治，他情愿要触这个国典，朕也无法救他。”说着，雍正站起身来，向案上抽出一份折子，看时却是杨名时的，一把拂开了棋子，提起朱笔写道：

君治云南以德化人，朕心甚慰。大凡德可恃而才不可恃，年羹尧乃一榜样，终罹杀身之祸。

写罢，冷笑道：“是否兔死狗烹，由你们想。年羹尧装贪财奴，想逃掉‘背恩负主’不忠之名。其实朕倒不怕他造反，明着来明着就镇压敉平了。朕不诛他这贪官，天下官群起效仿，这吏治怎么弄？”一句话说得三个人都红了脸低头不语。

方苞沉吟了一会儿，笑道：“主上诛心之言，连臣听着也惭愧。不过带兵的人有钱，天下人皆知。用这个名目除年羹尧，不是烹狗，也有烹狗议论。年某嚣张跋扈如此，该循这个思路办理为好。”

“你说的是。你们都藏了语，朕岂有不知之理？但这是天理人情，朕也能体谅。”雍正漫不经心地说着，又向案头翻，翻出年羹尧在潼关递来的请安折子，又在上头写道：

> 朕早闻得有谣言云：“帝出三江口，嘉湖作战场”之语。观卿作为，似欲与朕彼地逐鹿！朕想，你若自称帝号，乃天定数也，朕亦难挽。若你不肯自为，有你统此数千兵，你断不容三江口令人称帝也！

写罢将笔一掷，对张廷玉道：“把这些弹章一律节略刊到邸报明发，着年羹尧一一据实回奏，着吏部、刑部、兵部、户部，有弹奏年羹尧的折子一概具本明誊！”

接着这次谈话第五天，雍正皇帝颁布明诏：

> 着杭州将军年羹尧降十八级听用。

年羹尧终于走进了绝境。举朝上下无分京师内外一片是讨伐之声，雪片似的奏章通过各省督抚、监察御史、六部直送上书房。凡与年羹尧有一面之交，一事来往的，无不纷纷倒戈落井下石，添油加醋写出折子直送京师，瞬息间便被编汇成节略送入上书房。

“降十八级”的旨意抵达浙江，难坏了巡抚折尔克。按清制官吏共设九品十八级，杭州将军是“从一品”，再降十八级，便是“未入流”，然未入流又不设武官。折尔克既无法遵旨又不敢违旨，只好请示两江总督李卫。李卫答复得极快，用滚单送来个条子，上写“你竟是个笨鳖！皇上的意思不过就是革他的职嘛！寻个破城门让他看去！告诉他，过几日我去看他。”折尔克想想，杭州并没有“破城门”，只离杭州三十里有个叫“留下”的小镇，镇子北门年久失修，便命人将早已监护看管了的年羹尧“请”了去。

这位权倾朝野声震中外的极品大臣，在重新穿上带着烧饼大的“兵”字号褂子的一刹那，突然意识到了人生的可贵。他十八岁从军，二十二岁便官居四品游击，在圣祖康熙南巡时护驾有功，又抬入旗籍拨归雍亲王门下，两次随康熙西征准噶尔，乌兰布通之战和科布多之战中，凭着一杆银枪在万马军中，刀丛剑树里横冲直闯，如入无人之境，在科布多战役征粮中以一名微末偏将擒斩甘肃总督葛礼，确保了北路军粮秣供应，蒙受康熙恩宠，直擢四川布政使、巡抚，又做到大将军……三十年间宦海沉浮中一位青云直上的得意弄潮儿，一下子从顶端倒栽了下来！——就此一蹶不振，就此了此残生，年羹尧突然觉得不甘心。

“留下”镇是一个风景秀丽的江南小城；北临富春江，南依龙门山，无数河湖港汊沿城四处纵横。城北门萋萋芳草下苔藓斑驳的守门房里仅可容身，住着这个“老军”年羹尧。城里人谁也不知道他从哪里来，是个什么人，只看见他每天默默地扫地，开门关门，偶尔打打太极拳，闲着无事便拔城头上的草，用破铲子慢慢铲墙上的苔藓……年羹尧也绝不与任何人交谈一语，每天夜里都有省城送来的邸报，上头都写着他的滔天大罪，他就用一枝秃笔在邸报的反面写自己的答辩和认罪折，交与送邸报的人带回去。他在等待着朝廷对他命运的最后决策，在等着李卫来看他。昏夜中他望着黑魆魆的城，听着城外富春江潺潺的流水声，期望着自己能“留下”，就在这富春江上作个钓翁也成（他已不敢有严子陵那样的逸兴）。

但是等来的是愈来愈严酷的消息，五月二十二日上谕：

> 年羹尧招权纳贿，擅作威福，敢于欺罔，忍于背负，几致陷朕于不明。思之痛切！

七月十二日上谕：

> 年羹尧自任川陕总督以来，擅作威福罔利营私，颠倒是非，引用匪类，异己者屏斥，趋赴者荐拔，又借用兵之名，虚冒军功，援植邪党，以朝廷之名，徇一己之私情。

待到九月十七，传来的却不是邸报，而是邸报后认罪折上的朱批：

> 尔尚望活命耶？朕已令图里琛往广州拿你哥哥，随即即来拿你矣！

随朱批还有上书房汇集百官奏劾年羹尧的奏折摘要节录，仅目录便是几大页，五条大逆罪、九条欺罔罪、十三条狂悖罪、六条专擅罪，贪婪侵蚀罪是十八条十五款……共九十二大罪，由大理寺、刑部合议，“请将年羹尧立正典刑”。

雍正期望年羹尧自尽，但年羹尧求生的欲望却越来越强烈。九月十七夜晚，面对破窗明月，台灯破纸，他写下了《临死哀求折》：

> 臣今日一万分知道自己的罪了。若是主子天恩，怜臣悔罪，求主子饶了臣。臣年纪不老，留作犬马自效，慢慢地给主子效力。年羹尧椎心泣血谨陈。

写完，年羹尧“咔”地撅断了那枝不能再用的笔，听天由命地向窝铺上倒下。

张廷玉接到李卫转来的年羹尧乞命折，一刻不停便赶往养心殿。一进垂花门，高无庸便迎上来笑道：“皇上正要我去叫您，您就来了。”张廷玉略一点头便进了殿，却见雍正正和马齐说话，见他进来，雍正便招手笑道：“你来得好，这匹老马要撂挑子，你替朕劝劝。”张廷玉一边双手将折子捧递给雍正，笑着说道：“马老相和我谈过了，奴才也劝不动他。皇上既不准他休致，他自然就歇不住。”

“朕亦不能强人所难。”雍正叹息一声下炕来，徐徐踱着步子，说道：“人都说朕刻薄，朕却不愿担这个名声。马齐你最知道的，你是保过允禩当太子的，原是个地地道道的‘八爷党’，先皇为此把你打入天牢，是朕把你放了出来，委以重权，赐以高爵。为甚的呢？为的你并没有私心要怎样怎样，为的你心中有君，为官清廉。畅春园的事不是你按住，后头情形谁料得定？所以，你是贤臣。国家要办的事多着呢，朕不忍叫你去，你又何忍离朕而去呢?”

马齐老态龙钟地站起身来，一躬说道:“皇上既说到这里，臣心里也实是恋恩难舍，不过臣已是七十多岁的人了，在这个位置，办不了这个位置的事，不也是负了皇上?该退出来，腾位给年轻一点的，像阿尔泰、李卫这些年富力强的随在主子身边，于皇上天下都有益的。”

“上书房是办文墨的，李卫、阿尔泰都不合适。”雍正舒了一口气:“刷新吏治要靠各省督抚，像田文镜、李绂、李卫、阿尔泰这些人，朕要树为模范。因循祖训旧制陋规陈习根深蒂固，盘根错节非利器不解呐……”张廷玉忙道:“主上说的极是。既如此，奴才以为可让马齐在京郊住，不必返乡，有事仍可随时咨询，也是一法。”雍正点点头，说道:“那就照衡臣这意见办吧。”说罢便看年羹尧的折子，却只扫了一眼便丢了桌子上，只是沉吟。

马齐看了看雍正，说道:“又是年羹尧的折子?事到如今，主上还有什么迟疑的呢?”雍正叹息一声说道:“他不肯自尽，朕终是不忍下辣手啊!他与你们不同，和朕是有私交的，况他妹子年妃正在病中……今晨朕去看她，已经瘦骨嶙峋，只剩一口气了，在枕上连磕头的力气也没，巴巴地望着朕说不出话……朕也无话安慰，但朕毕竟是人，她一门跟朕几十年……朕不能无惺惺之惜……”雍正说着，眼中已噙满了泪水。张廷玉见他如此难过，也自伤心，只垂头不语。

“万岁爷。”马齐核桃皮一样的满脸皱纹一动不动:“年妃是年妃，年羹尧是年羹尧。年羹尧犯不可恕之罪，圣上不株连到年妃，已经是旷世高厚之恩。国家，公器也，若与私谊连到一处办，什么也办不成了。”

雍正昂起了头，沉思着望着殿顶的藻井，良久，又粗重地透了一口气，再不说什么，疾步走向案前，扯过一张纸写道:

> 乞命折览。尔既不肯自尽谢罪，朕只得赐你自尽。尔亦系读书之人，历观史书所载，曾有悖逆不法如尔之甚者乎?自古不法之臣有之，然当未败露之先，尚皆假饰勉强，伪守臣节。如尔之公行不法，全无忌惮，古来曾有其人乎?朕待尔之恩如天高地厚。且待尔父兄及汝子汝合家之恩俱不啻天高地厚。朕以尔实心为国，

> 断不欺罔，故尽去嫌疑，一心任用，尔作威作福，植党营私，如此辜恩负德，于心忍为乎？尔自尽后，稍有含怨之意，则佛书所谓永堕地狱者矣，万劫亦不能消汝罪孽也，雍正三年十二月十一日。

雍正写完，将手谕交给张廷玉，迟缓的目光凝视着东暖阁。张廷玉知道，这个皇帝已在思考如何处置住在城东的弟弟允禩。年羹尧一去，允禩已成砧上鱼肉，剁这鱼肉虽不费力，却要沾上血腥，带上屠弟恶名。但若不去这个瘤子，雍正力挽颓风振刷政治的雄心仍旧只是泡影。

他们谁也没有说话，只有大殿上的自鸣钟毫不迟疑地“咔咔”作响。

一九九二年二月六日烟花爆门之夜于宛